HANNIBAL

Thomas Harris

HANNIBAL

ROMAN

Traduit de l'américain
par Bernard Cohen

Albin Michel

Titre original :

HANNIBAL

© Yazoo Fabrications Inc., 1999

Tous droits réservés, y compris droits de reproduction
totale ou partielle, sous toutes formes

Traduction française :

© Éditions Albin Michel S.A., 2000
22, rue Huyghens, 75014 Paris

www.albin-michel.fr

ISBN 2-226-11382-7

1

WASHINGTON, D. C.

1

Vous auriez pensé que pareil jour frémirait de se lever...

La Mustang de Clarice Starling aborda en vrombissant la rampe d'accès au siège du Bureau des alcools, tabacs et armes à feu de Massachusetts Avenue, un immeuble loué au révérend Sun Myung Moon dans l'intérêt de l'économie nationale.

Le groupe d'intervention attendait à bord de trois véhicules, une vieille camionnette banalisée en tête, puis deux fourgons noirs des « Special Weapons and Tactics Teams », les unités d'élite, moteur au ralenti mais prêts au départ dans la pénombre du garage.

Après avoir attrapé une lourde sacoche, Starling rejoignit en courant la guimbarde dont les flancs d'un blanc sale étaient ornés de logos publicitaires au nom de « Marcell's, la Maison du Crabe ». Par la porte arrière dont les battants étaient grands ouverts, quatre hommes observaient son arrivée. Elle était mince dans son treillis et se mouvait sans effort malgré le poids de son équipement. Sa chevelure reflétait la lumière spectrale des néons.

— Ah, ces femmes... Toujours en retard, persifla l'un d'eux, un représentant de la police du district de Columbia.

John Brigham, l'agent spécial du BATF qui commandait l'opération, ne laissa pas passer la remarque.

— Elle n'est pas en retard, non. J'ai attendu qu'on ait le

9

tuyau pour la biper. Elle a dû mettre la gomme, pour arriver de Quantico aussi vite... Hé, Starling, passe-moi ce sac !

Elle le salua rapidement en tapant dans sa main levée.

— 'Lut, John.

Brigham lança un ordre à l'agent en civil assis au volant dans une tenue débraillée. La porte arrière n'avait pas encore été refermée que la camionnette jaillissait dans la clarté d'un agréable après-midi d'automne.

Vieille habituée des véhicules de surveillance, Clarice Starling se faufila sous le viseur du périscope pour s'asseoir au plus près du bloc de neige carbonique, une masse de soixante-quinze kilos qui faisait office de climatiseur lorsqu'il fallait rester aux aguets à l'intérieur avec le moteur coupé.

La camionnette, qui n'en était pas non plus à sa première mission, sentait la peur et la sueur, une odeur de ménagerie qu'aucun détergent ne pouvait faire disparaître. Elle avait revêtu nombre d'identités au cours de sa carrière. Les lettres fatiguées et ternies qui s'étalaient sur la carrosserie n'avaient qu'une demi-heure d'existence. Les impacts de balles rebouchés au mastic, par contre, étaient plus anciens. Les vitres des battants arrière permettaient la vision de l'intérieur seulement. A travers, Starling jetait parfois un coup d'œil aux deux fourgons noirs des SWAT qui les suivaient. Elle espérait seulement qu'ils n'auraient pas à passer des heures enfermés dans ce réduit.

Dès qu'elle tournait la tête vers les vitres, ses collègues masculins l'observaient à la dérobée. Clarice Starling, agent spécial du FBI, trente-deux ans. Elle avait toujours fait son âge et son âge lui était toujours bien allé. Même en treillis.

Brigham tendit un bras pour attraper son carnet de notes sur le siège avant.

— Comment se fait-il que tu te retrouves toujours dans ce genre de coups foireux, Starling ? interrogea-t-il avec un sourire.

— Parce que vous n'arrêtez pas de me demander.

— Là, j'ai besoin de toi, oui. Mais quand je vois qu'on te fait porter des mandats d'arrêt dans des opés coups de poing, bon Dieu ! Je ne veux pas me mêler, mais à mon avis il y a quelqu'un qui t'a sérieusement dans le nez, à Buzzard's Point. Tu ferais mieux de venir bosser avec moi. Enfin, je te présente mes hommes : agents Marquez Burke et John Hare. Et voici le sergent Bolton, police du district.

Une équipe d'intervention composite, résultat de la collaboration entre le BATF, les forces spéciales du DRD (le Département de la répression des drogues) et le FBI. En l'occurrence, le fruit de la nécessité à une époque de restrictions budgétaires où même l'École centrale du FBI avait dû fermer ses portes par manque de moyens financiers.

Burke et Hare avaient la tête de l'emploi. Le flic local, Bolton, faisait penser à un huissier de justice. Dans les quarante-cinq ans, adipeux, sans consistance.

Soucieux de paraître déterminé à lutter contre la drogue après avoir été lui-même mêlé à une affaire de stupéfiants, le maire de Washington tenait à ce que les services de police de sa ville retirent une partie des honneurs de toutes les opérations d'importance contre les narcotrafiquants dans la capitale. D'où la présence de Bolton.

— La bande à Drumgo fait bouillir la marmite, aujourd'hui, annonça Brigham.

— Evelda Drumgo... Je m'en doutais, fit Starling sans aucun enthousiasme.

— Eh oui. Elle a monté une usine à « ice » du côté de la criée de Feliciana, sur la rive. Notre indic nous a prévenus qu'elle doit faire chauffer un max de cristaux, aujourd'hui. Et elle a une réservation sur l'avion de Grand Caïman pour ce soir. Pas de temps à perdre, quoi.

La méthamphétamine cristallisée, argotiquement connue sous le nom d'« ice », est un hallucinogène dont les effets sont brefs mais foudroyants. C'est aussi une substance mortellement addictive.

— La came, c'est l'affaire du DRD, poursuivit Brigham, mais nous, Evelda, on la veut pour transport d'armes de la classe 3 entre États. Le mandat d'arrêt mentionne deux mitraillettes Beretta et quelques MAC 10, et elle sait où un paquet d'autres sont planqués. Je veux que tu t'occupes d'elle, Starling. Tu as déjà eu affaire à elle. Ces messieurs ici présents te couvriront.

— Le travail facile pour nous..., constata Bolton avec une évidente satisfaction.

— Il me semble que tu ferais mieux de leur parler un peu d'Evelda, Starling, fit Brigham.

11

Elle attendit que la camionnette ait bruyamment dépassé deux poids lourds avant d'obtempérer :

— Elle va vous tenir tête, Evelda. Elle n'en a pas l'air, elle a été mannequin, mais c'est une coriace. Veuve de Dijon Drumgo. Je l'ai arrêtée deux fois pour association de malfaiteurs, la première en compagnie de Dijon. Là, elle avait un 9 mm avec trois chargeurs et un spray paralysant dans son sac, plus un couteau à cran d'arrêt, un Balisong, dans son soutien-gorge. Je ne sais pas comment elle est armée, maintenant. La seconde fois, je lui ai demandé bien poliment de se rendre et elle a obéi. Mais alors qu'elle était en détention à Washington elle a tué une codétenue, une certaine Marsha Valentine, avec un manche de cuillère. Conclusion : avec elle, vous ne pouvez jamais savoir. Pas facile de lire sur ses traits. Le jury lui a reconnu la légitime défense, ce coup-là. Elle s'est tirée de la première inculpation et elle a réussi à échapper à l'autre en plaidant coupable. Ils ont laissé tomber le port d'armes illégal parce qu'elle avait des enfants en bas âge et que son mari venait d'être descendu par un tireur non identifié sur Pleasant Avenue, peut-être un règlement de comptes des Spliff... Je vais encore lui demander de se rendre. J'espère qu'elle obéira : on va lui faire un show pour la convaincre. Mais écoutez-moi bien : si nous sommes forcés de la maîtriser, j'aurai besoin d'aide, pour de vrai. Dans ce cas, vous ne vous occupez plus de me couvrir par-derrière, vous devez lui mettre sérieusement la pression. En bref, messieurs, ne vous attendez pas à mater bien tranquilles un combat à seins nus entre Evelda et moi.

Il y avait eu un temps où Starling aurait pu avoir confiance en ces hommes. Il était clair qu'ils n'appréciaient pas qu'elle leur tienne pareil langage, mais elle en avait trop vu pour s'en soucier.

— Par l'intermédiaire de Drumgo, Evelda est liée aux Crip de Trey-Eight, compléta Brigham. Notre informateur dit qu'elle a la protection des Crip, lesquels se réservent la côte. Ils la couvrent contre les Spliff, essentiellement. Je ne sais pas comment ils vont réagir quand ils verront que c'est nous. Lorsqu'ils peuvent éviter, ils ne cherchent pas la bagarre avec les autorités.

— Vous devez aussi savoir qu'Evelda est séropositive, reprit Starling. C'est Dijon qui lui a refilé le virus avec une seringue usagée. Elle a appris ça en prison et elle a complètement flippé. C'est ce jour-là qu'elle a tué Marsha Valentine, et elle s'est battue avec les matons. Si elle n'est pas armée mais résiste quand même, attendez-vous à recevoir n'importe quelle sécrétion qu'elle pourra vous balancer dessus. Elle va cracher, elle va mordre, elle est capable de vous uriner ou de vous déféquer dessus si vous tentez une fouille au corps, donc les gants et les masques sont plus que réglementaires. Quand vous la ferez monter dans le fourgon, méfiez-vous si vous posez une main sur sa tête, au cas où elle aurait une aiguille dans les cheveux. Et menottez-lui les chevilles, aussi.

Burke et Hare avaient pris une expression soucieuse. Bolton, lui, s'était renfrogné. De son menton mafflu, il désigna l'arme que Starling portait à la ceinture, un Colt 45 modèle officiel dont la crosse était munie d'une bande d'adhésif antidérapant et qui était glissé dans un fourreau d'Indien Yaqui à sa hanche droite.

— Vous vous promenez tout le temps avec ce machin déjà armé ? demanda-t-il d'un ton agressif.

— Armé et verrouillé, jour et nuit, oui, m'sieur.

— Mais c'est dangereux !

— Venez faire un tour sur la piste de tir et je vous expliquerai, sergent.

— Euh, Bolton, intervint Brigham, j'ai entraîné Starling quand elle a remporté le championnat de tir de combat tous services trois années de suite. Ne vous faites pas de souci pour son arme. Dis, Starling, comment ils t'ont surnommée, déjà, les cow-boys du Groupe anti-prise d'otages, quand tu les as battus à plate couture ? Annie Oakley, c'est ça ?

— Poison Oakley, corrigea-t-elle en détournant le regard vers la vitre.

Au milieu de tous ces hommes, elle se sentait épiée et isolée dans l'habitacle qui empestait le bouc, l'eau de toilette bon marché du genre « Brut » ou « Old Spice », la sueur et le cuir. Elle eut une bouffée d'angoisse, qui avait le goût d'une pièce de monnaie sous sa langue. Une série d'images fusèrent dans son esprit : son père, fleurant bon le tabac et le savon, en train de peler une orange avec son couteau de poche, le bout de la lame cassé en carré, puis partageant le fruit avec elle dans la cuisine ; les feux de position de son pick-up disparaissant dans l'obscurité la nuit où il était parti pour la patrouille qui lui avait été fatale ; ses vêtements dans le placard ; sa chemise des soirs de bal campagnard, ses habits encore neufs pendus aux cintres, tristes comme des jouets relégués au grenier.

— Encore une dizaine de minutes, annonça le chauffeur par-dessus son épaule.

Brigham jeta un coup d'œil par le pare-brise, consulta sa montre.

— Voilà la disposition des lieux. — Il avait à la main un croquis sommaire, tracé en hâte au magic marker, ainsi qu'un plan cadastral assez flou que le Département d'urbanisme lui avait envoyé par télécopie. — Bon, le marché aux poissons est ici, dans une enfilade de magasins et de hangars au bord du fleuve. Là, Parcell Street finit en impasse dans Riverside Avenue sur cette petite place, en face du marché. Vous voyez, le bâtiment de la criée donne directement sur la rive. Tout le long derrière, ici, il y a un quai de déchargement. Le labo d'Evelda est à côté, de plain-pied, avec l'entrée ici, tout près de l'auvent du marché. Pendant qu'elle tambouille sa came, elle aura des guetteurs un peu partout, sur au moins trois pâtés de maisons autour. Dans le temps, ils ont réussi à la prévenir assez vite pour qu'elle se débarrasse de son matos. Donc... L'équipe qui se trouve actuellement dans la troisième fourgonnette, des spécialistes du DRD, doit débarquer d'un bateau de pêche sur le quai à quinze heures tapantes. Nous, dans cette camionnette qu'on a, nous sommes ceux qui peuvent approcher au plus près, juste face à la porte principale, quelques minutes avant le début du raid. Si Evelda sort par-devant, on la chope. Si elle reste à l'intérieur, on attaque cette entrée latérale, là, dès que l'autre groupe intervient de l'autre côté. Dans le second fourgon, sept hommes, notre arrière. A moins que nous n'appelions plus tôt, ils se pointent à quinze zéro zéro eux aussi.

— La porte, on s'en charge comment ? demanda Starling.

— Si ça a l'air calme, on enfonce, expliqua Burke. Si on entend des coups de feu, ajouta-t-il en tapotant son fusil à pompe, on fait le coup de « la dame de chez Avon ».

Starling avait déjà vu employer cette méthode : la « dame de chez Avon », c'est une balle de magnum de 8 cm chargée de très fine grenaille de plomb qui permet de faire sauter une serrure sans blesser quiconque se trouverait derrière la porte.

— Et les gosses d'Evelda, ils sont où ? interrogea-t-elle.

— Notre indic l'a vue les déposer à la garderie tout à l'heure, répondit Brigham. Il participe de très près à la vie de la petite famille, notre mec. D'aussi près qu'il peut sans risquer d'attraper le sida, en fait...

Le petit écouteur qu'il avait dans l'oreille crachota à ce moment-là. Il se pencha pour scruter ce qu'il pouvait apercevoir du ciel à travers les vitres arrière.

— C'est peut-être juste pour le bulletin routier ? dit-il dans le micro miniature fixé à son col de chemise.

Puis, s'adressant au chauffeur :

— Strike 2 a repéré un hélico de presse il y a une minute. Tu as vu quelque chose ?

— Non.

— Il doit s'occuper de la circulation, alors. Bon, maintenant on se prépare et on la ferme.

Soixante-quinze kilos de neige carbonique ne suffisent pas à empêcher de suer cinq personnes enfermées dans les flancs métalliques d'une camionnette par une chaude journée, surtout lorsqu'elles entreprennent d'endosser leur gilet pare-balles. Quand Bolton leva les bras, il fit la preuve qu'une dose massive de déodorant « Canoe » n'est jamais aussi efficace qu'une bonne douche.

Dans sa chemise de treillis, Clarice Sterling avait cousu des épaulettes rembourrées pour atténuer le poids de son gilet, censé résister aux balles et encore alourdi par une plaque de céramique dans le dos et sur l'abdomen. L'expérience lui avait hélas appris l'importance de cette protection dorsale supplémentaire. Mener une incursion en force avec une équipe que l'on ne connaît pas, au sein d'un groupe plus ou moins bien entraîné, peut se révéler une entreprise hasardeuse : quand on prend la tête d'une colonne de bleus apeurés, il n'est pas rare de se retrouver avec l'échine criblée par le feu de ses propres coéquipiers...

A trois kilomètres de l'objectif, le troisième fourgon se sépara du convoi pour conduire le groupe du DRD à son bateau de pêche. Quant au deuxième, il ralentit, laissant une prudente distance s'établir entre lui et la camionnette banalisée.

15

Ils entraient dans une zone franchement délabrée. Un immeuble sur trois condamné, des carcasses de voitures abandonnées au bord des trottoirs, des grappes de jeunes bayant aux corneilles devant des bars ou des supérettes poussiéreuses, une bande d'enfants s'amusant autour d'un matelas en flammes... Si Evelda avait réellement déployé ses guetteurs, ils se fondaient à la perfection parmi ces passants désœuvrés. Aux abords des magasins d'alcool et sur les parkings des supermarchés, d'autres encore étaient installés à plusieurs dans leurs autos, discutant de tout et de rien.

Un cabriolet Impala surbaissé avec quatre jeunes Noirs à son bord s'engagea dans l'avenue peu fréquentée à la suite de la camionnette. Ils faisaient rebondir l'auto sur les bosses du macadam pour impressionner les filles qu'ils croisaient, le volume de leur stéréo tellement haut que les parois métalliques de la fourgonnette en vibraient.

De sa place, à travers les vitres opaques, Starling avait aussitôt déduit qu'ils ne constituaient pas une menace. Un véhicule de protection des Crip aurait plutôt été une puissante berline ou un break assez cabossé pour passer inaperçu dans le quartier, avec le hayon arrière entièrement ouvrable et trois, parfois quatre complices à l'intérieur. Si l'on ne sait pas garder la tête froide, une équipe de basketteurs dans une Buick peut avoir une apparence inquiétante.

Alors qu'ils étaient arrêtés à un feu rouge, Brigham retira le cache du viseur télescopique et donna à Bolton une tape sur le genou.

— Tenez, jetez un coup d'œil et dites-nous si vous voyez des vedettes locales sur le trottoir.

Dissimulé dans un ventilateur du toit, l'objectif du télescope n'autorisait qu'une vision latérale.

Après l'avoir fait pivoter entièrement, Bolton s'arrêta et se frotta les yeux.

— Ça remue trop, quand on roule, se plaignit-il.

Sur sa radio, Brigham vérifia la position du bateau.

— Ils sont à quatre cents mètres en approche, répéta-t-il à son groupe.

Immobilisée par un autre feu rouge presque au bout de Parcell Street, la camionnette demeura en face du marché pendant un moment qui leur parut très long. Le chauffeur tourna légèrement la tête comme s'il regardait dans son rétroviseur pour chuchoter à Brigham en desserrant à peine les dents :

— On dirait qu'il n'y a pas foule pour acheter du poiscaille... Ça y est, on y va.

Le feu passa au vert. A 14 h 57, trois minutes pile avant l'heure H, le véhicule fatigué se gara devant la criée de Feliciana, à une place favorable. A l'arrière, ils entendirent le grincement du frein à main que le conducteur tirait à lui.

Brigham abandonna le périscope à Starling.

— Regarde un peu.

Elle balaya l'esplanade avec l'objectif. Sur le trottoir, protégés par l'auvent en toile, les étals scintillaient. Des dorades venues des côtes de Caroline étaient disposées en bancs chatoyants sur leur lit de glace, des crabes agitaient leurs pinces dans les caissons ouverts, des homards s'agglutinaient les uns sur les autres au fond de leur bac. Rusé, le poissonnier avait couvert de papier humide les yeux de ses plus grosse pièces afin de leur conserver leur éclat jusqu'à la vague tardive des ménagères natives des Caraïbes, acheteuses avisées qui viendraient au soir tombant renifler et scruter sa marchandise.

Le soleil dessinait un arc-en-ciel dans le jet d'eau de la table à découper où un employé d'apparence hispanique était occupé à lever des filets dans un grand requin-maquereau, son bras robuste faisant aller et venir élégamment le couteau incurvé tandis qu'il manœuvrait le tuyau de l'autre main pour laver les entrailles. L'eau ensanglantée glissait jusqu'au caniveau. Starling l'entendait courir sous le plancher de la camionnette.

Elle observa leur chauffeur qui s'approchait du poissonnier, engageait la conversation avec lui. L'autre regarda sa montre, haussa les épaules et lui montra du doigt la devanture d'un petit restaurant. Après avoir flâné une minute sous l'auvent, leur homme alluma une cigarette et se dirigea sans hâte vers l'établissement qu'on venait de lui indiquer.

Quelque part dans le marché, une sono passait *La Macarena* à plein régime, au point que Starling l'entendait distinctement dans sa cachette. Cette rengaine, elle allait bientôt ne plus pouvoir la supporter.

La porte qui les intéressait était sur leur droite, à double battant et encadrement métalliques, avec une seule marche en béton. Starling s'apprêtait à renoncer à son poste de vigie

17

quand elle la vit s'ouvrir. Un Blanc corpulent, en chemise hawaïenne et sandales, apparut. Il avait une sacoche en bandoulière sur la poitrine, sa main droite dissimulée dessous. Un Noir maigre et noueux surgit derrière lui, un imperméable jeté sur l'avant-bras.

— Gaffe ! souffla Starling.

Après eux, son cou gracile à la Néfertiti et ses traits harmonieux bien reconnaissables par-dessus les épaules des deux hommes, c'était Evelda Drumgo qui venait de sortir.

— Evelda arrive derrière deux types, on dirait qu'ils sont chargés tous les deux, annonça Starling.

Elle céda aussitôt le périscope à Brigham, mais pas assez vite pour éviter qu'il ne la bouscule. Le temps qu'elle ajuste son casque, le chef de l'opération parlait déjà dans son micro :

— Strike 1 à toutes les équipes ! Ça y est. Elle est sortie de notre côté. On y va.

Puis, à son groupe :

— On les neutralise avec le moins de casse possible.

Il arma son fusil anti-émeutes.

— Le bateau est là dans trente secondes. Allons-y.

Starling est la première dehors. Les nattes afro d'Evelda fouettent l'air quand elle tourne brusquement la tête vers elle. Starling sent la présence des hommes dans son dos. Ils ont dégainé, ils hurlent :

— Au sol ! Tout le monde au sol !

Evelda fait un pas de côté, entièrement à découvert maintenant. Elle porte un bébé dans un harnais passé autour de son cou.

— Attendez, attendez, je veux pas d'histoires ! lance-t-elle à ses acolytes. Attendez !

Elle s'avance avec une démarche de reine, l'enfant haut sur sa poitrine, une couverture pendant sur son giron.

« Laisse-lui une sortie », pense Starling. Elle rengaine son revolver au toucher, étend les bras, paumes ouvertes.

— Evelda ! Pas de résistance. Venez vers moi !

Derrière elle, le rugissement d'un gros moteur V8, un hurlement de freins. Elle ne peut pas se retourner. « Ça doit être le renfort. »

Evelda l'ignore, elle se dirige droit sur Brigham. La couverture du bébé flotte dans le vent, le MAC 10 aboie dessous, Brigham s'écroule, sa visière rouge de sang.

Le gros Blanc laisse tomber sa sacoche. Apercevant le pistolet automatique qu'il a en main, Burke fait feu, un nuage inoffensif de poudre de plomb sort de son fusil à pompe. Il cherche à réarmer mais il n'est pas assez rapide. Une rafale vient le hacher au niveau de l'entrejambe, en dessous du gilet pare-balles. Le tireur pivote vers Starling tandis qu'elle s'approche en dégainant. Elle l'atteint à deux reprises au milieu de sa chemise bariolée avant qu'il n'ait eu le temps d'appuyer sur la gâchette.

Des coups de feu derrière Starling. Le Noir efflanqué avait une arme sous son imperméable, il bat en retraite dans le bâtiment, plié en deux. A cet instant, Starling se sent poussée en avant par quelque chose comme une bourrade très violente dans le dos, qui lui coupe le souffle. Elle arrive à se retourner pour découvrir le véhicule de riposte des Crip sur la chaussée, une Cadillac toutes fenêtres ouvertes qui tire sa bordée. Juchés à la cheyenne dans les portières du côté opposé, deux assaillants mitraillent par-dessus le toit, un troisième en fait autant du siège arrière. Les trois canons crachent du feu et de la fumée, les balles trouent l'air autour d'elle.

Réfugiée entre deux voitures en stationnement, Starling voit Burke tituber sur le macadam. Brigham est étendu sans mouvement, une mare se formant sous son casque. Quelque part de l'autre côté de la rue, Hare et Bolton répliquent. Un tir d'armes automatiques venu de la Cadillac les contraint au silence, pulvérisant les vitres des autos autour d'eux, déchiquetant le macadam, faisant exploser un pneu. Un pied dans le caniveau ruisselant, Starling risque la tête au-dehors.

Les deux de la Cadillac continuent à tirer par-dessus le toit. Le chauffeur a aussi un revolver, qu'il utilise de sa main libre. Celui installé à l'arrière a ouvert sa portière et attrape Evelda pour l'entraîner à l'intérieur avec le bébé. Elle a la sacoche avec elle. Ils visent toujours Hare et Bolton, puis les pneus arrière fument et la voiture part en trombe. D'un coup, Starling est debout, son bras suit la trajectoire de la Cadillac et elle loge une balle dans la tête du conducteur, près de la tempe. Le tireur de l'avant est touché deux fois, il tombe en arrière. Elle fait sauter le chargeur vide de son Colt et l'a remplacé par un neuf avant que l'autre ait touché le sol, sans quitter une seule seconde la voiture des yeux.

La Cadillac glisse contre la rangée de véhicules en stationnement sur le côté opposé, finit par s'immobiliser dans un fracas de tôles froissées.

Starling marche vers elle, maintenant. Le tireur de l'arrière est toujours perché sur la portière, les yeux fous, pesant des deux mains sur le toit pour tenter de dégager son torse coincé entre la Cadillac et la voiture contre laquelle elle est venue buter. Son arme glisse à terre. Des mains vides apparaissent par la fenêtre, un type sort de l'auto, le front ceint d'un bandana bleu en chiffon, il lève les bras en l'air et se met à courir. Starling ne lui prête aucune attention.

Des coups de feu à sa droite. Le fuyard bascule en avant, s'affale la tête la première, tente de ramper sous une auto. Des pales d'hélicoptère chuintent au-dessus d'elle.

Sous l'auvent, quelqu'un crie :

— Restez couchés, restez couchés !

Il y a des formes recroquevillées sous les étals. Sur la table à découper, le jet d'eau abandonné asperge le vide.

Starling se rapproche. On bouge à l'arrière de la Cadillac. La voiture oscille sur ses amortisseurs. On bouge, oui. Le bébé hurle, là-dedans. Une détonation. La lunette explose en mille morceaux.

Arme haute, Starling crie sans se retourner :

— Ne TIREZ pas ! Cessez le feu ! Surveillez la porte. Derrière moi, la porte du labo ! — Puis, baissant la voix : — Evelda ? — On bouge dans la voiture. Le bébé qui hurle encore. — Passez vos mains par la fenêtre, Evelda.

Elle sort, maintenant. Son enfant hurle toujours. Et les haut-parleurs de la criée qui continuent à beugler *La Macarena*. Evelda est dehors, elle marche vers Starling, sa belle tête baissée, ses deux bras autour du bébé.

Sur le sol entre les deux femmes, Burke est agité de soubresauts, de plus en plus faibles maintenant qu'il a perdu presque tout son sang. L'air de *La Macarena* tressaute à l'unisson avec lui. Quelqu'un a pu le rejoindre, pratiquement à quatre pattes, et s'est couché près de lui pour tenter de contenir son hémorragie.

Le revolver de Starling est pointé à terre à quelques pas devant Evelda.

— Montrez-moi vos mains, Evelda. Allez, s'il vous plaît, montrez !

Il y a une bosse sous la couverture du bébé. Avec ses nattes africaines et ses yeux sombres d'Égyptienne, elle relève la tête et fixe Starling.

— Ah, c'est toi, hein ?

— Ne faites pas ça, Evelda. Pensez à votre enfant.

— Viens qu'on échange nos jus, salope.

La couverture s'agite, l'air vibre. La balle de Starling traverse la lèvre supérieure d'Evelda Drumgo et lui explose la nuque.

Ensuite, elle tente de s'asseoir, avec une brûlure atroce sur le côté du visage et la respiration coupée. Et Evelda aussi est assise sur la chaussée, effondrée en avant sur ses jambes, le sang dégoulinant de sa bouche sur le bébé dont les cris sont étouffés par son corps inerte. Après avoir rampé jusqu'à elle, Starling s'escrime sur les fermetures poisseuses du harnais, puis elle retire le Balisong du soutien-gorge d'Evelda, fait jaillir la lame sans même le regarder et tranche les courroies. L'enfant est trempé de sang, tout glissant, Starling a du mal à le saisir.

Le bébé entre les mains, Starling relève la tête et jette un regard éperdu autour d'elle. Apercevant le tuyau qui continue à cracher sur la table à découper, elle court dans cette direction. D'un geste, elle balaie les couteaux et les entrailles pour déposer l'enfant sur la table et braque le jet impétueux sur lui. Un enfant noir étendu sur le formica blanc, parmi les lames et les déchets de poissons, la tête du requin à son flanc, lavé du sang contaminé de sa mère tandis que celui de Starling goutte sur lui et que l'eau emporte leurs deux sangs dans un torrent mêlé, aussi salé que la mer, exactement.

L'eau qui fuse, irisée d'un arc-en-ciel railleur qui annonce la Promesse divine, étendard étincelant au-dessus de l'œuvre de Son aveugle maillet. Et cet homme-enfant est intact, autant que Starling puisse le voir. Et *La Macarena* qui pulse dans les haut-parleurs, et une décharge de lumière qui l'aveugle, et l'aveugle encore, et encore, jusqu'à ce que Hare empoigne le photographe et l'entraîne au loin.

2

Une impasse d'un quartier prolétaire d'Arlington, en Virginie, peu après minuit. C'est une nuit chaude d'automne, la pluie a cessé il y a peu. Il fait lourd, malgré le passage de la dépression. Un grillon pousse sa chansonnette quelque part dans l'odeur âcre de la terre et des feuilles mouillées. Il se tait lorsqu'un grondement sourd l'atteint, le souffle puissant d'une Mustang cinq litres à pots chromés qui s'est engagée dans le cul-de-sac, suivie par une voiture de police. Les deux véhicules se garent dans l'allée d'une sobre maison en duplex. La Mustang vibre légèrement en passant au point mort, puis les moteurs s'éteignent. Le grillon attend un moment puis reprend son chant, le dernier avant l'arrivée des grands froids, le dernier de son existence.

Un marshal en uniforme descend de la Mustang côté conducteur. Il contourne l'auto pour ouvrir la portière à Clarice Starling. Elle apparaît à son tour. Elle a le front ceint d'un bandeau blanc qui retient un pansement au-dessus de son oreille. Des taches orangées de Bétadine parsèment son cou. Au lieu d'un chemisier, elle porte une blouse d'hôpital verte.

Le sac en plastique zippé qu'elle tient à la main contient ses effets personnels : des bonbons à la menthe et des clés, sa carte d'agent spécial du FBI, un chargeur d'appoint contenant cinq balles, une capsule de gaz paralysant. Dans la même main, elle a un ceinturon et un holster, vide.

Le marshal lui tend les clés de la Mustang.

— Merci, Bobby.

— Vous voulez qu'on entre un moment, Pharon et moi ? Ou vous préférez que je fasse venir Sandra ? Elle attend mon appel. Je pourrais lui dire de passer vous tenir un peu compagnie. Vous en avez besoin...

— Non, merci. Ardelia ne va pas tarder à rentrer. Ne vous en faites pas, Bobby.

Le marshal rejoint son coéquipier dans la voiture de police, qui ne démarre qu'une fois Starling chez elle, en sécurité.

Dans la maison, la buanderie est baignée d'une chaude odeur d'assouplissant. Les tuyaux de la machine à laver et du sèche-linge sont fixés de place en place par des liens de sûreté en plastique que les policiers préfèrent désormais aux menottes en acier. Quand Starling dépose son sac sur l'un des appareils, les clés résonnent bruyamment sur la surface métallique. Elle retire une lessive de la machine, la transfère dans le sèche-linge, puis elle se dépouille de son pantalon de treillis, de sa blouse et de son soutien-gorge tachés de sang. Lorsqu'elle relance la machine, elle ne porte plus que des chaussettes, une culotte et un 38 spécial glissé dans un étui à l'aisselle. Son dos et ses côtes sont couverts de traces livides, son coude écorché. L'œil droit tuméfié.

La machine à laver est lancée. Starling s'enroule dans une grande serviette avant de passer dans le salon, d'où elle revient avec deux doigts de Jack Daniel's dans un gobelet. Elle s'étend sur un matelas en caoutchouc étalé au pied de la machine et reste sur le dos, dans l'obscurité, tandis que l'appareil vibre et tressaute. Elle se redresse, visage levé. Quelques sanglots secs la secouent avant que les larmes n'arrivent, des larmes qui lui écorchent les joues en s'écoulant.

Vers une heure moins le quart du matin, le petit ami d'Ardelia Mapp la déposa devant chez elle. La route avait été longue depuis le Cap May. Elle lui souhaita bonne nuit sur le perron. Ardelia était sous sa douche lorsqu'elle entendit le flux de l'eau dans les canalisations et les vibrations de la machine à laver qui poursuivait son programme.

Traversant le couloir, elle alluma le plafonnier de la cuisine qu'elle partageait avec Starling. De là où elle était, elle apercevait l'intérieur de la buanderie. Starling assise par terre, la tête bandée.

— Oh, Clarice, ma doudou ! (Elle était déjà accroupie à ses côtés.) Qu'est-ce qui s'est passé ?

— Je me suis pris une bastos dans l'oreille. Ils m'ont réparé ça à Walter Reed. Laisse la lumière éteinte, tu veux bien ?

— Pas de problème. Je vais te préparer quelque chose. Je n'étais pas du tout au courant, tu sais : on a écouté des cassettes, en voiture. Raconte.

— John est mort, Ardelia.

— Johnny Brigham ? Non, pas lui !

Toutes les deux, elles avaient flashé sur Brigham au temps où il était instructeur de tir à l'école du FBI. L'une et l'autre avaient essayé de discerner le tatouage qu'il avait sur le bras sous sa chemise.

Comme une enfant, Starling s'essuya les yeux avec le dos de la main.

— Evelda et les Crip, oui. C'est Evelda qui l'a eu. Ils ont flingué Burke, aussi. Marquez Burke, un gars de John. C'était une opération conjointe, tu comprends. Evelda était au jus, donc les télés étaient là pratiquement au moment où on a débarqué. Elle était à moi, Evelda. Elle n'aurait jamais laissé tomber. Elle voulait aller jusqu'au bout et elle avait son bébé dans les bras. Elle a tiré, moi aussi. Elle est morte.

Ardelia Mapp n'avait encore jamais vu Starling pleurer.

— J'ai... Aujourd'hui j'ai tué cinq personnes, Ardelia.

Sans un mot, elle s'assit à côté de sa camarade et passa son bras autour de sa taille, toutes deux adossées à la machine qui continuait à tourner.

— Et son gosse, à Evelda ?

— J'ai enlevé le sang qu'il avait sur lui. Je n'ai remarqué aucune blessure visible, à l'hosto ils disent qu'il est OK, physiquement. Ils vont le confier à la mère d'Evelda d'ici deux trois jours. Tu sais... Tu sais le dernier truc qu'elle m'a dit, Evelda ? Elle m'a dit : « Viens qu'on échange nos jus, salope. »

— Laisse-moi te préparer quelque chose, d'accord ?

— Comme quoi ?

3

Avec l'aube grise arrivèrent les journaux et les premiers bulletins des chaînes de télévision.

Ardelia entendit Starling se lever au moment où elle achevait de réchauffer des muffins. Elles s'installèrent ensemble devant l'écran.

De CNN aux autres, ils avaient tous racheté les images prises par la caméra héliportée de WFUL-TV. Une prise de vue saisissante, juste au-dessus de la scène. Starling se força à regarder, une seule fois. Elle avait besoin de vérifier encore que c'était bien Evelda qui avait tiré la première. Puis ses yeux glissèrent vers Ardelia et elle découvrit une expression de colère sur son visage.

Soudain, elle était debout, elle courait vomir aux toilettes.

— C'est dur, comme spectacle, fit-elle en réapparaissant sur des jambes mal assurées, livide.

Comme à son habitude, Ardelia avait immédiatement compris où elle voulait en venir.

— Ta question, exactement, c'est quoi ? Ce que m'inspire le fait que tu aies tué cette femme qui portait son enfant, une Afro-Américaine ? Et donc, ma réponse est la suivante : c'est elle qui t'a tiré dessus, et moi je te veux en vie. Mais s'il te plaît, réfléchis un peu à l'absurdité de tout ça, et à qui en porte la responsabilité. Quel est le raisonnement totalement débile qui t'a obligée à te retrouver face à face avec cette Evelda Drumgo, dans ce traquenard de malheur, histoire que vous régliez ce problème de came entre vous à coups de revolver ? C'est malin, ça ? J'aimerais que tu cogites vraiment là-dessus : tu as envie de continuer à ce qu'ils te donnent leur sale boulot à faire ?

Elle se reversa du thé pour marquer une pause.

— Tu veux que je reste avec toi, aujourd'hui ? Je vais prendre un jour de congé.

— Merci, ce n'est pas la peine. Passe-moi un coup de fil.

Le *National Tattler*, principal bénéficiaire de l'explosion de la presse à scandale dans les années 90, avait concocté une édition spéciale particulièrement outrancière, même compte tenu des habitudes d'une publication qui méritait bien son titre de « concierge national ». Le journal échoua sur le perron de Starling en milieu de matinée. Elle le découvrit en ouvrant la porte, surprise par le bruit que l'épaisse liasse avait fait en tombant sur le paillasson.

Elle s'attendait au pire et le résultat était à la hauteur de ses appréhensions : « L'ANGE DE LA MORT : CLARICE STARLING, LA MACHINE À TUER DU FBI », hurlait le gros titre en caractères Railroad Gothic corps 72. Trois photos s'étalaient à la une : Clarice Sterling en treillis faisant feu avec un 45 mm lors d'un championnat de tir ; Evelda Drumgo effondrée sur son enfant au milieu de la chaussée, la tête inclinée telle une Vierge de Cimabue, le cerveau en bouillie, puis Starling encore, en train de déposer un bébé noir et nu sur une table à découper parmi des couteaux, des entrailles de poissons et une dépouille de requin. La légende accompagnant les clichés en rajoutait encore dans le sensationnalisme : « L'exécutrice du serial killer Jame Gumb, l'agent spécial du FBI Clarice Starling, vient d'ajouter encore au moins cinq encoches à la crosse de son arme. Une mère et son enfant ainsi que deux policiers au nombre des victimes d'un raid bâclé. »

L'article détaillait les carrières de dealers d'Evelda et Dijon Drumgo, revenait sur l'apparition du gang des Crip dans le paysage déjà hautement criminalisé de Washington. Le passé militaire et les nombreuses décorations de John Brigham, mort en action, étaient brièvement évoqués. Starling, elle, avait droit à un long encadré spécifique, illustré par une photo en apparence innocente, prise dans un restaurant, où elle apparaissait en robe du soir échancrée, une expression animée sur le visage :

Il y a sept ans, quand elle avait abattu dans son sous-sol Jame Gumb, le dangereux meurtrier surnommé « Buffalo Bill », Clarice Starling avait eu ses quelques minutes de gloire. Aujourd'hui, elle est menacée de sanctions administratives et de poursuites judiciaires après la mort jeudi d'une mère de famille de Washington soupçonnée de fabriquer des substances hallucinogènes interdites par la loi (voir notre reportage page 1).

« Sa carrière pourrait bien se terminer là », nous a confié une source au Bureau des alcools, tabacs et armes à feu, l'organisme associé au FBI. « Nous manquons encore de détails sur les raisons de cette bavure, mais ce qui est certain, c'est que John Brigham devrait toujours être en vie aujourd'hui. » Selon cet interlocuteur, qui a préféré gardé l'anonymat, « le FBI n'avait vraiment pas besoin d'une histoire pareille après Ruby Ridge * ».

La très originale carrière de Clarice Starling a débuté peu de temps après son entrée à l'École du FBI. Diplômée de l'université de Virginie en psychologie et criminologie, elle avait été choisie pour interroger le docteur Hannibal Lecter, un fou sanguinaire dont le sobriquet de « Hannibal le Cannibale » a été employé pour la première fois par le *National Tattler*. A cette occasion, le criminel lui avait confié des informations qui s'étaient avérées utiles dans la traque de Jame Gumb et la libération de son otage, Catherine Martin, la fille de l'ancienne sénatrice du Tennessee.

Trois années consécutives avant de se retirer de la compétition, Clarice Starling a été championne de tir tous services officiels. Par une amère coïncidence, James Brigham, l'une des victimes du raid, était instructeur de tir à Quantico à l'époque où Starling y a suivi sa formation, et devait devenir son entraîneur lors des nombreux championnats qu'elle allait disputer.

Un porte-parole du FBI nous a indiqué hier que l'agent Starling avait été placé en congé administratif avec salaire dans l'attente des conclusions de l'enquête de service. Sa convocation devant la Commission de déontologie, les très redoutés inquisiteurs internes du FBI, est attendue dans le courant de la semaine.

La famille d'Evelda Drumgo, décédée au cours du raid, a déclaré de son côté qu'elle entendait réclamer des dommages-intérêts à l'administration fédérale et à Starling personnel-

---

* En 1992, à Ruby Ridge, dans les montagnes de l'Idaho, un tireur d'élite du FBI avait abattu l'épouse d'un extrémiste alors qu'elle portait sa petite fille dans ses bras. Le fils adolescent du couple avait aussi été tué, ainsi qu'un représentant des forces de l'ordre. Après une longue polémique portant sur les « consignes particulières » qu'il avait reçues de ses supérieurs, l'exécutant de cet assaut sanglant a été définitivement acquitté en 1998 *(N.d.T.)*.

lement, en déposant plusieurs plaintes nominales pour homicide volontaire.

Le fils de la victime, un bébé de trois mois que l'on aperçoit distinctement dans les bras de sa mère sur les photos de la dramatique fusillade, n'a pas été blessé.

Selon maître Telford Higgins, l'avocat de la famille Drumgo au cours de multiples inculpations, le Colt 45 semi-automatique modifié que l'agent Starling a utilisé à cette occasion ne répond pas aux caractéristiques des armes de service autorisées dans la juridiction de Washington. « Il s'agit d'un équipement extrêmement dangereux, dont l'emploi est inimaginable dans le cadre du maintien de l'ordre », a-t-il affirmé. « L'utilisation d'une telle arme révèle à elle seule un mépris total de la vie humaine », ajoute l'avocat.

Le *Tattler* était allé jusqu'à acheter le numéro de téléphone personnel de Clarice à l'un de ses informateurs. La sonnerie ne lui laissa donc aucun répit ce jour-là, jusqu'à ce qu'elle finisse par le débrancher et par se servir de son cellulaire de service pour appeler son bureau.

Son oreille et sa tempe enflée ne la faisaient pas trop souffrir tant qu'elle ne touchait pas le bandage. En tout cas, elle n'avait pas d'élancements grâce aux deux Tylénol qu'elle avait pris. Elle n'eut même pas besoin du tranquillisant que le médecin lui avait prescrit : elle s'assoupit adossée à sa tête de lit, les cahiers du *Washington Post* s'échappant de sa main inerte pour s'éparpiller sur le sol, des traces de poudre maculant encore ses paumes, des larmes figées sur ses joues.

4

« Tu peux avoir une histoire d'amour avec le Bureau, mais le Bureau n'en aura jamais une avec toi. »

Proverbe du service du personnel du FBI

De si bon matin, la salle de sports du complexe J. Edgar Hoover, le siège du FBI, était presque déserte. Deux hommes déjà grisonnants couraient mollement sur la piste couverte. Quelque part plus loin, les à-coups d'une machine de musculation et les échanges assourdis d'une partie de squash se réverbéraient en échos dans la vaste enceinte.

Les voix des deux coureurs, elles, ne portaient pas loin. Le directeur du FBI, Tunberry, avait donné rendez-vous à Jack Crawford pour cet exercice matinal. Ils avaient parcouru trois kilomètres et commençaient à avoir du mal à trouver leur souffle.

— Il doit encore encaisser le coup de Waco, Blaylock. Ça va durer un moment mais il est condamné et il le sait, articula Tunberry. Tiens, il ferait aussi bien de donner congé au révérend Moon tout de suite ! — Le fait que le Bureau des alcools, tabacs et armes à feu soit locataire du dirigeant de la fameuse secte est l'objet de plaisanteries sans fin, au FBI. — Et Farriday plonge à cause de Ruby Ridge, ajouta le directeur.

— Ça, ça me dépasse, répliqua Crawford. — Il avait travaillé avec Farriday à New York dans les années 70, au temps

29

où des manifestants protestaient souvent devant l'antenne locale du FBI, installée au niveau de la Troisième Avenue et de la 69ᵉ Rue. — C'est un bon, lui. Ce n'est pas lui qui a décidé ces soi-disant « consignes particulières ».

— Je lui ai annoncé la nouvelle hier matin.

— Et il s'en va sans broncher ?

— Disons qu'il ne perd pas trop de plumes dans l'histoire. Ah, on vit une époque difficile, Jack...

Ils avaient un peu accéléré, la tête levée pour mieux respirer. Du coin de l'œil, Crawford remarqua que le directeur jaugeait sa condition physique.

— Vous en êtes à combien, Jack ? Cinquante-six ans, c'est ça ?

— Exact.

— A un an de la retraite obligatoire, donc. Plein de gars de chez nous s'en vont à quarante-huit, cinquante ans, à un âge où ils peuvent encore retrouver un travail. Vous, vous n'avez pas voulu ça. Vous avez tenu à rester occupé, après la mort de Bella...

Comme Crawford avait déjà fait un demi-tour de piste sans répondre, Tunberry comprit qu'il avait commis un impair.

— Euh, je ne voulais pas parler de ça à la légère, vous savez, Jack. L'autre jour encore, Doreen me disait combien...

— Il y a encore du pain sur la planche, à Quantico. Peaufiner l'installation du système VICAP sur le Web pour qu'il soit accessible à n'importe quel flic, par exemple. Vous avez dû voir ça dans le budget.

— Dites, Jack ? Devenir directeur de la boîte, ça ne vous a jamais tenté ?

— Je n'ai jamais pensé que ça pouvait être un job pour moi, non.

— Et vous avez eu raison, Jack. Vous n'êtes pas un politique, vous. Vous n'auriez pas pu. Ni être un Eisenhower. Ni un Omar Bradley.

Il fit signe à Crawford d'arrêter et ils poursuivirent leur conversation au bord de la piste, tout essoufflés.

— Mais un Patton, oui, vous en auriez été capable, Jack. Vous êtes du style à conduire vos hommes à travers un enfer et à vous faire aimer d'eux quand même. C'est un don que je n'ai pas, moi. Je dois les mener à la cravache, moi.

Tunberry lança un rapide regard à la ronde, ramassa sa

serviette sur le banc et la posa sur ses épaules, comme s'il s'était agi de la toge d'un juge prompt à prononcer la peine capitale. Ses yeux brillaient. « Il y en a qui ont besoin de se mettre en colère pour se jeter à l'eau », se dit Crawford en observant le pli amer de la bouche du directeur quand il reprit la parole.

— En ce qui concerne le décès de Mrs Drumgo, abattue alors qu'elle portait son enfant dans les bras, l'Inspection judiciaire réclame un bouc émissaire. De la viande bien fraîche, saignante. Et les médias aussi. Tous les services concernés leur doivent un sacrifice, nous y compris. Mais en ce qui nous concerne, ils pourront peut-être se contenter de volaille. D'après Krendler, si on leur donne Clarice Starling, ils nous oublieront. Je suis d'accord avec lui. Le DRD et les autres endossent la responsabilité de l'opération, mais c'est Starling qui a appuyé sur la gâchette.

— Contre une tueuse de flics qui avait tiré la première.

— Ça, c'est dans les films, Jack. Vous ne comprenez pas, hein ? Les gens n'ont pas vu Evelda Drumgo buter Brigham. Ils ne l'ont pas vue faire feu sur Starling la première. Si on ne sait pas ce qu'il faut regarder, ce sont des choses qu'on ne voit pas. Par contre, deux cents millions de gus, dont un dixième participe aux élections, ont parfaitement vu cette femme effondrée sur la chaussée, la tête explosée, essayant de protéger son bébé. Ne me dites pas, Jack : je sais que vous avez pensé un moment faire de Starling votre protégée. Le problème, c'est que c'est une grande gueule, et qu'elle en a braqué plus d'un contre elle, et que...

— Krendler est un fouille-merde.

— Bien, écoutez-moi, ne dites plus rien tant que je n'aurai pas terminé. Sa carrière était en bout de course, de toute façon. Elle va s'en tirer avec une mise en disponibilité permanente, dans son dossier ça n'aura pas l'air trop méchant, elle pourra retrouver du boulot sans problème. Vous, vous avez énormément apporté au FBI avec votre division. Plein de gens sont convaincus que, si vous aviez mené un peu mieux votre barque, vous seriez aujourd'hui bien plus haut que chef de département, que vous méritez beaucoup mieux. Et je serai le premier à le dire, moi. Quand vous allez partir à la retraite, vous aurez le grade de sous-directeur. C'est un engagement de ma part.

— Si je ne mêle pas de cette histoire, c'est ça que vous sous-entendez ?

— Dans le cours normal des choses, Jack ! Avec la paix dans le royaume, c'est ce qui va se passer, oui. Jack ? Regardez-moi.

— Oui, Mr Tunberry ?

— Ce n'est pas une demande que je formule, c'est un ordre : vous restez en dehors de tout ça. Ne gâchez pas tout, Jack. Des fois, dans la vie, il n'y a pas d'autre moyen que de regarder ailleurs. J'en suis passé par-là, moi aussi. Et je sais que c'est dur. Je comprends ce que vous ressentez, croyez-moi.

— Ce que je ressens ? Le besoin d'une bonne douche, tout de suite.

5

Si Starling savait tenir son intérieur, ce n'était pas pour autant une fanatique de l'ordre. La partie du duplex qu'elle occupait était toujours propre, elle pouvait y retrouver ce qu'elle cherchait, mais les piles avaient tendance à s'amonceler, linge propre pas encore rangé ou revues et journaux. Elle n'avait pas sa pareille pour repasser un chemisier à la toute dernière minute. Comme elle n'avait pas besoin de se pomponner, cependant, elle s'en tirait toujours.

Lorsqu'elle avait besoin d'un cadre plus ordonné, elle traversait leur cuisine commune pour aller passer un moment chez Ardelia. Si cette dernière était là, elle pouvait bénéficier de sa conversation et de ses conseils, immanquablement avisés, quoique parfois un peu trop lucides à son goût. Quand Ardelia n'était pas là, il était entendu entre elles que Starling avait tout loisir de demeurer un moment dans l'univers impeccable de Mapp, à condition qu'elle n'y laisse rien. Ce jour-là, c'est chez Ardelia qu'elle était venue s'asseoir un instant.

C'était le genre d'appartement qui paraît sans cesse habité par son occupant, qu'il s'y trouve ou non. Starling garda les yeux fixés sur la police d'assurance-vie de la grand-mère d'Ardelia, accrochée au mur dans un cadre bricolé tout comme elle l'avait été dans la ferme en location de ladite grand-mère, puis dans l'HLM de banlieue où Ardelia avait grandi. Son aïeule, qui avait réussi à économiser pièce par pièce les versements sur ce que lui rapportaient les légumes et les fleurs de son jardin quand elle les vendait au marché, avait été en mesure d'emprunter de quoi aider sa petite-fille à poursuivre des études supérieures. Il y avait aussi une photo de cette vieille dame menue en habits du dimanche, regardant l'objectif sans même tenter un sourire, ses yeux noirs empreints d'une sagesse ancestrale sous le bord de son chapeau de paille.

Ardelia était très consciente de son passé et elle y puisait une force renouvelée chaque jour. Starling aurait aimé éprouver la même chose, maintenant, reprendre ses marques. A Bozeman, l'orphelinat luthérien où elle avait été placée lui avait assuré le gîte, le couvert et un certain modèle de vie, mais c'était dans son sang, ses origines, qu'elle devait chercher la réponse aux questions qui l'assaillaient à présent.

Comment est-on équipé pour la vie lorsqu'on vient d'une bourgade de petits Blancs où les effets de la Dépression se faisaient encore sentir jusque dans les années 50 ? Lorsque, arrivé au campus, on est rapidement catalogué parmi les « pedzouilles », les « pouilleux » ou, avec condescendance, les « prolos » ? Lorsque même le gratin social du Sud, qui dans son système de valeurs réactionnaires se pique de mépriser le travail physique, traite vos semblables de « ploucs » ? Dans quelle tradition trouver un exemple ? En se vantant de la raclée reçue par les troupes du Nord à cette fameuse bataille de Manassas ? En proclamant que son arrière-arrière-grand-père avait été du bon côté de la barricade à Vicksburg ? En jurant que Shiloh, dans le Tennessee, restera malgré tout Yazoo City à jamais ?

Non, il est bien plus honorable et raisonnable d'avoir réussi à s'en tirer après, dans les décombres de la guerre de Sécession, en s'échinant sur vingt malheureux hectares avec une vieille mule. Mais cela, il faut être capable de s'en rendre compte par soi-même, car personne ne vous le dira.

Starling avait réussi son entrée au FBI parce qu'elle était le dos au mur, de toute façon. Elle avait passé la majeure partie de sa vie dans des institutions, en respectant leurs règles du jeu et en se battant pour y survivre. Elle était toujours allée de l'avant, obtenant des bourses, s'intégrant aux équipes. L'impasse dans laquelle elle se retrouvait après un si brillant début au FBI était pour elle une expérience aussi inédite que douloureuse. Elle s'y débattait comme une abeille prise dans une bouteille.

Elle avait quatre jours pour pleurer John Brigham, tué sous ses yeux. Longtemps auparavant, Brigham lui avait demandé quelque chose qu'elle avait refusé. Puis il lui avait proposé qu'ils soient amis, en toute sincérité, et cette fois elle avait dit oui, de tout son cœur.

Elle devait aussi arriver à admettre qu'elle avait elle-même abattu cinq personnes au marché Feliciana, ce jour funeste. L'image du petit voyou au torse comprimé entre deux voitures continuait à la harceler.

Une fois, pour soulager sa conscience, elle était allée voir le bébé d'Evelda à l'hôpital. Sa grand-mère était là, elle s'apprêtait à le ramener chez elle. Elle avait aussitôt reconnu Starling, dont la photo venait d'occuper tant de place dans les journaux. Sans un mot, elle avait confié l'enfant à une infirmière et, avant même que Starling ne comprenne ce qui arrivait, elle l'avait giflée violemment sur sa joue blessée. Starling n'avait pas répliqué, mais elle l'avait immobilisée en la plaquant sans ménagement contre la vitre de la clinique jusqu'à ce qu'elle cesse de lutter, le visage pressé contre le carreau couvert de buée et de salive. Le sang coulait dans le cou de Starling, la douleur l'étourdissait. Elle s'était fait à nouveau suturer l'oreille aux urgences et s'était abstenue de porter plainte, mais un employé de l'hôpital avait vendu l'histoire au *Tattler* pour trois cents dollars.

Elle avait dû s'exposer aux regards à deux reprises encore, la première fois pour organiser les obsèques de John, la seconde pour assister à sa mise en terre au cimetière national d'Arlington. Brigham n'ayant pratiquement gardé aucun contact avec sa famille, peu nombreuse et dispersée, il avait désigné Starling pour cette tâche dans ses dernières volontés.

Son visage avait été tellement abîmé qu'il avait fallu l'inhumer dans un cercueil fermé, mais Starling avait veillé à son apparence : pour le dernier hommage, sa dépouille était sanglée dans l'uniforme bleu des Marines avec sa Silver Star et ses autres décorations. Après la cérémonie, le supérieur de Brigham avait remis à la jeune femme une boîte qui contenait ses armes personnelles, ses insignes et certains objets qui avaient jadis trôné sur son bureau en désordre, parmi lesquels un absurde coq de girouette buvant dans un verre.

Elle se trouvait désormais à cinq jours d'une confrontation officielle qui risquait de marquer la fin ignominieuse de sa carrière. A l'exception d'un message laissé par Jack Crawford, son téléphone professionnel restait silencieux. Et Brigham n'était plus là pour parler un peu...

Elle consulta son délégué du personnel au FBI. Tout ce qu'il trouva à lui conseiller fut d'éviter de porter des boucles d'oreilles trop voyantes ou des chaussures trop ouvertes lors de sa comparution.

Tous les jours, la presse et les télévisions revenaient sur la mort d'Evelda Drumgo et retournaient cette histoire dans tous les sens, comme un chat s'acharne sur une souris. Et dans l'appartement immaculé d'Ardelia, Starling essayait de réfléchir.

La tentation de tomber d'accord avec ceux qui vous attaquent, de quémander leur approbation, est un ver qui peut vous ronger jusqu'à vous détruire.

Un bruit insolite vint troubler sa concentration.

Elle cherchait à se rappeler mot pour mot ce qu'elle avait dit dans la fourgonnette. Avait-elle trop parlé ?

Ce bruit, encore.

Brigham lui avait demandé de briefer les autres à propos d'Evelda. Avait-elle exprimé sans le vouloir une certaine hostilité à son encontre, induit un jugement qui...

Ce bruit. Soudain, elle se rendit compte qu'on sonnait à sa porte. Un journaliste, sans doute. Mais elle attendait aussi une assignation administrative. Écartant à peine les rideaux de chez Ardelia, elle aperçut le postier qui regagnait déjà son camion. En hâte, elle alla lui ouvrir et lui fit remonter le perron, prenant soin de tourner le dos à la voiture de presse qui la guettait de tous ses objectifs de l'autre côté de la rue lorsqu'elle signa le reçu. Une enveloppe mauve, d'un beau papier de lin à reflets soyeux. Aussi préoccupée qu'elle ait été, la texture éveilla un vague souvenir en elle. Une fois à l'abri derrière la porte, elle examina son adresse. Une ronde impeccable. Au milieu de l'inquiétude constante qu'elle éprouvait ces derniers temps, un signal d'alarme retentit en elle. Elle sentit son ventre se contracter comme si des gouttes d'eau froide étaient tombées dessus.

Tenant l'enveloppe par un coin entre ses doigts, elle alla à la cuisine, sortit de son sac une paire de gants en latex réglementaires qu'elle gardait toujours avec elle, déposa la lettre sur la table et entreprit de la palper prudemment. Malgré l'épaisseur du papier, elle aurait été en mesure de détecter un détonateur à retardement miniature relié à une feuille d'explosif C4. Selon les règles, elle aurait dû la confier aux services compétents pour qu'elle soit passée aux rayons. En l'ouvrant tout de suite, là, elle risquait des ennuis. Oui. Et alors ?

Elle ouvrit l'enveloppe avec un couteau de cuisine, en retira un seul feuillet d'une riche texture. Sans même regarder la signature, elle sut immédiatement qui était l'expéditeur.

Chère Clarice,

J'ai suivi avec le plus grand intérêt les péripéties de votre disgrâce publique. La mienne ne m'a jamais préoccupé le moins du monde, n'était l'inconvénient de la vie carcérale, mais vous n'avez sans doute pas le même recul...

Au cours de nos discussions dans mon cachot, il m'est clairement apparu que votre père, le veilleur de nuit défunt, occupait une place prépondérante dans votre système de valeurs. Je pense que le fait d'avoir mis fin à la carrière de couturier de Jame Gumb vous a surtout comblée parce que vous pouviez imaginer votre géniteur réalisant cela à votre place.

Mais voici que vous n'êtes plus en odeur de sainteté au FBI. Y avez-vous toujours fantasmé la présence de votre père au-dessus de vous, chef de département ou — mieux encore que Jack Crawford — sous-directeur observant vos progrès avec fierté ? Et maintenant, l'imaginez-vous empli de honte et de désarroi par l'opprobre qui vous écrase ? par la piteuse conclusion d'une carrière qui s'annonçait pourtant si prometteuse ? Envisagez-vous d'en être réduite à l'abjecte servilité dans laquelle votre mère est tombée après que des drogués eurent réglé son compte à votre « petit papa » ? Alors ? Votre échec va-t-il rejaillir sur eux ? Les gens resteront-ils à jamais abusés par l'idée que vos parents n'ont jamais été rien d'autre que des petits Blancs pouilleux ? Dites-moi ce que vous en pensez sincèrement, agent Starling.

Méditez un instant avant que nous ne poursuivions..

Et maintenant, je vais vous révéler une qualité qui peut vous aider dans l'avenir : vous n'êtes pas aveuglée par les larmes, vous pouvez lire dans les oignons

Voici un petit exercice que vous trouverez sans doute plein d'utilité. Je veux que vous l'accomplissiez avec moi, immédiatement. Disposez-vous d'un poêlon en fonte à portée ? Vous, une rustique fille du Sud, le contraire me semblerait inconcevable. Alors, placez-le sur la table de la cuisine et allumez le plafonnier.

Ardelia, qui avait hérité du poêlon traditionnel de sa grand-mère, s'en servait très souvent. Le fond noir, lustré, n'avait jamais eu besoin d'être effleuré par un quelconque détergent. Starling le posa devant elle sur la table.

Regardez dedans, Clarice. Penchez-vous et observez. S'il s'agit de celui de votre mère, ce qui me paraît très possible, ses molécules contiennent encore l'écho de toutes les conversations qui se sont déroulées autour de lui. Tout, les confidences, les mesquines disputes, les révélations assassines, l'annonce brutale de la catastrophe, les grognements et la poésie de l'amour.

Regardez, Clarice. Regardez dans le poêlon. S'il est convenablement récuré, il doit être comme un sombre étang, n'est-ce pas ? La même impression que de se pencher sur un puits : vous ne trouvez pas votre reflet exact au fond, non, mais vous vous y distinguez tout de même, pas vrai ? Avec la lumière derrière, on vous croirait grimée en Noire, la couronne électrique de votre chevelure embrasée.

Nous ne sommes tous que du carbone dérivé, Clarice. Vous, et le poêlon, et votre cher papa dans sa tombe, aussi raide et froid que cet ustensile de cuisine. Tout est encore là, il suffit d'écouter. Que disaient-ils vraiment, vos si méritants géniteurs, qui étaient-ils en réalité, dans la réalité de souvenirs concrets, non dans les illusions qui oppressent votre cœur ?

Pourquoi votre père n'était-il pas shérif adjoint, bien vu des magistrats et de leurs laquais ? Pourquoi votre mère a-t-elle dû nettoyer des chambres de motel afin d'assurer votre subsistance, même si elle n'a pas été capable de s'occuper de vous jusqu'à ce que vous voliez de vos propres ailes ?

Quel est le souvenir le plus vivace que vous gardiez de leur cuisine ? Pas de l'hôpital, non. De la cuisine.

Ma mère essuyant le sang sur le chapeau de mon père.

Quel est votre meilleur souvenir de la cuisine ?

Mon père pelant des oranges avec son vieux couteau au bout cassé et partageant les quartiers avec moi.

Votre père était un vulgaire veilleur de nuit, Clarice. Et votre mère une bonniche.

Une belle carrière au service de l'État, était-ce votre ambition, ou la leur ? Jusqu'où votre père aurait-il eu à courber l'échine pour se plier aux diktats d'une bureaucratie rancie ? Combien de fessiers aurait-il dû lécher ? L'avez-vous jamais vu ramper, flagorner ?

Vos supérieurs, Clarice, ont-ils déjà fait preuve d'un quelconque sens moral ? Et vos parents ? Et si c'est le cas, partageaient-ils les mêmes valeurs, les uns et les autres ?

Regardez dans le poêlon et racontez-moi. Regardez dans la fonte, elle est intègre, elle. Avez-vous déçu vos parents disparus ? Auraient-ils voulu que vous léchiez des bottes ? Quelle était leur conception de la force de caractère ?

Vous pouvez être aussi forte que vous le souhaitez, Clarice. Vous êtes une lutteuse. L'ennemi est mort, l'enfant épargné. Vous êtes une guerrière.

Les éléments chimiques les plus stables, Clarice, se trouvent au milieu du tableau périodique des éléments. Entre le fer et l'argent, en gros.

Entre le fer et l'argent. Je crois que cela vous convient bien.

Hannibal Lecter.

P-S. : Vous me devez encore des informations à votre sujet, savez-vous ? Dites-moi si vous vous réveillez toujours la nuit en entendant les agneaux pleurer. Un dimanche quelconque, publiez une annonce dans les messages personnels de l'édition nationale du *Times*, de l'*International Herald Tribune* et du *China Mail*. Adressez-la à A.A. Aaron, de sorte qu'elle figure en tête de liste, et signez Hannah.

Tout en lisant ces mots, Starling les entendait prononcés par cette même voix qui l'avait jadis raillée, agressée, poussée dans ses derniers retranchements, qui lui avait ouvert l'esprit au sein des ténèbres du quartier de haute sécurité, à l'asile de fous, quand elle avait dû troquer son intégrité contre des renseignements cruciaux que Lecter détenait sur le compte de « Buffalo Bill ». L'âpreté métallique de cette voix qui avait perdu l'habitude de s'élever résonnait encore dans ses rêves.

Dans un coin du plafond, une araignée avait tissé une toile toute fraîche. Starling la contempla, tandis que ses pensées oscillaient entre soulagement et tristesse, tristesse et soulagement. Soulagée par l'aide apportée, l'espoir d'une guérison. Soulagée et triste de voir que l'agence de réexpédition postale utilisée par le Dr Lecter à Los Angeles devait compter un employé peu scrupuleux parmi son personnel : il y avait une étiquette d'affranchissement, cette fois. Jack Crawford allait être ravi par cette lettre, tout comme la direction des postes et le laboratoire d'analyses.

6

La chambre dans laquelle Mason passe sa vie est silencieuse, et cependant animée de sa propre respiration : le chuintement rythmé du poumon artificiel qui lui donne son souffle. Tout est obscur à l'exception du grand aquarium faiblement éclairé où une anguille exotique s'enroule et se déroule en un huit interminable dont l'ombre se déplace comme un ruban énigmatique sur les murs.

Les cheveux de Mason sont ramassés en une natte épaisse qui repose sur le couvercle du poumon artificiel dans lequel son torse est emprisonné. Un assemblage de tuyaux est accroché devant lui, suggérant quelque étrange flûte de Pan.

Sa langue acérée jaillit d'entre ses mâchoires et s'entortille autour de l'extrémité d'un tube tandis qu'il aspire une nouvelle bouffée d'oxygène. Aussitôt, une voix s'élève du haut-parleur fixé à côté de son lit surélevé :

— Oui, monsieur ?

— Le *Tattler*.

Les consonnes initiales sont gommées, mais la voix est puissante, profonde. Une voix de présentateur de radio.

— Eh bien, en première page, il y a...

— Pas besoin de me le lire. Envoyez-moi ça sur l'écran.

Son élocution n'est qu'un amas de voyelles.

Un énorme moniteur suspendu au mur se met à grésiller. Ses reflets d'un bleu-vert tournent au rose quand le gros titre rouge du *Tattler* s'affiche : « L'Ange de la mort : Clarice Starling, la machine à tuer du FBI. » Le temps de trois lentes

41

respirations du poumon d'acier, Mason visionne l'ensemble de l'article.

Il peut agrandir les photographies sur l'écran, en cliquant avec l'unique main qui émerge des couvertures, une araignée de mer blafarde qui se meut plus sous l'action pénible des doigts que par la volonté de son bras atrophié, l'index et le majeur palpitant telles des antennes pour suppléer sa vision déficiente, pendant que le pouce, l'annulaire et l'auriculaire font office de pattes tâtonnant après la télécommande.

Mason a du mal à lire. Collé à son unique œil, un monocle électrique émet un bref sifflement toutes les trente secondes lorsqu'il vaporise de sérum son globe oculaire privé de paupière, opération qui brouille souvent le verre grossisseur. Il lui faut une bonne vingtaine de minutes pour parvenir au bout du reportage et de l'encadré.

— Envoyez la radio, commande-t-il, quand il a terminé.

Après un blanc, un cliché aux rayons X apparaît sur l'écran. C'est une main, visiblement endommagée. Un autre plan lui succède, avec tout le bras cette fois. Une flèche collée sur le tirage pointe une ancienne fracture à l'humérus, à mi-chemin entre le coude et l'épaule.

Mason le contemple longuement avant de croasser :

— La lettre, maintenant.

Une écriture cursive envahit le moniteur, amplifiée jusqu'à l'absurde.

« Chère Clarice, j'ai suivi avec le plus grand intérêt les péripéties de votre disgrâce publique... » Sous le seul rythme des mots, de vieux souvenirs remontent en lui et tout se met à tourner, le lit, la chambre. Ils arrachent la croûte de ses rêves innommables, précipitent les battements son cœur jusqu'à le faire manquer d'air. Percevant son excitation, l'appareil respiratoire accélère ses pulsations.

Par-dessus le poumon d'acier, il déchiffre péniblement, comme s'il lisait un livre sur un cheval au trot. A la fin, il ne peut pas fermer son œil de cyclope, mais son esprit abandonne l'effort de la vision pour réfléchir. La machine se calme peu à peu. Il souffle à nouveau dans son tuyau.

— Monsieur ?

— Passez-moi Vellmore, sur le casque. Et coupez le haut-parleur.

— Clarice Starling, ahane-t-il dans la bouffée d'air que lui procure l'appareil.

Le nom ne comporte pas de consonne explosive, il l'a très bien prononcé. Tous les sons y étaient. En attendant la communication téléphonique, il s'assoupit un instant, alors que l'ombre de l'anguille rampe sur ses draps, son visage, ses cheveux nattés.

7

Buzzard's Point, la Pointe du Busard, le siège du FBI pour le district de Columbia et Washington, tire son nom des charognards qui venaient s'assembler près de l'hôpital édifié sur ce site au temps de la guerre civile.

Ce jour-là, c'était une théorie de hauts fonctionnaires appartenant aux trois services officiels concernés qui s'y était donné rendez-vous pour décider du sort de Clarice Starling.

Elle était assise sur l'épaisse moquette du bureau de son chef, seule, le sang qui pulsait sous son pansement bourdonnant dans sa tête. Au-dessus de ce battement sourd, elle percevait les voix des hommes réunis dans la salle de conférences adjacente, étouffées par la porte en verre dépoli.

Le fier emblème du FBI et sa devise, « Fidélité, Courage, Intégrité », se détachaient joliment en incrustations dorées sur la porte. Derrière, une conversation animée se poursuivait, dans laquelle Starling distinguait parfois son nom, mais rien de plus.

Du bureau, on avait une belle vue sur le port de plaisance et, plus loin encore, sur Fort McNair, la forteresse où les suspects, après l'assassinat de Lincoln, avaient été pendus. Une image traversa l'esprit de Starling : celle de Mary Surratt passant devant le cercueil qui l'attendait pour monter sur le gibet, puis se tenant au-dessus de la trappe, ses jupes attachées autour de ses chevilles, afin de prévenir toute indécence lorsqu'elle tomberait dans le fracas et l'obscurité finale.

Elle entendit les chaises racler le sol tandis que les participants à la réunion se levaient. Peu à peu, ils apparurent dans la pièce où elle se trouvait. Elle reconnut certains visages. Grand Dieu, il y avait Noonan, le grand manitou régnant sur tout les services opérationnels du FBI ! Et là, c'était son mauvais génie : Paul Krendler, du département de la Justice, avec son long cou et ses oreilles plantées haut sur son crâne, telles celles d'une hyène. Un arriviste, l'éminence grise agissant dans l'ombre de l'inspecteur général. Depuis qu'elle l'avait devancé en mettant la main sur le serial killer surnommé Buffalo Bill lors d'une affaire très fameuse sept ans plus tôt, Krendler s'était ingénié à lui empoisonner sa vie professionnelle par tous les moyens, et à distiller son venin contre elle auprès du service des carrières.

Pas un d'entre eux ne s'était retrouvé sur le terrain avec elle, n'avait procédé à une arrestation, essuyé le feu ou cherché les éclats de verre dans ses cheveux après une intervention à ses côtés.

Aucun d'eux ne croisa son regard jusqu'au moment où ils la regardèrent tous d'un seul bloc, comme un troupeau qui porte soudain son attention sur la brebis galeuse en son sein.

— Prenez place, agent Starling.

Son chef, l'agent spécial Clint Pearsall, frottait son poignet massif avec une telle insistance qu'on aurait pu croire que le bracelet de sa montre le blessait. Les yeux baissés, il lui désigna du menton un fauteuil installé face aux fenêtres. Dans un interrogatoire, se voir offrir un siège n'est pas une marque d'honneur.

Les sept hommes restèrent debout, sombres silhouettes découpées par la vive lumière du jour venue du dehors. Elle ne distinguait plus leurs traits maintenant, seulement leurs jambes et leurs pieds. Cinq d'entre eux portaient les mocassins à semelles épaisses qu'affectionnent les provinciaux débrouillards qui ont fait leur chemin à Washington. Une paire de lourdes Thom McAn et une de chaussures de ville Florsheim complétaient l'ensemble. Une odeur de cirage échauffé par des pieds trop engoncés flottait dans l'air.

— Au cas où vous ne connaîtriez pas tout le monde, agent Starling, voici le sous-directeur Noonan... Je présume que vous savez de qui je parle, évidemment. Et voici John Eldredge, du DRD ; Bob Sneed, du BATF ; Benny Holcomb, du cabinet du maire, et Larkin Wainwright, ici présent, représente notre commission de déontologie. Quant à Paul Krendler, du bureau de l'inspecteur général au département de la Justice... Vous connaissez Paul, bien entendu. Eh bien, il est avec nous aujourd'hui de manière officieuse. Je veux dire qu'il est là et qu'il n'est pas là. C'est un service qu'il nous rend en venant simplement nous aider à prévenir les ennuis, si vous voyez ce que je veux dire...

Starling connaissait bien la définition ironique d'un enquêteur fédéral : quelqu'un qui arrive sur le champ de bataille quand tout est fini et qui s'empresse d'achever les blessés à la baïonnette.

Quelques-unes des silhouettes saluèrent d'un bref signe de tête. Le cou tendu, les hommes jaugeaient la jeune femme sur laquelle ils s'apprêtaient à fondre. Un court silence tomba, rompu par Bob Sneed. Starling se rappela qu'il avait été parmi les bonimenteurs officiels chargés de désamorcer le scandale provoqué par l'intervention désastreuse contre la secte de Waco. Il était à tu et à toi avec Krendler et jouissait lui aussi d'une réputation d'arriviste acharné.

— Agent Starling, vous avez pris connaissance de la couverture médiatique de cette affaire. Publiquement, le fait que vous avez abattu Evelda Drumgo est entendu. C'est regrettable, mais on a fait de vous une sorte de démon...

Elle resta de marbre.

— Agent Starling ?

— Je ne suis pas concernée par ce que raconte la presse, Mr Sneed.

— Cette femme avait son bébé dans les bras, vous comprenez quand même le problème que cela pose !

— Non, pas dans les bras, dans un harnais sur sa poitrine, et elle avait les mains fourrées derrière, sous une couverture, où elle dissimulait son MAC 10.

— Vous avez vu le rapport d'autopsie ?

— Non.

— Mais vous n'avez jamais nié avoir tiré.

— Pourquoi ? Vous pensez que j'allais le nier parce que vous n'avez pas retrouvé la cartouche ?

Elle se tourna vers son supérieur :

— Mr Pearsall, nous sommes entre nous, n'est-ce pas ?

— Tout à fait.

— Alors, dans ce cas, pourquoi Mr Sneed a-t-il un fil à sa

cravate ? Ce genre de micros miniatures, cela fait des années qu'ils ont arrêté d'en fabriquer à la division technique. Il est en train de tout enregistrer sur le F-bird qu'il a dans la pochette de sa chemise. C'est l'usage, de s'espionner entre services, maintenant ?

Pearsall devint rouge comme une tomate. Si Sneed était réellement équipé ainsi, c'était d'une perfidie révoltante, en effet. Mais personne ne voudrait prendre le risque de s'entendre après coup sur la bande en train de lui demander de couper son enregistrement.

— Nous n'avons pas besoin de grands airs et d'accusations, s'indigna Sneed, pâle de rage. Nous sommes ici pour vous aider.

— Pour m'aider à quoi ? C'est votre département qui a contacté le Bureau pour que je vous aide dans cette action, moi. J'ai donné deux occasions à Evelda Drumgo de se rendre saine et sauve. Elle avait une arme sous la couverture du bébé. Elle avait déjà abattu John Brigham. Je ne souhaitais qu'une chose, qu'elle laisse tomber, mais elle ne l'a pas fait. Elle m'a tiré dessus. J'ai répliqué. Elle est morte. Euh, Mr Sneed, vous devriez peut-être vérifier la place qui reste sur votre cassette, là ?

— Vous aviez connaissance anticipée de la présence d'Evelda Drumgo ? intervint Eldredge.

— « Connaissance anticipée » ? C'est dans la camionnette, déjà en route, que l'agent Brigham m'a annoncé qu'elle était au travail dans le labo clandestin. Et il m'a chargée de m'occuper d'elle.

— Il se trouve que Brigham est mort, constata Krendler, et Burke aussi. De sacrés bons éléments, ces deux-là. Mais enfin, ils ne sont plus en mesure de confirmer ou d'infirmer quoi que ce soit...

D'entendre Krendler prononcer le nom de Brigham lui donnait envie de vomir.

— Je ne suis pas prête à oublier que John Brigham est mort, Mr Krendler. Et c'était un excellent élément, oui, et un grand ami. Mais le fait est qu'il m'a demandé de me charger d'Evelda.

— Il vous a confié cette mission alors qu'il savait que vous aviez déjà eu une confrontation avec elle ?

— Allons, Paul ! protesta Pearsall.

— Quelle confrontation ? protesta Starling. Une arrestation sans aucun problème. Elle avait résisté à l'intervention d'autres représentants de l'ordre, dans le passé. Mais avec moi elle n'a pas fait d'histoires, nous avons parlé un moment, sans aucune animosité de part et d'autre. Elle avait été raisonnable, cette fois-là, donc j'espérais qu'elle le serait encore.

— Avez-vous clairement explicité que vous alliez vous charger d'elle ?

— J'ai accepté verbalement les instructions qui m'étaient données.

Sneed et Holcomb, le fonctionnaire du bureau du maire, se consultèrent à voix basse. Puis Sneed se redressa, solennel.

— Miss Starling, nous disposons du témoignage de l'officier de police Bolton selon lequel vous avez tenu des propos incendiaires au sujet d'Evelda Drumgo dans la fourgonnette qui vous conduisait sur les lieux de l'attaque. Vous avez un commentaire à ce sujet ?

— A la demande de l'agent Brigham, j'ai expliqué aux autres participants à l'intervention qu'Evelda avait eu recours à la violence dans le passé, qu'elle était habituellement armée et qu'elle était séropositive. J'ai dit que nous lui donnerions la chance de se rendre pacifiquement. Je leur ai demandé leur soutien au cas où il faudrait la maîtriser physiquement. Ils n'étaient pas très partants, je dois dire...

Clint Pearsall se lança :

— Après que le véhicule des Crip s'est arrêté et qu'un des criminels a pris la fuite, vous avez bien vu du mouvement dans la voiture et vous avez entendu l'enfant pleurer ?

— Hurler, oui. J'ai levé la main pour demander à tous de cesser le feu et je me suis avancée à découvert.

— C'est contraire à la procédure normale, ça, intervint Eldredge.

Starling ignora l'interruption.

— Je me suis approchée du véhicule en position parée, arme prête. Sur le sol entre nous, Marquez Burke agonisait. Quelqu'un s'est risqué à son aide. Evelda est sortie avec le bébé. Je lui ai demandé de me montrer ses mains, j'ai dit : « Ne faites pas ça, Evelda », ou quelque chose d'approchant.

— Et elle a tiré, et vous avez répliqué. Est-ce qu'elle est tombée d'un coup ?

— Oui. Ses jambes se sont dérobées sous elle et elle s'est

affaissée par terre en position assise, inclinée sur l'enfant. Morte.

— Puis vous avez pris le gosse et vous avez couru le laver, compléta Pearsall. Vous étiez inquiète, manifestement.

— Je ne sais pas ce que j'étais, « manifestement ». Il était couvert de sang. Je ne savais pas s'il était séropositif lui aussi, mais je savais qu'elle l'était, elle.

— Et vous avez pensé que votre balle avait pu atteindre l'enfant également, glissa Krendler.

— Non. Je savais exactement où ma balle était allée... Est-ce que je peux parler franchement, Mr Pearsall ?

Comme il détournait le regard, elle poursuivit de son propre chef :

— Ce raid a tourné à la boucherie, une horrible boucherie. Qui m'a réduite à un seul choix : mourir ou tirer sur une femme qui portait un enfant. J'ai choisi, et ce que j'ai été contrainte de faire me torture. J'ai tué une mère avec son nourrisson dans les bras. Même les pires animaux ne commettent pas une chose pareille. Vous devriez vérifier encore votre compteur, Mr Sneed, vous retrouverez plus facilement l'endroit de la bande où je reconnais ça. J'en ai gros sur le cœur d'avoir été placée devant une telle alternative. Et de ressentir ce que je ressens maintenant.

L'image de Brigham effondré sur la chaussée lui revint en un éclair et elle ne put s'empêcher d'ajouter une phrase de trop :

— Et quand je vous vois tous essayer de vous en laver les mains, ça me dégoûte.

— Starling...

Épouvanté, Pearsall la regardait pour la première fois dans les yeux. Larkin Wainwright prit la parole :

— Je comprends que vous n'ayez pas encore eu le temps de rédiger votre 302, mais quand nous reprenons...

— Si, monsieur, je l'ai fait. Une copie est déjà partie pour la commission de déontologie, j'en ai une autre ici si vous la voulez tout de suite. Tout ce que j'ai fait et dit ce jour-là s'y trouve. D'ailleurs, vous l'avez depuis longtemps, Mr Sneed, n'est-ce pas ?

La clarté de sa vision s'était encore intensifiée, un signe dangereux chez elle, et qu'elle connaissait bien. Elle se força à baisser un peu le ton.

— Ce raid a mal tourné pour deux raisons essentielles. La balance du BATF a menti en racontant que l'enfant n'était pas sur les lieux, parce qu'il voulait absolument que l'intervention se produise avant la date de son procès dans l'Illinois. Et Evelda Drumgo était au courant de notre arrivée. Elle est sortie avec son argent dans un sac, la drogue dans l'autre. Il y avait encore le numéro de WFUL-TV sur son biper. Elle a reçu l'appel cinq minutes avant que nous débarquions. Et l'hélicoptère de la télé s'est pointé en même temps que nous. Demandez un mandat pour vérifier l'enregistrement des communications téléphoniques de la chaîne et vous verrez qui est l'auteur de la fuite. C'est quelqu'un qui a des intérêts ici, messieurs. Si la fuite était venue du BATF, comme ça s'est passé à Waco, ou du DRD, ils auraient contacté une télévision nationale, pas la télé locale.

Benny Holcomb voulut prendre la défense de sa ville :

— Nous n'avons pas la moindre preuve que quiconque à la mairie ou à la police de Washington ait pu commettre une chose pareille.

— Demandez un mandat et vous verrez, répéta Starling.

— Le biper de Drumgo, vous l'avez ? demanda Pearsall.

— Il est sous scellés à Quantico.

A cet instant précis, celui de Noonan se déclencha. Il consulta le numéro sur l'écran, fronça les sourcils, s'excusa et quitta rapidement le bureau. Quelques secondes plus tard, il demandait à Pearsall de le rejoindre dehors.

Wainwright, Eldredge et Holcomb se tenaient devant la fenêtre, les yeux fixés sur Fort McNair, les mains dans les poches. On aurait pu croire qu'ils attendaient à l'entrée d'une salle d'opération. D'un signe, Krendler ordonna à Sneed de reprendre l'interrogatoire. Une main posée sur le dossier de son fauteuil, il se pencha au-dessus de Starling.

— Si vous témoignez à l'instruction que votre arme a causé la mort d'Evelda Drumgo au cours d'une mission spéciale du FBI, le BATF est prêt à confirmer dans une déclaration officielle que Brigham vous avait demandé de... veiller spécialement à ce qu'Evelda soit appréhendée. C'est votre arme qui l'a tuée, d'accord, et ce sera le seul point sur lequel le Bureau aura à porter le chapeau. Mais il n'y aura pas de polémiques débiles entre services à propos des procédures, et nous n'aurons pas à soulever la question de vos remarques plus ou moins désobligeantes sur le genre de personne qu'elle était, dans la camionnette.

Starling revit Evelda sortir du laboratoire, puis de la voiture. Elle revit le port de tête qu'elle avait à ce moment-là et elle fut convaincue que, malgré toutes ses folies passées, la jeune femme avait alors pris la décision de garder son enfant avec elle, d'affronter ses ennemis et de ne pas céder un pouce de terrain.

Approchant son visage de la cravate de Sneed, là où était dissimulé le micro, elle prononça délibérément :

— Je suis tout à fait prête à reconnaître quel genre de personne elle était, Mr Sneed : quelqu'un de bien mieux que vous.

Pearsall fit irruption dans la pièce, sans Noonan, et referma la porte derrière lui.

— Le sous-directeur a été rappelé d'urgence à son bureau. Je vais devoir suspendre cet entretien, messieurs. Je reprendrai contact avec chacun d'entre vous par téléphone très prochainement.

Krendler leva le nez en l'air. Il avait soudain reniflé l'odeur des intrigues politiques. Sneed tenta de protester :

— Mais nous devons décider au moins...

— Non.

— Mais...

— Croyez-moi, Bob : nous n'avons rien à décider du tout. Je vous recontacte bientôt. Ah, et puis, Bob ?

— Oui ?

Pearsall avait attrapé le fil qui courait derrière la cravate de Sneed. Il tira dessus d'un geste sec, arrachant plusieurs boutons de sa chemise et les bouts de sparadrap qui l'avaient maintenu sur sa peau.

— Vous revenez me voir équipé comme ça et je vous sors à coups de pied au cul.

Aucun d'eux n'accorda un regard à Starling en quittant les lieux. Sauf Krendler. En gagnant la porte d'un pas traînant, il se servit de toute la flexibilité de son cou démesuré pour garder les yeux sur elle, telle une hyène inspectant un troupeau pour choisir sa victime. Des appétits contradictoires se lisaient sur ses traits : il était dans sa nature de lorgner avec envie les jambes de la jeune femme, mais il cherchait en même temps l'endroit où il lui couperait les jarrets.

8

Au FBI, la division Science du comportement est celle qui s'occupe des meurtriers en série. Dans ses locaux en sous-sol, l'air est froid, immobile. Au cours des dernières années, des décorateurs sont venus ici avec leurs palettes de couleurs dans l'espoir d'égayer un peu cet espace souterrain. Le résultat n'est pas plus probant qu'une intervention cosmétique dans un salon funéraire.

Le bureau du chef de la division, lui, est resté dans les tons brun et cuir d'origine, ses hautes fenêtres dissimulées par des rideaux à carreaux café au lait. C'est là que Jack Crawford, au milieu de ses monstrueux dossiers, était assis à sa table, en train d'écrire.

On frappa à la porte. Crawford leva les yeux et ce qu'il vit lui fit comme toujours plaisir : Clarice Starling se tenait sur le seuil. Il se leva avec un sourire. Ils avaient pris l'habitude de rester debout quand ils se parlaient. C'était l'une des formalités tacites qu'ils en étaient venus à imposer à leurs relations. Ils n'éprouvaient pas le besoin de se serrer la main, non plus.

— On m'a dit que vous étiez passé à l'hôpital, commença Starling. Désolée de vous avoir raté.

— J'ai été bien content qu'ils vous laissent sortir aussi vite. Alors, cette oreille, comment ça va ?

— Très bien, si vous aimez le chou-fleur. Ils m'ont dit qu'elle allait désenfler, petit à petit.

Ses cheveux la dissimulaient. Elle ne proposa pas de la lui montrer. Il y eut un court silence.

— Ils ont cherché à me faire porter le chapeau du raid, Mr Crawford. Pour la mort d'Evelda Drumgo et pour tout le reste. Ils étaient autour de moi comme des chacals, et puis ça s'est arrêté d'un coup et ils se sont défilés. Quelque chose les a obligés à me lâcher.

— C'est peut-être que vous avez un ange gardien, Starling.

— Peut-être, oui. Qu'est-ce que ça vous a coûté, Mr Crawford ?

— Vous voulez bien fermer la porte, Starling ?

Il sortit un kleenex de sa poche et entreprit de nettoyer ses verres de lunettes.

— Écoutez, si j'avais pu, je l'aurais fait. Mais à moi seul, je ne m'en sentais pas capable. Si au moins Martin avait été encore sénatrice, vous auriez pu avoir un certain soutien... Ils ont envoyé John Brigham à la boucherie, avec cette opération. Ce sont eux qui sont responsables de ce gâchis. S'ils vous avaient bousillée comme ils ont bousillé John, ç'aurait été une honte. J'aurais... Ç'aurait été comme si je devais vous ramasser et vous emporter sur le capot d'une jeep, John et vous.

Ses joues s'étaient colorées. Elle se souvint de l'expression de son visage, dans le vent âpre, à l'enterrement de Brigham. Crawford ne lui avait jamais parlé de sa guerre.

— Vous avez quand même fait quelque chose, Mr Crawford.

Il hocha la tête.

— C'est exact, oui. Et je ne suis pas certain que ça va vous plaire. Voilà, c'est un job.

Un job. Dans le lexique personnel de Starling, c'était un mot qui sonnait agréablement. Qui signifiait un objectif concret, immédiat. De quoi renouveler l'air autour d'elle. Avec Crawford, ils s'abstenaient généralement d'évoquer les « affaires » qui agitaient la bureaucratie du FBI. Ils étaient comme les missionnaires médecins qui se préoccupent peu de théologie mais se dépensent sans compter pour sauver l'enfant couché devant eux, conscients, même s'ils ne le disent pas, que Dieu ne lèvera pas le petit doigt pour les aider. Sachant que même pour la vie de cinquante mille petits Ibos, le Seigneur ne se souciera pas d'envoyer la pluie.

— En fait, Starling, c'est votre récent correspondant qui vous a protégée dans cette histoire. Indirectement, du moins.

— Le docteur Lecter ?

Elle avait remarqué depuis longtemps que Crawford répugnait à prononcer ce nom.

— Oui, lui-même. Toutes ces années à nous esquiver, tranquillement dans son coin, et soudain il vous envoie une lettre. Pourquoi ?

Sept ans s'étaient en effet écoulés depuis que le Dr Hannibal Lecter, convaincu du meurtre d'au moins dix personnes, avait échappé à ses gardiens à Memphis en emportant cinq autres vies dans sa fuite. Puis il avait disparu, il s'était évaporé dans les airs, aurait-on dit. Au FBI, son dossier restait ouvert et le demeurerait à jamais, ou jusqu'au moment où il serait à nouveau appréhendé. C'était également le cas dans le Tennessee et d'autres juridictions du continent. Mais il n'y avait plus d'équipe spéciale chargée de sa recherche, même si les parents de ses victimes avaient versé des larmes amères en réclamant des mesures énergiques aux autorités de cet État.

Des volumes entiers avaient été consacrés à des conjectures sur son profil psychologique, la plupart rédigés par des spécialistes qui ne l'avaient jamais croisé une seule fois. Des psychiatres, qu'il avait jadis éreintés dans des revues scientifiques, avaient commis aussi quelques ouvrages, estimant sans doute qu'ils ne risquaient plus rien à rompre le silence. Certains soutenaient que ses aberrations le pousseraient inévitablement au suicide et qu'il était probablement mort, déjà.

Dans le cyberespace, en tout cas, le docteur Lecter était resté très vivant. Sur l'humus de l'Internet, les théories à son sujet jaillissaient comme des champignons empoisonnés ; on prétendait l'avoir vu partout, presque plus qu'Elvis Presley ; les imposteurs se faisant passer pour lui pullulaient dans les forums de discussion et, dans les marécages phosphorescents du Web, les clichés de police des scènes de ses crimes s'échangeaient à prix d'or entre collectionneurs de turpitudes, seules les photos de l'exécution de Fou-Tchou-Li s'avérant plus cotées.

Et là, après sept longues années, le docteur laissait une trace : sa lettre à Clarice Starling, arrivée alors que la jeune femme était crucifiée par la presse à sensation.

On n'avait trouvé aucune empreinte digitale sur la missive,

mais le FBI estimait son authenticité probable. Starling, elle, en était persuadée.

— Pourquoi a-t-il fait ça, dites ? — Crawford paraissait presque fâché contre elle. — Moi, je n'ai jamais prétendu le comprendre mieux que tous ces psychiatres à la noix. Alors dites, vous !

— Il a pensé que ce qui m'est arrivé allait... détruire, non, me faire perdre mes illusions à propos du Bureau. Et il n'y a rien qu'il aime plus voir que la destruction de la confiance, de la foi. C'est comme ces histoires d'églises qui s'écroulent, ça le ravissait. L'amas de ruines en Italie quand une église est tombée sur toutes les mamies réunies pour la messe, et après quelqu'un a planté un arbre de Noël dessus : il adorait ça. Je l'amuse, il joue avec moi. Pendant nos entretiens, il prenait toujours plaisir à me faire remarquer mes lacunes, mon manque de culture. Il me juge plutôt cruche, en fait.

Ce fut avec le recul de son âge et de sa solitude que Crawford risqua la question après un moment :

— Vous n'avez jamais pensé qu'il pourrait avoir un faible pour vous, Starling ?

— Je pense que je l'amuse. Ou bien quelque chose l'amuse, ou bien non. Et si c'est non...

— Ou alors *senti* qu'il vous aimait bien ?

Crawford soulignait la différence entre analyse et sensation, de même qu'un baptiste insiste sur la nécessité de l'immersion totale.

— Alors qu'il a eu vraiment très peu de temps pour me connaître, il a fait plusieurs réflexions à mon sujet qui tombaient juste. Je crois qu'on arrive facilement à confondre la compréhension et la sympathie. On en a tellement besoin, de la sympathie ! Apprendre à faire cette distinction, c'est cela, entre autres, devenir adulte. C'est dur de savoir que quelqu'un peut vous comprendre sans même avoir la moindre affection pour vous. C'est dur, et c'est affreux. Et quand la compréhension est utilisée comme une arme de prédateur, c'est le pire. Moi, je... j'ignore totalement les sentiments que le docteur Lecter pourrait avoir envers moi.

— Ces réflexions sur vous, c'était quoi, si je ne suis pas indiscret ?

— Il m'a dit que j'étais une petite pécore aguicheuse et proprette, que mes yeux brillaient comme des billes de troisième qualité... Il m'a dit que je portais des chaussures bon marché mais que j'avais quand même du goût. Un peu.

— Et... et vous avez trouvé ça vrai ?

— Eh oui ! Peut-être que ça l'est encore. Quoique, question chaussures, j'aie fait des progrès...

— Vous ne pensez pas qu'il voulait voir si vous alliez le dénoncer quand il vous a envoyé cette lettre d'encouragement ?

— Il savait que je le dénoncerais. Il avait intérêt à en être sûr, même.

— Après son incarcération, il a encore tué six personnes, Starling. Il a liquidé Miggs à l'asile parce qu'il vous avait balancé son sperme à la figure, puis cinq autres pendant son évasion. Dans le contexte politique actuel, s'il se fait prendre, il est bon pour la seringue.

Cette idée lui fit venir un sourire aux lèvres. Il avait été un pionnier dans l'étude des meurtriers en série, il approchait désormais de la retraite obligatoire et le monstre qui avait été le cas le plus éprouvant de sa carrière courait toujours. La perspective de voir le docteur Lecter exécuté lui procurait une incommensurable satisfaction.

Starling savait que Crawford n'avait mentionné l'incident avec Miggs que pour mieux piquer son attention, pour la ramener à cette période terrible où elle essayait d'interroger « Hannibal le Cannibale » dans sa cellule de haute sécurité à l'hôpital de Baltimore, où Lecter avait joué au chat et à la souris avec elle, tandis qu'une fille prise au piège dans les oubliettes de Jame Gumb attendait la mort. C'était bien son style, de forcer son interlocuteur à la plus grande concentration avant d'en arriver à ce qu'il voulait dire, comme c'était le cas maintenant.

— Starling ? Vous saviez qu'une de ses premières victimes est toujours en vie ?

— Le richard, oui. La famille a offert une grosse récompense.

— Exact. Mason Verger. Il vit dans le Maryland, avec un poumon artificiel. Son père est mort cette année en lui laissant la fortune qu'il avait accumulée dans la viande de boucherie. Il lui a aussi légué un membre du Congrès et un type de la commission juridique de la Chambre des représentants qui n'auraient tout simplement jamais pu boucler leurs fins de mois sans lui. Mason raconte qu'il est tombé sur quelque chose qui pourrait nous aider à trouver le docteur. Il veut vous parler.

— A moi ?

— A vous, oui. C'est ça qu'il veut, et d'un coup tout le monde s'accorde à trouver que c'est une excellente idée.

— Ou c'est ce que veut Mason depuis que vous le lui avez suggéré ?

— Ils étaient prêts à vous jeter, Starling. A se servir de vous comme d'une vulgaire serpillière pour nettoyer derrière eux. Un gâchis de plus, comme Brigham. Juste pour sauver la peau de quelques bureaucrates du BATF. La peur, la pression, il n'y a plus que ça qu'ils comprennent. Je me suis arrangé pour faire passer le message à Verger que les chances de mettre la main sur son bourreau seraient sacrément compromises si jamais vous étiez saquée. Ce qui s'est passé ensuite, qui Mason a pu appeler, je ne veux pas le savoir. Le député Vollmore, probablement.

Encore un an plus tôt, Crawford n'aurait jamais joué ce genre de jeu. Starling le dévisagea, à la recherche d'un signe de cette démence passagère qui s'empare parfois de ceux qui vont bientôt partir à la retraite. Elle n'en trouva pas, mais il paraissait épuisé.

— Mason n'est pas joli à voir, Starling. Et je ne parle pas seulement de sa figure. Découvrez ce qu'il a trouvé, rapportez-le ici et on se débrouillera avec. Ce ne sera pas trop tôt...

Elle savait que depuis des années, depuis le jour où elle avait quitté l'École du FBI pratiquement, Crawford avait tenté en vain de la faire nommer dans sa division. Avec l'expérience qu'elle avait accumulée, avec sa carrière mouvementée, elle comprenait désormais que son coup de maître, la neutralisation du serial killer Jame Gumb, était venu trop tôt et expliquait en grande partie son échec au sein du Bureau. Elle avait été une étoile montante dont l'ascension avait été bloquée. En attrapant Gumb, elle s'était fait au moins un ennemi puissant et elle s'était attiré la jalousie d'une bonne partie de ses collègues masculins. C'était cela, ajouté à un caractère parfois difficile, qui l'avait conduite à des années de missions ingrates, d'interventions sur des hold-up, d'arrestations mouvementées, à une existence de porteuse de flingue. Et puis, jugée trop irascible pour travailler en équipe, elle avait été affectée à la section technique, plaçant sur écoute les téléphones et les voitures des mafieux ou des trafiquants de pornographie infantile, montant une garde solitaire devant ses appareils d'espionnage. Et elle était toujours disponible lorsqu'une agence associée avait besoin d'une fine gâchette pour une opération. Elle avait une force féline, elle était rapide et elle utilisait toujours son arme à bon escient.

Crawford avait vu là une chance pour elle. Il présumait qu'elle avait toujours voulu reprendre la chasse au docteur Lecter. La réalité était bien plus compliquée que cela.

Il l'observa un instant.

— Cette trace de poudre sur la joue, vous ne vous l'êtes jamais fait enlever...

C'était une petite tache noire qu'un **tir** du revolver de Jame Gumb lui avait laissée.

— Jamais eu le temps, répondit-elle.

— Vous savez comment les Français appellent un grain de beauté quand il est placé comme ça, en haut de la joue ? La signification qu'ils donnent à une *mouche* de ce genre ?

Il possédait une solide bibliothèque d'ouvrages consacrés aux tatouages, à la symbolique corporelle, aux mutilations rituelles.

Elle fit non de la tête.

— Ils appellent ça *courage.* Vous la méritez bien. Si j'étais vous, je la garderais.

9

Muskrat Farm, le domaine familial des Verger en bordure de la Susquehanna River, au nord du Maryland, possède une beauté un peu inquiétante. Cette dynastie qui a amassé sa fortune dans la viande de boucherie avait fait l'acquisition de cette « Ferme de l'Ondatra » dans les années 30, lorsqu'elle avait quitté Chicago pour se rapprocher de Washington. Pour les Verger, la dépense avait été dérisoire : grâce à leur sens des affaires et à leur entregent, ils étaient les fournisseurs en viande de l'armée américaine depuis la guerre civile. Le scandale dit du « bœuf embaumé » au cours du conflit entre Espagnols et Américains les effleura à peine. Quand l'écrivain réformateur Upton Sinclair et d'autres fouineurs menèrent leur enquête sur les accidents du travail dans les usines de conditionnement de Chicago, ils découvrirent que plusieurs employés des Verger s'étaient fait happer par le laminoir, transformer en bacon, mettre en boîte et vendre comme lard de qualité supérieure sous la marque Durham's, très employée par les traiteurs et pâtissiers de la ville. Là encore, les Verger furent épargnés par l'indignation publique et ces révélations ne leur coûtèrent pas un seul contrat officiel. Dans ce cas, et dans bien d'autres encore, il leur suffit d'arroser la classe politique. Leur unique revers fut l'adoption de la loi sur le contrôle sanitaire de la boucherie en 1906.

De nos jours, les Verger abattent quatre-vingt-six mille bovins par jour et, avec quelques légères variations selon la saison, environ trente-six mille porcs. Pourtant, les pelouses manucurées de Muskrat Farm et ses bosquets de lilas balancés par la brise sont loin de sentir l'étable, et les seuls animaux en vue sont des poneys destinés aux enfants en visite ou des troupeaux d'oies que l'on voit se dandiner dans l'herbe, bec à l'affût, le derrière comiquement levé. Aucun chien, par contre. La demeure, sa grange et son parc trônent presque au centre d'un millier d'hectares de forêt classée domaine national, un rare privilège accordé à perpétuité par dérogation du département de l'Intérieur.

A l'instar de tant d'enclaves réservées aux plus riches, la propriété n'est pas facile à trouver, la première fois. Clarice Starling, ainsi, dépassa la bonne sortie sur l'autoroute et dut rebrousser chemin en empruntant la voie forestière, où elle aperçut d'abord l'entrée de service, une grille massive et cadenassée qui interrompait la haute clôture enserrant la forêt et derrière laquelle une piste disparaissait rapidement sous les arbres. Pas d'interphone. Trois kilomètres plus loin, à une centaine de mètres au fond d'une belle allée, ce fut enfin la maison du gardien. Le vigile en uniforme avait son nom sur sa feuille d'instructions. Encore trois kilomètres et elle eut la maison en vue. A quatre ou cinq cents mètres, quand elle dut arrêter sa Mustang vrombissante pour laisser traverser un cortège d'oies, elle remarqua une file d'enfants juchés sur des shetlands en train de quitter une grange altière. La demeure d'habitation, une magnifique réalisation de l'architecte Stanford White édifiée sur une colline en pente douce, paraissait inébranlable, généreuse, inspiratrice de rêves paisibles. Elle attirait Starling comme un aimant.

Les Verger avaient été assez avisés pour ne pas apporter de modifications au bâtiment, à l'exception d'une nouvelle aile que la jeune femme ne pouvait apercevoir encore, un rajout sur la façade orientale aussi incongru qu'un bras supplémentaire greffé sur un patient par quelque médecin fou.

En arrêtant son moteur devant le porche central, elle n'entendit d'autre bruit que celui de sa respiration. Un coup d'œil machinal dans son rétroviseur lui révéla cependant quelqu'un à cheval qui s'approchait de sa voiture. Le silence fut rompu par la cadence des sabots sur les pavés au moment où elle ouvrait sa portière.

La personne arrivée à sa hauteur avait une carrure imposante, des cheveux blonds coupés court. Elle mit pied à terre, tendit les rênes à un palefrenier qui l'avait rejointe en courant et commanda d'une voix virile, rocailleuse :

— Ramenez-le.

Puis, à l'adresse de Starling :

— Margot Verger.

C'était une femme, elle s'en rendait compte maintenant, qui lui tendait la main d'un geste décidé. Et une adepte du body-building, de toute évidence. Son cou musclé, ses bras et ses épaules d'athlète distendaient la maille de son polo de tennis. Ses yeux étaient froids et semblaient irrités, comme s'ils ne sécrétaient plus de larmes. Elle portait une culotte d'équitation en sergé de coton et des bottes sans éperon.

— Qu'est-ce que vous conduisez là ? Une vieille Mustang ?

— Elle est de 88.

— Une cinq-litres, non ? On dirait qu'elle a une sacrée reprise.

— Oui. C'est un modèle spécial.

— Vous l'aimez, hein ?

— Beaucoup.

— Elle peut faire quoi ?

— Je ne sais pas. Suffisamment, je crois.

— Elle vous fait peur ?

— Elle m'inspire du respect, plutôt. Disons que je m'en sers avec déférence.

— Vous la cherchiez, ou vous l'avez juste achetée comme ça ?

— Je la cherchais assez pour l'acheter à une vente aux enchères quand j'ai vu ce que c'était. Après, j'ai appris à la connaître.

— Vous pensez qu'elle battrait ma Porsche ?

— Tout dépend quelle Porsche. Je dois parler à votre frère, Mrs Verger.

— Ils auront fini de le préparer dans cinq minutes. On peut commencer à y aller.

Le tissu de sa culotte chuinta sur ses cuisses solides quand elle commença à gravir le perron. Ses cheveux couleur paille étaient assez clairsemés pour que Starling se demande si elle prenait des stéroïdes et si elle devait dissimuler son clitoris hypertrophié.

Elle eut l'impression d'entrer dans un musée tant le décor contrastait avec le dépouillement auquel elle avait été habi-

61

tuée en passant la plus grande partie de son enfance dans un orphelinat protestant. Les hauts plafonds étaient ornés de poutres badigeonnées, des portraits de personnages sans doute importants couvraient les murs, des émaux cloisonnés chinois décoraient l'escalier et de longs tapis marocains couraient sur le sol du hall.

L'entrée de la nouvelle aile contrastait abruptement avec cette atmosphère feutrée. La double porte en verre dépoli paraissait déplacée, incongrue. Margot Verger marqua une pause avant de l'ouvrir, dévisageant Starling de son étrange regard.

— Il y a des gens qui ont du mal à parler avec Mason. Si c'est une épreuve trop dure pour vous, ou si ça vous trouble, je pourrai compléter ensuite ce que vous aurez oublié de lui demander.

Il est un sentiment que nous connaissons tous, mais pour lequel nous n'avons pas encore trouvé de terme spécifique : la joie anticipée de se sentir sur le point d'éprouver un mépris justifié pour quelqu'un. C'est ce que Starling lut sur le visage de son hôtesse. Elle se contenta de répliquer par un simple « Merci ».

A sa grande surprise, la première pièce de l'extension moderne était une salle de jeux spacieuse et bien équipée. Au milieu d'animaux en peluche, deux enfants noirs étaient en train de s'amuser, l'un à chevaucher un ballon sauteur, l'autre à pousser un modèle réduit de camion sur le sol. Toutes sortes de vélos et de tricycles étaient rangés le long des murs tandis que le centre était occupé par un grand jeu de barres sous lequel s'étalait un tapis de mousse rembourré.

Dans un coin, un homme de grande taille, en tenue d'infirmier, était assis sur une causeuse, un numéro de *Vogue* à la main. Plusieurs caméras vidéo étaient fixées aux murs, certaines en hauteur, d'autres au niveau des yeux. L'une d'elles, pratiquement au plafond, suivit l'entrée de Starling et de Margot Verger, son objectif tournant sur lui-même pour garder le point.

Starling avait dépassé le stade où la seule vue d'un gamin noir lui perçait le cœur, mais elle fut très touchée par le charmant spectacle de ces deux enfants occupés à jouer tandis qu'elle traversait la salle avec Margot Verger.

— Mason aime bien regarder les gosses, lui confia Margot.

Mais comme son apparence leur fait peur, à part aux plus petits, il a choisi ce système. Après, ils vont faire du poney. Ils viennent d'un centre pour enfants défavorisés de Baltimore.

L'accès obligatoire aux quartiers de Mason Verger passait par sa salle de bains, une installation digne d'une station thermale qui occupait toute la largeur de la nouvelle aile. Ultra-fonctionnelle, toute d'acier et de chrome et au sol plastifié, elle comportait des cabines de douche, des baignoires en inox munies de poignées et de tuyaux orange, un bain de vapeur et de grands rangements vitrés remplis de produits provenant de la Farmacia de Santa Maria Novella à Florence. L'atmosphère était encore humide et surchauffée, imprégnée d'une odeur de myrrhe et de conifère.

Starling aperçut un filet de lumière sous la porte de la chambre de Verger, qui s'éteignit à l'instant où sa sœur tourna le loquet. Elles entrèrent dans une aire de réception violemment éclairée par un spot au plafond, la seule partie de la pièce à ne pas être plongée dans l'obscurité. Au-dessus du canapé était suspendue une reproduction assez correcte du tableau de William Blake, *The Ancient of Days*, Dieu mesurant les jours avec son compas, dont le cadre était drapé d'un voile noir en raison du récent décès du patriarche des Verger. Des ténèbres montait un bruit de machine régulier, une sorte de soupir entre deux silences.

— Bonjour, agent Starling.

Une voix métallique, artificiellement amplifiée, où les consonnes avaient tendance à disparaître.

— Bonjour, Mr Verger, répondit-elle sans discerner son interlocuteur.

La chaleur du plafonnier au-dessus de sa tête lui hérissait le cuir chevelu. Mais le jour n'appartenait pas à cet endroit. Le jour n'avait pas le droit d'entrer ici.

— Asseyez-vous.

« Il va falloir y aller, il va falloir le faire, pensa Starling. Tout de suite, maintenant. C'est bien. C'est maintenant. »

— La conversation que nous allons avoir est à considérer comme une déposition, Mr Verger, et je vais donc avoir à l'enregistrer. Vous n'y voyez pas d'inconvénient ?

— Non, bien sûr.

La voix s'élevait entre les soupirs de la machine. Le « s » de « sûr » était inaudible.

— Margot ? Je pense que tu peux nous laisser, maintenant.

Sans regarder Starling, la sœur de Mason Verger sortit dans le bruissement de sa culotte de cheval.

— Mr Verger, j'aimerais fixer ce micro sur votre... sur votre vêtement ou votre oreiller, à votre convenance. Mais si vous préférez, j'appelle un infirmier pour le faire.

— Je vous en prie, rétorqua-t-il, les consonnes toujours escamotées, puis il attendit la prochaine expiration mécanique pour ajouter : Vous pouvez le faire vous-même, agent Starling. Je suis juste là.

Aucun interrupteur n'était à portée de son regard. Pensant que sa vision serait meilleure si elle quittait l'éclat aveuglant du spot, elle avança dans les ténèbres, une main tendue devant elle, guidée par le parfum de myrrhe et de conifère.

Elle était déjà plus près du lit qu'elle ne l'avait estimé lorsqu'il alluma sa lumière de chevet.

L'expression de Starling ne se modifia pas. Seule la main qui tenait le petit micro eut un bref sursaut, deux centimètres à peine.

La première réaction que lui communiqua son cerveau n'avait pas de lien avec ce qu'elle ressentait au plus profond de sa poitrine et de ses viscères. C'était le constat que son élocution anormale résultait de ce qu'il était totalement privé de lèvres. La seconde fut de constater qu'il n'était pas aveugle : un œil, unique et bleu, l'observait au travers d'une sorte de monocle muni d'un petit tuyau qui assurait l'humidification permanente du globe oculaire, puisque celui-ci n'avait plus de paupière. Pour le reste, plusieurs chirurgiens avaient fait tout ce qui était en leur pouvoir, des années auparavant, à l'aide de greffes de peau.

Sans nez, sans lèvres, sans chair sur son visage, Mason Verger était tout en dents, telle une créature des abysses les plus inaccessibles de l'océan. Nous sommes si habitués aux masques que le choc de cette apparition se produit après coup, quand nous comprenons qu'il s'agit là d'une figure humaine, avec une âme derrière. C'est de la voir se mouvoir qui vous bouleverse, de voir les articulations des mâchoires, et cet œil qui pivote pour vous regarder. Pour regarder un visage normal. Le vôtre.

Il a de beaux cheveux, Mason Verger, mais étonnamment, c'est encore ce qu'il y a de plus repoussant dans son apparence. Noirs saupoudrés de gris, ils sont ramassés dans une queue de cheval si longue qu'elle toucherait le sol si elle était passée par-dessus son oreiller. Aujourd'hui, elle repose en une grosse boucle sur sa poitrine, ou plutôt sur la carapace de tortue que lui fait le poumon artificiel. Des cheveux humains sous une gargouille en fluorine. Une tresse qui luit comme des écailles articulées.

Sous les draps, le corps depuis longtemps paralysé de Mason Verger s'amenuisait jusqu'au néant sur son lit d'hôpital surélevé.

Il avait en face de lui une télécommande qui faisait penser à une flûte de Pan ou à un harmonica en plastique transparent. Il entortilla le bout de sa langue autour d'un des embouts et attendit l'inhalation suivante du poumon pour souffler dedans. Son lit répondit par un murmure électrique, s'inclina légèrement pour qu'il puisse faire face à Starling et rehaussa sa tête.

— Je remercie Dieu de ce qui m'est arrivé, prononça-t-il. Cela a été mon salut. Avez-vous accepté Jésus dans votre cœur, miss Starling ? Avez-vous la foi ?

— J'ai été élévée dans une atmosphère très religieuse, Mr Verger. Ce que j'ai, c'est les marques que cela vous laisse, de quelque manière que vous appeliez ça. Maintenant, si vous voulez bien, je vais accrocher cet appareil à votre oreiller. Il ne devrait pas vous gêner, n'est-ce pas ?

Elle avait pris un ton péremptoire d'infirmière qui ne lui allait pas. Mais la vue de sa main près du visage, de ces deux chairs côte à côte, n'était pas là pour l'aider, pas plus que celle des vaisseaux greffés sur les maxillaires pour leur apporter du sang et dont les dilatations régulières faisaient penser à des vers en train de se nourrir.

Ce fut un soulagement de dévider le fil du microphone et de retourner à la table où elle avait laissé son magnétophone et un autre micro à son usage.

— Ici agent spécial Clarice M. Starling, matricule FBI 5143690, venue recueillir à son domicile la déposition de Mason R. Verger, numéro de Sécurité sociale 475989823, à la date inscrite et certifiée sur cette cassette. Mr Verger a bien compris que l'immunité judiciaire lui a été accordée par le procureur fédéral du trente-sixième district et par les autorités locales concernés dans une résolution commune, pièce jointe certifiée.

Elle marqua une pause.

— Et maintenant, Mr Verger, si...

— Je veux vous parler du camp, l'interrompit-il dans le souffle de son poumon artificiel. C'est un merveilleux souvenir d'enfance auquel je suis revenu, littéralement.

— Nous pourrons évoquer cela plus tard, Mr Verger, mais pour l'instant je crois que...

— Oh, nous pouvons évoquer cela tout de suite, miss Starling. Voyez-vous, tout se résume à une chose : endurer. C'est de cette manière que j'ai rencontré Jésus et je n'ai rien de plus important à vous dire.

Il laissa passer un soupir de la machine.

— C'était un camp de vacances religieux que mon père finançait. Il payait pour tout le monde, cent vingt-cinq petits campeurs au bord du lac Michigan. Certains venaient de familles très humbles, ils étaient prêts à n'importe quoi pour une sucrerie. Je ne sais pas, je profitais peut-être d'eux, je les traitais peut-être durement s'ils ne voulaient pas prendre le chocolat que je leur proposais et faire ce que je voulais d'eux... Je ne dissimule plus rien parce que tout est en ordre, maintenant.

— Mr Verger, il faudrait que nous examinions certains documents relatifs à la même...

Il ne l'écoutait pas. Il attendait seulement que le poumon lui redonne du souffle.

— J'ai l'immunité, miss Starling, et tout est en ordre, désormais. J'ai obtenu l'immunité de Jésus, et du procureur fédéral, et de celui d'Owings Mills. Alléluia ! Je suis libre, miss Starling, et tout va bien. Je suis juste avec Lui et tout est okay. Lui, Jésus ressuscité. Au camp, on l'appelait J.R. « Le plus fort, c'est J.R. » On l'avait modernisé, vous comprenez ? « J.R. » Je L'ai servi en Afrique, alléluia, et je L'ai servi à Chicago, gloire à Son nom, et je Le sers maintenant, et Il me relèvera de ce lit de souffrance et Il frappera mes ennemis et Il les conduira devant moi et j'entendrai les lamentations de leurs femmes, et tout est bien désormais...

Il s'étrangla sous l'afflux de salive et dut s'interrompre, les veines de ses tempes gonflées, sombres.

66

Starling se leva pour appeler un infirmier mais sa voix l'arrêta avant qu'elle n'ait atteint la porte :

— Je vais bien. Tout est bien, maintenant.

Une question directe serait peut-être plus efficace que cette mise en préparation, qui sait ?

— Mr Verger, est-ce que vous connaissiez déjà le docteur Lecter avant que le tribunal ne vous confie à lui pour une thérapie ? L'aviez-vous fréquenté ?

— Non.

— Mais vous apparteniez tous deux au conseil d'administration de l'Orchestre philharmonique de Baltimore.

— Non. J'y avais simplement un siège en tant que donateur. C'était mon avocat qui me représentait quand il y avait un vote.

— Tout au long du procès du docteur Lecter, vous n'avez jamais fait la moindre déclaration.

Elle apprenait à calculer le moment où poser ses questions, de sorte qu'il ait assez de souffle pour répondre.

— Ils disaient qu'ils avaient de quoi le condamner six, dix fois. Et il a tout esquivé en plaidant la démence.

— C'est le tribunal qui l'a reconnu dément. Le docteur Lecter n'a pas plaidé en ce sens.

— Vous trouvez que c'est une distinction importante ?

Pour la première fois, elle percevait l'esprit au travail derrière le masque. Préhensile, aux aguets, très différent du langage qu'il lui tenait.

Dans son aquarium, la grosse anguille sortit des rochers, accoutumée à la lumière. Elle se mit à accomplir son incessante spirale, un ruban brun magnifiquement décoré de taches irrégulières couleur crème qui ondulait dans l'eau.

A la périphérie de sa vision, Starling sentait constamment sa présence.

— C'est une *Muræna Kidako*, annonça Mason. Il en existe une encore plus grande en captivité, à Tokyo. Celle-ci est la deuxième de par sa taille. Communément, on l'appelle « murène sanguinaire ». Vous aimeriez voir pourquoi ?

— Non, répondit Starling en tournant une page de ses notes. Donc, Mr Verger, il se trouve qu'au cours de votre thérapie diligentée par la cour, vous avez invité le docteur Lecter chez vous...

— Je n'ai plus honte. Je ne vous cacherai rien. Tout est

bien, maintenant. Je me suis sorti de ces accusations d'attentat à la pudeur, de ce coup monté, en acceptant d'accomplir cinq cents heures de travail au service de la communauté, à la fourrière, et de suivre un traitement avec le docteur Lecter. Je me suis dit que si je l'impliquais d'une manière ou d'une autre dans quelque chose, il serait obligé d'être moins strict avec moi, qu'il ne saisirait pas le juge de tutelle si je ne venais pas à tous les rendez-vous, ou si j'arrivais un peu stone.

— C'était à l'époque où vous habitiez Owings Mills.

— Oui. J'avais tout raconté au docteur Lecter à propos de l'Afrique, Idi Amin, tout ça, et je lui ai dit que je lui montrerais quelques-uns de mes trucs.

— Quelques-uns de vos...

— Mon équipement. Mes joujous. Tenez, là-bas, dans le coin, il y a la petite guillotine dont je me servais pour Idi Amin. Vous chargez ça à l'arrière d'une jeep et vous pouvez aller partout, dans le village le plus reculé. C'est monté en un quart d'heure. Il faut au condamné une dizaine de minutes pour l'armer au palan, un peu plus si c'est une femme ou un gosse. Je n'ai plus honte de tout ça parce que je suis purifié, maintenant.

— Le docteur Lecter s'est donc rendu chez vous.

— Oui. Je l'ai accueilli en tenue cuir, vous voyez le genre. Je guettais une réaction quelconque, je n'ai rien vu. J'étais inquiet qu'il ait peur de moi mais non, il n'avait pas l'air. « Peur de moi. » C'est drôle, ça. Je l'ai fait monter à l'étage, je lui ai montré mes trucs. J'avais adopté deux chiens de la fourrière, qui s'entendaient bien là-bas, et je les avais enfermés ensemble dans une cage en leur donnant à boire mais rien à manger. J'avais envie de voir ce qui allait se passer... Je lui ai montré mon collier d'autostimulation érotique, vous connaissez ? C'est comme si vous vous pendiez, mais pas vraiment, c'est très efficace quand vous vous... Enfin, vous me suivez ?

— Je vous suis.

— Eh bien, lui, il n'a pas eu l'air. Il m'a demandé comment ça marchait et moi je lui ai dit, hé, pour un psychiatre, c'est bizarre de ne pas connaître ça. Et lui, il a eu un sourire, je n'oublierai jamais ce sourire, et il m'a répondu : « Montrez-moi. » Et là, j'ai pensé : « Ça y est, là je te tiens. »

— Et vous lui avez montré.

— Je n'ai pas honte. C'est en commettant des erreurs qu'on apprend. Je suis purifié.

— Continuez, s'il vous plaît.

— Donc, j'ai fait descendre le collier en face de mon grand miroir, je l'ai passé, j'avais la lanière dans une main et je me pognais de l'autre, je surveillais ses réactions mais je n'en voyais pas. D'habitude, je sais lire sur le visage des gens. Il était assis sur une chaise dans un coin de la pièce, jambes croisées, les doigts entrelacés sur son genou. Et puis il s'est levé, il a fouillé dans la poche de sa veste, toujours très élégant, on aurait dit James Mason en train de chercher son briquet, et il m'a demandé : « Une capsule de speed, vous aimeriez ? » Là, j'ai pensé : « Waouh ! Qu'il m'en donne une maintenant et il sera forcé de m'en donner jusqu'à la fin de ma vie, s'il veut garder son job. » Une mine d'ordonnances. Bon, si vous avez lu le rapport d'enquête, il y avait bien plus que du nitrite d'amyle, là-dedans...

— De la poudre d'ange, d'autres métamphétamines et un peu d'acide.

— Quelque chose de dingue, oui. Puis il est allé au miroir où je me regardais, il a donné un coup de pied dedans à la base et il a ramassé un éclat de verre. Moi, je planais, plus que planer. Il est venu vers moi, il m'a tendu le bout de verre, il a braqué ses yeux dans les miens et il m'a proposé de m'arracher la figure avec. Il a libéré les chiens. Je les ai nourris avec ma figure. Ça a pris très longtemps de tout enlever, ils ont dit après ; je ne sais pas, je ne me rappelle plus. Il m'a brisé le cou en tirant sur le collier. Quand ils ont fait un lavage d'estomac aux chiens à la fourrière, ils ont récupéré mon nez. Mais la greffe n'a pas pris.

Starling prit plus de temps que nécessaire pour remettre de l'ordre dans son dossier ouvert sur la table.

— Mr Verger, votre famille a offert une forte rançon quand le docteur Lecter a échappé à ses gardes à Memphis.

— Un million de dollars, oui. Un million. Nous l'avons annoncé d'un bout à l'autre de la planète.

— Et vous vous êtes également engagés à payer pour la moindre information crédible à son sujet. Pas seulement pour son arrestation et sa condamnation, comme c'est l'usage. Ces informations, vous étiez censés les partager avec nous. Est-ce que cela a toujours été le cas ?

— Pas exactement. Mais c'est qu'il n'y a jamais rien eu de valable à partager.

— Comment en êtes-vous si sûr ? Est-ce que vous avez suivi certaines de ces pistes par vous-mêmes ?

— Suffisamment pour constater qu'elles ne menaient nulle part. Et d'ailleurs, pourquoi aurions-nous dû ? Vous autres, vous ne nous avez jamais rien dit. On a eu un tuyau en Crète qui s'est révélé bidon, un autre en Uruguay que nous n'avons jamais pu confirmer. Je veux que vous me compreniez bien, miss Starling : ceci n'a rien à voir avec de la vengeance. J'ai pardonné au docteur Lecter tout comme Notre Sauveur a pardonné aux soldats romains.

— Vous avez informé mon service que vous pourriez avoir obtenu quelque chose de sérieux, Mr Verger.

— Regardez dans le tiroir de cette table.

Après avoir enfilé des gants en coton blanc qu'elle avait pris dans son sac, Starling en retira une grande enveloppe en papier kraft, raide et lourde entre ses doigts. Elle en sortit une radiographie qu'elle présenta dans la vive lumière du plafonnier. C'était le cliché aux rayons X d'une main gauche qui paraissait avoir subi une blessure. Elle compta les doigts. Quatre, plus le pouce.

— Observez bien les métacarpiens. Vous voyez où je veux en venir ?

— Oui.

— Combien de jointures ?

Il y en avait cinq.

— Avec le pouce, cette personne avait six doigts à la main gauche. Comme le docteur Lecter.

Le coin où auraient dû apparaître le numéro de série et l'origine de la radio avait été découpé.

— D'où provient-elle, Mr Verger ?

— De Rio de Janeiro. Pour en savoir plus, je dois payer. Beaucoup. Pouvez-vous me dire s'il s'agit du docteur Lecter ? Je dois en avoir le cœur net avant de verser la somme.

— Je vais essayer, Mr Verger. Nous allons faire tout notre possible. Vous avez gardé le colis dans lequel cette radio vous est parvenue ?

— Margot a mis l'emballage dans un sac en plastique, elle va vous le donner. Euh, miss Starling, vous m'excuserez mais je me sens assez épuisé et j'ai besoin de soins, maintenant.

— Mon service vous recontactera, Mr Verger.

Starling avait à peine quitté la chambre que Mason embouchait le tuyau tout au bout de sa télécommande.

— Cordell ?

L'homme qui se trouvait dans la salle de jeux se présenta aussitôt. Il lui lut les données inscrites dans un dossier à l'en-tête du « Département de la protection de l'enfance, mairie de Baltimore ».

— Franklin, dites-vous ? Eh bien, envoyez-moi Franklin, commanda Mason Verger.

Et il éteignit sa lampe de chevet.

Le petit garçon était seul sous le puissant spot de la réception, les yeux écarquillés sur le gouffre de ténèbres qui s'ouvrait devant lui.

La voix, la voix amplifiée, s'éleva :

— C'est toi, Franklin ?

— Franklin, oui.

— Où tu habites, Franklin ?

— Avec Maman et Shirley et Stringbean.

— Est-ce qu'il est avec vous tout le temps, Stringbean ?

— Des fois oui, des fois non.

— Comment ? Des fois oui, des fois non ?

— Ben oui.

— Ta maman, ce n'est pas ta vraie maman, n'est-ce pas, Franklin ?

— Ma titrice, c'est.

— Et ce n'est pas ta première tutrice, vrai, Franklin ?

— N... non.

— Tu aimes bien, chez toi, Franklin ?

Le visage du petit s'éclaira.

— On a une petite chatte, Minou. Maman, elle fait des roulés à la viande dans son four.

— Depuis combien de temps tu vis chez Maman ?

— Je sais pas dire.

— Tu as déjà eu un anniversaire, là-bas ?

— Une fois, oui. Shirley, elle a préparé du soda.

— Tu aimes le soda ?

— A la fraise.

— Et tu aimes Maman et Shirley ?

— J'aime, oui. Et Minou, j'aime.

— Tu t'y plais, alors ? Est-ce que tu te sens en sécurité quand tu vas te coucher ?

— Hein ? Euh, je dors dans la chambre avec Shirley. Elle est grande, Shirley.

— Mais, Franklin, tu ne peux plus vivre avec Maman, avec Shirley, avec Minou. Tu vas devoir t'en aller.

— Qui qu'a dit ça ?

— L'État a dit ça. Maman a perdu son travail et son droit de tutelle. La police a trouvé un joint de marijuana chez vous. La semaine prochaine, tu ne pourras plus voir Maman. Ni Shirley, ni Minou. Dans une semaine.

— Non !

— Ou peut-être c'est qu'elles ne veulent plus de toi, Franklin ? Est-ce qu'il y a quelque chose qui cloche avec toi ? Tu les embêtes, tu es méchant ? Ou bien tu crois que ta peau est trop noire pour qu'elles t'aiment ?

Le garçon releva sa chemise pour examiner son petit ventre brun et fit non de la tête. Il pleurait.

— Tu sais ce qui va lui arriver, à ton minou ? Comment il s'appelle, ton minou ?

— Minou, c'est comme ça qu'il s'appelle, là.

— Tu sais ce qui va lui arriver ? La police va l'attraper et l'amener à la fourrière, et là, un docteur lui fera une piqûre. Est-ce que tu as déjà eu une piqûre, à l'école ? Une infirmière t'en a fait une ? Avec une aiguille qui brille ? Eh bien, ils vont en faire une à Minou. Elle va avoir tellement peur, quand elle va voir l'aiguille... Ils vont la lui enfoncer, elle va avoir mal et elle va mourir.

Franklin attrapa le pan de sa chemise et le posa sur sa joue. Il se mit le pouce dans la bouche, ce qu'il n'avait plus fait depuis un an, depuis que Maman lui avait demandé d'arrêter.

— Viens par là, reprit la voix qui montait des ténèbres. Viens et je te dirai comment tu peux empêcher que Minou ait sa piqûre. Ou tu veux qu'elle l'ait, Franklin ? Non, hein ? Alors viens par ici, Franklin.

Sans cesser de sucer son pouce, les yeux noyés de larmes, Franklin s'enfonça à pas lents dans l'obscurité. Il était à un mètre cinquante du lit quand Mason souffla dans son harmonica et la lumière s'alluma.

Était-ce par courage inné, ou parce qu'il voulait sauver sa chatte, ou encore parce qu'il savait au fond de son désespoir qu'il n'avait plus nulle part où s'enfuir désormais ? En tout cas, le garçon ne broncha pas, ne prit pas ses jambes à son cou. Il resta à sa place, les yeux fixés sur le visage sorti de la nuit.

A ce résultat si décevant, Mason Verger aurait froncé les sourcils s'il en avait eu encore.

— Tu peux épargner la piqûre à Minou en lui donnant toi-même de la mort-aux-rats.

Malgré les consonnes avalées, Franklin avait compris toute la phrase. Il retira son pouce de la bouche.

— T'es qu'un vieux caca, déclara-t-il. Et t'es moche, en plus.

Sur ce, il tourna les talons, quitta la chambre et retourna à la salle de jeux par la pièce aux tuyaux.

Mason Verger le regarda s'éloigner sur l'écran vide.

Feignant de rester plongé dans la lecture de son *Vogue*, l'infirmier observa attentivement le garçon.

Les jouets n'avaient plus d'intérêt pour Franklin. Il alla s'asseoir sous la girafe, face au mur. C'était tout ce qu'il pouvait faire pour ne pas sucer son pouce.

Cordell guettait les larmes, un sanglot. Lorsqu'il vit que les épaules de l'enfant étaient secouées de frissons, il s'approcha et lui essuya doucement les joues avec des compresses stériles. Puis il plaça les bouts de tissu mouillé dans le verre de martini destiné à Mason Verger, qui refroidissait dans le frigidaire de la salle de jeux au milieu des jus d'orange et des coca-cola.

10

Rechercher des informations médicales sur Hannibal Lecter n'avait rien de facile. Compte tenu de son profond mépris pour l'establishment de la santé et pour la plupart de ses collègues, il n'était aucunement étonnant qu'il n'ait jamais consulté régulièrement un médecin.

L'hôpital des aliénés dangereux à Baltimore, où il était resté enfermé jusqu'à son catastrophique transfert à Memphis, n'était plus désormais qu'un bâtiment désaffecté attendant les bulldozers des démolisseurs.

La police de l'État du Tennessee, dernière autorité responsable du docteur Lecter avant son évasion, affirmait n'avoir jamais reçu son dossier médical. Les policiers qui l'avaient conduit de Baltimore à Memphis, tous décédés depuis, avaient signé la prise en charge du prisonnier, mais non de son dossier médical.

Après une journée de recherches au téléphone et sur l'ordinateur, Clarice Starling décida d'aller inspecter les salles de l'immeuble J. Edgar Hoover à Quantico, où le FBI stockait les preuves relatives aux affaires traitées par le Bureau. Puis elle passa une matinée entière dans les archives poussiéreuses et malodorantes du siège central de la police de Baltimore, et un après-midi éprouvant à consulter le dossier non catalogué consacré à Hannibal Lecter à la bibliothèque judiciaire du Fitzhugh Memorial, là où le temps s'arrête tandis que les archivistes s'affairent à retrouver leurs clés.

Au final, elle ne retint qu'un seul feuillet, le compte-rendu succinct de l'examen médical auquel la police de l'État du

Maryland l'avait soumis lors de sa première arrestation. Aucun document antérieur n'y était joint.

Inelle Corey, qui avait survécu à la débâcle de l'hôpital des aliénés dangereux de Baltimore et trouvé une occupation moins ingrate à la Direction hospitalière du Maryland, ne voulut pas recevoir Starling dans son bureau. Elle préférait que l'entretien ait lieu à la cafétéria du rez-de-chaussée.

Starling avait l'habitude d'arriver à ses rendez-vous un peu en avance et d'attendre à une certaine distance, en observation. Inelle Corey, elle, fut d'une ponctualité exemplaire. C'était une femme d'environ trente-cinq ans, corpulente, pâle, sans maquillage ni bijoux. Ses cheveux lui arrivaient presque à la taille, comme au temps où elle était lycéenne. Elle portait des sandales blanches avec des chaussettes Supp-Hose.

Starling s'arrêta au présentoir pour prendre des sachets de sucre tout en la regardant s'asseoir à la table convenue.

Vous commettez peut-être l'erreur de croire que tous les protestants se ressemblent. Loin de là. De même qu'un natif des Caraïbes est souvent capable de deviner l'île dont l'un de ses semblables est originaire, Starling, élevée chez les luthériens, n'eut qu'à poser les yeux sur cette femme pour décider par-devers soi : « Église du Christ-Saint, ou peut-être, à la limite, une nazaréenne. »

Elle retira le bracelet tout simple qu'elle avait au poignet, la minuscule boucle en or qu'elle portait à son oreille indemne, et les fit disparaître dans son sac. Sa montre était en plastique et ne posait donc pas problème. Quant au reste de son apparence, il allait falloir faire avec...

— Inelle Corey ? Vous voulez un café ?

Elle s'était approchée avec deux gobelets à la main.

— Ça se prononce Aïnelle. Et je ne bois pas de café.

— Alors je boirai les deux. Vous désirez quelque chose d'autre ? Je suis Clarice Starling.

— Non, ça va. Vous pourriez me montrer une pièce d'identité quelconque ?

— Bien entendu. Voici. Mrs Corey... Euh, je peux vous appeler Inelle ?

Son interlocutrice répondit par un haussement d'épaules.

— Inelle, j'ai besoin de votre aide sur un point qui ne vous concerne pas du tout personnellement. Il me faut juste un conseil pour retrouver certains dossiers de l'hôpital de Baltimore.

Inelle Corey s'exprime avec une précision exagérée quand il s'agit de faire sentir son bon droit ou son mécontentement.

— Nous avons déjà réglé cette question avec la direction de la Santé au moment de la fermeture, miss... ?

— Starling.

— Miss Starling. Vous vous apercevrez qu'aucun patient n'a quitté cet établissement sans son dossier. Vous verrez qu'aucun dossier n'est sorti de là-bas sans l'approbation d'un inspecteur. Pour ce qui est des patients décédés, la Direction de la santé n'avait pas besoin de leurs dossiers et le Bureau des statistiques n'en a pas voulu. Donc, autant que je sache, les dossiers morts, je veux dire ceux des personnes décédées, sont restés là-bas après mon départ. Et j'ai été pratiquement la dernière à quitter les lieux. Quant aux déperditions, leurs dossiers ont été repris par la police municipale et les services du shérif.

— Les « déperditions » ?

— Les évasions, si vous préférez. Les prisonniers à régime de faveur en profitaient parfois pour s'envoler.

— Est-ce que le docteur Hannibal Lecter aurait pu être classé comme « déperdition » ? Dans ce cas, ce qui le concerne aurait été transmis aux autorités policières de Baltimore ?

— Il n'était *pas* une déperdition ! On ne l'a jamais considéré comme *notre* déperdition, en tout cas. Il n'était pas sous notre responsabilité quand il s'est enfui. Je suis allée en bas une fois pour le voir, je l'ai montré à ma sœur qui était passée avec ses garçons. Quand j'y repense, je me sens sale. Il a... il a poussé un des autres qui étaient enfermés là-bas à nous envoyer son... — elle baissa la voix —... son *jus* dessus. Vous voyez ce que je veux dire ?

— Je connais le terme, oui. Ce n'était pas Mr Miggs, par hasard ? Il avait un bon lancer, celui-là.

— Je ne veux plus y penser, jamais. Mais de vous, je me souviens. Vous êtes venue à l'hôpital, vous avez parlé à Fred... au docteur Chilton, et puis vous êtes descendue dans ce sous-sol. Pour voir Lecter, c'est cela ?

— Oui.

Le docteur Frederick Chilton était alors le directeur de

76

l'établissement de Baltimore. Après l'évasion de Lecter, il avait été porté disparu alors qu'il se trouvait en vacances.

— Vous savez que Fred n'est jamais réapparu ?

— J'ai entendu dire ça, oui.

Deux larmes claires perlèrent sous les yeux d'Inelle Corey.

— Nous étions fiancés. Il a disparu, et puis l'hôpital a fermé, c'était comme si le ciel m'était tombé sur la tête. Sans l'aide de mon église, je n'aurais pas pu refaire surface.

— Je suis désolée. Vous avez une bonne place, maintenant.

— Mais je n'ai plus Fred. C'était quelqu'un de bien, de très bien. Entre nous, il y avait un amour... un amour qu'on ne voit pas tous les jours. Au temps où il était lycéen, il avait été élu Garçon de l'année à Canton, près de Boston.

— Ça alors ! Permettez-moi de vous demander, Inelle : est-ce qu'il gardait les dossiers dans son bureau, ou bien est-ce que vous les rangiez dans la réception, là où vous aviez votre bureau ?

— Ils étaient d'abord dans les placards chez lui, et puis il y en a eu tellement qu'on a été obligés de les mettre dans de grands classeurs chez moi. Les casiers étaient toujours fermés à clé, évidemment. Quand on est partis, ils ont transféré temporairement la clinique des toxicomanes ici et plein de papiers se sont perdus.

— Le dossier du docteur Lecter, vous l'avez déjà eu entre les mains ? Vous vous en êtes occupée ?

— Bien sûr.

— Vous vous souvenez d'y avoir vu des radiographies ? Les radios, vous les classiez avec le reste ou à part ?

— Avec. Avec le reste. Comme elles étaient plus grandes que les dossiers, ça ne les rendait pas faciles à ranger... Nous avions une salle à rayons X, mais pas de radiologue à plein temps, donc elles n'étaient pas archivées séparément. Il y avait un électrocardiogramme que Fred montrait souvent à ses visiteurs. Vous savez, le docteur Lecter... Oh, comment je peux l'appeler encore « docteur » ? Bref, il était encore branché à l'électrocardiographe quand il a attaqué cette pauvre infirmière. Eh bien, c'est effrayant, la courbe ne s'élève même pas au moment où il lui est tombé dessus. Tenez, il a eu une épaule déboîtée quand les aides-soignants l'ont attrapé pour l'obliger à lâcher la malheureuse. Théoriquement, ils ont dû faire une radio de ce bras, après... Enfin, si on me demande mon avis, il aurait dû récolter plus qu'une épaule déboîtée, beaucoup plus.

— Si quoi que ce soit d'autre vous revient, sur l'endroit où son dossier aurait pu atterrir, vous m'appellerez ?

— Nous allons tenter ce que nous appelons une « recherche globale », fit Inelle Corey en se gargarisant de ce terme, mais je ne pense pas que nous trouvions grand-chose. Plein de dossiers ont fini par être abandonnés, pas par nous, à cause des gens de la clinique des toxicos.

Les deux gobelets à café débordèrent quand elle se leva. Starling la regarda s'éloigner d'un pas pesant vers son enfer personnel et but la moitié d'une tasse, sa serviette en papier coincée sous son menton.

Elle prit un peu le temps de penser à elle. Elle se sentait lasse, mais de quoi ? De la négligence, peut-être, ou pire encore : du manque de style. De l'indifférence envers ce qui flatte l'œil. Peut-être avait-elle soif d'un certain style, n'importe lequel. Même le genre diva sado-maso était mieux que de n'en avoir aucun. C'était une prise de position, que l'on ait envie de l'entendre ou non.

Elle se demanda si elle pouvait se reprocher d'être snob et conclut qu'elle n'avait vraiment pas de quoi. Ses réflexions sur le style lui ramenèrent à l'esprit Evelda Drumgo, qui en avait eu énormément. Et, à cette pensée, elle eut terriblement envie de prendre ses distances avec elle-même, à nouveau.

11

Et c'est ainsi que Clarice Starling retourna à l'endroit où tout avait commencé pour elle, l'hôpital des aliénés dangereux à Baltimore. La vieille bâtisse brunâtre avait été une chambre de torture, c'était maintenant son tour d'être enchaînée, bâillonnée, humiliée de graffitis, dans l'attente du coup de grâce.

Son déclin avait commencé des années avant la disparition inexpliquée de son directeur, le docteur Frederick Chilton. Ensuite, les révélations sur sa mauvaise gestion, et l'état de délabrement du bâtiment lui-même, avaient bientôt conduit les législateurs à lui couper les vivres. Certains de ses patients avaient été transférés dans divers établissements de l'État, d'autres étaient morts, et une poignée d'entre eux finirent par errer dans Baltimore, zombies hébétés par la thorazine qu'un inepte programme de « réinsertion » vouait bien souvent à mourir de froid dans la rue.

Tout en battant la semelle devant le sinistre immeuble, Starling prit conscience qu'elle avait d'abord essayé tous les autres moyens possibles parce qu'elle répugnait à revenir ici.

Le gardien arriva avec trois quarts d'heure de retard. C'était un homme déjà âgé, court sur pattes, avec des chaussures à talonnettes qui claquaient sur le trottoir et une coupe de cheveux très Europe de l'Est qui avait peut-être été exécutée dans son pays natal. A bout de souffle, il la conduisit à une porte latérale au bas de quelques marches. Comme la serrure avait été arrachée par des vandales, elle était désormais fermée par une chaîne et deux cadenas, le tout envahi par les toiles d'araignée. L'herbe qui avait poussé dans les failles du perron chatouillait les chevilles de Starling tandis qu'il se battait avec son trousseau de clés. C'était une fin d'après-midi couverte, opaque, sans ombres.

— Che ne le connais bas très bien, ce bâtiment, expliqua l'employé, che dois chuste m'occuber de férifier les alarmes anti-incendie.

— Est-ce que vous savez s'il y a encore des documents ici ? Des classeurs, des dossiers ?

— Bah ! Après l'hôbital, ils ont mis la clinique des toxicos ici, quelques mois. Ils ont tout fourgué au sous-sol, les lits, les linges, che sais pas quoi encore. C'est très bauvais bour moi ici, rapport à mon asthme. Tout boisi, très bauvais boisi. Matelas sur lits boisis, boisi partout. Beux bas resbirer là-dedans. Et ces escaliers qui me tuent les chambes. Che fous montrerais bien, mais...

Starling aurait été heureuse d'avoir de la compagnie, même la sienne. Mais il ne ferait que la retarder.

— Non, allez-y. Où est votre bureau ?

— Au coin de la rue là-bas, où il y afait le bureau des bermis de conduire afant.

— Si je ne suis pas de retour dans une heure...

Il jeta un regard inquiet à sa montre.

— Mon serfice terminé dans une demi-heure, norma-lement.

« Ch'en ai un beu ma claque de toi, bauvre mec ! »

— Ce que vous allez faire pour moi, monsieur, c'est d'attendre vos clés à votre bureau. Si je ne suis pas de retour dans une heure, appelez ce numéro, là, sur cette carte, et montrez-leur où je suis allée. Et si vous n'êtes pas là quand je reviens, si vous avez fermé pour rentrer chez vous, je me chargerai personnellement d'aller voir vos supérieurs demain matin et de leur signaler votre comportement. De plus... de plus, vous aurez un contrôle des impôts et un autre du Service de l'immigration et des... et des naturalisations. Vous me comprenez ? J'aimerais une réponse, monsieur.

— Je fous aurais attendue, évidemment. Fous n'avez pas besoin de dire des pareilles choses.

— Merci infiniment, monsieur.

Le gardien empoignait déjà la rambarde pour se hisser sur le trottoir. Elle écouta son pas hésitant s'éloigner, se fondre dans le silence, puis elle ouvrit la porte et se retrouva sur un palier de l'escalier de secours. De hautes fenêtres grillagées laissaient passer la lumière grisâtre. Elle hésita à refermer les cadenas derrière elle, préférant finalement nouer la chaîne sur la porte de façon à pouvoir ressortir si jamais elle perdait les clés.

A ses visites précédentes, lorsqu'elle venait interroger le docteur Lecter, elle était toujours arrivée par l'entrée principale. Il lui fallut donc un moment pour s'orienter dans le bâtiment. Elle grimpa d'abord l'escalier de secours jusqu'au rez-de-chaussée. Ici, les vitres dépolies plongeaient les lieux dans la pénombre. A l'aide de sa lampe de poche, elle trouva un interrupteur. Trois ampoules fonctionnaient encore sur le lustre central à moitié cassé. Le standard téléphonique de la réceptionniste avait disparu, mais les fils traînaient sur le bureau.

Les pillards avaient laissé leur marque sur les murs, peinte à la bombe. Un phallus de deux mètres de haut se détachait, avec les testicules et une formule sans équivoque : « Branle-moua Faron Mama. »

La porte d'accès au bureau du directeur était ouverte. C'était par là qu'elle était passée pour accomplir sa première mission au FBI, quand elle n'était encore qu'une stagiaire pleine d'illusions, persuadée que si on était capable de faire son job, d'emporter le morceau, on finissait par être accepté, sans distinction de race, de religion, de couleur, d'origine, que l'on fasse partie ou non de la vieille bande de copains. De ce credo, il ne lui restait plus qu'un seul article de foi : elle se croyait toujours capable d'emporter le morceau.

Ici, le docteur Chilton lui avait tendu sa main poisseuse et lui avait fait du gringue. Ici, il avait intrigué, espionné et, en se croyant aussi malin que Hannibal Lecter, pris les décisions aberrantes qui allaient permettre à son prisonnier de s'échapper dans un terrible bain de sang.

La table était encore là, mais il n'y avait plus une seule des chaises, plus faciles à emporter. Ses tiroirs étaient vides, à l'exception d'un comprimé d'Alka-Seltzer effrité. Il restait deux classeurs dont la serrure ne lui opposa aucune résistance, son expérience en la matière lui permettant de trouver la faille du mécanisme en moins d'une minute. Un sandwich desséché dans son sachet en papier, quelques formulaires de la clinique des toxicomanes, un vaporisateur contre la mauvaise haleine, un tube de crème fortifiante pour les cheveux, un peigne, quelques préservatifs. Rien d'autre.

Elle songea au sous-sol de l'asile, à ce cachot où le docteur Lecter avait vécu pendant plus de huit ans. Elle n'avait aucune envie d'y descendre. Il lui suffisait de prendre son portable et de demander à la police de la ville d'envoyer une patrouille pour l'accompagner. Ou de contacter l'antenne FBI de Baltimore et de solliciter le renfort d'un agent. Le triste après-midi tirait à sa fin, même en partant sur-le-champ elle n'avait aucune chance d'éviter l'heure de pointe sur l'autoroute de Washington. Et si elle tardait, ce serait encore pire.

Sans se soucier de la poussière, elle posa ses coudes sur le bureau de Chilton et essaya de prendre une décision. Croyait-elle vraiment qu'elle pourrait trouver des dossiers en bas ? Ou bien était-elle attirée par les lieux de sa première rencontre avec Hannibal Lecter ?

Sa carrière dans le maintien de l'ordre lui avait appris au moins une chose sur son propre compte : elle ne recherchait pas les émotions fortes, elle ne demandait qu'à ne plus jamais être étreinte par la peur. Mais que des dossiers aient été entreposés au sous-sol restait « possible ». Et elle pouvait en avoir le cœur net en cinq minutes.

Le bruit sourd des portes de haute sécurité qui s'étaient refermées derrière elle des années plus tôt résonnait encore dans ses oreilles. Pour le cas où quelqu'un les actionnerait à nouveau quand elle serait entrée, elle appela l'antenne de Baltimore, se présenta et convint d'un rendez-vous téléphonique une heure plus tard afin de confirmer qu'elle n'était pas restée prisonnière.

Les appliques fonctionnaient toujours dans l'escalier principal, par lequel Chilton l'avait jadis conduite au sous-sol. C'est en descendant ces marches qu'il lui avait détaillé les mesures de sécurité à prendre lorsqu'elle traiterait avec Lecter et c'est là, sous cette lampe, qu'il s'était arrêté pour sortir de son portefeuille la photographie de l'infirmière dont Lecter avait mangé la langue alors qu'elle voulait l'examiner. Puisqu'il avait eu l'épaule démise tandis qu'on le maîtrisait, il y avait certainement eu une radiographie.

Un courant d'air passa sur sa nuque, comme si une fenêtre était ouverte quelque part.

Au bas des marches, une boîte en carton de chez McDonald's béait au milieu de serviettes disséminées sur le sol. Une tasse où un fond de haricots s'était coagulé. Dans un coin, quelques colombins et d'autres serviettes. Au fond du couloir, la lumière s'arrêtait aux lourdes portes en acier qui avaient délimité le quartier de haute sécurité. Elles étaient ouvertes et retenues au mur par un crochet.

Munie de cinq piles surpuissantes, la lampe de poche de Starling projetait un faisceau d'une bonne amplitude. Elle la braqua dans le long couloir de l'ancien QHS. Une forme massive se distinguait tout au fond. Le spectacle de ces cellules ouvertes avait quelque chose de surnaturel. Le sol était jonché de gobelets et de sacs en plastique qui avaient contenu du pain. Une cannette de soda, noircie à force d'avoir servi de pipe à crack, était abandonnée sur le bureau du surveillant.

Starling appuya sur les interrupteurs qui se trouvaient derrière. Rien. Elle sortit son portable, dont le voyant rouge lui parut très brillant dans cette obscurité. En sous-sol, il ne pouvait fonctionner, elle l'approcha cependant de sa bouche pour parler d'une voix forte :

— Barry ? Rapproche la camionnette de l'entrée principale, en marche arrière. Et apporte un projo. Il va falloir un treuil pour remonter ce machin... Hein ? Ouais, tu me rejoins.

Puis, à l'adresse des ténèbres :

— Attention, là-dedans ! Je suis officier fédéral. Si vous occupez ces lieux illégalement, vous êtes libres de sortir. Je ne vous arrêterai pas. Je ne suis pas ici pour vous. Si vous revenez ici quand j'aurai terminé ce que j'ai à faire, ce n'est pas mon problème. Vous pouvez avancer à partir de maintenant. Au cas où vous tenteriez d'entraver mon action, vous risquez de sérieux dommages corporels car je n'hésiterai pas à vous balancer une bastos dans le cul. Merci.

Sa voix mourut en écho dans le couloir où tant de détenus avaient épuisé la leur en hurlements, et perdu leurs dents en mordant les barreaux.

Elle se souvint de la présence rassurante du garde aux larges épaules, Barney, lorsqu'elle était venue interroger Lecter.

De l'étrange courtoisie avec laquelle les deux hommes se traitaient. Plus de Barney, désormais. Un souvenir d'école s'imposa soudain dans son esprit. Par pure discipline, elle se força à se le remémorer mot pour mot :

> *Des bruits de pas résonnent dans la mémoire*
> *Le long du passage que nous n'avons pas pris*
> *Vers la porte que nous n'avons pas ouverte*
> *Sur la roseraie.*

Roseraie, tu parles. Tout ça ne ressemblait vraiment pas à un jardin de roses...

Les récents commentaires de la presse l'avaient encouragée à détester son arme autant qu'elle-même et pourtant, à cet instant, elle dut constater que le contact du revolver n'avait rien d'odieux, au contraire. Le tenant contre sa jambe, elle se mit à avancer derrière sa torche. Surveiller ses deux flancs en même temps sans négliger ses arrières est un exercice difficile mais vital. De l'eau coulait goutte à goutte quelque part.

Des sommiers démontés et entassés dans certaines cellules, des matelas dans d'autres. La fuite d'eau faisait une flaque au centre du couloir et Starling, toujours soigneuse de ses chaussures, la contourna. Elle se rappela le conseil que Barney lui avait donné des années plus tôt, quand tous les boxes étaient occupés : « Quand vous passez ici, restez toujours bien au milieu. »

Et les classeurs. Ils étaient là, oui, en veux-tu en voilà. Ils occupaient toute la seconde moitié du couloir, vert olive terne dans le faisceau de sa lampe.

Elle était maintenant à la hauteur de la cellule qu'avait habitée « Multiple » Miggs, celle devant laquelle elle avait le plus appréhendé de passer jadis. Miggs, qui lui chuchotait des obscénités dans l'oreille et l'avait souillée de sa semence. Miggs, que le docteur Lecter avait tué en lui ordonnant d'avaler sa langue ordurière. Et après la mort de Miggs c'était Sammie qui avait vécu là, Sammie dont Lecter encourageait la veine poétique avec constance. Encore maintenant, elle croyait l'entendre meugler son quatrain fétiche :

J'VEU ALÉ A JÉZU
J'VEU ALÉ AU CHRISS
J'PEU ALÉ VEC JÉZU
SI J'FAIS PAS BÊTISS.

Elle devait toujours avoir quelque part le bout de papier où il l'avait péniblement crayonné.

Sa cellule était désormais envahie de matelas et de ballots de linge.

Et puis, finalement, ce fut celle du docteur Lecter.

Au milieu, la solide table à laquelle il lisait était toujours boulonnée au sol. Les étagères où il rangeait ses livres avaient été arrachées, mais leurs supports saillaient encore des murs.

Starling aurait dû s'occuper des classeurs, mais elle était trop fascinée par ces lieux, le théâtre d'une rencontre sans précédent dans sa vie qui l'avait tour à tour étonnée, remuée, sidérée, au cours de laquelle elle avait entendu des vérités si terribles à son propos que son cœur en résonnait encore telle une cloche au timbre grave.

Elle voulait entrer. C'était la même pulsion que celle qui nous incite à nous jeter d'un balcon, celle qui sourd des rails luisants alors que nous percevons le bruit du train qui arrive.

Elle balaya les alentours de sa torche, la rangée de classeurs qui lui tournaient le dos, les cellules voisines.

La curiosité finit par la pousser à franchir le seuil. Elle était au milieu de la pièce où Hannibal Lecter avait vécu pendant huit ans. C'était elle qui occupait maintenant son espace, la place où elle l'avait vu se tenir debout. Elle s'était attendue à éprouver un frisson, mais elle restait calme. Elle posa son revolver et sa lampe sur la table du docteur, veillant à ce que la torche ne roule pas par terre, et s'appuya dessus de ses deux mains à plat. Sous ses paumes, elle ne sentit que des miettes de pain.

En fait, l'expérience était décevante. La cellule était aussi vide de son ancien pensionnaire que la peau abandonnée par un serpent après sa mue. Elle se dit qu'elle était entrée pour arriver à un constat : le danger et la mort n'ont pas besoin de sinistres accessoires pour fondre sur vous. Ils peuvent vous surprendre dans le souffle tendre de l'être aimé. Ou par un bel après-midi sur un marché aux poissons, avec *La Macarena* à plein volume.

Au travail, maintenant. Il y avait quatre classeurs d'environ soixante centimètres de large, qui lui arrivaient au menton. Chacun était muni de cinq compartiments protégés par une seule serrure à quatre points en haut. Il s'avéra qu'aucun d'eux n'était verrouillé, mais ils étaient tous remplis de dossiers, parfois épais, contenus tantôt par de vieux porte-documents marbrés dont le carton s'était amolli avec le temps, tantôt par des chemises en kraft plus récentes. L'état de santé des fantômes qui s'étaient succédé ici depuis l'ouverture de l'hôpital en 1932. Ils semblaient classés par ordre alphabétique et dissimulaient dans certains cas des piles de documents entassés au fond du compartiment. Retenant sa lourde torche sur l'épaule, elle les inspecta rapidement de sa main libre. Elle s'en voulait de ne pas avoir pris une lampe plus petite, qu'elle aurait pu tenir entre ses dents. En quelques instants, elle avait compris l'organisation générale de ces archives et elle se concentra sur un compartiment. Les J, très peu de K, puis les L et... Dans le mille. Lecter, Hannibal.

En retirant le long dossier en kraft du classeur, elle sentit à l'intérieur la texture dense et raide d'une radiographie. Elle le posa sur les autres et l'ouvrit. Ses yeux tombèrent sur l'histoire médicale de feu I.J. Miggs. Bon sang, il allait donc continuer à la harceler de sa tombe, ce type ? Elle abandonna la chemise sur le dessus du meuble et se hâta de piocher dans les M. Il y avait bien un dossier Miggs, mais il était vide. Erreur d'archivage ? Quelqu'un s'était-il trompé en replaçant les pièces concernant Miggs dans la jaquette au nom de Lecter ? Elle repassa tous les M, à la recherche d'un dossier laissé sans jaquette, puis revint aux J. Consciente de son impatience grandissante, elle était aussi de plus en plus gênée par l'odeur des lieux. Le gardien avait raison, c'était irrespirable. Elle avait parcouru la moitié des J lorsqu'elle constata brusquement que... la puanteur s'était encore accentuée.

Un bruit d'éclaboussure derrière elle. Elle avait déjà pivoté à cent quatre-vingts degrés, sa torche levée pour faire office de matraque si besoin était, son autre main volant sur la crosse du revolver sous sa veste. Dans le pinceau de lumière, il était grand, vêtu de haillons sales, l'un de ses pieds démesurément enflés engagé dans la flaque. Une main tendue, vide, l'autre munie d'un débris d'assiette. Des lambeaux de drap étaient entortillés à l'une de ses jambes et à ses deux pieds.

— 'Jour, fit-il, la langue engourdie par les aphtes.

A un mètre cinquante, Starling sentait son haleine. Sous sa veste, ses doigts abandonnèrent le revolver pour chercher sa bombe paralysante.

— Bonjour. Vous voulez bien vous mettre là-bas, devant les barreaux ?

Il ne bougea pas.

— Z'êtes Jézu ?

— Non, répondit Starling. Je ne suis pas Jésus.

Cette voix. Elle l'avait reconnue.

— Z'êtes Jézu ? répéta-t-il plus fort, le visage tout plissé.

« Cette voix. Allez, réfléchis ! »

— Bonjour, Sammie. Comment ça va ? Justement, j'étais en train de penser à vous.

Qu'est-ce qu'elle savait de lui ? Convoqués à une telle vitesse, ses souvenirs se télescopaient un peu. « A posé la tête de sa mère sur le plateau de quête pendant que les fidèles chantaient "Donne ce que tu as de mieux au Seigneur" ». C'était ce qu'il avait de plus joli à donner, expliquera-t-il ensuite. Une église baptiste sur l'autoroute, quelque part. « "Il est en colère, avait dit le docteur Lecter, il est en colère parce que Jésus est tellement en retard..." »

— Z'êtes Jézu ?

C'était presque une plainte, cette fois.

Il fouilla dans sa poche, en sortit un mégot de cigarette, une belle trouvaille, au moins cinq centimètres de long. Après l'avoir posé sur le débris d'assiette, il le présenta de son bras tendu, telle une offrande.

— Je suis désolée, Sammie, mais je ne suis pas Jésus, je suis...

Soudain il est pâle de rage, furieux qu'elle ne soit pas Jésus. Ses cris explosent dans le couloir moisi :

J'VEU ALÉ A JÉZU
J'VEU ALÉ AU CHRISS

Il lève encore plus haut le morceau de faïence, dont le bout effilé pointe comme une houe, et fait un pas vers Starling. Il a les deux pieds dans la flaque maintenant, le visage grimaçant, sa main libre se crispant dans le vide qui les sépare.

87

Dans le dos de Starling, l'arête du classeur est coupante.

Alors elle récite, d'une voix claire et forte, comme si elle l'appelait de loin :

— TU PEUX ALLER AVEC JÉSUS... SI TU NE FAIS PAS DE BÊTISES.

Il s'arrête, grommelle un acquiescement. Apaisé.

Starling fouilla dans son sac.

— Hé, Sammie, j'ai un Snickers. Vous aimez les Snickers ?

Pas de réponse.

Elle posa la sucrerie sur un dossier et le lui tendit, de la même manière qu'il lui avait présenté l'assiette.

Il mordit dedans avant même de retirer l'emballage, dont il recracha un lambeau tout en continuant à mâcher.

— Est-ce que quelqu'un d'autre est descendu ici, Sammie ?

Sans répondre, il posa le reste de la barre de chocolat sur son éclat de faïence et disparut derrière une pile de matelas, dans son ancienne cellule.

— C'est quoi, cette merde ?

Une voix de femme.

— Ah, merci, Sammie.

— Qui êtes-vous ? héla Starling.

— Pas tes affaires.

— Vous vivez là avec Sammie ?

— Bien sûr que non ! C'est juste un rendez-vous galant. Hé, tu pourrais pas nous lâcher ?

— Si. Mais répondez-moi : vous êtes là depuis quand ?

— Quinze jours.

— Est-ce que quelqu'un d'autre est venu ?

— Des clodos que Sammie a jetés dehors.

— Sammie vous protège, alors ?

— Ah, mais ça veut tout savoir ! Je suis une marcheuse, moi, je trouve de quoi croûter et lui il a un coin peinard pour bouffer ce que je ramène. Plein de gens ont des arrangements dans ce genre.

— Est-ce que l'un de vous est dans un programme social ? Vous voudriez ? Je peux vous aider, pour ça.

— Il a déjà tout fait. La société... On participe, on fait toutes leurs conneries et finalement on revient à ce qu'on connaît, hein ? Mais toi, qu'est-ce que tu cherches ici ? Qu'est-ce que tu veux ?

— Des dossiers.

— S'ils sont pas là, c'est que quelqu'un les a chourés. Faut pas être une grosse tête pour conclure ça, si ?

— Sammie ? appela Starling. Sammie ?

Il ne répondit pas.

— Il dort, Sammie, déclara son amie.

— Si je laisse un peu d'argent par ici, vous lui achèterez de quoi manger ?

— Non. De quoi boire. La bouffe, ça se trouve. La picole, obligé de l'acheter. Hé, en partant, fais gaffe de pas te prendre la poignée de porte dans le cul !

— Ce sera sur le bureau, là.

Elle avait envie de s'enfuir en courant. Elle se rappelait la fin de ses entrevues avec le docteur Lecter, l'effort qu'elle faisait sur elle-même tandis qu'elle regagnait ce qui était alors un îlot de paix, le poste de surveillance de Barney.

Revenue sous les lampes de la cage d'escalier, elle sortit un billet de vingt dollars de son portefeuille, le déposa sur le bureau de Barney, couvert d'inscriptions et d'entailles, et le bloqua sous une bouteille vide. Puis elle déplia un sac en plastique de supermarché et y glissa les deux jaquettes et le dossier médical de Miggs.

— Au revoir ! Bye, Sammie ! cria-t-elle à l'homme qui s'était hasardé dans le monde avant de revenir à l'enfer qu'il connaissait.

Elle aurait voulu lui assurer qu'elle espérait que Jésus viendrait bientôt, mais cela lui parut idiot à dire.

Elle remonta vers la lumière, poursuivre son errance dans le monde.

12

S'il existe des stations sur la route de la Géhenne, elles ressemblent sans doute à l'accès aux urgences de l'hôpital général Maryland-Misericordia. Par-dessus la plainte des sirènes d'ambulances et des mourants, le fracas des civières à roulettes ensanglantées, les pleurs et les hurlements, les colonnes de vapeur sorties des égouts se teintent d'écarlate en passant devant le grand néon clignotant de l'entrée, montent dans l'obscurité comme autant de colonnes de feu bibliques et se dispersent en nuages dans le jour qui vient.

Barney jaillit de la fumée en secouant ses larges épaules, sa tête ronde coiffée en brosse tendue en avant, lancé à grandes enjambées sur le trottoir défoncé vers l'est et le petit matin.

Il avait quitté son travail avec vingt-cinq minutes de retard. Comme la police leur avait amené un souteneur drogué qui aimait se battre avec les femmes et qui avait été blessé par balle, l'infirmière en chef lui avait demandé de rester. A chaque fois qu'un patient susceptible de violence se présentait, on faisait appel à l'expérience de Barney.

Dissimulée par la capuche de sa parka, Clarice Starling le laissa franchir quelques dizaines de mètres avant de passer à l'épaule la sangle de son sac à dos et de lui emboîter le pas. Elle fut soulagée de constater qu'il n'interrompait sa marche ni au parking réservé, ni à l'arrêt d'autobus. Le suivre à pied serait plus facile, d'autant qu'elle n'était pas sûre de son vrai domicile et qu'elle avait besoin d'accumuler le maximum d'informations à son insu.

C'était un quartier tranquille, plutôt populaire et sans clivage racial. Le genre d'endroit où l'on met une canne d'arrêt à sa voiture mais où il n'est pas obligatoire de retirer la batterie tous les soirs, et où les enfants peuvent encore jouer dans la rue.

Au troisième carrefour, Barney attendit qu'une camionnette libère le passage clouté pour s'engager vers le nord dans une rue bordée de maisons étroites, certaines dotées d'un perron en marbre et d'un jardinet bien léché. Quelques magasins hors d'activité conservaient leurs vitrines intactes, blanchies à la chaux, les autres commençaient à ouvrir et on voyait déjà des passants. Comme les poids lourds garés là pour la nuit gênaient la vue de Starling, elle pressa le pas pour ne pas se faire distancer avant de constater qu'il s'était arrêté. Ils étaient maintenant exactement à la même hauteur, de part et d'autre de la rue. Il l'avait peut-être remarquée lui aussi, elle ne pouvait en être sûre.

Il se tenait les mains dans les poches de sa veste, la tête inclinée, les sourcils froncés, les yeux fixés sur un point au milieu de la chaussée. Une colombe morte, dont l'aile s'agitait dans le déplacement d'air chaque fois qu'une voiture passait à côté. Le second membre du couple tournait en rond autour de la dépouille, sa petite tête tressautant à la cadence de ses pattes rosées. Cercle après cercle, il roucoulait le tendre appel des colombes. Plusieurs autos et un fourgon les frôlèrent, mais le survivant n'évitait le danger qu'à la dernière seconde, par un simple saut plus que par un envol.

Était-ce les oiseaux ou elle que Barney observait ? Starling n'aurait su le dire. Elle était obligée de continuer sa marche si elle ne voulait pas se faire remarquer. Lorsqu'elle glissa un regard par-dessus son épaule, il était accroupi sur la chaussée, les bras levés face à la circulation.

Ayant franchi le coin de la rue, elle retira sa parka, sortit un sweater, une casquette de baseball et un sac de sport. Elle se changea rapidement, fourra son ancienne tenue dans le sac et emprisonna ses cheveux sous la casquette. Puis elle emboîta le pas à un groupe de femmes de ménage de retour du travail pour revenir là où elle avait laissé Barney.

Il avait pris la colombe morte dans sa paume. L'autre s'envola dans un battement d'ailes pour se poser sur les fils électriques au-dessus de lui et le regarder. Barney déposa le petit corps sur un lit de pelouse, lissa son plumage, leva son visage massif vers la colombe sur son perchoir et lui adressa quelques mots. Dès qu'il reprit sa marche, l'oiseau redescendit et se remit à exécuter des cercles autour du cadavre. Barney ne se retourna pas.

Une centaine de mètres plus loin, il gravit les marches d'un immeuble et sortit un trousseau de clés. Starling piqua un sprint pour le rejoindre avant qu'il n'ait ouvert la porte.

— Salut, Barney.

Il s'interrompit posément et la dévisagea du haut du perron. Elle avait oublié que ses yeux étaient plus écartés l'un de l'autre que la normale. L'intelligence s'y lisait, et une brève impulsion électronique. Il réfléchissait.

Elle retira sa casquette, libérant ses cheveux.

— Clarice Starling. Vous vous souvenez de moi ? Je suis...

— La flicaille, fit Barney, les traits impassibles.

Elle esquissa une sorte de révérence.

— Eh bien, oui, disons que je suis la flicaille. Il faut que je vous parle, Barney. C'est juste entre nous. J'ai besoin de vous demander des trucs.

Il redescendit les marches. Même là, elle était obligée de lever la tête pour le regarder. Mais elle ne se sentait pas menacée par sa taille comme un homme aurait pu l'être.

— Pour la bonne forme, agent Starling, vous reconnaissez que vous ne m'avez pas lu mes droits ?

Il avait une voix haut perchée, sans apprêt, qui faisait penser à celle du Tarzan incarné par Johnny Weissmuller.

— Absolument. Je ne vous ai pas fait le coup de Miranda, c'est exact.

— Et si vous le faisiez à votre sac ?

Starling l'ouvrit et se pencha pour parler dedans, comme s'il contenait un lutin :

— Je n'ai pas lu ses droits à Barney conformément à la décision de la Cour suprême dite « Miranda ».

— Ils ont un café assez correct, là-bas, annonça-t-il en désignant le bout de la rue. Puis, tandis qu'ils marchaient ensemble : Dites, combien vous avez de chapeaux, dans votre sac ?

— Trois.

Lorsqu'un minibus portant la plaque des handicapés passa devant eux, Starling sentit les regards de ses occupants sur elle. Mais ceux qui souffrent sont souvent en proie au désir et ils en ont entièrement le droit. Au carrefour suivant, les jeunes passagers d'une voiture la dévorèrent aussi des yeux, sans pour autant tenter quoi que ce soit à cause de Barney. Elle était prête à répliquer instantanément à ce qui pourrait surgir des vitres ouvertes, s'attendant à quelque vengeance des Crip d'un moment à l'autre, mais il fallait bien supporter ces œillades silencieuses.

Lorsqu'ils pénétrèrent dans le café, le minibus s'engagea dans une entrée de garage, fit demi-tour et remonta la rue.

Ils durent attendre qu'une banquette se libère dans la cohue du petit déjeuner. Le serveur criait ses commandes en hindi au cuistot qui, derrière son comptoir, manipulait les steaks et le jambon avec de longues pinces et un air coupable.

— Prenons des forces, proposa Starling, quand ils furent installés. C'est l'Oncle Sam qui invite. Alors, comment va, Barney ?

— Le travail, ça va.

— Et c'est ?

— Aide-soignant des hôpitaux.

— Ah ? Je vous croyais infirmier licencié, maintenant, ou même interne.

Barney répondit par un haussement d'épaules tout en saisissant le pot de crème. Puis il la regarda dans les yeux.

— Ils vous font des histoires, à cause d'Evelda ?

— On va bien voir. Vous l'avez connue ?

— Je l'ai vue une fois, quand ils nous ont amené son mari, Dijon. Mort. Il leur avait pissé dessus tout son sang avant qu'ils aient pu le caser dans l'ambulance. Et toute la came qu'il avait dans les veines. Elle ne voulait pas qu'on l'emporte, elle a essayé de se battre avec les infirmières. J'ai dû... enfin, vous comprenez. Une belle femme, et musclée aussi. Ils ne l'ont pas transportée chez nous après ce qui...

— Non. Son décès a été constaté sur place.

— Je m'en doutais.

— Dites-moi, Barney. Quand vous avez remis le docteur Lecter aux gars du Tennessee, est-ce que...

— Ils n'ont pas été courtois avec lui.

— Est-ce que...

— Et ils sont tous morts, maintenant.

— Oui. Ils ont tenu trois jours vivants avec lui. Alors que vous, vous avez duré huit ans.

— Non, six. Il était là avant que j'arrive.

— Comment vous avez fait, Barney ? Si vous me permettez de vous poser la question, comment vous vous êtes débrouillé pour ne pas avoir d'ennuis avec lui ? Ce n'était pas simplement une affaire de courtoisie, quand même ?

Il observa un moment son reflet dans la cuillère, convexe puis concave.

— Le docteur Lecter avait d'excellentes manières. Pas guindé, non, chez lui c'était aisé, élégant. Je suivais des cours par correspondance et il échangeait des idées avec moi. Ça ne veut pas dire qu'il ne m'aurait pas bousillé s'il en avait eu l'occasion une seule seconde. Personne n'est d'une pièce, on peut avoir deux aspects, un bon et un abominable, qui existent ensemble... Enfin, Socrate a dit ça bien mieux que moi. Dans une situation pareille, on ne doit jamais l'oublier, jamais. Et si on garde toujours ça en tête, on s'en sort. Oui, le docteur Lecter peut regretter de m'avoir fait connaître Socrate.

Pour cet autodidacte épargné par les préventions d'une scolarité normale, la rencontre du philosophe grec paraissait une expérience authentique, personnelle.

— Il y avait les règles de sécurité et il y avait la conversation, reprit-il. Deux terrains totalement différents. La sécurité n'avait rien de personnel, même quand je devais le priver de son courrier ou lui passer la camisole.

— Vous parliez beaucoup avec lui ?

— Des fois il passait des mois sans prononcer un mot et des fois on parlait tard dans la nuit, quand les cris s'étaient arrêtés. Moi, je recevais ces cours par la poste, je connaissais que dalle, et lui il m'a ouvert un univers, littéralement : Suétone, Gibbon, et ainsi de suite...

Il prit sa tasse de café. Une égratignure récente sur le dos de sa main dessinait une ligne orange de Bétadine.

— Quand il s'est échappé, vous avez pensé qu'il pourrait chercher à se venger de vous ?

— Non. Une fois, il m'a dit que tant que c'était « faisable », pour reprendre son expression, il préférait manger les brutes. « Les brutes élevées en plein air », il les appelait.

Il éclata de rire, ce qui était rare chez lui. Il avait des petites dents de nourrisson et son hilarité avait une nuance hystérique, à l'instar d'un bébé qui jubile en gazouillant son baragouin au visage d'un oncle gaga d'admiration.

Starling se demanda un instant s'il était resté trop long-temps enfermé sous terre avec des siphonnés.

— Mais vous ? demanda-t-il. Ça vous est arrivé de... flipper, après son évasion ? De penser qu'il était après vous ?

— Non.

— Pourquoi ?

— Il a dit qu'il ne le ferait pas.

La réponse parut causer une étrange satisfaction à l'un et à l'autre.

Leurs œufs arrivèrent. Comme ils étaient tous deux affamés, ils ne se consacrèrent qu'à leur assiette pendant quelques minutes, puis :

— Barney ? Quand le docteur Lecter a été transféré à Memphis, je vous ai demandé de sortir ses dessins de sa cellule et vous me les avez apportés. Mais le reste de ses affaires ? Ses livres, ses papiers, que sont-ils devenus ? Même son dossier médical a disparu de l'hôpital.

— Il y a eu tout un chambardement...

Il marqua une pause tout en jouant avec la salière.

— Il y a eu beaucoup de remue-ménage à l'hôpital. J'ai été licencié, plein de gens aussi, les archives ont été dispersées. D'après ce que je sais, il...

— Pardon ? s'écria Starling. Excusez-moi, mais dans tout ce bruit je n'ai pas saisi ce que vous disiez. Ah, hier soir j'ai découvert que son exemplaire annoté et paraphé du *Dictionnaire de cuisine* d'Alexandre Dumas a été vendu à des enchères privées à New York il y a deux ans. Un collectionneur l'a emporté pour seize mille dollars. Le certificat de propriété présenté par le vendeur était signé Cary Phlox. Vous le connaissez, ce Cary Phlox, Barney ? J'espère que oui, parce que c'est lui qui a écrit à la main votre lettre de candidature à l'hôpital où vous travaillez maintenant. Sauf qu'il a signé Barney. Et sur votre déclaration d'impôts, c'est aussi son écriture... Désolée de ne pas avoir entendu ce que vous me racontiez à l'instant. Vous voulez répéter ? Combien vous avez touché pour le livre, Barney ?

— Environ dix mille, répondit-il sans détourner son regard.

Starling hocha la tête.

— Dix mille cinq, d'après le reçu. Et combien pour l'interview au *Tattler* après l'évasion du docteur Lecter ?

— Quinze mille.

— Cool... Tant mieux pour vous. Surtout pour tout ce baratin que vous leur avez servi.

— Je savais que le docteur Lecter n'y verrait pas d'inconvénient. Si je ne les avais pas menés en bateau, il aurait été déçu.

— Quand il a attaqué l'infirmière, vous n'étiez pas encore employé à l'hôpital de Baltimore ?

— Non.

— Il a eu l'épaule démise, ce jour-là.

— C'est ce que j'ai cru comprendre.

— On lui a fait une radio ?

— C'est très probable, oui.

— Il me la faut.

— Mmm...

— J'ai aussi découvert que les manuscrits autographes du docteur Lecter étaient classés en deux catégories. Ceux écrits à l'encre, c'est-à-dire avant son incarcération, et ceux au crayon ou au feutre, qui datent de l'asile. La deuxième catégorie est plus cotée, mais je pense que je ne vous apprends rien, là ? Je suis sûre que c'est vous qui avez tous ces papiers et que vous avez l'intention de les négocier au fur et à mesure sur le marché.

Il haussa les épaules sans répondre.

— J'ai l'impression que vous attendez qu'il revienne à la une avant de les mettre en vente... Qu'est-ce que vous voulez exactement, Barney ?

— Je veux voir tous les Vermeer du monde entier avant de mourir.

— J'ai besoin de vous demander qui vous a initié à Vermeer ?

— On parlait d'un tas de choses, la nuit.

— Et de ce qu'il aimerait faire s'il était libre, vous en parliez ?

— Non. Le docteur Lecter n'est pas amateur d'hypothèses. Il ne croit ni aux syllogismes, ni aux synthèses, ni à rien de définitif.

— A quoi il croit, alors ?

— Au chaos. Et on n'a même pas besoin d'y croire, d'ailleurs. C'est une évidence en soi.

Elle ne voulait pas l'accabler, pour le moment.

— Vous dites ça comme si vous y croyiez et pourtant votre job là-bas, c'était de maintenir l'ordre, non ? Vous étiez surveillant en *chef*. C'est notre boulot à tous les deux, de garantir l'ordre. Et le docteur Lecter ne vous a jamais échappé.

— Je vous ai expliqué pourquoi.

— Oui. Parce que vous n'avez jamais baissé la garde. Même si, dans un certain sens, vous avez fraternisé, vous et...

— Je n'ai pas fraternisé ! Il n'est le frère de personne. Nous avons évoqué des sujets qui nous intéressaient tous les deux. Ou au moins qui m'intéressaient moi, quand j'ai appris à les connaître.

— Est-ce qu'il est arrivé au docteur Lecter de se moquer de votre manque de connaissances ?

— Non. Et avec vous ?

— Non, répondit-elle pour ne pas le peiner.

Elle venait de se rendre compte que les sarcasmes du monstre étaient une forme de compliment, en réalité.

— Il aurait très bien pu le faire, s'il avait voulu, compléta-t-elle. Vous savez où sont toutes ses affaires, Barney ?

— Il y a une récompense si on les retrouve ?

Elle replia sa serviette en papier et la glissa sous le bord de son assiette.

— La récompense, c'est que je ne vous fasse pas inculper d'obstruction à la justice. J'ai déjà fermé les yeux une fois, quand vous aviez mis mon bureau à l'hôpital sur écoutes.

— Ils étaient à feu le docteur Chilton, ces micros.

— « Feu » ? Comment vous êtes si sûr de ça, Barney ?

— Bon, en tout cas, il est hors circuit depuis sept ans et je ne m'attends pas à le revoir de sitôt. Mais à mon tour de demander : qu'est-ce qui vous contenterait, agent Starling ?

— Je veux voir cette radio. Il me la faut. Et si ses livres existent toujours, je veux les voir aussi.

— Admettons que nous mettions la main dessus. Qu'est-ce qu'ils deviendront, après ?

— Je ne peux rien garantir, franchement. Il est possible que le procureur fédéral saisisse tout le matériel en tant que pièces à conviction dans l'enquête sur son évasion, et que ça pourrisse ensuite dans ses archives. Mais dans le cas où j'examinerais ses affaires et où je n'y trouverais rien d'utile, je peux faire une déclaration en ce sens et vous, vous pouvez affirmer que le docteur Lecter vous avait donné ses livres.

Puisqu'il a disparu depuis sept ans et qu'il n'a aucun parent connu, vous serez en mesure de revendiquer vos droits *in absentia.* Je recommanderai que tout document non susceptible de troubler l'ordre public vous soit remis. Évidemment, vous devez savoir que mes recommandations n'ont qu'un poids très limité auprès des gros bonnets. Vous ne récupérerez probablement ni la radio ni le dossier médical, puisqu'il n'était pas autorisé à vous les donner.

— Et si je vous dis que je n'ai rien ?

— Alors, ce sera pratiquement impossible de les monnayer parce que nous ferons savoir que le recel ou l'achat de ses affaires feront l'objet de saisies et de poursuites judiciaires. Et j'obtiendrai un mandat de perquisition sur votre domicile.

— Maintenant que vous savez où il est, mon domicile... Mais si c'était *des* domiciles ?

— Je n'en sais rien. Ce que je sais, c'est que si vous remettez ce matériel, vous n'aurez aucun ennui pour l'avoir pris, étant donné ce qui lui serait arrivé au cas où vous l'auriez laissé sur place. Quant à promettre qu'il vous sera rendu, ça, je ne le peux pas à cent pour cent.

Elle fouilla dans son sac, désireuse d'observer une pause avant de passer à la suite.

— Vous savez, Barney, j'ai comme l'impression que vous n'avez pas cherché à obtenir votre diplôme de médecine parce que vous saviez que le serment vous serait refusé. Peut-être que vous avez des antécédents, quelque part. Je vous dis ça et remarquez bien que je n'ai même pas vérifié votre casier.

— Non, vous vous êtes contentée de regarder ma déclaration d'impôts et ma lettre de candidature. C'est trop gentil...

— Si votre casier n'est pas vierge, le procureur fédéral pourrait peut-être arranger ça. Faire en sorte qu'on passe l'éponge.

Barney sauça son assiette avec un bout de toast.

— Bon, vous avez fini ? Allons marcher un peu.

Ils étaient dehors quand Starling annonça :

— J'ai vu Sammie, vous vous rappelez, celui qui avait repris la cellule de Miggs ? Il vit toujours là-bas.

— Je croyais que le bâtiment était condamné...

— Il l'est.

— Il est dans un programme de réhabilitation, Sammie ?

— Non. Il se terre dans le noir, c'est tout.

— M'est avis que vous devriez le signaler à qui de droit. Il est diabétique jusqu'aux yeux, il va crever, là-dedans. Vous savez pourquoi le docteur Lecter a fait avaler sa langue à Miggs ?

— Je crois savoir.

— Il l'a tué parce qu'il vous avait manqué de respect. Net et clair. Mais ne vous faites pas de souci. Il aurait été capable d'agir pareil si ce n'était pas arrivé.

Ils passèrent devant l'immeuble de Barney et parvinrent à la pelouse où la colombe continuait à protéger la dépouille de son ami. Barney la chassa d'un geste de la main.

— Allez, tu l'as assez pleuré. Un chat va finir par t'attraper, si tu restes là.

L'oiseau s'envola en sifflant. Ils n'arrivèrent pas à voir où il alla se poser.

Barney ramassa la colombe morte. Le petit corps soyeux glissa aisément dans sa poche.

— Vous savez, le docteur Lecter a dit quelques mots à votre sujet, un jour. C'était peut-être la dernière fois où je lui ai parlé. Une des dernières, en tout cas. C'est cet oiseau qui me l'a rappelé. Vous voulez savoir quoi ?

— Bien sûr.

Son petit déjeuner lui pesait un peu sur l'estomac, soudain. Elle était décidée à ne pas flancher.

— On parlait de comportement directement acquis et il a pris l'exemple de la génétique des pigeons culbutants, ceux qui se laissent retomber au sol en effectuant cinq ou six culbutes. Il y a des culbutants de haut vol et d'autres qui restent à basse altitude. On ne peut pas accoupler deux culbutants de haut vol, autrement leur progéniture serait prise de vertige et finirait par s'écraser à terre. Le docteur Lecter a eu cette remarque : « C'est un culbutant de haut vol, l'agent Starling. Il faut espérer qu'un de ses parents ne l'était pas. »

Starling dut encaisser le coup.

— Qu'est-ce que vous allez faire de l'oiseau ? finit-elle par demander.

— Le plumer et le manger. Venez à la maison avec moi. Je vais vous donner la radio et les livres.

De retour vers l'hôpital et sa voiture, chargée du volumineux paquet, Starling entendit la colombe en deuil lancer un unique appel dans la ramure des arbres.

13

Grâce à l'attention que lui portait un dément et aux obsessions d'un autre, Starling avait obtenu ce qu'elle avait toujours désiré : un bureau dans le couloir de la division Science du comportement, en ce sous-sol objet de tant de rumeurs. C'était une satisfaction qui avait un goût amer.

A sa sortie de l'École du FBI, elle n'avait jamais imaginé rejoindre aussitôt cette section d'élite mais elle avait fermement cru pouvoir y gagner une place à la force du poignet, après plusieurs années passées sur le terrain. Bonne professionnelle, Starling ignorait tout des intrigues de bureau et il lui avait fallu très longtemps pour comprendre que la Science du comportement lui serait à jamais fermée, et cela en dépit des souhaits du chef de cette division, Jack Crawford.

Le principal obstacle à une telle ascension lui était resté invisible jusqu'au moment où, tel un astronome qui arrive soudain à localiser un trou noir, elle avait repéré l'inspecteur général adjoint Paul Krendler à l'influence occulte que ce dernier exerçait sur tous les services alentour. Krendler ne lui avait jamais pardonné de l'avoir devancé dans la poursuite du serial killer Jame Gumb, et le prestige médiatique que sa capture avait apporté à la jeune femme lui était resté en travers de la gorge.

Par une pluvieuse nuit d'hiver, il l'avait appelée chez elle. Elle avait décroché le téléphone en peignoir de bain et pantoufles Bugs Bunny, les cheveux pris dans une serviette en turban. Elle ne pouvait oublier la date, puisque c'était la première semaine de l'opération « Tempête du désert ». Agent technique à l'époque, elle venait de rentrer de New York où elle avait eu pour mission de remplacer le poste de radio dans la limousine de la mission irakienne auprès de l'ONU Le nouvel appareil avait exactement le même aspect que l'ancien, sinon qu'il retransmettait toutes les conversations menées dans la voiture à un satellite militaire américain. L'intervention dans un garage privé avait été des plus délicates et elle était encore sous le coup de la tension nerveuse.

Pendant une seconde de naïveté, elle avait cru que Krendler téléphonait pour la féliciter de son travail. Elle se rappelait encore les rafales contre les vitres et sa voix dans le combiné, un peu pâteuse, un brouhaha de bar en bruit de fond.

Il lui avait proposé de sortir avec lui. Il pouvait passer la prendre dans une demi-heure, avait-il assuré. C'était un homme marié.

— Je ne pense vraiment pas, Mr Krendler.

Et elle avait enfoncé la touche d'enregistrement sur son répondeur, ce qui avait produit un bip très reconnaissable. À l'autre bout, il avait aussitôt raccroché.

Plusieurs années après, installée dans ce bureau qu'elle avait tant attendu, Starling calligraphia son nom sur un bout de papier qu'elle scotcha à la porte. Mais cela n'avait rien de drôle, alors elle l'arracha et l'expédia à la poubelle.

Il n'y avait qu'une seule lettre dans sa corbeille de courrier. C'était un questionnaire du *Livre Guinness des records* qui se proposait de la nommer la femme des services de sécurité américains ayant le plus grand nombre de criminels neutralisés à son tableau de chasse. Le terme de « criminels » était utilisé à bon escient, précisait le responsable de la publication, puisque tous étaient à leur mort l'objet de multiples inculpations et que trois d'entre eux étaient sous le coup de mandats d'arrestation. Le formulaire alla rejoindre son nom dans la poubelle.

Elle entamait sa deuxième heure de recherches laborieuses sur son terminal d'ordinateur, non sans souffler de temps à autre sur une mèche de ses cheveux blonds pour l'écarter de son visage, lorsque quelqu'un frappa à la porte et passa la tête à l'intérieur. C'était Crawford.

— J'ai eu un coup de fil de Brian au labo, Starling. La

radio fournie par Mason et celle que vous avez obtenue de Barney correspondent point par point. C'est bien le bras de Lecter. Ils vont les digitaliser pour les comparer encore mais d'après Brian ça ne fait aucun doute. On va verser le tout dans le dossier protégé qui est réservé à Lecter sur le VICAP (le *Violent Criminal Apprehension Program*, Programme de recherche des criminels dangereux).

— Et Mason Verger ?

— On va lui dire la vérité. Vous et moi, Starling, nous savons pertinemment qu'il ne partagera rien avec nous, à moins de tomber sur quelque chose qui dépasse ses moyens. Mais à ce stade, si nous essayons de lui rafler sa piste brésilienne sous le nez, on va se retrouver sans rien.

— Vous m'avez dit de laisser tomber, c'est ce que j'ai fait.

— Oui ? Mais vous aviez l'air bien occupée, tout de suite...

— Verger a reçu la radiographie par DHL. Avec le code-barre et le carnet de service du porteur, ils ont retrouvé assez facilement le lieu de la prise en charge de l'enveloppe. Hôtel Ibarra, à Rio. — Elle leva une main pour couper court à toute protestation. — Tout ça uniquement de source new-yorkaise, notez bien. Pas la moindre enquête au Brésil même. Par ailleurs, pour traiter ses petites affaires au téléphone, et il y en a un paquet, Mason passe par le standard du bureau des paris sportifs de Las Vegas. Vous pouvez imaginez le nombre d'appels qui transitent par là.

— Est-ce que j'ai vraiment envie de savoir comment vous avez appris ça ?

— Un plan réglo à cent pour cent... Enfin, pratiquement. Je n'ai rien planté chez lui, si c'est ce que vous vous demandez. Simplement, je me suis procuré les codes d'accès à ses factures téléphoniques. N'importe quel agent du service technique peut faire pareil. Bon, admettons qu'il fasse obstruction à l'enquête. Avec l'influence qu'il a, combien de temps il nous faudrait pour obtenir un mandat nous autorisant à le mettre sur écoutes ? Et à quoi ça nous servirait, même au cas où il serait inculpé ? Seulement, voilà, il passe par les paris sportifs...

— Je vois. La Commission des jeux du Nevada serait en droit de surveiller leur standard, ou de tracasser ce bureau jusqu'à obtenir ce dont nous avons besoin. Les destinataires de ses appels, en l'occurrence.

102

— Voilà. J'ai laissé tomber Mason, exactement comme vous me l'avez demandé.

— C'est clair, en effet. Bon, vous pouvez lui dire que nous avons demandé de l'aide à Interpol et à notre ambassade. Expliquez-lui que nous avons besoin d'envoyer des types à nous là-bas pour préparer le terrain à son extradition. Il a probablement commis des crimes en Amérique du Sud, donc nous avons intérêt à l'extrader avant que la police de Rio ne se mette à piocher dans ses dossiers étiquetés « cannibalisme ». Tout ça, s'il est vraiment là-bas, évidemment... Dites-moi, Starling : ça ne vous rend pas malade de traiter avec Verger ?

— Ça demande une certaine préparation, j'admets. Mais vous m'avez initiée quand on a sorti de l'eau ce macchab' en Virginie... Comment je parle, moi ? Je voulais dire cette jeune femme, Fredericka Bimmel. Oui, il me rend malade, Mason. Et la vérité, Jack, c'est que plein de choses me produisent le même effet, ces derniers temps...

La surprise lui coupa la voix. Jamais encore elle n'avait appelé le chef de division Crawford par son prénom, jamais elle n'en avait eu l'intention. Ce « Jack » était un choc pour elle. Elle étudia les réactions éventuelles sur un visage réputé impénétrable.

Il hocha la tête avec un petit sourire triste.

— Moi aussi, Starling. Euh, vous voudriez un ou deux comprimés de Sorbitol avant de l'appeler ?

Mason Verger ne prit pas la peine de lui répondre personnellement. Un secrétaire la remercia du message et l'assura qu'il la recontacterait. Mais il ne le fit pas : venue d'un échelon bien plus élevé que celui de Clarice Starling, l'information sur les radiographies concordantes était déjà pour lui de l'histoire ancienne.

14

Si Mason Verger savait que sa radiographie était celle du bras du docteur Lecter bien avant que Starling n'ait été elle-même au courant, c'était parce que ses entrées au département de la Justice étaient nettement meilleures que les siennes.

Il l'avait appris par un e-mail signé « Rétribution287 », l'un des deux noms de code informatique de l'assistant du député Parton Vellmore à la Commission des affaires juridiques. Le bureau de Vellmore avait été auparavant alerté par un message électronique de « Cassius199 », le second pseudonyme de Paul Krendler en personne.

L'information l'avait plongé dans une grande excitation. Il ne croyait pas que Lecter se trouvait au Brésil, non, mais ce document prouvait que le docteur avait désormais le nombre normal de doigts à la main gauche, et cette confirmation arrivait en même temps qu'une nouvelle piste signalant sa présence en Europe. Mason était presque sûr que le tuyau provenait des services de police italiens. C'était la première fois depuis des années qu'il humait la trace de Lecter avec une telle intensité.

Et il n'avait aucune intention de partager avec le FBI. Grâce à près d'une décennie d'entêtement, d'accès aux dossiers les plus confidentiels, de zèle propagandiste à travers la planète et de fortunes dépensées en ce sens, c'était lui qui occupait la première place dans la chasse au docteur Lecter. Il ne voulait bien communiquer ses informations au Bureau fédéral que s'il pouvait en retirer quelque profit. Ainsi, dans le seul but de faire illusion, il ordonna à son secrétaire de poursuivre Starling d'appels téléphoniques en réclamant de nouvelles précisions. Bientôt, ce fut au moins trois fois par jour qu'il la relança.

Parallèlement, Mason avait fait aussitôt virer cinq mille dollars à sa source brésilienne afin qu'elle continue à remonter la filière de la radiographie. Les fonds qu'il expédia en Suisse pour la suite des événements étaient bien plus importants. Et il était prêt à en débloquer encore dès qu'il disposerait d'informations concrètes.

Il croyait que son informateur européen avait trouvé le docteur Lecter, certes, mais il avait été tant de fois déçu qu'il avait appris à se méfier. La preuve allait venir, tôt ou tard, et il surmontait les affres de l'attente en concentrant son esprit sur ce qui arriverait au docteur une fois qu'il serait entre ses mains. Sur ce plan aussi les préparatifs avaient été longs et complexes, car Mason Verger était un expert en souffrance...

Pour nous, humains, les choix de Dieu lorsqu'Il inflige la douleur sont aussi insatisfaisants qu'incompréhensibles. A moins que l'innocence soit à Ses yeux une offense. Il est clair qu'Il a besoin d'une certaine aide pour canaliser la fureur aveugle avec laquelle Il châtie la terre.

Mason était paralysé depuis douze ans quand il en était venu à percevoir son rôle en la matière. Il n'était alors plus qu'une forme évanescente sous ses draps et il savait qu'il ne se relèverait plus jamais de son lit d'agonie. Ses nouveaux quartiers à Muskrat Farm étaient achevés, il avait des moyens financiers conséquents mais non illimités, puisque l'aïeul des Verger, Molson, régnait encore sur l'empire familial.

C'était le Noël de l'année où le docteur Lecter s'était échappé. En proie aux émotions particulières que provoque généralement l'approche de la Nativité, il se reprochait amèrement de ne pas avoir organisé l'assassinat de Lecter dans sa cellule. Il savait que son ennemi était libre, qu'il sillonnait le monde à sa guise et qu'il se payait très probablement du bon temps.

Lui-même était prisonnier de son poumon artificiel sous une couverture de laine souple, une infirmière à son chevet qui se dandinait inconfortablement sur ses pieds en rêvant de pouvoir enfin s'asseoir. Une escouade d'enfants pauvres étaient arrivés en bus pour chanter des noëls. Avec l'accord de son médecin, ses fenêtres avaient été brièvement ouvertes à l'air glacé. En bas, chacun les mains en coupe autour d'une chandelle, les enfants lui donnaient l'aubade.

Toutes les lumières de sa chambre étaient éteintes. Au-dessus du domaine, la voûte des étoiles était dense.

« Petite ville de Bethléem, comme te voilà immobile ! »

Comme te voilà immobile...

Les paroles l'accablaient de leur ironie : « Comme te voilà immobile, Mason ! »

Dehors, les étoiles de Noël gardaient un silence oppressant. Elles ne lui répondaient rien lorsqu'il levait vers elles son unique œil suppliant, lorsqu'il leur adressait un pauvre signe avec les rares doigts qu'il pouvait bouger. Il n'allait plus pouvoir respirer, pensa-t-il. S'il étouffait dans l'espace, sa dernière vision serait celle des étoiles muettes scintillant dans le vide. Et il suffoquait maintenant, persuadé que le poumon artificiel ne gardait plus le rythme, il devait attendre pour « respirer » sa ligne de vie couleur vert sapin de Noël sur les écrans, tourmentée de pointes, autant de petits conifères dans la forêt nocturne des moniteurs. Pointes de son pouls, une cime systolique, une diastolique...

L'infirmière s'était affolée, prête à appuyer sur le bouton d'alarme, une main déjà tendue vers le flacon d'adrénaline.

Les lignes se moquaient de lui comme les paroles du noël : « Comme te voilà immobile, Mason ! »

Et puis, l'Épiphanie. Avant que l'infirmière n'ait le temps de sonner ou d'attraper ses médicaments, le pelage râpeux de sa vengeance effleura pour la première fois sa main décharnée, implorante, spectrale, et le calma peu à peu.

Quand ils communient pour Noël dans le monde entier, les croyants sont persuadés qu'ils absorbent véritablement le corps et le sang du Christ grâce au miracle de la transsubstantiation. Mason Verger, lui, entreprit alors les préparatifs d'une cérémonie encore plus sidérante, et qui ne nécessitait pas le mystère de l'eucharistie : il avait résolu que le docteur Hannibal Lecter serait dévoré vivant.

15

Mason Verger avait reçu une éducation peu conventionnelle, mais qui convenait aussi bien à l'avenir que son père
avait prévu pour lui qu'au but qu'il s'était lui-même désormais fixé. Il avait été pensionnaire dans un lycée en grande
partie financé par les donations paternelles, et où ses fré-
quentes absences avaient donc été aisément pardonnées. Car
le patriarche des Verger avait l'habitude de retenir l'enfant
auprès de lui plusieurs semaines d'affilée afin de parfaire sa
véritable éducation dans les étables et les abattoirs, la source
de la fortune familiale.

Molson Verger avait fait œuvre pionnière dans plusieurs
aspects de l'élevage, à commencer par celui de la réduction
des coûts de production. Ses premiers essais d'alimentation
bon marché, un demi-siècle auparavant, étaient allés encore
plus loin que ceux de Batterham : il avait introduit dans le
régime habituel des porcins de la poudre de soies de porc et
de plumes de poulet, ainsi que du fumier, en quantités jugées
très audacieuses à l'époque. Dans les années 40, il s'était
taillé une réputation de dangereux charlatan lorsqu'il avait
supprimé l'eau à ses cochons pour la remplacer par une
décoction de purin animal qui accélérait la prise de poids.
Les ricanements cessèrent à la vue des profits ainsi accumu-
lés, et tous ses concurrents s'empressèrent de l'imiter.

Ce ne fut pas le seul terrain sur lequel Molson Verger
imposa ses vues dans la branche de la boucherie industrielle.
Puisant dans sa fortune personnelle, il combattit sans relâche
la loi sur l'abattage sans douleur à partir de critères stricte-

ment économiques et réussit à ne pas perdre la face en stigmatisant les législateurs tout en les arrosant copieusement. Toujours avec Mason à ses côtés, il supervisa des expériences à grande échelle pour déterminer à quel moment il était possible de cesser d'alimenter les animaux destinés à l'abattage sans qu'ils ne subissent de perte de poids significative.

Ce furent aussi les recherches génétiques financées par les Verger qui permirent enfin la mise au point des espèces de cochon belge surmusclées, épargnées par les suintements qui affligeaient jusqu'alors ce type de porcs. Toujours prêt à acheter des « reproducteurs » dans le monde entier, Molson Verger encouragea aussi maints programmes zootechniques à l'étranger.

Mais l'abattage est avant tout l'affaire des hommes, et personne ne le comprit mieux que lui. Il réussit à domestiquer les leaders syndicaux lorsque ceux-ci cherchèrent à écorner ses profits par des revendications salariales ou l'exigence de meilleures conditions de travail. En ce domaine, ses étroites relations avec le crime organisé lui furent d'un grand secours pendant trois décennies.

A cette époque, Mason ressemblait énormément à son père : mêmes sourcils d'un noir aile de corbeau au-dessus d'yeux carnassiers d'un bleu délavé, mêmes cheveux plantés très bas en oblique sur le front. Molson Verger aimait prendre la tête de son fils entre ses mains et la tâter affectueusement comme s'il établissait sa paternité au travers de traits physiques spécifiques, de même qu'il était capable de reconnaître le patrimoine génétique d'un porc en parcourant des doigts la structure osseuse de sa face.

Mason avait été un disciple doué et, lorsque son état le cloua à jamais au lit, il resta capable de diriger l'affaire familiale en prenant des décisions mûrement réfléchies que ses subalternes étaient chargés d'appliquer. Ce fut ainsi l'idée du fils Verger de pousser les autorités américaines et les Nations unies à ordonner la destruction de tous les cochons de Haïti en invoquant les risques de contagion par la grippe porcine d'Afrique. Ce fut pour lui l'occasion de vendre les grands porcs blancs d'Amérique afin de remplacer l'espèce locale. Et, comme ces éléments importés ne résistaient pas aux conditions climatiques de l'île, il fallut les renouveler sans cesse, jusqu'à ce que les Haïtiens finissent par avoir recours aux pourceaux venus de République dominicaine, plus trapus et plus robustes.

Et maintenant, avec l'expérience d'une vie industrieuse et le savoir d'un spécialiste, Mason Verger vibrait tel Stradivarius s'approchant de son établi tandis qu'il mettait en place le dispositif de sa vengeance.

Quel trésor de connaissances et de ressources recélait ce crâne défiguré ! Cloué au lit, composant dans son esprit comme Beethoven devenu sourd, il se souvenait de toutes les foires porcines qu'il avait hantées avec Molson pour surveiller la concurrence, le petit couteau en argent du père Verger toujours prêt à jaillir de sa veste et à s'enfoncer dans l'échine d'une bête exposée afin d'estimer l'épaisseur de la graisse, puis le célèbre éleveur s'éloignant du couinement indigné, son air digne dissuadant tout reproche, la main à nouveau dans la poche, l'ongle de son pouce marquant la profondeur obtenue sur la lame. S'il avait encore eu des lèvres, il aurait souri au souvenir de Molson Verger frappant ainsi un animal de concours qui ne se méfiait de rien, des cris du garçon qui le présentait, de l'intervention du père outragé et des sbires de Molson l'entraînant sans ménagement hors du chapiteau... Ah, quelle époque bénie, vraiment !

A ces expositions, il avait observé des espèces exotiques venues du monde entier. Et, dans la perspective qui l'occupait désormais, il avait collecté le meilleur de ce qu'il avait vu en ce temps-là

Le programme d'élevage avait débuté sitôt après sa très personnelle Épiphanie. Il avait pour cadre une petite porcherie que les Verger possédaient en Sardaigne, choisie pour sa discrétion et sa proximité de l'espace européen. Car, s'il pensait — à raison — que la première étape du docteur Lecter après son évasion avait été l'Amérique du Sud, il était convaincu que ses goûts le conduiraient tôt ou tard en Europe. C'est pour cette raison qu'il faisait surveiller chaque année le Festival de Salzbourg ou d'autres manifestations culturelles du Vieux Continent. Et c'est pour cette raison aussi qu'il avait envoyé ses éleveurs préparer en Sardaigne le théâtre de la mort du docteur Lecter.

L'un de ses exécuteurs serait *Hylochoerus meinertzhageni,* le cochon sauvage géant, six tétines et trente-huit chromosomes, un mangeur infatigable, un omnivore sans scrupule.

à l'instar de l'homme. Long de deux mètres dans les familles des montagnes, il peut atteindre les deux cent soixante-quinze kilos. Il allait être la note sylvestre de sa composition.

Il y avait ensuite le sanglier commun d'Europe, *Sus scrofa scrofa*, trente-six chromosomes dans sa forme la plus pure, tout en soies raides et en défenses meurtrières, un animal aussi vif que brutal qui peut éventrer une vipère de son sabot aiguisé et l'engloutir en quelques secondes. Lorsqu'il est en rut ou qu'il veut protéger ses marcassins, il est prêt à charger tout ce qui le menace. La laie, qui dispose de douze tétines, est une mère attentionnée. Avec cette espèce, Mason avait trouvé le thème principal, ainsi qu'une apparence faciale susceptible de donner au docteur Lecter un atroce dernier reflet de sa propre destruction (*cf. Harris on the Pig, 1881*).

Il avait fait l'acquisition de cochons de l'île d'Ossabaw en raison de leur agressivité, ainsi que de porcs noirs de Jiaxing à cause de leur taux élevé d'œstradiol. Une note discordante était donnée par *Babyrousa babyrussa*, le babiroussa d'Indoné-sie orientale, connu sous le nom de « cochon-cerf » pour ses défenses très longues et très grêles. C'était un médiocre reproducteur, avec deux tétines seulement, qui lui avait coûté trop cher malgré son poids relativement dérisoire, à peine cent kilos. Mais Mason savait qu'il ne lui faisait pas perdre de temps puisque des portées sans croisement de babiroussas avaient déjà été mises à bas.

En matière de dentition, le choix avait été limité. Pratique-ment toutes les espèces retenues avaient les dents de l'em-ploi : trois paires d'incisives coupantes, une de canines effilées, quatre de prémolaires et trois de molaires suscepti-bles de broyer n'importe quoi, soit un total de quarante-qua-tre aux deux mâchoires.

N'importe quel cochon est prêt à manger un cadavre humain, mais l'amener à dévorer un homme vivant nécessite un certain dressage. Les Sardes embauchés par Mason Verger étaient à la hauteur de cette dernière mission.

Après sept années d'efforts et de multiples portées, les résultats étaient là et ils étaient en tout point... remarquables.

16

Une fois tous les acteurs en place dans les montagnes sardes de Gennargentu, hormis le docteur Lecter, bien entendu, Mason Verger passa à la résolution d'une autre question : comment conserver la scène du trépas de son ennemi pour la postérité, et pour son propre plaisir voyeuriste ? Les dispositions en ce sens avaient été prises depuis longtemps, en réalité. Il s'agissait maintenant de donner l'alerte.

Il mena cette délicate opération par téléphone, au travers du bureau des paris sportifs de Las Vegas. Dans l'impressionnant volume d'appels que le standard recevait, ses communications n'étaient que d'éphémères signaux.

Sa voix métallique, aux consonnes curieusement gommées, se réverbéra donc de la côte virginienne au désert du Nevada pour rebondir par-delà l'Atlantique, d'abord à Rome.

Dans un appartement au septième étage d'un immeuble de la via Archimede, non loin de l'hôtel du même nom, la sonnerie éraillée propre aux téléphones italiens retentit soudain. Un dialogue ensommeillé s'ensuit dans l'obscurité :

— *Còsa ? Còsa c'è ?*

— *Accendi la luce, idiòta !*

La lampe de chevet s'allume. Il y a trois formes allongées dans le lit. Le garçon qui se trouve le plus près du poste décroche le combiné et le tend à un homme plus âgé, corpulent, installé au milieu. A l'autre bout, une fille blonde, d'une vingtaine d'années, lève un visage endormi dans la lumière puis le laisse retomber sur l'oreiller.

— *Pronto, chi ? Chi parla ?*

— Oreste, mon ami ! Ici, Mason.

Il se redresse, fait signe au garçon de lui passer un verre d'eau minérale

— Ah, Mason, mon ami ! Excusez-moi, je dormais. Quelle heure est-il, chez vous ?

— Il est tard chez moi comme chez vous, Oreste. Vous vous souvenez de ce que je vous ai promis et de ce que vous deviez faire pour moi ?

— Euh... Bien sûr.

— Eh bien, le moment est arrivé, mon ami. Vous savez ce qu'il me faut. J'ai besoin d'une prise de vue à deux caméras, et d'une qualité de son autrement meilleure que celle de vos petits films pornographiques. Comme vous allez devoir produire l'électricité dont vous aurez besoin, cela signifie que le générateur sera installé aussi loin que possible. Il me faut aussi de jolis plans de paysages que nous monterons ensuite, et des chants d'oiseaux. Je veux que vous partiez en repérage demain et que vous mettiez tout en place. Vous pouvez laisser votre matériel là-bas, je garantis sa sécurité. Ensuite, vous rentrez à Rome jusqu'au tournage, mais débrouillez-vous pour être prêt dans les deux heures après notification. C'est clair, Oreste ? Il y a un ordre de virement pour vous à la Citibank. D'accord ?

— C'est que là je suis en plein...

— Vous voulez le faire ou non, Oreste ? C'est vous qui disiez que vous en aviez assez de filmer de la baise et du gore ou des documentaires débiles pour la RAI. Vous êtes réellement décidé à tourner quelque chose d'important, Oreste ?

— Mais... oui, Mason.

— Alors, en route ! L'argent est à la Citibank. Partez tout de suite.

— Où ça, Mason ?

— En Sardaigne. Vous serez attendu à l'aéroport de Cagliari.

L'appel suivant aboutit à Porto-Torrès, sur la côte est de la Sardaigne. Il dura peu. Mason n'eut en effet que quelques mots à prononcer, le mécanisme qu'il avait patiemment mis en place là-bas étant aussi efficace et implacable que sa guillotine portable. Moins expéditif, certes, mais plus élaboré, écologiquement parlant.

II

FLORENCE

17

Au cœur de Florence, dans la nuit, la vieille ville est illuminée avec art.

Le palazzo Vecchio s'élève sur la place obscure, noyé de lumière, profondément médiéval avec ses arches cintrées, ses créneaux évoquant les dents d'une citrouille d'Halloween, sa tour fusant haut dans le ciel noir.

Les chauves-souris feront la chasse aux moustiques sur la face lustrée de l'horloge jusqu'à l'aube, quand les hirondelles s'élèveront dans l'air que les cloches font frissonner.

L'inspecteur en chef de la Questura, Rinaldo Pazzi, surgit des ombres de la Loggia et traversa l'esplanade, son imperméable sombre se découpant sur les statues de marbre figées dans des scènes de viol et de meurtre, son visage livide pivotant vers le palazzo éclairé comme un tournesol attiré par le soleil. Il s'arrêta à l'endroit précis où le réformateur Savonarole avait été brûlé et leva les yeux vers les fenêtres où son propre ancêtre avait rencontré son funeste destin.

C'était d'ici, en effet, que Francesco de' Pazzi avait été défenestré, nu, la corde au cou, pour mourir écorché et pantelant contre la pierre rêche des murs. L'archevêque pendu à ses côtés dans ses vêtements sacerdotaux ne lui avait été d'aucun secours spirituel : les yeux hors de la tête, fou de douleur, le prélat avait planté ses dents dans la chair de son compagnon d'infortune.

En ce dimanche 26 avril 1478, toute la famille Pazzi avait chèrement payé l'assassinat de Giuliano de Medici et la tentative de meurtre sur la personne de Laurent le Magnifique au cours de la messe à la cathédrale.

Et aujourd'hui, Rinaldo Pazzi, un Pazzi d'entre les Pazzi qui haïssait autant les gouvernants de son pays que son aïeul en son temps et qui, dans sa disgrâce, sentait déjà le vent du couperet sur sa nuque, était venu devant cette façade pour décider comment utiliser au mieux la chance singulière que lui offrait le sort.

L'inspecteur en chef pensait avoir découvert Hannibal Lecter à Florence. La capture du criminel était une occasion inespérée de restaurer sa réputation et d'être couvert d'honneurs par ses pairs, mais elle ouvrait aussi une autre possibilité, celle de vendre sa prise à Mason Verger contre une somme qui dépassait son imagination. A condition que le suspect soit bien Lecter, évidemment. Et, tout aussi évidemment, choisir la seconde formule signifierait vendre en même temps le peu de dignité qui lui restait.

Ce n'était pas par hasard que Pazzi était à la tête du service des enquêtes à la Questura : il avait un don pour son métier et il avait jadis été animé par une soif de réussite qui paraissait inextinguible. Mais il portait aussi les cicatrices d'un homme qui, emporté par son ambition, avait un jour empoigné la dague du succès par la lame.

S'il avait choisi ce lieu, cette place, pour prendre une telle décision, c'était parce qu'il avait vécu là un moment de grâce qui l'avait rendu célèbre avant de précipiter sa ruine.

Imprégné comme il l'était du sens du paradoxe propre aux Italiens, il ne pouvait qu'être frappé par la coïncidence : ici, au pied de cette façade contre laquelle l'âme révoltée de son ancêtre se débattait peut-être encore, s'était produite la révélation qui avait changé le cours de sa vie ; et ici, il était à présent en mesure de libérer à jamais les Pazzi de la malédiction qui s'acharnait sur eux.

C'était en pourchassant un autre criminel compulsif, *Il Mostro*, comme on l'appelait alors, que Rinaldo Pazzi avait rencontré la gloire, avant d'abandonner son cœur aux vautours. Et c'était cette expérience qui l'avait rendu capable de se lancer sur sa nouvelle piste. Mais l'amertume que lui avait laissée sa victoire sur « le Monstre » lui donnait aussi la tentation de risquer maintenant une dangereuse incursion dans l'illégalité.

Dix-sept ans durant, Il Mostro, le Monstre de Florence, s'était acharné sur les couples d'amoureux à travers la Toscane. Tout au long des décennies 80 et 90, il avait espionné les amants dans leurs ébats en pleine nature avant de fondre sur eux et de les abattre avec un revolver de petit calibre. Il avait coutume de disposer ensuite les corps selon une mise en scène soigneusement étudiée, parsemant les cadavres de fleurs et dénudant le sein gauche des femmes. Ces macabres tableaux, qui se répétaient avec une étrange constance, étaient devenus une signature immédiatement reconnaissable par le public. Il avait aussi l'habitude de prélever des trophées anatomiques sur ses victimes, à l'exception de l'unique fois où il avait massacré un couple d'homosexuels, des touristes allemands dont les cheveux longs l'avaient apparemment induit en erreur.

La pression exercée sur la Questura pour qu'elle mette fin aux agissements d'Il Mostro était énorme, tant et si bien qu'elle avait fini par coûter sa place au prédécesseur de Pazzi. En reprenant le poste d'inspecteur en chef, Pazzi s'était retrouvé soudain comme un promeneur assailli par un essaim de guêpes, avec les journalistes qui s'agglutinaient dans son bureau dès qu'ils en avaient l'occasion et les photographes qui montaient une garde permanente devant la sortie de la via Zara, qu'il devait emprunter lorsqu'il quittait en voiture le siège central de la police.

Les étrangers de passage à Florence en cette période se souviennent sans doute encore des affiches omniprésentes, sur lesquelles un œil menaçant mettait en garde les couples contre le voyeur sanguinaire.

Pazzi s'était mis à la tâche avec l'énergie d'un possédé. Il avait contacté la division Science du comportement du FBI afin d'obtenir de l'aide dans la mise au point du portrait-robot du tueur, et dévoré toute la littérature consacrée aux méthodes des services américains en la matière. Il avait multiplié les mesures préventives : les parcs et les cimetières où les amoureux aimaient se donner rendez-vous avaient vite compté plus de policiers installés en couple dans des voitures banalisées que d'amants authentiques. Comme les femmes policiers n'étaient pas en nombre suffisant, il avait fallu que leurs collègues masculins se relaient sous de lourdes perruques par temps chaud, et maintes paires de moustaches avaient dû être sacrifiées à la traque. Pazzi avait d'ailleurs donné l'exemple en renonçant à ses bacchantes.

117

Le Monstre était un prédateur avisé. Ses pulsions ne l'obligeaient pas à frapper souvent. Ayant remarqué qu'il s'était écoulé dans le passé de longues périodes durant lesquelles il était resté totalement inactif, avec même une interruption de huit années, Pazzi résolut d'explorer à fond cette particularité. Laborieusement, péniblement, il enrôla de force des collaborateurs dans tous les services qu'il réussissait à intimider et alla jusqu'à réquisitionner l'ordinateur personnel de son neveu, la Questura n'étant alors dotée que d'un seul terminal. Il finit par dresser ainsi la liste de tous les meurtriers du nord de l'Italie dont les périodes d'emprisonnement coïncidaient avec les phases inactives d'Il Mostro. Il y en avait quatre-vingt-dix-sept.

Au volant d'une vieille mais puissante Alfa Romeo saisie à un braqueur de banques sous les verrous, il couvrit plus de cinq mille kilomètres en un mois afin de rendre personnellement visite à quatre-vingt-quatorze de ces anciens détenus et de les soumettre à interrogatoire. Les trois autres avaient perdu la raison ou étaient décédés.

Il ne disposait pas de preuves suffisantes recueillies sur les lieux des crimes pour raccourcir sa liste par élimination. Pas de traces de salive ou de sperme, pas d'empreintes digitales. Dans un seul cas, un double meurtre à Impruneta, une cartouche vide avait été retrouvée, un calibre 22 Winchester-Western dont les traces d'extraction correspondaient à un Colt semi-automatique, peut-être un Woodsman. Toutes les balles retirées des corps des victimes offraient les mêmes caractéristiques. Même si aucune d'elles ne présentait de marques de frottement propres à l'emploi d'un silencieux, il était impossible d'exclure cette éventualité.

Pazzi n'était pas Pazzi pour rien : il était dominé par l'ambition et il avait une épouse jeune et jolie, dont les exigences étaient sans bornes. Déjà mince, il avait perdu six kilos depuis sa nomination. En privé, les nouvelles recrues de la Questura commentaient abondamment sa ressemblance avec Vil Coyote, le personnage de la fameuse bande dessinée.

Lorsqu'un petit malin installa sur l'ordinateur central un programme de jeu graphique dans lequel les célébrissimes Trois Ténors se transformaient peu à peu en mulet, en cochon et en chèvre, Pazzi resta plusieurs minutes fasciné par la métamorphose, jusqu'à sentir ses traits devenir à leur tour

118

ceux du baudet, revenir à leur apparence originelle, se modifier encore.

Son dernier suspect passé sur le gril sans résultat probant, Pazzi se porta un jour devant la fenêtre du laboratoire d'analyses de la Questura, dont les vantaux sont festonnés de tresses d'ail destinées à repousser les esprits malfaisants. Il laissa ses yeux errer dans la cour poussiéreuse et s'abandonna au désespoir.

Il pensa à sa jeune épouse, à ses beaux mollets bien fermes et au duvet qui irisait sa peau dans le bas du dos. Il revit ses seins qui palpitaient et tressautaient quand elle se brossait les dents, entendit à nouveau son rire lorsqu'elle l'avait surpris en train de la contempler. Il supputa tous les cadeaux dont il aurait désiré la couvrir, imagina son ravissement tandis qu'elle ouvrait les paquets. Les pensées qu'elle lui inspirait étaient avant tout visuelles : elle avait un parfum enivrant et sa peau était merveilleuse au toucher, également, mais c'était son image qui revenait d'abord dans sa mémoire.

Et comment aurait-il voulu apparaître à ses yeux, lui ? Certainement pas comme ce souffre-douleur de la presse qu'il était devenu. Le siège florentin de la Questura est un ancien asile d'aliénés et les caricaturistes s'en donnaient à cœur joie sur ce thème.

Pazzi se figurait que le succès résultait toujours d'une intuition. Sa mémoire visuelle était excellente, oui, et à l'instar de la plupart de ceux pour qui la vue est le premier sens, il concevait la révélation comme une image dans un bain de développement, ses contours d'abord brouillés, puis se précisant de plus en plus. Il raisonnait de la même manière que la majeure partie d'entre nous cherchent un objet égaré : nous convoquons son image dans notre esprit, nous la comparons à ce que nous avons sous les yeux, nous la précisons progressivement tout en la projetant dans l'espace.

Puis l'attention de l'opinion publique fut soudain accaparée par un attentat politique près de la galerie des Offices. L'enquête obligea Pazzi à négliger un moment sa quête d'Il Mostro. Mais, même alors qu'il s'absorbait dans ce nouveau dossier, les images suscitées par le Monstre demeuraient dans son esprit. Ses crimes-tableaux restaient à la périphérie de sa vision, tout comme lorsque nous fixons délibérément notre regard à côté d'un objet pour en obtenir une perception obscurcie. Il était particulièrement obsédé par le couple retrouvé assassiné sur la plate-forme d'une camionnette à Impruneta, les deux cadavres soigneusement mis en scène, garnis de fleurs, le sein gauche de la femme dénudé.

Un après-midi, il venait de quitter la galerie des Offices et traversait la piazza della Signoria toute proche, quand une image sur l'étal d'un vendeur de cartes postales lui produisit une décharge électrique. Incapable de décider s'il s'était agi d'une sorte d'hallucination, il poursuivit son chemin pour s'arrêter à l'endroit précis où le bûcher de Savonarole avait jadis été élevé. Il se retourna, observa les alentours. Des groupes de touristes s'amassaient sur la place. Il sentit un frisson glacé remonter son dos. Peut-être n'était-ce qu'un caprice de son imagination, l'image, le message lancé par cette image. Il rebroussa chemin pas à pas.

Elle était bien là, gondolée par la pluie et le vent, tachée de chiures de mouches. *Le Printemps* de Botticelli, dont l'original se trouvait derrière lui, à la galerie des Offices. La nymphe ornée de pampres à droite, le sein gauche dénudé, des fleurs jaillissant de sa bouche tandis que le timide Zéphyr tendait la main vers elle depuis le sous-bois.

Elle était là, l'image du couple assassiné sur la plate-forme de la camionnette, décoré de guirlandes, des fleurs entre les lèvres de la fille. Point par point, l'image.

C'était ici, au pied de ces murs où son ancêtre avait suffoqué en tombant, qu'était advenue l'idée, l'image originelle qu'il avait recherchée si fiévreusement, un tableau créé cinq siècles auparavant par Sandro Botticelli, ce même artiste qui, contre la somme de quarante florins, avait peint l'agonie de Francesco de' Pazzi sur une paroi de la prison du Bargello, avec la corde au cou et tout le reste. Comment aurait-il pu rester sourd à un message aussi délicieusement inspiré, et inspirant ?

Il avait besoin de s'asseoir. Comme tous les bancs étaient occupés, il n'eut d'autre recours que de déloger un vieil homme de sa place en lui présentant son insigne. En toute honnêteté, il n'avait pas remarqué son infirmité jusqu'à ce que l'ancien combattant se campe devant lui sur son unique jambe et proclame avec véhémence tout le mal qu'il pensait de lui.

Deux raisons expliquaient cette vague d'émotion. Découvrir l'image qu'Il Mostro reproduisait dans ses tueries était un triomphe en soi, d'abord. Mais, aussi et surtout, Pazzi avait vu une autre reproduction du *Printemps* lors de sa longue tournée de suspects...

Plutôt que de torturer sa mémoire, il préféra lui donner du temps en restant immobile un moment. Puis il retourna aux Uffizi et alla se placer devant l'œuvre originale de Botticelli, quelques minutes seulement. Ensuite, il se rendit à la halle aux grains, effleurant au passage le groin de bronze du « Porcellino », reprit sa voiture et se rendit à Cascine. Là, appuyé contre le capot sale de sa voiture, les narines pleines de l'odeur de l'huile surchauffée, il regarda des enfants disputer une partie de football.

Ce furent d'abord les escaliers qui réapparurent, et le premier palier. A ce point, seul le haut du tableau était encore visible. *Le Printemps.* Il put revenir en arrière, distinguer la porte d'entrée, mais rien de la rue. Ni aucun visage.

Spécialiste des interrogatoires comme il l'était, il était en mesure de se soumettre lui-même à la question en convoquant ses autres facultés sensorielles : « Quand tu as vu l'image, qu'est-ce que tu *entendais*, en même temps ? Oui, des bruits de marmite dans une cuisine quelque part au rez-de-chaussée. Et quand tu es arrivé sur le palier, devant le tableau, quoi ? La télévision. Un poste de télé dans le salon. Robert Stack-Eliot Ness dans *Gli Intoccabili*. Et tu as *senti* quoi ? J'ai vu le tableau et je... Non, pas *vu*, *senti* ! Tu as noté une odeur particulière, ou non ? J'avais encore celle de l'Alfa, la chaleur des sièges, l'odeur d'huile, le moteur qui avait chauffé sur... sur le Raccordo ! Oui, l'autoroute du Raccordo, mais pour aller où ? San Casciano. Ah, j'ai entendu un chien aboyer, aussi. A San Casciano. Un type condamné pour effraction et viol, Girolamo, Girolamo quelque chose... »

Cet instant où le contact s'établit, cette synapse libératrice, ce spasme au cours duquel la pensée se rue à travers le bon fusible : il n'est pas de plaisir plus enivrant. Rinaldo Pazzi, lui, venait de connaître le plus beau moment de son existence.

Une demi-heure plus tard, il avait fait appréhender le suspect de San Casciano. L'épouse de Girolamo Tocca jeta des pierres sur le petit convoi de voitures de police qui emportait son mari.

18

On n'aurait pu rêver meilleur suspect. Dans sa jeunesse, Girolamo Tocca avait purgé une peine de neuf ans de prison pour avoir tué un homme qu'il avait surpris en train d'embrasser sa fiancée dans un parc où les amoureux se donnaient rendez-vous. Il avait également été accusé de mauvais traitements et de conduite indécente envers ses filles, ainsi que d'autres excès domestiques. Enfin, il avait été emprisonné pour viol.

La Questura démonta pratiquement sa maison pierre par pierre dans le but de trouver des preuves substantielles. Finalement, l'une des rares à être présentées par le ministère public fut une boîte de cartouches que Pazzi lui-même avait déterrée en fouillant le sol.

Le procès de Tocca fit grand bruit. Il se déroula dans une salle dotée des dispositifs de sécurité les plus draconiens qui lui avaient valu le surnom de « Bunker » depuis que les militants de groupes terroristes italiens y avaient été jugés dans les années 70, en face des bureaux florentins du quotidien *La Nazione.* Les jurés, cinq femmes et cinq hommes dûment assermentés et revêtus de l'écharpe de la justice, le condamnèrent sur la seule foi de son mauvais caractère, ou presque. La majorité du public le croyait innocent, mais beaucoup estimaient qu'il n'avait pas volé sa punition. Agé alors de soixante-cinq ans, il en écopa quarante à croupir à la prison de Volterra.

Les mois qui suivirent furent grandioses. Jamais un Pazzi n'avait été ainsi fêté par sa ville depuis cinq siècles, depuis le jour où Pazzo de' Pazzi était rentré de la première croisade porteur de silex trouvés au Saint-Sépulcre. Rinaldo Pazzi et sa ravissante épouse étaient aux côtés de l'évêque dans le Duomo lorsque, conformément au rite pascal florentin, ces mêmes pierres furent battues pour donner vie à une colombe en tissu propulsée par une fusée à poudre, laquelle vola sur son filin d'acier et alla allumer un chariot de feux d'artifice sur l'esplanade, à la grande joie de la foule.

Les journaux ne perdaient pas un seul mot des éloges que Pazzi réservait, mais sans excès, à ses subordonnés pour avoir bon gré mal gré accompli leur fastidieux devoir. La signora Pazzi, elle, devint une arbitre de la mode, qui avait en effet belle allure dans les modèles que tous les grands couturiers lui prêtaient volontiers. Le célèbre couple était convié aux thés les plus guindés de la haute société. Ils furent les invités d'honneur d'un comte qui les reçut à dîner dans son château où des armures anciennes montaient la garde autour de la table.

On lui suggéra de prendre des responsabilités politiques. On lui rendit hommage dans le traditionnel charivari des séances parlementaires italiennes. On lui proposa de superviser la contribution de son pays à l'offensive italo-américaine contre les activités de la Mafia.

Ce dernier dossier ainsi qu'une invitation à suivre un séminaire de criminologie à l'université de Georgetown conduisirent les Pazzi à Washington. L'inspecteur en chef passa le plus clair de son temps à la division Science du comportement, au siège du FBI. Il rêvait de pouvoir créer un jour un service similaire à Rome.

Et puis, après deux années d'euphorie, catastrophe : dans une atmosphère plus détendue, moins soumise aux exigences du public, une cour d'appel italienne accepta de réviser le procès Tocca. Pazzi fut rappelé au pays pour se soumettre à l'enquête. Parmi ses anciens collègues, les envieux étaient légion et ils avaient sorti leurs couteaux.

Non content d'annuler la condamnation de Tocca, le tribunal blâma l'inspecteur en chef, laissant entendre qu'il avait forgé des preuves pour imposer sa thèse.

D'un coup, ses admirateurs les plus haut placés se mirent à le fuir comme la peste. Pazzi était encore une notabilité de la Questura, mais il était désormais dans le collimateur et tout le monde le savait. Même si la bureaucratie italienne est réputée pour sa lenteur, le couperet n'allait pas tarder à tomber.

19

C'est pendant qu'il endurait l'attente dévastatrice du coup de grâce que Rinaldo Pazzi croisa pour la première fois un homme connu dans les cercles académiques de Florence sous le nom du docteur Fell.

Le voici gravissant le perron du palazzo Vecchio, conduit ici par une mission routinière, une de ces multiples corvées que ses anciens subalternes jubilent à lui infliger depuis sa disgrâce. Il ne voit que la pointe de ses chaussures sur les marches usées, insensible aux prodiges artistiques qui l'environnent tandis qu'il longe le mur décoré de fresques. Il y a cinq siècles, son ancêtre a été traîné en haut de ce même escalier, qu'il a taché de son sang.

A un palier, cependant, il se redresse, reprend le maintien viril qu'il exige de lui-même, se force à affronter le regard des personnages sur les fresques, dont certains sont ses lointains parents. De l'étage lui parviennent déjà les échos d'une dispute en cours dans la salle des Lys, où les directeurs de la galerie des Offices et les membres de la commission des Beaux-Arts tiennent une réunion au sommet.

La raison de sa présence est la suivante : l'apparemment indéboulonnable conservateur du palazzo Capponi est porté disparu. D'un avis quasi général, le bonhomme s'est enfui avec une femme, ou avec l'argent d'autrui, ou avec les deux. Quoi qu'il en soit, c'est déjà le quatrième conseil d'administration mensuel auquel il omet de se présenter ici même, au palazzo Vecchio.

Pazzi s'est vu refiler la poursuite de l'enquête. Lui qui en son temps avait vertement sermonné ces mêmes responsables sur les mesures de sécurité indispensables après l'attentat à la bombe contre les Uffizi doit maintenant se présenter devant eux avec son prestige plus qu'écorné, et pour les interroger sur la vie sentimentale d'un conservateur, qui plus est... La perspective n'a rien d'encourageant.

Les deux institutions, qui se livrent une bataille de prérogatives acharnée depuis des années, sont animées par une telle méfiance et une telle animosité réciproques qu'elles n'ont jamais accepté de se réunir au siège de l'une ou de l'autre pour leurs rencontres obligées. C'est ainsi qu'elles ont choisi le terrain neutre, et splendide, qu'offre la salle des Lys au palazzo Vecchio, chacun de ses membres se persuadant qu'un cadre aussi magnifique ne pouvait que convenir à son prestige et à sa réputation. Une fois l'habitude prise, les dignes représentants du musée et de la commission ont refusé d'y renoncer, même quand le palais connaissait sa énième phase de rénovation et qu'ils devaient délibérer entre les échafaudages et les toiles de protection. Ce qui était le cas ce jour-là.

Le professeur Ricci, un ancien camarade de classe de Pazzi, était dans le hall, où une crise d'éternuements due à la poussière de plâtre l'avait obligé à se précipiter. Quand il eut retrouvé un peu de souffle, il roula des yeux larmoyants vers Pazzi.

— *La solita arringa !* siffla-t-il. Ça se chamaille, pour ne pas changer. Tu es là à cause de la disparition du type du palazzo Capponi ? Eh bien, ils sont en train de se disputer sa place, là-dedans. Sogliato la veut pour son neveu, mais les gens du service académique ont été impressionnés par le remplaçant temporaire qu'ils ont nommé il y a quelques mois, un certain docteur Fell. Ils veulent le garder.

Laissant son ami fouiller ses poches à la recherche de quelque mouchoir en papier, Pazzi entra dans la fameuse salle au plafond incrusté de lys en or. Les housses de toile qui protégeaient deux des murs atténuaient un peu les éclats de voix.

C'était le népotiste, Sogliato, qui avait la parole. Et qui la conservait en ayant recours à tous ses décibels :

— La correspondance archivée des Capponi remonte au XIIIe siècle ! Le docteur Fell pourrait être amené à avoir entre ses mains — entre ses mains qui n'ont rien d'italien, force m'est de le souligner... — une lettre manuscrite de Dante Alighieri en personne. Serait-il capable de la reconnaître comme telle ? Je ne pense pas, non, je ne pense pas ! D'accord, vous lui avez fait passer un test en italien médiéval et il est très positif. Moi-même, j'admets que sa maîtrise de la langue est admirable... pour un étranger. Mais est-il à l'aise avec les personnalités du Florence d'avant la Renaissance ? Je ne pense pas, pas du tout ! Admettons qu'il tombe dans la bibliothèque des Capponi sur un autographe de... de Guido Cavalcanti, par exemple ? Est-ce que cela signifiera quelque chose pour lui ? Je ne pense pas, absolument pas ! Vous daigneriez me répondre sur ce point, docteur Fell ?

Rinaldo Pazzi inspecta l'assemblée sans repérer un seul visage qui aurait pu ressembler au conservateur intérimaire dont il avait pourtant étudié le portrait photographique moins d'une heure plus tôt. Il ne le vit pas parce que le docteur n'était pas installé en compagnie des autres. C'est seulement en entendant sa voix qu'il le localisa dans la salle.

Il se tenait immobile près de la grande statue en bronze de Judith et Holopherne, le dos tourné à l'orateur et à toute l'assistance. Et, comme il resta dans cette position après avoir pris la parole, il était difficile de juger de quelle silhouette la voix s'élevait. Était-ce de Judith, son épée à jamais levée pour frapper le roi ivre, ou d'Holopherne, qu'elle saisissait par les cheveux, ou du docteur Fell, impassible et svelte figure au côté du groupe biblique de Donatello ? En tout cas, elle coupa tel un rayon laser dans la confusion des apartés et des exclamations. Un silence total se fit parmi les ratiocineurs.

— Cavalcanti a répondu publiquement au premier sonnet de la *Vita Nuova* dans lequel Dante décrit le rêve troublant où Beatrice Portinari lui est apparue, commença-t-il. Peut-être l'a-t-il fait de manière privée, également. S'il s'en est ouvert par écrit à un Capponi, ce devrait être à Andrea, qui était plus féru de littérature que ses frères...

C'est seulement alors qu'il se retourna, prenant le temps de faire face à l'assemblée après avoir laissé passer un moment qui avait mis tout le monde mal à l'aise, hormis lui.

— Vous connaissez ce premier sonnet, professeur Sogliato ? Vous le connaissez « vraiment » ? Eh bien, il exerçait une véritable fascination sur Cavalcanti et il vaut d'être médité. En voici une partie :

> *» Joyeux me semblait Amour, tenant*
> *Mon cœur en sa main, et dans les bras il avait*
> *Ma dame enveloppée d'un drap et dormant,*
> *Puis il l'éveillait et de ce cœur ardent,*
> *Malgré sa répugnance, il la nourrissait humblement ;*
> *Après je le voyais s'en aller en pleurant.*

» Écoutez bien comment Dante se sert de l'italien vernaculaire, de ce qu'il appelait la *vulgaris eloquentia*, l'éloquence du peuple :

> *» Allegro mi sembrava Amor tenendo*
> *Meo core in mano, e ne le braccia avea*
> *Madonna involta in un drappo dormendo.*
> *Poi la svegliava, e d'esto core ardendo*
> *Lei paventosa umilmente pascea :*
> *Appreso gir lo ne vedea piangendo.*

Même les plus revêches des Florentins ne pouvaient résister à ces vers que l'harmonieux toscan du docteur Fell faisait vibrer sur les fresques murales. D'abord par ses applaudissements, puis par une acclamation extasiée, le cénacle lui octroya tous pouvoirs sur le palazzo Capponi, tandis que Sogliato enrageait dans son coin. Pazzi n'aurait pu dire si sa victoire avait réjoui le docteur, car il avait à nouveau le dos tourné. Mais son adversaire n'avait pas dit son dernier mot :

— Puisque c'est un tel expert de Dante, qu'il en parle donc devant le Studiolo ! lança-t-il en baissant la voix sur ce dernier mot, comme s'il venait de nommer le Grand Inquisiteur. Qu'il se présente à eux aussitôt que possible, vendredi prochain s'il le peut !

Ainsi baptisé en référence au cabinet de travail richement décoré du palazzo Vecchio où il se réunissait souvent, le Studiolo était un petit cercle d'implacables érudits qui avaient ruiné un nombre impressionnant de réputations universitaires. Se soumettre à leur jugement nécessitait une préparation de longue haleine et constituait une redoutable épreuve. Aussitôt, l'oncle de Sogliato se leva pour appuyer sa proposition, et son beau-frère réclama un vote dont sa sœur nota avec soin le résultat dans le compte rendu officiel : la nomination du docteur Fell était confirmée, mais celui-ci devrait obtenir le satisfecit du Studiolo pour conserver son poste.

La commission mixte avait donc un nouveau conservateur pour le palais Capponi et, comme elle ne regrettait pas du tout l'ancien, elle traita avec la plus grande désinvolture les questions que le policier en disgrâce avait à son sujet. Pazzi résista avec un stoïcisme admirable.

En homme de terrain chevronné, Pazzi avait passé cette disparition inexpliquée au crible du profit : qui aurait pu avoir intérêt à ce que le directeur d'un fonds culturel ne soit plus là pour occuper sa place ? L'ancien conservateur était un célibataire, un universitaire respecté, une personne discrète qui menait une vie bien réglée. Il avait quelques économies, rien d'exceptionnel. Tout ce qu'il possédait, c'était sa fonction et le privilège, qui en découlait : occuper un appartement au dernier étage du palais Capponi.

Pazzi avait maintenant sous les yeux son remplaçant, confirmé dans son titre par ce conseil des sages après un interrogatoire serré sur l'histoire ancienne de Florence et l'italien médiéval. Il avait déjà consulté son dossier de candidature et son certificat médical officiel.

Il alla vers lui tandis que les participants à la réunion se hâtaient de ranger leur porte-documents avant de rentrer chez eux.

— Docteur Fell ?

— Oui, commendatore ?

Le nouveau conservateur était mince, de petite taille. Les verres de ses lunettes étaient fumés dans leur moitié supérieure. Son costume sombre était remarquablement coupé, même pour Florence.

— Je me demandais si vous aviez déjà rencontré votre prédécesseur ?

Les antennes d'un policier expérimenté sont conçues pour capter dans chaque cas la fréquence du malaise, de la peur. Chez son interlocuteur, qu'il observait attentivement, Pazzi ne perçut qu'un calme absolu.

— Non, jamais. Mais j'ai lu plusieurs de ses contributions dans la *Nuova Antologia*.

Même fluidité que dans sa déclamation de Dante tout à

l'heure. S'il y avait une trace d'accent étranger dans son tos-can, Pazzi aurait été bien en peine de dire lequel.

— Je sais que les inspecteurs qui ont été chargés de l'en-quête au début ont passé le palazzo Capponi au peigne fin. Pas le moindre message, pas la moindre note annonçant un départ ou un suicide. Au cas où vous tomberiez sur quelque chose, quoi que ce soit de personnel, même un détail anodin en apparence, vous m'appellerez ?

— Bien entendu, commendatore Pazzi.

— Est-ce que ses affaires sont toujours au palais ?

— Rangées dans deux valises, avec un inventaire détaillé.

— J'env... je viendrai les prendre, alors.

— Vous serait-il possible de me prévenir par téléphone, dans ce cas ? De cette manière, je pourrai désenclencher le système de sécurité avant votre arrivée, ce qui vous évitera une perte de temps.

« Ce type est trop calme. Il devrait avoir un peu peur de moi, théoriquement. Et il me demande de le prévenir avant que je débarque chez lui.... »

Son apparition devant la commission mixte n'avait pas été très gratifiante pour l'ego de Pazzi. Il fallait s'y résigner, mais maintenant il se sentait piqué au vif par l'assurance de cet homme. Il voulut répliquer par une flèche, à son tour :

— Euh, docteur Fell, est-ce que je peux vous poser une question personnelle ?

— Si tel est votre devoir, commendatore...

— Vous avez une cicatrice relativement récente à la main gauche.

— Et vous avez une alliance pratiquement neuve à la vôtre. La « *Vita Nuova* » ?

Le sourire du docteur Fell révélait des dents petites, très blanches. Sans laisser à Pazzi le temps de se remettre de sa surprise et de décider s'il devait se sentir offensé ou non, il leva sa main gauche en l'air.

— Syndrome du canal carpien, commendatore. Historien, c'est un métier à risques...

— Pourquoi ne pas l'avoir déclaré sur votre formulaire médical quand vous êtes venu travailler ici ?

— J'avais le sentiment que les seules blessures qu'il fallait mentionner étaient celles qui ouvrent droit à des pensions d'invalidité. Or je n'en perçois pas. Et je ne suis pas invalide, non plus.

— L'opération a eu lieu au Brésil, donc, votre pays d'origine ?

— Elle ne s'est pas passée en Italie, la Sécurité sociale italienne ne m'a rien versé, déclara le docteur avec la même conviction que s'il était persuadé d'avoir répondu à la question de Pazzi.

Il ne restait plus qu'eux dans la salle de réunion. Le policier avait déjà atteint la porte lorsque le docteur Fell le héla.

— Commendatore Pazzi ?

Il n'était plus qu'une silhouette sombre se découpant sur les portes-fenêtres. Derrière lui, le Duomo se profilait au loin.

— Oui ?

— Vous êtes un Pazzi de la famille Pazzi, je ne me trompe pas ?

— En effet. Comment le savez-vous ?

Il aurait très mal supporté que son interlocuteur se réfère aux articles que la presse lui avait à nouveau consacrés ces derniers temps.

— Vous ressemblez à l'un des hauts-reliefs de della Robbia dans votre chapelle familiale à Santa Croce.

— Ah... C'est Andrea de' Pazzi, en saint Jean Baptiste.

Il avait ressenti un bref mais plaisant soulagement dans l'amertume de son cœur.

En quittant la salle des Lys, sa dernière impression du docteur Fell fut l'extraordinaire immobilité que ce dernier savait observer.

Il allait bientôt connaître d'autres traits du personnage.

20

Qu'est-ce qui peut encore nous paraître choquant, endurcis comme nous le sommes par l'étalage incessant de l'impudeur et de la vulgarité ? Voilà une question pleine d'enseignements. Ou encore : qu'est-ce qui est encore capable de venir frapper la molle carapace de notre conscience malléable avec assez de force pour éveiller notre attention ?

A Florence, il y avait alors un exemple : l'exposition intitulée « Instruments de torture et d'atrocités », où Rinaldo Pazzi eut l'occasion de rencontrer à nouveau le docteur Fell.

Constituée de plus de vingt pièces historiques présentées avec une documentation très complète, cette exposition se tenait dans les murs austères du Forte di Belvedere, un bastion du XVIᵉ siècle qui contrôle les remparts méridionaux de la ville depuis le temps des Médicis. Le public lui avait réservé un accueil enthousiaste qui avait surpris les organisateurs. La foule s'y bousculait dans un état d'excitation très palpable, une morbidité frétillante.

Prévue initialement pour un mois, l'exposition allait en durer six, attirant autant de visiteurs que la galerie des Offices et plus que le palais Pitti. Ses initiateurs, deux empailleurs véreux qui s'étaient jadis nourris des abats des trophées de chasse qu'ils étaient censés immortaliser, se retrouvèrent vite millionnaires. Ils partirent ensuite dans une tournée triomphale à travers l'Europe avec leurs effrayants appareils et leur smoking flambant neuf.

La majorité des badauds venaient en couple, profitant d'horaires d'ouverture très souples pour contempler les instruments de souffrance main dans la main et lire attentivement les notices qui détaillaient en quatre langues la provenance de chacun d'eux, ainsi que son mode d'emploi. Des illustrations de Dürer et d'autres artistes, complétées de croquis modernes, éclairaient la multitude sur des sujets tels que l'art d'administrer le supplice de la roue. On pouvait lire ainsi sur l'un des panneaux que « si les princes d'Italie préféraient voir leurs victimes broyées au sol par une roue cerclée de fer qui écrasait leurs membres sur des blocs de pierre disposés en dessous (comme représenté ici), la méthode la plus pratiquée en Europe du Nord était d'attacher le ou la condamné(e) à la roue, de lui rompre les os à coups de barre de fer puis de passer ses membres disloqués autour des rayons — les fractures ouvertes leur donnant la flexibilité requise —, tandis que le torse et la tête encore animée et hurlante demeuraient au centre. Cette dernière technique assurait un spectacle plus intense, qui pouvait cependant tourner court dans le cas où un fragment de moelle venait bloquer la circulation sanguine de la victime ».

Ce déploiement d'atrocités devait forcément attirer un connaisseur des pires aspects de l'humanité. Mais l'essence même de l'abjection, la véritable assa-fœtida de l'esprit humain, n'était pas à trouver dans la « Fiancée de fer » ou dans la lame la plus affûtée. Non, l'Horreur Élementaire était présente sur les visages congestionnés du public.

Dans la pénombre de la grande salle aux murs de pierre, sous les cages des suppliciés qui pendaient du plafond dans la lumière des spots, serrant dans sa main marquée ses lunettes dont une branche caressait pensivement ses lèvres, le docteur Fell, ce gourmet des obscénités faciales, était plongé dans la contemplation du flot des visiteurs.

C'est dans cette position que Rinaldo Pazzi l'aperçut.

Pazzi était venu ici pour sa deuxième corvée de la journée. Au lieu de dîner tranquillement avec sa femme, il devait se frayer péniblement un chemin dans la foule afin de placarder une nouvelle affiche mettant en garde les couples d'amoureux contre le Monstre de Florence, le tueur qu'il avait été incapable de neutraliser. Ses supérieurs lui avaient déjà enjoint d'en mettre une au-dessus de son bureau, aux côtés d'avis de recherche venus du monde entier.

Les deux empailleurs, qui se trouvaient à la caisse pour

132

surveiller les recettes, n'avaient été que trop contents d'ajouter une note de barbarie contemporaine à leur rétrospective, mais ils avaient demandé à Pazzi de se débrouiller seul, aucun d'eux n'étant visiblement prêt à laisser son associé seul avec le magot.

A son passage, quelques Florentins qui avaient reconnu le policier se réfugièrent dans l'anonymat de la multitude pour le conspuer. Imperturbable, Pazzi punaisa l'affiche bleue, ornée de son unique œil menaçant, sur un panneau d'annonces près de l'entrée, à un endroit où elle attirerait le plus les regards, et alluma la rampe lumineuse au-dessus. En observant les couples qui quittaient l'exposition, il remarqua que plusieurs d'entre eux étaient en chaleur, profitant de la cohue pour se frotter l'un contre l'autre. Il ne voulait pas avoir à endurer encore un autre tableau mis en scène par Il Mostro, encore du sang et des fleurs...

Il était par contre très désireux d'aller parler au docteur Fell : puisqu'il se trouvait si près du palazzo Capponi, c'était un moment fort opportun pour passer prendre les affaires personnelles du conservateur porté disparu. Mais, lorsqu'il se retourna après avoir fixé l'affiche, le docteur n'était plus là, et il ne le vit pas parmi ceux qui se massaient vers la sortie. Il ne restait plus que le mur de pierre sur lequel sa silhouette s'était découpée, sous la cage où un squelette effondré en position fœtale continuait à supplier qu'on lui donne à manger.

Sourcils froncés, Pazzi se débattit encore pour ressortir sur l'esplanade. Là non plus, aucune trace du docteur. L'appariteur en faction l'avait reconnu, il ne broncha pas quand le policier enjamba le cordon qui canalisait les visiteurs et s'éloigna dans les jardins obscurs du Forte di Belvedere.

Il alla aux remparts, se pencha en regardant vers le nord, par-delà l'Arno. La vieille ville de Florence était à ses pieds, la grosse bosse du Duomo et la tour du palazzo Vecchio baignées de lumière.

Il se sentait vieux, très vieux, dépérissant sur le pal du ridicule. Sa cité natale faisait de lui des gorges chaudes.

Le FBI venait de lui porter un nouveau coup de poignard dans le dos en indiquant à la presse que le portrait-robot d'Il Mostro mis au point par ses services ne correspondait en rien à l'homme que Pazzi avait arrêté. *La Nazione* avait ajouté en guise de commentaire que l'emprisonnement de Tocca avait été ni plus ni moins qu'un « coup monté ». Par lui.

L'avant-dernière fois où il avait placardé sur un mur l'avis de recherche du tueur en série, c'était aux États-Unis, et c'était alors un trophée qu'il avait fièrement apposé dans les locaux de la division Science du comportement du FBI, puis complété d'un autographe à la demande pressante de ses collègues américains. Ils le connaissaient tous, l'admiraient, recherchaient sa compagnie. Sa femme et lui avaient été invités à des week-ends sur la côte du Maryland...

Accoudé au parapet, les yeux perdus sur sa vénérable cité, il respira soudain le parfum salé de la brise venue de la baie de Chesapeake, il revit son épouse sur la plage avec ses chaussures de sport blanches toutes neuves.

A Quantico, les agents de la Science du comportement lui avaient montré une vue générale de Florence qui était pour eux plus qu'une curiosité. L'angle était le même que le sien à cet instant, la vieille ville depuis le Belvédère, la meilleure perspective qui soit, mais sans couleur. Un dessin au crayon, avec des ombres au fusain. Il figurait sur une photographie, en arrière-plan. C'était un cliché du célèbre serial killer américain, le docteur Hannibal Lecter, « Hannibal le Cannibale ». Lecter avait dessiné Florence de mémoire et son œuvre était accrochée au mur de sa cellule à l'asile d'aliénés. Un endroit aussi sinistre que celui que Pazzi venait de quitter.

Quand fut-il atteint par l'illumination, par l'idée venue à son terme après une longue et occulte maturation ? Deux séries de deux images en écho : la ville réelle qu'il avait sous les yeux et le dessin dont il s'était souvenu ; l'affiche d'Il Mostro qu'il avait punaisée quelques minutes auparavant et l'avis de recherche de Mason Verger dans son bureau, avec la fabuleuse récompense en gros chiffres et ses recommandations détaillées. Comment était-ce, déjà ? « Le docteur Lecter cherchera à dissimuler sa main gauche, voire à modifier son apparence par une opération chirurgicale. Elle constitue en effet un cas de polydactylie — présence de doigts surnuméraires parfaitement formés — des plus rares, immédiatement identifiable. »

La cicatrice sur la main du docteur Fell tandis qu'il pressait ses lunettes contre ses lèvres. Un croquis très fidèle de la même vue dans la cellule de Hannibal Lecter.

Avait-elle surgi pendant qu'il contemplait Florence en contrebas, cette intuition, ou était-elle sortie des ténèbres intenses au-dessus des monuments éclairés ? Et pourquoi avait-elle été annoncée par la réminiscence d'une odeur, celle de la brise salée de l'Atlantique ? Paradoxalement pour un homme chez qui le sens de la vue prédominait, la certitude arriva avec un son, celui qu'aurait fait une goutte en tombant dans une mare en train de se former.

« Hannibal Lecter s'est enfui à Florence. Plop ! Hannibal Lecter est le docteur Fell. »

Une voix intérieure cherche à le raisonner : il est peut-être en train de perdre la raison derrière les verrous de son infortune ; son esprit aux abois est peut-être en train de se briser les dents sur les barreaux, tel le squelette mort de faim dans sa cage.

Il n'a pas souvenir d'avoir bougé, mais le voici soudain à la porte Renaissance par laquelle on quitte le Belvédère sur la costa di San Giorgio, une ruelle en pente abrupte qui plonge vers le cœur de la vieille ville et l'atteint en moins d'un kilomètre. Ses jambes paraissent le porter sur les pavés inclinés en dépit de sa volonté, plus rapides qu'il ne l'aurait désiré, déterminées à rejoindre celui qui répond au nom de Fell et qui a lui aussi forcément emprunté ce chemin pour rentrer chez lui. Et, en effet, au milieu de la pente, Pazzi oblique sur la costa Scarpuccia et continue à descendre, à descendre jusqu'à déboucher via de' Bardi, près du fleuve. Près du palazzo Capponi, demeure du docteur Fell.

Essoufflé par sa descente, Pazzi trouva un poste d'observation à l'écart des réverbères, une entrée d'immeuble en face du palais. Si quelqu'un passait par là, il pourrait toujours feindre d'appuyer sur une sonnette.

Le palazzo Capponi était plongé dans l'obscurité. Au-dessus du grand portail à double battant, il distingua le voyant rouge d'une caméra de surveillance. Impossible de savoir si elle fonctionnait en permanence ou si elle se déclenchait seulement quand on sonnait à l'entrée. Comme elle était installée bien à l'intérieur du porche couvert, il était en revanche pratiquement convaincu qu'elle ne pouvait pas balayer toute la façade.

Il attendit une demi-heure, écoutant sa respiration. Le docteur n'arrivait pas. Ou bien était-il déjà chez lui, lumières éteintes ? La rue était déserte. Pazzi traversa en hâte et alla se plaquer contre le mur.

Des sons assourdis lui parvenaient, de très loin. Il colla la tête aux barreaux froids d'une fenêtre pour mieux entendre. De la musique. Les *Variations Goldberg* de Bach, excellemment interprétées au clavecin.

Il devait attendre, se dissimuler, réfléchir. Il était trop tôt pour s'abattre sur sa proie. Concevoir un plan était indispensable. Il ne voulait pas commettre une nouvelle stupidité. Lorsqu'il reprit son guet de l'autre côté de la rue, son nez fut le dernier à disparaître dans l'obscurité.

21

Selon la tradition, le martyr chrétien San Miniato ramassa sa tête coupée sur le sable de l'amphithéâtre romain de Florence, la cala sous son bras, traversa le fleuve et gagna la montagne, où il repose dans sa splendide église.

Animé de ses propres forces ou transporté, il est en tout cas certain que le corps de San Miniato passa alors par la voie antique sur laquelle nous nous trouvons maintenant, la via de' Bardi.

Le soir tombe et la rue est vide, ses pavés posés en éventail luisant sous une bruine hivernale pas assez froide pour éliminer l'odeur de chat. Nous sommes devant des palais édifiés il y a six siècles par les princes-marchands, ces faiseurs de rois et comploteurs de la Renaissance florentine. De l'autre côté de l'Arno, à portée d'arbalète, s'élèvent les piques cruelles de la Signoria, où le moine Savonarole fut pendu et brûlé, et ce grandiose étal de christs sanguinolents qu'est la galerie des Offices.

Serrées les unes contre les autres dans la vieille rue, ces anciennes demeures de famille congelées dans le temps par la bureaucratie italienne ont l'aspect extérieur de prisons. A l'intérieur, cependant, ce sont de vastes et nobles espaces, de grands corridors silencieux à jamais condamnés derrière des rideaux de soie rongés par l'humidité, dans lesquels des œuvres mineures des maîtres de la Renaissance sont vouées à l'ombre depuis des décennies, mais les éclairs de l'orage les illuminent lorsque les draperies finissent par tomber au sol.

Et vous voici devant le palais des Capponi, une famille dont les lettres de noblesse remontent à un millénaire, qui fut capable de déchirer l'ultimatum d'un roi français sous son nez et produisit un pape.

Derrière leurs grilles en fer, ses fenêtres sont obscures. Les porte-torches sont vides. Ici, dans cette vieille vitre étoilée, l'impact d'une balle des années 40. Rapprochez-vous encore. Posez votre oreille contre les barreaux froids, comme le policier l'a fait, écoutez. Un clavecin au loin. Les *Variations Goldberg*, interprétées non à la perfection mais tout de même fort bien, avec un sens de la musique communicatif. Excellemment, non parfaitement : la main gauche trahit peut-être une certaine raideur.

Si vous vous croyez invulnérable, entrerez-vous ? Allez-vous pénétrer dans ce palais tellement chargé de sang et de gloire, risquer votre visage à travers la toile impalpable des ténèbres, vers les notes cristallines qui jaillissent exquisément du clavecin ? Les caméras de surveillance ne peuvent nous voir, ni le limier trempé de pluie qui guette sous le porche d'en face. Venez...

Dans le hall d'entrée, l'obscurité est presque totale. Un long escalier en pierre, sa rampe froide sous notre main qui glisse, ses marches creusées par des siècles d'allées et venues, inégales sous nos pieds tandis que nous montons, guidés par le musique.

Les hauts battants de la double porte qui donne accès au salon de réception grinceraient et gémiraient si nous avions à les pousser. Pour vous, elles sont ouvertes. La musique vient de tout au fond de la pièce, de même que l'unique source de lumière, de nombreuses chandelles qui projettent une lueur rougeâtre à travers la petite entrée d'une chapelle attenante.

Allez, traversez le salon. Au passage, nous devinons des meubles massifs cachés sous leur housse, formes vagues pas tout à fait immobiles dans l'éclat dansant des bougies, tel un troupeau endormi dans l'ombre. Au-dessus de nous, la pièce semble se perdre dans les ténèbres.

La lueur rougeoyante tombe sur un clavecin décoré et sur un homme que les spécialistes de la Renaissance connaissent sous le nom de Fell. Son maintien est élégant, le dos bien droit, le torse captivé par la musique, des reflets d'orient dans ses cheveux et sur sa robe de chambre en soie tissée, chatoyante comme la peau d'un bel animal.

Le rabat ouvert de l'instrument est décoré d'une scène de banquet très réaliste, dont les petits personnages semblent s'agiter dans la lueur des bougies au-dessus des cordes. Le docteur Fell joue les yeux fermés. Il n'a pas besoin de partition. Devant lui, posé sur le support en forme de lyre, point de feuillets couverts de notes, mais la feuille à scandale américaine, le *National Tattler*, sa une pliée de telle sorte que seule une photographie est visible. C'est le visage de Clarice Starling.

Notre musicien a un sourire quand il achève le morceau. Il reprend une fois la sarabande pour son seul plaisir et, tandis que la dernière corde griffée par un bec de plume finit de vibrer avant d'abandonner la vaste pièce au silence, il ouvre les yeux. Ses pupilles sont illuminées d'un point rouge au centre. La tête penchée de côté, il contemple le journal.

Sans bruit, il se lève, prend le tabloïd US entre ses doigts et l'emporte dans la minuscule chapelle, conçue et décorée bien avant la découverte de l'Amérique. Quand il le déplie dans la lumière des chandelles, on croirait que les saints qui surplombent l'autel lisent le gros titre par-dessus son épaule, comme on le ferait dans la queue à la caisse d'un magasin. La police est un Railroad Gothic corps 72 : « L'Ange de la mort : Clarice Starling, la machine à tuer du FBI ».

Les visages figés dans l'agonie et la béatitude s'effacent tout autour de lui lorsqu'il mouche toutes les bougies. Il n'a pas besoin de lumière pour traverser le grand salon. Un souffle d'air quand le docteur Hannibal Lecter passe près de nous, puis la porte imposante grince et se referme avec un claquement sourd que nous sentons résonner sous nos pieds. Silence.

Des bruits de pas dans une autre pièce. Ici, les bruits se réverbèrent tant que les murs paraissent plus proches qu'ils ne le sont, mais les plafonds restent hauts, les échos tardent à mourir au-dessus de nous. L'atmosphère immobile recèle une odeur de vélin, de parchemin et de chandelles éteintes.

Un froissement de papier dans le noir, du bois qui craque. Le docteur Lecter s'est assis dans un gros fauteuil au milieu de la bibliothèque Capponi, objet de tant de rumeurs et de convoitises. Ses yeux ont des reflets rougeâtres, certes, mais ils ne brillent pas comme des braises dans la nuit, ainsi que certains de ses anciens gardiens l'ont soutenu. L'obscurité est totale. Il médite...

Il est vrai que le docteur Lecter a libéré le poste de conservateur du palazzo Capponi en le retirant à son ancien titulaire par une opération toute simple qui n'a demandé que quelques secondes d'intervention sur le vieil homme et un très modeste investissement constitué par l'achat de deux sacs de ciment. Mais, une fois la voie libre, il a honnêtement gagné son titre en démontrant à la commission des Beaux-Arts un rare talent de linguiste, sa capacité à traduire instantanément l'italien médiéval ou le latin de manuscrits calligraphiés dans l'écriture gothique la plus complexe.

Ici, il a trouvé une paix qu'il voudrait préserver, n'ayant tué pratiquement personne hormis son prédécesseur depuis son arrivée à Florence.

Si sa nomination en tant que conservateur-traducteur affecté à la bibliothèque Capponi lui apporte une si considérable satisfaction, c'est pour plusieurs raisons. Tout d'abord, ces amples volumes, ces plafonds altiers sont un soulagement après des années de confinement dans un espace étriqué. Mais, plus important encore, il ressent une subtile affinité avec ces lieux : c'est le premier édifice privé qui dans ses dimensions et ses détails se rapproche du palais de la mémoire qu'il habite en pensée depuis sa prime jeunesse.

Et la bibliothèque, cette collection exceptionnelle de manuscrits et de correspondances qui remonte au XIIIe siècle, lui permet de se laisser aller à une certaine curiosité relative à ses propres origines.

A partir de données fragmentaires recueillies dans sa famille, le docteur Lecter estime descendre d'un dénommé Giuliano Bevisangue, une personnalité toscane du XIIe siècle qui inspirait une crainte tenace à ses concitoyens, ainsi que des Machiavelli et des Visconti. Les archives Capponi sont donc le site rêvé pour de plus amples recherches, inspirées par un intérêt plus abstrait qu'égotiste, car il n'a pas besoin de repères conventionnels, lui : tout comme son quotient intellectuel et son niveau de rationalité, l'ego du docteur Lecter ne se mesure pas à l'aune du commun.

En réalité, sa seule appartenance au genre humain a toujours été un sujet de controverse et de spéculation dans les milieux psychiatriques. Non sans rapport avec la crainte que sa plume acérée leur inspirait dans les publications professionnelles, ses collègues ont souvent été enclins à le définir comme l'Autre absolu. « Monstre » est le terme commode qu'ils utilisent à cet effet.

Donc, le monstre est assis dans la bibliothèque obscure, tandis que son esprit peint les ténèbres de couleurs et qu'une tonalité médiévale empreint ses pensées. Il soupèse le policier.

Un déclic. Une lampe basse s'allume.

Maintenant, nous sommes en mesure de le voir installé devant une table de réfectoire du XVIe siècle. Dans son dos, le mur est couvert de casiers de manuscrits et de hautes reliures en toile dont l'âge remonte à plus de huit cents ans Un recueil de correspondance avec un ministre de la République de Venise datant du XIVe est ouvert sous ses yeux avec, en guise de presse-papiers retenant ses pages, un petit moulage en plâtre réalisé par Michel-Ange quand il préparait son fameux *Moïse*. Devant l'encrier, un ordinateur portable lui permet de mener ses recherches en ligne par l'intermédiaire du serveur de l'université de Milan.

Au milieu des piles de parchemins jaunis par le temps, le bleu et le rouge criards du *National Tattler* se détachent. A côté, un exemplaire de l'édition florentine de *La Nazione*. C'est ce dernier journal que choisit Lecter. Il lit la plus récente attaque menée contre Rinaldo Pazzi que les dénégations du FBI viennent de provoquer. « Tocca n'a jamais correspondu au profil psychologique que nous avions réalisé », affirme un porte-parole des services américains. Rappelant le séjour que Pazzi avait effectué à la célèbre académie de Quantico, le quotidien italien constate qu'il aurait dû savoir...

Si l'affaire *Il Mostro* ne présentait aucun intérêt pour le docteur Lecter, le passé de l'inspecteur Pazzi lui importait, au contraire. Il était déplorable que le sort lui ait fait croiser un policier italien entraîné à Quantico, où Hannibal Lecter était un véritable cas d'école.

Lorsqu'il avait étudié son visage au palazzo Vecchio et s'était trouvé assez près de lui pour respirer ses effluves, il avait été convaincu que Pazzi ignorait tout de lui, et cela malgré sa question à propos de sa cicatrice à la main gauche. Il n'avait même pas de soupçons sérieux quant à son éventuelle implication dans la disparition du conservateur.

Mais il l'avait aperçu à l'exposition des instruments de torture. Mieux aurait valu tomber sur lui à un concours d'orchidées...

Le docteur Lecter savait pertinemment que tous les ingrédients de l'épiphanie étaient déjà présents dans le cerveau de l'enquêteur, gravitant pour l'instant au hasard parmi les millions d'autres informations qu'il avait à gérer.

Rinaldo Pazzi était-il condamné à rejoindre l'ex-conservateur du palazzo Capponi dans son humide sous-sol ? Devait-il être retrouvé après s'être selon toute apparence suicidé ? *La Nazione* ne serait que trop heureuse de l'avoir poussé à la mort.

Non, pas maintenant. Sa décision prise, le monstre reprit posément l'étude de ses rouleaux de vélin et de ses lettres parcheminées.

L'esprit dégagé, il put savourer à loisir le style de Neri Capponi, banquier et émissaire florentin à Venise au xve siècle. Jusque tard dans la nuit, il lut les missives, à voix haute parfois, pour son seul plaisir.

22

Avant le lever du jour suivant, Pazzi avait obtenu les photos d'identité jointes à la demande de carte de travail italienne formulée par le docteur Fell, qui figuraient avec le négatif original de son *permesso di soggiorno* dans le dossier conservé par les Carabinieri. Par ailleurs, il disposait des portraits de face et de profil reproduits sur l'avis de recherche diffusé par Mason Verger, des documents d'excellente qualité. Sur les unes et sur les autres, la forme du visage était similaire mais, si Fell était réellement Lecter, son nez et ses joues avaient dû être retouchés, peut-être avec des injections de collagène.

Les oreilles, par contre, étaient très encourageantes. Tel Alphonse Bertillon un siècle plus tôt, Pazzi les étudia longuement avec sa loupe. Elles semblaient correspondre.

Sur l'ordinateur poussif de la Questura, il entra son code d'accès Interpol au VICAP du FBI et demanda le volumineux dossier Lecter. Tout en maudissant la lenteur de son modem, il scruta l'écran brouillé de lignes avant que le texte ne commence à s'afficher de manière lisible. Il en connaissait déjà l'essentiel, mais deux éléments, l'un nouveau, l'autre plus ancien, le firent se figer, souffle court. Le premier était un ajout récent à propos d'une radiographie qui paraissait indiquer que le docteur Lecter avait subi une opération chirurgicale à la main gauche. Le second, un rapport manuscrit de la police du Tennessee qui avait été scanné, notait en passant qu'au moment où il avait trucidé ses gardes à Memphis, Hannibal Lecter était en train d'écouter une cassette des *Variations Goldberg*.

Conformément à la règle, l'affiche produite par sa richissime victime, Mason Verger, encourageait tout informateur à contacter le FBI au numéro dûment indiqué. Les mises en garde d'usage sur le fait que Lecter pouvait être armé et dangereux n'avaient pas été omises non plus. Mais un téléphone privé était aussi indiqué, et la série de chiffres apparaissant juste au-dessus du paragraphe évoquait l'énorme récompense promise.

Le prix du billet d'avion entre Florence et Paris est totalement déraisonnable. Pazzi dut puiser dans ses économies pour le payer.

Il ne pensait pas que la police française pourrait lui donner un protecteur d'appels sans chercher à savoir pourquoi il en avait besoin, et il ne connaissait aucun autre moyen de s'en procurer. Dans une cabine téléphonique American Express, place de l'Opéra, il composa le numéro indiqué sur l'affiche de Mason Verger. La ligne serait surveillée, sans doute. Il se débrouillait en anglais, mais il était certain que son accent allait aussitôt trahir ses origines italiennes.

La voix qui répondit, masculine, américaine, était d'un calme impressionnant :

— De quoi s'agit-il, s'il vous plaît ?

— Je pourrais avoir des informations concernant Hannibal Lecter.

— Oui ? Merci d'appeler. Vous savez où il se trouve actuellement ?

— Je crois, oui. La récompense tient toujours ?

— Certainement. Quelle preuve substantielle qu'il s'agit bien de lui avez-vous ? Vous devez comprendre que nous recevons énormément d'appels fantaisistes.

— Je peux vous dire qu'il a subi une opération de chirurgie esthétique au visage et qu'il s'est fait opérer la main gauche. Mais il peut encore jouer les *Variations Goldberg* au clavecin. Et il a des papiers brésiliens.

Un silence.

— Pourquoi n'avez-vous pas appelé la police ? J'ai l'obligation de vous y encourager, vous le savez ?

— Est-ce que la récompense est attribuable en toutes circonstances ?

— Elle sera versée pour des informations permettant son arrestation et sa condamnation.

— Mais est-ce qu'elle serait payable dans des circonstances... particulières ?

— Vous suggérez qu'il y aurait une prime pour la tête du docteur Lecter ? Pouvant être attribuée à une personne qui, disons, n'est normalement pas autorisée à accepter une récompense ?

— Oui.

— Nous poursuivons le même but, monsieur, donc je vous prie de ne pas raccrocher, le temps que je vous fasse une suggestion. Proposer une prime pour la mort de quelqu'un est contraire aux conventions internationales et aux lois des États-Unis. Ne raccrochez pas, s'il vous plaît. Puis-je vous demander si vous appelez d'Europe ?

— Oui, et je ne dirai rien de plus à mon sujet, rien.

— Compris. Maintenant, écoutez-moi bien : je vous suggère de prendre contact avec un avocat afin de considérer avec lui la législation sur les primes, et je vous conseille de ne tenter aucune action hors de la légalité contre le docteur Lecter. Puis-je vous recommander un avocat ? Il en existe un à Genève qui est un expert en la matière. Je peux vous donner un numéro d'appel gratuit, si vous voulez. Je vous encourage vivement à l'appeler et à lui parler en toute franchise.

Après avoir acheté une carte téléphonique, Pazzi passa sa deuxième communication d'une cabine du Bon Marché. Son interlocuteur avait un fort accent suisse, un ton sec et professionnel. L'échange dura moins de cinq minutes.

Mason était prêt à payer un million de dollars américains en échange de la tête et des deux mains du docteur Lecter. Il verserait la même somme pour toute information permettant son arrestation. Et il débourserait le triple contre le docteur vivant, discrétion totale garantie, sans questions inutiles. L'arrangement prévoyait une avance de cent mille dollars, à débloquer dès que Pazzi aurait fourni une empreinte digitale du docteur Lecter, nettement identifiable sur un objet quelconque. Une fois cette vérification achevée, il pourrait aller constater la présence du reste de la somme en liquide dans un coffre numéroté en Suisse, à sa convenance.

Avant de quitter le Bon Marché pour repartir à l'aéroport, Pazzi acheta à sa femme un déshabillé en moiré pêche.

23

Que deviennent nos règles de conduite quand nous avons compris que les honneurs et la réputation ne sont qu'une écume éphémère, quand nous en sommes arrivés à penser avec Marc Aurèle que l'opinion des générations à venir ne vaudra pas plus que celle de nos contemporains ? Est-il possible de « bien » se conduire, alors ? En avons-nous le désir, même ?

Rinaldo Pazzi, un Pazzi d'entre les Pazzi, l'inspecteur en chef de la Questura de Florence, était arrivé au point où il devait décider ce que valait son honneur, ou s'il est une sagesse plus durable qu'une aléatoire dignité.

De retour de Paris à l'heure du dîner, il se coucha tôt. Il aurait voulu demander conseil à sa femme, mais c'était impossible. Il puisa du réconfort en elle, cependant. Ensuite, il resta longtemps éveillé, bien après que la respiration de son épouse eut retrouvé un rythme apaisé près de lui. Il finit par renoncer à chercher le sommeil, se leva pour aller faire un tour et réfléchir.

La cupidité n'est pas un trait inconnu de l'Italie, et Rinaldo Pazzi en avait assimilé son compte dans l'atmosphère de son pays natal. Son avidité et son ambition naturelles avaient encore été aiguisées par son séjour en Amérique, une contrée où toutes les influences, y compris la mort de Jého-vah et le triomphe de Mammon, ont un impact plus immédiat.

Lorsqu'il sortit de l'ombre de la Loggia et s'arrêta sur la piazza della Signoria, là où Savonarole avait été brûlé, lorsqu'il leva les yeux vers la fenêtre du palazzo Vecchio tout illuminé à travers laquelle son ancêtre était allé à la mort, il croyait encore considérer son dilemme. Il se trompait : il avait déjà pris sa décision, petit à petit.

Nous aimons assigner un moment précis à nos résolutions : ainsi, le processus nous paraît le résultat pertinent d'un raisonnement venu à maturation en temps voulu. Elles ne sont pourtant qu'un mélange d'émotions entrecroisées, plus souvent un amas confus qu'une somme réfléchie.

Pazzi avait déjà pris sa décision en s'embarquant dans l'avion pour Paris. Et encore une heure auparavant, quand son épouse n'avait été que conjugalement réceptive dans son déshabillé neuf. Et encore quelques minutes plus tard lorsque, étendu dans le noir et tendant la main pour lui caresser la joue avant de lui donner un tendre baiser, il avait senti une larme sous sa paume. A cet instant, sans le savoir, elle avait dévoré son cœur.

Quoi, les honneurs, à nouveau ? Une autre occasion de supporter la mauvaise haleine de l'évêque tandis que les silex sacrés mettraient à feu la fusée plantée dans l'arrière-train d'une colombe en tissu ? De nouvelles louanges venues de politiciens dont l'inspecteur ne connaissait que trop bien la vie privée ? Devenir aux yeux de tous « le policier qui a attrapé Hannibal Lecter » ? A quoi bon ? Dans sa profession, la reconnaissance ne durait jamais longtemps. Non, il valait mieux... le vendre.

L'idée le frappa de plein fouet, le laissant livide mais déterminé. Et, au moment où cet amoureux de la vision fit face à son destin, c'est deux parfums qu'il eut mêlés dans sa tête, celui de sa femme et l'effluve salé de la baie de Chesapeake.

« Vends-le. Vends-le. Vends-le. VENDS-LE ! VENDS-LE ! VENDS-LE ! »

Francesco de' Pazzi n'avait pas frappé avec plus de frénésie quand, en 1478, il avait lardé de coups de poignard Giuliano sur le sol de la cathédrale et s'était blessé lui-même à la cuisse dans cet accès de rage sanguinaire.

24

Le relevé d'empreintes digitales du docteur Hannibal Lecter est un objet de collection, voire même de culte. La carte originale est accrochée sous verre au mur du département d'identification du FBI. Conformément à la procédure prévue pour les personnes polydactyles, les empreintes du pouce et des quatre doigts adjacents se trouvent au recto et celle du sixième au verso.

Après son évasion, des copies du relevé ont circulé dans le monde entier. L'avis de recherche diffusé par Mason Verger en présentait un agrandissement assez net, avec les particularités assez bien signalées pour qu'un œil un tant soit peu entraîné puisse les reconnaître aussitôt.

Relever des empreintes simples n'est pas une tâche ardue. Pazzi, qui s'y entendait fort bien, aurait pu le faire pour établir une comparaison rapide et se donner ainsi la preuve définitive qu'il ne se trompait pas. Mais Mason Verger exigeait une trace fraîche, in situ, que ses experts mesureraient et analyseraient eux-mêmes.Verger avait déjà été abusé par de vieilles empreintes relevées des années plus tôt sur les lieux des premiers crimes du docteur Lecter.

Mais comment se procurer un objet manipulé par le docteur Fell sans éveiller sa méfiance ? Il était vital de ne pas l'inquiéter, car il n'était que trop capable de s'évanouir dans la nature, retirant ainsi sa dernière carte à Pazzi.

L'érudit quittait rarement le palais Capponi. La prochaine réunion de la commission des Beaux-Arts n'aurait lieu que dans un mois, trop de temps à attendre pour aller poser un verre d'eau à sa place... A toutes les places, même, car ce genre de petites attentions n'était pas dans les mœurs de l'auguste comité.

Dès lors qu'il avait décidé de vendre Lecter à Mason Verger, Pazzi était obligé d'agir en solitaire. Il ne pouvait se permettre d'attirer l'attention de la Questura sur le docteur Fell en demandant un mandat de perquisition au palazzo Capponi. Et le système de sécurité de l'édifice l'empêchait de s'y introduire par effraction pour y recueillir des empreintes.

La poubelle du docteur était bien plus propre et neuve que celles de ses voisins. Pazzi acheta un modèle similaire et alla interchanger les couvercles en pleine nuit. Mais la surface galvanisée n'était pas un support idéal pour cet exercice. En s'escrimant dessus jusqu'au matin, il n'obtint qu'un cauchemar pointilliste de traces indéchiffrables.

Quelques heures plus tard, les yeux rougis par l'insomnie, il entrait dans une bijouterie du Ponte Vecchio, où il fit l'acquisition d'un large bracelet en argent poli et du présentoir tendu de velours sur lequel il avait été exposé. Puis il se rendit dans le quartier des artisans, un labyrinthe de ruelles étroites derrière le palais Pitti au sud de l'Arno, et chargea un bijoutier de meuler le nom du fabricant sur la pièce. Quand l'homme de l'art lui proposa d'appliquer une couche de protection sur l'argent, il refusa.

Sollicciano, la prison de Florence sur la route de Prato, est une sinistre vision.

Au deuxième étage du bâtiment des femmes, Romula Cjesku, penchée au-dessus d'un grand bac à lessive, se savonnait énergiquement les seins. Elle se sécha avec soin avant d'enfiler une ample chemise en coton fraîchement lavée. Une autre Tsigane qui revenait de la salle des visites lui dit quelques mots en romani au passage. Une ligne minuscule se creusa entre les yeux de Romula, mais son beau visage conserva l'expression solennelle qui lui était coutumière.

A huit heures trente précises, comme le voulait le règlement, elle fut autorisée à franchir la grille intérieure. Mais, alors qu'elle approchait de la salle des visites, une matonne l'intercepta et l'entraîna dans un petit bureau au rez-de-chaussée de la prison. Là, au lieu de l'infirmière habituelle, c'était Rinaldo Pazzi qui tenait son bébé dans les bras.

— Bonjour, Romula.

Elle alla droit à lui et il lui tendit aussitôt le nourrisson. Le petit voulait téter, il cherchait son sein.

Pazzi lui montra du menton un paravent dressé dans un coin.

— Il y a une chaise derrière. On pourra parler pendant que tu lui donnes la tétée.

— Parler de quoi, dottore ?

L'italien de Romula était correct, de même que son français, son anglais, son espagnol et bien entendu sa langue maternelle, le romani. Elle s'exprimait sans affectation ; mais tous ses talents de comédienne ne l'avaient pas empêchée de récolter ces trois mois de détention pour vol à la tire.

Elle passa derrière le paravent. Un sac en plastique dissimulé dans les langes du bébé contenait quarante cigarettes et soixante-cinq mille lires en coupures usées. Elle était confrontée à un choix : si le policier avait déjà fouillé l'enfant, il pourrait la prendre sur le fait quand elle sortirait la contrebande, et son régime privilégié lui serait supprimé. Elle réfléchit un moment, les yeux au plafond, tandis que son petit se nourrissait. Pourquoi ferait-il des histoires, après tout ? C'était lui qui avait l'avantage, de toute façon. Elle sortit le sachet et le cacha dans ses sous-vêtements. Sa voix résonna soudain :

— Tu enquiquines tout le monde ici, Romula. Les mères qui donnent le sein sont une perte de temps, en prison. Il y a de vrais malades dont les infirmières ont à s'occuper. Tu aimes ça, leur rendre ton enfant quand l'heure de la visite est terminée ?

Que cherchait-il, ce type ? Elle savait pertinemment qui il était : un grand chef, un *Pezzo da noventa*, un salopard avec un calibre 90.

Le job de Romula, son gagne-pain, c'était de scanner la rue. Faire les poches des passants n'était qu'une composante de cette activité. Elle avait trente-cinq ans, une solide expérience de la vie et des antennes aussi sensibles que celles de la plus grande des phalènes. En quelques secondes, elle l'avait jugé par-dessus le paravent. « Tout propret, monsieur le policier, avec son alliance et ses chaussures bien cirées. Il

150

vit avec sa femme, mais il a une bonne qui connaît son métier, aussi. La preuve, le col de sa chemise repassé avec les baleines retirées. Portefeuille dans la poche intérieure de la veste, les clés dans le pantalon à droite, une liasse de billets à gauche, certainement retenus par un élastique. Entre les deux, sa bite. Mince, macho, une oreille un peu enflée, une cicatrice à la racine des cheveux, c'est un coup qu'il a reçu. Il ne va pas chercher à me sauter, autrement il n'aurait pas amené le bébé avec lui. Il n'a rien d'extraordinaire, mais il n'a pas besoin de se satisfaire avec des prisonnières, non, il n'a pas l'air... Mieux vaut ne pas croiser son regard noir, amer, pendant que le bébé tète. Pourquoi c'est lui qui me l'a amené ? Parce qu'il veut que je voie le pouvoir qu'il a, que je comprenne qu'il est très capable de me l'enlever. Qu'est-ce qu'il veut ? Un tuyau ? Je peux lui raconter tout ce qu'il voudrait entendre sur le compte d'une quinzaine de Tsiganes qui n'ont jamais existé. Bon, comment je peux me sortir d'ici, maintenant ? Faut voir. Montrons-lui un peu de peau. »

Elle ne le quittait pas des yeux quand elle surgit de derrière le paravent, un croissant d'aréole suspendu au-dessus du visage du bébé.

— Fait chaud, là-dedans... Vous pouvez ouvrir une fenêtre ?

— Je peux encore mieux que ça, Romula. Je peux ouvrir la porte. Et tu le sais très bien.

La pièce est silencieuse. Dehors, la rumeur de Sollicciano telle une migraine permanente, obstinée.

— Dites-moi ce que vous voulez. Je le ferai volontiers, mais je ferai pas n'importe quoi.

Son instinct lui disait, à raison, que cette mise au point forcerait son respect.

— C'est seulement *la tua solita còsa*, ce que tu fais d'habitude. Sauf que cette fois, je veux que tu rates ton coup.

25

Pendant la journée, ils surveillaient l'entrée du palazzo Capponi derrière les volets clos d'un appartement sur le trottoir opposé. Ils, c'est-à-dire Romula, une Tsigane plus âgée qui l'aidait à s'occuper de son enfant et qui était peut-être sa cousine, et Pazzi, toujours prêt à abandonner son service à la Questura dès qu'il le pouvait.

Le bras artificiel en bois que Romula utilisait dans son métier attendait sur une chaise dans la chambre à coucher.

Pazzi avait négocié l'utilisation diurne des lieux avec le locataire, un professeur de l'école **Dante** Alighieri toute proche. Romula avait exigé qu'un étage du frigidaire soit réservé à son bébé et à elle.

Ils n'eurent pas à attendre longtemps.

A neuf heures et demie du matin, le deuxième jour, l'« assistante » de Romula appela à voix basse de son poste d'observation près de la croisée. Un trou béant s'était creusé de l'autre côté de la rue lorsque l'un des battants massifs de la porte du palazzo avait été ouvert.

Il était là, celui que la ville de Florence connaissait sous le nom de Fell, petit et mince dans son costume noir, aussi agile et lustré qu'une loutre tandis qu'il s'arrêtait sur le seuil pour humer l'air et inspecter les alentours. Après avoir enclenché l'alarme au moyen d'une télécommande, il referma la porte en tirant sur la grosse poignée en fer forgé, si piquée de rouille qu'aucune empreinte digitale ne pouvait y être relevée. Il était muni d'un sac à provisions.

A peine l'avait-elle entrevu à travers les fentes des persiennes que la Tsigane attrapa Romula par la main comme si elle voulait l'arrêter, lui lança un regard coupant et fit un bref geste de dénégation de la tête pendant que le policier ne les regardait pas.

Pazzi avait immédiatement deviné où il allait. Dans la poubelle du docteur Lecter, il avait remarqué les papiers d'emballage au sigle de Vera dal 1926, une épicerie fine du borgo San Jacopo, non loin du pont Santa Trinità.

— Il part faire les courses, commenta Pazzi.

Il ne put s'empêcher de répéter pour la cinquième fois ses recommandations à la jeune femme.

— Tu le suis, Romula, tu l'attends de ce côté-ci du Ponte Vecchio et tu l'attrapes au retour, quand il aura son sac plein. J'aurai un peu d'avance sur lui, donc tu vas me voir d'abord. Je vais rester tout près, de sorte que s'il y a le moindre problème, si tu te fais arrêter, je m'en charge. Au cas où il prendrait une autre route, reviens ici, je t'appellerai. Ensuite, tu prends un taxi, tu mets ce passe sur le pare-brise et tu viens me voir au bureau.

— Entendu, Eminenza, fit Romula en employant la formule honorifique avec toute l'ironie que les Italiens savent y mettre. Je demande une seule chose : s'il y a du grabuge et que mon ami vient à mon aide, ne lui cherchez pas d'ennuis. Il ne prendra rien, alors laissez-le se tirer.

Sans attendre l'ascenseur, Pazzi se jeta dans les escaliers. Il avait revêtu un bleu de travail et portait une casquette.

Filer quelqu'un à Florence n'a rien d'évident : les trottoirs sont étroits et les automobilistes n'ont aucun égard pour les piétons. En bas, Pazzi avait garé un vieux *motorino* sur le flanc duquel une douzaine de balais étaient attachés. Le scooter démarra au premier coup de kick. Dans un nuage de fumée, l'inspecteur en chef s'engagea sur les pavés inégaux, secoué par sa monture comme s'il s'était agi d'un petit mulet lancé au trot.

Il lambina, se fit férocement klaxonner par des conducteurs excédés, s'arrêta pour acheter des cigarettes. Il voulait rester en arrière jusqu'à ce qu'il soit sûr de la destination du docteur Fell. Au bout de la via de' Bardi, le borgo San Jacopo débouchait devant lui en sens unique. Il abandonna le scooter devant un magasin et continua en faufilant son corps plat entre les groupes de touristes massés à l'extrémité sud du Ponte Vecchio.

Les Florentins aiment à dire que Vera dal 1926, ce royaume des fromages et des truffes, a l'odeur des pieds du Créateur. Le docteur Fell, en tout cas, semblait prendre plaisir à s'y attarder. Il faisait son choix parmi les premières truffes blanches de la saison. Pazzi l'apercevait de dos à travers la vitrine, au-delà du merveilleux étalage de jambons et de pâtes.

Il fit les cent pas, alla s'asperger le visage à la fontaine qui crachait l'eau par sa gueule de lion moustachu. « Faudra me raser ça si tu veux travailler pour moi », lui murmura-t-il d'une voix qui venait de son estomac noué.

Le docteur quittait maintenant la boutique, quelques petits paquets empilés dans son sac, et redescendait le borgo San Jacopo, en route vers chez lui. Pazzi le devançait sur le trottoir opposé. La cohue l'obligea à continuer sur la chaussée, où le rétroviseur d'une voiture de patrouille des Carabinieri lui infligea un mauvais coup au poignet en passant. « *Stronzo ! Analfabèta !* » hurla le chauffeur par la vitre. Pazzi se jura de venger l'affront. A l'entrée du Ponte Vecchio, il avait une quarantaine de mètres d'avance.

Romula était installée sous un porche, son bébé calé dans le bras artificiel, une main tendue vers les passants, l'autre dissimulée sous les plis de sa robe, prête à fondre sur un portefeuille qui viendrait s'ajouter aux quelque deux cents qu'elle avait déjà dérobés dans sa carrière. Elle portait le bracelet en argent poli à ce poignet.

Sa victime allait surgir d'un instant à l'autre dans le flot qui sortait du vieux pont. Dès qu'il s'engagerait via de' Bardi, Romula irait à sa rencontre et passerait à l'action avant de disparaître parmi les hordes de touristes arrivant dans l'autre sens.

Quelque part dans la foule, elle avait un ami sur qui elle pouvait compter. Elle n'avait eu aucune information sur la cible qui lui avait été assignée, elle ne se fiait pas aux assurances que Pazzi lui avait données. A l'extrémité méridionale du Ponte Vecchio, Gilles Prévert, mentionné dans certains rapports de police sous le nom de Gilles Dumain ou sous celui de Roger Leduc, mais qui à Florence répondait au sobriquet de Gnocco, attendait le moment où elle allait se lancer. Gnocco était affaibli par ses habitudes, les os se dessinaient sous ses traits émaciés, cependant il restait bien assez souple et robuste pour lui venir en aide si l'affaire tournait mal.

Dans sa tenue de petit fonctionnaire, il se fondait aisément parmi la foule dont il émergeait de temps à autre pour observer les environs tel un chien de prairie aux aguets. Que le bonhomme riposte en empoignant Romula, et il feindrait de trébucher, il s'affalerait sur lui et le clouerait au sol avec force excuses jusqu'à ce qu'elle ait disparu au loin. C'était un stratagème qu'il avait déjà utilisé plus d'une fois.

L'inspecteur passa devant elle et s'arrêta dans une queue qui s'était formée en face d'un kiosque à jus de fruits, un poste d'observation idéal.

Romula quitta le porche et jaugea d'un œil expert la masse de badauds qui se pressaient entre elle et la mince silhouette en train d'approcher. Avec le bébé dans son bras en bois et en tissu, elle pouvait fendre la foule avec une merveilleuse aisance. Bien. Comme à son habitude, elle allait porter les doigts de sa main visible à ses lèvres, puis déposer un baiser sur la joue de l'inconnu. Elle glisserait l'autre hors de sa robe et tâtonnerait le long des côtes à la recherche du portefeuille jusqu'à ce qu'il la saisisse par le poignet. Ce serait alors le moment de se dégager d'un coup sec.

Pazzi lui avait certifié que ce type se garderait bien d'appeler la police, qu'il chercherait à s'esquiver au plus vite. D'ailleurs, aucune de ses victimes n'avait jamais tenté d'user de violence contre une femme embarrassée d'un nourrisson. Souvent, elles étaient persuadées que la main aventurée sous leur veste appartenait à quelqu'un d'autre, et dans le passé Romula n'avait pas hésité à dénoncer quelque passant innocent pour se tirer d'affaire.

Elle se mit à marcher, retira son bras de sa cachette, mais le garda dissimulé sous la prothèse et le bébé. Elle voyait sa cible approcher au milieu de la forêt de têtes, à moins de dix mètres maintenant...

Sainte Mère ! Il venait de pivoter brusquement, il se fondait dans le flot de touristes qui s'écoulait vers le Ponte Vecchio. Il ne rentrait pas chez lui. Elle pressa le pas, bouscula les piétons, mais il avait trop d'avance. De loin, elle saisit le regard interrogateur que lui lançait Gnocco. Elle lui fit signe de la tête. Non. Son ami le laissa passer. Ce n'était pas à lui de fouiller les poches de l'inconnu.

Pazzi était arrivé à sa hauteur. Il parlait avec colère, comme si tout était de la faute de Romula :

— Retourne à l'appart'. Je t'appellerai. Tu as le laissez-passer pour circuler en taxi dans la vieille ville ? Bon, alors va ! Va !

Il reprit son scooter et traversa le Ponte Vecchio en le poussant ; dessous, l'Arno était aussi opaque que du jade. Il croyait avoir perdu le docteur mais non, il était là, sur l'autre rive, sous les arcades près du Lungarno. Il s'était arrêté un moment pour regarder le travail d'un peintre de rue, puis repartait à pas vifs et souples. Pazzi se dit qu'il se rendait à l'église Santa Croce. Il le suivit à distance dans la circulation cauchemardesque.

26

Siège des Franciscains de Florence, Santa Croce résonnait de huit langues différentes tandis que les hordes de touristes glissaient dans sa vaste pénombre à la suite des parapluies colorés de leurs guides et cherchaient à tâtons des pièces de deux cents lires qui leur permettraient d'éclairer, l'espace d'une précieuse et mémorable minute, les fresques sublimes des chapelles.

Venue de la vive lumière du matin, Romula dut s'arrêter près de la tombe de Michel-Ange le temps que ses yeux s'habituent à la demi-obscurité. Quand elle put découvrir la pierre tombale presque à ses pieds, elle sursauta, murmura « *Mi dispiace !* » et s'éloigna en hâte. Pour elle, la cohorte de morts qui se trouvaient sous ce sol étaient aussi réels que les vivants qui le foulaient, et peut-être plus influents. Fille et petite-fille de chiromanciennes et de spirites, elle considérait les uns et les autres comme deux foules séparées par la vitre de la mort. Et ceux d'en dessous, plus vieux et plus sages, avaient incontestablement sa préférence.

Elle surveilla les alentours, guettant la présence du sacristain, un homme animé d'une haine farouche contre les Tsiganes, et trouva refuge devant le premier pilier sous la protection de la *Madonna del Latte* de Rossellino, pendant que le bébé cherchait à nouveau son sein. Pazzi, qui rôdait près du caveau de Galilée, vint la rejoindre à cet endroit.

Il désigna du menton le fond de l'église, de l'autre côté du transept, où projecteurs et flashs d'appareils photo — théoriquement interdits — se déchaînaient tels les éclairs d'un orage d'été sous les hautes voûtes, tandis que les compteurs consommaient en cliquetant les pièces de deux cents lires, parmi lesquelles se faufilait de temps à autre un jeton de casino ou un *quarter* australien.

A chaque illumination, le Christ renaissait et était à nouveau trahi, et les clous à nouveau enfoncés sur les fresques violemment éclairées puis rendues à leur pénombre étouffante, au sein de laquelle les pèlerins se bousculaient en tenant des guides de voyage dont ils ne pouvaient rien distinguer, dans les effluves de corps humains et d'encens cuits et recuits à la chaleur des lampes.

Sur le flanc gauche de la nef, le docteur Fell était au travail dans la chapelle des Capponi. Le principal lieu de culte de cette famille se trouve à l'église Santa Felicità, mais celle-ci, refaite au XIXᵉ siècle, l'intéressait parce qu'elle lui donnait la possibilité de considérer le passé à travers la rénovation. Il était en train de frotter au carbone une inscription sur une pierre tellement usée que même un éclairage oblique n'aurait pu la rendre lisible.

En le surveillant avec un petit monoculaire, Pazzi découvrit pourquoi le docteur n'avait quitté son domicile qu'avec un sac à provisions vide : il gardait son matériel derrière l'autel de la chapelle. Un moment, il faillit donner congé à Romula, se disant qu'un des instruments porterait certainement des empreintes digitales et qu'il suffirait d'aller le prendre après le départ de Fell. Mais il se ravisa en constatant que celui-ci portait des gants en coton afin de ne pas se tacher les mains avec le carbone.

L'intervention allait être délicate, pour ne pas dire plus. La méthode de Romula était conçue pour l'espace ouvert de la rue. Mais une mère et son enfant dans une église... Rien ne semblerait moins inquiétant à un criminel. Oui, elle était la dernière personne qui puisse le faire fuir. Et s'il arrivait à l'immobiliser, il la remettrait au sacristain, voilà tout. Pazzi la tirerait d'affaire ensuite.

Certes, mais le docteur était un dangereux déséquilibré. Et s'il la tuait ? S'il tuait l'enfant ? Pazzi considéra deux questions, résolu à répondre sans détour : Au cas où elle semblerait courir un danger mortel, est-ce qu'il contre-attaquerait ? Oui. Était-il prêt à risquer que Romula et le bébé subissent des blessures sans gravité pour obtenir son argent ? Oui.

Il ne restait plus qu'à attendre le moment où le docteur retirerait ses gants et partirait déjeuner. Ils avaient amplement le temps de chuchoter tout en changeant de place dans le transept. Pazzi remarqua un visage qui ne lui était pas inconnu dans la foule.

— Qui est-ce qui te suit comme ça, Romula ? Mieux vaut me le dire tout de suite. Je l'ai vu à la prison, ce type.

— C'est un ami. Juste pour bloquer le passage si je dois m'enfuir. Il n'est au courant de rien, de rien du tout. Et c'est mieux pour vous, aussi : comme ça, vous n'avez pas à vous salir les mains.

Pour tromper l'attente, ils prièrent dans plusieurs chapelles. Romula murmurait des invocations dans une langue que Pazzi ne comprenait pas et lui-même avait une longue liste de vœux à adresser au ciel, qui concernaient notamment une certaine villa dans la baie de Chesapeake et une chose qu'il n'était pas convenable d'évoquer dans une église.

Les douces voix d'un chœur en train de répéter émergeaient du brouhaha général. Puis une cloche sonna, annonçant la fermeture de la mi-journée. Des bedeaux apparurent, secouant leurs trousseaux de clés, prêts à vider les boîtes à pièces.

Le docteur Fell abandonna le labeur qui l'occupait derrière une *Pietà* d'Andreotti, retira ses gants et renfila sa veste. Face au sanctuaire, une armée de Japonais qui avaient épuisé leurs réserves de monnaie s'immobilisèrent dans l'obscurité, étonnés, ne comprenant pas encore qu'ils devaient dégager les lieux.

Pazzi donna un coup de coude à Romula. C'était inutile : elle savait que l'heure était venue. Elle déposa un baiser sur le crâne du bébé qui reposait dans le creux de son bras en bois.

Le docteur approchait. La foule allait l'obliger à passer devant elle. En trois longues enjambées, elle se porta à sa rencontre et se planta devant lui. La main bien levée pour attirer son regard, elle embrassa le bout de ses doigts et s'apprêta à déposer le baiser sur sa joue, son autre main cachée sous la robe en attente.

Les lumières se rallumèrent soudain. Quelqu'un avait dû trouver une dernière pièce de deux cents lires. A l'instant où elle allait le toucher, elle regarda le docteur. Elle se sentit aspirée par le centre rougeoyant de ses yeux, un abîme glacial, immense, qui affola son cœur. Sa main recula pour aller couvrir le visage du bébé et elle s'entendit bredouiller : « *Perdonami, perdonami, signore* », puis elle tourna les talons et partit en courant pendant que le docteur restait à l'observer un long, long moment, jusqu'à ce que les projecteurs s'éteignent et qu'il redevienne une silhouette dans la lueur indécise des cierges. Enfin, à pas vifs et souples, il reprit son chemin.

Livide de colère, Pazzi trouva Romula penchée sur le bénitier. Elle était en train d'asperger d'eau bénite la tête du nourrisson, plusieurs fois, et ses yeux pour le cas où il aurait regardé le docteur Fell. Quand il découvrit l'expression hagarde qui déformait ses traits, les insultes et les malédictions se figèrent dans sa bouche.

Les pupilles de la Tsigane étaient énormes dans la pénombre.

— C'est... le Diable. Chitane, le Fils du Mâtin. Je l'ai vu, maintenant.

— Je te reconduis à la prison, lança Pazzi.

Romula contempla le visage de l'enfant et poussa un long soupir, un soupir d'abattoir, si profond et si résigné qu'il était affreux à entendre. Elle sortit le bracelet d'argent, le plongea dans le bénitier.

— Pas encore, dit-elle.

27

Si Rinaldo Pazzi avait résolu d'agir en représentant de la loi, il aurait pu arrêter le docteur Fell et vérifier rapidement s'il s'agissait bien de Hannibal Lecter. En une demi-heure, il aurait obtenu un mandat d'arrêt contre lui et toutes les alarmes du palazzo Capponi n'auraient plus servi à rien. De sa propre autorité, sans besoin d'une décision de justice, il l'aurait maintenu en garde à vue le temps d'établir sa véritable identité. En moins de dix minutes, ses empreintes digitales auraient été relevées et comparées au laboratoire de la Questura. Un test d'ADN serait venu confirmer l'identification.

Mais toutes ces ressources lui étaient désormais refusées. Dès lors qu'il avait décidé de vendre le docteur Lecter, le policier s'était transformé en chasseur de primes, en hors-la-loi solitaire. Même les nombreux informateurs auxquels il avait recours d'habitude n'avaient plus d'utilité, car ils s'empresseraient d'aller le dénoncer, lui...

Les déconvenues précédentes l'exaspéraient, mais il restait déterminé à aller jusqu'au bout. Il devait se débrouiller avec ces satanés Tsiganes.

— Est-ce que Gnocco le ferait si tu lui demandes, Romula ? Tu peux le contacter ?

Ils se trouvaient dans le salon de l'appartement transformé en poste d'observation, face au palazzo Capponi. Douze heures s'étaient écoulées depuis la débâcle à l'église. Une lampe posée sur une table basse éclairait la pièce à hauteur de la taille. Au-dessus, les yeux sombres de Pazzi scintillaient dans la demi-obscurité.

— Non, je m'en occupe moi. Mais sans le bébé. Et il faut que vous me don...

— Non. Je ne peux pas risquer qu'il te voie deux fois. Est-ce qu'il pourrait, Gnocco ?

Romula était assise, penchée en avant, ses seins lourds touchant ses cuisses sous sa robe bigarrée, la tête tout près des genoux. Le bras en bois était posé sur une chaise voisine. Dans un coin, l'autre femme, celle qui était peut-être sa cousine, berçait le bébé sur son ventre. Les rideaux étaient tirés. Quand il risquait un coup d'œil en les écartant à peine, Pazzi apercevait une faible lumière à un étage du palais.

— Mais je peux le faire ! Je peux changer d'allure et il ne me reconnaîtra jamais. Je peux le...

— Non.

— Alors Esmeralda.

— Non. — C'était la femme plus âgée qui avait répondu. Elle n'avait jusque-là pas prononcé un mot devant l'inspecteur. — Tant que je suis en vie, je m'occupe de ton bébé, Romula. Mais jamais je touche le Chitane.

Pazzi avait le plus grand mal à comprendre son italien. Il s'impatienta.

— Tiens-toi normalement, Romula ! Regarde-moi, regarde-moi dans les yeux. Est-ce que Gnocco le ferait à ta place ? Toi, tu retournes à Sollicciano tout à l'heure. Tu as encore trois mois à tirer là-bas. Et la prochaine fois que tu sors des cigarettes et de l'argent des langes de ton gosse, tu peux très bien te faire pincer... Tu me suis ? Rien que pour l'autre jour, quand j'étais là, il y aurait de quoi te coller six mois de plus. Et je pourrais aussi facilement obtenir qu'on te retire l'enfant. Mère indigne, on appelle ça. Mais si j'ai les empreintes, tu es libérée tout de suite, tu touches deux millions de lires et on efface ton casier judiciaire. Et je t'aide à avoir les visas pour l'Australie. Alors, est-ce que Gnocco le ferait pour toi ?

Pas de réponse.

— Tu sais où le trouver ?

Il souffla dans ses narines, excédé.

— Bon, d'accord, ramasse tes affaires. Ton faux bras, tu le récupéreras à la sortie, dans trois mois ou l'année prochaine. Le bébé, il va falloir le placer dans un orphelinat. La vieille pourra aller lui rendre visite là-bas.

— Mon fils dans un orphelinat, commendatore ? Mon...

Elle s'arrêta. Elle ne voulait pas prononcer le nom de son enfant devant cet homme. Elle resta un moment les deux mains plaquées sur son visage, sentant les deux pouls battre côte à côte contre ses lèvres. Puis, sans les retirer :

— Je peux le trouver, oui.

— Où ça ?

— Piazza Santo Spirito. Près de la fontaine. Ils font un feu, il y a toujours quelqu'un qui a du vin.

— On y va ensemble.

— Non, vaut mieux pas. Vous feriez du tort à sa réputation. Esmeralda et le bébé restent ici : vous êtes sûr que je reviens, comme ça.

La piazza Santo Spirito, une jolie esplanade sur la rive gauche de l'Arno, s'encanaille à la nuit tombée. L'église, qui a fermé ses portes, reste plongée dans l'obscurité. Des rires, des cris et des odeurs de cuisine surchauffée montent de Casalinga, une trattoria très fréquentée.

Près de la fontaine, un petit feu de planches pousse ses flammèches. Une guitare tsigane, qui sonne avec plus d'enthousiasme que de talent. Il y a un bon chanteur de fado dans l'assistance. Lorsque les autres le découvrent, ils le poussent au milieu du cercle. Plusieurs bouteilles de vin se tendent vers lui pour qu'il s'humecte la gorge. Il commence par une complainte à propos d'un injuste destin, mais on l'interrompt, on réclame une chanson moins lugubre.

Roger Leduc, dit Gnocco, est assis sur la margelle du bassin. Il a fumé quelque chose, il a le regard vague. Pourtant, il repère Romula dès qu'elle apparaît derrière l'attroupement, de l'autre côté du feu. Après avoir acheté deux oranges à un vendeur ambulant, il la suit quand elle s'éloigne du groupe. Ils font halte sous un réverbère plus loin. Ici, la lumière est plus froide que celle des flammes, tachetée par les dernières feuilles d'un érable. Elle prend une nuance verdâtre sur les traits pâles de Gnocco, l'ombre des feuilles comme des traces de coups se déplaçant sur son visage. Romula le regarde longuement. Elle a posé une main sur le bras de son ami.

Telle une petite langue acérée, une lame jaillit de son

poing. Il pèle les oranges, levant leur peau en un seul serpentin qui s'allonge vers le sol. Il lui offre la première, elle détache un quartier et le lui glisse dans la bouche pendant qu'il achève la deuxième.

Ils échangent quelques mots en romani. A un moment, il hausse les épaules. Elle lui donne un téléphone portable, lui explique les touches de commande. Quelques secondes plus tard, la voix de Pazzi s'insinue dans l'oreille de Gnocco. Après un moment, il referme le combiné et le glisse dans sa poche.

Romula retire une chaînette qu'elle portait au cou. Elle embrasse l'amulette qui y est accrochée, passe la chaîne au petit homme qui baisse les yeux dessus. Il s'ébroue comiquement : le contact de l'image sainte sur sa peau le brûle, prétend-il, ce qui arrache un bref sourire à la jeune femme. Elle sort le bracelet en argent et le fixe au poignet de Gnocco, sans difficulté. Il a des attaches aussi fines que les siennes

— Tu peux me rejoindre dans une heure ?
— Oui, dit-elle.

28

C'est encore la nuit et le docteur Fell visite à nouveau l'exposition des instruments de torture au Forte di Belvedere.

Tranquillement adossé au mur de pierre sous les cages des damnés, il étudie d'autres aspects de la damnation sur les visages avides des voyeurs qui se bousculent autour des outils de mort et se frottent les uns aux autres dans une promiscuité ébahie, poils hérissés sur les avant-bras, haleines mêlées sur les nuques et les joues. Parfois, le docteur presse un mouchoir parfumé contre ses narines quand les effluves d'eaux de toilette bon marché et de corps en rut le menacent d'overdose.

Ses poursuivants, eux, attendent dehors.

Les heures passent. Le docteur Fell, qui n'a jamais accordé plus qu'un coup d'œil distrait aux objets exposés, semble ne pas pouvoir se rassasier du spectacle de la foule. Certains éprouvent de la gêne lorsqu'ils sentent son regard peser sur eux. Souvent, des femmes l'observent avec un intérêt non déguisé quand elles passent devant lui, jusqu'à ce que le flot des badauds les entraîne plus loin. Une somme dérisoire versée aux deux empailleurs a donné au docteur le privilège de rester là à son aise, intouchable derrière les cordons, immobile contre la pierre.

Dehors, figé devant le parapet sous une bruine tenace, Rinaldo Pazzi monte patiemment la garde. Il a l'habitude d'attendre.

Il savait que le docteur ne rentrerait pas chez lui à pied. Sur une petite place au pied du fort, sa voiture attendait, elle aussi. Une Jaguar Mark II noire que la pluie rendait encore plus luisante, un modèle d'une trentaine d'années à l'élégance rare, comme le policier italien n'en avait encore jamais vu, et immatriculée en Suisse. Il était clair que le docteur Fell n'avait pas besoin d'un salaire pour vivre. Pazzi avait relevé le numéro d'immatriculation mais il ne pouvait se permettre de le soumettre à Interpol.

Dans la pente pavée de la via San Bernardo, à mi-chemin entre le Belvédère et la Jaguar, Gnocco attendait également. La rue, peu éclairée, était bordée de part et d'autre de hauts murs derrière lesquels se nichaient des villas. Gnocco avait trouvé un renfoncement obscur devant une allée grillagée où il pouvait se tenir à l'écart des vagues de visiteurs et de touristes redescendant de l'exposition. Toutes les dix minutes, le téléphone portable se mettait à vibrer contre sa cuisse et il devait confirmer qu'il était toujours en position.

Certains passaient en tenant des cartes ou des programmes ouverts au-dessus de leur tête pour se protéger des gouttes, contraignant d'autres à abandonner l'étroit trottoir surchargé et à poursuivre sur la chaussée, obligeant les quelques taxis venus du fort à ralentir.

Dans la salle voûtée, le docteur Fell venait de se décider à abandonner son mur. Il se redressa, leva les yeux vers le squelette suspendu dans sa cage comme si l'un et l'autre partageaient quelque secret et s'engagea dans la cohue pour gagner la sortie.

Pazzi le vit d'abord se découper dans le passage de porte, puis sous le pinceau d'un projecteur sur l'esplanade. Il le suivit de loin, jusqu'à être certain que le docteur se dirigeait vers sa voiture. Il sortit alors son portable pour donner l'alerte à Gnocco.

La tête du Gitan se tendit hors du col de sa chemise comme celle d'une tortue, animal avec lequel il partageait aussi les yeux enfoncés et le crâne visible sous l'épiderme. Il roula sa manche au-dessus du coude, cracha sur le bracelet puis l'essuya avec un chiffon. A présent que l'argent avait été poli à la salive et à l'eau bénite, il dissimula son bras sous son manteau pour le garder au sec, tout en inspectant la pente des yeux. Une nouveau groupe de têtes dodelinantes arrivait. Gnocco se força un chemin vers la chaussée, où il pourrait avancer à contre-courant et avoir une meilleure vue. Sans complice, il allait devoir à la fois bousculer et palper, ce qui n'était pas un problème, car le but recherché n'était pas de voler un portefeuille. A cet instant, sa cible apparut. Elle marchait près du bord du trottoir, Dieu merci. Pazzi suivait à une trentaine de mètres.

Le stratagème de Gnocco était astucieux. Profitant d'un taxi qui arrivait, il bondit hors de la chaussée comme s'il voulait éviter le véhicule, se retourna pour injurier le chauffeur et entra en collision frontale avec le docteur Fell. Ses doigts s'étaient déjà glissés sous le manteau quand il sentit son bras pris dans un effroyable étau, puis un coup. Il se dégagea de sa proie, qui avait à peine ralenti sa marche et s'éloignait déjà parmi les touristes sans lui chercher noise.

Pazzi fut aussitôt à ses côtés dans le renfoncement devant la grille en fer. Gnocco se plia en deux et se redressa presque tout de suite. Il respirait fort.

— Je l'ai eu. Il m'a attrapé là où il fallait. Il a essayé de me frapper dans les couilles, ce *cornuto*, mais il a pas réussi.

Pazzi avait déjà un genou à terre et essayait de retirer avec précaution le bracelet de son poignet quand Gnocco sentit un fluide chaud s'écouler le long de sa jambe. Il eut un mouvement de surprise et soudain un geyser de sang clair jaillit d'une déchirure à son pantalon, éclaboussant le visage et les mains de Pazzi toujours occupé à détacher le bracelet en ne touchant que les bords. Le sang giclait partout, même dans la figure de Gnocco lorsqu'il se pencha pour regarder sa cuisse. Ses jambes se dérobaient sous lui, il s'affala contre la grille, s'y agrippa d'une main tout en pressant son pantalon déchiré en haut de la cuisse, là où son artère fémorale sectionnée vomissait des flots rouges.

Avec cet étrange détachement qu'il éprouvait toujours dans les situations les plus extrêmes, Pazzi passa un bras autour du blessé et le maintint dos tourné aux passants, le laissant se vider à travers les barreaux de la grille, puis l'étendit au sol, sur le flanc.

Il sortit son portable, parla dedans comme s'il appelait une ambulance. Mais l'appareil n'était pas allumé.

Il lui enleva son manteau, le jeta sur le corps effondré qu'il vint couvrir tel un vautour s'abattant sur sa proie. La foule continuait à passer derrière lui, indifférente. Il retira enfin le bracelet et le glissa dans le petit écrin qu'il avait sur lui. Le téléphone qu'il avait prêté à Gnocco le rejoignit dans la poche de sa veste.

Les lèvres du Gitan s'agitèrent.

— *Madonna, che freddo...*

Il se força à enlever la main que Gnocco pressait de plus en plus faiblement sur sa plaie, la garda dans la sienne comme s'il cherchait à le réconforter et attendit que l'hémorragie se tarisse entièrement. Lorsqu'il fut certain que Gnocco était mort, il l'abandonna contre la grille. Avec la tête sur son bras replié, le Gitan paraissait endormi. Pazzi s'engagea dans le flot descendant des badauds.

Sur la petite place, il contempla un long moment le stationnement laissé vide. La pluie commençait seulement à détremper les pavés que la Jaguar du docteur Lecter avait protégés.

Le docteur Lecter... Le nom de Fell n'avait plus aucune place dans sa conscience. C'était le docteur Hannibal Lecter.

Ce qu'il avait dans la poche de son imperméable serait peut-être une preuve suffisante pour Mason. Ce qui gouttait maintenant de ses manches sur ses chaussures en était une indiscutable pour lui.

29

Au-dessus de Gênes, l'étoile du matin commençait à pâlir dans la lumière montant à l'est quand la vieille Alfa de Rinaldo Pazzi s'engagea sur le quai en ronronnant. Un vent glacial hérissait les eaux du port. Sur un cargo ancré au loin, un fer à souder au travail projetait une pluie d'étincelles orange sur la houle sombre.

Romula resta dans l'auto à l'abri de la bise, son bébé sur les genoux. Tassée sur l'étroit siège arrière de la berlinetta, les jambes serrées sur le côté, Esmeralda n'avait pas prononcé un mot depuis le moment où elle avait refusé de toucher le Chitane.

Au petit déjeuner, café d'un noir d'encre dans des gobelets en papier et *pasticcini*.

Pazzi entra dans les bureaux de la compagnie maritime. Lorsqu'il en ressortit, le soleil était déjà levé, pourpre sur la coque rouillée de l'*Astra Philogenes,* le cargo dont le chargement était en train de s'achever à quai. L'inspecteur fit signe aux deux femmes de le rejoindre.

L'*Astra Philogenes,* un vingt-sept mille tonnes battant pavillon grec, était autorisé à prendre douze passagers sans médecin de bord jusqu'à Rio. Là, expliqua-t-il à Romula, elles embarqueraient sur un autre bateau pour Sydney. Le second officier de l'*Astra* veillerait personnellement à leur transfert. Leur voyage avait été payé à l'avance, en totalité. Détail souligné lourdement : cette somme n'était pas remboursable. En Italie, l'Australie attire nombre de candidats à l'émigration qui peuvent y trouver un travail. Une importante communauté tsigane y est installée.

Pazzi avait promis deux millions de lires à la jeune femme. Il lui remit une enveloppe bourrée de billets.

Leurs bagages étaient des plus restreints : une petite valise et le bras en bois de Romula, qu'elle transportait dans un étui de cor d'harmonie.

Elles allaient passer la majeure partie du mois en mer, sans contact avec le monde.

Pour la dixième fois, Pazzi assura à Romula que Gnocco les rejoindrait bientôt, même s'il n'avait pu embarquer ce jour-là. Il leur laisserait un message en poste restante à Sydney.

— Je tiendrai ma parole avec lui comme je l'ai fait avec vous, leur répéta-t-il au pied de la passerelle, le soleil du matin étirant démesurément leur ombre sur le quai.

A l'instant de la séparation, alors que Romula s'engageait déjà sur les marches avec son bébé, la vieille parla pour la seconde et dernière fois depuis que Pazzi la connaissait :

— Tu as donné Gnocco au Chitane, dit-elle à voix basse, ses yeux plus noirs que des olives de Kalamata fixés sur lui. Il est mort, Gnocco.

Puis elle se pencha de tout son torse, comme si elle se préparait à dépecer un poulet sur le billot, et cracha posément sur l'ombre de Pazzi avant de se hâter derrière Romula et l'enfant.

30

La boîte de livraison fournie par DHL Express était d'excellente qualité. Installé à la table sous le puissant spot de la réception dans la chambre de Mason, l'expert en dactyloscopie retira avec soin les vis du couvercle à l'aide d'un tournevis électrique.

Le large bracelet en argent était passé sur le présentoir en velours, de sorte que sa face externe n'était pas en contact avec les flancs de la boîte.

— Apportez-le-moi, commanda Mason Verger.

L'intervention sur le bijou aurait été beaucoup plus simple au laboratoire d'anthropométrie de la police de Baltimore, où le spécialiste travaillait en temps normal, mais Mason avait exigé qu'elle se déroule sous ses yeux en lui versant son cachet, une très forte somme en liquide. Ou plutôt sous son œil, corrigea mentalement l'expert en déposant de mauvaise grâce le bracelet et son présentoir sur l'assiette en porcelaine que lui tendait un assistant.

Celui-ci la présenta en face du monocle. Il n'aurait pu l'installer sur la lourde tresse qui serpentait dans le giron de Mason car elle aurait été déséquilibrée par les mouvements que le poumon artificiel imposait à son torse, de haut en bas, de bas en haut.

Le lourd bracelet était maculé de sang séché, dont quelques paillettes tombèrent sur l'assiette. Mason l'observa longuement. Sur son visage sans chair, aucune expression n'était lisible. Mais son œil brillait.

— Allez-y.

L'expert avait une copie du relevé d'empreintes réalisé par le FBI, sans le verso. Il poudra la surface entre les taches, mais, comme la poudre « Sang de dragon » qu'il utilisait d'habitude avait une couleur trop proche de celle du sang séché, il en choisit une noire, qu'il appliqua avec précaution.

— Nous avons des empreintes, annonça-t-il en s'interrompant pour éponger son front surchauffé par les spots.

La vive lumière était cependant idéale pour la photographie. Il prit plusieurs clichés des empreintes in situ avant de les relever et de les examiner au microscope.

— Majeur et pouce gauches, concordance sur seize points, déclara-t-il finalement. Ça tiendrait devant le juge. Pas de doute, il s'agit du même gars.

Mais Mason Verger se souciait peu des juges. Sa main livide rampait déjà sur la couverture, vers le téléphone.

31

Un matin ensoleillé sur un pâturage de montagne au centre de la Sardaigne, en plein massif du Gennargentu.

Six hommes, quatre Sardes et deux Romains, sont au travail sous un auvent édifié avec des rondins coupés dans la forêt avoisinante. Les moindres bruits sont amplifiés par le silence grandiose des sommets.

Suspendu à la charpente dont les traverses portent encore leur écorce, un immense miroir au cadre doré rococo surplombe un solide enclos équipé de deux portes, la première donnant sur la pâture, la seconde composée de deux battants horizontaux qui peuvent être ouverts séparément. A l'entrée de l'enclos, le sol est cimenté, mais il est ensuite couvert de paille fraîche à la manière d'une plate-forme pour les exécutions publiques dans l'ancien temps.

Le miroir décoré de chérubins peut s'incliner pour offrir une vue plongeante sur l'enclos, comme la glace installée au-dessus des fourneaux dans une école de cuisine permet aux stagiaires d'apercevoir le contenu des marmites sans avoir à se pencher dessus.

Oreste Pini, le réalisateur, et l'homme de confiance de Verger en Sardaigne, un professionnel du kidnapping nommé Carlo, s'étaient détestés mutuellement dès le premier instant. Robuste, le visage rubicond, Carlo Deogracias ne quittait jamais son chapeau tyrolien dont le ruban était orné d'une soie de sanglier. Il avait l'habitude de mâcher le cartilage des dents de verrat qu'il conservait dans la poche de son gilet. C'était une autorité dans le vieux métier sarde

173

qu'est l'enlèvement pour rançon, ainsi qu'un spécialiste reconnu des vengeances les plus sanglantes.

Les riches Italiens vous diront que, quitte à être kidnappé, mieux vaut tomber entre les mains de Sardes : ce sont des professionnels, au moins, qui ne vous tueront pas par erreur ou parce qu'ils paniquent. Avec eux, si votre famille passe à la caisse, vous pouvez fort bien rentrer chez vous sans avoir été blessé, violé ou mutilé. Si elle refuse de payer, en revanche, il est probable qu'elle commencera très vite à vous recevoir en petits morceaux par la poste.

Carlo n'était pas satisfait par les dispositions minutieuses que Mason Verger avait conçues. Il avait une grande expérience dans ce genre d'opérations, il avait même déjà donné un homme aux cochons vingt ans plus tôt, un soi-disant comte et ancien nazi qui imposait des relations sexuelles aux enfants d'un village toscan, filles comme garçons. Chargé de sa punition, il l'avait enlevé dans son jardin, à moins de cinq kilomètres de l'abbaye de Passignano, pour le livrer à cinq porcs d'une ferme en contrebas du Poggio alle Corti. La tâche n'avait pas été simple : il avait laissé les bêtes sans nourriture trois jours durant, le nazi se débattant sous ses liens, suppliant et noyé de sueur, les pieds passés dans l'enclos, et pourtant elles n'avaient pas été tentées par ses orteils frétillants, si bien que, non sans éprouver une pointe de remords de ne pas respecter à la lettre les clauses de son contrat, Carlo avait fini par gaver sa victime d'une savoureuse salade composée des légumes préférés des cochons, puis par lui couper la gorge afin qu'ils puissent se servir.

D'un naturel positif et enjoué, il était tout de même contrarié par la présence du réalisateur, qu'il considérait comme un vulgaire pornographe auquel il avait dû prêter, sur l'ordre de Mason Verger, ce beau miroir apporté d'un bordel dont Carlo était propriétaire à Cagliari.

Cet accessoire était une aubaine pour Oreste Pini, qui avait toujours eu abondamment recours aux miroirs dans ses films X, ainsi que dans le seul authentique « snuff movie » de sa carrière qu'il avait réalisé en Mauritanie. Ayant médité la mise en garde du constructeur collée sur les rétroviseurs de sa voiture, il avait compris depuis longtemps qu'un objet reflété dans une glace déformante paraît bien plus imposant qu'il ne l'est en réalité.

Selon les consignes de Verger, il devait filmer avec deux caméras, assurer une excellente prise de son et ne pas commettre la moindre erreur, car il n'y aurait pas de deuxième prise possible. Mason exigeait notamment un gros plan continu sur le visage.

Carlo, lui, était exaspéré de le voir tripoter ses appareils et d'entendre ses objections incessantes.

— Hé, soit tu restes planté là et tu continues à m'assommer avec tes caquetages de bonne femme, soit tu regardes l'entraînement et tu me demandes quand tu ne comprends pas quelque chose !

— Je veux le filmer, l'entraînement. Pas seulement le regarder.

— *Va bene !* Dans ce cas, finis d'installer ton merdier, qu'on commence !

Pendant qu'Oreste plaçait ses caméras, Carlo et ses trois silencieux adjoints entreprirent leurs préparatifs. Le réalisateur, qui n'aimait rien tant que l'argent, était toujours émerveillé de voir ce qu'il permettait d'obtenir.

Matteo, le frère de Carlo, avait ouvert un ballot de vieux vêtements sur la table à tréteaux qui longeait un des côtés de l'abri. Il y choisit une chemise et un pantalon tandis que Piero et Tommaso Falcione, deux frères également, approchaient une civière roulante qui avançait péniblement dans l'herbe et dont la couche était constellée de taches douteuses.

Plusieurs seaux de viande hachée et de fruits avariés, ainsi que des carcasses de poulets avec leurs plumes et une caisse remplie de boyaux de bœuf, attiraient déjà des essaims de mouches.

Après avoir étendu le pantalon de toile usée sur la civière, Matteo se mit à le bourrer de poulets morts, de viande et de fruits. Il répéta la même opération avec des gants en coton, cette fois avec une bouillie d'abats et de glands, en prenant soin de bien remplir chaque doigt, puis les installa au bout de chacune des jambes du pantalon. La chemise qu'il avait sélectionnée fut garnie de tripes et de boyaux, ses contours renforcés avec du pain rassis. Ensuite, il la reboutonna et glissa soigneusement les pans dans la ceinture. Une autre paire de gants « farcis » vint terminer les manches. Le melon qui faisait office de tête fut muni d'un filet couvert de viande hachée à l'endroit où la figure aurait dû se trouver, deux œufs durs plantés dedans en guise d'yeux. Le résultat final ressemblait à un mannequin désarticulé qui, sur sa civière, paraissait moins mal en point que certains adeptes du saut à l'élastique quand ils arrivent à l'hôpital. La dernière touche de Matteo fut de pulvériser un after-shave d'excellente marque sur la face du melon et sur les gants qui représentaient les mains.

Du menton, Carlo montra à Oreste le jeune assistant-caméraman qui se penchait dangereusement au-dessus de l'enclos avec sa perche de prise de son pour vérifier si le micro arriverait au centre.

— Dis à ta lopette que s'il tombe là-dedans, j'irai pas le chercher, moi...

Tout était prêt, enfin. Après avoir réglé la civière sur sa position la plus basse, pieds repliés, Piero et Tommaso la poussèrent devant le portail à double battant.

Carlo était allé chercher un magnétophone et un amplificateur dans la maison. Il possédait toute une collection de cassettes, qu'il avait pour certaines enregistrées lui-même lorsqu'il coupait l'oreille d'un kidnappé avant de l'envoyer par la poste à ses parents. C'était un fond sonore qu'il utilisait chaque fois qu'il nourrissait ses bêtes. Évidemment, il n'en aurait plus besoin lorsqu'une victime réelle allait offrir ses hurlements en direct.

Deux enceintes d'extérieur étaient fixées en hauteur sur les piliers de l'auvent. Le soleil brillait joyeusement sur la belle prairie qui descendait jusqu'à la forêt. Dans la quiétude de la mi-journée, Oreste entendait un capricorne bourdonner sous le toit.

— Ça y est, toi ? lui lança Carlo.

Le cinéaste alluma la caméra fixée à son tripode.

— *Giriamo !* cria-t-il à son assistant.

— *Pronti !*

— *Motore !*

La bobine tournait.

— *Partito !*

La bande-son était lancée.

— *Azione !*

Oreste donna un coup de coude à Carlo.

Le Sarde mit en marche son magnétophone. L'abri fut

plongé dans un concert infernal de cris, de gémissements, de suppliques bredouillées. Le caméraman sursauta, puis se concentra sur son travail. C'était un accompagnement sonore qui glaçait le sang mais convenait parfaitement aux créatures en train de surgir du sous-bois, attirées par ces hurlements sonnant l'heure de leur déjeuner.

32

Un aller-retour à Genève dans la journée, pour voir l'argent.

L'avion pour Milan, un jet de l'Aérospatiale à la climatisation bruyante, entraîna sa cargaison d'hommes d'affaires dans le petit jour en train de se lever sur Florence et vira au-dessus des vignobles aux rangées bien espacées, qui offraient de la Toscane une image facile, digne d'une brochure d'agent immobilier. Il y avait quelque chose de choquant dans les couleurs du paysage, se dit Pazzi : les piscines neuves au pied des villas achetées par de riches étrangers n'étaient pas du bleu qui convenait. Pour l'inspecteur penché sur son hublot, c'était le bleu laiteux des yeux d'une vieille Anglaise, tout à fait déplacé dans le vert sombre des cyprès et l'éclat argenté des oliviers.

Le moral de Rinaldo Pazzi s'élevait en même temps que l'avion. Dans son cœur, il savait qu'il n'allait pas vieillir ici, à la merci des caprices de ses supérieurs, luttant pour durer jusqu'à la retraite.

Il avait eu terriblement peur que le docteur Lecter ne disparaisse après avoir tué Gnocco. Quand il avait à nouveau aperçu sa lampe de travail allumée dans la chapelle de Santa Croce, il avait ressenti comme une rédemption. Son ennemi était toujours là, et il se croyait en sécurité.

Le meurtre du Gitan n'avait produit aucun remous dans les eaux calmes de la Questura. On avait conclu à un règlement de comptes entre drogués d'autant que, très opportunément, le sol était parsemé de seringues usagées près de son cadavre. Dans une ville où les seringues sont en vente libre, cela n'avait rien d'exceptionnel.

178

Il allait voir l'argent, donc. Il avait réclamé ce droit.

Sa mémoire, avant tout visuelle, gardait des images complètes, inaltérables : la première fois où il avait vu son sexe érigé, ou son sang couler, la première femme qui avait été nue devant lui, la masse confuse du premier poing qui l'avait atteint en pleine face. Ou encore ce jour où il était entré au hasard dans une chapelle latérale d'une église siennoise pour se retrouvez nez à nez avec sainte Catherine de Sienne, ou plutôt avec sa tête momifiée, couverte d'une guimpe blanche immaculée, qui reposait dans une châsse en forme de cathédrale.

La vue de trois millions de dollars américains produisit un effet aussi marquant sur lui.

Trois cents liasses de billets de cent, dont les numéros ne se suivaient pas.

Cela se passa dans une petite pièce austère comme une chapelle, au siège genevois du Crédit suisse, avec l'avocat de Mason Verger dans le rôle de l'officiant. L'argent apparut dans quatre caisses verrouillées et munies de plaques numérotées en cuivre, apportées sur un chariot roulant. La banque avait aussi fourni une machine à compter les billets, une balance et un employé chargé de les faire fonctionner. Pazzi le congédia. Il posa les deux mains sur l'argent, une seule fois.

C'était un enquêteur très compétent, qui avait retrouvé et arrêté des faussaires pendant vingt ans. Resté debout devant cette fortune, il écoutait les clauses que l'avocat lui récapitulait et il ne décelait aucune fausse note : s'il lui donnait Hannibal Lecter, Mason Verger lui donnerait l'argent.

Une douce chaleur l'envahit tandis qu'il parvenait à ce fantastique constat : ces gens-là ne cherchaient pas à jouer au plus fin ; Mason Verger allait vraiment le payer. Quant au sort réservé au docteur Lecter, Pazzi ne se faisait aucune illusion. La torture et une mort atroce attendaient celui qu'il s'apprêtait à vendre. Il avait au moins le mérite de la lucidité.

« Notre liberté vaut plus que la vie du monstre. Notre bonheur est plus important que son tourment. » Il formulait en lui-même ces pensées avec l'égoïsme froid des maudits. S'agissait-il là d'un « nous » emphatique, ou bien incluait-il sa femme dans sa décision ? La question est délicate, et il y a peut-être plus d'une réponse.

Dans cette pièce au dépouillement tout helvétique, immaculée comme la guimpe d'une sainte, Pazzi prononça en silence l'ultime serment, puis il tourna le dos à l'argent et fit un signe de tête à l'avocat, Mr Konie. Celui-ci compta cent mille dollars dans la première caisse et les remit à l'inspecteur.

Il parla brièvement au téléphone avant de tendre le combiné à Pazzi.

— C'est une transmission par câble, cryptée.

La voix, américaine de toute évidence, avait un rythme étrange, enchaînant les mots dans un souffle pour marquer ensuite une pause. Les consonnes explosives étaient gommées. A l'entendre, Pazzi éprouvait une sorte de vertige, comme s'il respirait avec la même difficulté que son interlocuteur.

Aucun préambule :

— Où est le docteur Lecter ?

Une liasse dans une main, le combiné dans l'autre, Pazzi ne marqua aucune hésitation :

— C'est celui qui travaille au palais Capponi, à Florence. Il est le... conservateur.

— Vous voudrez bien montrer une pièce d'identité à Mr Konie et lui repasser le téléphone. Il ne dira pas votre nom sur cette ligne, bien entendu.

Consultant une liste qu'il avait sortie de sa poche, l'avocat récita une formule codée, incompréhensible à tout autre que Mason et lui, puis rendit le combiné à Pazzi.

— Vous aurez le reste quand nous le tiendrons, vivant, annonça Verger. Vous n'aurez pas à vous emparer de lui vous-même, mais vous devrez nous indiquer sous quelle identité il se cache et nous conduire à lui. Je veux aussi toutes les informations que vous avez réunies à son sujet, sans exception. Vous retournez à Florence ce soir, n'est-ce pas ? On vous y communiquera tout à l'heure les détails d'un rendez-vous qui se tiendra dans les environs, avant demain soir. Lors de ce contact, vous recevrez des instructions de la personne qui va se charger du docteur Lecter. Cette personne vous abordera en vous demandant si vous connaissez un fleuriste. Vous répondrez que tous les fleuristes sont des escrocs. Vous m'avez bien compris ? Je vous demande de lui garantir votre pleine et entière coopération.

— Je ne veux pas de Lecter dans ma... Euh, je ne veux pas qu'il soit près de Florence quand vous...

— Je comprends votre préoccupation. Ce ne sera pas le cas, soyez sans inquiétude.

La ligne fut coupée.

En quelques minutes de paperasseries diverses, deux millions de dollars furent transférés sur un compte bloqué. Mason Verger n'avait pas pouvoir de récupérer les fonds, mais c'était lui qui pourrait les libérer au bénéfice exclusif de Pazzi lorsque celui-ci les réclamerait. Un cadre du Crédit suisse vint l'informer que son établissement lui offrirait la commission de change s'il les déposait chez eux en francs suisses par la suite, et que les intérêts cumulés à trois pour cent ne seraient perçus que sur les premiers cent mille francs. Il lui remit ensuite une photocopie de l'article 47 du *Bundesgesetz über Banken und Sparkassen,* consacré à la législation du secret bancaire. Il s'engagea à effectuer un virement immédiat à la Banque royale de Nouvelle-Écosse ou aux îles Caïmans dès que les fonds seraient débloqués, si tel était le souhait de Pazzi.

En présence d'un notaire, l'inspecteur accorda pouvoir de signature à sa femme au cas où il décéderait. Les dernières formalités accomplies, seul le cadre de la banque tendit sa main à serrer. Pazzi et l'avocat ne s'étaient pas regardés une seule fois dans les yeux, mais Mr Konie consentit à lancer un bref au revoir en quittant la pièce.

Dernière étape du voyage, l'avion de Milan à Florence se faufilant dans un orage avec la même clientèle d'hommes d'affaires à son bord, le réacteur sous le hublot de Pazzi, un rond obscur sur le ciel assombri. Tonnerre et éclairs tandis qu'ils étaient secoués au-dessus de la vieille ville, le campanile et le dôme de la cathédrale bien visibles maintenant, les lumières de la cité s'allumant dans le crépuscule hâté par la tourmente, le fracas de la foudre rappelant à Pazzi son enfance, quand les Allemands avaient fait sauter tous les ponts sur l'Arno, n'épargnant que le Ponte Vecchio. Et une image aussi soudaine et brève qu'un éclair, revue avec ses yeux de petit garçon, celle d'un sniper capturé et conduit enchaîné devant la Madone des chaînes pour prier avant d'être passé par les armes.

Descendant dans l'odeur d'ozone de la foudre, au milieu des déflagrations du tonnerre qu'il sentait se répercuter à travers la structure de l'avion, Rinaldo Pazzi, rejeton de la très ancienne famille des Pazzi, regagna sa cité ancestrale chargé de desseins vieux comme le monde.

33

Il aurait préféré maintenir sa proie du palazzo Capponi sous une surveillance de tous les instants, mais c'était impossible.

A peine rentré chez lui, encore envoûté par la vue de l'argent, Rinaldo Pazzi dut au contraire sauter dans son smoking pour aller rejoindre son épouse à un concert de l'Orchestre de chambre de Florence qu'elle attendait depuis longtemps.

Le Teatro Piccolomini, une copie réduite de la célèbre Fenice de Venise édifiée au XIXᵉ siècle, est un coffret à bijoux tout en dorures et en luxe baroque, ses chérubins défiant allègrement les lois de l'aérodynamique sur son splendide plafond.

La beauté du cadre est également un point positif pour les musiciens, qui ont souvent besoin de toute l'aide dont ils peuvent disposer.

Il est injuste, mais inévitable, que la musique doive être jugée ici selon les critères extrêmement exigeants d'une ville qui est aussi un monument artistique. Comme la plupart de leurs compatriotes, les Florentins sont en général des mélomanes avertis et ils ont parfois l'impression de manquer d'interprètes de valeur.

Au milieu des applaudissements saluant l'ouverture, Pazzi se glissa dans le fauteuil qui jouxtait celui de sa femme.

Elle lui tendit sa joue délicieusement parfumée. Il sentit son cœur se gonfler en la contemplant dans sa robe du soir assez décolletée pour libérer l'arôme enivrant qui montait de sa poitrine, avec sur ses genoux l'élégant porte-partitions de chez Gucci qu'il lui avait offert.

— Ils sont cent fois mieux maintenant qu'ils ont ce nouveau joueur de viole, souffla-t-elle dans l'oreille de son mari.

Le virtuose de la *viola da gamba*, en effet remarquable, venait d'être engagé en remplacement de son prédécesseur, exécrable instrumentiste et par ailleurs cousin du signore Sogliato qui avait mystérieusement disparu depuis quelques semaines.

Seul dans une loge au troisième balcon, impeccablement sanglé dans sa tenue de soirée, le docteur Hannibal Lecter regardait la salle à ses pieds. Son visage et le triangle de sa chemise semblaient flotter dans la pénombre encadrée de moulures dorées.

Pazzi l'aperçut quand les lumières se rallumèrent un bref instant à la fin du premier mouvement. Avant qu'il n'ait eu le temps de détourner les yeux, la tête du docteur pivota comme celle d'une effraie et leurs regards se croisèrent. Instinctivement, l'inspecteur pressa la main de son épouse avec une telle force qu'elle se tourna pour l'observer, interloquée. Dès lors, il se força à ne considérer que la scène, laissant sa paume s'imprégner de la chaleur qui émanait de la cuisse de sa femme.

A l'entracte, quand il revint vers elle après être allé lui chercher une boisson au bar, le docteur Lecter se tenait à ses côtés.

— Bonsoir, docteur Fell.

— Bonsoir, commendatore...

La tête à peine inclinée de côté, il attendit jusqu'au moment où Pazzi fut forcé de se soumettre aux présentations.

— Laura, permets-moi de te présenter le docteur Fell. Docteur, la signora Pazzi, mon épouse.

Habituée comme elle l'était à recevoir force compliments sur sa beauté, elle trouva un charme peu commun à ce qui suivit. Son mari, lui, ne partageait pas son enthousiasme.

— Merci de m'accorder cet honneur, commendatore.

Sa langue rouge, effilée, apparut en un éclair avant qu'il ne se penche sur la main de la dame, ses lèvres peut-être un peu plus proches de l'épiderme que ne le veut l'étiquette florentine, assez proches en tout cas pour qu'elle sente son souffle sur sa peau.

Il leva les yeux vers elle avant de redresser souplement sa tête.

— Je crois que vous appréciez particulièrement Scarlatti, signora.

— Oui, c'est vrai.

— Vous voir suivre la partition était très plaisant. Presque plus personne ne fait cela, de nos jours. J'espère que celle-ci pourra vous intéresser.

Du petit carton à dessin qu'il avait sous le bras, il sortit quelques feuillets parcheminés couverts de notes de musique calligraphiées.

— Elle provient du Teatro Capranica à Rome et date de 1688, l'année de composition de l'œuvre.

— *Meraviglioso !* Regarde, Rinaldo !

— Pendant le premier mouvement, j'ai noté au crayon certains passages où elle différait de la version moderne. Vous trouverez peut-être amusant de poursuivre après l'entracte ? Je vous en prie, gardez-la. Je pourrai toujours la récupérer auprès de signor Pazzi. Vous n'y voyez pas d'inconvénient, commendatore ?

Il ne quitta pas l'inspecteur du regard pendant que celui-ci formulait sa réponse :

— Si cela te dit, Laura...

Pazzi réfléchit une seconde.

— Alors, allez-vous prendre la parole devant le Studiolo, docteur ?

— Oui. Vendredi soir prochain, en fait. Sogliato est trop impatient d'assister à ma déroute.

— Je dois bientôt passer dans la vieille ville, j'en profiterai pour vous rendre la partition. Que je t'explique, Laura : le docteur Fell est obligé de donner l'aubade aux harpies du Studiolo pour qu'elles le laissent en paix.

— Je suis certaine que vous chantez très, très bien, docteur, affirma-t-elle en le couvant de ses grands yeux noirs, dans la limite de la décence, mais guère plus.

Hannibal Lecter découvrit ses petites dents blanches dans un sourire.

— Si j'avais été l'inventeur de « Fleur du Ciel », signora

Pazzi, je vous aurais offert le Diamant du Cap pour le porter avec. Eh bien, à vendredi, donc, commendatore.

Pazzi s'assura que le docteur retournait à sa loge et ne le surveillait plus du regard, jusqu'au moment où ils échangèrent un lointain salut de la main sur les marches alors qu'ils quittaient le Teatro.

— Ce parfum, « Fleur du Ciel », dit-il alors à sa femme. Je te l'ai acheté pour ton anniversaire.

— Oui, et je l'adore, Rinaldo, répondit la signora Pazzi. Tu as toujours eu un goût exquis.

34

Impruneta est une très ancienne agglomération toscane où les tuiles du Duomo furent jadis fabriquées. La nuit, son cimetière est visible à des kilomètres à la ronde depuis les résidences bâties sur les hauteurs grâce aux lampes à huile qui brûlent éternellement sur les tombes. Si la faible lumière qu'elles produisent permet aux visiteurs de trouver leur chemin parmi les morts, une torche électrique est indispensable quand on veut lire les épitaphes.

Rinaldo Pazzi arriva à neuf heures moins cinq. Chargé d'un petit bouquet qu'il prévoyait de déposer sur une stèle quelconque, il avançait sans hâte dans une allée en gravier au milieu des tombes.

Il renifla la présence de Carlo avant de le voir.

La voix s'était élevée derrière un mausolée à hauteur d'homme, voire plus :

— Vous connaissez un bon fleuriste, par ici ?

« On dirait que c'est un Sarde, analysa aussitôt Pazzi. Très bien. Il connaîtra peut-être son affaire, comme ça... »

— Tous les fleuristes sont des escrocs.

Carlo surgit brusquement sur un côté du monument en marbre, sans prendre la peine d'inspecter les alentours. Il fit à Pazzi l'effet d'un animal sauvage, petit, ramassé, plein d'énergie, les membres agiles. Il avait un gilet en cuir et une soie de sanglier ornait le ruban de son chapeau. Le policier estima qu'il avait sept bons centimètres d'avantage sur le Sarde en portée de bras, et dix en taille. Ils devaient faire à peu près le même poids. Il lui manquait un pouce, remarquat-il aussi. Retrouver son dossier à la Questura ne lui demanderait pas plus de cinq minutes.

Les deux hommes étaient éclairés du sol par les reflets changeants des lampes mortuaires.

— Sa maison est bien protégée, commença Pazzi.

— Je suis allé voir, oui. Il faut que vous me le montriez, lui.

— Il doit prendre la parole à une réunion demain soir, vendredi. Ça ne fait pas trop court pour vous ?

— C'est parfait. — Carlo avait envie de le bousculer un peu, d'établir son autorité. — Vous serez avec lui, ou bien vous avez la trouille ? En tout cas, vous devez au moins être à la hauteur de ce pour quoi on vous a payé. Vous allez me le montrer.

— Surveille ta langue, toi. Je ne volerai pas mon argent et toi non plus. A moins que tu préfères passer ta retraite à te faire tringler par les caïds à Volterra. C'est à toi de voir.

Au travail, Carlo était insensible aux insultes tout comme aux cris de douleur. Il comprit qu'il avait sous-estimé le policier et écarta les bras en un geste d'apaisement.

— Racontez-moi ce que je dois savoir.

Il se rapprocha de Pazzi. Côte à côte, ils avaient l'air de se recueillir ensemble devant le mausolée. Un couple passa derrière eux, main dans la main. Carlo retira son chapeau, ils baissèrent la tête tous les deux, puis Pazzi déposa le bouquet à l'entrée du monument. Une odeur rance montait du couvre-chef que son crâne avait chauffé. Cela sentait la saucisse préparée avec la viande d'un animal qui n'aurait pas été correctement équarri. Pazzi détourna son visage.

— Il est rapide du couteau. Il est prêt à s'en servir sous la ceinture.

— Il a un revolver ?

— Je ne sais pas. A ma connaissance, il ne s'est jamais servi d'une arme à feu.

— Je ne veux pas avoir à le sortir d'une voiture. Il me le faut dans la rue, avec pas trop de monde autour.

— Comment vous allez vous y prendre ?

— Ça, c'est mon boulot.

Carlo glissa une dent de verrat dans sa bouche et entreprit d'en mastiquer le cartilage. De temps en temps, l'incisive apparaissait entre ses lèvres.

— C'est aussi le mien. Comment vous allez faire ?

— Le sonner avec un pistolet paralysant, l'emballer dans un filet et ensuite une injection. Il faut que je me débrouille pour vérifier ses mâchoires le plus vite possible, au cas où il aurait une capsule de poison dans une couronne.

— Il doit donner une conférence à une réunion qui commence à sept heures, au palazzo Vecchio. S'il travaille demain dans la chapelle des Capponi, à Santa Croce, il partira directement de là-bas. Vous connaissez Florence ?

— Je connais, oui, et bien. Vous pouvez m'avoir un permis de circuler dans la vieille ville ?

— Oui.

— Je vais pas le choper à la sortie de l'église.

Pazzi approuva d'un hochement de tête.

— Non, il vaut mieux qu'il soit à cette réunion. Ensuite, il se passera bien quinze jours avant qu'on remarque sa disparition. J'ai une raison de retourner avec lui au palais Capponi après la conférence, donc je...

— Je vais pas le choper chez lui non plus. Il sera sur son terrain, il connaît la maison, moi pas. Il va se méfier, regarder autour de lui avant d'ouvrir sa porte. Non, il me le faut sur le trottoir, à découvert.

— Alors, écoutez un peu ! Bon, on va quitter le palazzo Vecchio par l'entrée principale, celle de la via dei Leoni sera fermée à cette heure-là. Puis on descendra via de Neri pour traverser le fleuve au Ponte alle Grazie. Sur l'autre rive, en face du musée Bardini, les arbres cachent assez les lampadaires. En soirée, c'est très calme, l'école est déserte depuis longtemps.

— D'accord, on dit en face du musée Bardini, alors. Mais si je vois une possibilité, je pourrais bien intervenir avant, plus près du palazzo Vecchio. Ou même plus tôt dans la journée si jamais il panique et cherche à s'enfuir. On sera peut-être dans une ambulance, quelque part... Vous, vous restez avec lui jusqu'à ce qu'on le sonne au pistolet, ensuite vous dégagez vite fait.

— Je veux qu'il soit loin de la Toscane avant qu'il lui arrive quoi que ce soit.

— Croyez-moi, il sera parti loin de tout. Les pieds devant...

Quand Carlo sourit à cette plaisanterie destinée à son seul usage, la dent de verrat brilla dans son rictus sardonique.

35

Vendredi matin. Une petite pièce au dernier étage du palais Capponi. Trois des murs blanchis à la chaux sont nus, le quatrième est occupé par une grande Madone de l'école de Cimabue datant du XIIIe siècle, qui paraît encore plus gigantesque dans la chambre exiguë. La tête penchée, comme un oiseau intrigué, vers l'angle inférieur occupé par la signature, la Vierge ne quitte pas de ses yeux en amande la forme endormie sous le tableau.

Le docteur Hannibal Lecter, vétéran des couchettes de prison et d'asile, est immobile sur le lit étroit, mains croisées sur la poitrine.

Ses paupières s'ouvrent et soudain il est éveillé, parfaitement lucide, alors que le rêve où lui est apparue sa sœur Mischa, depuis longtemps morte et digérée, se poursuit en continu. Danger alors, danger maintenant.

La perception du danger n'a pas plus troublé son sommeil que le meurtre du pickpocket.

Après s'être habillé, impeccable dans son costume sombre, il éteint les détecteurs de mouvement qui surveillent l'accès à l'étage des domestiques et descend dans les nobles espaces du palazzo.

Le vaste silence de ces salles en enfilade lui appartient et il doit encore se faire à cette liberté après être resté tant d'années confiné dans un sous-sol.

De même que les murs peints de fresques de Santa Croce ou du palazzo Vecchio ont une âme, l'atmosphère de la bibliothèque Capponi palpite de présences tangibles pour le docteur Lecter tandis qu'il étudie les rayonnages de manuscrits. Il choisit plusieurs rouleaux de parchemin, souffle dessus. Les particules de poussière vibrent dans un rayon de soleil comme si les morts, qui ne sont désormais que poussière, se pressaient pour lui raconter leur destin et le sien. Il s'active avec efficacité mais sans hâte inutile, rangeant quelques feuillets dans son porte-documents, regroupant des livres et des illustrations destinés à son intervention devant le Studiolo, dans quelques heures. Il y a tant de textes qu'il aurait voulu leur lire à voix haute...

Puis il allume son ordinateur portable, se connecte au serveur du département de criminologie de l'université de Milan et appelle la page d'accès au site Web du FBI, à *www.fbi.com*, comme n'importe quel particulier est en droit de le faire.

Les travaux de la commission d'enquête du département de la Justice sur le pitoyable raid antidrogue de Clarice Starling n'ont pas encore commencé et aucune date en ce sens n'a été fixée, apprend-il. Il n'a pas les codes d'accès qui lui permettraient de consulter son propre dossier au FBI mais, sur la page des « Personnes les plus recherchées », son ancien visage le fixe dans les yeux, flanqué d'un poseur de bombes et d'un incendiaire.

D'une pile de parchemins sur la table, le docteur Lecter extrait le tabloïd aux couleurs criardes. Il contemple la photo de Clarice Starling sur la première page, parcourt les traits de la jeune femme de ses doigts. La lame luisante surgit dans sa main comme si elle venait d'y pousser pour remplacer son sixième doigt. Elle porte le nom de « Harpie », elle est crantée et a la forme d'une griffe. Elle taille dans le *National Tattler* avec la même aisance que dans l'artère fémorale du Gitan. En fait, elle était rentrée et sortie si vite de la cuisse du pickpocket que le docteur Lecter n'avait même pas eu besoin de l'essuyer, ensuite.

Avec le mortel couteau, il découpe l'image de Clarice Starling qu'il colle ensuite sur un morceau de parchemin vierge.

Puis il prend un crayon et dessine avec dextérité le corps d'une lionne ailée sous la photo. Un griffon avec le visage de Starling. En bas, il écrit quelques mots de sa ronde déliée, très reconnaissable : « Pourquoi les Philistins ne vous comprennent-ils pas, Clarice, y avez-vous jamais pensé ? C'est parce que vous êtes la réponse à l'énigme de Samson : vous êtes le miel dans la lionne. »

A quinze kilomètres de là, leur voiture discrètement garée derrière un haut mur de pierres à Impruneta, Carlo Deogracias vérifiait son équipement pendant que son frère Matteo répétait des enchaînements de judo sur l'herbe moelleuse en compagnie des inséparables Sardes, Piero et Tommaso Falcione. Ces deux-là étaient rapides, et musclés. Piero avait effectué un bref passage dans l'équipe de football professionnel de Cagliari ; Tommaso, lui, avait failli être prêtre et parlait assez bien anglais. Il lui arrivait de prier avec leurs victimes.

La camionnette Fiat blanche immatriculée à Rome avait été louée très normalement. Deux panneaux avec l'inscription « Ospedale della Misericordia » attendaient d'être fixés sur ses flancs. Les parois et le plafond de la cabine arrière avaient été doublés d'épaisses couvertures de déménagement pour le cas où leur proie chercherait à se débattre.

Carlo avait la ferme intention de mener le projet exactement comme Mason le souhaitait, mais, même en admettant que l'opération tourne mal, qu'il soit contraint d'éliminer Lecter en Italie et de renoncer au tournage en Sardaigne, tout ne serait pas perdu : il se savait capable d'égorger le docteur et de lui trancher les mains et la tête en moins d'une minute. Et s'il n'en avait pas le temps, il pourrait toujours lui couper le pénis et un doigt, ce qui suffirait amplement pour un test d'ADN. Expédiés dans une poche de neige carbonique, ils parviendraient à Verger en vingt-quatre heures à peine, ce qui vaudrait à Carlo une récompense en plus de ses honoraires.

Bien rangés sous les sièges, il y avait une petite tronçonneuse, des cisailles à longs manches, une scie de chirurgien, des sacs en plastique zippés, un « Work Buddy » Black&Decker pour bloquer les bras du docteur et un colis aérien DHL prépayé, Carlo ayant estimé le poids de la tête à six kilos et celui des mains à un kilo pièce.

S'il arrivait à filmer en vidéo une exécution d'urgence, il était certain que Mason paierait une rallonge pour voir Lecter se faire égorger, et ce, même après avoir déboursé un million de dollars en échange de la tête et des mains. Dans cette hypothèse, Carlo avait fait l'acquisition d'une bonne caméra, d'un projecteur portable, d'un trépied, et avait enseigné les rudiments de leur utilisation à Matteo.

Il portait une attention aussi professionnelle à l'équipement destiné à la capture proprement dite. Piero et Tommaso étaient des experts du lancer de filet, lequel avait été plié avec le même soin qu'un parachute. Carlo avait préparé une seringue hypodermique et un pistolet paralysant chargés de doses assez massives de tranquillisant vétérinaire à l'acépromazine pour neutraliser un animal de la taille du docteur en quelques secondes. Il avait expliqué à Rinaldo Pazzi qu'il commencerait avec le pistolet, mais s'il avait l'occasion de le piquer quelque part aux fesses ou aux jambes, il n'aurait pas besoin de l'arme.

Une fois leur captif maîtrisé, ils n'auraient à rester sur le continent que quarante minutes à peine, le temps de rejoindre l'aérodrome de Pise où un avion d'urgences médicales les attendrait. La piste de Florence était plus proche, certes, mais le trafic aérien y était plus dense et un vol privé y passerait moins inaperçu.

En moins d'une heure et demie, ils seraient arrivés en Sardaigne, où le comité d'accueil du docteur était à chaque instant plus affamé.

Carlo avait tout soupesé dans sa tête aussi bien organisée que malodorante. Mason Verger n'était pas fou : les paiements avaient été prévus de telle sorte que Rinaldo Pazzi soit protégé. En fait, tuer Pazzi puis essayer de réclamer la totalité de la récompense aurait fini par coûter de l'argent à Carlo. L'Américain ne voulait surtout pas de l'agitation qu'aurait provoquée la mort d'un policier, mieux valait donc se plier à sa volonté. Il n'empêche que le Sarde sentait ses poils se hérisser quand il pensait aux résultats qu'il aurait pu obtenir avec quelques passages judicieux de sa tronçonneuse si ç'avait été lui, et non Pazzi, qui avait retrouvé le docteur Lecter.

Il essaya la machine, qui démarra du premier coup.

Après un rapide récapitulatif avec ses acolytes, Carlo sauta sur un petit *motorino* et partit vers la ville, seulement armé d'un couteau, d'un pistolet à aiguilles et d'une seringue.

Il était encore tôt quand le docteur Hannibal Lecter quitta la pestilence des rues encombrées de voitures pour entrer dans la Farmacia di Santa Maria Novella, l'un des paradis de l'odorat sur cette terre. Il resta quelques minutes la tête rejetée en arrière, les yeux clos, à s'imprégner des arômes distillés par les fabuleux produits, savons, lotions, crèmes, ainsi que par les matières premières stockées dans les salles de préparation. Le portier le reconnaissait à chaque fois, les vendeurs lui témoignaient le plus grand respect malgré les manières distantes qui les caractérisaient d'habitude. Car, si les achats du docteur Lecter n'avaient pas dû excéder la centaine de milliers de lires depuis les quelques mois où il séjournait à Florence, la sûreté du choix des essences, le raffinement des mariages qu'il avait demandés avaient comblé d'aise et d'admiration ces marchands de senteurs pour qui le nez est la vie.

C'était d'ailleurs pour garder intact ce plaisir que Lecter n'avait eu recours à d'autre rhinoplastie que des injections de collagène. Devant lui, l'air était peint d'odeurs aussi distinctes et vivaces que des couleurs, et il était capable de les superposer ou de les nuancer de la même façon que s'il avait mêlé plusieurs coloris sur un tableau.

Ici, rien ne rappelait la prison. Ici, l'atmosphère était musique. Ici, les larmes pâles de l'oliban attendaient de couler à l'unisson de la bergamote, du bois de santal, de la cannelle et du mimosa, tandis que l'ample basse continue était assurée par l'authentique ambre gris, la civette, l'huile de castor et l'essence de musc.

Pour des raisons purement anatomiques, le sens olfactif réveille la mémoire plus que tout autre.

Ici, à la Farmacia, sous la douce lumière des lustres Art déco, le docteur Lecter humait, humait de tout son nez, et il était assailli d'échos ou de bribes de souvenirs. Ici, rien ne restait de la prison. Rien, à part... Quoi ? Clarice Starling. Pourquoi elle ? Pas à cause du soupçon d'« Air du Temps » qu'il avait capté lorsqu'elle avait ouvert son sac devant les barreaux de sa cage à l'hôpital. Non, impossible. La Farmacia ne proposait pas de tels parfums. Ce n'était pas le lait corporel qu'elle utilisait, non plus. Ah... « *Sapone di mandorle* ». Le très réputé savon aux amandes de la Farmacia. Où avait-il déjà senti ce subtil arôme ? A Memphis, oui, quand elle était venue à l'entrée de sa cellule et qu'il avait effleuré le doigt de la jeune femme peu avant son évasion. Starling, alors... Un parfum dépouillé mais d'une riche texture. Coton séché au soleil puis repassé au fer. Starling, donc. Séduisante, appétissante, même. Sincère jusqu'à en devenir agaçante, morale jusqu'à l'absurde. Fine, alerte dans les limites du bon sens que lui avait légué sa mère. Mmmm...

Logiquement, les mauvais souvenirs étaient toujours liés à des odeurs déplaisantes, chez lui. Et ici, à la Farmacia, il se retrouvait sans doute aussi loin qu'il avait jamais pu s'éloigner des oubliettes nauséabondes qui béaient dans le noir sous son palais de la mémoire.

Alors, contrairement à ses habitudes, en ce vendredi maussade, le docteur Lecter fit l'emplette d'une quantité de savons, de lotions et d'huiles de bain. Il garda quelques articles avec lui et chargea la digne maison d'expédier le reste, prenant le soin de remplir lui-même les formulaires de sa ronde très particulière.

— Le Dottore aimerait-il ajouter un mot ? s'enquit la vendeuse.

— Pourquoi pas ?

Et le docteur Lecter joignit une feuille pliée au colis. C'était le dessin du griffon.

La Farmacia di Santa Maria Novella jouxte un couvent sur la via della Scala. Toujours respectueux des usages, Carlo retira son chapeau avant de se planter sous une statue de la Vierge près de l'entrée. Il avait remarqué que la pression de l'air entre les doubles portes de la Farmacia faisait s'écarter légèrement les battants extérieurs quelques secondes avant que quelqu'un ne sorte. Cet avertissement lui donnait le temps de se cacher pour surveiller la sortie de chaque client.

Quand le docteur Lecter émergea avec son mince porte-documents et un petit sac en papier, Carlo était dissimulé derrière un kiosque à cartes postales. Le docteur partit d'un bon pas mais, en passant devant la statue de la Vierge, il leva la tête, ses narines palpitèrent et il se raidit un peu.

Carlo se dit que sa réaction était peut-être une marque de dévotion. Il se demanda si Lecter était croyant, comme les aliénés le sont souvent. Qui sait, et s'il arrivait à lui faire maudire le Créateur quand il approcherait de sa fin ? Ce serait une note qui ne manquerait pas de plaire à Mason Verger. Évidemment, il faudrait épargner l'épreuve aux pieuses oreilles de Tommaso...

En fin d'après-midi, Rinaldo Pazzi écrivit une lettre à sa femme qui comportait une tentative de sonnet laborieusement composé aux premiers temps de leur liaison mais que la timidité l'avait empêché de lui offrir alors. Il y indiqua aussi les codes indispensables pour revendiquer l'argent bloqué en Suisse et ajouta dans l'enveloppe une missive qu'elle devrait adresser à Mason Verger s'il tentait de revenir sur ses engagements. Il plaça le tout à un endroit où elle ne pourrait le trouver que dans le cas où elle aurait à trier ses affaires après sa mort.

A six heures, il partit sur son *motorino* au musée Bardini, et cadenassa le scooter à la rambarde en fer où les derniers lycéens de la journée reprenaient leur bicyclette. En apercevant la fourgonnette-ambulance garée non loin, il déduisit qu'elle appartenait probablement au dispositif de Carlo. Deux hommes étaient assis à l'avant. Quand Pazzi se retourna, il sentit leurs regards dans son dos.

Il était très en avance. Les réverbères étaient déjà allumés. Il se dirigea lentement vers le fleuve, sous l'ombre propice que dispensaient les arbres du musée. Engagé sur le Ponte alle Grazie, il s'arrêta un moment pour contempler les flots paresseux de l'Arno et s'accorder une dernière occasion de penser à loisir avant d'être précipité dans l'action. La nuit allait être sombre. Tant mieux. Des nuages bas s'étiraient vers l'est, frôlant presque la pointe agressive sur le palazzo Vecchio. Une brise naissante balayait des volutes de poussière et de fiente de pigeon desséchée sur l'esplanade devant Santa Croce, où Pazzi s'apprêtait maintenant à entrer, les poches alourdies d'un Beretta 380, d'une courte matraque en cuir et d'un couteau destiné à transpercer le docteur Lecter s'il devenait indispensable de l'abattre sur-le-champ.

L'heure de fermeture publique de l'église était dépassée, mais un bedeau le laissa entrer par une petite porte latérale. Ne voulant pas lui demander si le soi-disant docteur Fell était encore au travail, il se rapprocha avec précaution pour constater de ses propres yeux. Les cierges sur les autels le long du transept lui procuraient un éclairage suffisant. Il traversa l'édifice en forme de croix jusqu'à être en mesure d'inspecter sa branche droite. Par-dessus les chandelles votives, il n'était pas facile de voir si le docteur était dans la chapelle des Capponi. Il avança encore sur la pointe des pieds, les pupilles aux aguets. Une grande ombre s'étalait dans le fond de la chapelle, qui lui coupa le souffle l'espace d'une seconde. C'était lui, penché sur sa lampe posée au sol, encore occupé à relever ses inscriptions. Soudain, il se redressa et sa tête pivota comme celle d'une effraie pour scruter la pénombre, son corps immobile éclairé d'en bas, son ombre démesurée derrière lui, puis il reprit sa taille initiale quand il se courba et se remit à sa tâche.

Pazzi sentait la sueur perler dans son dos sous sa chemise, mais la chaleur ne lui monta pas au visage.

Il restait encore une heure avant la réunion au palazzo Vecchio. Et il ne voulait pas arriver parmi les premiers à la conférence.

La sévère beauté de la chapelle que Brunelleschi a créée pour la famille Pazzi à Santa Croce en fait l'un des fleurons de l'architecture Renaissance, un espace d'exception où l'arrondi et le carré sont réconciliés. C'est une construction séparée, en dehors du sanctuaire de l'église, que l'on rejoint par un cloître voûté.

A genoux sur la pierre, sous les yeux de son sosie parmi les hauts-reliefs de Della Robbia, Pazzi pria. Il eut l'impression que le cercle des apôtres autour du plafond enserrait ses prières, les comprimait, peut-être jusqu'à ce qu'elles s'échappent dans le cloître obscur derrière lui pour monter dans le ciel ouvert et vers Dieu.

Il se força à imaginer de bonnes actions que l'argent obtenu en échange du docteur Lecter lui permettrait d'accomplir. Il se vit avec son épouse tendre quelques pièces à des mendiants, offrir quelque appareil médical complexe à un hôpital. Il vit les vagues du lac de Tibériade, qui à ses yeux ressemblaient beaucoup à celles de la baie de Chesapeake. Il vit la main rosée de sa femme autour de sa queue, la serrant avec décision pour gonfler encore le gland.

Puis il regarda autour de lui et, comme il n'apercevait personne, il s'adressa tout haut à Dieu :

— Merci, mon Père, de me permettre de retirer ce monstre, ce monstre d'entre les monstres, de la surface de Votre terre. Merci, au nom des âmes auxquelles Nous épargnerons ainsi tant de souffrance.

S'agissait-il là d'un « nous » emphatique ou bien d'une référence à un pacte conclu entre Pazzi et le Seigneur ? La question est délicate, et il y a peut-être plus d'une réponse.

Une partie de lui-même qui ne l'aimait pas lui souffla qu'il avait tué avec Lecter, que Gnocco était leur victime commune puisqu'il n'avait rien tenté pour le sauver, puisqu'il n'avait éprouvé que du soulagement quand la mort avait scellé ses lèvres.

En quittant la chapelle, pourtant, il se disait que la prière apporte un certain réconfort. Et, certes, tandis qu'il repartait sous les arches muettes, il avait la nette sensation de ne pas être seul.

Carlo, qui l'attendait sous le portique du palais Piccolomini, lui emboîta aussitôt le pas. Ils n'échangèrent que les mots indispensables.

Ils contournèrent le palazzo Vecchio pour s'assurer que l'issue sur la via dei Leoni était verrouillée, et les volets fermés aux fenêtres qui la surplombaient.

Le seul passage encore ouvert était l'entrée principale du palazzo.

— On va sortir par là, sur le perron, et ensuite on prendra via de' Neri, indiqua Pazzi.

— On sera côté Loggia, sur la place, mon frère et moi. On vous suivra à bonne distance. Les autres attendent devant le musée Bardini.

— Oui, je les ai vus.

— Eux aussi, ils vous ont vu.

— Est-ce qu'il est très bruyant, votre pistolet ?

— Pas vraiment. Pas comme un vrai. Mais vous l'entendrez quand même et l'autre va se retrouver par terre en moins de deux.

Carlo s'abstint de lui expliquer que Piero allait faire feu caché dans l'ombre des arbres, pendant que Lecter et lui seraient encore sous la lumière des réverbères. Il ne voulait pas que Pazzi trahisse une appréhension qui éveillerait la méfiance de leur proie avant même le début de l'intervention.

— Vous devez confirmer à Mason que vous l'avez eu. Ce soir même.

— Vous inquiétez pas. Cet enculé va passer la nuit à supplier qu'on le laisse lui téléphoner, à Mason !

Il observa Pazzi à la dérobée, espérant détecter de la gêne ou du dégoût.

— Au début, il va prier pour que Mason l'épargne mais, après un moment, son seul souhait, ce sera de mourir.

36

La nuit était tombée. Au palazzo Vecchio, on mettait dehors les derniers touristes attardés. En se dispersant sur la piazza, plusieurs d'entre eux, sentant encore le poids de la forteresse médiévale sur leurs épaules, ne purent s'empêcher de se retourner pour lever les yeux sur ses créneaux qui se découpaient dans le ciel comme les dents d'une lanterne d'Halloween.

Les projecteurs s'allumèrent. Ils blanchissaient la pierre brute des murs, creusaient les encoignures des fenêtres sous les hautes corniches. Alors que les hirondelles regagnaient leurs nids, les premières chauves-souris firent leur apparition, dérangées dans leur chasse par les hautes fréquences qu'émettaient les stridents outils de l'entreprise de rénovation plus encore que par la lumière.

A l'intérieur du palais, le travail de Sisyphe des restaurateurs allait se poursuivre une heure encore dans la plupart des salles, à l'exception de la salle des Lys où le docteur Lecter était en grande conversation avec le chef de chantier.

Habitué à l'impécuniosité et aux manières abruptes de la commission des Beaux-Arts, le contremaître trouva son interlocuteur à la fois très courtois et remarquablement généreux.

En quelques minutes, ses ouvriers avaient commencé à ranger leur matériel, poussant contre les murs compresseurs et ponceuses à bande afin de dégager l'accès, enroulant leurs câbles électriques et leurs filins. Bientôt, ils apportaient et installaient les chaises pliantes nécessaires à la réunion, pas plus d'une douzaine, puis ils ouvrirent en grand les portes-fenêtres pour que les odeurs de peinture et de vernis se dissipent.

Le docteur ayant réclamé un pupitre digne de ce nom, on en trouva un dans l'ancien cabinet de travail de Niccolò Machiavelli, une pièce contiguë à la salle des Lys. Il fut apporté sur un grand chariot, en même temps que le projecteur de diapositives du palazzo.

L'écran qui allait avec l'appareil, jugé trop petit par le docteur Lecter, fut renvoyé au placard. Comme il voulait projeter ses illustrations en grandeur nature, il fit un essai sur l'une des housses qui protégeaient un mur de fresques fraîchement restaurées. Une fois les fixations ajustées et les plis supprimés, il trouva le support très convenable.

Après avoir délimité son territoire en empilant plusieurs gros volumes sur le pupitre, il se planta devant la fenêtre et demeura dans cette position, dos tourné à la salle, lorsque les membres du Studiolo commencèrent à arriver dans leur complet poussiéreux et à prendre place, exprimant tacitement leur scepticisme d'experts quand ils réorganisèrent les chaises en demi-cercle, une disposition plus appropriée à un jury d'examen.

Par les vantaux altiers, le docteur apercevait le Duomo et le campanile de Giotto, noirs sur le couchant, mais non le Baptistère que Dante aimait tant à leur pied. Les spots éclairant la façade l'empêchaient de distinguer la piazza en contrebas, où ses assassins guettaient.

Pendant que les médiévistes et spécialistes du Rinascimento les plus respectés au monde s'installaient, le docteur Lecter composait dans sa tête le plan de sa communication. Il lui fallut à peine plus de trois minutes pour se préparer. Le sujet de sa conférence était « L'*Enfer* de Dante et Judas l'Iscariote ».

Tout à fait selon le goût du Studiolo pour la pré-Renaissance, il débuta par l'exemple de Pietro Della Vigna, ce Capouan logothète de la cour de Sicile à qui sa cupidité avait valu une place dans les espaces infernaux de Dante. Pendant la première demi-heure, le docteur fascina son auditoire en évoquant les intrigues bien réelles qui avaient précipité la chute du chancelier.

— Della Vigna a été emprisonné et a eu les yeux crevés pour avoir trahi la confiance de l'empereur par appât du gain, résuma-t-il, afin d'en venir au thème principal de son exposé. Dans sa descente, Dante le découvre au septième cercle de l'Enfer, celui réservé aux suicidés. De même que Judas l'Iscariote, il est mort pendu. Or Judas, Pietro Della Vigna et Ahithophel, l'ambitieux conseiller du roi Absalon, sont tous trois liés dans l'esprit de Dante par leur cupidité et par la punition qu'elle leur attira, la pendaison. Cupidité et pendaison sont un couple bien connu de la pensée antique et médiévale. Saint Jérôme, ainsi, écrit que le patronyme de Judas, Iscariote, signifie « argent » ou « prix », alors qu'Origène affirme qu'il dérive de « par étouffement » en hébreu et que son nom doit donc se lire « Judas le Suffoqué ».

De son pupitre, le docteur Lecter jeta un coup d'œil à l'entrée du salon par-dessus ses lunettes de lecture.

— Ah, commendatore Pazzi ! Bienvenue. Puisque vous êtes si près de la porte, auriez-vous l'obligeance d'éteindre les lumières ? Vous allez être intéressé, commendatore, car il se trouve déjà deux Pazzi dans L'Enfer de Dante... — Les doctes professeurs se laissèrent aller à quelques gloussements sans joie. — Nous avons en effet Camicion de' Pazzi, qui assassina un de ses parents et qui attendait d'être rejoint par un autre Pazzi... Non, pas vous, commendatore, mais Carlin, lequel devait être placé encore plus bas dans le Royaume du châtiment pour sa malhonnêteté et sa trahison des Guelfes blancs, le parti de Dante lui-même.

Une petite chauve-souris qui s'était engouffrée par une fenêtre ouverte décrivit plusieurs cercles affolés au-dessus des têtes chenues des professeurs. Typique des nuits toscanes, son intrusion resta ignorée par toute l'assemblée.

— Cupidité et pendaison, disais-je... — Le docteur Lecter avait repris sa voix de conférencier. — Associées l'une à l'autre depuis l'Antiquité, c'est ainsi qu'elles apparaissent dans maints exemples artistiques.

Il prit en main le déclencheur électrique et le projecteur s'anima, commençant à envoyer une succession rapide d'images sur le drap tendu au mur.

— Voici la première représentation connue de la Crucifixion, gravée sur une boîte en ivoire qui remonte à la Gaule du Ve siècle. Vous y voyez également la mort par pendaison de Judas, dont le visage est levé vers la branche qui le soutient. Et ici encore, sur ce reliquaire milanais du IVe siècle, ou là, un diptyque en ivoire datant du IXe siècle, Judas est pendu et il continue à regarder vers le haut !

La chauve-souris voletait contre l'écran improvisé, à la recherche d'insectes.

— Sur ce panneau des portes de la cathédrale de Benevento, Judas est représenté avec les intestins jaillissant de son corps éventré, ainsi que saint Luc, le médecin, l'a décrit dans les Actes des Apôtres. Ici, il meurt assailli par les Harpies, avec au-dessus de lui la face de Caïn dans la lune, et là il est peint par votre cher Giotto, à nouveau avec les viscères pendants. Et enfin, dans cette édition de L'*Inferno* datée du XVe, voici le corps de Pietro Della Vigna pendu à un arbre sanguinolent. Je n'ai pas besoin de souligner l'évidente similitude avec Judas l'Iscariote.

» Mais dans son génie Dante se passait aisément de toute illustration : il est capable de faire parler Della Vigna voué aux Enfers avec le rythme heurté, les consonnes sifflantes péniblement prononcées, la voix étranglée de quelqu'un dont le cou serait encore pris dans la corde. Écoutez-le se décrire quand, avec d'autres damnés, il doit traîner sa propre dépouille pour la pendre à un buisson de ronces :

» *Surge in vermena, ed in pianta silvestra :*
l'Arpie, pascendo poi delle sue foglie,
fanno dolore, ed al dolor finestra.

Les traits habituellement pâles du docteur s'empourprent quand il recrée pour le Studiolo les râles étouffés du torturé. Sur l'écran, l'image de Della Vigna et celle de Judas éventré se succèdent en alternance.

Come l'altre verrem per nostro spoglie,
ma non però ch'alcuna sen rivesta :
chè non è giusto aver ciò ch'uom si toglie.

» *Qui le strascineremo, e per la mesta*
selva saranno i nostri corpi appesi,
ciascuno al prun de l'ombra sua molesta.

» Ainsi, Dante donne un écho sonore à la mort de Judas dans celle de Pietro Della Vigna, tous deux punis des mêmes crimes de cupidité et de trahison.

» Ahithophel, Judas, votre Pietro Della Vigna... Cupidité, pendaison, autodestruction, l'appât du gain aussi destructeur que le nœud coulant. Et que dit le suicidé florentin anonyme pleurant des larmes de sang sur son sort à la fin du *canto* ?

> » *Io fei giubbetto a me delle mie case.*
> » *Je me fis un gibet de ma propre demeure...*

» Une prochaine fois, vous aimerez peut-être évoquer le fils de Dante, Pietro. Très étonnamment, il est le seul auteur ancien à avoir établi le lien entre Pietro Della Vigna et Judas à propos du Chant XIII de *L'Inferno*. Je pense qu'il serait aussi intéressant d'explorer le thème de la morsure dans l'œuvre dantesque. Ainsi du comte Ugolin enfonçant ses dents dans la tête de l'archevêque, « là où le cerveau se relie à la nuque », et du Satan aux trois gueules broyant dans chaque paire de mâchoires Judas, Brutus et Cassius, tous traîtres, à l'instar de Pietro Della Vigna.

» Je vous remercie de votre bienveillante attention.

Les érudits l'applaudirent avec enthousiasme de leurs paumes molles et parcheminées. Le docteur Lecter ne ralluma pas les lustres pour prendre congé d'eux un par un. Des livres empilés dans ses bras le dispensaient de leur serrer la main. En quittant la douce pénombre de la salle des Lys, ils semblaient encore envoûtés par cette évocation infernale.

Puis Lecter et Pazzi, restés seuls dans la grande salle, les entendirent rivaliser de commentaires dès qu'ils furent dans les escaliers.

— Diriez-vous que j'ai sauvé ma place, commendatore ?

— Je ne suis pas un spécialiste, docteur Fell, mais il est clair qu'ils ont été impressionnés. Si vous n'y voyez pas d'inconvénient, docteur, j'aimerais vous raccompagner chez vous et prendre les affaires de votre prédécesseur.

— Il y en a deux valises pleines, commendatore, et je vois que vous avez déjà une mallette. Vous allez donc tout porter ?

— Je vais demander qu'on m'envoie une voiture au palais Capponi.

L'inspecteur était prêt à insister s'il en était besoin.

— Parfait. Laissez-moi juste une minute, que je range un peu.

Pazzi approuva d'un signe de tête et s'écarta vers les fenêtres en sortant son téléphone cellulaire. Le docteur, qu'il ne quittait pas des yeux, paraissait d'une sérénité absolue. Le bruit des outils électriques au travail leur parvenait des étages inférieurs.

Il composa un numéro et, quand il eut Carlo Deogracias en ligne, il parla d'une voix distincte :

— Bonsoir, Laura. Je serai à la maison d'ici peu, *amore*.

Lecter avait remis les volumes encore sur le pupitre dans sa sacoche. Puis il se tourna vers le projecteur dont la ventilation était toujours en marche, des grains de poussière restaient en suspension dans le faisceau de l'objectif.

— Ah, mais j'aurais dû leur montrer aussi celle-là ! Je n'arrive pas à comprendre comment j'ai pu oublier.

Il glissa dans l'appareil la diapositive d'un dessin qui représentait un homme dénudé, suspendu à la corniche du palais.

— Celle-ci va vous intéresser, j'en suis sûr. Voyons si je peux obtenir une image plus nette.

Après avoir tenté quelques réglages, il s'approcha de la housse de protection. Sur le mur, sa silhouette obscure était de la même taille que le pendu.

— Vous arrivez à distinguer ? C'est l'agrandissement maximum. Tenez, c'est ici que l'archevêque l'a mordu. Et là, en dessous, il y a son nom.

Sans s'approcher du docteur, l'inspecteur alla vers l'écran. Il sentit une odeur chimique qu'il attribua sans plus y penser à quelque produit utilisé par les restaurateurs d'œuvres d'art.

— Vous arrivez à déchiffrer ? Là, « Pazzi », au milieu d'un poème satirique très cru. C'est votre ancêtre, Francesco, pendu haut et court sur la façade du palazzo Vecchio, sous ces mêmes fenêtres.

A travers le pinceau de lumière qui passait entre eux, il soutint le regard du policier.

— Pour en venir à un sujet connexe, signore Pazzi, je dois vous avouer ceci : j'envisage sérieusement de manger votre femme.

Le docteur Lecter fait tomber la lourde housse sur Pazzi. Prisonnier du tissu, ce dernier essaie de dégager sa tête, son cœur s'affole dans sa poitrine et Lecter est déjà derrière lui, l'attrape par le cou avec une force effrayante et plaque une éponge imbibée d'éther sur le drap couvrant son visage.

Rinaldo Pazzi se débat avec vigueur, mais ses bras et ses jambes sont gênés, il trébuche dans la housse et pourtant il arrive à saisir son Beretta pendant qu'ils s'affalent par terre tous les deux, il essaie de viser derrière lui malgré la toile qui l'étouffe et l'aveugle, il appuie sur la détente et la balle transperce sa cuisse tandis qu'il bascule dans un abîme en spirale...

Amortie par la housse, la détonation du petit calibre a été à peine plus audible que les coups de marteau et les départs de meuleuse aux étages en dessous. Personne ne monte les escaliers. Posément, le docteur Lecter referme les portes de la salle des Lys et pousse le verrou intérieur.

Nauséeux, suffoquant, Pazzi reprit conscience avec le goût âcre de l'éther dans la gorge et un poids sur les poumons.

Simultanément, il découvrit qu'il se trouvait toujours dans la salle des Lys et qu'il était incapable de bouger. Emballé dans la housse comme une momie, il était attaché par une corde au pesant chariot sur lequel les ouvriers avaient apporté le pupitre. Un ruban adhésif lui fermait les lèvres, un autre maintenait une compresse sur la blessure qu'il s'était lui-même infligée à la jambe.

Adossé au pupitre, le docteur Lecter songeait en le contemplant qu'il avait été lui aussi attaché pareillement sur un chariot lorsqu'ils le déplaçaient à travers l'hôpital des aliénés.

— Signore Pazzi ? Vous m'entendez ? Respirez bien à fond pendant que vous le pouvez encore et reprenez un peu vos esprits.

Ses mains s'activaient pendant qu'il parlait. Il était penché sur l'épais cordon électrique d'une lourde ponceuse à parquet qu'il avait poussée dans la salle. Bientôt, un nœud coulant fut prêt à l'extrémité du fil orange, côté prise ; le caoutchouc entourant le fil électrique émettait un petit sifflement pendant qu'il exécutait les treize tours, comme le veut la tradition. Il tira dessus pour le serrer et posa son œuvre sur le pupitre. La prise dépassait en haut du nœud.

Le revolver de Pazzi, ses liens de sûreté en plastique ainsi que le contenu de ses poches et de sa mallette attendaient à côté. Le docteur Lecter inspecta les papiers, glissa sous sa chemise le dossier des Carabinieri qui renfermait ses permis de séjour et de travail, les tirages et les négatifs où son nouveau visage apparaissait.

Et là, il y avait la partition qu'il avait prêtée à la signora Pazzi... Il s'en saisit, la tapota pensivement contre ses dents. Les narines palpitantes, il inhala avec délices, puis se pencha, son visage tout près de celui de l'inspecteur.

— Laura, si je puis me permettre de l'appeler par son petit nom... Laura semble utiliser une merveilleuse crème de nuit pour les mains. Onctueuse, non ? Froide d'abord, mais ensuite bien chaude sur ses paumes. Parfumée à l'eau de fleur d'oranger. Laura l'orange... Mmmm. Je n'ai pas eu le temps d'avaler quoi que ce soit, aujourd'hui. Tenez, le foie et les reins, là, tout de suite, ce soir : un délicieux souper. Mais le reste de la viande devra être mis à faisander une bonne semaine, si ce temps frais persiste... Je n'ai pas vu les prévisions météo, vous si ? Dois-je comprendre que c'est « non » ?

» Si vous me dites ce que j'ai besoin de savoir, commendatore, je me contenterai de partir sans savourer mon repas. La signora Pazzi sera épargnée, en d'autres termes. Je vais vous poser les questions et nous verrons bien. Vous pouvez me faire confiance, savez-vous ? Même si j'imagine que vous n'avez pas la confiance facile, à force de vous connaître vous-même...

» C'est au concert que j'ai compris que vous m'aviez identifié, commendatore. Quand je me suis penché sur la main de votre épouse, avez-vous trempé votre pantalon ? Et comme la police ne venait pas m'arrêter, j'ai conclu sans difficulté que vous m'aviez vendu. Est-ce avec Mason Verger que vous m'avez négocié ? Clignez les paupières deux fois pour « oui ».

» Ah, merci. C'est bien ce que je pensais. J'ai appelé le numéro qu'ils donnent sur son inévitable affiche, une fois, loin d'ici, juste pour l'amusement. Est-ce que ses hommes m'attendent dehors ? Je vois, je vois. Et l'un d'eux sent la saucisse de sanglier avariée, non ? Bien. Avez-vous parlé de moi à quiconque, à la Questura ? Vous n'avez cligné qu'une fois, c'est exact ? Je m'en doutais. Bon, maintenant, je veux que vous réfléchissiez un instant et que vous me communiquiez votre code d'accès au VICAP de Quantico. — Il ouvrit son couteau Harpie. — Je vais vous retirer votre bâillon pour que vous puissiez me le dire... Mais attention, n'essayez pas de crier. Vous pensez que vous pouvez vous abstenir d'appeler à l'aide ?

Sa gorge irritée par l'éther lui donnait une voix rauque :

— Je jure devant Dieu que je ne le connais pas par cœur. Je... je n'arrive pas à m'en souvenir en entier. Vous pouvez aller à ma voiture, il y a des papiers et...

Le docteur Lecter fit pivoter le chariot pour placer Pazzi en face de l'écran, sur lequel l'image de Pietro Della Vigna et celle du Judas éventré se succédèrent à un rythme hypnotique.

— Qu'en pensez-vous, commendatore ? Avec les entrailles sorties ou non ?

— Le code est dans mon agenda.

Il le feuilleta devant la figure de Pazzi jusqu'à ce qu'il le trouve, dissimulé au milieu de numéros de téléphone.

— Et on peut se connecter de n'importe où, en tant que visiteur ?

— Oui, croassa l'inspecteur.

— Merci, commendatore.

D'un coup sec, il tourna le chariot et le poussa devant les portes-fenêtres.

— Écoutez, écoutez-moi ! J'ai de l'argent, plein d'argent ! Il vous en faudra pour vous enfuir. Mason Verger ne renoncera jamais, jamais ! Vous ne pouvez pas passer chez vous prendre de l'argent, ils surveillent le palais.

Le docteur Lecter prit deux planches sur un échafaudage et les posa sur le rebord d'une porte-fenêtre pour faire passer le chariot roulant sur le balcon.

La brise était froide sur le visage de Pazzi. Il parlait de plus en plus vite :

— Vous ne sortirez jamais vivant d'ici ! J'ai de l'argent, je vous dis ! Cent soixante millions de lires en liquide ! Ou en dollars, cent mille dollars ! Laissez-moi téléphoner à ma femme. Je lui demanderai de prendre l'argent et de le mettre dans ma voiture. Elle la laissera juste devant le palais.

Lecter alla prendre le nœud coulant et l'apporta dehors. Le gros fil orange traînait derrière lui, enroulé plusieurs fois autour de la lourde ponceuse à l'autre bout. Pazzi poursuivait son monologue :

— Elle m'appellera sur mon portable dès que l'auto sera en place comme convenu. J'ai le permis de circuler sur le pare-brise, elle pourrra traverser la place jusqu'ici. Elle fera tout ce que je lui dirai ! Hé, elle fume, ma voiture ! Vous n'aurez qu'à vous pencher pour voir que le moteur tourne. Les clés seront dessus, promis !

Le docteur bascula Pazzi contre la balustrade du balcon. Elle lui arrivait à la hauteur des cuisses.

En bas, malgré les spots qui l'aveuglaient, il apercevait l'endroit où Savonarole avait été brûlé, l'endroit où lui-même s'était juré de vendre Lecter à Mason Verger. Il leva les yeux vers les nuages bas que les projecteurs coloraient d'orange et il espéra, il espéra que Dieu puisse tout de même le voir.

Mais son regard repartit dans l'atroce direction, c'était plus fort que lui, il fixait le gouffre, il fixait la mort en espérant contre toute logique que les faisceaux des spots donnent une certaine densité à l'air, qu'ils le retiennent d'une manière ou d'une autre, qu'il puisse s'accrocher aux rayons de lumière.

Il sentit le caoutchouc froid autour de son cou, le docteur Lecter debout près de lui, si près.

— *Arrivederci*, commendatore.

Un éclair de Harpie remonta devant lui, un autre coup de lame trancha les liens qui le retenaient au chariot, et il fut projeté par-dessus bord, le cordon orange filant derrière lui, le sol arrivant en trombe, la bouche libre de hurler, et dans la salle des Lys la ponceuse propulsée en avant, précipitée sur le balcon et venant s'arrêter brutalement contre la balustrade, Pazzi tiré soudain vers le haut, stoppé dans sa chute, son cou brisé et ses intestins jaillissant au-dehors.

Pazzi et son appendice de boyaux se balancent et virevoltent contre le mur râpeux du palais illuminé, il est secoué de spasmes posthumes mais il n'a pas eu le temps d'étouffer, il est mort et les projecteurs plaquent son ombre démesurée sur la façade, il oscille, devant lui ses entrailles font un mouvement de balancier plus rapide, plus court, et sa virilité pointe hors de son pantalon déchiré dans une érection de pendu.

Carlo se précipite du porche où il était caché et déboule à travers la place, Matteo derrière lui, bousculant et renversant les touristes, dont deux ont déjà leur caméra vidéo braquée sur la façade du palais.

— C'est rien que du spectacle, entend-il quelqu'un assurer en anglais dans sa course.

— Tu te charges de l'autre porte, Matteo ! S'il sort, tu le tues et tu le découpes.

Tout en courant, il s'escrime à sortir son portable de sa poche.

Il est à l'intérieur, maintenant. Les escaliers quatre à quatre, premier étage, deuxième.

Les battants du grand salon sont entrebâillés. Carlo met en joue la silhouette projetée sur le mur, comprend sa méprise, se jette sur le balcon, inspecte l'ancien bureau de Machiavel, tout cela en quelques secondes.

Il a en ligne Piero et Tommaso qui attendent toujours dans la fourgonnette en face du musée.

— Foncez chez lui, surveillez tous les accès. Butez-le et découpez-le.

Il compose en hâte un autre numéro.

— Matteo ?

Le portable de son frère a sonné dans la poche intérieure de sa veste alors qu'il se tient hors d'haleine devant l'autre sortie du palais, cadenassée. Il a déjà inspecté du regard les toits et les fenêtres obscures, vérifié la serrure du portail, une de ses mains posée sur le revolver passé dans sa ceinture.

— *Pronto !*

— C'est comment, de ton côté ?

— La porte est fermée.

— Le toit ?

Matteo lève à nouveau les yeux, pas assez vite pour voir les volets s'ouvrir à la fenêtre juste au-dessus de sa tête.

Un bruissement de tissu, un cri dans son téléphone, et Carlo est reparti. Il dévale les escaliers, trébuche sur un palier, se relève, fuse devant le gardien maintenant sorti sur le perron et le long des statues bordant l'entrée principale, tourne au coin et sprinte vers l'arrière du bâtiment, effrayant quelques couples au passage. Dans la pénombre, à toutes jambes, son portable continuant à gémir comme un petit être animé dans sa main. En face de lui, une forme enveloppée de blanc jaillit sur la chaussée, se jette dans les roues d'un scooter qui la renverse, reprend sa course aveugle, se cogne à une vitrine de l'autre côté de la ruelle, se dégage et repart, un spectre livide qui hurle « Carlo, Carlo ! ». Des taches sombres grossissent sur la toile déchirée et Carlo prend son frère dans ses bras, coupe le lien de sûreté en plastique qui retenait à son cou le tissu autour de la tête, le tissu qui n'est plus qu'un masque de sang. Il retire le drap et découvre Matteo lardé de coups féroces, au visage, sur le ventre, dans la poitrine, où l'entaille est si profonde que la blessure gargouille. Il l'abandonne le temps de se précipiter au coin de la ruelle et de scruter les alentours, puis revient à son frère.

Dans la rumeur montante des sirènes et les éclairs des gyrophares qui se réverbéraient sur la piazza della Signoria, le docteur Hannibal Lecter rajusta ses manchettes sous son veston et se dirigea vers une gelateria de la piazza dei Giudici toute proche. Des motos et des scooters étaient alignés le long du trottoir devant le glacier.

Lecter s'approcha d'un jeune homme en blouson de cuir qui venait d'enfourcher une grosse Ducati.

— Je suis dans une situation désespérée, mon garçon, déclara-t-il avec un sourire contrit. Si je ne suis pas piazza Bellosguardo dans dix minutes, ma femme va me tuer.

Il agita un billet de cinquante mille lires sous les yeux du motard.

— Voilà le prix que je donne à ma vie.

— C'est tout ce que vous voulez ? Que je vous dépose ?

Le docteur Lecter leva ses mains ouvertes.

— C'est tout.

Se faufilant dans la circulation le long des quais, la puissante machine l'emporta, courbé derrière son conducteur, qui lui avait prêté un casque encore imprégné d'un parfum féminin et d'une odeur de laque. Le motard connaissait bien sa ville. Après avoir avalé la via de' Serragli, traversé la piazza Tasso et dévalé la via Villani, il emprunta l'étroit passage le long de l'église San Franscesco di Paolo pour grimper enfin la route en lacets qui conduit à Bellosguardo, le quartier résidentiel dominant Florence sur une colline au sud. En passant entre les murs de pierre bordant la route, la moto produisait un bruit qui faisait penser à du tissu déchiré, un son agréable aux oreilles de Lecter tandis qu'il se penchait dans les tournants et supportait avec philosophie les effluves de parfum bon marché qui hantaient son casque. Il demanda au jeune homme de le déposer à l'entrée de la place, non loin de la demeure du comte Montauto, où Nathaniel Hawthorne séjourna. Le motard fourra ses honoraires dans la poche intérieure de son blouson et repartit d'où il était venu, le rugissement de la Ducati s'éteignant rapidement dans la descente.

Encore stimulé par le vent de la course, le docteur Lecter franchit d'un bon pas les quarante mètres qui le séparaient de la Jaguar noire, reprit les clés dissimulées sous le pare-chocs et mit en marche le moteur. Il éprouvait une petite irritation sur le dos de la main, provoquée par le frottement de son gant quand il avait jeté la housse sur Matteo avant de bondir de la fenêtre au rez-de-chaussée du palazzo Vecchio. Une légère application de pommade cicatrisante italienne la calma aussitôt.

Pendant que la voiture chauffait, le docteur Lecter inspecta ses cassettes de musique. Il arrêta son choix sur Scarlatti.

37

Le jet médical s'éleva au-dessus des toits de tuiles rouges et bascula vers le sud-est en direction de la Sardaigne, la tour de Pise pointant au-dessus de l'aile dans un virage plus serré que le pilote ne se le serait permis s'il avait eu un patient vivant à son bord.

La civière prévue pour le docteur Hannibal Lecter était occupée par le corps encore chaud de Matteo Deogracias. Son frère aîné était assis à côté du cadavre, ses vêtements raides de sang séché.

Il demanda à l'infirmier de mettre son casque audio sur sa tête et brancha la musique dans la cabine avant d'appeler sur son portable un numéro de Las Vegas où un transfert d'appel codé le mit en contact avec la côte du Maryland.

Pour Mason Verger, il n'y avait pas de différence entre le jour et la nuit. Il lui arrivait de dormir à toute heure et il était justement plongé dans le sommeil à ce moment-là. Toutes les lumières étaient éteintes, même celles de l'aquarium. Il reposait sur l'oreiller, son unique œil toujours ouvert comme ceux de la murène, elle aussi endormie. Aucun autre bruit que la lente respiration du poumon artificiel et le doux pétillement de l'aérateur dans l'aquarium.

Ces sons réguliers furent troublés par un autre son, une sonnerie étouffée mais insistante. La plus confidentielle de ses lignes téléphoniques. Sa main livide avança sur ses doigts tel un crabe sur ses pattes pour appuyer sur le bouton de communication. L'écouteur était placé sous l'oreiller, le micro devant son visage dévasté.

Il entendit d'abord les réacteurs d'un avion en bruit de fond et une musique sirupeuse. Une chanson italienne, *Gli Innamorati.*

— Je suis là. Dites-moi.

— Un gâchis pas possible, commença Carlo.

— Racontez.

— Mon frère Matteo est mort. Je suis à côté de lui, là. Pazzi, mort aussi. Le docteur Fell les a tués tous les deux. Il s'est barré.

Mason Verger resta silencieux.

— Vous devez deux cent mille dollars pour Matteo, reprit Carlo. Pour sa famille.

Les contrats passés par la pègre sarde prévoyaient toujours une assurance-décès.

— Je comprends.

— Ça va faire du raffut, ce qui est arrivé à Pazzi.

— Il n'y a qu'à dire qu'il n'était pas propre. Ça passera mieux, s'ils croient qu'il n'était pas net. C'était le cas ?

— A part pour ce deal, je ne sais pas. Et s'ils remontent de Pazzi jusqu'à vous ?

— Je peux m'occuper de ça.

— Mais moi, je dois m'occuper de moi ! C'est une trop grosse merde. Un inspecteur en chef de la Questura refroidi, ça dépasse mes moyens.

— Vous n'avez rien fait, non ?

— Non, on n'a rien fait, mais si jamais la Questura m'implique là-dedans... Putain de Vierge ! Ils me laisseront plus tranquille une minute. Je pourrai plus graisser la patte à personne, ni faire un pet de travers. Et Oreste ? Il savait ce qu'il devait filmer ?

— Je ne pense pas, non.

— D'ici demain, après-demain, la Questura aura pigé la véritable identité du docteur Fell. Dès qu'il va entendre les infos, il va faire la relation, Oreste. Rien qu'avec les dates.

— Oreste est grassement payé. Il est inoffensif pour nous.

— Pour vous peut-être. Seulement, il passe dans un mois devant un juge de Rome pour recel de matériel pornographique. Il a quelque chose à échanger, maintenant. Si vous n'étiez pas déjà au courant, vous avez intérêt à vous montrer plutôt ferme. Vous voulez qu'on le fasse ?

— Je vais parler à Oreste, déclara posément Mason, une voix vibrante de présentateur-radio sortie d'une face ravagée. Vous êtes toujours dans le coup, Carlo ? Vous voulez plus que jamais le retrouver, maintenant. Non ? Vous le devez à Matteo.

— Oui, mais à vos frais.

— Alors, continuez à vous occuper des bêtes. Faites-leur des vaccins contre la grippe porcine et le choléra. Trouvez des caisses de transport adéquates. Vous avez un passeport valide ?

— Oui.

— Je veux dire un « bon » passeport, Carlo, pas un machin dégotté au Trastevere.

— Il est bon, oui.

— Je reprendrai contact.

En coupant la communication dans le vrombissement monotone de l'avion, Carlo appuya par inadvertance sur une touche de numéro préenregistré. Le téléphone de Matteo se mit à sonner bruyamment dans sa main sans vie. L'appareil n'avait pas été retiré de ses doigts que la mort avait verrouillés dans leur prise. Un instant, Carlo crut que son frère allait le porter à son oreille puis, comprenant qu'il ne lui répondrait plus jamais, il se résigna à appuyer sur le bouton de fin d'appel. Ses traits se tordirent. L'infirmier dut détourner son regard.

38

L'Armure du diable, une superbe pièce datant du xve siècle, est suspendue très haut sur un mur de l'église Santa Reparata, au sud de Florence, depuis 1501. Son caractère diabolique est assuré par son casque aux cornes gracieusement recourbées telles celles d'un chamois, et par le fait que les gantelets sont montés à l'extrémité des jambières, leur forme pointue évoquant les sabots fourchus de Satan.

Selon la légende locale, le jeune homme qui la portait avait blasphémé le nom de la Vierge alors qu'il passait devant la chapelle et il s'était rendu compte ensuite qu'il n'arrivait plus à la retirer. Il resta donc prisonnier de l'armure jusqu'à ce qu'il obtînt le pardon de la Sainte Mère à force de supplications, puis l'offrit à l'église en témoignage de repentir. Elle constitue une présence impressionnante, qui a donné des preuves de son efficacité en 1942, lorsqu'un obus d'artillerie explosa dans le bâtiment.

L'armure, dont le haut est recouvert d'une couche de poussière épaisse comme du feutre, semble contempler de son perchoir le petit sanctuaire à présent que la messe s'achève. La fumée d'encens monte et s'insinue par la visière silencieuse.

Il n'y a que trois fidèles : deux femmes âgées vêtues de noir et le docteur Hannibal Lecter. Tous trois prennent la communion, quoique les lèvres du docteur se posent sur le bord de la coupe avec une certaine réticence.

Après avoir terminé la bénédiction, le prêtre disparaît. Les vieilles s'en vont. Le docteur Lecter reste plongé dans ses prières jusqu'à ce qu'il soit seul dans la nef.

De la place de l'organiste, il suffit de tendre le bras au-dessus de la rambarde pour passer entre les cornes du casque et soulever la visière empoussiérée de l'Armure du diable. A l'intérieur de la cuirasse, un hameçon fixé au bord du gorgerin retient un fil au bout duquel est suspendu un paquet, à la place qu'aurait dû théoriquement occuper le cœur. Le docteur Lecter le remonte avec précaution.

Passeports du meilleur faiseur brésilien, pièces d'identité diverses, liasses de billets, chéquiers, trousseaux de clés... Il coince ce butin sous son bras, dans son manteau.

Peu enclin au regret, le docteur Lecter déplorait pourtant de devoir quitter l'Italie. Il y avait encore tant de textes dans la bibliothèque des Capponi qu'il aurait voulu découvrir et étudier. Il aurait aimé continuer à jouer du clavecin, voire composer, un jour. Il aurait même pu faire la cuisine pour la veuve Pazzi, une fois qu'elle aurait surmonté son chagrin.

39

Tandis que le sang continuait à ruisseler du corps de Rinaldo Pazzi et tombait avec un grésillement de friture sur les projecteurs brûlants, la police florentine fit appel aux pompiers pour aller le décrocher de la façade.

Ceux-ci durent ajouter un élément à l'échelle de leur camion avant de commencer la récupération. Certains que Pazzi était mort et ne voulant comme d'habitude rien laisser au hasard, ils prirent leur temps. L'opération, délicate, consistait à repousser à l'intérieur du corps les entrailles pendantes, à envelopper le tout dans un filet et à le faire descendre au sol avec un câble.

Alors que le cadavre frôlait les mains tendues de ceux qui l'attendaient à terre, le photographe de *La Nazione* réalisa un très bon cliché, qui rappela à nombre de lecteurs les variations picturales les plus classiques sur le thème de la Déposition de Croix.

Les enquêteurs laissèrent le cordon électrique autour du cou de la victime jusqu'à ce que d'éventuelles empreintes y soient relevées, puis le coupèrent dans la boucle afin de conserver le nœud élaboré qui avait été utilisé.

Beaucoup de Florentins, convaincus qu'il s'agissait d'un suicide spectaculaire, soutenaient que Rinaldo Pazzi s'était lié les mains comme le font les prisonniers avant de se pendre, mais ils préféraient ignorer que ses pieds avaient été également attachés. La première heure qui suivit le drame, une radio locale affirma même que Pazzi s'était fait hara-kiri avec un couteau en plus de la pendaison.

La police, elle, avait immédiatement compris. Le chariot et les liens sectionnés sur le balcon, le fait que le revolver de Pazzi avait disparu, les témoins décrivant Carlo se précipitant dans le palazzo et la forme drapée s'affolant dans la ruelle, tout lui parlait de meurtre.

A ce stade, le public italien décida que l'assassin de Pazzi n'était autre qu'Il Mostro.

La Questura commença très fort en allant rechercher chez lui Girolamo Tocca, que sa condamnation précédente et sa réhabilitation tardive avaient définitivement transformé en épave. A nouveau, ils l'emmenèrent en fourgon au milieu des glapissements de son épouse, mais cette fois Tocca avait un alibi sérieux : à l'heure du meurtre, il était en train de boire un Ramazzotti dans un café, sous les yeux d'un curé. Relâché à Florence, il dut payer son ticket d'autobus pour rentrer à San Casciano.

Parallèlement, les employés du palazzo Vecchio avaient été interrogés et l'enquête s'étendit aux membres du Studiolo.

Le docteur Fell, lui, était introuvable. Le samedi midi, l'attention générale s'était reportée sur lui, la Questura s'étant rappelé que Pazzi avait été chargé d'éclaircir la disparition de son prédécesseur.

Puis une secrétaire des Carabinieri signala que Pazzi avait récemment consulté les pièces relatives à un permis de séjour. Le dossier de Fell, avec ses photographies d'identité, les négatifs et les empreintes digitales, avait été sorti sous un faux nom, inscrit au sommier de la main de Pazzi sans aucun doute. L'Italie n'avait en effet pas encore informatisé ses archives de police et les demandes de permis de séjour continuaient à être conservées localement.

Au service de l'immigration, on retrouva le numéro de passeport de Fell. Alertées, les autorités brésiliennes crièrent à la supercherie.

La police italienne, pourtant, ne soupçonnait toujours rien quant à la véritable identité de Fell. Des empreintes furent relevées sur le nœud coulant du pendu, sur le pupitre, sur le chariot et dans la cuisine du palazzo Capponi. Comme les artistes-peintres ne manquaient pas à Florence, le portrait-robot du docteur fut prêt en quelques minutes.

Le dimanche matin, heure italienne, un expert en dactyloscopie rendit son verdict dûment argumenté et circonstan cié : les empreintes trouvées sur les lieux du crime correspondaient à celles qui se trouvaient sur les ustensiles de cuisine au palais Capponi. Personne ne songea cependant à les comparer à celles reproduites sur l'avis de recherche du docteur Hannibal Lecter, affiché en bonne place au siège central de la Questura.

Le dimanche soir, les empreintes avaient été communiquées à Interpol et parvenaient évidemment au QG du FBI à Washington parmi sept mille autres recueillies à l'occasion de divers crimes à travers le monde. En passant par le système de classification automatique, celles de Florence déclenchèrent une réaction si intense qu'une alarme se déclencha dans le bureau du vice-directeur du service d'anthropométrie. Le responsable de garde vit le visage et les doigts du docteur Hannibal Lecter glisser hors de l'imprimante. Il appela son supérieur chez lui, qui téléphona à son tour au directeur, puis à Krendler.

Chez Mason Verger, le téléphone sonna à une heure et demie. L'infirme feignit un étonnement enthousiaste.

Cinq minutes plus tard, réveillé en sursaut, Jack Crawford émit quelques grognements dans le combiné avant de rouler sur le côté désert, hanté, du lit conjugal, celui que sa femme Bella avait eu l'habitude d'occuper avant sa mort. Les draps étaient plus frais, là, et il eut l'impression qu'il pouvait mieux réfléchir.

Clarice Starling fut la dernière à apprendre que le docteur Lecter avait commis un nouveau meurtre. Après avoir raccroché, elle resta un long moment étendue dans l'obscurité, immobile, avec un picotement aux yeux qu'elle ne comprenait pas et qui n'était pas des larmes. Au-dessus d'elle, parmi les ombres mouvantes, elle distinguait les traits du docteur. C'était son ancien visage, bien entendu.

40

Comme le pilote de l'avion médical ne voulait pas risquer un atterrissage de nuit sur la petite piste d'Arbatax, dépourvue de tour de contrôle, ils se posèrent à Cagliari, refirent le plein de carburant et attendirent le jour pour redécoller, remontant la côte dans un magnifique lever de soleil qui rosissait de manière trompeuse la face cadavérique de Matteo.

A l'aérodrome d'Arbatax, un pick-up chargé d'un cercueil les attendait. Le pilote contesta son salaire et Tommaso dut s'interposer pour empêcher Carlo de le gifler. Au bout de trois heures de route dans les montagnes, ils étaient de retour chez eux.

Carlo alla seul à l'abri en rondins qu'il avait construit avec son frère. Tout était en place, les caméras prêtes à filmer la mort de Lecter. Sous la charpente sortie des mains de Matteo, il se regarda dans le grand miroir rococo suspendu au-dessus de l'enclos. Il contempla les poutres qu'ils avaient sciées ensemble, revit les doigts robustes de son frère sur la scie et un cri s'échappa de lui, un cri monté de son cœur en deuil avec une telle force qu'il se répercuta dans les bois. En bas de la pâture, des têtes armées de défenses se montrèrent à travers les buissons.

Eux-mêmes frères, Piero et Tommaso le laissèrent à sa peine.

Des oiseaux chantaient dans la prairie.

Oreste Pini surgit de la maison, reboutonnant sa braguette d'une main, brandissant son téléphone cellulaire de l'autre.

— Alors vous avez raté Lecter ! Pas de veine, ça.

Carlo paraissait ne pas entendre.

— Écoute, mec, tout n'est pas perdu. J'ai Mason en ligne, là. Il raconte qu'il est preneur d'une simulation. Quelque chose qu'il pourra montrer à Lecter quand il va le choper pour de bon. Puisqu'on a déjà tout prêt... Et on a un cadavre, aussi. Mason dit que c'est juste un voyou que tu avais embauché. Il dit qu'on n'a qu'à, euh... qu'on n'a qu'à le balancer sous la clôture quand les cochons arrivent, en leur passant une cassette. Tiens, parle-lui, toi.

Carlo se retourna. Il dévisageait Oreste comme si celui-ci était tombé de la lune. Il finit par prendre le portable. Pendant qu'il s'entretenait avec Mason Verger, ses traits s'éclairèrent progressivement, une sorte d'apaisement sembla l'envahir. Puis il éteignit le téléphone d'un geste décidé.

— Allons-y. Préparez-vous.

Il adressa quelques mots à Piero et Tommaso, qui se chargèrent d'apporter le cercueil sous l'abri avec l'aide du caméraman.

— Faudrait pas qu'on ait ce machin dans le champ, intervint Oreste. Bon, on filme un peu les bestioles quand elles rappliquent et on continue.

Alertés par les mouvements autour de l'enclos, les porcs commençaient à sortir à couvert.

— *Giriamo !* cria le réalisateur.

Ils arrivaient au galop, les cochons sauvages, pelage brun et argent, hauts sur pattes, le poitrail large, les soies pendantes, se déplaçant avec une agilité de loups sur leurs sabots étroits, leurs petits yeux intelligents brillant dans leur face satanique, les muscles noueux de leur cou sous les soies hérissées de l'échine capables de soulever un homme pour que leurs défenses acérées le déchirent.

— *Pronti !* répondit le caméraman.

À jeun depuis trois jours, ils avançaient en lignes d'attaque successives, aucunement intimidés par les humains regroupés derrière la clôture.

— *Motore !* fit Oreste.

— *Partito !* hurla son assistant.

À dix mètres de l'abri, les bêtes firent halte, une masse hostile, un taillis de sabots et de défenses, la truie pleine au centre, les mâles chargeant et revenant en arrière comme la ligne d'attaque d'une équipe de football américain. Oreste calcula le cadrage idéal avec ses deux mains levées devant les yeux.

— *Azione !* cria-t-il à l'intention des Sardes.

Et Carlo arriva derrière lui et le poignarda entre les fesses, en montant, et Pini beugla de douleur, et le Sarde l'agrippa par les hanches et le précipita dans l'enclos la tête la première, et les porcs déboulèrent.

Il essayait de se relever, il était sur un genou quand la truie le frappa dans les côtes et l'envoya rouler à terre, et ils furent tous sur lui, piaillant et grondant, deux sangliers accrochés à son crâne jusqu'à ce qu'ils lui arrachent la mâchoire et se la partagent en deux comme l'on fait d'un os de poulet avant de formuler un vœu. Et pourtant il tentait encore de se remettre sur ses pieds mais il retomba sur le dos, le ventre exposé et ouvert, battant des bras et des jambes au-dessus des échines frénétiques, hurlant avec ce qui lui restait de bouche, d'où aucun mot ne pouvait plus sortir.

Une détonation obligea Carlo à se détourner du spectacle. Le caméraman avait déserté sa caméra qui tournait toujours et il courait comme un damné, pas assez vite pour échapper à la carabine de Piero.

Tous les cochons travaillaient maintenant du groin, déchirant et tirant des morceaux à eux.

— *Azione* mon cul, siffla Carlo.

Et il cracha par terre.

III

VERS LE NOUVEAU MONDE

41

Un silence craintif entourait Mason Verger. Ses subordonnés ne lui auraient pas manifesté plus d'égards s'il avait perdu un nouveau-né. A l'un d'eux qui lui demandait comment il se sentait, il répondit : « Comme quelqu'un qui vient de dépenser une masse d'argent pour un Rital refroidi. »

Après quelques heures de sommeil, il réclama qu'on amène des enfants dans la salle de jeux jouxtant ses appartements, et exprima le désir de s'entretenir avec les plus instables d'entre eux. Mais aucun enfant perturbé n'était immédiatement disponible, et son fournisseur habituel dans les bas quartiers de Baltimore n'avait pas le temps d'en déstabiliser quelques-uns à son usage.

Cette nouvelle déception digérée, il ordonna à Cordell, son assistant et infirmier personnel, de blesser des carpes d'ornement et de les jeter dans l'aquarium jusqu'à ce que la murène repue se retire dans les rochers, des débris dorés irisant l'eau teintée de rose et de gris.

Puis il tenta de chercher noise à sa sœur Margot, mais elle alla s'enfermer dans la salle de gymnastique et ignora ses appels sur le pager des heures durant. A Muskrat Farm, elle était la seule à oser le traiter de haut.

Un court extrait, soigneusement expurgé, d'une vidéo amateur montrant la mort de Rinaldo Pazzi fut diffusé aux informations télévisées du soir, le samedi, avant que le docteur Lecter n'ait été formellement identifié comme son meurtrier. Les détails anatomiques les plus saisissants étaient épargnés aux spectateurs par des mires de brouillage.

Le secrétaire de Mason appela immédiatement la chaîne pour obtenir la bande originale. Elle arriva par hélicoptère quatre heures plus tard. Sa provenance ne manquait pas de sel.

Pris de panique, l'un des deux touristes qui avaient leur caméra braquée sur la façade du palais Vecchio au moment de l'exécution de Rinaldo Pazzi n'avait pas été en mesure de filmer la chute. Le deuxième, un Suisse, était par contre resté de bois et avait enregistré toute la scène en allant même jusqu'à zoomer sur les balancements de la corde depuis le balcon.

Craignant que la police ne saisisse son document et que la RAI l'obtienne ainsi gratuitement, le caméraman amateur, un certain Viggert, fonctionnaire du bureau helvétique des brevets et licences, avait aussitôt téléphoné à son avocat à Lausanne pour établir avec lui ses droits sur la cassette. Après une batailles d'enchères, c'était ABC Television qui les avait acquis, Viggert conservant un pourcentage sur chaque diffusion. Les droits de publication pour la presse nord-américaine allèrent au *New York Post*, suivi de près par le *National Tattler*.

La bande avait immédiatement rejoint les grands classiques du voyeurisme macabre, aux côtés de la mort en direct de JFK sous l'objectif d'Abraham Zapruder, de l'assassinat de Lee Harvey Oswald et du suicide d'Edgar Bolger. Mais Viggert allait se reprocher amèrement sa précipitation lorsqu'il apprendrait que le docteur Lecter était accusé du crime...

La cassette était complète, non expurgée. Au début, on voyait la famille suisse en vacances, les enfants lorgnant avec discipline les parties viriles du *David* de l'Accademia quelques heures avant le drame.

Derrière son monocle électrique, Mason Verger considéra sans grand intérêt cette coûteuse pièce de boucherie pendue à un fil électrique. La petite leçon d'histoire servie par *La Nazione* et le *Corriere della Sera* à propos des deux Pazzi défenestrés au même endroit à cinq cent vingt ans de distance le laissa également froid. Mais ce qui le mit dans tous ses états, ce qu'il repassa encore et encore sur son magnétoscope, c'était le moment où l'objectif remontait le long du cordon jusqu'au balcon où une mince silhouette, à peine distincte dans la faible lumière venue de l'intérieur, faisait... faisait un salut. Un salut à Mason Verger. Oui, le docteur Lecter agitait négligemment la main comme lorsqu'on adresse un au revoir à un petit enfant.

— Bye-bye, répondit Mason de ses ténèbres. Bye-bye.

La voix amplifiée tremblait de rage.

42

L'implication formelle du docteur Hannibal Lecter dans l'assassinat de Rinaldo Pazzi donna à Clarice Starling l'occasion de se remettre enfin sérieusement au travail, Dieu merci. De facto, et à son modeste échelon, elle devint l'agent de liaison entre le FBI et les autorités italiennes. S'absorber à nouveau dans une tâche de longue haleine était un vrai soulagement.

Depuis la fusillade du marché aux poissons, le monde n'avait plus été le même pour Starling. Avec les autres survivants du raid, elle avait été maintenue dans une sorte de purgatoire administratif, en attente des conclusions que le département de la Justice devrait remettre à la vague sous-commission parlementaire chargée de l'enquête.

Après avoir retrouvé la radiographie du bras de Lecter, elle avait fait office de remplaçante hautement qualifiée à l'École nationale de police de Quantico, suppléant des instructeurs tombés malades ou partis en vacances.

Pendant tout l'automne et l'hiver, Washington avait été hanté par un scandale survenu à la Maison-Blanche. Les censeurs écumants dépensèrent bien plus de salive qu'il n'en avait coulé pour ce triste petit péché et le président des États-Unis dut avaler publiquement plus que sa part de couleuvres pour tenter d'échapper à la destitution.

Au milieu de tout ce cirque, l'affaire du massacre du marché de Feliciana prit vite les proportions d'une broutille à oublier au plus vite. Chaque jour, cependant, un constat accablant s'imposait un peu plus à Starling : elle n'accomplirait plus jamais son travail comme avant. Elle était marquée. Ses collègues prenaient un air méfiant dès qu'ils devaient traiter avec elle, comme si elle était affligée de quelque maladie contagieuse. Et elle était assez jeune pour se laisser surprendre et décevoir par ces réactions.

Donc, un peu d'activité était bienvenue. Les demandes d'informations sur Hannibal Lecter en provenance d'Italie affluaient à la division Science du comportement, généralement en double exemplaire, une des copies devant être transmise au département d'État. Starling y répondait avec diligence. Elle enfournait les documents concernant Lecter sur les télécopieurs ou dans des e-mails envoyés à la chaîne, non sans s'étonner de la dispersion subie par le matériel annexé pendant les sept années qui avaient suivi l'évasion du docteur.

Son petit bureau en sous-sol était envahi de papiers, de fax italiens sur lesquels l'encre bavait, de coupures de presse. En contrepartie, qu'avait-elle à offrir à ses homologues européens ? L'élément qui les emballa le plus fut la consultation du dossier Lecter sur le VICAP effectuée depuis l'unique ordinateur de la Questura quelques jours avant la mort de Pazzi. Cela permit aux journaux italiens de ressusciter la réputation de l'inspecteur en soutenant qu'il avait œuvré en secret à la capture du meurtrier afin de restaurer son honneur.

A l'inverse, se demandait-elle, quelle donnée relative au meurtre de Pazzi pourrait être utile ici, au cas où le docteur reviendrait aux États-Unis ?

Jack Crawford n'était guère présent pour la conseiller. Il passait beaucoup de temps au tribunal et, comme la date de sa retraite approchait, on lui retira nombre de dossiers encore ouverts, de sorte qu'il prenait toujours plus de congés-maladie et qu'il se montrait de plus en plus inaccessible quand il était au bureau.

L'idée qu'elle devrait bientôt se passer de son expérience lui donnait des accès de panique.

Au fil de sa carrière au FBI, Clarice Starling avait vu beaucoup de choses. Elle savait que si le docteur Lecter frappait à nouveau en Amérique du Nord, les trompettes boursouflées du pathos se mettraient à sonner sur la colline du Capitole, qu'un bruyant concert de je-vous-l'avais-bien-dit monterait du département de la Justice et que le débinage réciproque se déchaînerait, les douanes et la police des frontières étant les premières à déguster pour l'avoir laissé rentrer dans le pays.

Les autorités du comté où le crime aurait lieu exigeraient tout ce qui concernait Lecter de près ou de loin, l'antenne locale du FBI accaparerait toutes les ressources du service. Puis le docteur passerait à l'acte ailleurs et le scénario se déplacerait avec lui...

Et s'il finissait par être arrêté, les responsables s'en disputeraient la gloire tels des grizzlis autour d'une proie en sang.

La responsabilité de Starling, cependant, était de préparer l'éventualité de son retour sans se demander si ce serait le cas ou non et sans se laisser envahir par le découragement à la perspective des intrigues qui ne manqueraient pas d'entourer l'enquête.

Elle se posait une question toute simple qui aurait paru d'une confondante naïveté à tous les carriéristes qui grouillaient à Washington : comment pouvait-elle accomplir ce pour quoi elle avait précisément prêté serment ? Comment pourrait-elle protéger ses concitoyens et neutraliser le meurtrier s'il revenait ici ?

A l'évidence, le docteur Lecter disposait d'excellents papiers d'identité et de solides ressources financières. Il savait se dissimuler avec une rare intelligence. Il n'était qu'à considérer l'élégante simplicité de la cachette qu'il avait choisie sitôt après son évasion à Memphis : un hôtel quatre étoiles tout près d'une grande clinique de chirurgie esthétique de Saint Louis, dont la moitié des clients avaient les traits dissimulés sous des bandages. Eh bien, il s'était affublé de pansements, lui aussi, et il avait mené la grande vie avec l'argent d'un mort.

Quelque part dans son tas de paperasses, Starling avait encore tous ses reçus de service d'étage à Saint Louis. Des sommes astronomiques. Une bouteille de bâtard-montrachet à cent vingt-cinq dollars, par exemple. Quel goût tous ces mets raffinés avaient-ils dû avoir, après des années de tambouille carcérale...

Elle avait demandé aux Italiens une copie de tout ce qu'ils avaient trouvé à Florence. Ils avaient répondu avec empressement mais, en voyant la piètre qualité de l'impression, elle s'était dit que leur photocopieuse marchait sans doute à la suie.

Tout était dans le plus grand désordre. Dans une épaisse chemise, ses papiers personnels saisis au palais Capponi : quelques notes sur Dante, de son écriture qui était désormais si familière à Starling, un mot à l'intention de la femme de ménage, une facture de l'épicerie fine Vera dal 1926 pour deux bouteilles de bâtard-montrachet et quelques *tartufi bianchi*. Toujours le même cru, mais quelle était cette autre emplette ?

Le dictionnaire scolaire d'italien dont elle se servait lui apprit qu'il s'agissait de truffes blanches, dites du Piémont. Elle appela le chef d'un bon restaurant italien de Washington, lui demanda de lui décrire la chose et dut trouver un prétexte pour raccrocher alors qu'il s'extasiait déjà depuis cinq bonnes minutes sur leur goût incomparable.

Affaire de goût, encore. Le vin, les truffes. C'était une constante entre l'existence de Lecter aux États-Unis et sa nouvelle vie en Europe, entre son ancien personnage d'expert médical réputé et le monstre en fuite. Il avait pu changer de visage, mais non de goût. Il n'était pas le genre d'homme à se renier.

Elle abordait là un terrain sensible car c'était à propos de goût que le docteur Lecter l'avait pour la première fois piquée au vif en la complimentant sur son sac à main, mais aussi en moquant ses chaussures de grand magasin. Comment l'avait-il appelée, déjà ? Une petite pécore proprette, aguicheuse, et avec très, très peu de goût...

C'était bien là l'épine qui l'irritait toujours dans la routine quotidienne de sa vie de fonctionnaire, au milieu d'objets purement utilitaires, dans un environnement sans âme.

Parallèlement, sa foi aveugle dans la technique était en train de mourir, laissant la place à autre chose. Oui, elle s'était lassée de cette religion commune aux professionnels du danger. Affronter revolver au poing un délinquant armé ou se battre au corps à corps avec lui suppose la conviction qu'une technique parfaite, un entraînement constant vous garantiront l'invicibilité. C'est une erreur, notamment quand les armes à feu commencent à parler : vous pouvez mettre plus de chances de votre côté, certes, mais si vous vous retrouvez souvent sous les balles, l'une d'elles finira par vous tuer, tôt ou tard.

Starling l'avait vérifié de ses propres yeux.

Ainsi donc, sur le point de renier la religion de la technique, vers quoi pouvait-elle se tourner ?

Dans les épreuves et dans la répétition usante des jours, elle avait commencé à regarder la forme des choses, à se fier aux réactions viscérales qu'elles provoquaient en elle sans chercher à les évaluer ou à les limiter par des mots. C'est à peu près à ce stade qu'elle remarqua qu'elle ne lisait plus les journaux de la même façon. Auparavant, elle aurait lu la légende avant de regarder une photo. Plus maintenant. Parfois, il lui arrivait de ne plus prêter la moindre attention à la légende.

Pendant des années, elle avait feuilleté les magazines de mode en se cachant presque, avec la même culpabilité que s'il s'était agi de matériel pornographique. Désormais, elle était prête à admettre que ces images stimulaient en elle un appétit de vivre, une soif de sensations. Dans sa structure mentale galvanisée par les luthériens contre la rouille corruptrice, elle avait l'impression d'être en train de s'abandonner à une délicieuse perversion.

Avec le temps, elle aurait fini par concevoir la même stratégie, mais la vague qui montait en elle l'aida à y parvenir plus vite, la poussa vers l'idée que le goût de Lecter pour ce qui était rare, réservé à un marché limité, pourrait bien être la nageoire dorsale du monstre, celle qui coupait la surface des flots et le rendrait repérable.

En comparant des listes de clients sur son ordinateur, elle était susceptible de tomber sur l'une ou l'autre de ses identités d'emprunt. Pour cela, elle avait besoin de connaître avec précision ses préférences. Ses goûts. Elle devait arriver à mieux le connaître que quiconque au monde ne l'avait jamais connu.

« Qu'est-ce qu'il apprécie, d'après ce que je sais de lui ? La musique, le vin, les livres, la bonne cuisine. Et il m'apprécie, moi... »

Le premier pas dans la formation du goût consiste à accepter de se fier à sa propre opinion. En matière de gastronomie, de musique ou de vin, Starling ne pouvait se référer qu'aux habitudes déjà avérées du docteur, à ce qu'il avait consommé dans le passé, mais il y avait un terrain sur lequel elle était au moins son égale : les voitures. C'était une passion, chez elle. Il suffisait de voir sa Mustang pour le comprendre.

Avant d'être démasqué, le docteur Lecter avait eu une Bentley « supercharge ». Avec un compresseur volumétrique et non un turbocompresseur : un équipement réalisé à la demande, muni d'un groupe motopropulseur à déplacement positif de type Rootes qui n'avait pas le temps de latence et les à-coups d'un turbo. Mais le marché des Bentley sur mesure était si étroit qu'il prendrait un risque certain s'il y revenait, conclut-elle rapidement.

Alors, quel modèle achèterait-il, maintenant ? Elle comprenait, elle « éprouvait » la sensation qu'il recherchait au volant. La puissance d'un moteur V8 encore augmentée, le couple maintenu bas et constant, la compression linéaire... Que choisirait-elle elle-même sur le marché actuel ?

Sans hésitation aucune, une Jaguar XJR « supercharge ». Par télécopie, elle demanda aux concessionnaires de la marque sur les deux côtes du continent de lui adresser un relevé hebdomadaire de ventes.

Et puis, quoi d'autre ? Qu'est-ce que le docteur Lecter aimait et que Starling connaissait bien, très bien ?

« Il m'apprécie, moi... »

Avec quel empressement il avait réagi au malheur qui s'était abattu sur elle, même compte tenu du délai imposé par le transit de sa lettre par un service de postage. Dommage que la piste de la machine à affranchissement ait tourné court : elle était tellement facile d'accès que n'importe quel escroc aurait pu s'en servir.

En combien de temps le *National Tattler* parvenait-il en Italie ? C'était par cette gazette qu'il avait appris ses ennuis. Un numéro avait été retrouvé au palais Capponi. Est-ce que la feuille à scandale avait un site Web ? Mais en admettant que le docteur Lecter ait eu un ordinateur en Italie, il aurait pu également lire le compte rendu de la fusillade sur le site public du FBI. Que pourrait révéler un portable utilisé par Lecter ?

Aucun appareil informatique n'était indiqué dans la liste des affaires personnelles saisies par la police italienne à Florence. Et pourtant, elle se souvenait d'avoir vu quelque chose. Elle ressortit les photos de la bibliothèque où il avait travaillé à Florence. Là, c'était le magnifique bureau sur lequel il lui avait écrit sa lettre. Et dessus, il y avait bien un ordinateur portable. Un Philips. Sur les images suivantes, il avait disparu.

Armée de son petit dictionnaire, elle peina à préparer une télécopie à l'intention de la Questura de Florence :

Fra le cose personali del dottor Lecter, c'è un computer portàbile ?

Et ainsi, à petits pas, Clarice Starling commença à poursuivre Hannibal Lecter dans le labyrinthe de ses goûts. A petits pas, mais avec plus d'assurance dans sa démarche qu'elle n'était tout à fait en droit d'en éprouver.

43

Cordell, l'assistant de Mason Verger, reconnut immédiatement l'écriture sur l'enveloppe à en-tête de l'hôtel Excelsior,
Florence, Italie. Elle ressemblait en tout point à l'échantillon
qu'il gardait dans un cadre sur son bureau.

A l'instar d'un nombre grandissant d'Américains fortunés
à l'ère de l'Unabomber et de ses lettres piégées, Verger disposait d'un écran de contrôle fluorescent similaire à ceux
dont les bureaux de poste US sont équipés.

Après avoir enfilé des gants, Cordell entreprit l'examen.
Les rayons ne détectèrent ni fils, ni batteries. Conformément
aux instructions très précises de Mason, il photocopia la lettre et l'enveloppe en manipulant l'original avec des pincettes, puis changea de gants avant de prendre la copie et de
l'apporter à son employeur.

La missive était rédigée dans la ronde inimitable du docteur Lecter :

Cher Mason,

Je vous remercie d'avoir placé une prime aussi énorme sur
ma tête. Je serais ravi que vous l'augmentiez encore : en matière
de dispositif de première alerte, c'est encore mieux qu'un radar.
De telles sommes poussent les représentants de la loi de tous les
pays à oublier leur devoir et à s'agiter derrière moi pour leur
propre compte, avec les résultats que vous savez.

En fait, je vous écrivais surtout pour vous rafraîchir la
mémoire sur un sujet qui doit vous être cher : votre ancien nez.
Dans l'interview si touchante que vous avez accordée l'autre jour

au *Ladies' Home Journal*, votre contribution à la lutte contre la drogue, vous soutenez que vous avez donné, en même temps que le reste de votre visage, cet appendice en pâture à Skippy et Spot, les deux clébards qui frétillaient à vos pieds. Inexact : vous l'avez mangé vous-même, en guise d'en-cas. A en juger par le bruit que vous avez alors produit en le mastiquant, j'oserais avancer qu'il devait avoir la consistance croustillante du gésier, et d'ailleurs, vous vous êtes exclamé à ce moment-là : « Ça a exactement le goût du poulet ! » Pour ma part, j'ai déjà entendu ce son dans des bistros parisiens, lorsqu'un convive français attaque une salade de gésiers confits.

Vous ne vous en souvenez pas, Mason ?

A propos de poulet, vous m'avez raconté au cours de votre thérapie qu'au temps où vous pervertissiez les enfants défavorisés durant vos camps d'été, vous avez découvert que le contact du chocolat vous donnait des irritations à l'urètre. Vous avez oublié ce détail aussi, n'est-ce pas ?

Ne croyez-vous pas probable que vous m'ayez alors fait toutes sortes de confidences que vous ne vous rappelez plus ?

Il y a une similitude frappante entre Jézabel et vous, Mason. Fervent lecteur de la Bible que vous êtes, vous savez bien sûr qu'elle eut la face puis le reste du corps dévorés par les chiens après que les eunuques l'eurent jetée par la fenêtre.

Vos gens auraient très bien pu m'assassiner en pleine rue. Mais vous me vouliez vivant, exact ? Au parfum que dégageaient vos sbires, il est facile de deviner quelle petite sauterie vous me réserviez. Ah, Mason, Mason... Puisque vous semblez tant tenir à me voir, laissez-moi vous offrir une promesse réconfortante. Et vous savez que je tiens toujours parole.

Donc : avant que vous ne mouriez, vous me verrez en face de vous.

Sincères salutations,

Dr Hannibal Lecter.

P-S. : Je me demande seulement si vous vivrez assez longtemps pour cela, Mason. C'est inquiétant. Vous devez absolument éviter les nouvelles formes de pneumonie qui se développent en ce moment. Prostré comme vous l'êtes — et comme vous allez le rester —, vous êtes un sujet à risque. Je recommanderais une vaccination immédiate, complétée d'une immunisation contre les hépatites A et B. Je n'ai pas du tout envie de vous perdre prématurément.

Mason Verger paraissait quelque peu suffoqué à la fin de sa lecture. Il attendit, attendit, et, quand il s'en sentit capable, il parla à Cordell, sans que celui-ci distingue un seul mot.

En se penchant sur le malade, l'assistant-infirmier fut récompensé par une salve de postillons lorsque Verger répéta son ordre :

— Trouvez-moi Paul Krendler au téléphone. Et appelez aussi le maître-porc.

44

L'assistant de l'inspecteur général de la Justice américaine, Paul Krendler, arriva à Muskrat Farm à bord de l'hélicoptère qui livrait quotidiennement la presse étrangère à Mason Verger.

Si la présence inquiétante de cet homme et l'antre obscur habité par sa respiration mécanique et sa murène sans cesse en mouvement avaient déjà de quoi le mettre mal à l'aise, Krendler dut aussi supporter ad nauseam la vidéo de la mort de Pazzi.

A sept reprises, d'affilée, il lui fallut regarder la famille Viggert en contemplation devant le *David* de Michel-Ange, puis le policier plonger dans le vide et ses entrailles jaillir de son ventre. A la septième fois, il s'attendait presque à voir David perdre les siennes aussi.

Enfin, la vive lumière de la réception s'alluma au seuil de la chambre de Mason. La chaleur du spot faisait déjà luire le crâne de Krendler sous sa maigre chevelure coupée en brosse.

Comme il était un Verger, et donc un expert hors pair en tours de cochon, Mason aborda directement ce que son visiteur attendait de lui. Avec un débit haché par le poumon artificiel, il commença dans l'obscurité totale qui entourait son lit :

— Je n'ai pas besoin d'entendre... tout un boniment... Combien d'argent il faut ?

Krendler aurait voulu s'entretenir en tête à tête avec Mason, mais ils n'étaient pas seuls dans la pièce : une silhouette aux larges épaules, terriblement musclée, se découpait en noir sur les lueurs verdâtres de l'aquarium. La perspective de mener une telle conversation devant un garde du corps le rendait nerveux.

— J'aurais préféré que, euh, nous ne soyons que tous les deux. Ça vous dérangerait de demander à ce monsieur de sortir ?

— C'est ma sœur, Margot. Elle peut rester.

Elle sortit de l'ombre. Les jambes de sa culotte de cycliste bruissaient à chaque pas.

— Oh, je suis désolé ! bredouilla Krendler, à moitié levé de sa chaise.

— 'Jour.

Au lieu de serrer la main que lui tendait Krendler, cependant, elle prit deux noix dans le bol qui était posé sur la table et les serra dans son poing jusqu'à ce que les coquilles cèdent avec un craquement sec. Puis elle reprit sa place dans le clair-obscur devant l'aquarium et se mit probablement à manger les noix. Krendler entendit les débris tomber sur le sol.

— Ooookay, fit Mason Verger. On vous écoute.

— Pour éjecter Lowenstein de la vingt-septième circonscription, dix millions de dollars sont un minimum, d'après moi. — Krendler croisa les jambes, les yeux fixés quelque part dans le noir sans savoir si son interlocuteur pouvait le voir, lui. — J'ai besoin de cette somme rien que pour les médias. Mais je vous garantis qu'il a son point faible, et comment ! Je suis bien placé pour le savoir.

— Et c'est quoi ?

— Disons simplement que sa conduite n'est...

— C'est quoi ? Le fric ou le cul ?

Krendler ne se sentait pas à l'aise de prononcer un mot pareil en présence de Margot, même si son frère, apparemment, trouvait cela très normal.

— Euh, c'est qu'il est marié et qu'il entretient depuis longtemps une relation avec un juge de la cour d'appel de son État. Qui a prononcé plusieurs verdicts favorables à certains de ses sponsors. Simple coïncidence, probablement, mais si les télés décident de le coincer là-dessus, il ne me faudra rien de plus.

— Ce juge, c'est une femme ? interrogea Margot.

Krendler fit oui de la tête puis, se rappelant que Mason ne le voyait peut-être pas, il répondit :

— Une femme, oui.

— Dommage ! Ç'aurait été encore mieux s'il avait été une « tante »... Pas vrai, Margot ? En tout cas, vous ne pouvez pas balancer la merde vous-même. Il est exclu que ça vienne de vous.

— On a concocté un plan qui permet aux électeurs de...

— Vous ne pouvez pas balancer la merde vous-même, répéta Verger.

— Je peux juste me débrouiller pour que l'inspection judiciaire s'intéresse à lui. Une fois que ça atteindra Lowenstein, ça lui restera collé dessus. Vous voulez dire que vous êtes prêt à m'aider ?

— Avec la moitié, c'est possible.

— Cinq ?

— N'expédions pas une somme pareille avec ce « cinq » désinvolte. Disons plutôt, avec tout le respect que ça mérite, cinq... millions... de dollars. Le Seigneur m'a béni avec cet argent et avec cet argent j'accomplirai Sa volonté. Vous ne palperez que si Hannibal Lecter me tombe entre les mains, clair et net.

Il attendit le temps de quelques bouffées artificielles.

— Si c'est le cas, vous deviendrez Monsieur le député Krendler de la vingt-septième circonscription électorale du Congrès, net et clair. Et je ne vous demanderai jamais rien de plus que de vous opposer à leur législation pleurnicharde sur l'abattage des animaux. Mais, si le FBI repère Lecter, si les flics l'attrapent et s'il s'en tire avec la mort par injection, vous pouvez m'oublier tout de suite.

— Je ne peux rien faire s'il se fait inculper au niveau local. Ou en admettant que la bande de Crawford ait un peu plus de chance et le coince, c'est au-delà de mon influence, ça.

— Dans combien d'États qui appliquent la peine de mort le docteur Lecter pourrait-il être inculpé ?

La voix de Margot était pointue et cependant aussi grave que celle de son frère, avec toutes les hormones qu'elle avait prises pendant des années.

— Trois. La peine capitale pour homicides multiples, à chaque fois.

— S'il est arrêté, je veux qu'il soit jugé au niveau d'un

État, prononça Mason. Pas d'histoires de kidnapping, ni de violation des droits civiques, ni de polémiques entre juridictions, rien du tintouin habituel. Je veux qu'il s'en sorte avec la perpétuité dans une prison d'État, pas dans un QHS fédéral.

— Je dois vous demander pourquoi ?

— Non, à moins que vous ne vouliez que je vous le dise. Ça ne tombe pas sous le coup de la loi sur l'abattage sans douleur, ça !

Après un bref gloussement, Mason se tut. Épuisé d'avoir tant parlé, il adressa un signe de tête à Margot qui s'avança dans la lumière, un porte-notes à la main, les yeux braqués sur le papier qu'elle avait devant elle.

— Nous voulons tout ce que vous obtiendrez dans cette affaire, et nous voulons voir ces informations avant qu'elles ne soient transmises à la division Science du comportement. Nous voulons voir tous les rapports qu'ils produisent, eux, ainsi que les codes d'accès au VICAP et au Centre d'information nationale sur la criminalité.

— Vous devrez téléphoner d'une cabine publique à chaque fois que vous accéderez au VICAP, remarqua Krendler en continuant à s'adresser aux ténèbres, comme si cette femme à la carrure d'athlète était transparente. Comment est-ce possible, pour vous ?

— C'est possible pour moi, intervint Margot.

— Elle le peut, oui, chuchota la créature dans le noir. Elle écrit des programmes d'exercices pour les machines de salles de gym informatisées. C'est son petit business à elle, qui lui permet de ne pas vivre aux crochets de son « frère chéri »...

— Le FBI a un système Intranet, en partie codé. Il faudra vous connecter par un serveur hôte, je vous préciserai lequel, et télécharger sur un portable préprogrammé au département de la Justice. Si le VICAP vous balance un cookie à votre insu et vous repère avec, ils penseront que c'est normal. Conclusion, achetez-vous un bon portable avec un modem ultra-rapide, en cash, dans une grande surface, et sans renvoyer la garantie, bien entendu. Prenez un lecteur zip, également. N'allez pas sur Internet avec cet appareil. Je vous le prendrai un soir jusqu'au lendemain pour la programmation, et quand vous aurez fini il faudra que vous me le donniez. Je vous recontacte. Bon, voilà, on a tout vu.

— Non, mon cher, on n'a pas vraiment « tout » vu. Lecter n'est pas forcé de réapparaître. Il a assez d'argent pour rester caché toute sa vie.

— Comment il a fait ? s'étonna Margot.

— Il avait des gens très riches dans sa clientèle, quand il exerçait la psychiatrie, lui expliqua Krendler. Il les a persuadés de le couvrir d'espèces ou d'actions et il a tellement bien caché tout ça que les impôts n'ont jamais pu retrouver quoi que ce soit. On a exhumé le corps de quelques-uns de ses mécènes, pour voir s'il les avait tués. Rien de probant. Pas de traces d'empoisonnement, rien.

— Donc il ne va pas se faire coincer en dévalisant une banque, résuma Mason. Il a du cash à foison. Ce qu'il faut, c'est l'attirer hors de sa cachette. Réfléchissez aux moyens possibles.

— Il va découvrir qui a essayé de l'avoir à Florence, remarqua Krendler.

— Évidemment.

— Conclusion : il va vouloir se venger de vous.

— Je ne sais pas. Il m'aime bien comme je suis. Réfléchissez, Krendler.

Mason Verger ne parla plus. Il fredonnait tout bas un air, sans prendre congé de son visiteur, lorsque celui-ci s'en alla. C'était une de ses habitudes, chantonner des hymnes religieuses pendant qu'il concevait un plan.

« Tu te crois déjà riche, Krendler, tu es ferré, mais on en reparlera quand tu te seras compromis en déposant une grosse somme à la banque. Quand tu m'appartiendras. »

45

C'est maintenant une réunion de famille dans la chambre de Mason Verger. Frère et sœur en tête à tête.

Lumière tamisée, musique. Rythmes d'Afrique du Nord, oud et percussions. Margot est installée sur le canapé, assise tête baissée, les coudes sur les genoux. Elle pourrait très bien être une lanceuse de marteau après l'effort ou une haltérophile marquant une pause pendant son entraînement au gymnase. Sa respiration est à peine plus rapide que le poumon artificiel de Mason.

Quand la mélopée s'achève, elle se lève et va à son chevet. La murène glisse sa tête hors du trou dans la roche reconstituée pour voir si ce soir des carpes vont encore pleuvoir de son ciel argenté et mouvant. La voix rêche de Margot a toute la douceur dont elle est capable :

— Tu es réveillé ?

En une seconde, il est là, attentif derrière son œil qui ne se ferme jamais.

— Alors, c'est le moment de parler... — un souffle mécanique — ... de ce qu'elle voudrait, Margot ? Viens, viens t'asseoir sur les genoux de Papa Noël.

— Tu sais parfaitement ce que je veux.

— Dis-le.

— On veut avoir un enfant, Judy et moi. On veut que ce soit un Verger, notre vrai enfant.

— Pourquoi ne pas t'acheter un petit Chinois ? Ils sont encore moins chers que les porcelets.

— Oui, c'est une bonne action. On pourrait faire ça, aussi.

— Ce que dit le testament de Papa, c'est quoi, déjà ? « En cas d'héritier vivant, dont la filiation avec moi sera attestée par le laboratoire de marquage cellulaire ou un test d'ADN équivalent, celui-ci recevra l'entièreté de mes biens après le décès de mon fils tant aimé, Mason. » Mon fils tant aimé, Mason : c'est moi, ça. Et ensuite ? « En l'absence d'une telle descendance, le seul et unique bénéficiaire sera la Convention baptiste du Sud, avec des dispositions spécifiques pour l'université Baylor de Waco, Texas. » A force de bouffer de la chatte, tu l'avais vraiment mis en colère, Papa.

— Tu ne vas peut-être pas me croire, Mason, mais ce n'est pas pour l'argent... Enfin, si, un peu, mais enfin, tu ne voudrais pas avoir un héritier ? Ce serait aussi le tien, tu sais ?

— Pourquoi ne pas te trouver un gentil garçon et lui ouvrir tes jambes, Margot ? Ce n'est pas que tu ignores comment on fait, quand même...

La musique marocaine reprend, l'insistance obsédante de l'oud accompagnant la frustration montante chez la sœur.

— Je me suis esquintée, Mason. Avec tous ces machins que j'ai pris, je me suis bousillé les ovaires. Et puis, je veux que Judy participe à ça. Elle a envie d'être la mère porteuse. Mason, tu avais dit que si je t'aidais... Tu m'avais promis ton sperme !

Les doigts arachnéens de Mason tâtonnent sur le drap.

— Eh bien, vas-y, sers-toi. S'il y en a encore, évidemment.

— Écoute, Mason, il y a toutes les chances pour que ta vitalité spermatique soit encore suffisante, on pourrait se débrouiller pour prélever sans douleur et...

— « Prélever » ma « vitalité spermatique » ? Hé, on dirait que tu as déjà parlé à quelqu'un du métier, toi.

— J'ai pris l'avis d'un spécialiste, oui, et ça reste totalement confidentiel. — Même dans la lumière froide de l'aquarium, les traits de Margot s'adoucirent. — On pourrait vraiment très bien s'occuper de cet enfant, Mason. On a suivi des cours d'éducation parentale, toutes les deux. Et Judy vient d'une famille nombreuse très tolérante. Et il y a une association qui aide les couples de femmes avec enfants. Et...

— Tu savais me faire jouir, du temps où on était gosses. Tu me faisais cracher comme un lance-roquettes, même. Et sacrément vite, aussi.

— Du temps où on était gosses, toi, tu me brutalisais,

Mason. Tu me faisais mal sans cesse, tu m'as démis le coude pour m'obliger à... Maintenant encore, je ne peux pas dépasser les quarante kilos avec le bras gauche, dans mes exercices.

— Eh bien, tu n'avais qu'à l'accepter, ce chocolat. J'ai dit qu'on allait parler de ça, petite sœur. Dès que cette affaire sera réglée, pas avant.

— Accepte au moins un test, là. Le médecin peut prélever sans douleur un échantillon de...

— Pourquoi « sans douleur » ? Je ne sens plus rien, de toute façon. Tu pourrais me le sucer jusqu'à en perdre le souffle, ce serait égal. Et ça ne se passerait pas comme la première fois. Non, j'ai déjà demandé à des gens de me le faire et le résultat, c'est zéro.

— Le médecin peut faire un prélèvement sans douleur, .juste pour voir si la mobilité des spermatozoïdes est suffisante. Judy a déjà commencé à prendre des œstrogènes, on surveille ses cycles, il y a un tas de préparatifs à respecter...

— En toutes ces années, je n'ai pas encore eu le plaisir de faire sa connaissance, à Judy. D'après Cordell, elle a les jambes arquées. Depuis combien de temps vous êtes en... « couple », toutes les deux ?

— Cinq ans.

— Pourquoi tu ne l'amènes pas un peu ici ? On pourrait peut-être... trouver un moyen ensemble, disons.

L'ultime claquement de la derbouka laisse un silence vibrant dans les tympans de Margot. Elle se penche sur son frère.

— Pourquoi tu ne ferais pas tout seul ta petite connection avec le département de la Justice ? lui demande-t-elle tout bas. Pourquoi tu n'essayerais pas d'aller dans une cabine publique avec ton portable de merde ? Pourquoi tu n'embaucherais pas encore d'autres Ritals à la con pour attraper enfin le type qui t'a transformé la tronche en pâtée pour chiens ? Tu avais dit que tu m'aiderais, Mason !

— Et je le ferai. Quand, c'est à ça que je dois réfléchir.

Elle brise deux noix dans sa paume et fait tomber les coquilles sur le drap.

— OK, mais ne réfléchis pas trop longtemps, Monsieur Beau Sourire.

Quand elle sortit en trombe, sa culotte de cycliste chuinta comme de l'eau sur le point de bouillir.

46

Ardelia Mapp se mettait aux fourneaux quand l'envie lui en prenait et le résultat était toujours remarquable. Appartenant à une tradition culinaire à la fois jamaïcaine et gullah, elle avait décidé ce jour-là de préparer un poulet à la créole, et elle était en train d'épépiner un gros poivron qu'elle tenait délicatement par la tige. Comme elle refusait par principe de payer plus cher pour des volailles prédécoupées, elle avait chargé Starling de se mettre à la planche avec un hachoir.

— Si tu laisses les morceaux entiers, ils ne s'imprégneront pas des épices aussi bien... — Ce n'était pas la première fois qu'elle lui faisait la remarque. — Tiens, regarde.

Elle lui prit le couperet des mains et fendit un bout de carcasse avec une telle énergie que des éclats d'os volèrent sur son tablier.

— Comme ça... Et ces cous, là, tu ne pensais quand même pas les jeter, j'espère ? Remets-moi ce délice par ici, toi.

Elles s'activèrent une minute en silence, puis Mapp reprit la parole :

— Je suis allée à la poste, aujourd'hui. Envoyer des chaussures à Maman.

— J'ai dû y passer, moi aussi, j'aurais pu m'en charger.

— Et tu n'as rien entendu de spécial, là-bas ?

— Hein ? Non.

Son amie hocha la tête. Elle n'était pas surprise.

— On me raconte que ton courrier est surveillé.

— Par qui ?

— Instruction confidentielle de l'inspection fédérale. Tu n'étais pas au courant, si ?

— Non.

— Alors débrouille-toi pour l'apprendre d'une autre façon. Inutile de créer des ennuis à mon petit copain postier...

— D'ac.

Elle posa le hachoir, les sourcils froncés.

— Ça alors, Ardelia...

Quand elle avait fait la queue au comptoir pour acheter des timbres, elle n'avait rien remarqué de spécial dans l'expression des employés, des Noirs en majorité, qu'elle connaissait déjà pour la plupart. A l'évidence, quelqu'un avait voulu l'aider, mais le risque de poursuites judiciaires et de perdre sa retraite était très réel. Et il était aussi clair que ce quelqu'un avait préféré confier le secret à Ardelia plutôt qu'à elle. Au milieu de son inquiétude, elle ressentit un pincement de joie à constater que la communauté afro-américaine venait de lui faire une fleur. C'était peut-être un verdict de légitime défense dans la fusillade avec Evelda Drumgo qui avait ainsi été tacitement rendu...

— Maintenant, tu prends ces oignons verts, tu les écrases avec le manche de ton couteau et tu me les donnes. Tu me réduis bien tout en purée, hein ?

Sa tâche achevée, Starling se lava les mains et alla s'asseoir dans le salon d'Ardelia, où régnait comme toujours un ordre impeccable. Sa colocataire surgit quelques instants plus tard en s'essuyant les doigts dans un torchon.

— Alors c'est quoi, ce bordel ? lança Ardelia.

Elles avaient l'habitude de jurer copieusement avant d'aborder un sujet particulièrement déplaisant, une manière postmoderne de se donner du courage.

— Comme si je savais... Qui c'est, le fils de pute qui ouvre mon courrier ? C'est ça, la question.

— L'inspection fédérale, c'est trop haut pour mes potes.

— Ce n'est pas à cause d'Evelda, j'en suis sûre. S'ils surveillent mes lettres, ça ne peut être qu'en rapport avec le docteur Lecter.

— Mais tu leur as toujours donné ce qu'il t'envoyait, bon sang ! Là-dessus, tu es totalement en règle avec Crawford.

— Et comment ! Si c'est la CDP de chez nous qui m'a à

l'œil, je pourrai le savoir. Si c'est celle du Département, c'est beaucoup moins simple.

Le département de la Justice et le FBI, qui est placé sous son autorité, disposent de deux commissions de déontologie professionnelle distinctes, censées coopérer entre elles mais parfois opposées par des conflits d'intérêts. Dans le jargon du milieu, on dit que les deux organismes se livrent alors un concours à qui pissera le plus loin et que les agents qui se font attraper dedans risquent fort de prendre une douche. Par ailleurs, l'inspecteur général de la Justice, une fonction éminemment politique, peut à tout moment apparaître et reprendre sous son aile une affaire jugée trop délicate.

— S'ils sont au courant que Lecter prépare quelque chose, s'ils pensent qu'il n'est pas loin, ils doivent te le dire, ils doivent te permettre de te protéger. Dis-moi, Starling, ça t'arrive de... de le sentir pas loin de toi ?

— Non. Il ne m'inquiète pas vraiment. Enfin, ce n'est pas de l'inquiétude, à proprement parler. Il m'est arrivé de rester très longtemps sans penser à lui. Tu vois cette sensation de poids qu'on a quand on redoute quelque chose, comme du plomb, toute grise ? Eh bien, je n'ai jamais eu ça, même pas. Je me dis simplement que s'il y avait un problème je le saurais.

— Mais qu'est-ce que tu « ferais », Starling ? Qu'est-ce que tu ferais si tu te retrouvais en face de lui ? Comme ça, tout d'un coup ? Tu t'y es préparée, dans ta tête ? Tu dégainerais ?

— Aussi vite que je peux me le sortir du falze, je lui dégaine dans le cul, oui.

Ardelia éclata de rire.

— Oui, et après ?

Le sourire de Starling s'effaça.

— Ça dépendrait de lui.

— Tu pourrais le flinguer ?

— Si c'est pour garder mes abattis à leur place, tu crois quoi ? Bon Dieu, j'espère bien que ça n'arrivera jamais, Ardelia. En fait, je serais contente qu'il retourne en taule sans que personne d'autre ne trinque... Lui y compris. Quoique, je vais te confier quelque chose : des fois, je me dis que si jamais je le coince je voudrai lui donner sa chance.

— Tu rigoles ou quoi ?

— Avec moi, il pourrait s'en sortir vivant. Je ne lui tirerais pas dessus parce que j'aurais peur de lui, moi. Ce n'est pas un loup-garou. Donc, ça ne dépendrait que de lui.

— Comment, tu n'as pas peur ? Tu aurais intérêt à avoir un peu la trouille, ma vieille !

— Tu sais ce qui flanque la trouille, Ardelia ? C'est quand quelqu'un te dit la vérité. J'aimerais qu'il arrive à éviter la peine de mort. S'il s'en tire et qu'il est placé dans un établissement spécialisé, il présentera assez d'intérêt scientifique pour qu'on le traite correctement. Et il n'y a aucun risque qu'on lui impose d'autres types dans sa cellule... S'il était en taule, là, maintenant, j'irais le remercier pour sa lettre. On ne peut pas liquider un gus assez dingue pour dire la vérité.

— Ouais. En tout cas, il y a bien une raison qui leur fait éplucher ton courrier. Ils ont un mandat et il est sous scellés quelque part. Bon, on n'est pas encore sous surveillance, ici. On s'en serait rendu compte. Mais ces enculés, savoir qu'il est dans le coin et ne pas te le dire, je ne leur pardonnerais jamais... Tu te rancardes demain.

— Mr Crawford nous aurait prévenues, lui. Ils ne peuvent pas monter grand-chose contre Lecter sans le mettre dans le coup.

— Jack Crawford, c'est du passé, Starling ! Sur ce point, tu te fais vraiment des illusions. Et s'ils étaient en train de monter quelque chose contre *toi* ? Parce que tu as une grande gueule, parce que tu n'as pas laissé Krendler te sauter ? Si quelqu'un cherchait à t'éliminer ? Hé, je suis encore plus sérieuse, maintenant, pour ce qui est de couvrir ma source à la poste !

— On peut faire quoi, pour ton petit copain ? Est-ce qu'on doit faire quoi que ce soit, d'ailleurs ?

— Ah, et qui vient dîner tout à l'heure, d'après toi ?

— Oh, pigé, Ardelia, pigé ! Mais attends une seconde, je croyais que c'était moi, l'invitée.

— Tu peux prendre une assiette et l'emporter chez toi.

— Trop gentil.

— Pas de quoi, ma doudou. Ça me fait plaisir, franchement...

47

Quand elle était petite, Starling avait quitté une cahute dont les bardeaux grinçaient sous le vent pour les solides murs de briques de l'orphelinat luthérien.

Le logis le plus délabré de sa prime enfance avait tout de même une cuisine bien chauffée où elle pouvait partager une orange avec son père. Mais la Mort sait où se trouvent les humbles maisons, où habitent les gens qui risquent leur vie pour un maigre salaire. C'est d'une semblable demeure que son père partit au volant de son vieux pick-up pour effectuer la patrouille de nuit qui lui fut fatale.

Starling s'était enfuie de chez ses tuteurs sur une jument promise à l'abattoir, pendant qu'ils étaient occupés à tuer des agneaux. L'orphelinat avait été une sorte de refuge et depuis lors elle s'était sentie en sécurité au sein de structures institutionnelles, logiques, inébranlables. Les luthériens connaissaient mieux Jésus-Christ que la chaleur ou les oranges, certes, mais chez eux le règlement était le règlement, et il suffisait de s'y plier pour avoir la paix.

Tant qu'elle n'avait eu qu'à s'affirmer dans des concours anonymes ou dans le travail sur le terrain, Starling avait su qu'elle pourrait occuper sa place sans problème. Mais elle n'était pas douée pour les intrigues de bureau et en ce matin où elle sortit de sa Mustang d'occasion à Quantico, la haute façade du siège du FBI n'était plus l'enceinte rassurante derrière laquelle elle avait cru trouver son havre. Dans l'air trouble qui flottait sur le parking, même les portes d'entrée paraissaient distordues, peu fiables.

Elle voulait parler à Jack Crawford, mais elle n'avait pas le temps : la reconstitution à Hogan's Alley allait commencer dès que le soleil serait assez haut.

L'enquête sur le « massacre du marché aux poissons » exigeait en effet une répétition des faits sur la piste de tir de Quantico, filmée de bout en bout, chaque coup de feu et chaque trajectoire de balle soigneusement décortiqués. Starling devait tenir son rôle dans cette mise en scène.

La camionnette banalisée qu'ils avaient utilisée ce jour-là était en place, les impacts rebouchés grossièrement au mastic sur la carrosserie. Une fois, dix fois, ils sautèrent du véhicule. Une fois, dix fois, l'agent qui incarnait John Brigham s'effondra face contre terre tandis que celui qui jouait Burke se tordait sur le sol. Accompagnée des bruyantes détonations des balles à blanc, la fastidieuse pantomime laissa Starling épuisée quand elle s'acheva vers midi.

Après avoir rangé son équipement SWAT, elle alla trouver Jack Crawford dans son bureau.

Elle n'était plus prête à l'appeler Jack, désormais. Quant à lui, il paraissait de plus en plus distant et taciturne avec tout le monde.

— Vous voulez un Alka-Seltzer, Starling ? fit-il, lorsqu'il la vit sur le seuil.

Crawford était un adepte assidu des placebos les plus divers, ainsi que des comprimés de ginkgo biloba, des pastilles digestives et de l'aspirine pour nourrissons. Il avalait les cachets réunis en combinaisons immuables dans sa paume en rejetant la tête en arrière comme s'il buvait un verre cul sec.

Au cours des dernières semaines, il avait pris une autre habitude : retirer sa veste en arrivant au bureau pour enfiler un cardigan que Bella, sa femme défunte, lui avait jadis tricoté. Il paraissait beaucoup plus âgé que les souvenirs que Starling avait de son père.

— Quelqu'un ouvre une partie de mon courrier, Mr Crawford. Il s'y prend comme un pied, d'ailleurs. On croirait qu'il décolle les enveloppes au-dessus d'une bouilloire.

— Votre courrier est sous surveillance depuis que Lecter vous a écrit.

— Ils passent les paquets aux rayons, oui. Ça, d'accord,

mais je peux lire mon courrier personnel toute seule. Et personne ne m'a prévenue.

— Ce n'est pas notre CDP qui fait ça.

— Ni le receveur de la poste, Mr Crawford. C'est quelqu'un d'assez haut placé pour avoir un mandat d'interception article 3 sous le coude.

— Et pourtant on dirait du travail d'amateur.

Elle resta silencieuse assez longtemps pour qu'il ajoute :

— C'est mieux que vous vous en soyez rendu compte de cette manière, hein, Starling ?

— Oui, Mr Crawford.

Il hocha la tête avec un petite grimace.

— Bon, je vais voir.

Il prit le temps de réaligner ses flacons de comprimés dans le tiroir de sa table.

— Je vais en parler à Carl Schirmer, au département de la Justice. On va tirer ça au clair.

Schirmer était sur un siège éjectable : d'après ce qui se disait, il prendrait sa retraite avant la fin de l'année. Tous les vieux amis de Crawford étaient sur le départ.

— Merci, Mr Crawford.

— Alors, il y a des éléments prometteurs, dans vos élèves flics ? Quelqu'un à qui le service de recrutement devrait parler ?

— Chez les médecins légistes, je ne peux pas encore dire. Dès que c'est un crime sexuel, ils font les timides avec moi. Mais il y en a qui sont de sacrément bonnes gâchettes.

— On en a déjà bien assez, de ça...

Il lui lança un rapide regard.

— Euh, je ne disais pas ça pour vous.

Après une journée passée à reconstituer la mort de John Brigham, Starling alla rendre visite à sa dernière demeure au cimetière d'Arlington.

Elle posa une main sur la pierre encore rugueuse et soudain elle eut sur ses lèvres la sensation très nette du contact de son front glacé comme le marbre et auquel la poudre donnait la même texture râpeuse quand elle l'avait embrassé dans son cercueil en glissant dans sa paume, sous son gant

252

blanc, la dernière médaille qu'elle avait obtenue au championnat de tir de combat.

A présent les feuilles tombaient, jonchant le sol peuplé de morts. La main toujours plaquée sur la pierre, Starling parcourut des yeux ces hectares de tombes en se demandant combien d'êtres tels que Brigham avaient été gaspillés par l'aveuglement, l'égoïsme et la perfidie de vieux hommes fatigués.

Que vous croyiez en Dieu ou non, Arlington est un lieu sacré si vous savez que la vie est un combat. Et ce n'est pas mourir qui est tragique, c'est d'avoir été sacrifié en vain.

Les liens qui l'unissaient à Brigham n'étaient pas moins forts parce qu'ils n'avaient jamais été amants. Un genou à terre près de sa dernière demeure, elle se rappela qu'il lui avait demandé quelque chose, et qu'elle avait dit non, puis qu'il lui avait proposé qu'ils soient amis, en toute sincérité, et que cette fois elle avait répondu oui, de tout son cœur.

Agenouillée dans le cimetière d'Arlington, elle pensa à la tombe de son père, très loin. Elle ne s'y était pas recueillie depuis le jour où elle était allée lui annoncer qu'elle avait obtenu son diplôme. Elle se demanda si le moment était venu d'y retourner.

Derrière les branches noires d'Arlington, le crépuscule était de la même couleur que l'orange qu'elle avait partagée avec son père. Une lointaine sonnerie de clairon la fit frissonner. Le marbre était froid sous sa main.

48

Nous pouvons l'apercevoir à travers notre haleine qui se condense dans l'air glacé, dans la nuit claire au-dessus de Terre-Neuve. Un point lumineux qui s'accroche à la constellation d'Orion puis s'éloigne lentement. Un Boeing 747 cingle face au vent, en route vers l'ouest.

Au dernier pont à l'arrière, là où sont parqués les groupes de touristes, les cinquante-deux participants au voyage « Magie du Vieux Monde », un circuit de onze pays effectué en dix-sept jours, rentrent les uns à Detroit, les autres à Windsor, au Canada. Cinquante centimètres pour les épaules, autant pour les hanches entre les accoudoirs : deux de plus que n'en avaient jadis les esclaves pendant la traversée vers l'Amérique.

Gavés de sandwichs gelés au jambon gluant et au fromage en tube, les passagers respirent les vents de leurs voisins dans l'air parcimonieusement brassé, variation moderne sur le principe du recyclage des eaux usées mis au point par les gros éleveurs de bétail et de porcs dans les années 50.

Au centre de la cabine arrière, avec des enfants de chaque côté de lui et une femme tenant un bébé dans son giron au bout de la rangée du milieu, le docteur Hannibal Lecter endure en silence. Après tant d'années de barreaux et de camisoles de force, il n'aime rien moins que le confinement. Sur les genoux de son petit voisin, une console de jeux informatiques émet des bips incessants.

Comme beaucoup d'autres voyageurs éparpillés à travers la cabine, il porte un badge jaune vif, une face de lune sou-

254

riante avec la mention CAN-AM TOURS en lettres rouges. A l'instar du touriste moyen, il est vêtu d'un faux survêtement de sportif connu, celui-ci orné du sigle des « Feuilles d'érable », l'équipe de hockey sur glace de Toronto. Sous cet accoutrement, une quantité respectable de billets de banque est scotchée à son corps.

Il a participé aux trois derniers jours du voyage organisé après avoir acheté sa place à une agence parisienne spécialisée dans la revente de billets annulés à la dernière minute : l'homme qui devait occuper son siège est reparti pour le Canada entre quatre planches, son cœur ayant flanché pendant l'ascension des escaliers du dôme de la basilique Saint-Pierre.

En arrivant à Detroit, il va devoir affronter le contrôle des passeports et le passage de la douane. Il est certain que les agents de tous les grands aéroports du monde occidental ont été mis en garde à son sujet, que sa photographie est accrochée au mur de tous les box, ou qu'elle attend d'être affichée par une simple commande sur tous les écrans d'ordinateur des services de douanes et d'immigration. Et, malgré tout, il estime avoir une chance raisonnable de passer : il est très possible que la photo dont les autorités disposent soit celle de son ancien visage. Le passeport qu'il a utilisé pour entrer en Italie n'a pas de dossier correspondant, puisque c'était un faux. Là-bas, Rinaldo Pazzi avait essayé de se simplifier la vie et de complaire à Mason Verger en s'emparant du dossier du « docteur Fell » chez les Carabinieri, avec les photos et les négatifs nécessaires à l'établissement de ses permis de séjour et de travail. Après les avoir retrouvés dans la mallette de Pazzi, Lecter les a détruits, bien entendu.

A moins que l'inspecteur italien n'ait photographié le soi-disant Fell à son insu, il n'y a donc guère de probabilités que la nouvelle apparence de Lecter soit reproduite quelque part sur la planète. Non pas que son visage ait tant changé, en fait : un peu de collagène injecté autour du nez et dans les joues, une coupe de cheveux différente, des lunettes. Mais la différence est suffisante si rien n'attire l'attention sur lui. Quant à la cicatrice à la main gauche, il a appliqué un fond de teint résistant et une crème de bronzage teintée dessus.

Il s'attend à ce que les passagers soient répartis en deux files à l'arrivée, titulaires d'un passeport américain et « autres ». Il a choisi Detroit parce que la file des « autres » sera importante, puisqu'il s'agit d'une ville frontalière. Les Canadiens pullulent dans son avion, d'ailleurs. Le docteur pense qu'il pourra passer inaperçu au milieu du troupeau tant que celui-ci voudra bien de lui. Il s'est plié à la visite de quelques sites historiques et musées avec eux, il a toléré la promiscuité dans la cabine bondée, mais il y a tout de même des limites : partager le brouet infâme qu'offre cette compagnie aérienne lui est impossible.

Les yeux rouges et les pieds douloureux, fatigués de leurs vêtements sales et de leurs compagnons d'infortune, les touristes piochent dans leur sachet-repas, ouvrant leur sandwich pour en retirer la feuille de salade noircie par le froid.

Soucieux de se fondre dans l'anonymat, il attend que les autres aient achevé leur désolant souper, se soient bousculés devant les toilettes et, pour la majeure partie d'entre eux, aient sombré dans un sommeil hagard. Loin à l'avant, un film usé rampe sur l'écran. Immobile, le docteur Lecter patiente avec le flegme d'un python. A côté de lui, le garçon s'est endormi sur son appareil. D'un bout à l'autre du gros avion, les lampes de lecture se meurent une à une.

C'est seulement maintenant, après un coup d'œil furtif à la ronde, qu'il tire de sous le siège devant lui un élégant carton jaune à filets marron de chez Fauchon, fermé par deux rubans soyeux aux couleurs assorties. Pour son dîner, le docteur Lecter a prévu un pâté de foie gras truffé au délectable parfum et des figues d'Anatolie dont la tige sectionnée pleure encore des larmes sucrées, ainsi qu'une demi-bouteille d'un saint-estèphe qu'il apprécie depuis longtemps. Le nœud souple cède dans un chuchotement de soie.

Il s'apprête à savourer d'abord une figue. Il la porte à la bouche, les narines palpitant de son arôme, il se demande s'il va l'engloutir d'une seule et délicieuse bouchée ou en prendre une moitié, quand la console de jeux émet son couinement, une fois, deux fois. Sans tourner la tête, il dissimule la figue dans sa paume et baisse son regard sur le petit. Des effluves de truffe, de foie gras et de cognac s'échappent de la boîte.

Le gamin renifle, museau levé. Ses yeux étroits, brillants comme ceux d'un rongeur, se braquent sur la collation du docteur Lecter. Quand il rompt le silence, c'est avec la voix perçante d'un enfant habitué à revendiquer contre ses frères :

— Hé, m'sieur ! Hé, m'sieur !

Il est prêt à continuer autant qu'il faudra.

— Oui, quoi ?

— C'est ça qu'ils appellent un repas spécial ?

— En aucun cas.

— Alors c'est quoi que vous avez, là-dedans ? — Il regarde maintenant son voisin d'un cri enjôleur. — Vous m'en donnez un bout, hein ?

— Ce serait avec plaisir, rétorque le docteur Lecter tout en notant que sous la grosse tête de l'enfant son cou n'est pas plus épais qu'un filet de porc, mais tu n'aimerais pas. C'est du... foie

— De la saucisse de foie, génial ! Maman dira rien. Hé, Mmmaaaan !

L'insupportable mioche. Ça aime la saucisse de foie et ça ne sait que geindre ou hurler.

La femme chargée de son bébé au bout de la rangée se réveille en sursaut. Les passagers du rang précédent, qui avaient incliné leur dossier jusqu'à ce que leur cuir chevelu soit à portée d'odorat du docteur Lecter, jettent un regard excédé dans l'infime espace laissé entre les sièges.

— On voudrait bien dormir un peu, ici !

— Mmmaaaan, j'peux avoir un peu de son sandwich ?

Le nourrisson, lui aussi tiré du sommeil, se met à pleurnicher. La mère glisse un doigt dans le fond de sa couche et, constatant que le test est négatif, lui fourre une tétine entre les lèvres.

— C'est quoi que vous pensiez lui donner, vous là-bas ?

— Du foie, madame, répond-il aussi bas que possible. Et je ne lui ai rien donné du...

— La saucisse de foie, j'adore, j'en veux ! Il a dit que j'pouvais en prendre !

Le dernier mot s'éternise en plainte lancinante.

— Si vous donnez quelque chose à mon garçon, m'sieur, je peux voir ce que c'est ?

Une hôtesse aux traits engourdis par un somme interrompu se campe devant la femme, dans les piaillements continus du bébé.

— Tout se passe bien, ici ? Vous désirez une boisson ? Il y a un biberon à réchauffer ?

La mère en sort un de son sac, le tend à l'hôtesse de l'air, puis elle allume sa lampe individuelle et, tout en tâtonnant à la recherche d'un téton sous ses habits, elle apostrophe le docteur Lecter :

— Vous voulez me passer ça par là ? Si vous proposez quelque chose à mon garçon, je veux le voir d'abord. Vous vexez pas, hein, mais il a un ventre qui lui joue des tours.

Nous n'avons pas de scrupules à confier notre progéniture à de complets étrangers quand nous les envoyons à la garderie, mais dans le même temps notre culpabilité nous conduit à manifester une agressivité paranoïaque à l'encontre d'inconnus et à cultiver la peur chez nos petits. A une époque comme la nôtre, un monstre authentique doit prendre des précautions à cet égard, même s'il s'agit d'un monstre aussi indifférent aux enfants que le docteur Lecter.

Sans un mot, il fait passer le carton de chez Fauchon à la mère.

— Hé, il est joli, ce pain ! remarque-t-elle en le tâtant avec le doigt qui venait d'inspecter la couche.

— Je vous en prie, madame, servez-vous.

— J'veux pas l'*alcool*, en tout cas ! s'exclame-t-elle en guettant les rires chez ses voisins. Je savais pas qu'ils vous laissaient en emporter avec vous dans l'avion. C'est quoi, du whisky ? Et vous avez le droit de le boire comme ça, ici ? Par contre, j'garderais bien le ruban, si vous le voulez pas.

— Vous ne pouvez pas ouvrir une bouteille de boisson alcoolisée à bord, monsieur, intervient l'hôtesse. Je vais la garder pour vous, vous la demanderez en débarquant.

— Bien sûr, bien sûr. Merci.

Le docteur Lecter était en mesure de s'abstraire **de** son environnement. Tout glissait sur lui. Les bips de la console de jeux, les ronflements et les pets n'étaient rien en comparaison des hurlements infernaux qu'il avait connus dans les quartiers de haute sécurité. Et son siège n'était pas plus inconfortable qu'une camisole de force. Alors, comme tant de fois dans sa cellule, il rejeta la tête en arrière, ferma les yeux et se retira dans le calme apaisant de son palais de la mémoire, un édifice qui recèle plus de beauté que de laideur.

Pendant un court instant, le cylindre de métal qui lutte contre le vent accueille entre ses flancs un palais de mille pièces. Et de même que nous lui avions rendu visite au palazzo des Capponi un soir, nous le suivrons maintenant dans son château mental...

L'entrée principale est constituée par la chapelle normande de Palerme, à la beauté sévère, hors du temps, où le seul rappel de la fragilité de l'homme est le crâne gravé dans le sol. Sauf lorsqu'il est très pressé de puiser des informations dans son palais de la mémoire, le docteur Lecter aime s'arrêter là et admirer cette splendide architecture. Au-delà, profonde et complexe, sombre ou lumineuse, s'étend la vaste construction de son être, passé et à venir.

Le palais de la mémoire, procédé mnémotechnique bien connu des savants antiques, a permis de préserver de multiples connaissances tout au long de l'ère de déclin où les Vandales brûlaient les livres. Comme les érudits qui l'ont précédé, le docteur Lecter conserve une énorme quantité d'informations liées à chaque ornement, chaque ouverture et chacune des mille pièces de son édifice, mais contrairement à eux il lui réserve encore une autre fonction : il part y vivre de temps à autre. Il a passé des années parmi ses collections d'art raffinées, alors que son corps restait attaché dans la cellule dont les barreaux d'acier vibraient telles les cordes d'une harpe infernale sous les cris des prisonniers.

Même selon les critères médiévaux, le palais d'Hannibal Lecter est immense. Dans l'univers tangible, il rivaliserait en taille et en complexité avec le Topkapi d'Istanbul.

Nous le rejoignons quand les souples mules de sa pensée glissent dans la galerie des Saisons. L'édifice est construit selon les principes découverts par Simonide et développés quatre siècles plus tard par Cicéron : l'air y circule librement sous ses hauts plafonds, il est peuplé d'objets et de tableaux intenses, étonnants, choquants et même absurdes parfois, souvent d'une grande beauté, exposés et éclairés avec le soin qu'y mettrait le conservateur de musée le plus exigeant. Toutefois, les murs n'ont pas les couleurs neutres d'une salle d'exposition : comme Giotto, le docteur Lecter a décoré de fresques les parois de son esprit.

Il a décidé de prendre l'adresse personnelle de Clarice Starling en passant, mais il a le temps, alors il marque une pause au pied d'un monumental escalier où s'élèvent les bronzes de Riace, ces grands guerriers attribués au ciseau de Phidias et exhumés des fonds marins au large de la Calabre à notre époque, pièces maîtresses d'un espace couvert de peintures murales qui pourraient raconter tout Homère et tout Sophocle.

Quant au docteur Lecter, il serait capable de faire parler la langue de l'Étolie aux lèvres de bronze s'il en avait envie, mais aujourd'hui il a seulement le désir de les contempler.

Mille pièces, des kilomètres de couloirs, des centaines de faits attachés à chaque objet, c'est un agréable répit qui l'attend à chaque fois qu'il décide d'effectuer une retraite ici.

Mais il y a au moins un point sur lequel nous nous retrouvons avec lui : sous les voûtes de notre cœur et de notre cerveau, le danger guette. Toutes les alcôves ne sont pas accueillantes, baignées de lumière et d'air frais. Comme celui d'un donjon médiéval, le sol de notre esprit est parsemé de trous béants, oubliettes fétides qui sont des puits d'oubli, justement, geôles taillées dans le roc en forme de bouteille renversée, avec la trappe au fond. Rien ne s'échappe d'eux pour nous soulager discrètement. Il suffit d'un mouvement de terrain ou de quelque trahison de nos gardiens pour que des étincelles de mémoire enflamment les gaz toxiques et que ce qui était jeté là depuis des années s'envole en tous sens, prêt à détoner dans des explosions de douleur et à nous pousser à de dangereuses extrémités...

Alors, empreints d'une crainte émerveillée, nous le suivons tandis qu'il parcourt d'un pas vif et léger le corridor des souvenirs où flotte la senteur des gardénias, dans la présence intimidante des grandes sculptures et la lumière des tableaux.

Il oblique à droite devant un buste de Pline l'Ancien et monte l'escalier qui conduit à la galerie des Discours, une salle tapissée de statues et de peintures disposées dans un ordre précis, bien séparées les unes des autres et éclairées avec soin, suivant les recommandations de Cicéron.

Ah... La troisième niche à droite en partant de la porte est entièrement occupée par un portrait de saint François offrant un lépidoptère à un étourneau. Par terre, devant le tableau, une composition grandeur nature en incrustations de marbre. Approchons. C'est une parade militaire au cimetière d'Arlington. Elle est ouverte par Jésus, trente-trois ans, au volant d'un camion Ford Model-T de 1927. A l'arrière de ce vieux tacot, J. Edgar Hoover, le fameux directeur du FBI de 1924 à 1972, se tient debout, en tutu de danseuse, saluant de la main la foule qu'on imagine au fond. Derrière eux marche Clarice Starling, un fusil Enfield 308 à l'épaule.

Le docteur Lecter semble content de la revoir. Starling : « étourneau », en anglais. Il y a déjà longtemps qu'il s'est procuré son adresse personnelle en contactant l'association des anciens élèves de l'université de Virginie. C'est dans cette scène qu'il la conserve et maintenant, pour son seul plaisir, il se remémore les coordonnées de son appartement : 3327 Tindal Street, Arlington, VA 22308.

Il se déplace dans les immenses étendues de son palais de la mémoire. Avec ses réflexes, sa force, la sûreté et la rapidité de son esprit, il est bien armé contre les dangers du monde physique, mais il est des recoins de lui-même où il ne serait sans doute pas prudent pour lui de se risquer, où les principes cicéroniens de logique, d'espace ordonné et de lumière ne peuvent s'appliquer.

Il a résolu d'aller voir sa collection de tissus anciens. En vue d'une lettre qu'il est en train d'écrire à Mason Verger, il veut revoir un texte d'Ovide à propos des huiles faciales aromatisées, qu'il conserve parmi les tissages.

Il poursuit son chemin sur un long kilim, une pièce très originale, en direction de la galerie des Métiers à tisser et des Textiles.

Dans l'univers du 747, la tête du docteur Lecter est appuyée contre le dossier, les yeux fermés. Elle oscille légèrement quand l'avion traverse des turbulences.

Au bout de la rangée, le bébé a terminé son biberon, mais il ne s'est pas encore rendormi. Soudain, il s'empourpre. La mère sent le petit corps se tendre dans la couverture, puis se relâcher. Ce qui vient de se passer ne fait aucun doute, elle n'a même pas besoin de replonger un doigt dans la couche-culotte. Quelqu'un devant soupire « Booooon Dieu ! ».

A l'odeur de gymnase mal ventilé vient s'ajouter une nouvelle couche de pestilence. Habitué aux mœurs de son tout jeune frère, le garçon assis à côté du docteur Lecter continue à dévorer le dîner de chez Fauchon.

Et dans le sous-sol du palais de la mémoire les trappes s'ouvrent d'un coup, les oubliettes exhalent leur haleine puante...

Quelques bêtes avaient réussi à survivre au pilonnage d'artillerie et aux tirs de mitrailleuse qui laissèrent Hannibal Lecter orphelin et la grande forêt de leur domaine déchirée de blessures béantes.

La bande hétéroclite de déserteurs qui s'étaient réfugiés dans le relais de chasse parmi les bois se nourrissaient comme ils pouvaient. Une fois, ils avaient débusqué un malheureux petit chevreuil tout efflanqué, une flèche encore plantée dans le corps, mais qui avait réussi à trouver un peu d'herbe sous la neige et à survivre. Ils l'entraînèrent jusqu'à leur camp pour s'épargner de le porter.

Lecter, qui avait alors six ans, les observa à travers une fente de la grange tandis qu'ils le tiraient et le poussaient avec le filin qu'ils avaient entortillé autour de son cou. Comme ils ne voulaient pas gaspiller une balle, ils s'escrimèrent à briser ses pattes toute maigres et à lui ouvrir la gorge à coups de hache, s'injuriant réciproquement dans plusieurs langues différentes pour que l'un d'eux aille chercher un seau avant que tout le sang ne soit perdu.

L'avorton n'avait guère de viande sur les os. Au bout de deux jours, trois peut-être, les déserteurs franchirent l'étendue neigeuse qui les séparait de la grange et déverrouillèrent la porte. Dans leurs longs manteaux, des panaches de condensation nauséabonde flottant devant leur bouche, ils étaient venus choisir à nouveau parmi les enfants blottis dans la paille. Comme aucun d'entre eux n'avait péri gelé, ils en prirent un vivant.

Après avoir tâté les cuisses, les bras et la poitrine d'Hannibal Lecter, ils le délaissèrent pour porter leur choix sur sa sœur, Mischa, qu'ils emmenèrent avec eux. Jouer, disaient-ils. Aucun de ceux qui étaient partis jouer en leur compagnie n'était jamais revenu.

Hannibal s'accrocha si fort à sa sœur, la retint de tous ses membres nerveux avec un tel acharnement qu'ils finirent par claquer la lourde porte sur lui. Il resta à moitié assommé, l'épaule fêlée.

Ils entraînèrent la fillette dans la neige où les taches sanguinolentes laissées par le chevreuil se voyaient encore.

Il pria aussi très fort pour revoir Mischa. La prière épuisa son cerveau d'enfant mais n'étouffa pas le bruit de la hache au loin. Son vœu, pourtant, ne resta pas entièrement ignoré : il devait revoir les dents de lait de sa sœur dans la fosse d'aisance puante que ses ravisseurs utilisaient, à mi-chemin du relais de chasse et de la grange où ils gardaient prisonniers les petits, leurs seules réserves en ce mois de 1944 où le front oriental avait fini par être enfoncé.

Depuis cette réponse partielle à ses prières, Hannibal Lecter ne s'était plus jamais embarrassé de la moindre référence à un quelconque principe, sinon pour admettre que ses modestes actes de prédation étaient bien dérisoires devant ceux commis par Dieu, dont l'ironie est sans égale et la cruauté gratuite, incommensurable.

Dans l'appareil lancé comme un caillou à travers le ciel, tandis qu'il dodeline un peu de la tête contre son dossier, le docteur Lecter flotte entre sa dernière vision de Mischa traversant la neige ensanglantée et le bruit de la hache. Une force le retient là et c'est insupportable. Alors, l'univers de l'avion est percé par un cri bref sorti de son visage noyé de sueur, un cri aigu, fluet mais sonore.

Les passagers assis devant lui se retournent, ou se frottent les yeux, réveillés en sursaut. L'un d'eux s'exclame d'une voix mauvaise :

— Bon Dieu, mais qu'est-ce qui t'arrive, petit ?

Les yeux du docteur Lecter s'ouvrent, fixés droit en face de lui. Il sent une main sur la sienne. Celle du garçon.

— Z'avez eu un cauchemar, hein ?

Il n'est pas effrayé, ni intimidé par les protestations venues des rangées devant eux.

— Oui.

— J'en fais des tas et des tas, moi aussi. Je me moque pas de vous.

Le docteur Lecter reprend son souffle, la tête toujours un peu rejetée en arrière. Puis il retrouve son flegme comme si un rideau de calme descendait du haut de son front pour recouvrir ses traits. Il se penche légèrement vers l'enfant et lui dit sur le ton de la confidence :

— Tu as eu raison de ne pas manger ces saletés, tu sais. N'y touche jamais.

Il y a longtemps que les compagnies aériennes ne proposent plus de papier à lettres. Parfaitement maître de lui, le docteur Lecter extrait de la poche de sa veste quelques feuilles à en-tête d'un hôtel et entreprend d'écrire à Clarice Starling. Mais d'abord il exécute un rapide portrait d'elle. Le croquis se trouve désormais dans un fonds privé à l'université de Chicago, accessible aux chercheurs habilités. Sur ce dessin, elle ressemble à une petite fille et ses cheveux, comme ceux de Mischa, sont collés à ses joues par les larmes...

Nous pouvons l'apercevoir à travers notre haleine qui se condense dans l'air glacé, une petite mais vive lumière dans le ciel dégagé de la nuit. L'avion croise l'étoile polaire, bien au-delà du point de non-retour, astreint maintenant au grand arc descendant qui le conduit vers le lendemain et le Nouveau Monde.

49

Dans le réduit qui servait de bureau à Clarice Starling, les piles de papiers, de dossiers et de disquettes atteignaient la masse critique. Quand elle réclama plus d'espace, sa requête resta ignorée. « Marre ! » Avec l'audace des désespérés, elle réquisitionna un espace conséquent au sous-sol de Quantico, destiné à devenir le laboratoire de développement photographique réservé à la section Science du comportement, dès que le Congrès approuverait quelque rallonge budgétaire au FBI. La pièce était dépourvue de fenêtres mais elle était tapissée de rayonnages. Aménagée pour servir de chambre noire, elle avait de lourds rideaux noirs en guise de porte, sur lesquels un collègue anonyme s'amusa à épingler un écriteau soigneusement calligraphié en caractères gothiques : « L'Antre d'Hannibal ». Craignant d'attirer l'attention sur elle, Starling ne le jeta pas, mais le mit à l'intérieur.

C'est pratiquement à ce moment-là qu'elle découvrit une mine d'informations personnelles concernant le docteur Lecter à la faculté de criminologie de l'université de Columbia, qui conservait dans un dépôt spécial des originaux datant de son activité médicale et psychiatrique, ainsi que les minutes de son procès et les plaintes déposées contre lui.

La première fois qu'elle se présenta à la bibliothèque, elle attendit trois quarts d'heure que les responsables retrouvent la clé du dépôt, sans succès. A sa seconde visite, le stagiaire étudiant de service ce jour-là consentit d'un air blasé à lui donner accès aux archives, qu'elle trouva dans un complet désordre.

La trentaine passée, Starling n'était pas devenue plus patiente. Grâce à l'intervention du chef de sa section, Jack Crawford, auprès du procureur fédéral, elle obtint par décision de justice le transfert de toute la collection à ses modestes locaux à Quantico. Les marshals n'eurent besoin que d'un fourgon pour réaliser le déménagement. Mais, ainsi qu'elle l'avait craint, l'arrêté du tribunal souleva des vagues dans le cénacle des initiés. Et c'est sur l'une d'elles que finit par arriver, sans crier gare, l'inspecteur général adjoint de la Justice, Paul Krendler.

C'était un vendredi, tard dans l'après-midi. Après y avoir travaillé deux longues semaines, Clarice Starling était sur le point d'achever l'identification et le classement de la plupart des archives dans son « Centre d'études lectériennes » improvisé. Elle venait de se laver les mains et la figure pour se débarrasser de la poussière des dossiers. Toutes lampes éteintes, elle s'était assise par terre dans un coin de la pièce, laissant son regard errer sur les mètres d'étagères encombrées de livres et de chemises. Il est possible qu'elle se soit assoupie quelques secondes quand...

Ce fut une odeur qui la réveilla. Instantanément, elle comprit qu'elle n'était pas seule. Cela sentait... le cirage.

Dans la pénombre, Paul Krendler approchait à petits pas le long des rayonnages, sans cesser de scruter les ouvrages et les photographies qui se succédaient sur les murs. Il n'avait pas pris la peine de frapper avant d'entrer : on ne frappe pas sur des rideaux, de toute façon, et puis il n'était pas du genre à s'embarrasser de telles formalités, surtout dans les locaux d'un service qui dépendait directement de son département. Venir ici, dans les sous-sols de Quantico, n'était pour lui qu'un simple tour du propriétaire.

Une paroi entière du bureau était consacrée aux œuvres du docteur Lecter en Italie. En bonne place, un agrandissement de Rinaldo Pazzi suspendu au balcon du palazzo Vecchio, les entrailles à l'air. Le mur d'en face, réservé à ses crimes aux États-Unis, était dominé par un cliché du chasseur à l'arbalète que le docteur avait tué des années plus tôt. Sur ce document de la police américaine, le corps était pendu à un crochet d'un tableau à outils et présentait toutes les blessures caractéristiques des représentations médiévales de « l'Homme blessé ». Un alignement de boîtiers en carton sur les étagères contenaient les multiples plaintes en justice déposées par les familles des victimes du docteur Lecter. Quant à la bibliothèque professionnelle qu'il avait réunie dans son cabinet de psychiatre au temps où il exerçait encore, Starling l'avait rangée selon son agencement originel après avoir étudié à la loupe les photos de son ancien lieu de travail prises par les enquêteurs.

Les seules lumières à lutter contre le soir tombant provenaient d'une radiographie de la tête et du cou d'Hannibal Lecter éclairée par une visionneuse sur le mur et d'un moniteur informatique dans un coin. Le thème de l'écran de veille était « Dangerous Creatures ». De temps à autre, l'ordinateur rappelait son existence par un grognement menaçant.

Empilé à côté du clavier, tout ce que Starling avait réussi à glaner péniblement au cours de ces derniers mois : bouts de papier, reçus, factures qui racontaient en pointillés la vie qu'il avait menée en Italie, et en Amérique avant son internement. Un catalogue tâtonnant des goûts et des passions du docteur Lecter.

Sur le capot d'un scanner à plat, elle avait également dressé la table pour une personne avec ce qui restait du service qu'il avait jadis utilisé à Baltimore : assiette en porcelaine, argenterie, cristal, serviette d'un blanc aveuglant, chandelier. Un mètre carré de raffinement sous les grotesques contorsions des pendus.

Krendler s'empara du verre à vin pour le faire tinter d'une pichenette.

Il n'avait jamais combattu un criminel au corps à corps, senti sa chair contre la sienne. Pour lui, le docteur Lecter était une sorte de vampire médiatique, et une occasion à ne pas rater : il voyait déjà sa propre photo dans une exposition de ce style au musée du FBI une fois que le monstre serait mort, il mesurait l'énorme gain politique que constituerait sa prise. Il était penché si près de la radiographie de l'imposante boîte crânienne du docteur que son nez laissa une traînée de sueur graisseuse sur l'écran lorsqu'il sursauta en entendant la voix de Starling :

— Vous cherchez quelque chose, Mr Krendler ?

— Pourquoi vous restez dans le noir, comme ça ?

— J'étais en train de réfléchir, Mr Krendler.

— Oui ? Au Capitole, ils aimeraient bien savoir ce que nous faisons au sujet de Lecter.

— Voilà. C'est ça que nous faisons.

— Expliquez-moi, Starling. Mettez-moi un peu dans le coup.

— Vous ne préféreriez pas que Mr Crawford vous...

— Et d'abord, où il est, Crawford ?

— Au tribunal.

— J'ai l'impression qu'il est dépassé. Vous ne sentez jamais ça, vous ?

— Non, pas du tout.

— Mais qu'est-ce que vous fabriquez, ici ? Les gars de Columbia ont fait un raffut du diable quand vous avez dévalisé leur bibliothèque. On aurait pu s'y prendre autrement, autrement mieux.

— Nous avons réuni dans ce local tout ce que nous pouvions trouver à propos du docteur Lecter, affaires personnelles, dossiers, tout. Ses armes à feu sont conservées par le service concerné, mais nous avons leurs copies. Ainsi que ce qui reste de ses archives privées.

— Et vous allez où, comme ça ? Vous voulez coincer ce salaud ou vous écrivez un livre sur lui ?

Il s'interrompit, savourant l'ironie cinglante qu'il trouvait dans la formule.

— Admettons qu'un de ces aboyeurs de républicains à la commission juridique du Sénat me demande ce que vous, agent spécial Starling, comptez faire pour neutraliser Lecter, je lui dis quoi ?

Elle alluma toutes les lumières du bureau, ce qui lui permit de constater aussitôt que Krendler continuait à s'acheter des costumes coûteux tout en économisant sur ses chemises et ses cravates. Les os de ses poignets velus saillaient de ses manchettes.

Elle laissa son regard errer un moment à travers le mur, loin, très loin, à jamais hors de ce temps et de ces lieux, puis elle se ressaisit, s'obligeant à lui parler comme si elle donnait un cours à l'école de Quantico :

— Nous savons que le docteur Lecter a d'excellents papiers. Il peut compter sur au moins une identité d'emprunt au-dessus de tout soupçon, sinon plus. Il est paré, et il est prudent. Inutile d'espérer qu'il commette une erreur bête.

— Oui, et alors ?

— C'est quelqu'un qui a des goûts très recherchés, parfois très peu courants, en matière de vin, de cuisine, de musique... S'il revient aux États-Unis, il continuera à rechercher les mêmes choses. Il devra se les procurer. Il restera cohérent avec lui-même. Mr Crawford et moi, nous avons étudié tous les reçus et les documents datant de sa vie à Baltimore avant sa première arrestation, et les actions en justice de ses créanciers, et ce que la police italienne a été en mesure de nous transmettre. Sur cette base, nous avons établi une liste de ses préférences. Voyez par exemple, là : le mois où le docteur Lecter a servi à dîner les ris du flûtiste Benjamin Raspail à ses confrères de l'Orchestre philharmonique de Baltimore, il a acheté deux caisses de château-pétrus, trois mille six cent dollars chacune, ainsi que cinq caisses de bâtard-montrachet à onze cent l'une, ainsi que d'autres crus plus accessibles. C'est ce même vin, du bâtard-montrachet, qu'il a commandé à l'hôtel de Saint Louis après son évasion et qu'il s'est fait livrer par l'épicerie Vera dal 1926 à Florence. C'est un produit plutôt rare, donc nous sommes en train de recenser tous les importateurs et revendeurs.

» Quoi d'autre ? A l'Iron Gate, à New York, il a commandé du foie gras de qualité supérieure à deux cents dollars le kilo. A l'Oyster Bar de Grand Central, il a pris des huîtres de Gironde. Ce sont ces crustacés qu'il a servis en entrée aux musiciens du Philharmonique, avant les fameux ris, puis un sorbet, puis... Tenez, vous pouvez retrouver dans *Town & Country* ce qu'il y avait ensuite. — Elle lut à voix haute, d'un trait : — "Un ragoût d'une texture remarquablement riche et sombre, dont les ingrédients n'ont jamais pu être déterminés, servi sur un lit de riz au safran. La saveur en était surprenante, avec ces notes soutenues que seule une réduction minutieuse de la sauce permet d'obtenir." S'il y avait bel et bien une de ses victimes dedans, on n'a jamais pu l'établir. Enfin, bla-bla, bla, l'article continue et continue, avec ici une description détaillée de son service de table et de ses ustensiles de cuisine. Nous avons d'ailleurs vérifié tous les achats en cartes de crédit chez les fournisseurs de porcelaine et de cristal à Baltimore.

Krendler souffla dans ses narines, impatienté.

— Tenez, regardez ici, une plainte pour facture impayée d'un chandelier de chez Steuben. Et le garage Galeazzo de Baltimore a porté plainte pour récupérer la Bentley qu'il y avait achetée. Nous vérifions toutes les ventes de Bentley, neuves ou d'occasion. Il n'y en a pas tant que ça. Et des Jaguar « supercharge », également. Nous avons faxé à tous les fournisseurs de gibier au sujet des achats de sanglier et nous allons les relancer une semaine avant l'arrivée des premières perdrix rouges d'Écosse.

Un œil sur la liste qu'elle tenait en main, elle s'écarta un peu en sentant l'haleine de Krendler trop près dans son cou.

— J'ai demandé des fonds pour acheter la coopération de plusieurs revendeurs de tickets de spectacles à New York et San Francisco : il y a quelques orchestres et quatuors à cordes qu'il aime particulièrement, il a l'habitude de demander des sièges au sixième ou septième rang, toujours sur le côté. J'ai donné son signalement le plus probable au Lincoln et au Kennedy Center ainsi qu'à la plupart des grandes salles de concert. Vous pourriez nous aider sur le budget de votre département, Mr Krendler ?

Comme il ne répondait pas, elle poursuivit :

— Nous surveillons aussi les abonnements aux revues culturelles qu'il recevait dans le temps, des publications en anthropologie, linguistique, médecine, mathématiques, musique...

— Est-ce qu'il loue les services de call-girls SM, ce genre de trucs ? Ou de garçons prostitués ?

Il se délectait de la question, c'était visible.

— Pas à notre connaissance, Mr Krendler. Il y a des années, à Baltimore, il a souvent été vu à des concerts en compagnie de femmes séduisantes, dont plusieurs très actives dans les œuvres de bienfaisance, ce genre de trucs... Nous avons leur date d'anniversaire à toutes, pour le cas où il leur enverrait des cadeaux. D'après ce que nous savons, nulle n'a eu à pâtir de le fréquenter. Aucune d'entre elles n'a voulu faire la moindre déclaration à son sujet. En ce qui concerne sa vie sexuelle, nous sommes dans le noir.

— Moi, je me suis toujours dit qu'il était homo.

— Et pourquoi donc, Mr Krendler ?

— A cause de tout ce tralala, musique de chambre, petits

canapés et ainsi de suite... Ne le prenez pas mal, hein, si vous avez plein de sympathie pour ce genre de gus ou des amis qui en sont ? Enfin, le principal, Starling, ce que je voudrais que vous enregistriez bien, c'est que j'aimerais voir que ça coopère sur ce dossier, que ça coopère « vraiment ». Pas de chasse gardée, ici, pas de petits secrets. Je veux être tenu au jus du moinde rapport, du moindre relevé, de la moindre piste. Vous me suivez, Starling ?

— Oui, monsieur.

Sur le seuil, il se retourna.

— Vous avez intérêt, en effet. Comme ça, vous pourriez avoir une chance d'améliorer un peu votre situation ici. Vu où elle en est, votre soi-disant carrière en aurait le plus grand besoin.

La future chambre noire était déjà équipée d'un système de ventilation. Ostensiblement, sans le quitter des yeux, Starling l'alluma pour se débarrasser de son odeur d'after-shave et de cirage. Sans dire au revoir, Krendler écarta brutalement les rideaux et disparut.

Devant elle, l'air dansait comme la vibration de la chaleur sur le terrain de tir.

Dans le couloir, Krendler l'entendit le héler :

— Mr Krendler ? Je pars avec vous.

Il avait une voiture avec chauffeur qui l'attendait. A son niveau hiérarchique, il devait encore se contenter d'une berline Mercury, une Grand Marquis. Avant qu'il ait atteint la portière, elle l'interpella :

— Une minute, Mr Krendler.

Il se retourna, dans l'expectative : c'était peut-être le début de quelque chose, d'une capitulation à contrecœur ? Ses antennes étaient dressées.

— On est dehors, là, sous le ciel, fit Starling. Pas de micros ni rien, à moins que vous n'en ayez un sur vous.

Soudain, elle fut prise d'une impulsion irrésistible. Pour travailler parmi ses dossiers poussiéreux, elle portait habituellement une chemise en jean sur un débardeur moulant.

« Je devrais pas. Oh, et merde ! »

Elle fit sauter les pressions de la chemise et l'ouvrit largement.

— Vous voyez, je ne porte pas de magnétophone, moi.

Elle n'avait pas de soutien-gorge non plus.

— Puisque c'est peut-être la seule occasion que nous aurons de parler entre quat'z' yeux, je voudrais vous poser une question : depuis des années, je fais mon job, mais à chaque fois que vous avez pu, vous m'avez planté un couteau dans le dos. Quel est votre problème, exactement, Mr Krendler ?

— Je vous recevrai volontiers à ce sujet, si vous le désirez. Je trouverai bien un moment pour que nous en...

— On en parle maintenant, là.

— A vous de trouver la réponse, Starling.

— C'est parce que je n'ai pas voulu sortir avec vous ? Ça remonte à la fois où je vous ai dit de rentrer vous coucher avec votre femme ?

Il la regarda encore. Non, elle n'avait pas de fil électrique sur elle, ni grand-chose, d'ailleurs.

— Ne vous haussez pas tant du col, Starling. Cette ville abonde de petites provinciales qui ne demandent qu'à se faire sauter.

Il s'installa derrière le chauffeur, tapa sur la vitre de séparation et la grosse berline s'éloigna. Ses lèvres remuèrent, esquissant la formule qu'il aurait voulu avoir prononcée : « De petites connasses provinciales comme vous. »

Le sens de la répartie occupait une grande place dans l'avenir politique qu'il se voyait. Il devait encore parfaire son karaté verbal, arriver à maîtriser parfaitement la technique des mots qui tuent.

50

— Ça peut marcher, je vous assure, affirma Krendler aux ténèbres chuintantes dans lesquelles Mason Verger était étendu. Il y a encore dix ans, ç'aurait été impossible, mais maintenant elle peut obtenir toutes les listes qu'elle veut sur son putain d'ordinateur.

Il changea de position sur le canapé, sous la chaude lumière des spots. La silhouette de Margot se découpait sur la lueur verdâtre de l'aquarium. Krendler n'avait plus de scrupules à proférer des vulgarités devant elle, désormais. Il trouvait cela agréable, même. Il aurait parié gros que la sœur de Verger rêvait d'avoir une queue et soudain il eut envie de prononcer ce mot devant elle, il réfléchit rapidement à un moyen de le caser.

— C'est comme ça qu'elle a décortiqué sa vie. Elle sait pratiquement tout de Lecter. Probable qu'elle vous dirait même s'il range sa queue à droite ou à gauche.

— A ce propos, Margot, fais entrer le docteur Doemling, commanda Mason.

Le médecin patientait depuis un moment dans la salle de jeux, en compagnie des animaux en peluche. Sur sa vidéo, Verger le voyait examiner d'un œil intéressé l'entrejambe cotonneux de la girafe, d'une manière qui lui rappela beaucoup la famille Viggert en train de lorgner le *David* de Michel-Ange. Il paraissait bien plus petit que les peluches sur l'écran, comme s'il avait rétréci, peut-être pour mieux revenir à une enfance qui ne serait pas la sienne.

Lorsqu'il fut sous les spots de la réception, le psychologue apparut comme un homme sec et froid, d'une propreté extrême malgré les pellicules qui tombaient de ses maigres mèches plaquées sur sa calvitie naissante. Un insigne de la société académique Phi Bêta Kappa était attaché à sa montre de gousset. Quand il prit place à l'autre bout de la table basse, son attitude suggérait qu'il connaissait déjà bien les lieux.

Dans la coupe de fruits en face de lui, il y avait une pomme attaquée par un ver qu'il retourna posément. Derrière ses lunettes, ses yeux suivirent Margot avec un intérêt plus que scientifique lorsqu'elle s'approcha pour prendre encore deux noix dans la coupe avant de retrouver sa position devant l'aquarium.

— Le docteur Doemling est le chef du département de psychologie à l'université Baylor, expliqua Mason à Krendler. Il est le titulaire de la chaire Verger. Je lui ai demandé quel type de relations pouvait exister entre le docteur Lecter et l'agent FBI Clarice Starling. Docteur...

Aussi raide sur le canapé que s'il était à la barre d'un tribunal, Doemling tourna la tête vers Krendler, qui eut l'impression d'être un membre du jury et qui reconnut aussitôt les manières posées, la subtile mauvaise foi de l'expert à deux mille dollars la journée.

— Mr Verger connaît évidemment mes références, commença-t-il. Désirez-vous que je les rappelle pour vous ?

— Non, fit Krendler.

— J'ai examiné les notes prises par la dénommée Starling après ses entretiens avec Hannibal Lecter, les lettres que ce dernier lui a adressées et toute la documentation que vous m'avez fournie sur leur passé respectif, Mr Verger.

Krendler ne put réprimer un froncement de sourcils.

— Le docteur Doemling s'est engagé par écrit à respecter la confidentialité de ce dossier, intervint Mason.

— Cordell envoie vos diapos sur le projecteur dès que vous voulez, docteur, le prévint Margot.

— Quelques petites précisions d'abord. Donc, nous savons que Lecter est né en Lituanie. Son père était comte, vieille noblesse remontant au Xe siècle. Sa mère venait aussi d'une excellente famille italienne, c'était une Visconti. Au cours de la retraite allemande de Russie, des panzers nazis qui passaient par là ont pilonné leur domaine, près de Vilnius, depuis la route. Ses parents et la plupart des gens de maison ont été tués. Après cela, les enfants ont disparu. Ils étaient deux, Hannibal Lecter et sa sœur. Nous ignorons ce que cette dernière est devenue, mais ce que je voulais souligner déjà, c'est ceci : Lecter est un orphelin, tout comme Clarice Starling.

— Ce que je vous avais déjà dit, coupa Mason, excédé.

— Mais qu'en avez-vous conclu ? objecta Doemling. Je ne suis pas en train de suggérer une sorte de sympathie spontanée entre deux orphelins, Mr Verger. Il n'est pas question de sympathie, là. C'est un affect qui n'entre pas en ligne de compte. Quant à la compassion, elle est allègrement foulée aux pieds. Non, écoutez-moi bien : ce que cette expérience commune donne au docteur Lecter, c'est simplement le moyen de mieux la comprendre et, en dernier recours, de prendre le contrôle sur elle. Tout est affaire de *contrôle*, ici. Quant à la dénommée Starling, nous savons qu'elle a passé la majeure partie de son enfance dans des établissements religieux. D'après ce que vous m'avez indiqué, nous ne lui connaissons aucune relation durable avec un homme. Elle habite avec une ancienne camarade d'études, une jeune Afro-Américaine.

— Ça pourrait très bien être un machin sexuel, ça, lança Krendler.

Le psychologue ne daigna même pas lui adresser un regard. Objection rejetée.

— On ne peut jamais affirmer avec certitude pourquoi quelqu'un vit avec quelqu'un, certes, concéda-t-il dédaigneusement.

— Cela fait partie des choses qui restent cachées, comme dit la Bible, compléta Mason.

— Elle a l'air plutôt appétissante, si on aime les filles de la campagne, remarqua Margot.

— Je crois que l'attirance physique est du côté de Lecter, pas du sien, déclara Krendler. Vous l'avez vue : elle est jolie, mais elle est coincée.

— Ah, vraiment, Mr Krendler ?

Il y avait une nuance amusée dans la voix de Margot.

— Toi, Margot, tu penses que c'est une lesbo ?

— Et comment je le saurais, bon sang ? Qu'elle soit ci ou ça, elle tient vachement à le garder pour elle, c'est en tout cas

275

l'impression que j'ai eue. Je crois qu'elle n'est pas commode ; quand je l'ai vue, elle n'était pas plus lisible qu'un joueur de poker mais je ne dirais pas qu'elle est coincée. On n'a pas beaucoup parlé, toutes les deux, mais c'est ce que j'en ai retiré. C'était avant que tu aies « tellement » besoin de mon aide, Mason : tu m'as jetée de la pièce au bout de trente secondes, tu te rappelles ? Non, coincée, je ne pense pas. Simplement, une fille qui a une allure pareille doit toujours garder un air assez distant, parce que des connards viennent lui casser les pieds tout le temps...

Même s'il ne discernait que sa silhouette, Krendler eut la nette sensation qu'elle le regardait avec insistance en formulant cette dernière remarque.

Ces voix dans la pièce à la fois sombre et violemment éclairée formaient un étrange concert : il y avait Krendler et son élocution péremptoire de vrai bureaucrate, le ton pédant de Doemling, la sonorité métallique de Mason Verger avec ses consonnes explosives écorchées et ses sifflantes interminables, et il y avait Margot, sa voix mâle et brusque sortant de ses mâchoires serrées comme celles d'un poney de louage qui ne supporte plus le mors. Et en bruit de fond, la machinerie haletante qui cherchait sans cesse de l'oxygène pour l'invalide.

— J'ai quant à moi certaines idées concernant sa vie privée qui découlent de l'apparente fixation qu'elle fait sur son père, reprit Doemling. Je vais y venir dans quelques instants. Bien. Donc, nous disposons de trois documents du docteur Lecter qui concernent directement Clarice Starling. Deux lettres et un dessin. Celui-ci représente la « Montre-Crucifix » qu'il a conçue du temps où il était à l'asile.

Il leva les yeux vers le moniteur suspendu.

— Projection, s'il vous plaît.

D'une autre partie des appartements, Cordell envoya l'extraordinaire croquis sur l'écran. L'original en avait été réalisé au fusain sur papier-boucherie. Sur la copie dont disposait Mason, les traits étaient du même bleu sombre que des marques de coups.

— Il a essayé de déposer un brevet pour ceci, expliqua Doemling. Comme vous le voyez, le Christ est crucifié sur le cadran et Ses bras font office d'aiguilles, exactement comme pour une montre Mickey. Ce qui est intéressant pour nous, c'est que Son visage, tête penchée, est celui de Clarice Starling. Il l'a dessiné à l'époque de leurs entretiens. Vous avez maintenant une photographie de la susdite, vous pouvez comparer. Euh... *Cordell*, c'est exact ? Envoyez-nous la photo, s'il vous plaît, Cordell.

C'était indéniable : la tête de Jésus était celle de Starling.

— L'autre singularité, c'est que le corps est cloué à la croix par les poignets et non par les paumes.

— Ce qui est correct, répliqua Mason. On est obligé de les clouer par les poignets en passant les clous dans de grandes rondelles en bois, autrement ils tiennent mal. Idi Amin et moi avons vérifié concrètement ce point quand nous avons remis en scène tout le truc pour Pâques, en Ouganda. Oui, Notre Sauveur a été crucifié par les poignets, c'est un fait, et toutes les représentations picturales sont erronées. Tout ça à cause d'une mauvaise traduction de l'hébreu par les rédacteurs de la Bible en latin...

— Merci, Mr Verger, fit Doemling sans conviction. Enfin, cette représentation de la Crucifixion est clairement un détournement de l'objet sacré. Notez que le bras servant à indiquer les minutes est placé sur le six, ce qui permet de couvrir pudiquement les parties honteuses. Notez également que l'aiguille des heures est sur le neuf, ou à peine plus, ce qui est une référence évidente à la tradition selon laquelle Jésus a été crucifié à cette heure-là.

— Et notez également que six accolé à neuf donne soixante-neuf, un chiffre qui a d'évidentes connotations sexuelles, ne put s'empêcher de glisser Margot.

En réponse au regard glacial que le psychologue lui lançait, elle brisa les noix dans sa paume et laissa tomber les coquilles par terre.

— Maintenant, passons aux lettres du docteur Lecter. Quand vous voudrez, Cordell...

Doemling sortit un pointeur laser de sa poche.

— Vous pouvez constater que l'écriture manuscrite, une ronde fluide exécutée au stylo à encre à plume carrée, est d'une régularité remarquable, presque mécanique. On retrouve ce type de calligraphie dans les bulles papales du Moyen Age. Elle est assez belle, mais d'une perfection effrayante. Il n'y a rien de spontané, ici. Il calcule, il calcule sans cesse. La première a été rédigée juste après son évasion, alors qu'il venait de tuer cinq personnes. Reprenons le texte :

Alors, Clarice, est-ce que les agneaux ont cessé de pleurer ?

Vous me devez une réponse, vous savez, et cela me ferait plaisir.

Une petite annonce dans l'édition nationale du *Times* et dans l'*International Herald Tribune*, le premier jour de n'importe quel mois, ce serait parfait. Faites-la aussi passer dans le *China Mail*.

Je ne serais nullement surpris si la réponse était oui et non. Les agneaux vont se taire, pour le moment. Mais, Clarice, vous vous jugez avec la bienveillance des pires cachots du donjon de l'île de Threave ; et il vous faudra constamment le mériter, ce silence béni. Parce que ce sont les situations désespérées qui vous poussent à agir, et il y aura toujours des situations désespérées.

Je n'ai pas l'intention de vous rendre visite, Clarice ; sans vous, le monde serait bien moins intéressant. Veillez à me rendre la politesse...

Doemling repoussa ses lunettes sur son nez, se racla la gorge.

— C'est un exemple typique de ce que j'ai désigné dans certaines de mes publications sous le néologisme d'« avunculisme » et que nombre de mes confrères, dans leurs écrits, ont pris l'habitude d'appeler « avunculisme de Doemling ». Il est possible que cela devienne une nouvelle entrée dans la prochaine édition du *Manuel de diagnostic et de statistiques*. La définition grand public de ce concept serait la tendance à se faire passer pour un protecteur avisé et attentionné tout en poursuivant ses propres desseins... D'après les notes de l'intéressée, je déduis que l'allusion aux bêlements des agneaux se réfère à un souvenir d'enfance, l'abattage de ces animaux dans le ranch du Montana où elle avait été recueillie.

— Elle négociait des informations avec Lecter, expliqua Krendler. Il savait des choses sur le compte de Buffalo Bill, le serial killer.

— La deuxième lettre, sept ans plus tard, est en apparence un message de condoléances et de consolation. En réalité, il l'attaque perfidement sur ses parents, auxquels elle semble vouer une véritable adoration. Il traite son père de « vulgaire veilleur de nuit », sa mère de « bonniche ». Puis, aussitôt après, il leur accorde des qualités exceptionnelles, ce qu'elle ne demande qu'à croire, et invoque ces mêmes points positifs à la suite afin d'expliquer les revers professionnels de Starling. Nous avons là ni plus ni moins que de la subornation. Prise de contrôle, disais-je tout à l'heure. Ma théorie est que cette femme entretient un attachement durable à l'image de son père, une forme de sublimation qui l'empêche de vivre des relations sexuelles épanouies et qui pourrait la conduire à être attirée par le docteur Lecter dans une sorte de transfert affectif sur lequel, en grand pervers qu'il est, il est prêt à spéculer sans scrupule. Dans ce deuxième courrier, il l'encourage à nouveau à le contacter par voie de petite annonce et il offre un nom de code qui...

« Seigneur Jésus, quel baratin ! » L'impatience et l'agacement étaient une torture pour Mason Verger puisqu'il n'était pas en mesure de trépigner.

— OK, très bien, docteur, coupa-t-il. Margot, ouvre un peu la fenêtre. J'ai trouvé une nouvelle source sur Lecter, docteur. Quelqu'un qui les a connus, lui et Starling, et qui les a vus ensemble. Quelqu'un qui a passé plus de temps avec lui que n'importe qui. Je veux que vous lui parliez, maintenant.

Krendler s'agita sur le canapé. Son estomac commençait à se serrer. Il avait compris ce qui allait suivre.

51

Après un ordre bref à l'interphone, la porte s'ouvrit sur une imposante silhouette. Le nouveau venu était aussi musclé que Margot, vêtu d'une blouse et d'un pantalon blancs.

— Voici Barney, annonça Mason. Il s'est occupé du quartier de haute sécurité de l'hôpital de Baltimore pendant six ans, au temps où Lecter y était enfermé. Il travaille pour moi, maintenant.

Barney aurait préféré rester debout près de l'aquarium, aux côtés de Margot, mais comme le docteur Doemling voulait le voir dans la lumière, il vint s'asseoir près de Krendler.

— *Barney*, c'est cela ? Eh bien, Barney, quelle est votre qualification ?

— Je suis IDE.

— Vous voulez dire infirmier diplômé d'État ? Excellent. Et quoi encore ?

— J'ai une licence de lettres de l'Université par correspondance des USA, poursuivit Barney, le visage impassible. Et un certificat de l'École Cummins de thanatologie. Je suis qualifié pour ça aussi. Je le faisais la nuit pendant mes études d'infirmier.

— Vous étiez employé à la morgue tout en suivant vos études ?

— Oui. Aller chercher les corps sur les lieux du crime, aider à l'autopsie, tout ça.

— Et avant ?

— Les Marines.

— Je vois... Et donc, à l'époque où vous travailliez à l'hôpital de Baltimore, vous avez vu Clarice Starling et Hannibal Lecter en interaction... Je veux dire, vous les avez vus parler ensemble ?

— Il m'a semblé qu'ils...

— Commençons par ce dont vous avez réellement été témoin, non ce qu'il vous a *semblé* avoir vu. C'est faisable ?

Mason s'en mêla :

— Il a assez de jugeote pour donner son avis, docteur. Vous connaissez Clarice Starling, Barney ?

— Oui.

— Et vous avez fréquenté Hannibal Lecter pendant six ans ?

— Oui.

— Qu'est-ce qu'il y avait, entre eux ?

Au début, Krendler avait eu du mal à comprendre la voix aiguë, éraillée de Barney, mais c'est lui qui posa la bonne question :

— Est-ce que Lecter se comportait différemment quand Starling venait l'interviewer, Barney ?

— Oui. La plupart des fois, il ignorait complètement les visiteurs. Ou d'autres, il ouvrait les yeux juste le temps d'injurier les spécialistes qui venaient essayer de lui piquer ses idées. J'ai même vu un de ces professeurs se mettre à pleurer, un jour. Avec Starling, il était très dur, mais il lui parlait plus qu'à tout autre. Il avait de l'intérêt pour elle. Parce qu'elle l'intriguait.

— Comment ?

Barney haussa les épaules.

— Il avait pas trop d'occasions de voir des femmes, vous comprenez. C'est vraiment une jolie fille, Starling, et...

— Je n'ai pas besoin de votre opinion à ce sujet, l'interrompit Krendler. Bien, c'est tout ce que vous savez ?

Sans répondre, Barney le regarda comme si les deux hémisphères du cerveau de son interlocuteur étaient deux chiens en train de s'accoupler.

Margot fit craquer encore une noix.

— Allez-y, Barney, commanda Mason.

— Ils étaient très francs l'un envers l'autre. C'est un des côtés désarmants qu'il a. On a l'impression qu'il ne condescendrait pas à mentir.

— Qu'il ne *quoi* pas ?

— Condescendrait.

— Avec s-c, Mr Krendler, intervint Mason Verger dans le noir. Daigner. Ou s'abaisser, si vous voyez ce que je veux dire.

— Le docteur Lecter lui a dit des choses peu agréables sur elle, poursuivit Barney, et d'autres très plaisantes à entendre. Elle a supporté le mauvais côté et du coup les bonnes paroles lui ont fait encore plus plaisir, parce qu'elle savait que ce n'était pas en l'air. Lui, il la trouvait charmante, amusante.

— Vous, vous êtes capable de savoir ce que le docteur Lecter trouvait « amusant » ? s'étonna Doemling. Et comment vous y preniez-vous, monsieur l'infirmier ?

— Rien qu'en l'écoutant rire, « docteur ». On nous a appris ça à l'école des assistants médicaux. « Bonne humeur et guérison », il s'appelait, le cours.

Ou Margot avait pouffé, ou bien c'était l'aquarium derrière elle qui avait émis ce gargouillis étouffé.

— Du calme, Barney, le raisonna Mason. Allez, racontez le reste.

— Certainement. Parfois, tard dans la nuit, on parlait, le docteur Lecter et moi. Quand il était assez calme pour ça. On discutait des cours par correspondance que je prenais, et de plein d'autres...

— Ce n'est pas des cours de psychologie que vous suiviez, par hasard ? glissa Doemling.

— Non, m'sieur. Je ne considère pas que la psychologie soit une science. Le docteur Lecter non plus, d'ailleurs. — Il poursuivit rapidement, avant que le poumon artificiel de Mason ne lui permette de lancer un rappel à l'ordre. — Je peux simplement répéter ce qu'il m'a dit, d'accord ? Il la voyait telle qu'elle était en train de se transformer. Il la trouvait charmante comme peut l'être un bébé animal, un louveteau, ce que vous voudrez, avant qu'il ne grandisse et devienne... comme les grands. Avant qu'on ne puisse plus jouer avec lui. Elle avait la sincérité d'un louveteau, il disait. Elle avait toutes les armes qu'il fallait, taille miniature mais en train de se développer, et tout ce qu'elle savait faire, jusque-là, c'était de se battre avec les autres louveteaux. C'est ça qui l'amusait, lui. Tenez, la manière dont les choses ont commencé entre eux est assez révélatrice, je pense. A leur première rencontre, il a été poli mais il l'a pas mal rembarrée. Et puis, au moment où elle allait partir, un autre détenu lui a lancé du sperme à la figure. Le docteur Lecter en a été très, très contrarié. C'est la seule fois où je l'ai vu vraiment fâché. Elle aussi, elle l'a remarqué et elle a essayé de s'en servir avec lui. Je crois qu'il a eu de l'admiration pour ce côté fine mouche, débrouillard, qu'elle avait.

— Et quelle a été sa réaction vis-à-vis de ce codétenu qui a... fait ce que vous racontiez ? Ils entretenaient des rapports quelconques, tous les deux ?

— Pas vraiment, non. Le docteur Lecter l'a tué le soir même.

— Comment ça, tué ? Ils étaient dans la même cellule ? Comment s'y est-il pris ?

— A trois cellules de distance, ils étaient, avec le couloir entre eux. En pleine nuit, le docteur Lecter lui a parlé un moment et il lui a dit d'avaler sa langue.

— Donc, Starling et Lecter ont fini par devenir... proches ? demanda Mason.

— Dans des limites bien précises, répondit Barney. Ils s'échangeaient des informations. Le docteur Lecter lui a donné ce qu'il savait sur l'assassin qu'elle était en train de chercher et elle, elle l'a payé en retour en acceptant de parler d'elle. Il m'a dit que d'après lui elle avait sans doute trop de cran, que ça risquait de lui porter tort. « Excès de zèle », il appelait ça. Il pensait qu'elle était prête à aller trop loin si elle jugeait que sa mission le nécessitait. Et une fois, il m'a confié qu'elle avait « le malheur d'avoir du goût ». Je n'ai toujours pas compris ce qu'il entendait par là.

— Alors, docteur, est-ce qu'il veut la baiser, la tuer, ou la bouffer ? interrogea Mason en épuisant toutes les hypothèses qu'il pouvait concevoir.

— Les trois, probablement, rétorqua Doemling, mais je ne me risquerais pas à pronostiquer dans quel ordre il entend assouvir ces envies. Et c'est pourquoi je n'ai pas la tâche facile en vous disant ce que je suis prêt à certifier : quand bien même la presse à scandale et ceux qui s'en repaissent feraient tout pour tirer un roman à l'eau de rose de leur relation, pour réécrire *La Belle et la Bête* à leur sujet, l'objectif primordial de Lecter est d'humilier cette femme, de lui infliger les pires souffrances et de la tuer. Il est allé vers elle à deux reprises, quand elle a été insultée sous ses yeux puis quand elle a été clouée au pilori par les journaux après cette histoire de fusillade. Il se déguise en mentor paternel mais rien ne l'excite autant que de la voir déstabilisée. Quand on écrira l'histoire d'Hannibal Lecter, ce qui ne manquera pas d'arriver, on le citera comme un cas typique d'« avunculisme de Doemling ». Pour qu'elle l'attire, il faut qu'elle soit dans la détresse.

Un sillon était apparu entre les yeux largement écartés de Barney.

— Est-ce que je peux donner mon avis là-dessus puisque vous me l'avez demandé, Mr Verger ?

Il n'attendit pas son assentiment :

— A l'asile, le docteur Lecter a décidé de dialoguer avec elle quand il a vu qu'elle tenait le coup, qu'elle s'essuyait le sperme sur la figure sans un mot et qu'elle continuait à faire son travail. Dans ses lettres, il dit que c'est une guerrière et il souligne qu'elle a sauvé la vie à ce gosse pendant la bagarre. Il a de l'admiration et du respect pour son courage, pour sa discipline. Il dit lui-même qu'il n'a pas l'intention de venir la chercher. Et s'il y a au moins une chose qu'il n'a jamais faite, c'est bien de mentir.

— Exactement la mentalité sensationnaliste que j'évoquais à l'instant ! s'exclama Doemling. Non, Hannibal Lecter est étranger à des sentiments tels que l'admiration ou le respect. De même qu'il est incapable de chaleur, d'affection. Prétendre le contraire, c'est du romantisme aveugle qui prouve, soit dit en passant, le danger d'une éducation à la va-vite.

— Dites, docteur Doemling, vous ne vous souvenez pas de moi, n'est-ce pas ? Mais c'était moi qui m'occupais de son quartier quand vous êtes venu lui parler. Oh, plein de gens ont essayé, mais c'est vous, et personne d'autre à ma connaissance, qui êtes reparti en larmes. Et par la suite, il a fait la critique de votre livre pour la *Revue américaine de psychiatrie*. Franchement, je ne pourrais pas vous jeter la pierre si vous avez encore pleuré en la lisant.

— Suffit, Barney ! Allez voir où en est mon déjeuner, plutôt.

— Un autodidacte mal dégrossi, siffla Doemling, lorsque Barney eut quitté la pièce. Il n'y a rien de pire.

— Vous ne m'aviez pas raconté que vous étiez allé voir Lecter, docteur, remarqua Mason.

— Il était en pleine catatonie, à l'époque. Impossible de lui tirer quoi que ce soit.

— Et c'est ce qui vous a fait pleurer ?

— Racontars !

— Et vous n'accordez aucun crédit à ce que dit Barney.

— Il est aussi manipulé que cette fille.

— Et il en pince certainement pour Starling, lui aussi, ajouta Krendler.

Margot laissa échapper un rire sous cape, assez sonore néanmoins pour que l'intéressé l'entende.

— Si vous voulez que Clarice Starling exerce une attirance sur le docteur Lecter, il faut qu'il la sache dans une mauvaise passe. Il faut que les blessures qu'il pourra *voir* soient un avant-goût de celles qu'il pourra lui *faire*. Blessures symboliques, évidemment, mais observer son désarroi et son abattement serait pour lui un stimulant aussi efficace que s'il l'espionnait pendant qu'elle se caresse. Quand le renard entend un lapin brailler de douleur, il arrive en courant. Et ce n'est pas pour lui venir en aide.

52

— Je ne peux pas vous donner Clarice Starling comme ça, déclara Krendler après le départ de Doemling. Vous dire où elle est et ce qu'elle est en train de faire, c'est dans mes cordes, mais je n'ai pas droit de regard sur les opérations du FBI. Et s'ils décident de l'exposer, de se servir d'elle comme appât, croyez-moi qu'ils ne la quitteront pas des yeux.

Il pointa un doigt vers les ténèbres de Mason pour souligner ses mots :

— Vous n'arriverez pas à vous immiscer dans leur plan. Inutile d'espérer guetter autour d'elle et intercepter Lecter avant eux : leur dispositif aura repéré vos gars avant qu'ils aient dit ouf. Par ailleurs, le Bureau ne prendra aucune initiative tant qu'il ne l'aura pas recontactée ou qu'ils n'auront pas la preuve qu'il est dans le coin. Il lui a déjà envoyé des lettres mais il ne s'est jamais approché d'elle, après tout. Pour une surveillance rapprochée de Starling, il leur faut au minimum douze agents en permanence. C'est beaucoup d'argent. Non, vous auriez été mieux placé maintenant si vous l'aviez laissée se griller après la fusillade. Ça aurait l'air de quoi, de retourner sa veste et d'essayer de la coincer à nouveau à cause de cette histoire ?

— Si, si, avec des si... (pour une fois, Mason ne s'en était pas trop mal tiré avec les sifflantes). Hé, Margot, regarde voir ce journal milanais, le *Corriere della Sera*, l'édition du dimanche qui a suivi la mort de Pazzi. Dans le carnet, la rubrique des messages personnels. Lis-nous le premier de la colonne.

Margot leva la page saturée d'encre dans la lumière.

— C'est en anglais, destiné à un A.A. Aaron. Voilà : « Livrez-vous aux autorités, où que vous soyez. Vos ennemis sont tout près. » C'est signé « Hannah ». Qui est-ce, celle-là ?

— C'est le nom de la jument qu'avait Starling quand elle était gosse, expliqua Mason. Nous avons là un avertissement adressé à Lecter par Starling. C'est lui qui lui a demandé de signer comme ça, dans sa dernière lettre.

Krendler bondit sur ses pieds.

— Bon Dieu ! Elle n'était quand même pas au courant, pour l'opération à Florence ! Si elle l'est, elle sait forcément que c'est moi qui vous ai mis sur la piste.

Mason poussa un soupir. Il se demandait si Krendler était assez malin pour devenir un homme politique qui servirait ses intérêts.

— Mais non, elle ne sait rien, elle. C'est moi qui ai fait passer ce message dans *La Nazione,* le *Corriere della Sera* et le *Herald Tribune.* Pour publication le lendemain de notre intervention contre Lecter. De cette manière, en cas d'échec de notre part, il croirait que Starling essayait de l'aider. Comme ça, on gardait un lien avec lui par l'intermédiaire de la fille.

— Personne ne l'a remarqué, ce message.

— Non. A part Hannibal Lecter, peut-être. Il voudra la remercier pour le tuyau, par lettre ou en personne, qui sait ? Bon, maintenant écoutez-moi : vous avez toujours son courrier sous surveillance ?

— Absolument. S'il lui envoie quoi que ce soit, nous l'aurons en mains avant elle.

— Alors, ouvrez bien vos oreilles, Krendler : étant donné la façon dont cette petite annonce a été commandée et payée, Clarice Starling n'arrivera jamais à prouver que ce n'est *pas* elle qui l'a fait publier. Et ça, c'est un délit sérieux. C'est avoir profité de sa position pour tourner la loi. Avec ça, vous pouvez la démolir, Krendler. Vous savez pertinemment que le FBI se contrefout de ses agents quand ils sont dans la merde. Ils la laisseront aux clebs sans le moindre état d'âme. Elle ne sera même pas fichue d'avoir un port d'armes officieux. Et plus personne ne veillera sur elle, à part moi. Et Lecter apprendra très vite qu'elle est à poil, toute seule. Mais avant d'en arriver là, on va essayer d'autres moyens.

Il s'interrompit pour respirer.

— S'ils ne marchent pas, on fera comme Doemling a dit : on la mettra « en situation de détresse » avec cette petite annonce. *Détresse*, tu parles ! Il y a de quoi la casser en deux, oui ! Et gardez la moitié avec la foune, si vous voulez mon avis ; l'autre est bien trop rasoir, avec ses nom de Dieu de scrupules... Oups, pardon, je ne voulais pas blasphémer !

53

Clarice Starling court parmi les feuilles mortes d'une réserve naturelle de Virginie, à une heure de route de chez elle, un endroit où elle aime venir. Personne aux alentours en ce week-end d'automne, en ce jour de repos qu'elle a bien mérité. Elle suit sa piste favorite sur les collines boisées qui bordent la Shenandoah River. Dans les hauteurs, le soleil du matin a réchauffé l'atmosphère mais, lorsqu'elle redescend, elle retrouve brusquement un air vif. Parfois, elle a encore chaud au visage quand ses jambes sont déjà dans le froid.

A cette époque, la terre n'avait pas retrouvé sa stabilité sous ses pieds quand elle marchait. C'est seulement en courant que le sol lui paraissait plus solide.

Et donc elle court dans la belle lumière mouchetée par les branches, la piste parfois striée par l'ombre des troncs dans le soleil bas. Devant elle, trois chevreuils détalent, deux femelles et un brocard se dégageant d'un bond à couper le souffle. Leur queue blanche fuse dans la pénombre du sous-bois tandis qu'ils s'éloignent à toute allure. Mise en joie par ce spectacle, Starling accélère, elle aussi.

Aussi immobile qu'un personnage de tapisserie médiévale, Hannibal Lecter était assis dans les feuilles fanées sur le versant qui dominait la rivière. La piste lui était visible sur une portion d'environ cent cinquante mètres grâce à ses jumelles protégées des reflets du soleil par une visière en carton qu'il avait lui-même fabriquée. Ce fut d'abord les chevreuils en fuite qu'il eut dans son champ de vision, qui remontaient la colline de son côté. Et puis, pour la première fois depuis sept ans, Clarice Starling surgit en chair et en os à son regard.

Ses traits demeurèrent impassibles derrière les jumelles. Seules ses narines palpitèrent en inhalant longuement, comme si malgré la distance elles avaient détecté le parfum de la jeune femme.

Il perçut nettement l'odeur des feuilles en décomposition, rehaussée d'un soupçon de cannelle, et celle des glands pourrissant doucement sur le sol, et celle à peine marquée de crottes de lièvre à quelques mètres, et dans le sous-bois les effluves musqués d'une dépouille d'écureuil. Mais la fragrance de Starling, qu'il aurait reconnue entre mille, ne flottait pas jusqu'à lui. Il avait vu les chevreuils détaler devant elle et ils avaient depuis longtemps échappé au regard de Starling qu'il les suivait encore des yeux.

Moins d'une minute après, elle apparaissait dans ses jumelles. Elle avançait avec aisance, elle n'avait pas besoin de lutter contre la gravité. Dans son dos, haut sur les épaules, un petit sac d'où dépassait une bouteille d'eau minérale. La lumière rasante du matin l'éclairait par-derrière, donnant à son corps un reflet trouble qui pouvait faire croire que sa peau était couverte de pollen. En suivant son avance, les objectifs du docteur Lecter attrapèrent un reflet sur la rivière qui lui laissa des taches lumineuses dans les yeux pendant un bon moment. Puis elle s'engagea dans la pente et commença à disparaître. Sa nuque fut la dernière partie visible de la jeune femme, avec sa queue de cheval qui se balançait comme le panache blanc d'un chevreuil.

Il resta figé sur place, sans faire mine de chercher à la suivre. L'image continuait à courir dans sa tête, très nette, et il en serait ainsi tant qu'il voudrait la revoir en train de dévaler la piste. C'était sa première apparition depuis sept ans, sans compter les photos des tabloïds ni la vision fugitive de ses cheveux à travers les vitres d'une voiture. Mains croisées sous son crâne, il s'étendit sur le lit de feuilles, observant au-dessus de lui le feuillage automnal d'un érable qui tremblait sur le ciel d'un bleu soutenu tirant sur le violet. Violettes aussi, les grappes de raisin sauvage qu'il avait cueillies pendant son ascension jusqu'à son poste d'observation, violets, les grains qui venaient de dépasser leur maturité et dont il savourait maintenant la chair dense, qu'il pressait dans sa paume et dont il léchait le jus comme un enfant le ferait de sa langue tendue. Violette, elle encore.

Et violettes, les aubergines dans le potager.

En milieu de journée, il n'y avait pas d'eau chaude au relais de chasse. Alors, la nounou de Mischa traînait dans le jardin la baignoire en cuivre pleine de bosses et laissait le soleil réchauffer le bain de la petite. Mischa, qui avait deux ans, s'asseyait ensuite dans l'eau étincelante, au milieu des légumes, sous les vifs rayons, des papillons blancs voletant autour d'elle. Seul le fond de la baignoire était rempli, l'eau couvrait à peine ses jambes potelées, et cependant la nounou recommandait expressément à son frère et au grand chien qui l'accompagnait toujours de la surveiller pendant qu'elle retournait à la maison chercher une serviette.

Hannibal Lecter était un enfant qui inspirait la crainte à plusieurs des domestiques, avec sa gravité intimidante, la rare précocité de son intelligence. Mais il n'effrayait pas la vieille gouvernante, qui connaissait parfaitement son affaire, et il n'intimidait pas Mischa, dont les petites mains en forme d'étoile venaient se poser sur ses joues quand elle lui riait au visage.

De la baignoire, sa sœur tendit les bras par-dessus Hannibal pour attirer à elle une aubergine. Elle adorait contempler leur peau luisante dans le soleil. Ses yeux n'étaient pas noisette comme ceux de son frère, ils étaient bleus, et tandis qu'elle les fixait sur le légume, ils semblaient en prendre peu à peu la nuance, s'assombrir, tirer sur le violet. Hannibal savait qu'elle vouait une passion à cette couleur. Lorsqu'elle repartit à la maison dans les bras de sa nounou, il attendit que l'aide-cuisinier ait terminé de vider la baignoire dans la plate-bande et soit reparti en maugréant pour s'agenouiller entre les rangées de plants. Les bulles de savon du bain renversé se gonflaient de reflets irisés, verts et violets, avant d'éclater sur le sol en brique. Alors, il sortit son petit canif, coupa la tige d'une aubergine, la fit reluire avec son mouchoir et la prit dans ses bras, encore gorgée de soleil, chaude comme un animal, pour la porter à la chambre de Mischa et la déposer à un endroit où elle la verrait tout de suite. Le violet foncé, la couleur aubergine, fut sa préférée jusqu'à la fin de sa courte vie.

Hannibal Lecter ferma les yeux pour revoir le chevreuil bondissant devant Starling, pour la revoir bondir à son tour sur la piste, le corps enluminé d'or par le soleil oblique. Ce fut un autre chevreuil qui surgit alors, pas celui qu'il attendait, mais le brocard avec sa flèche encore fichée dans le flanc qui se débattait sous le filin passé autour de son cou tandis qu'ils le traînaient vers le billot, le petit chevreuil qu'ils avaient dévoré avant de manger Mischa, et, comme il ne pouvait plus conserver son immobilité, il dut se lever, les mains et les lèvres tachées de jus de raisin, les coins de la bouche tombants comme ceux d'un masque grec. Il jeta un regard en direction de Starling au loin, aspira profondément par le nez et se laissa pénétrer par les senteurs purifiantes de la forêt. Il contempla l'endroit où elle avait disparu de sa vue ; la trajectoire qu'elle avait suivie lui sembla plus claire que le sous-bois avoisinant, comme si elle avait laissé une trace lumineuse derrière elle.

Il monta rapidement jusqu'à la crête et redescendit l'autre versant pour rejoindre le parking d'une aire de camping déserte où il avait laissé son pick-up. Il voulait avoir quitté le parc quand Starling reviendrait à son auto, qu'elle avait garée à trois kilomètres de là, près de la guérite des gardiens fermée pour la saison.

Il restait un bon quart d'heure avant qu'elle puisse y parvenir en courant.

Le docteur Lecter s'arrêta près de la Mustang en laissant son moteur allumé. Il avait déjà eu plusieurs fois l'occasion d'inspecter le véhicule sur la zone de stationnement d'un supermarché près de chez elle. C'était l'autocollant de son abonnement annuel au parc national, sur le pare-brise de la vieille Mustang, qui lui avait permis de découvrir qu'elle avait l'habitude de venir y faire son footing. Aussitôt, il avait acheté une carte de la réserve forestière et l'avait explorée à loisir.

La voiture était fermée à clé. Ramassée sur ses larges pneus, elle semblait assoupie. Elle amusait Lecter, cette Mustang à la fois incongrue et terriblement efficace. Même penché tout contre la poignée chromée de la portière, il ne distinguait aucune odeur. Il sortit une mince lame en acier de sa poche, la déplia et l'enfonça dans l'interstice entre la portière et le montant, au-dessus de la serrure. Avait-elle une alarme ? Oui ? Non ? Clic. Non.

Le docteur Lecter se glissa dans l'habitacle, dans un espace intensément habité par la présence de Clarice Starling. L'épais volant était gainé de cuir, avec quatre lettres au centre de l'axe : MOMO. Il contempla un instant cette formule, la tête penchée de côté comme le ferait un perroquet, ses lèvres la prononçant en silence : « MOMO. » Il se laissa aller contre le dossier, paupières closes, respiration régulière, sourcils levés. La même attitude que s'il avait été en train d'assister à un concert.

Puis, comme dotée d'une volonté autonome, la pointe effilée de sa langue apparut, tel un minuscule serpent rosé qui aurait cherché à s'extraire de son visage. Sans changer d'expression, les yeux toujours fermés, comme en transe, il se pencha lentement en avant, trouva le volant en se laissant guider par son seul odorat. Sa langue s'enroula autour, parcourant les bosses en cuir qui marquaient l'emplacement des doigts sur la face inférieure du rond. Sa bouche goûta la zone où les paumes de Starling reposaient le plus souvent, à deux heures sur le cercle. Il se redressa, sa langue regagna ses quartiers. Ses lèvres remuaient doucement, comme s'il avait été en train de savourer une gorgée de vin. Il prit une longue bouffée d'air, s'interdisant de la rejeter pendant qu'il sortait de la Mustang et refermait la portière, la gardant en lui. Quand il quitta le parc, il avait encore Clarice Starling contre son palais et dans ses poumons.

54

Un des axiomes de la science du comportement veut que les vampires soient des êtres attachés à un territoire, alors que les cannibales, au contraire, parcourent le pays de long en large.

Le docteur Lecter, en tout cas, n'était guère attiré par la vie de nomade. S'il avait réussi à échapper aux autorités, il le devait avant tout à la solidité de ses identités d'emprunt, au soin qu'il mettait à les entretenir et à des moyens financiers toujours aisément accessibles. La fréquence et l'imprévisibilité de ses déplacements ne jouaient aucun rôle particulier dans son succès.

Comme il passait depuis longtemps d'un nom à l'autre, tous deux jouissant d'un excellent crédit, et qu'il en conservait un troisième pour gérer son parc automobile, il n'hésita pas un instant à se préparer un nid douillet aux États-Unis alors qu'une semaine ne s'était pas écoulée depuis son retour.

Il avait jeté son dévolu sur le Maryland, qui avait le double avantage de se trouver à environ une heure de route au sud de la résidence de Mason Verger et à une distance raisonnable de la vie musicale et théâtrale de Washington ou de New York.

En surface, rien dans son existence n'était censé attirer l'attention sur lui et chacune de ses deux principales identités aurait pu résister aisément à une enquête de routine. Après avoir rendu visite à l'une de ses réserves de numéraire à Miami, il loua donc pour un an à un lobbyiste allemand une agréable villa sise dans un endroit retiré de la baie de Chesapeake.

Grâce aux deux lignes téléphoniques qui répercutaient ses appels depuis le modeste appartement qu'il conservait à Philadelphie, il était en mesure de se constituer d'impeccables références quand il en avait besoin sans avoir à quitter le confort de sa nouvelle maison.

Ne payant qu'en liquide, il obtint rapidement auprès des revendeurs spécialisés des places de choix aux concerts symphoniques, aux ballets et aux représentations d'opéra qui l'intéressaient durant la saison à venir.

Parmi les multiples commodités de son logis, il y avait un garage deux-places complété d'un atelier, le tout muni de portes basculantes. C'est là qu'il gardait ses deux véhicules, un vieux pick-up Chevrolet à plate-forme à arceaux pourvus de fixations amovibles qui avait appartenu à un plombier et peintre en bâtiment, et une Jaguar « supercharge » prise en leasing par l'intermédiaire d'une société de courtage du Delaware. Sa camionnette pouvait changer d'apparence de jour en jour, selon qu'il installait dessus une échelle double d'entrepreneur, ou des barres de PVC, ou des tuyaux de cuivre, ou encore un barbecue avec une bonbonne de propane.

Son installation terminée, il s'offrit une semaine de musique et de musées à New York, non sans envoyer les catalogues des meilleures expositions à son cousin qui vivait en France, le célèbre peintre Balthus.

A Sotheby's New York, il fit l'acquisition de deux pièces dont la sonorité était aussi exceptionnelle que l'intérêt historique : une épinette flamande presque identique au modèle Dulkin de 1745 exposé à la Smithsonian Institution, équipée d'un clavier modifié pour les transcriptions de Bach, digne successeur du *gravicembalo* sur lequel il jouait à Florence, et l'un des tout premiers instruments électroacoustiques, un thérémin fabriqué dans les années 30 par le professeur russe Leo Theremin en personne, invention qui avait toujours fasciné le docteur Lecter, à telle enseigne qu'il en avait improvisé un dans son enfance. Le thérémin s'utilise en bougeant ses mains nues près de ses deux antennes : il suffit d'un geste pour réveiller sa voix.

Et désormais qu'il était équipé de pied en cap, désormais qu'il pouvait se distraire à son goût...

Après sa matinée dans la forêt, le docteur Lecter regagna son havre de paix sur la côte du Maryland. L'image de Clarice Starling courant sur la piste jonchée de feuilles mortes était maintenant gravée en bonne place dans son palais de la mémoire, une source de plaisir inépuisable qu'il pouvait atteindre en moins d'une seconde sitôt franchie l'entrée de l'édifice. Revoir les foulées souples de Starling et même, grâce à sa mémoire visuelle hors du commun, trouver à chaque fois de nouveaux détails dans la scène, les cals sur les articulations des chevreuils vigoureux qui remontent le versant de la colline, ou une trace d'herbe fraîche sur le pelage ventral du plus proche, et leurs bonds puissants... Il a remisé ce souvenir dans une pièce bien ensoleillée du palais, aussi loin que possible du petit brocard blessé.

A la maison, donc. Chez soi, enfin, tandis que la porte du garage se rabat doucement derrière le pick-up.

Quand elle se releva à midi, ce fut pour laisser sortir la Jaguar noire et, au volant, Hannibal Lecter en tenue de ville.

Il aimait courir les magasins, le docteur Lecter. Il se rendit tout droit chez Hammacher Schlemmer, spécialiste des accessoires de décoration et des ustensiles de cuisine. Là, il prit tout son temps. La tête encore pleine de l'odeur et du calme de la forêt, il mesura avec son mètre de poche trois paniers à pique-nique de bonne taille, tous en rotin verni avec des courroies en cuir et de solides attaches en laiton. Il se décida finalement pour le moins imposant, puisqu'il s'agissait de pique-niquer en solitaire. Le panier était équipé d'une thermos, de gobelets, d'assiettes en porcelaine résistante et de couverts en acier inoxydable. Il fallait acheter l'ensemble.

En s'arrêtant ensuite chez Tiffany puis à la boutique Christofle, il remplaça les lourdes assiettes par un service de Gien à décor dit « de chasse », avec feuilles ciselées et oiseaux en vol. Chez Christofle, il se procura un service pour une personne en argenterie française du XIXᵉ siècle, sa préférée, à motif Cardinal, avec la marque du fabricant dans le creux des cuillères et le poinçon de la ville de Paris garantissant le titre du métal au dos des manches. Les fourchettes, très incurvées, avaient des dents largement écartées. Les couteaux étaient lestés pour peser agréablement dans la paume et d'ailleurs toutes les pièces, une fois en main, donnaient l'impression de tenir un bon pistolet de duel. En matière de cristal, il hésita longtemps sur la taille des verres à dégustation avant d'élire un ballon à cognac élancé. Pour les verres à vin, par contre, la cause était entendue : il acheta des Riedel en deux tailles, chaque modèle laissant toute la place nécessaire au nez.

C'est aussi chez Christofle qu'il trouva des napperons en lin d'un blanc crémeux, ainsi que de superbes serviettes damassées, ornées dans un coin d'une minuscule rose de Damas, comme une goutte de sang brodée. Amusé par le jeu de mots que suggérait cette décoration, il en prit six, afin de ne jamais en manquer quand certaines seraient à la blanchisserie.

Il fit ensuite l'acquisition de deux réchauds à alcool très puissants, du même modèle que ceux utilisés sur les dessertes de restaurant, d'une ravissante sauteuse en cuivre et d'un fait-tout, également en cuivre, qu'il réservait aux sauces, ces deux ustensiles en provenance du fabricant parisien Dehillerin, ainsi que de deux fouets de cuisine. Il ne réussit cependant pas à trouver des couteaux en acier trempé, qu'il préférait de loin à l'inoxydable, pas plus que certains des outils à découper destinés à un usage particulier qu'il avait été obligé de laisser en Italie.

Sa dernière étape fut un magasin de matériel médical non loin du principal hôpital de la ville, où il trouva une excellente affaire en l'espèce, une scie d'autopsie Stryker pratiquement neuve. L'instrument n'avait pas seulement l'avantage de s'emboîter exactement à la place originellement prévue pour la thermos dans son panier, il était encore sous garantie et équipé de plusieurs lames interchangeables, dont une pour la boîte crânienne. Ainsi, sa « batterie de cuisine », comme disent les Français, était presque complète.

Chez le docteur Lecter, les portes-fenêtres sont maintenant ouvertes à la fraîcheur de la nuit. Sous la lune et les ombres mouvantes des nuages, la baie est tantôt d'argent, tantôt de suie. Un de ses nouveaux verres en cristal est posé sur un chandelier à pied près de l'épinette. Le bouquet du vin se mêle à l'air marin et le docteur Lecter peut le humer sans même avoir à retirer ses mains du clavier.

Dans sa vie, il a eu des clavicordes, un virginal et encore d'autres instruments anciens, mais il aime par-dessus tout le son et le toucher de l'épinette, car il est impossible de modifier la résonance des cordes griffées par les becs de plume et la musique survient donc comme un événement soudain, sans rémanence.

Le docteur Lecter observe le clavier en faisant jouer ses doigts dans l'air. Il approche sa nouvelle acquisition de la même manière qu'il pourrait aborder une séduisante inconnue, par une remarque à la fois badine et perspicace : il interprète une pièce écrite par Henry VIII, *Le Très-Saint verdit la terre*.

Encouragé par la réaction de l'instrument, il s'essaie à la *Sonate en si bémol majeur* de Mozart. L'épinette et lui ne sont pas encore des intimes et cependant la manière dont elle répond sous ses mains lui suggère qu'ils atteindront bientôt une grande complicité. La brise se lève, les bougies tremblotent, mais les yeux du docteur Lecter sont fermés à la lumière, son visage plongé dans la musique, et il joue. Des bulles de savon s'échappent des petites mains en forme d'étoile de Mischa quand elle les secoue au-dessus du bain. A l'entrée du troisième mouvement, c'est une apparition qui fuse à travers la forêt, Clarice Starling court, vole, les feuilles bruissent sous ses pieds, et le vent dans les arbres, et les chevreuils détalent devant elle, deux femelles et un brocard, ils bondissent par-dessus la piste comme le cœur peut bondir dans la poitrine. Et puis il fait soudain plus froid et des hommes hirsutes traînent le maigre brocard hors du bois, une flèche encore fichée dans son flanc, ils le tirent derrière eux pour ne pas avoir à le porter jusqu'au billot, et la musique s'arrête net au-dessus de la neige tachée de sang. Le docteur Lecter s'est accroché des deux mains au tabouret. Il respire profondément, plusieurs fois, repose les doigts sur le clavier, s'oblige à former une phrase, une deuxième, coupée par le silence.

Nous entendons monter de lui l'ébauche d'un cri perçant qui s'interrompt aussi brutalement que la musique. Il reste assis un long moment, tête baissée sur le clavier. Enfin, il se lève sans bruit et quitte la pièce. Impossible de dire où il se trouve maintenant dans la villa obscure. Le vent venu de l'océan a forci, il fouette les chandelles jusqu'à ce qu'elles se meurent en fondant, il chante à peine dans les cordes de l'épinette abandonnée, un air au hasard ou bien un cri flûté venu d'un lointain passé.

55

Dans la grande salle du Mémorial de la Guerre se tient la foire aux armes de la région Atlantique-Centre. Ce sont des hectares d'étals, une plaine d'instruments de mort, en majorité des revolvers et des fusils d'assaut. Les rayons rouges des lunettes à laser raient le plafond.

Peu de vrais chasseurs se rendent à ce genre de manifestations, désormais. Ils évitent. De nos jours, les armes sont mal vues et ces foires sont aussi mornes, ternes et lugubres que le paysage intérieur de la majorité de leurs adeptes.

Observez ces gens : débraillés, fuyants, hargneux, constipés, nourrissant des flammes dans leur « cœur résineux », comme l'a écrit Yeats. Ce sont eux la principale menace contre le droit des citoyens à posséder une arme personnelle.

Leur article préféré ? Le fusil d'assaut de mauvaise qualité, fabriqué à la va-vite pour donner une puissance de feu démesurée à des troupes aussi ignorantes que mal entraînées.

Parmi les panses remplies de bière et les bajoues blafardes des habitués des salles de tir confinées, le docteur Hannibal Lecter promenait son impériale sveltesse. Aucunement intéressé par les pétoires, il alla directement au stand du principal coutelier représenté à l'exposition.

Le marchand, un dénommé Buck, pesait dans les cent soixante kilos. Beaucoup de sabres de décoration, de reproductions d'armes médiévales et gothiques, mais aussi les meilleurs couteaux qui soient, et nombre de matraques également. En quelques secondes, le docteur Lecter repéra la plupart des articles qu'il recherchait, destinés à remplacer l'équipement qu'il avait dû laisser en Italie.

— J'peux vous aider ?

Buck avait un visage jovial et des yeux méchants.

— Oui. Je voudrais ce Harpie, s'il vous plaît, et un Spyderco droit avec une lame crantée de dix centimètres. Et puis ce couteau de chasse avec la rainure, là, derrière.

Buck réunit la marchandise demandée.

— Il me faudrait aussi un bon saignoir. Non, pas celui-ci, un bon, j'ai dit. Passez-moi cette matraque en cuir, là, la noire, oui, que je l'essaie...

Il éprouva sa tenue en main.

— Je prends aussi.

— Ce s'ra tout ?

— Non. Il me fallait un Spyderco Civilian, mais je n'en vois pas.

— C'est que c'est pas très connu, ça. J'en garde qu'un en stock, d'habitude.

— Un seul me suffit.

— Deux cent vingt, il coûte. Mais j'peux vous l'faire à cent quatre-vingt-dix seulement, avec le boîtier.

— Parfait. Vous avez des couteaux de cuisine en acier trempé ?

Buck secoua sa tête massive.

— Faudra vous en chercher dans un marché aux puces. C'est là que j'me les trouve, moi. Vous pouvez les aiguiser avec le fond d'une soucoupe.

— Emballez-moi ça. Je reviens dans un instant.

On avait rarement demandé à Buck de préparer un paquet, mais il s'exécuta sans broncher, les sourcils levés.

Comme il fallait s'y attendre, cette foire-exposition était plus un bazar qu'autre chose. Quelques tables de pièces de la Seconde Guerre mondiale qui commençaient à atteindre le statut d'antiquités, des fusils M-1, des masques à gaz aux verres fendillés, des cantines de soldat, sans oublier les inévitables stands d'équipement des nazis où l'on pouvait acheter une véritable cartouche de gaz Zyklon B si l'on avait ce genre de goût. Presque rien datant des guerres du Vietnam et de Corée, par contre, et absolument rien de la récente guerre du Golfe.

Nombre de visiteurs étaient vêtus de treillis, comme s'ils avaient brièvement abandonné la ligne de front pour venir faire leurs emplettes. Les tenues de camouflage étaient aussi en vente un peu partout, y compris l'équipement du guide de chasse écossais qui permet de se fondre totalement dans le décor, idéal pour un sniper ou un chasseur à l'arc. Une grande partie de l'exposition était d'ailleurs consacrée à l'archerie.

Le docteur Lecter était en train d'examiner la tenue du *ghillie* écossais quand il sentit la présence de deux hommes en uniforme derrière lui. Il saisit un gant d'archet et, pivotant sur ses talons pour examiner la marque du fabricant à la lumière d'un spot, il constata qu'il s'agissait de deux gardes du Service virginien de contrôle de la chasse et de la pêche en rivière.

— C'est Donnie Barber, fit le plus âgé d'entre eux en désignant du menton un point dans la foule. Si jamais tu le coinces un jour devant un juge, préviens-moi, hein ? Je serais content qu'il remette jamais les pieds en forêt, ce sacré fils de pute.

Ils observaient un chaland d'une trentaine d'années qui se trouvait à l'autre bout des stands d'archerie. Il était face à eux, les yeux braqués sur un téléviseur où était projeté un film vidéo. En treillis, lui aussi, il avait passé sa veste autour de la taille en la nouant par les manches. Son tee-shirt kaki révélait les nombreux tatouages sur ses bras. Il portait sa casquette de base-ball avec la visière en arrière.

Le docteur Lecter s'éloigna lentement, en faisant mine de s'arrêter à plusieurs stands, remonta l'allée jusqu'à un étal de lunettes de pistolet à laser. Dissimulé derrière un filet de camouflage sur lequel des holsters étaient exposés, il regarda ce qui captivait tant Donnie Barber sur l'écran.

C'était le film d'une partie de chasse au chevreuil. A l'arc.

Un rabatteur hors champ devait avoir acculé la bête le long d'un grillage dans une parcelle reboisée tandis que le chasseur tendait sa corde. Il était muni d'un micro portatif, dans lequel sa respiration s'accéléra alors qu'il chuchotait : « Mieux que ça, j'l'aurai pas. »

Le chevreuil se tassa sur lui-même quand la flèche l'atteignit. Il se cogna deux fois à la barrière avant de sauter par-dessus et de s'enfuir.

Au moment de l'impact, Donnie Barber sursauta en laissant échapper un grognement.

A la séquence suivante, le chasseur-acteur s'apprêtait à

dépouiller l'animal tout en continuant à commenter ses moindres faits et gestes. Il commença l'entaille par ce qu'il appelait l'« an-nus ».

Barber arrêta la cassette et la rembobina jusqu'au gros plan de la flèche frappant le chevreuil. Il répéta l'opération jusqu'à ce que le responsable du stand lui adresse quelques mots.

— Va te faire enculer, débile ! l'entendit crier Lecter. Tu peux courir pour que j't'achète quoi que ce soit.

A l'étal suivant, il fit l'emplette de plusieurs flèches jaunes à large tête munie d'un aileron en croix effilé comme un rasoir. Avec son achat, il reçut un billet de participation à un tirage au sort dont le prix était deux jours de chasse au chevreuil dans une réserve. Il y écrivit ses coordonnées, glissa le carton dans l'urne prévue à cet effet, et garda le stylo que lui avait prêté le vendeur en se perdant dans la cohue de treillis, son long paquet à la main.

De même qu'un crapaud décèle le moindre mouvement autour de lui, le commerçant repérait parmi le flot des visiteurs ceux qui faisaient mine de s'arrêter à son stand. Celui qui était apparu devant lui se tenait maintenant complètement immobile.

— C'est la meilleure arbalète que vous ayez ? lui demanda Hannibal Lecter.

— Non, répondit le responsable du stand en sortant une boîte de sous son comptoir. La meilleure, la voilà. Je les préfère avec l'arc recourbé simple, c'est plus facile à armer. Elle est équipée d'un cric qu'on peut utiliser soit électrique soit manuel. Euh, vous savez que vous n'avez pas le droit de chasser le chevreuil à l'arbalète dans l'État de Virginie, à moins que vous soyez un handicapé ?

— Mon frère a perdu un bras et il rêve de tuer quelque chose avec celui qui lui reste.

— Ah, pigé.

En moins de cinq minutes, le docteur avait conclu l'achat d'une excellente arbalète et de deux douzaines de viretons, les grosses flèches que l'on utilise avec cette arme.

— Vous me l'emballez.

— Tenez, remplissez ça, vous pouvez gagner deux jours de chasse dans une bonne réserve.

Il obéit, jeta le bulletin dans la boîte et s'en alla. A peine le marchand était-il occupé avec un nouveau client qu'il revint sur ses pas.

— Flûte ! J'ai oublié de mettre mon numéro de téléphone. Je peux ?

— Bien sûr, allez-y.

Le docteur Lecter ouvrit l'urne et en retira les deux cartons sur le haut de la pile. Puis il ajouta un faux numéro au sien tout en fixant l'autre bulletin, d'un seul long regard interrompu par un clignement des yeux, comme le déclic d'un appareil photo.

56

Toute de high-tech noir et chrome, la salle de gymnastique de Muskrat Farm disposait de l'équipement dernier cri en musculation et en aérobic, ainsi que d'un bar à jus de fruits.

Barney était sur le point d'achever ses exercices en détendant ses muscles sur un vélo d'appartement lorsqu'il se rendit compte qu'il n'était plus seul dans la pièce : dans le coin du banc de musculation, Margot Verger retirait déjà son survêtement pour apparaître dans un short en lycra et un débardeur enfilé par-dessus un soutien-gorge de sport, tenue qu'elle compléta par une ceinture d'haltérophile avant de s'étendre sur la banquette. Barney entendit le bruit de la barre et des disques d'acier, ainsi que la respiration un peu accélérée par son échauffement.

Il pédalait à vide en se frottant la tête avec une serviette quand elle s'approcha pendant une pause entre deux séries de tractions.

Elle regarda les biceps de l'homme, puis les siens : ils étaient pratiquement de la même taille.

— Vous pouvez monter combien, au banc de muscu ?

— J'en sais rien.

— Ça m'étonnerait.

— Dans les cent soixante-quinze, à peu près.

— Cent soixante-quinze ? Oh, je ne pense pas, mon grand. Je ne pense vraiment pas.

— Peut-être que vous avez raison.

— J'ai un billet de cent dollars quelque part qui me jure que vous ne pouvez pas monter un poids pareil.

— Cent contre ?

— Contre cent, qu'est-ce que vous croyez ! Et je chrono-mètre.

— D'accord.

Ils enfilèrent les disques chacun d'un côté de la barre. Margot recompta ceux que Barney avait installés comme si elle le soupçonnait de tricherie. Pour lui rendre la pareille, il vérifia les siens avec insistance.

Il s'allongea sur le banc. Margot vint se placer debout près de sa tête. Sous son short moulant, son bas-ventre se dessinait, bosselé comme un cadre baroque entre l'abdomen et le haut des cuisses. Vu d'en bas, son torse massif paraissait s'élever presque jusqu'au plafond.

Barney chercha sa position, le dos plaqué sur la banquette. Les jambes de la femme sentaient le liniment frais. Elle gardait les mains à peine posées sur la barre, avec ses ongles laqués couleur corail. Elles étaient fines, malgré leur force.

— Prêt ?

— Oui.

Il poussa les poids vers le visage de Margot, toujours penchée au-dessus de lui. Sans effort apparent, il reposa la barre sur ses montants avant que le temps fixé ne se soit écoulé. Elle alla chercher le billet dans son sac de sport.

— Merci, dit Barney.

— Mais je suis capable de faire plus de flexions que vous, déclara-t-elle pour toute réponse.

— Je sais.

— Comment, vous savez ?

— Mais moi, je peux pisser debout.

Le cou musclé de Margot s'empourpra.

— Moi aussi.

— Cent dollars ?

— Préparez-moi un cocktail de fruits, commanda-t-elle.

Pendant que Barney mettait en marche le mixer, Margot prit deux noix dans la coupe qui se trouvait sur le bar et les explosa dans son poing.

— Et avec une seule, vous pouvez ? demanda-t-il.

Il cassa deux œufs sur le bord du récipient et les ajouta à la pulpe.

— Et vous ? fit-elle en lui tendant une noix par-dessus le comptoir.

305

Il la prit dans sa main ouverte.

— Je ne sais pas.

D'un revers, il poussa de côté les fruits entiers posés devant lui et une orange roula aux pieds de Margot.

— Oh, pardon !

Sans un mot, elle la ramassa et la plaça dans la coupe.

Barney serra son gros poing. Les yeux de Margot ne cessaient d'aller de ses jointures à son visage tandis que les veines de son cou se gonflaient sous l'effort et que le sang affluait à ses joues. Son bras commença à trembler et soudain un faible craquement se fit entendre dans sa main crispée. La mine de Margot s'allongea. Barney porta son poing secoué de frissons au-dessus du bol du mixer. Le craquement s'intensifia. Il ouvrit lentement les doigts. Un jaune et un blanc d'œuf tombèrent dans le cocktail avec un léger plouf. Barney ralluma la machine tout en se léchant les phalanges. Margot ne put réprimer un rire.

Barney remplit deux verres. A distance, on aurait pu les prendre pour deux lutteurs ou deux haltérophiles appartenant à des catégories de poids légèrement différentes.

— Vous croyez que vous êtes *obligée* de tout faire comme un mec ?

— Pas les conneries, non.

— Copain-copain, vous voulez essayer ?

Le sourire de Margot s'effaça.

— Si c'est pour me proposer la botte, Barney, laissez tomber.

Il secoua son énorme tête en signe de dénégation.

— On parie ?

57

Dans l'« Antre d'Hannibal », les découvertes s'accumulaient jour après jour sur le chemin que Clarice Starling empruntait à tâtons dans le dédale des goûts personnels du docteur Lecter. Ainsi, Rachel DuBerry.

Au temps où elle était une active bienfaitrice de l'Orchestre symphonique de Baltimore, elle était un peu plus âgée que lui mais aussi très belle, ainsi que Starling avait pu le vérifier sur les photos du carnet mondain de *Vogue* à l'époque. C'était deux riches maris plus tôt. Désormais, elle était Mrs Franz Rosencranz, des textiles Rosencranz. Starling parla d'abord à son assistante avant de l'avoir en ligne.

— Maintenant, je me contente d'envoyer de l'argent à l'orchestre, très chère. Nous sommes bien trop souvent en voyage pour que je puisse continuer à m'impliquer personnellement. Mais si c'est une sorte d'enquête fiscale que vous menez là, je peux vous mettre en rapport avec notre comptabilité.

— A l'époque où vous siégiez aux conseils d'administration du Philharmonique et de la Westover School, vous avez connu le docteur Hannibal Lecter, n'est-ce pas, Mrs Rosencranz ?

Long, très long silence.

— Vous êtes toujours là, Mrs Rosencranz ?

— Je crois que je ferais mieux de prendre votre numéro de poste et de vous rappeler par le standard du FBI.

— Mais certainement.

Quelques minutes plus tard, Rachel Rosencranz, née DuBerry, répondait à la question.

— Oui, j'ai rencontré Hannibal Lecter à des soirées, il y a des années de cela, et depuis les journalistes montent la garde devant mon perron. C'était quelqu'un d'*ab-so-lu-ment* charmant, et de très, très exceptionnel. Une présence électrisante, de quoi vous faire frissonner dans votre manteau de fourrure, si vous voyez ce que je veux dire... Il m'a fallu un temps fou pour accepter son autre côté...

— Est-ce qu'il vous a déjà fait des cadeaux, Mrs Rosencranz ?

— Presque toujours un petit mot pour mon anniversaire, même quand il a été arrêté. Parfois un cadeau, oui, jusqu'à ce qu'il soit placé dans cet asile. Des présents d'un goût *exquis*.

— Et puis, il y a eu ce fameux dîner d'anniversaire qu'il a organisé en votre honneur. Où il n'a servi que des crus de votre année de naissance.

— En effet. Mon amie Suzy disait que cela avait été la réception la plus remarquable depuis le Bal en blanc et noir de Truman Capote.

— S'il entre en contact avec vous, Mrs Rosencranz, pourriez-vous prévenir le FBI au numéro que je vais vous donner, s'il vous plaît ? Et puis, j'avais encore une question à vous poser, si vous me permettez : est-ce que vous avez des dates particulières à célébrer avec le docteur Lecter, des événements qui vous concernent tous les deux ? De plus, puis-je vous demander votre date de naissance ?

Ce dernier point avait jeté un froid très palpable à l'autre bout de la ligne.

— Mais... je pensais que vous n'aviez aucun mal à obtenir ce genre d'informations.

— Certainement, Mrs Rosencranz, seulement nous avons constaté certaines... contradictions entre les dates figurant sur votre carte d'assurée sociale, sur votre acte de naissance et sur votre permis de conduire. En fait, ce n'est jamais la même. Je suis désolée d'insister, mais nous surveillons actuellement les achats d'articles de luxe coïncidant avec l'anniversaire des personnes qui sont des connaissances avérées du docteur Lecter.

— « Connaissances avérées » ? Alors, c'est ça que je suis, maintenant ? Quelle horrible expression !

Elle eut un petit rire. Comme elle appartenait à une génération de femmes qui ne refusaient pas un verre ni une cigarette, elle avait une voix un peu rocailleuse.

— Quel âge avez-vous, miss Starling ?

— Trente-deux ans, Mrs Rosencranz. Trente-trois l'avant-veille de Noël.

— Eh bien, je vous dirai juste ceci, sans acrimonie aucune : j'espère que vous en aurez quelques-unes dans votre vie, de « connaissances avérées ». Ça vous aide à passer le temps.

— Oui, Mrs Rosencranz. Et votre date de naissance ?

Elle finit par consentir à donner la bonne, qu'elle appela « celle que le docteur Lecter connaît ».

— Pardonnez-moi, Mrs Rosencranz : l'année, je peux comprendre, mais pourquoi avoir changé aussi le jour et le mois ?

— Je voulais être Vierge. Cela s'harmonisait mieux avec Mr Rosencranz. C'était peu après notre rencontre.

Les personnes qui avaient connu le docteur Lecter au temps où il vivait en cage avaient une vision de lui assez différente, évidemment.

Starling avait sauvé Catherine, la fille de l'ancienne sénatrice Ruth Martin, de la cave infernale où la retenait le criminel en série Jame Gumb. Si elle n'avait pas été battue aux élections suivantes, Ruth Martin aurait sans doute tenu à l'en récompenser par de multiples faveurs. Au téléphone, elle se montra très chaleureuse avec elle, lui donna des nouvelles de Catherine et s'enquit de sa situation.

— Vous ne m'avez jamais rien demandé, Starling. Si vous cherchez un autre job, je...

— Merci, sénateur Martin.

— En ce qui concerne ce salaud de Lecter, je n'ai rien de nouveau, non. J'aurais bien entendu immédiatement prévenu le FBI si j'avais appris quoi que ce soit. Enfin, je laisse ce numéro direct près de mon téléphone, au cas... Et Charlsie sait comment s'y prendre avec les lettres suspectes. Mais je ne pense pas qu'il cherche à me contacter. La der-

nière chose qu'il m'ait dite à Memphis, ce connard, c'était :
« J'*a-dore* votre tailleur. » En cruauté, personne ne peut rivaliser avec lui, j'en suis convaincue. Vous savez ce qu'il m'a fait, à ce moment-là ?

— Je sais qu'il vous a narguée.

— Catherine avait disparu, nous étions tous au désespoir et lui, il affirmait avoir des infos au sujet de Gumb, alors je l'ai supplié, supplié de m'aider... Et lui, il me regarde avec ces yeux de serpent qu'il a et il me demande si j'ai allaité ma fille. Si je lui ai donné le sein quand elle était bébé. Et quand je lui réponds oui, il me dit : « Ça donne soif, non ? » Et ça m'a tout rappelé d'un coup, la petite dans mes bras qui tétait, moi qui attendais qu'elle soit rassassiée, j'ai eu le cœur brisé comme jamais encore auparavant, et lui, il était là à me regarder et il buvait ma peine, littéralement...

— Quel genre était-ce, sénateur Martin ?

— Quel genre... Pardon, quoi ?

— Quel genre de tailleur portiez-vous ce jour-là ? Celui qui a tellement plu au docteur Lecter.

— Attendez, que je me souvienne... Oui, un ensemble Givenchy bleu marine, très habillé, répondit Ruth Martin, un peu froissée par ce que semblaient être les priorités de Starling. Eh bien, lorsque vous l'aurez refourré au trou, venez me voir, Starling. On fera du cheval.

— Merci, sénateur. Je m'en souviendrai.

Deux conversations téléphoniques, deux facettes du docteur Lecter. Le charme dans l'une, les écailles dans l'autre.

Elle prit des notes. « Crus de l'année de naissance » : cette donnée était déjà traitée dans le petit programme qu'elle avait mis au point. « Givenchy », à ajouter à sa liste d'articles de luxe sous surveillance. Après un instant de réflexion, elle écrivit aussi « allaitement », sans déceler aucune raison précise à son geste dans l'immédiat. Mais elle n'eut pas le temps d'y réfléchir car le téléphone s'était mis à sonner sur sa ligne rouge.

— Science du comportement ? J'essaie de joindre Jack Crawford. Ici le shérif Dumas, comté de Clarendon, Virginie.

— Je suis l'assistante de Jack Crawford, shérif. Il est au

310

tribunal, aujourd'hui. Je suis l'agent spécial Clarice Starling, que puis-je pour vous ?

— Fallait que je parle à Jack Crawford. On a un type à la morgue qui a été dépecé. Dépecé pour sa viande, quoi ! C'est bien votre service qui se charge de ce genre de trucs ?

— Oui, shérif, nous sommes spécialisés en bouch... Euh, oui, vous avez frappé à la bonne porte. Dites-moi exactement où vous vous trouvez et j'arrive à l'instant. Mr Crawford sera prévenu dès qu'il aura terminé sa déposition.

En passant le portail de Quantico, les pneus de la Mustang hurlèrent assez pour que le Marine en faction fasse les gros yeux à Starling et brandisse un doigt menaçant dans sa direction. Il réussit à ne pas sourire.

58

La morgue du comté de Clarendon, au nord de la Virginie, est reliée à l'hôpital régional par un court sas équipé d'une ventilation haute et de doubles portes rabattables à chaque extrémité afin de faciliter l'accès aux morts. Un shérif adjoint se tenait devant l'entrée du sas, faisant face aux cinq journalistes et cameramen qui se massaient autour de lui.

Derrière eux, Starling se mit sur la pointe des pieds et brandit son insigne en l'air. Le représentant de l'ordre finit par la remarquer et lui adressa un hochement de tête. Aussitôt, elle plongea à travers la barrière humaine, sentant les flashs crépiter dans son dos.

La salle d'autopsie était plongée au contraire dans un silence quasi total, seulement rompu par le tintement des instruments sur les plateaux en métal.

Il y avait quatre tables en acier inoxydable, chacune équipée de ses instruments de mesure et d'un évier. Deux d'entre elles étaient couvertes d'un drap étrangement distendu par les restes qu'il dissimulait. A celle qui se trouvait le plus près de la fenêtre, une analyse post mortem de routine sur un malade décédé à l'hôpital était menée par le médecin légiste et une interne, qui devaient être accaparés par une phase délicate car ils ne relevèrent pas la tête quand Starling entra.

La plainte aiguë d'une scie électrique emplit la salle. Un instant plus tard, le médecin retirait la calotte crânienne et prenait dans sa main le cerveau, qu'il déposa sur la balance. Après avoir chuchoté son poids dans le micro épinglé à sa blouse, il examina l'organe sur le plateau, le tâtant de son doigt ganté. Lorsqu'il s'aperçut de la présence de Starling par-dessus l'épaule de son assistante, il jeta négligemment le cerveau dans le torse ouvert du cadavre, éjecta ses gants de chirurgien dans la poubelle comme un gamin s'amusant à tirer des élastiques et contourna la table pour aller vers elle.

Serrer cette main, après ce qu'elle venait de voir, donna un petit frisson à Starling.

— Clarice Starling, agent spécial du FBI.

— Docteur Hollingsworth, chirurgien des hôpitaux, médecin légiste, chef cuisinier et picoleur patenté.

Il avait des yeux d'un bleu très clair, luisants comme des œufs durs fraîchement écalés. Sans les détourner de Starling, il s'adressa à son assistante :

— Appelez le shérif aux réanimations cardiologiques, Margot. Et découvrez-moi ces tables, s'il vous plaît, miss.

Starling savait d'expérience que les médecins légistes sont souvent brillants mais loufoques, enclins à la dérision permanente et à la frime. Hollingsworth suivit son regard.

— C'est ce cerveau qui vous étonne ?

Elle hocha la tête. Il écarta les bras, narquois.

— Nous ne sabotons pas le boulot, ici, agent spécial Starling. C'est un petit service que je rends au type des pompes funèbres, de ne pas remettre le cerveau dans la boîte crânienne. Pourquoi ? Parce qu'on a prévu un cercueil ouvert avec une veillée interminable pour ce monsieur et que dans ce cas il est impossible d'empêcher le cadavre de commencer à fuir sur l'oreiller. Alors on bourre le crâne avec ce qu'on a sous la main, des couches-culottes par exemple, on referme et je fais une encoche pour que la calotte s'emboîte bien. Résultat, la famille a un corps intact et tout le monde est content.

— Je comprends.

— Ah ! Eh bien, dites-moi si vous comprenez ça, aussi.

Derrière Starling, l'assistante avait enlevé les draps qui masquaient les deux tables. L'image qu'elle eut d'un coup en se retournant allait rester gravée en elle toute sa vie.

Côte à côte, sur chacune des plaques en acier inoxydable, reposaient un chevreuil et un homme. C'était la flèche jaune encore plantée dans le corps de la bête et ses cornes qui avaient tendu le drap comme des piquets de tente.

Une flèche plus courte et plus épaisse transperçait la tête

de l'homme de part en part au-dessus des oreilles. Il était nu, à part la casquette de base-ball portée à l'envers et que la flèche clouait à son crâne.

A ce spectacle, un absurde accès de rire assaillit Starling, si vite réprimé qu'il sembla un petit cri étranglé. Les deux dépouilles étaient allongées de la même manière, sur le flanc et non dans la position de l'examen anatomique, ce qui permettait de constater qu'elles avaient été dépecées d'une façon presque identique, la longe et l'aloyau soigneusement levés, en même temps que les petits filets situés en bas de la colonne vertébrale.

Un pelage de chevreuil sur une table d'autopsie. Les bois coincés en dessous surélevaient la tête et la bloquaient vers l'arrière, son œil blanc écarquillé comme s'il cherchait à voir le trait qui l'avait tué. Sur le flanc, son image reflétée par l'inox, la créature paraissait encore plus animale dans la netteté maniaque de cette salle, plus éloignée de l'homme qu'aucun chevreuil ne pouvait le sembler dans la forêt.

Les yeux du mort étaient ouverts, eux aussi. Un peu de sang perlait de ses canaux lacrymaux comme des larmes rouges.

— C'est bizarre de les voir ensemble, comme ça, remarqua le docteur Hollingsworth. Leurs deux cœurs pesaient exactement le même poids.

Il dévisagea Starling, constata qu'elle tenait le choc.

— Il y a une différence chez l'homme que vous pouvez voir ici... Là, les côtes ont été séparées de la colonne pour permettre l'extraction des poumons dans le dos. Ça lui fait comme des ailes, vous ne trouvez pas ?

— L'Aigle sanglant, murmura Starling après avoir réfléchi un instant.

— Encore jamais vu une chose pareille.

— Moi non plus.

— Alors, il y a un terme spécial pour ? Comment vous avez dit ?

— L'Aigle sanglant. On a une doc à Quantico là-dessus. C'est une tradition sacrificielle des Vikings. On taille dans les côtes, on sort les poumons et on les aplatit dans le dos pour suggérer des ailes. Dans les années 30, il y avait un néo-Viking qui faisait ça au Minnesota.

— Vous devez en avoir vu, vous... Je veux dire, pas *ça*, précisément, mais ce genre de trucs.

— Des fois, oui.

— Moi, ça sort un peu de mon registre. Ici, on traite essentiellement des meurtres « normaux » : une balle, un coup de couteau... Mais bon, vous voulez savoir ce que je pense ?

— J'aimerais beaucoup, oui, docteur.

— Je crois que ce type, ce Donnie Barber, d'après l'identité qu'on m'a communiquée, a tué illégalement cette bête hier, c'est-à-dire la veille de l'ouverture de la chasse. Oui, je sais à quelle heure il est mort. La flèche est la même que celles qu'on a retrouvées dans son équipement. Et il s'est dépêché de la saucissonner. Je n'ai pas encore fait analyser les antigènes du sang qu'il a sur les mains, mais c'est du sang de chevreuil, sans doute possible. Il voulait prendre les filets, là, et il a commencé un travail de sagouin, cette vilaine incision que vous voyez ici. Seulement il a eu une grosse surprise, une flèche à travers la caboche en l'occurrence. Même couleur que l'autre, mais pas du même type. Tenez, elle n'a pas d'entaille au bout. Vous savez ce que c'est ?

— On dirait un trait d'arbalète, constata Starling.

— Donc, une deuxième personne, peut-être celle à l'arbalète, a fini de découper le chevreuil, en s'y prenant beaucoup mieux que ce gus, et puis, mon Dieu... Il ou elle s'est occupé du mec aussi. Regardez avec quelle précision la peau est incisée : c'est assuré, c'est... volontaire. Rien d'abîmé, rien de perdu. Un maître-boucher n'aurait pas mieux fait. Aucune trace de sévices sexuels sur les corps. C'est juste la viande qui l'intéressait.

Starling porta ses phalanges à ses lèvres. Une seconde, le médecin crut qu'elle baisait une amulette.

— Est-ce que les foies ont été enlevés, docteur Hollingsworth ?

Il la contempla un moment par-dessus ses lunettes.

— Celui du chevreuil a disparu, en effet. Apparemment, le foie de ce monsieur n'a pas été jugé assez appétissant. Il a été en partie excisé pour être examiné, il y a une incision le long de la veine porte. L'organe est cirrhosé, décoloré. Il est toujours dans le cadavre. Vous voulez jeter un œil ?

— Non merci. Et le thymus ?

— Les ris, n'est-ce pas ? Enlevés chez les deux, oui. Dites, personne n'a encore cité de nom, si ?

— Non. Pas encore.

La porte du sas s'ouvrit dans un soupir. Un homme mince et tanné, en veste de tweed et pantalon de toile kaki, apparut dans l'embrasure.

— Alors, shérif, comment va Carleton ? lança Hollingsworth. Agent Starling, je vous présente le shérif Dumas. Le frère du shérif est en réanimation cardiologique ici.

— Il tient le coup. Ils disent que son état est « stable », « stationnaire », ou je ne sais quoi encore...

Puis, par dessus son épaule :

— Viens un peu par là, Wilburn.

Après avoir serré la main à Starling, il lui montra d'un geste le nouveau venu.

— Wilburn Moody, garde-chasse.

— Si vous préférez ne pas vous éloigner de votre frère, nous pouvons parler là-haut, shérif, proposa Starling.

— Non, ils ne me laisseront pas m'approcher de lui avant une heure et demie encore. Euh, ne vous vexez pas, miss, mais c'est Jack Crawford que j'ai appelé. Il va venir ?

— Il est retenu au tribunal. Quand vous avez téléphoné, il était en pleine déposition. Je suis sûre qu'il va nous contacter très vite. Nous vous sommes vraiment reconnaissants de nous avoir prévenus aussi rapidement, shérif.

— Ce vieux Crawford a été mon prof à Quantico il y a des lustres de ça. Un type au poil. Enfin, s'il vous envoie, c'est que vous devez connaître votre boulot. Bon, on y va ?

— Quand vous voudrez, shérif.

Dumas sortit un calepin de la poche de sa veste.

— L'individu ici présent avec une flèche dans le crâne est Donnie Leo Barber, sexe masculin, Blanc, trente-deux ans, domicilié au caravaning de Cameron. Pas d'emploi stable, à ma connaissance. Rayé des cadres de l'US Air Force avec blâme il y a quatre ans. Mécanicien aéronautique certifié pendant un temps. Une amende pour utilisation d'armes à feu en ville, une autre pour violation de propriété privée pendant la dernière saison de chasse. A plaidé coupable dans une affaire de braconnage au chevreuil dans le comté de Summit en... C'était quand, Wilburn ?

— Il y a deux ans. Il venait juste de récupérer son permis

de chasse. Le bonhomme était bien connu, chez nous. Ça tire sans se soucier de ce que devient l'animal, il en blesse un, il en attend un autre. Tenez, une fois...

— Raconte-nous ce que tu as trouvé aujourd'hui, Wilburn.

— Ben, je roulais sur la forestière 47, à environ un kilomètre et demi du pont, il devait être dans les sept heures du matin, quand je vois le vieux Peckman qui me fait signe d'arrêter. Il avait une main sur le cœur, le souffle coupé, incapable de prononcer un mot, sauf qu'il me montrait du doigt un point dans les bois. J'ai dû faire... oh, pas plus de cent cinquante mètres dans les taillis, et voilà que je tombe sur le Barber ici présent effondré contre un arbre avec une flèche au milieu de la tête, et ce chevreuil-ci à côté. Ils étaient raides tous les deux, d'hier au moins.

— Hier matin très tôt, je dirais, compléta Hollingsworth.

— Mais la saison, c'est ce matin qu'elle ouvrait, reprit le garde-chasse. Et ce gars-là avait une nacelle d'observation qu'il n'avait pas encore installée dans un arbre. Ou bien il voulait préparer sa position pour aujourd'hui, ou bien il était encore en train de braconner, mais enfin, si c'était rien que pour mettre la nacelle, je vois pas pourquoi il avait pris son arc... Enfin, ce joli chevreuil-là s'est pointé et il a pas pu résister à la tentation. J'en connais plein qui feraient pareil. C'est devenu banal comme tout, ce genre de comportement. Et puis l'autre lui est tombé dessus pendant qu'il dépeçait la bête. Au point de vue traces, impossible de dire parce qu'il y a eu une grosse averse et...

— Et c'est pour ça qu'on a pris des photos et qu'on a emporté les corps, intervint le shérif. Le vieux Peckman, c'est le propriétaire de ces bois. Barber avait une autorisation de chasse sur sa réserve en bonne et due forme, signée par Peckman, mais à partir d'aujourd'hui seulement. Il loue chaque année son droit de chasse, Peckman, il charge un courtier de s'en occuper. Barber avait aussi une lettre dans sa poche lui annonçant qu'il avait gagné deux jours pour le chevreuil. Toutes ses affaires sont trempées, miss Starling. Je n'ai rien contre nos gars d'ici, mais je me demandais si vous ne devriez pas relever les empreintes à votre labo. Les flèches aussi, elles sont mouillées. On a essayé de ne pas les toucher.

— Vous voulez les prendre avec vous, miss Starling ? demanda Hollingsworth. Et comment je vous les enlève ?

— Si vous pouviez les tenir avec des pinces pendant que vous les sciez en deux au niveau de l'épiderme, je les fixerais sur mon support de preuves avec des colliers plastiques, lui répondit-elle en ouvrant déjà sa mallette.

— Je ne crois pas qu'il y ait eu bagarre, mais vous voulez un prélèvement sous les ongles, au cas où ?

— Je préférerais avoir des rognures pour le test ADN. Pas besoin de les identifier doigt par doigt mais ce serait bien de spécifier main droite et main gauche, docteur.

— Vous êtes équipés pour les amplifications en chaîne par polymérase synchronisée ?

— Au labo central, ils le sont. On aura quelque chose pour vous d'ici trois ou quatre jours, shérif.

— Et le sang du chevreuil, vous pouvez aussi l'analyser ? demanda Moody, le garde-chasse.

— Ça non. On peut juste confirmer que c'est du sang d'animal.

— Et si vous veniez de trouver la viande de c'te bête dans le frigo d'un bonhomme, miss ? insista Moody. Vous aimeriez bien être sûre qu'il s'agit de la même, pas vrai ? Nous, des fois, on est forcés d'identifier un animal par rapport à un autre avec son sang, dans des affaires de braconnage. Chaque chevreuil est différent, sur ce plan. Vous pensiez pas, hein ? Alors on doit envoyer un échantillon sanguin à Portland, au Service de la chasse et de la pêche de l'Oregon, et si vous avez la patience d'attendre ils finissent par vous dire, tiens, ça c'est le chevreuil numéro un, ou « Sujet A », avec tout un tas de chiffres, comme ils font souvent, puisqu'ils ont pas de nom à eux, les chevreuils, hein ? En tout cas, c'est ce qu'on connaît, nous autres.

Starling observa un instant les traits parcheminés par le vent et le soleil du vieux garde-chasse.

— Eh bien, celui-ci, on va l'appeler « John Machin », Mr Moody. Merci pour cette information sur le Service de l'Oregon, cela nous sera peut-être très utile.

Au sourire que lui adressait la jeune femme, il piqua un fard en tripotant nerveusement sa casquette dans ses mains.

Pendant qu'elle était penchée sur son sac à la recherche de quelque chose, le docteur Hollingsworth la contempla, juste pour le plaisir. En parlant avec le vieux Moody, elle s'était détendue, son visage s'était éclairé. Le grain de beauté qu'elle avait à la joue ressemblait fort à une trace de poudre brûlée. Il faillit lui poser la question, mais préféra se taire, finalement.

— Dans quoi avez-vous mis les papiers ? demanda-t-elle au shérif. Pas dans du plastique, au moins ?

— Non, dans des sacs en papier kraft. C'est encore ce qu'il y a de mieux, pas vrai ?

Il se frotta énergiquement la nuque avant de poursuivre, les yeux dans ceux de Starling :

— Écoutez, vous comprenez pourquoi j'ai appelé votre bureau, pourquoi j'ai demandé Jack Crawford. Je suis content que ce soit vous qui soyez venue, parce que je me rappelle qui vous êtes, maintenant. Sorti de cette pièce, personne ne va prononcer le mot de « cannibale », autrement les journaleux vont débouler dans cette forêt comme des éléphants dans un magasin de porcelaine. Pour l'instant, tout ce qu'ils savent, c'est qu'il y a eu un accident de chasse. A la limite, ils ont entendu dire qu'il y avait eu mutilation. Mais ils ignorent qu'on a découpé Barber comme une bête de boucherie. Les cannibales, il n'y en a pas tant que ça, hein, miss Starling ?

— Non. Pas tant que ça.

— Et c'est du travail sacrément propre, exact ?

— En effet, shérif.

— C'est peut-être parce que la presse en a tellement parlé que je dis ça, mais... Est-ce que ça ressemble à du Hannibal Lecter, d'après vous ?

Elle regarda un moment une araignée à longues pattes qui se dissimulait dans la rainure de la table d'autopsie vacante avant d'annoncer calmement :

— La sixième victime du docteur Lecter était un chasseur à l'arc, également.

— Et... il l'a mangé ?

— Pas celui-là, non. Il l'a laissé suspendu à un tableau à outils, avec toutes sortes de blessures de par le corps. Une allusion à une planche médicale du Moyen Age qui s'appelle « l'Homme blessé ». Le docteur Lecter s'intéresse beaucoup à tout ce qui est médiéval.

Le médecin légiste montra du doigt les poumons de Donnie Barber étalés sur son dos.

— Vous disiez que c'est un rituel très ancien, ça...

319

— Je pense, oui. Mais je ne sais pas si c'est lui qui l'a fait. Si c'est le cas, ce n'est pas du fétichisme de sa part. Ce genre de mise en scène n'est pas une constante, chez lui.

— C'est quoi, alors ?

— C'est un... caprice, annonça-t-elle sans les quitter des yeux, pour voir si le terme qu'elle avait choisi les désarçonnait. C'est un caprice, et c'est à cause de ça qu'il s'est fait prendre, la dernière fois.

59

Le laboratoire d'identification d'ADN était tout récent. Il sentait le neuf et son personnel était nettement plus jeune que Starling, constat auquel elle se résigna avec un petit pincement au cœur : il fallait s'y habituer, puisqu'elle serait très bientôt plus vieille d'un an...

La fille d'une vingtaine d'années qui signa le reçu pour les deux flèches que Starling lui apportait avait un badge au nom d'A. Benning sur sa blouse.

Elle devait déjà avoir des expériences cuisantes en matière de réception de preuves, à en juger par son soulagement évident lorsqu'elle vit avec quel soin Starling leur avait évité tout contact pendant le transport.

— Oh, vous ne pouvez pas imaginer dans quel état on m'amène ce genre de trucs, des fois, soupira-t-elle. Bon, il faut que vous compreniez que je ne vais pas pouvoir tout vous dire comme ça, en cinq minutes...

— Je m'en doute. Il n'y a pas eu d'analyse PTFR sur le docteur Lecter, son évasion remonte à trop longtemps. Et toutes les pièces à conviction que nous avons sont inutilisables, à force d'être passées par des centaines de mains.

— Vous savez que l'heure de labo est beaucoup trop chère pour analyser tout et n'importe quoi, genre douze poils ramassés dans une chambre de motel. Par contre, si vous m'apportez quelque...

— Écoutez un peu ce que je dis, après vous parlerez. J'ai demandé à la PJ italienne de m'envoyer la brosse à dents qui était celle du docteur Lecter, d'après eux. Vous pourrez relever de l'épithélium dessus, je pense, il n'y a qu'à chercher le polymorphisme de taille des fragments de restriction. Et faites un séquençage court répété en tandem, aussi. Ce trait d'arbalète est resté un moment sous la pluie, ça m'étonnerait que vous en tiriez quoi que ce soit, mais si jamais vous...

— Pardon, je crois que vous n'avez pas bien compris ce que je vous disais.

Starling se força à sourire.

— Ne vous en faites pas, « A. Benning ». Je suis sûre que nous allons finir par nous entendre super-bien. Regardez, les deux flèches sont jaunes, d'accord, mais celle de l'arbalète, le vireton comme ils disent, est peint à la main. Pas mal, comme travail, juste un peu moins régulier. Et là, vous ne voyez pas quelque chose sous la peinture ?

— Un poil de pinceau, non ?

— Peut-être. Mais quand même, c'est incurvé, et un peu renflé au bout... On dirait un cil, non ?

— Et s'il y a le follicule pilo-sébacé avec...

— Exactement.

— Bon, je peux faire une PCR, et vous trouver trois sites de restriction d'un coup sur l'ADN. Il va en falloir treize pour l'identification mais dans deux jours on pourra dire sans trop de risques de se gourer si c'est lui ou pas.

— Je savais que vous pourriez m'aider, A. Benning.

— Et vous, vous êtes Starling, l'agent spécial Starling. Je ne cherchais pas la bagarre, tout à l'heure... C'est juste que les flics nous donnent des trucs tellement nazes, des fois... Enfin, rien de personnel contre vous.

— Compris.

— C'est que... je vous imaginais plus âgée, c'est tout. Toutes les filles... Je veux dire, on vous connaît toutes de réputation, vraiment, et... (elle détourna les yeux)... et bon, on tient à vous, quoi !

Elle leva son petit pouce dodu.

— Je... je vous souhaite bonne chance avec Azazel. Si je peux me permettre.

60

Cordell, le majordome de Mason Verger, était un homme corpulent, aux traits marqués, qui aurait pu être séduisant si son expression n'avait pas toujours été si renfrognée. A trente-sept ans, il était définitivement interdit d'exercice dans les établissements de santé suisses et ne pouvait prétendre à aucun emploi qui l'aurait amené à côtoyer des enfants.

Il était grassement payé pour superviser tout le fonctionnement de la nouvelle aile, notamment les soins et l'alimentation de Mason Verger. Celui-ci s'était rendu compte qu'outre sa totale fiabilité Cordell présentait une indifférence complète à la souffrance humaine. Il avait assisté sur la vidéo à des « entretiens » accordés par Mason à certains petits visiteurs, dont la cruauté aurait rendu n'importe qui d'autre fou de rage ou de détresse.

Ce jour-là, Cordell était un peu préoccupé par le seul aspect de la vie qu'il considérait avec révérence : l'argent.

Il frappa deux fois à la porte, comme à son habitude, avant d'entrer dans la chambre. Tout était noir ici, à part l'aquarium scintillant où la murène, reconnaissant sa présence, sortait déjà de son antre, pleine d'espoir.

— Mr Verger ?

Mason tarda un moment à se réveiller.

— Il fallait que je vous parle de quelque chose, Mr Verger. Je vais devoir opérer un versement supplémentaire à la personne de Baltimore que vous savez, cette semaine. Il n'y a rien de dramatique mais ce serait plus prudent, je crois. Ce petit Noir, Franklin, vous vous rappelez ? Il a avalé de la mort-aux-rats ; il y a quelques jours encore il était dans une situation « critique ». Il a raconté à sa mère adoptive que c'est vous qui lui avez donné l'idée d'empoisonner son chat pour empêcher que la police ne l'emporte et ne le torture. En fait, il a donné l'animal à un voisin et il a pris le poison, lui.

— Absurde ! lança Mason. Je n'ai rien à voir avec ça.

— Bien sûr que c'est absurde, Mr Verger.

— Qui fait des histoires ? La femme qui vous procure les gosses ?

— C'est elle qu'il faut payer, en effet, et tout de suite.

— Vous n'avez pas touché à ce petit salaud, j'espère ? Ils n'ont rien trouvé de suspect à l'hôpital, au moins ? Je le saurai, Cordell, vous comprenez ?

— Moi, sous votre toit ? Non, Mr Verger, jamais. Je vous le jure. Vous me connaissez, je ne suis pas irresponsable, je tiens à mon travail.

— Où il est, Franklin ?

— Au Maryland-Misericordia. Quand il en sortira, il va être placé en foyer. Vous savez que sa mère adoptive a été rayée des listes pour avoir fumé de l'herbe. C'est elle qui fait du raffut à votre sujet. Nous allons peut-être devoir négocier avec elle.

— Une négresse toxico ! Ça devrait pas être un gros problème.

— Elle ne connaît personne à qui aller raconter son histoire, mais je crois qu'il faut la prendre avec prudence. Avec des pincettes, même. Notre interlocutrice des services sociaux voudrait qu'elle se taise.

— Bon, je vais y réfléchir. En attendant, allez-y, payez la nana des services sociaux.

— Mille dollars ?

— Peu importe. Qu'elle comprenne seulement que c'est tout ce qu'elle aura, entendu ?

Étendue sur le canapé dans l'obscurité, les joues striées de larmes séchées, Margot Verger avait suivi toute la conversation. Auparavant, elle avait encore tenté de raisonner son frère, mais il s'était assoupi pendant qu'elle lui parlait. Il croyait qu'elle était partie, c'était évident.

Elle ouvrit la bouche pour prendre une courte bouffée

d'air, en essayant de faire concorder sa respiration avec les chuchotements du poumon artificiel. Un rai de lumière grise passa dans la chambre lorsque Cordell ouvrit la porte. Margot se tassa sur les coussins.

Elle attendit une vingtaine de minutes, le temps que la pompe à oxygène reprenne le rythme d'une personne endormie. La murène la vit se faufiler hors de la pièce, mais non Mason.

61

Margot Verger et Barney passaient de plus en plus de temps ensemble, pas tant pour bavarder que pour regarder la télévision dans la salle de jeux : matchs de football, les *Simpson*, parfois des concerts sur la chaîne culturelle. Ils suivaient aussi le feuilleton *Moi, Claude* et, quand le service de Barney l'obligeait à manquer certains épisodes, ils commandaient les cassettes vidéo.

Margot aimait bien Barney. Avec lui, elle se sentait partie prenante d'une camaraderie masculine, un « pote » parmi les autres. Il était le seul être de sa connaissance à se montrer aussi détendu, aussi simple. Et puis, il était loin d'être bête et il avait un côté planant, hors de ce monde, qui lui plaisait aussi.

Elle disposait d'une bonne culture générale et d'une solide formation en sciences de l'informatique. Barney, lui, était un autodidacte dont les considérations allaient de l'extrême puérilité à la plus grande pénétration. L'éducation de Margot était une vaste plaine ouverte, dominée par la raison, où il pouvait prendre pied. Mais cette plaine s'étendait à la surface de son esprit, de même que la terre, dans l'idée de ceux qui la croyaient plate, reposait sur la carapace d'une tortue.

Elle lui fit payer sa boutade sur sa condition féminine qui l'aurait obligée à s'accroupir pour uriner. Elle était convaincue d'avoir de meilleures jambes que lui et le temps lui donna raison. En feignant des difficultés aux haltères, elle l'entraîna dans un pari au banc de musculation des jambes et regagna ses cent dollars. Plus encore, elle profita de l'avantage que lui conférait son moindre poids pour le battre à la barre fixe avec des tractions d'un seul bras, mais seulement du droit, car le gauche restait affaibli par les séquelles d'une blessure survenue pendant une bagarre avec Mason quand ils étaient adolescents.

Tard le soir, après la fin du tour de garde de Barney auprès de l'invalide, il leur arrivait de s'entraîner ensemble. Alors, ils se lançaient des défis muets, s'absorbaient dans l'effort, et le silence de la salle de musculation n'était troublé que par leur respiration et le bruit des machines. Parfois, ils n'échangeaient qu'un rapide bonsoir tandis qu'elle rangeait son sac de gym et s'en allait vers les appartements à l'étage, une partie de la vaste demeure où le personnel n'était pas admis.

Cette nuit-là, elle entra dans le gymnase tout de skaï noir et de chrome avec des larmes dans les yeux. Elle arrivait directement de la chambre de Mason.

— Oh, hé ! fit Barney. Ça ne va pas ?

— Des histoires de famille à la con, qu'est-ce que je peux te dire ? Si, ça va.

Et elle se mit à forcer, forcer. Trop de poids, trop d'arrachés.

A un moment, Barney s'approcha d'elle et lui retira une barre d'haltères en secouant la tête.

— Tu vas finir par te déchirer un muscle.

Elle s'exténuait encore sur un vélo d'exercice quand il décida qu'il avait eu son compte. Debout dans une des cabines de douche du gymnase, il laissa l'eau brûlante emporter avec elle le stress d'une longue journée. Elle était à multijets, au plafond et sur les parois. Barney aimait focaliser la pression sur deux pommeaux, dont les jets fouettaient son corps.

Bientôt, la condensation fut si dense autour de lui qu'il oublia tout, à part le picotement de l'eau sur son crâne. Il trouvait que la douche était un endroit propice à la réflexion, avec ses nuées de vapeur... *Les Nuées*. Aristophane. Le docteur Lecter lui expliquant la scène où le lézard pisse sur Socrate. Une idée lui traversa soudain la tête : s'il n'avait pas été forgé sur l'enclume impitoyable de la logique lectérienne, il aurait sans doute été intimidé par des gens comme Doemling.

Lorsqu'il entendit quelqu'un ouvrir un autre robinet, il n'y prêta guère attention et continua à se frotter énergiquement le torse. Les autres employés de Verger utilisaient également la salle de musculation, mais surtout tôt le matin ou en fin d'après-midi. Selon les conventions qui régissent les relations entre hommes, il est malvenu de s'intéresser à un autre utilisateur dans une douche collective et pourtant Barney se demanda de qui il pouvait s'agir. Il souhaitait que ce ne soit pas Cordell, dont la seule vue lui donnait la nausée. A une heure aussi tardive, qui était-ce, alors ? Il pivota pour présenter sa nuque au jet. Dans les nuées de vapeur, le corps de son voisin lui apparut par fragments, comme une fresque sur un mur rongé par le temps. Une épaule musclée, puis une jambe, puis une main fine frictionnant un cou d'athlète, des ongles couleur corail... C'était la main de Margot. Et c'était la jambe de Margot que terminaient ces ongles de pied laqués.

Barney baissa la tête sous le flot brûlant, respira à fond. Dans la cabine d'à côté, la silhouette se mouvait, se lavait avec des gestes décidés. Ses cheveux, maintenant. Oui, c'était le ventre plat de Margot, ses petits seins érigés sur ses puissants pectoraux dont les tétons pointaient sous les gouttes impétueuses, son bas-ventre bosselé entre l'abdomen et le haut des cuisses. Et ce devait être sa chatte, là, émergeant de la courte toison blonde sévèrement taillée.

Il retint sa respiration, mais le calme ne revenait pas en lui, au contraire. Sous la douche, elle luisait comme un cheval après la course, chacun de ses muscles sculpté au ciseau des exercices les plus durs. Comme son intérêt devenait apparent, il se tourna vers la paroi, pensant qu'il arriverait peut-être à l'ignorer jusqu'à ce qu'elle s'en aille.

L'eau s'arrêta dans l'autre cabine. Mais maintenant, c'était sa voix qu'il entendait :

— Hé, Barney, qu'est-ce qui se dit, pour le prochain match des Patriots ?

— Hein ? Euh, d'après mon gars, cinq et demi contre un face à Miami.

Il risqua un regard par-dessus son épaule.

Elle était en train de se sécher juste à la limite des éclaboussures de la douche de Barney. Les cheveux encore plaqués par l'eau, son visage paraissait détendu, les larmes avaient disparu. Elle avait une très belle peau.

— Alors, tu veux parier ? Au bureau de Judy, ils ont fait un pot commun et il y a déjà...

Il n'écoutait plus. La toison de Margot, emperlée de gouttelettes, et au centre ce rose... Il sentit le sang lui monter au visage, il bandait comme un âne, il était à la fois stupéfait, apeuré, excité. Il n'avait jamais ressenti d'attirance pour un homme. Mais, malgré tous ses muscles, elle n'en était pas un, et il était très tenté par ce qu'elle était.

Et puis, venir se doucher avec lui, ça voulait dire quoi ?

Il éteignit la douche, lui fit face et, sans plus réfléchir, posa sa grande paume sur la joue de la jeune femme.

— Bon Dieu, Margot, je...

Les mots moururent dans sa gorge.

Elle avait baissé les yeux sur son entrejambe.

— Oh non, merde, tu ne vas pas...

Il tendit le cou, essayant de l'embrasser doucement quelque part sur son visage sans la toucher avec son membre tendu mais il n'y arriva pas et elle recula, les yeux toujours fixés sur la lance de fluide cristallin qui se tendait entre lui et son ventre plat, et elle projeta son avant-bras contre le large torse de Barney avec la force d'un contre au football américain. Les jambes de Barney se dérobèrent sous lui. Il atterrit sur les fesses dans le bac à douche, brutalement.

— Putain d'enculé ! siffla-t-elle entre ses dents. J'aurais dû m'en douter, pédé ! Prends ton machin et fourre-le-toi où je pense...

Barney se releva d'un bond. En quelques secondes, il s'était rhabillé sans se sécher et avait quitté les lieux sans un mot.

Ses quartiers se trouvaient dans une dépendance, d'anciennes étables au toit en ardoises qui avaient été reconverties en garages avec des chambres au-dessus. Il resta très tard devant son ordinateur portable, absorbé dans un cours par correspondance sur Internet. Soudain, il sentit le sol trembler, comme si une force de la nature était en train de gravir l'escalier.

Un léger coup à sa porte. En l'ouvrant, il découvrit Margot dans un épais survêtement, la tête couverte d'une casquette en maille.

— Je peux entrer une minute ?

Barney contempla ses chaussures un instant avant de s'effacer pour lui laisser le passage.

— Écoute, Barney, je suis désolée, pour tout à l'heure. J'ai... j'ai paniqué, pour tout dire. Enfin, je veux dire que j'ai déconné et que j'ai paniqué. Ça me plaisait, qu'on soit amis.

— Moi aussi.

— Je pensais qu'on aurait pu être, comment dire... des potes, quoi.

— Oh, Margot, faut pas pousser, là ! J'ai dit qu'on serait copains mais j'ai pas dit que j'étais un foutu eunuque. C'est toi qui es venue sous cette fichue douche avec moi. Tu m'as plu, j'y peux rien, moi. Tu te pointes là, à poil, alors moi je vois deux trucs ensemble qui me plaisent *vraiment*...

— Moi et ma chatte, explicita Margot.

A leur grande surprise, ils éclatèrent de rire en même temps.

Elle s'approcha de lui, lui donna une accolade qui aurait pu faire des dégâts chez quelqu'un de moins robuste.

— Écoute, s'il devait y avoir un mec, ce serait toi. Mais ce n'est pas mon truc, pas du tout. Ni maintenant, ni jamais.

Barney hocha la tête.

— Je le sais, ça. Simplement, ça a été plus fort que moi.

— Tu veux qu'on essaie d'être copains ?

Il réfléchit une minute.

— D'accord, mais alors faudra que tu m'aides un peu. Voilà le deal : je m'engage à faire l'effort, le gros effort d'oublier ce que j'ai vu tout à l'heure ; et toi, tu te débrouilles pour ne plus me le montrer. Et pendant qu'on y est, pas de nibards sous mon nez, non plus. Qu'est-ce que tu en penses ?

— En amitié, tu peux me faire confiance, Barney. Viens à la maison demain. Judy va faire la cuisine et moi aussi.

— Ouais, mais peut-être pas aussi bien que je la fais, moi.

— On parie ?

62

Il était en train d'examiner le contenu d'une bouteille de château-pétrus à la lumière. Elle avait quitté sa position couchée pour reposer à la verticale depuis la veille, au cas où il y aurait eu du dépôt. Après un coup d'œil à sa montre, le docteur Lecter résolut qu'il était temps de l'ouvrir.

Pour lui, c'était un vrai risque à prendre, un défi sérieux. Il n'était pas dans la hâte inconsidérée, mais dans le désir de contempler la robe du vin à travers la carafe en cristal. Qu'il l'ouvre trop tôt et le souffle saint qui habitait ses flancs de verre échapperait à sa rigoureuse dégustation.

Il y avait du dépôt, oui.

Il retira le bouchon avec le même soin qu'il aurait mis à trépaner un crâne, puis plaça la bouteille sur un verseur qui permettait de contrôler au millilitre près l'écoulement. Désormais, c'était à l'air marin d'intervenir un peu. La décision viendrait après.

Il alluma un feu au charbon de bois et se prépara un verre de Lillet bien frappé avec un zeste d'orange tout en méditant le fond de sauce sur lequel il travaillait depuis trois jours. En matière de bouillon de cuisson, le docteur Lecter était un adepte de l'improvisation inspirée, telle que l'avait prônée Alexandre Dumas. Ainsi, de retour des bois trois jours plus tôt, il avait ajouté dans la marmite une grosse corneille qui venait de se farcir elle-même de baies de genièvre. Les petites plumes noires étaient parties en flottant sur les eaux calmes du littoral. Il avait gardé les plus solides pour fabriquer des plectres de rechange à son épinette.

Maintenant, il écrasait des baies de genièvre, séchées celles-ci, après avoir mis des échalotes à roussir dans une poêle. Il noua fermement un ruban en coton autour du bouquet garni et versa quelques cuillerées de bouillon sur les échalotes.

Le filet qu'il retira de la terrine en céramique avait pris une teinte sombre dans la marinade, qu'il exprima hors de la viande avant de rabattre la plus effilée des extrémités pour que la pièce présente un diamètre uniforme tout du long.

Le feu était désormais prêt, rougeoyant au centre, les charbons à bonne distance de la grille. Le filet grésilla dessus, une fumée bleue s'étira lentement dans le jardin, comme au rythme de la musique qui passait sur la chaîne du docteur. C'était encore une composition du roi Henry VIII, très touchante : *Qu'Amour puisse céans régner...*

Plus tard dans la nuit, ses lèvres teintées du rouge profond du vin, un petit verre en cristal de château-d'Yquem à la robe miellée posé sur le chandelier, le docteur Lecter joue du Bach. Dans son esprit, Clarice Starling court à travers les feuilles fanées, les chevreuils détalent devant elle et remontent la colline en passant à côté de sa silhouette immobile. La course continue, continue, il aborde la deuxième des *Variations Goldberg,* les reflets des bougies dansent sur ses mains bondissantes, l'exécution s'altère soudain quand surgit une image fugace de neige ensanglantée et de dents sales grimaçantes, rien qu'un éclair cette fois qui disparaît dans un bruit sourd et net, un « schtoc » décidé, un vireton d'arbalète perforant un crâne, et nous voici rendus au calme plaisant de la forêt, à la musique qui coule avec aisance et à Starling dorée d'un pollen lumineux qui s'éloigne dans la pente, sa queue de cheval qui se balance comme la queue d'un chevreuil, et sans plus d'hésitation le docteur joue le mouvement jusqu'à la fin, et le silence qui suit a la riche douceur du château-d'Yquem.

Le docteur Lecter leva son verre dans la lueur des bougies. Elles scintillaient derrière le cristal comme le soleil scintille sur l'eau, et le vin avait la couleur du soleil d'hiver sur la peau de Clarice Starling. Son anniversaire était proche, pensa-t-il. Il se demanda si une bouteille de château-d'Yquem de son année de naissance était encore trouvable. Peut-être un tel présent s'imposait-il pour la jeune femme qui, d'ici trois semaines, allait avoir vécu autant de jours que le Christ.

63

A l'instant précis où le docteur Lecter observait son nectar à la flamme des bougies, dans le laboratoire d'identification d'ADN déserté, A. Benning porta sa dernière plaquette de gel à la lumière et contempla les lignes d'électrophorèse pointillées de rouge, de bleu et de jaune. C'était l'échantillon de cellules d'épithélium prélevées sur la brosse à dents retrouvée au palais Capponi et transmises au FBI par la valise diplomatique italienne.

— Hummm, hummm..., fit-elle en décrochant aussitôt son téléphone pour appeler le poste de Starling.

Ce fut Eric Pickford qui décrocha.

— 'Soir, est-ce que je peux avoir Clarice Starling, s'il vous plaît ?

— Elle est absente aujourd'hui et c'est moi qui suis de garde. Je peux vous aider ?

— Vous avez son numéro de biper ?

— Je suis justement avec elle sur l'autre ligne. Vous avez quelque chose pour elle ?

— Dites-lui que Benning, du labo ADN, veut lui parler. Dites-lui seulement que la brosse à dents et le cil sur la flèche concordent. Que c'est bien le docteur Lecter. Demandez-lui qu'elle me rappelle, s'il vous plaît.

— Donnez-moi votre poste... D'accord, pas de problème, je lui transmets tout de suite. Merci.

Starling n'était pas sur l'autre ligne. Et si Pickford composa sans tarder un numéro de téléphone, ce fut celui du domicile de Paul Krendler.

Quand A. Benning constata que Starling ne la rappelait pas, elle fut un peu déçue. La jeune laborantine avait fait plus que son compte d'heures supplémentaires pour parvenir à ce résultat. Elle était déjà rentrée chez elle depuis longtemps lorsque Pickford prévint enfin Starling au téléphone.

Mason Verger, lui, était au courant depuis une bonne heure.

Il avait échangé quelques phrases avec Krendler, sans hâte, laissant l'oxygène revenir dans ses artères à chaque pause, l'esprit très clair.

— C'est le moment de mettre Starling hors course, avant qu'ils ne décident de prendre les devants et de se servir d'elle comme appât. On est vendredi, vous avez tout le week-end pour lancer le truc, Krendler. Racontez aux macaronis l'histoire de la petite annonce et tombez sur la petite. Il est grand temps qu'elle débarrasse le plancher. Ah, et puis, Krendler ?

— Je... je pensais qu'on aurait pu se contenter de...

— Faites ce que je dis, point. Et quand vous allez recevoir une autre carte postale des îles Caïmans, il y aura un nouveau numéro de téléphone inscrit sous le timbre, pigé ?

— D'accord, je vais...

Il n'eut pas le loisir de terminer. Verger avait raccroché.

Si brève qu'elle fût, la conversation avait épuisé Mason.

Il se sentait basculer dans un sommeil hagard, mais il eut tout de même la force d'appeler Cordell et de lui murmurer quatre mots :

— Faites rappliquer les porcs.

64

Déplacer un cochon sauvage contre sa volonté requiert un effort physique encore plus intense que de kidnapper un homme. Ces animaux sont plus entêtés et souvent plus forts que les humains, d'autant que la vue d'un revolver ne les intimide aucunement. Et puis il y a les défenses, que l'on doit toujours garder à l'œil si l'on veut conserver son ventre et ses jambes en l'état. Lorsqu'ils en sont munis et qu'ils affrontent une espèce à station verticale, les hommes ou les ours, ils cherchent d'instinct à les éviscérer. Couper les jarrets n'est pas un réflexe naturel chez eux, mais cela peut rapidement devenir une réaction acquise.

De plus, si l'on veut en prendre un vivant, il est impossible de recourir à un choc électrique pour le paralyser momentanément, car ces bêtes ont le cœur fragile et sont très exposées aux accidents coronariens.

Carlo Deogracias, le maître-porc, avait cependant la patience d'un crocodile guettant sa proie. Il avait déjà fait l'expérience de droguer quelques-unes de ces redoutables créatures, en utilisant le même sédatif que celui qu'il avait eu l'intention d'employer contre le docteur Lecter, de l'acépromazine. Il connaissait désormais la dose exacte que nécessitait un sanglier de cent kilos, et la fréquence des injections pour le maintenir en léthargie pendant pas moins de quatorze heures sans que la bête subisse de séquelles.

Comme la maison Verger avait une longue pratique d'import-export de cheptel et qu'elle collaborait en permanence avec le département américain de l'Agriculture sur des pro-

335

grammes de génétique animale, l'entrée des porcs de Mason aux États-Unis ne présentait aucune difficulté majeure. Conformément à la règle, le formulaire 17-129 du service de l'inspection de la santé animale et végétale fut faxé à sa direction de Riverdale, dans le Maryland, de même que les certificats vétérinaires en provenance de Sardaigne et la taxe de 39,50 dollars requise pour l'importation de cinquante échantillons de sperme congelé que Carlo voulait prendre avec lui.

Les permis d'entrée des porcs et de la liqueur séminale parvinrent à Mason Verger par retour de télécopie, accompagnés de la dispense de quarantaine à Key West qu'il obtenait toujours et de la confirmation qu'un inspecteur du Service monterait à bord de l'avion à l'aéroport international de Baltimore-Washington pour placer hors douane la livraison.

Carlo et ses aides, les frères Falcione, entreprirent d'assembler les caisses de transport, du matériel de première qualité avec des portes coulissantes à chaque extrémité et les parois intérieures capitonnées. Ils faillirent oublier d'emballer également le miroir du bordel de Cagliari, dont les dorures rococo encadrant l'image reflétée des porcs semblaient avoir enchanté Mason Verger.

Puis Carlo commença à droguer les spécimens qu'il avait sélectionnés, cinq mâles élevés dans le même enclos et onze truies. Il y en avait une gravide mais aucune n'était en chaleur. Lorsque les bêtes furent inconscientes, il les examina soigneusement, éprouvant des doigts le tranchant de leurs dents et les pointes de leurs puissantes défenses. Prenant leur face effrayante entre ses mains, il observa leurs petits yeux troubles, écouta leur respiration régulière. Puis il entrava leurs chevilles d'une étonnante finesse, les tira jusqu'aux caisses sur des toiles et les y enferma.

Les camions descendirent de la montagne en grondant, jusqu'à la piste de Cagliari où les attendait un avion-cargo des Count Fleet Airlines, une compagnie spécialisée dans le transport des chevaux de course. L'Airbus était habituellement affecté aux liaisons transatlantiques, conduisant et ramenant des pur-sang américains aux courses hippiques de Dubaï. Un seul cheval se trouvait déjà dans la carlingue, embarqué lors d'une escale à Rome. Dès qu'il huma la forte odeur des cochons, il se mit à hennir et à ruer dans son box au point que l'équipage fut obligé de le laisser à terre, incident fort coûteux pour Mason, qui dut ensuite prendre en charge les frais de rapatriement de la bête ainsi que de généreux dédommagements versés à son propriétaire pour éviter des poursuites en justice.

Carlo et ses hommes restèrent aux côtés des animaux dans la soute pressurisée du cargo. Toutes les demi-heures, au-dessus de la mer démontée, Carlo venait les inspecter un par un, posant la main sur leurs flancs aux soies rêches afin de contrôler le battement sauvage de leur cœur.

Même si elles étaient robustes et affamées, seize bêtes ne seraient jamais en mesure de consommer l'entièreté du docteur Lecter en un seul repas. Il leur avait fallu une journée pour ingérer les derniers restes du réalisateur.

Le premier jour, Mason voulait que le docteur Lecter les voie dévorer ses pieds. Puis il serait maintenu en vie à l'aide d'une perfusion pour attendre le service suivant, le lendemain.

Mason avait promis à Carlo qu'il pourrait disposer du docteur pendant une heure, dans l'intervalle.

Pour leur second festin, les porcs seraient autorisés à le vider et à se repaître de sa panse et de son visage jusqu'à ce que, rassasiés, les plus gros d'entre eux et la truie gravide abandonnent la place à la deuxième vague de banqueteurs. Mais à ce stade la scène aurait déjà perdu de son attrait, évidemment.

65

C'était la première fois que Barney se rendait à la grange.
Il entra par une porte dissimulée sous les gradins qui bordaient sur trois faces une piste de présentation abandonnée.
Vide et silencieuse, n'étaient les roucoulements des pigeons
dans les structures en bois, l'arène paraissait encore suspendue dans l'attente de l'arrivée des pur-sang. Derrière l'estrade du commissaire-priseur s'étendait le hangar ouvert,
puis une porte à double battant commandait l'aile des écuries et de la sellerie.

Il entendit des voix quelque part et cria :

— Salut !

— On est dans la sellerie, Barney ! Viens par ici.

C'était Margot.

La pièce était agréable, tapissée de harnais et de selles aux
courbes gracieuses. Les chauds rayons de soleil qui passaient
par les fenêtres poussiéreuses tout en haut des murs réveillaient une bonne odeur de cuir et de foin. La salle était bordée sur un côté par un grenier ouvert qui donnait sur la
réserve de foin.

Margot était en train de suspendre des étrilles et quelques
bridons. Ses cheveux étaient plus clairs que la paille, ses yeux
aussi bleus que l'estampille du boucher sur un quartier de
viande.

— Bonjour, lança Barney sur le seuil.

Il trouvait que la sellerie ressemblait un peu à un décor de
théâtre, conçu tout spécialement pour les enfants en visite.

Avec la hauteur de ses plafonds et la lumière oblique qui tombait d'en haut, on se serait presque cru dans une église.

— Salut, Barney. Entre, entre. On déjeune dans une vingtaine de minutes.

La voix de Judy Ingram tomba du grenier surélevé :

— Barneeeeey, enfin ! Bonjour. Hé, attendez un peu de voir ce qu'on a apporté ! Dis, Margot, tu veux qu'on essaie de manger dehors ?

Tous les dimanches, elles avaient l'habitude de venir panser l'assortiment hétéroclite de poneys bien nourris qui étaient chargés de promener les petits visiteurs de la propriété. Et elles prenaient toujours un pique-nique avec elles.

— On peut essayer du côté sud, au soleil ! répondit Margot.

Barney se dit qu'elles avaient l'air un peu trop enjoué. Son expérience hospitalière lui avait appris que l'excès de gazouillements n'était jamais un bon signe.

La salle était dominée par un crâne de cheval accroché en trophée à un mur avec sa bride et ses œillères, l'ensemble se découpant sur un tissu aux couleurs de l'élevage Verger.

— C'est Ombre mouvante, vainqueur des courses de Lodgepole en 52, lui expliqua Margot. Le seul cheval de mon père qui ait jamais gagné une coupe. Mais il était trop radin pour le faire empailler...

Son regard suivit celui de Barney sur la face émaciée.

— Il ressemble drôlement à Mason, pas vrai ?

Dans un coin, une forge à soufflet grondait tout bas. Margot y avait allumé un petit feu pour réchauffer un peu la salle. Il s'échappait comme une odeur de soupe de la marmite posée sur les charbons.

Elle alla à un établi qui présentait l'équipement complet d'un maréchal-ferrant, s'empara d'un marteau à manche court et grosse tête. Avec son torse et ses biceps, elle aurait pu aisément passer pour quelqu'un du métier, ou pour un forgeron à la poitrine étonnamment proéminente...

— Tu me les envoies, ces couvertures ? cria Judy d'en haut.

Margot saisit une pile de lourdes couvertures de cheval toutes propres et les expédia dans le grenier d'un seul mouvement de balancier de son bras d'Hercule.

— OK, le temps de me laver les mains et je vais prendre

339

le reste dans la jeep, annonça Judy en descendant l'échelle à reculons. Repas dans un quart d'heure, d'accord ?

Barney, qui sentait que Margot surveillait sa réaction, s'abstint de reluquer les fesses de son amie.

Restés en tête à tête, ils s'assirent sur des balles de foin recouvertes de couvertures pliées qui faisaient office de sièges.

— Tu as raté les poneys, constata Margot. Ils sont partis à l'étable de Lester.

— Oui, j'ai entendu les camions arriver, ce matin. Comment ça se fait ?

— Ah, c'est les trucs de Mason, ça...

Un court silence s'établit. Ils pouvaient rester sans parler, d'habitude, mais cette fois un certain malaise était palpable.

— Bon, allons-y, Barney. Voilà : tu arrives à un point où il ne suffit plus de bavarder, il faut passer aux actes. On en est bien là, hein ?

— Comme dans un flirt, c'est ça ?

La comparaison tombait mal, dans leur cas, et l'expression qui passa sur les traits de Margot le disait assez.

— Un *flirt*... Je te réserve autrement mieux que ça, moi ! Tu comprends à quoi je fais allusion, n'est-ce pas ?

— Je crois, oui.

— Mais si jamais tu décidais que tu ne veux rien faire et qu'il arrivait quand même quelque chose ensuite, tu comprends que tu ne pourras pas venir me chercher des histoires là-dessus, non ?

Elle tapotait sa paume avec le marteau de ferronnier, sans y penser peut-être, mais avec ses yeux d'un bleu carnassier fixés sur Barney.

S'il était encore en vie, c'était parce qu'il avait appris à lire les visages. Et là, il savait qu'elle pensait vraiment ce qu'elle disait.

— J'ai pigé, oui.

— Et si nous passons à l'acte, même topo. A part que je me montrerai très, très généreuse, une fois, rien qu'une fois, mais ce sera amplement suffisant. Tu veux savoir à quel point, généreuse ?

— Écoute, Margot, rien n'arrivera pendant que je suis de garde, en tout cas. Pas tant qu'il me paie pour que je prenne soin de lui.

— Mais pourquoi, enfin ?

Il haussa les épaules.

— Parce qu'un deal, c'est un deal.

— Hein ? Tu appelles ça un deal ? En voici un, Barney, un vrai : cinq millions de dollars. La même somme que Krendler est censé toucher pour court-circuiter le FBI, si tu veux savoir.

— On parle de prendre du sperme à Mason, de quoi rendre Judy enceinte...

— Oui, de ça et de quelque chose d'autre encore. Tu te doutes bien que si tu lui soutires sa crème et que tu le laisses en vie, il te coincera aussi sec, Barney. Tu ne pourras pas lui échapper et tu iras droit aux cochons, merde !

— J'irais droit où, tu dis ?

— Qu'est-ce qui te retient, Barney ? Ce « Semper Fi » que tu as tatoué sur le bras ? La parole d'honneur d'un ancien Marine ?

— Quand j'ai accepté son fric, je me suis engagé à m'occuper de lui. Tant que je travaillerai pour lui, je ne lui ferai aucun mal.

— Mais tu n'auras rien à « faire » quand il sera mort, à part le... prélèvement. Moi, je ne peux pas toucher son machin. Pas une seule fois de plus, tu m'entends ? Et il faudra peut-être que tu m'aides si Cordell vient s'en mêler.

— Si Mason est mort, tu ne pourras compter que sur une émission, pas deux.

— Il suffit de cinq centimètres cubes, même d'un sperme moins riche que la normale, on le dilue et on a de quoi faire cinq tentatives d'insémination, in vitro si nécessaire... Ils sont tous très fertiles, dans la famille de Judy.

— Tu n'as pas pensé à l'acheter, Cordell ?

— Non. Il ne tiendrait jamais son engagement. Je ne lui fais pas confiance une seconde. Il cherchera à me soutirer du fric, tôt ou tard. Non, il va falloir le neutraliser.

— Tu as réfléchi à tout, on dirait...

— Oui. Toi, il faut que tu sois aux commandes à l'infirmerie. Tous les moniteurs sont concentrés là-bas, chaque instant est enregistré sur une bande de sauvegarde. Il y a le circuit télé, aussi, mais là ils n'enregistrent pas en permanence à la vidéo. Nous... je veux dire, moi, je passe la main dans le poumon artificiel et je lui bloque la poitrine. Sur le moniteur, la machine continuera à fonctionner normalement. Dès que

341

la courbe de son pouls et de sa pression sanguine présente un changement, tu te précipites dans la chambre, tu le trouves évanoui, tu peux tenter toutes les réanimations que tu veux, simplement tu fais comme si je n'étais pas là. Moi, je continue à appuyer jusqu'à ce qu'il meure. Tu t'y connais assez en autopsie, toi : qu'est-ce qu'ils regardent d'abord, quand ils soupçonnent un étouffement prémédité ?

— S'il y a eu hémorragie sous les paupières.

— Il n'en a pas, de paupières !

Elle était cultivée, pleine de ressources, et habituée à pouvoir acheter n'importe quoi, n'importe qui.

Barney la regarda bien en face, mais c'était le marteau dans sa main qu'il surveillait du coin de l'œil lorsqu'il donna sa réponse :

— Non, Margot.

— Et si je t'avais laissé me sauter, tu l'aurais fait ?

— Non.

— Et si tu ne travaillais pas ici, si ta responsabilité d'infirmier n'était pas engagée envers lui, tu le ferais ?

— Non plus, probablement.

— C'est quoi, déontologie ou manque de couilles ?

— J'en sais rien.

— Bon, on va bien voir. Tu es viré, Barney.

Il opina du bonnet, sans manifester de surprise.

— Et puis, Barney ?

Elle posa son doigt sur ses lèvres.

— Chuuut, hein ? J'ai ta parole, n'est-ce pas ? Ne me force pas à te rappeler que je peux te casser les reins avec ces antécédents que tu as en Californie. Je n'ai pas besoin de revenir là-dessus, ou si ?

— Tu n'as pas à t'inquiéter, répliqua Barney. C'est plutôt moi qui devrais flipper. Je ne sais pas si Mason a l'habitude de laisser partir ses employés. Peut-être qu'ils « disparaissent », juste...

— Pas de souci, toi non plus. Je lui dirai que tu as attrapé une hépatite. Après tout, tu ne connais pas grand-chose de ses petites affaires, à part qu'il essaie d'aider la justice de son pays... Et comme il sait qu'on te tient avec cette histoire de Californie, il va te laisser partir gentiment, crois-moi.

Un moment, Barney se demanda qui, du frère ou de la sœur, avait semblé le patient le plus intéressant aux yeux du docteur Lecter.

66

Il faisait nuit noire quand le long fourgon argenté vint s'arrêter devant la grange de Muskrat Farm. Ils étaient en retard, et de fort méchante humeur.

Au début, tout s'était bien passé à l'aéroport de Baltimore-Washington. L'inspecteur du département de l'Agriculture monté à bord avait donné son accord à l'entrée des seize animaux sans barguigner. Lui-même expert en race porcine, le fonctionnaire n'avait encore jamais vu pareils spécimens.

Lorsque Carlo Deogracias avait inspecté le camion qui devait les emmener à la ferme, par contre, il avait constaté qu'il s'agissait d'une bétaillère dont les anciens occupants avaient laissé des traces nauséabondes un peu partout. Il avait refusé de faire débarquer ses bêtes et l'avion avait donc été immobilisé pendant que les trois Sardes et le chauffeur très en colère partaient à la recherche d'un véhicule plus convenable, trouvaient une station de lavage et récuraient l'intérieur à la vapeur.

En arrivant à la route d'accès à la ferme, dernière contrariété : après avoir jaugé le tonnage du camion, le garde forestier leur avait refusé le passage sous prétexte qu'ils devraient emprunter un pont qui n'était pas prévu pour un tel poids. Il les avait obligés à prendre la piste de service à travers la forêt domaniale. Les trois derniers kilomètres, le gros véhicule s'était péniblement faufilé sous les arbres, accrochant les branches au passage.

Carlo fut cependant satisfait en découvrant la belle grange de Muskrat Farm, la propreté des lieux et la souplesse avec laquelle le petit chariot élévateur déposa les caisses dans les stalles abandonnées par les poneys.

Quand le conducteur de la bétaillère arriva avec un aiguillon électrique en proposant d'envoyer une décharge à l'un des porcs afin de vérifier s'il était toujours sous l'effet du sédatif, Carlo lui arracha la pique des mains et lui lança un regard si menaçant que l'autre ne s'avisa pas de demander qu'il la lui rende.

Le maître-porc voulait que ses bêtes sortent de leur léthargie dans la pénombre et qu'elles ne quittent leur caisse qu'après avoir retrouvé toutes leurs facultés motrices. Il craignait en effet que les porcs réveillés en premier ne soient tentés de s'offrir une collation au détriment de ceux encore plongés dans leur sommeil forcé : quand les bêtes n'étaient pas assoupies en même temps, la moindre forme allongée réveillait leur appétit.

Piero et Tommaso devaient d'ailleurs redoubler de vigilance depuis que la bande avait dévoré le réalisateur et, quelques jours après, son cameraman préalablement décongelé. Il n'était plus question de traverser l'enclos ou la pâture quand les cochons étaient lâchés. Non pas qu'ils se soient montrés menaçants, à grincer des dents comme le feraient des sangliers : non, ils se contentaient de regarder les hommes avec la terrible obstination du cochon et s'approchaient lentement, de côté, jusqu'à se retrouver assez près pour charger.

Tout aussi entêté qu'eux, Carlo ne pensa à prendre quelque repos qu'après avoir inspecté avec une torche la longue clôture qui bouclait la partie du sous-bois réservée par Mason à ses porcs, en bordure de la forêt domaniale. Avec son couteau de poche, il fouilla l'humus sous les arbres et trouva des glands. Plus tôt, alors qu'ils roulaient dans les dernières lueurs du jour, il s'était dit qu'il devait y en avoir par là quand il avait entendu des geais gazouiller. Et, certes, il y avait des chênes dans la pâture clôturée, mais pas trop, heureusement : il ne voulait pas que les bêtes se nourrissent d'elles-mêmes, ce qui leur aurait été des plus faciles dans la forêt.

Mason avait aussi fait construire au bout de l'auvent de la grange une solide barrière percée d'un portail à deux vantaux superposés, sur le même principe que celui que Carlo avait installé en Sardaigne. Derrière cette protection, il allait pouvoir alimenter ses cochons en jetant par-dessus les traverses des vêtements bourrés de carcasses de poulets, de quartiers d'agneaux et de légumes qui atterriraient dans la mêlée.

Ils n'étaient pas intrépides, mais ils ne craignaient ni les hommes ni le bruit, et même Carlo n'aurait pu s'aventurer dans l'enclos avec eux. Le porc est un animal à part : il a des éclairs d'intelligence et un sens pratique d'une logique effrayante. Ceux-ci ne manifestaient pas d'hostilité particulière envers les humains, ils avaient simplement pris goût à les manger. Ils avaient également des pattes aussi nerveuses qu'un taureau de combat, les mâchoires redoutables d'un chien de berger, et les mouvements qu'ils effectuaient autour de leurs gardiens avaient un sinistre relent de préméditation. Piero, ainsi, avait frôlé la mort la fois où il avait récupéré une chemise dont ils avaient pensé pouvoir se resservir pour un de leurs repas.

Jamais encore il n'y avait eu des porcs d'une telle puissance, plus massifs que le sanglier d'Europe et d'une égale brutalité. Carlo avait le sentiment d'être leur créateur. Ce qu'ils allaient bientôt faire, cette incarnation du mal qu'ils allaient prochainement détruire, serait le seul hommage rendu à son œuvre, et il n'en demandait pas plus.

A minuit, tous, hommes et bêtes, étaient profondément endormis : Carlo, Piero et Tommaso dans le grenier de la sellerie, les cochons toujours enfermés, ronflant, leurs élégants petits sabots commençant à piaffer dans leurs rêves, quelques-uns s'étirant sur la toile propre qui leur servait de litière. A peine éclairé par le feu de la forge, le crâne du trotteur Ombre mouvante surveillait l'ensemble.

67

En s'apprêtant à attaquer un membre du FBI avec la fausse preuve fabriquée par Mason, Paul Krendler prenait un risque qui lui serrait un peu la gorge. Si Madame le procureur général des États-Unis découvrait la supercherie, elle n'hésiterait pas à l'écraser comme un cafard.

Mais, au-delà de l'inquiétude pour son propre sort, la perspective de ruiner la carrière de Clarice Starling ne le préoccupait pas autant que s'il s'était agi d'un homme. Car un mâle doit nourrir sa famille, tout comme il le faisait lui-même en dépit de la gloutonnerie et de l'ingratitude de ladite nichée.

Et puis, Starling devait être mise hors course, de toute façon : si on la laissait remonter les pistes avec l'ingéniosité obtuse et tenace des femmes, elle finirait par retrouver Hannibal Lecter. Et, dans ce cas, Mason Verger ne lui donnerait rien, ni argent, ni protection.

Le plus tôt elle serait dépouillée de ses ressources et exposée en appât facile, le mieux ce serait.

Au cours de son ascension, d'abord en tant que procureur local très impliqué dans la vie politique, puis au département de la Justice, Krendler avait déjà eu à casser professionnellement des gêneurs. Il savait d'expérience que sur ce plan les femmes sont beaucoup plus vulnérables que les hommes : si l'une d'elles est promue à un poste qui n'aurait pas dû revenir à quelqu'un de son sexe, il est toujours facile, et payant, de proclamer qu'elle l'a obtenu en couchant.

Quoique ce genre d'accusations ne pourrait jamais marcher avec Clarice Starling, se dit-il. En fait, il ne connaissait pas une femme qui aurait eu autant besoin d'un bon coup de rouleau par-derrière. Il pensait parfois à cette corrosive revanche quand il se fourrait un doigt dans le nez.

Il aurait été incapable d'expliquer son animosité à l'encontre de Starling. C'était une haine viscérale, qui appartenait à une partie de lui-même où il ne pouvait se risquer, un recoin avec des sièges couverts de housses, un plafonnier en dôme, des poignées aux portes et des crémaillères aux fenêtres, et une fille qui avait l'aspect de Starling mais non sa réserve et qui, sa culotte tombée autour des chevilles, lui demandait ce qui pouvait bien lui arriver, bon sang, et pourquoi il n'y allait pas, enfin, et s'il « n'était pas un peu pédé, par hasard », un peu pédé, un peu pédé...

Si on ne savait pas à quel point Starling était cul-serré, pensa Krendler, sa prestation en blanc et noir était étonnamment supérieure aux qualités érotiques que pouvaient suggérer ses rares promotions, il devait l'admettre. Les satisfactions professionnelles n'étaient certes pas tombées en masse dans son escarcelle, tout au long de ces années : en ajoutant de temps à autre une touche empoisonnée à son dossier, Krendler avait réussi à influencer la direction du personnel du FBI de telle manière que les postes gratifiants qu'elle aurait été en droit d'attendre ne lui soient jamais proposés. Son indépendance d'esprit et son refus de mâcher ses mots avaient facilité le travail de sape.

Mason n'était pas disposé à attendre les conclusions de l'enquête interne sur la fusillade du marché aux poissons. D'ailleurs, il n'était nullement assuré que Starling en sorte ternie : la mort d'Evelda Drumgo et des autres était à l'évidence le résultat d'une mauvaise conception du raid. Et c'était un miracle qu'elle ait pu sauver ce petit moutard, un parasite de plus à nourrir sur les deniers publics... Rouvrir la plaie de cette horrible histoire n'avait rien de difficile, certes, mais ce serait une manière stérile de s'en prendre à Starling.

Non, la méthode Mason était bien meilleure. Plus rapide, plus radicale. D'autant que le moment était propice. Un axiome en vigueur à Washington et dont la pertinence a été vérifiée encore plus souvent que celle du théorème de Pythagore stipule en effet qu'en présence d'oxygène un seul pet bien sonore émis par un coupable patent couvrira plusieurs flatulences mineures dans la même pièce, à condition que celles-ci se produisent simultanément ou presque. En d'autres termes, le procès en destitution du Président accaparait alors suffisamment le département de la Justice pour que Krendler ait tout loisir de régler son compte à Starling.

Mason Verger exigeait des échos dans la presse, que le docteur Lecter ne manquerait pas de remarquer. Mais Krendler devait s'arranger pour que l'affaire apparaisse comme un déplorable incident. Par chance, une occasion se présentait qui allait lui faciliter la tâche : ce serait bientôt l'anniversaire de la création du FBI.

La conscience de Krendler était assez souple pour lui accorder l'absolution quand il le fallait. Elle lui murmurait maintenant, en guise de consolation, que si Starling perdait son job, elle devrait au pire se passer de la grande antenne parabolique qui planait au-dessus du repaire de gouines où elle vivait. Au pire, il donnait ainsi à une gâchette facile l'opportunité de passer par-dessus bord et de ne plus mettre en danger la vie d'autrui.

Une gâchette trop nerveuse par-dessus bord, de quoi empêcher le bateau de tanguer, compléta-t-il, ravi par ces deux métaphores nautiques qui semblaient conférer une logique rassurante à son raisonnement. Que ce soit le tangage du bateau qui l'ait expédiée à la baille ne lui traversa pas l'esprit.

Dans les modestes limites de son imagination, Krendler menait une vie fantasmatique intense. A cet instant, il se représenta pour sa plus grande délectation une Starling vieillie trébuchant sur ses seins affaissés, ses jambes lisses désormais couvertes de varices et de verrues, peinant dans l'escalier avec un ballot de linge sale dans les bras, tête tournée pour ne pas avoir à supporter la vue des taches suspectes sur les draps, réduite pour gagner son pain à faire la bonniche dans un hôtel miteux tenu par un couple de vieilles lesbiennes poilues.

Il imagina ce qu'il lui allait lui dire, tout de suite après son triomphal « petite connasse de provinciale ». Inspiré par les déductions psychologiques que le docteur Doemling avait avancées sur son compte, il s'approcherait tout près d'elle lorsqu'on lui aurait retiré son arme et il laisserait tomber, les lèvres pincées par le mépris : « Même pour une petite Blanche sudiste, vous êtes quand même un peu vieille pour continuer à baiser votre papa, non ? » Il répéta plusieurs fois la formule dans sa tête et se demanda s'il ne devrait pas la noter quelque part.

Krendler disposait donc de l'instrument, de l'occasion et de tout le venin nécessaires à la ruine de Starling. Il se préparait à passer à l'action quand le hasard et la poste italienne vinrent lui apporter encore une aide considérable.

68

Aux environs de Hubbard, le cimetière de Battle Creek est une petite cicatrice sur la peau fauve du Texas intérieur en décembre. Ce jour-là, le vent siffle comme il a toujours sifflé ici et comme il sifflera toujours. Inutile d'attendre qu'il se calme.

Dans la nouvelle section, les pierres tombales sont plates, ce qui rend la pelouse plus facile à tondre autour. Aujourd'hui, un ballon argenté en forme de cœur danse au-dessus de la tombe d'une petite fille dont ce doit être l'anniversaire. Dans la partie la plus ancienne, les allées sont tondues aussi soigneusement, les abords des sépultures un peu moins souvent. Des bouts de rubans fanés et des tiges de fleurs mortes se décomposent dans l'humus. Tout au fond du cimetière, un tas de compost attend les vieux bouquets. A mi-chemin du ballon flottant et du compost, une pelleteuse est arrêtée. Un jeune Noir est aux commandes. Un autre, qui se tient près de la machine, protège de ses deux mains la cigarette qu'il allume dans le vent.

— Mr Closter, je tenais à ce que vous soyez présent pour que vous puissiez constater ce à quoi nous sommes confrontés, dit Mr Greenlea, le directeur des pompes funèbres de Hubbard. Je suis certain que vous dissuaderez les proches de s'infliger un spectacle pareil. Ce cercueil... et je veux à nouveau vous féliciter pour votre goût... ce cercueil fera très bonne figure, ils n'ont pas besoin d'en voir plus. Je suis heureux de vous accorder la remise professionnelle dessus. Mon propre père, qui n'est plus de ce monde à l'heure qu'il est, repose exactement dans le même modèle.

350

Un signe de tête à l'adresse du conducteur de la pelle-teuse, et la mâchoire mécanique arrache un morceau de la tombe affaissée par le temps et les mauvaises herbes.

— Pour la stèle, c'est entendu, Mr Closter ?

— Oui, répond le docteur Lecter. Les enfants en veulent une seule pour le père et la mère.

Ils restent là, silencieux, leur pantalon claquant dans la brise, jusqu'à ce que le pelleteur soit descendu à une soixan-taine de centimètres.

— A partir de là, mieux vaut continuer à la main, observe Mr Greenlea.

Les deux ouvriers se laissent tomber dans le trou et commencent à rejeter des pelletées de terre sans effort. On voit qu'ils ont de la pratique.

— Doucement, maintenant, commande Mr Greenlea. Il ne doit pas avoir tenu le coup, le cercueil. Rien à voir avec celui que nous allons lui donner...

La bière en vulgaire pitchpin s'est en effet effondrée sur son occupant. Greenla demande à ses fossoyeurs de bien dégager les côtés et de glisser une toile sous le fond qui, lui, a résisté. Retiré dans ce brancard improvisé, le cercueil est placé à l'arrière d'un camion.

Sur une table à tréteaux dans le garage du funérarium de Hubbard, les planches pourries du couvercle furent retirées, révélant un squelette de bonne taille.

Le docteur l'examina rapidement. Une balle avait endom-magé la côte juste au-dessus du foie, il y avait également une frac-ture enfoncée et un impact en haut de la tempe gauche. Le crâne, envahi de mousse et d'humus, présentait dans sa partie visible des os zygomatiques bien dessinés qu'il reconnut sans mal.

— La terre ne laisse pas grand-chose, n'est-ce pas ? constata Greenlea.

Les ossements étaient encore à moitié couverts par ce qui avait été un pantalon et des lambeaux de chemise de cow-boy, dont les boutons en nacre étaient tombés dans la cage thoracique. Un chapeau en feutre, de cow-boy également, un modèle de grande taille dans le style de Fort Worth, était posé sur la poitrine du cadavre. Il y avait une entaille dans le bord et un trou au-dessus du ruban.

— Vous avez connu le défunt ? s'enquit le docteur Lecter.

— Notre groupe n'a racheté cet établissement et repris l'entretien du cimetière qu'en 1989, Mr Closter. Je suis installé ici depuis mais notre société a son siège à Saint Louis. Désirez-vous conserver ces vêtements ? Je pourrais vous fournir un costume, mais je ne pense pas que...

— Inutile, coupa le docteur Lecter. Nettoyez seulement les os. Rien d'autre à part le chapeau, le ceinturon et les bottes. Mettez les mains et les pieds dans des sachets en toile et enveloppez le tout dans le meilleur linceul en soie que vous ayez, avec le crâne et le reste. Pas besoin de les réarranger, mais gardez-les tous. Est-ce que la récupération de la stèle suffira, en compensation du travail de comblement de la tombe ?

— Bien sûr. Si vous voulez juste signer ici, je vais vous donner des copies de tout ça...

Mr Greenlea était enchanté d'avoir vendu son cercueil. Habituellement, lorsque l'un de ses confrères venait récupérer un corps, il se contentait d'expédier les ossements dans une boîte pour proposer ensuite à la famille une bière sortie de ses propres ateliers.

Les formulaires d'exhumation présentés par le docteur Lecter étaient parfaitement conformes au code texan de la santé et de la salubrité publiques, article 711.044. Ce n'était pas étonnant, puisqu'il les avait fabriqués lui-même après avoir téléchargé les clauses et les fac-similés sur le site Web de la bibliothèque juridique du Groupement des comtés texans.

Avec l'aide appréciable de la plate-forme électrique à l'arrière du camion que le docteur Lecter avait loué, les deux employés des pompes funèbres chargèrent le cercueil neuf et le fixèrent sur son support à côté d'une malle-penderie en carton, le seul autre objet transporté à l'arrière.

— Quelle bonne idée, de se déplacer avec son placard à vêtements ! s'extasia Mr Greenlea. Comme ça, votre costume de cérémonie ne se froisse pas dans une valise, n'est-ce pas ?

Arrivé à Dallas, le docteur sortit de la penderie un étui à violoncelle et installa dedans le tas d'os enveloppé du linceul. La partie inférieure était juste assez spacieuse pour accueillir le chapeau, dans lequel le crâne vint se loger confortablement.

Après s'être débarrassé du cercueil au cimetière de Fish Trap, il rendit le camion de location à l'agence de l'aéroport de Dallas-Fort Worth, où il enregistra l'étui pour Philadelphie.

IV

GRANDES OCCASIONS
SUR L'ÉPHÉMÉRIDE DE LA PEUR

69

Le lundi, Clarice Starling avait à vérifier tous les achats sortant de l'ordinaire qui s'étaient produits pendant le week-end. Des défaillances dans son système informatique l'obligèrent à appeler à la rescousse le technicien avec lequel elle traitait habituellement à Quantico. Même avec une liste strictement limitée à deux ou trois crus exceptionnels chez cinq des principaux négociants en vins du pays, à seulement deux producteurs de foie gras américain et à cinq fournisseurs de produits gastronomiques, le nombre de transactions qui s'accumulaient sur l'écran était énorme. Il fallait encore ajouter, au clavier, les appels en provenance de détaillants de spiritueux sur le téléphone dont elle avait communiqué le numéro dans son avis de recherche.

En tenant compte de l'identification formelle du docteur Lecter dans le meurtre du chasseur de chevreuils en Virginie, elle réduisit encore la liste aux achats réalisés sur la côte Est, à l'exception du foie gras en provenance de Sonoma, en Californie. A Paris, Fauchon refusa de collaborer à l'enquête. Quant aux employés de Vera dal 1926 à Florence, leur italien au téléphone dépassait de loin les compétences de Starling et elle dut envoyer une télécopie à la Questura pour demander de surveiller toute commande de truffes blanches passée à la fameuse épicerie fine.

A la fin d'une journée de travail, le lundi 17 décembre, Starling avait retenu douze pistes à suivre, des combinaisons d'acquisitions effectuées par cartes de crédit. Ainsi, quelqu'un avait acheté une caisse de château-pétrus puis une

355

Jaguar « supercharge » avec la même carte American Express. Un autre avait commandé une douzaine de bouteilles de bâtard-montrachet et une bourriche d'huîtres de Gironde...

Elle alerta l'antenne locale du FBI dans chaque cas, pour complément d'information.

Starling et Eric Pickford travaillaient par quarts, sans interruption, afin qu'il y ait toujours quelqu'un au bureau pendant les heures d'ouverture des magasins.

Pickford en était au quatrième jour de ce système, dont il avait passé une bonne partie à programmer les touches de numérotation automatique de son téléphone. Il n'avait inscrit aucun nom dessus. Quand il sortit se chercher un café, Starling appuya sur la première d'entre elles. Paul Krendler répondit en personne.

Elle raccrocha et demeura un moment assise, sans bouger. Il était temps de rentrer à la maison. Faisant lentement pivoter sa chaise de droite à gauche, elle contempla tout ce qu'elle avait accumulé dans l'Antre d'Hannibal, les radiographies, les livres, l'unique couvert dressé... Soudain, elle bondit dehors en repoussant les rideaux noirs.

Le bureau de Crawford était ouvert et silencieux. Le cardigan que son épouse disparue lui avait tricoté était suspendu à une patère dans un coin. Elle tendit la main pour l'effleurer, à peine, puis elle jeta son manteau sur ses épaules et entreprit le long périple vers sa voiture.

Elle ne devait plus jamais revoir Quantico.

70

Le soir du 17 décembre, on sonna à la porte de l'appartement de Starling. Par la fenêtre, elle aperçut un véhicule officiel garé derrière sa Mustang dans l'allée.

C'était Bobby, le marshal qui l'avait reconduite de l'hôpital à chez elle après la fusillade du marché aux poissons.

— Bonsoir, Starling.

— Bonsoir, Bobby. Entrez.

— J'aimerais bien, mais faut d'abord que je vous dise : j'ai une assignation à vous communiquer.

— Ah oui ? Eh bien, communiquez-la-moi à l'intérieur, il fera plus chaud, au moins, répondit Starling, qui sentait une sorte d'engourdissement l'envahir.

Sur papier à en-tête de l'inspecteur général du département de la Justice, c'était une convocation à une audition prévue le lendemain matin à neuf heures, bâtiment J. Edgar Hoover.

— Vous voulez que je passe vous prendre ?

Starling fit non de la tête.

— Merci, Bobby. J'irai avec ma voiture. Vous voulez un café ?

— Non, je vous remercie. Je... je suis désolé, Starling.

Il brûlait d'envie de s'en aller, visiblement. Un silence gêné s'installa, qu'il finit par rompre :

— Votre oreille a l'air d'aller beaucoup mieux.

Elle lui adressa un geste d'adieu pendant qu'il faisait marche arrière dans l'allée.

La note se contentait de réclamer sa présence, sans préciser la raison.

Vieille habituée des guerres intestines du FBI et ennemie jurée du réseau des complicités bureaucratiques, Ardelia Mapp s'empressa de lui préparer une infusion des plantes médicinales les plus toniques que sa grand-mère lui envoyait régulièrement, un breuvage réputé pour ses effets stimulants sur le moral, mais que Starling avait toujours redouté. Elle dut cependant se résigner à le siroter : impossible de se dérober.

Sa camarade posa un doigt accusateur sur l'en-tête.

— Il n'a rien à t'expliquer, l'inspecteur général, rien du tout ! proclama-t-elle entre deux gorgées. Si c'était notre commission de déontologie qui avait quelque chose à te reprocher, ou si c'était la CDP du département de la Justice qui te cherchait des ennuis, là, ils devraient t'envoyer la paperasse. Ils seraient obligés de te refiler un de leurs formulaires 645 à la noix, ou un 644, avec les motifs noir sur blanc dessus, et s'il y avait inculpation à la clé tu aurais droit à un avocat, à un accès sans restriction au dossier, au même traitement que n'importe quel filou, quoi ! Pas vrai ?

— Super-vrai.

— Bon, mais là ils te donnent que dalle par avance. Inspecteur général, c'est un poste politique. Il peut se prendre sous le coude tous les dossiers qu'il veut.

— C'est ce qu'il a fait avec celui-là, en tout cas.

— Oui, avec Krendler qui le pousse au cul en loucedé ! Enfin, quoi qu'il en soit, si tu décides de contre-attaquer en invoquant la législation sur la non-discrimination au boulot, j'ai toutes les adresses qu'il faut, moi. Maintenant, écoute-moi, Starling, écoute-moi bien : il faut que tu leur demandes que l'audition soit enregistrée. L'inspecteur général ne fait pas signer les dépositions. C'est pour ça que Lonnie Gains a eu cette bagarre avec eux, tu te rappelles ? Ils gardent une trace de ce que tu as dit, mais des fois ça n'a plus rien à voir avec tes déclarations. Et même pas moyen d'avoir une copie.

Quand Starling appela Jack Crawford, elle eut l'impression de l'avoir réveillé.

— Je ne sais pas de quoi il s'agit, Starling. Je vais passer quelques coups de fil. Ce que je sais, par contre, c'est que j'y serai, demain.

71

Le matin était venu. La cage en béton et en vitres blindées de l'immeuble Hoover se fermait sur elle-même sous les nuages laiteux.

En cette ère d'attentats à la voiture piégée, l'entrée principale et le parking sont interdits d'accès la plupart du temps. Le bâtiment est encerclé de vieux véhicules de service du FBI en guise de chevaux de frise improvisés, fonction que les policiers du district de Columbia s'entêtent à ignorer, si bien qu'ils entassent les contraventions pour stationnement gênant sous leurs essuie-glaces, jusqu'à ce que les liasses soient arrachées par le vent et s'envolent le long de la rue.

Un pauvre hère qui se chauffait sur une grille d'aération du trottoir héla Starling en tendant la main quand elle passa près de lui. Tout un côté de son visage était orange de Bétadine, souvenir de quelque salle d'urgences. Il était muni d'un gobelet en plastique au bord déchiré. Elle chercha un dollar dans son sac, lui en donna deux en se penchant dans la colonne d'air moite et usé qui montait du sous-sol.

— Que votre bon cœur soit béni, croassa-t-il.

— J'en ai bien besoin, oui, répondit Starling. Même rien que le cœur, ça aide.

Ainsi qu'elle l'avait fait tant de fois au cours de ces années, elle s'arrêta prendre un grand café au Bon Pain, la boulangerie à la française de la 10ᵉ Rue près du siège administratif du FBI. Après une nuit de mauvais sommeil, toute cette caféine était la bienvenue, mais comme elle n'avait pas envie d'être forcée d'aller aux toilettes pendant sa comparution, elle résolut de ne boire que la moitié du gobelet.

Apercevant Jack Crawford qui passait devant la vitrine, elle le rattrapa sur le trottoir.

— Vous voulez partager tout ce café avec moi, Mr Crawford ? Ils me donneront une deuxième tasse.

— C'est du déca ?

— Non.

— Alors vaut mieux pas. Autrement, je vais avoir la danse de Saint-Guy.

Il paraissait en mauvaise forme, encore vieilli. Une goutte translucide pendait au bout de son nez. Ils s'écartèrent du flot de piétons qui se dirigeaient vers l'entrée de service de l'immeuble Hoover, en route pour une nouvelle journée de travail.

— Je ne sais pas à quoi rime cette réunion, Starling. A ma connaissance, aucun autre participant au raid de Feliciana n'a été convoqué. Bon, je suis avec vous.

Elle lui offrit un kleenex et ils s'engagèrent dans la dense cohorte des employés.

Starling les trouvait étrangement bien habillés, presque sur leur trente et un.

— Le FBI fête son quatre-vingt-dixième anniversaire aujourd'hui, lui rappela Crawford. Bush vient faire un speech tout à l'heure.

Quatre camions de télévision étaient déjà garés dans l'allée, des groupes-relais pour les liaisons satellitaires.

Une équipe de WFUL-TV s'apprêtait à filmer un jeune homme aux cheveux ras qui se tenait près de la porte, un micro devant la bouche. Un assistant de production, juché sur le toit de leur van, reconnut Starling et Crawford dans la foule.

— Hé, la voilà ! cria-t-il. Là, avec l'imper bleu marine !

— On y va, lança Boule à Zéro. Moteur !

L'équipe de tournage fendit le flot des employés pour venir braquer la caméra sous le nez de Starling.

— Vous avez un commentaire sur l'enquête à propos du massacre du marché aux poissons, agent Starling ? Est-ce que les conclusions ont été rendues ? Est-ce que vous allez être inculpée pour le meurtre de cinq...

Crawford retira son chapeau de pluie et, après avoir feint de se protéger les yeux des projecteurs, s'en servit pour aveugler l'objectif un moment. C'est seulement lorsqu'ils franchirent la porte de sécurité que le groupe de WFUL-TV abandonna la poursuite.

« Ils étaient au courant, ces salopards... »

A l'abri désormais, ils s'arrêtèrent dans le hall pour souffler un peu. La bruine les avait couverts de minuscules gouttelettes, l'un et l'autre. Crawford avala une capsule de ginkgo biloba sans rien pour la faire descendre.

— Dites, Starling, j'ai l'impression qu'ils ont choisi aujourd'hui parce qu'il y a tout le chahut avec la procédure de destitution et l'anniversaire du FBI. Je ne sais pas ce qu'ils ont l'intention de faire, mais ça passera inaperçu de toute façon, au milieu de ce cirque.

— Mais pourquoi avoir refilé le tuyau à la presse, alors ?

— Parce que tous ces messieurs de la digne commission ne chantent pas la même partition. Bon, il vous reste dix minutes ; vous voulez aller vous repoudrer le nez ?

72

Starling n'était montée qu'en deux occasions au septième, l'étage directorial de l'immeuble Hoover : avec ses camarades d'études, sept ans plus tôt, elle était présente lorsque le directeur avait félicité Ardelia Mapp, première de sa promotion ; une autre fois, un vice-directeur l'avait fait venir pour lui remettre sa médaille de championne de tir de combat.

La moquette du bureau du vice-directeur Noonan était d'une épaisseur incroyable sous ses pieds. Dans la salle de réunion, à laquelle de gros fauteuils en cuir donnaient une ambiance de club feutrée, il flottait encore une odeur de tabac très perceptible. Elle se demanda s'ils avaient expédié les mégots aux toilettes et branché la ventilation avant son arrivée.

Trois hommes se levèrent quand elle fit son entrée avec Crawford. Le quatrième resta assis. Les premiers étaient respectivement l'ancien chef de Starling, Clint Pearsall, FBI de Washington, Buzzard's Point, le vice-directeur Noonan et un grand rouquin vêtu d'un costume en alpaga, qu'elle ne connaissait pas. Et c'était Paul Krendler, du bureau de l'inspecteur général du département de la Justice, qui était resté dans son fauteuil, le dos tourné. Sa tête pivota sur son long cou pour l'observer, comme si seul son odorat avait perçu l'approche de la jeune femme. Avec ce mouvement, elle eut ses deux oreilles arrondies dans son champ de vision. Elle ne connaissait pas le marshal fédéral qui se tenait dans un coin, ce qui l'étonna.

Les hauts fonctionnaires du FBI et de la Justice sont habituellement habillés avec soin, mais ces quatre-là portaient à l'évidence des atours destinés aux caméras de télévision. Starling comprit qu'ils allaient se joindre plus tard à la cérémonie prévue en bas avec l'ancien Président George Bush. Ce qui expliquait aussi qu'ils l'aient convoquée ici et non au département de la Justice.

En découvrant Jack Crawford aux côtés de Starling, Krendler fit la grimace.

— Euh, Mr Crawford, je ne pense pas que votre participation à cette réunion ait été prévue...

— Je suis le supérieur direct de l'agent Starling. Ma place est ici.

— Je ne crois pas, non. (Il se tourna vers Noonan.) Officiellement, son chef est toujours Mr Pearsall. Elle ne fait qu'un intérim avec Crawford. Je pense que cet interrogatoire doit être mené en toute confidentialité. Si nous avons besoin de détails complémentaires, nous pouvons demander au chef de division Crawford de rester à disposition pour convocation éventuelle.

— Nous accueillerons votre contribution avec reconnaissance, Jack, fit Noonan, une fois que nous aurons entendu le témoignage indépendant de la... de l'agent spécial Starling. J'aimerais que vous soyez joignable à tout moment, Jack. Si vous voulez vous installer à la bibliothèque, je vous en prie. Je vous ferai appeler.

Crawford se redressa.

— Monsieur le vice-directeur, puis-je vous faire re...

— Vous *pouvez* sortir, voilà ce que vous *pouvez* faire, coupa Krendler.

Noonan quitta à son tour son fauteuil.

— Un instant, s'il vous plaît, Mr Krendler. Tant que je ne vous l'aurai pas confiée, cette réunion est placée sous mon autorité. Vous et moi, Jack, on se connaît depuis un bon moment, non ? Le représentant du DJ ici présent est trop nouveau dans son poste pour comprendre ça. Vous aurez la possibilité de dire ce que vous avez à nous apporter, Jack. Mais pour le moment mieux vaut vous retirer et laisser Starling parler pour elle-même.

Il se pencha sur Krendler, lui glissa quelques mots à l'oreille qui lui firent monter le rouge au visage.

Crawford lança un regard à Starling. Il n'avait d'autre choix que de s'incliner.

— Merci d'être venu, Mr Crawford, lui dit-elle.

Le marshal conduisit Crawford hors de la pièce. Quand la porte se referma derrière elle, Starling se redressa et fit face aux hommes, seule désormais.

A partir de ce moment, la procédure fut expédiée avec la hâte sommaire d'une amputation à l'aube de la chirurgie moderne.

Noonan était le fonctionnaire du FBI le plus haut placé parmi les participants mais l'inspecteur général avait pouvoir de le contredire et il avait visiblement confié à Krendler un rôle de représentant plénipotentiaire.

Le vice-directeur saisit le dossier posé sur la table devant lui.

— Pouvez-vous vous présenter, je vous prie, pour le compte rendu de cette audition ?

— Agent spécial Clarice Starling. Il y aura vraiment un compte rendu, monsieur le vice-directeur ? J'aimerais que ce soit le cas...

Comme il ne répondait pas, elle alla de l'avant :

— Vous ne voyez pas d'inconvénient à ce que j'enregistre ?

Elle sortait déjà un petit Nagra compact de son sac quand Krendler intervint :

— D'ordinaire, ce genre de réunion préliminaire se tient dans les locaux de l'inspection générale du département de la Justice. Nous sommes ici parce que cela arrangeait tout le monde en raison des célébrations d'aujourd'hui, d'accord, mais les règles de chez nous continuent à s'appliquer. C'est une question de préséance élémentaire et de diplomatie. Pas d'enregistrement.

— Dites-lui les charges, Mr Krendler, se contenta de répliquer Noonan.

— Agent Starling, vous êtes sous l'accusation de révélation illégale d'informations confidentielles à un criminel en fuite, prononça Krendler en s'efforçant de garder un visage impassible. Concrètement, vous êtes accusée d'avoir fait publier cette annonce dans deux quotidiens d'Italie afin de prévenir le criminel en fuite Hannibal Lecter qu'il risquait d'être capturé.

Le marshal remit à Starling une page de journal saturée d'encre, provenant d'un exemplaire de *La Nazione*. Elle la tourna vers la fenêtre pour lire le petit paragraphe entouré d'un cercle : « A.A. Aaron, livrez-vous aux autorités, où que vous soyez. Vos ennemis sont tout près. Hannah. »

— Alors, que répondez-vous ?

— Je n'ai rien fait de tel. Je n'ai jamais vu cette annonce.

— Comment expliquez-vous que le nom de code « Hannah » soit employé ici, un nom connu du seul Hannibal Lecter et du FBI ? Celui que Lecter vous avait demandé d'utiliser.

— Je ne sais pas. Qui a trouvé ce texte ?

— Le service de documentation de la CIA à Langley. Ils sont tombés dessus par hasard en traduisant les articles consacrés au docteur Lecter dans *La Nazione.*

— Mais si ce code est un secret du seul FBI, comment un documentaliste de Langley a-t-il pu le remarquer ? Il faut demander à la CIA qui a attiré leur attention sur cette « Hannah ».

— Je suis certain que le traducteur connaît bien le dossier Lecter.

— A ce point ? J'en doute. Non, demandons-lui qui lui a donné cette piste. Et puis, comment aurais-je su que le docteur Lecter se trouvait à Florence, à l'époque ?

— C'est vous qui avez découvert que la Questura de Florence avait consulté le dossier VICAP de Lecter, répliqua Krendler. Cela s'est produit plusieurs jours avant le meurtre de Pazzi et nous ne savons pas à quel moment vous l'avez repéré, vous. Pour quelle autre raison la Questura de Florence aurait voulu des infos sur Lecter ?

— Et quelle raison plausible aurais-je eue de vouloir le mettre en garde ? En quoi est-ce l'affaire de l'inspecteur général, monsieur le vice-directeur ? Je suis prête à me soumettre au détecteur de mensonges, tout de suite. Faites-en apporter un ici.

— Les Italiens ont émis une protestation diplomatique pour tentative de collaboration avec un criminel avéré dans leur pays, annonça Noonan en montrant l'homme aux cheveux roux assis à ses côtés. Voici Mr Montenegro, de l'ambassade d'Italie.

— Bonjour, monsieur. Et comment ont-ils été mis sur la piste, « les Italiens » ? Pas par Langley, en tout cas.

— Les diplomates ont préféré nous refiler le bébé, dit Krendler sans laisser le temps à Montenegro de prononcer un mot. Nous voulons que cette histoire soit éclaircie pour donner toute satisfaction aux autorités italiennes, ainsi qu'à l'inspecteur général et à moi-même. Et sans traîner, en plus. Mieux vaut pour tout le monde que nous considérions tous les faits ensemble. Alors, qu'y a-t-il entre Lecter et vous, miss Starling ?

— J'ai interrogé le docteur Lecter à plusieurs reprises, suivant les instructions du chef de division Crawford. Depuis son évasion, j'ai reçu deux lettres de lui en sept ans. Vous avez l'une et l'autre.

— En fait, nous avons encore autre chose, claironna Krendler. Ça date d'hier. Ce que vous avez pu encore recevoir par ailleurs, nous l'ignorons.

De sous son siège, il tira un colis en carton couvert de cachets et sérieusement malmené par plusieurs services postaux.

Il se pencha dessus, feignant de humer avec délices les arômes mêlés qui sortaient de la boîte. Sans prendre la peine de la montrer à Starling, il posa un doigt sur la case du destinataire.

— Posté à votre adresse d'Arlington, agent Starling. Mr Montenegro, auriez-vous l'obligeance de nous dire de quoi il s'agit ?

Dans un grand déploiement de boutons de manchettes scintillants, le diplomate italien fouilla le papier de soie qui protégeait les articles.

— Oui, ce sont des lotions, du *sapone di mandorle*, le célèbre savon aux amandes de Santa Maria Novella à Florence, fabriqué par la Farmacia du même nom, des parfums... Le genre de cadeaux que les hommes font à une femme dont ils sont amoureux.

— On a analysé tout ça, n'est-ce pas, Clint ? demanda Noonan à l'ancien chef de Starling. Des produits toxiques, là-dedans ?

— Non, répondit Pearsall, qui semblait tout honteux. Rien de suspect.

— Un présent d'amoureux, conclut Krendler d'un air satisfait. Et voici le billet doux !

Il prit la feuille de parchemin qui se trouvait dans le colis, la déplia et la tint en l'air pour montrer à l'assemblée la photo de presse du visage de Starling complété d'un corps de lionne ailée. Au verso, il lut les quelques lignes tracées de la ronde parfaite du docteur Lecter : « Pourquoi les Philistins ne vous comprennent-ils pas, Clarice, y avez-vous jamais pensé ? C'est parce que vous êtes la réponse à l'énigme de Samson : vous êtes le miel dans la lionne. »

— *Il miele dentro la leonessa*, c'est joli, ça, apprécia Montenegro en se promettant de se resservir de l'expression à son usage personnel.

— C'est... quoi ? s'étrangla Krendler.

L'Italien écarta la question d'un geste las. Il voyait bien que le fonctionnaire était incapable de goûter la musique de la métaphore, ni de ressentir ses sensuelles évocations.

— En raison des répercussions internationales, l'inspection générale entend prendre en charge cette affaire, annonça Krendler. De quelle manière elle va évoluer, procédure administrative ou inculpation, cela dépendra de ce que nous allons trouver dans l'enquête que nous menons. S'il s'avère que cela relève du droit pénal, agent Starling, le ministère public sera saisi et il y aura procès. Vous serez informée largement à temps pour vous y préparer. Monsieur le vice-directeur...

Noonan prit sa respiration avant de brandir la hache.

— Clarice Starling, je vous place en congé administratif à durée indéterminée jusqu'à ce que cette affaire soit réglée. Vous allez nous remettre vos armes de service et votre insigne du FBI. Vous n'êtes plus autorisée à accéder aux bâtiments fédéraux, à l'exception des installations ouvertes au public. Vous serez escortée jusqu'à la sortie de cet immeuble. Je vous prie de rendre maintenant vos armes personnelles et votre carte magnétique à l'agent Pearsall. Approchez.

En venant à la table, Starling eut une seconde l'impression que les hommes devant elle étaient des quilles dans un concours de tir. Elle aurait pu les abattre tous les quatre avant qu'un seul d'entre eux n'ait le temps de dégainer. Elle se ressaisit, sortit son revolver, fit tomber le chargeur dans sa paume sans quitter Krendler des yeux, le posa sur sa table et éjecta la balle déjà engagée dans le barillet. Krendler la rattrapa au vol et la serra dans son poing, ses jointures blanchissant sous l'effort.

L'insigne et la carte suivirent.

— Vous avez un pistolet de rechange ? demanda Krendler. Un fusil ?

— Eh bien, Starling ? la pressa Noonan.

— Dans ma voiture, sous clé.

— Quoi d'autre encore ?

— Un casque et un gilet pare-balles.

— Marshal ? Vous les saisirez quand vous allez reconduire miss Starling à son véhicule, ordonna Krendler. Vous avez un téléphone cellulaire protégé ?

— Oui.

Il leva les sourcils à l'intention de Noonan.

— Rendez-le aussi, édicta le vice-directeur.

— Je voudrais dire quelque chose. J'en ai le droit, il me semble.

Noonan consulta sa montre.

— Allez-y.

— C'est un coup monté. Je pense que Mason Verger est en train d'essayer de capturer le docteur Lecter pour assouvir une vengeance personnelle. Je pense qu'il l'a raté de peu à Florence. Je pense que Mr Krendler pourrait être complice de Verger, qu'il cherche à détourner la mobilisation du FBI contre le docteur Lecter au profit de Verger. Je pense que Paul Krendler, fonctionnaire du département de la Justice, est payé pour cela et je pense qu'il cherche à m'éliminer dans le but de parvenir à ses fins. Mr Krendler a déjà eu un comportement déplacé avec moi, dans le passé. C'est par dépit qu'il agit maintenant de cette façon, et par intérêt matériel. Cette semaine encore, il m'a traitée de « petite provinciale qui ne demande qu'à se faire sauter ». Je le mets au défi, devant cette commission, de se soumettre au détecteur de mensonges avec moi. Je suis à votre disposition. On peut commencer tout de suite, si vous voulez.

— Agent Starling ! Encore heureux que vous n'ayez pas prêté serment aujourd'hui, parce que...

— Eh bien, allons-y ! Et vous aussi, vous prêterez serment !

— Je tiens à vous le certifier, miss Starling, reprit Krendler de sa voix la plus amène, si aucune preuve substantielle n'est retenue, vous reprendrez votre poste et vous retrouverez toutes vos prérogatives. Entre-temps, votre salaire vous sera versé et vous continuerez à bénéficier de votre assurance et de votre couverture-maladie. Un congé administratif, ce n'est pas forcément une punition, vous savez. Vous pouvez en tirer parti...

Il baissa la voix pour ajouter sur le ton de la confidence :

— En fait, si vous vouliez profiter de cette pause pour vous faire enlever cette trace de terre que vous avez sur la joue, je suis certain que le service médical vous...

— Ce n'est pas de la terre, c'est de la poudre. Mais évidemment, vous ne pouvez pas reconnaître ça, vous !

Le marshal attendait, un bras tendu dans sa direction.

— Désolé, Starling, bredouilla Clint Pearsall, les mains encombrées par l'équipement de la jeune femme.

Elle le dévisagea une seconde, détourna le regard. Paul Krendler se glissa vers elle pendant que les autres se regroupaient près de la porte, attendant de laisser le diplomate sortir en premier par déférence. Il commença à siffler entre ses dents une phrase toute préparée :

— Même pour une petite Blanche sudiste, vous êtes quand même...

— Excusez-moi...

C'était Montenegro, revenu derrière elle.

— Excusez-moi, répéta le diplomate en fixant Krendler jusqu'à ce que celui-ci batte en retraite, les traits crispés par la haine. Je regrette ce qui vous arrive, dit-il à Starling. J'espère que vous êtes innocente, vraiment. Je vais demander à la Questura de Florence de tout faire pour découvrir qui a payé pour l'*inserzione*... pour cette petite annonce. Si vous avez idée d'une piste dans mes... dans mes cordes, que je pourrais suivre en Italie, n'hésitez pas à me le dire, s'il vous plaît. Je ferai de mon mieux.

Il lui tendit une carte de visite, un épais bristol gravé en relief. En sortant, il négligea de remarquer la main que Krendler lui tendait.

Affluant par l'entrée principale dans la perspective de la cérémonie d'anniversaire, les journalistes se massaient sur l'esplanade. Certains d'entre eux semblaient chercher quelque chose de précis.

— Vous êtes obligé de me tenir par le bras ? demanda Starlıng au marshal.

— Non, miss, pardon, répondit-il, embarrassé, tout en lui frayant un passage à travers les perches des micros et les questions criées à la volée.

Boule à Zéro avait l'air de s'être documenté, entre-temps. Sa rafale de points d'interrogation était bien mieux ciblée qu'auparavant :

— Est-il vrai qu'on vous a retiré le dossier Hannibal Lecter ? Est-ce que vous vous attendez à des poursuites judiciaires contre vous ? Les accusations du gouvernement italien, vous en pensez quoi ?

Dans le garage, Starling remit à son escorte le casque, le gilet, le fusil d'assaut et le revolver supplémentaire qu'elle gardait dans son coffre. Le marshal patienta tandis qu'elle vidait l'arme de poing et l'essuyait soigneusement avec un chiffon huilé.

— Je vous ai vue tirer à Quantico, miss Starling, risqua-t-il. Moi-même, je suis arrivé en quart de finale du concours des marshals. Je vais huiler l'autre revolver avant qu'on le mette de côté.

— Merci, marshal.

Elle s'était déjà glissée au volant mais il s'attardait. Il prononça quelques mots couverts par le rugissement de la Mustang et comme elle baissait sa vitre il les répéta, de manière distincte cette fois :

— Je trouve ça lamentable, ce qui vous arrive.

— Merci, marshal. De votre part, ça me fait plaisir.

Une voiture de presse attendait à la sortie du parking, prête à la filer. Starling partit en trombe pour la semer. A quelques centaines de mètres, une patrouille de police l'arrêta pour excès de vitesse. Les photographes mitraillèrent le policier en train de dresser la contravention.

Le vice-directeur Noonan était assis à son bureau, frottant d'un air pensif les deux marques rouges que ses lunettes lui avaient laissées sur le nez.

L'élimination de Starling ne lui donnait pas trop d'états

d'âme, tant il était convaincu que les femmes faisaient souvent preuve d'une émotivité qui ne convenait pas aux impératifs du service. Mais il avait été blessé de voir Jack Crawford rabroué, mis sur la touche. C'était un vieux de la vieille, lui. Il avait peut-être le béguin pour cette fille mais c'était excusable, avec la mort de sa femme et tout... Lui-même avait passé toute une semaine sans pouvoir quitter des yeux une sténo très séduisante, jusqu'à ce qu'il la remercie avant qu'elle ne puisse lui créer d'ennuis.

Il remit ses lunettes et descendit à la bibliothèque en ascenseur. Il trouva Crawford assis dans la salle de lecture, la tête contre le mur, apparemment endormi. Il avait le visage cendreux, baigné de sueur. Il ouvrit les yeux, chercha sa respiration.

— Jack ? Jack ?

Noonan posa une main sur son épaule, puis sur sa joue poisseuse. Soudain, sa voix s'éleva dans le silence de la salle :

— Hé, vous, le bibliothécaire, appelez le service médical, tout de suite !

Crawford fut conduit à l'infirmerie du FBI. Quelques instants plus tard, il était transféré à l'unité de soins intensifs du Jefferson Memorial, en cardiologie.

73

Krendler n'aurait pu rêver meilleure couverture de presse.

A l'occasion du quatre-vingt-dixième anniversaire du Bureau, les journalistes avaient eu droit à une visite guidée du nouveau centre de traitement des crises. Les télévisions tirèrent tout l'avantage possible du moment, l'accès à l'immeuble J. Edgar Hoover étant d'habitude peu aisé pour la presse. La chaîne C-SPAN retransmit intégralement et en direct les discours de l'ancien Président Bush et du directeur du FBI ; CNN en donna des extraits au cours de son reportage en continu et les autres chaînes y consacrèrent une partie de leur journal du soir.

C'est au moment où les invités de marque quittaient l'estrade que Krendler put passer à l'action. Boule à Zéro, le jeune reporter-télé qui se tenait près des marches, lui tendit son micro.

— Mr Krendler, est-il exact que l'agent Clarice Starling a été déchargé de l'enquête sur Hannibal Lecter ?

— Je pense qu'il serait prématuré de faire le moindre commentaire à ce sujet pour l'instant. Prématuré et dommageable pour l'agent Starling. Je dirai simplement que l'inspection générale de mon département est en train de s'intéresser au traitement du cas Lecter. Aucune charge n'a été retenue contre qui que ce soit.

Le représentant de CNN obtint lui aussi ses quelques mots.

— Mr Krendler, dans le milieu de la presse italienne on avance qu'une source dans l'appareil d'État américain aurait illégalement communiqué des informations au docteur Lecter en lui conseillant de prendre la fuite. Est-ce pour cette raison que l'agent Starling a été suspendue ? Est-ce que cela expliquerait également que l'inspection générale, et non la commission de déontologie professionnelle du FBI, s'occupe de cette affaire ?

— Je ne peux commenter des informations de la presse étrangère, Jeff, vous le comprenez. Ce que je suis habilité à dire, par contre, c'est que le bureau de l'inspecteur général enquête sur des allégations dont la véracité n'a pas encore été établie. Nous devons être responsables vis-à-vis de nos agents tout autant qu'envers nos amis européens, martela-t-il avec l'index tendu dans les airs, tel un Kennedy. Le dossier Lecter est entre de bonnes mains, je puis vous l'assurer. Pas seulement celles de Paul Krendler, celles aussi d'experts en de multiples disciplines au FBI et au département de la Justice. Nous développons actuellement un projet dont il sera possible de parler quand il aura porté ses fruits.

Le lobbyiste allemand qui avait loué sa villa au docteur Lecter avait doté le salon d'un gigantesque système de télévision Grundig. Sans doute pour rendre le meuble ultramoderne moins choquant au milieu du décor, il avait posé dessus un de ses plus modestes bronzes de la Léda au cygne.

Le docteur était en train de regarder une émission intitulée *Une brève histoire de notre temps*, consacrée au célèbre astrophysicien Stephen Hawking et à son œuvre. Il l'avait déjà vue à plusieurs reprises et c'était maintenant son passage préféré, le moment où la tasse de thé tombe de la table et se brise sur le sol. Hawking, tout de guingois dans son fauteuil roulant, commente de sa voix digitale : « D'où vient la distinction entre le passé et l'avenir ? Les lois de la science ne la reconnaissent pas et pourtant, dans la vie courante, la différence est importante. Ainsi, voir une tasse de thé glisser de la table et se casser en mille morceaux sur le sol n'a rien d'exceptionnel mais le jamais-vu, ce serait qu'elle se reconstitue et qu'elle saute à sa place... »

Repassé en sens inverse, le film offre précisément ce spectacle, celui de la tasse qui reprend sa forme et son emplacement initiaux. Hawking poursuit son commentaire : « C'est l'évolution vers un état de désordre accru, dite entropie, qui distingue le passé de l'avenir, qui donne un sens au temps. »

Le docteur Lecter était un grand admirateur des travaux de Stephen Hawking, qu'il suivait d'aussi près que possible dans les revues de sciences mathématiques. Il savait que Hawking avait soutenu à un moment que l'expansion de l'univers finirait par s'arrêter et qu'il entrerait à nouveau dans une phase de rétrécissement, que l'entropie pourrait s'inverser. Par la suite, il était revenu sur cette hypothèse en déclarant s'être trompé.

Les connaissances de Lecter en mathématiques pures étaient plus que substantielles, mais Stephen Hawking évolue dans une sphère inaccessible au reste des mortels. Des années durant, le docteur avait tourné et retourné le problème. Il aurait tant voulu que Hawking ait eu raison, que l'univers cesse de s'étendre, que l'entropie se ravise, que Mischa, dépecée et digérée, soit à nouveau entière...

A propos de temps... Le docteur Lecter stoppa la cassette pour attraper les informations à la télévision.

Sur son site Web public, le FBI donne une liste quotidienne des émissions ou des articles de presse concernant le Bureau qui sont prévus dans les prochains jours. Le docteur Lecter, qui vérifiait chaque matin sur la page Internet du FBI qu'il figurait toujours sur la liste des dix criminels les plus recherchés du pays, avait donc repéré longtemps à l'avance la célébration de l'anniversaire de sa fondation et là, dans un confortable fauteuil, en veston d'intérieur et foulard assortis, il regardait Krendler débiter ses mensonges. Les yeux mi-clos, humant son verre de cognac dont il prenait de lentes gorgées, il observait cette face livide qu'il n'avait pas revue depuis que l'individu avait approché sa cage à Memphis peu avant son évasion, sept ans plus tôt.

Sur la chaîne locale de Washington, il découvrit Starling en train de se faire dresser contravention, une nuée de micros poussés à travers la vitre baissée de sa Mustang. A cette heure, les commentaires télévisés soutenaient déjà qu'elle était « accusée d'atteinte à la sûreté de l'État » dans l'affaire Lecter.

Ses yeux noisette s'écarquillèrent à la vue de la jeune femme. Des étincelles montées du plus profond de ses pupilles fusèrent autour de son visage reflété en lui. Bien après qu'elle eut disparu de l'écran, il conservait une image d'elle complète, parfaite, qu'il fondit à une autre, Mischa, et il les compressa toutes les deux jusqu'à ce que de nouvelles étincelles jaillissent littéralement de leur noyau fusionnel et emportent leur image unique vers l'est, dans le ciel de la nuit, où elle rejoignit la course des étoiles au-dessus de la mer.

Quand bien même l'univers se contracterait, le temps s'inverserait et les tasses de thé cassées se reconstitueraient, une place pouvait désormais être trouvée à Mischa en ce monde, la plus estimable que le docteur Lecter ait connue : celle de Starling. Oui, Mischa pourrait occuper la place de Starling sur terre. Et si cela se réalisait, si le passé voulait revenir, la disparition de Starling laisserait à Mischa un espace aussi étincelant de propreté que la baignoire en cuivre dans le jardin.

74

Le docteur Lecter gara son pick-up à un pâté de maisons de l'hôpital Maryland-Misericordia et frotta soigneusement ses pièces de monnaie avant de les glisser dans le parcmètre. Puis, équipé de l'épaisse combinaison que les ouvriers portent par grand froid et d'une casquette à longue visière destinée aux caméras de la sécurité, il se dirigea vers l'entrée principale.

Plus de quinze années s'étaient écoulées depuis l'époque où il avait hanté ces lieux, mais pour l'essentiel le décor lui parut inchangé. Revoir l'endroit où il avait commencé à exercer la médecine n'éveillait en lui aucune émotion particulière. Les étages à accès réservé avaient subi une rénovation superficielle qui n'avait pas modifié notablement leur structure initiale, ainsi qu'il l'avait vérifié sur les plans du département des Travaux publics.

Grâce au badge de visiteur obtenu à la réception, il pénétra dans l'espace hospitalier proprement dit, parcourut les couloirs en lisant les noms des patients et de leurs médecins sur la porte des chambres. Il se trouvait dans l'unité de convalescence postopératoire, où les malades étaient placés après une intervention en chirurgie cardiaque ou neurologique.

A le voir avancer ainsi, vous auriez pu penser qu'il avait du mal à déchiffrer les lettres magnétisées, ses lèvres formant silencieusement ce qu'il lisait tandis qu'il se grattait la tête de temps à autre comme un rustaud. Enfin, il s'installa dans la salle d'attente, sur un siège d'où il était en mesure de voir tout le couloir. Il patienta une heure et demie au milieu de vieilles femmes en train de s'échanger leurs tragédies familiales, supporta *Le Juste Prix* qui beuglait à la télévision et finit par repérer ce qu'il cherchait : un chirurgien en tenue d'opération qui visitait les malades tout seul. Il plissa les yeux sur le panonceau de la porte qu'il venait d'ouvrir. Donc, ce toubib allait visiter un patient du... du docteur Silverman.

Hannibal Lecter se leva, se gratta à nouveau le crâne, ramassa un journal mal replié sur la table et quitta la salle d'attente. Un peu plus loin, il y avait une autre chambre occupée par un patient de Silverman. Il s'y glissa sans bruit. La pièce était plongée dans la pénombre, et son occupant opportunément endormi sous les bandages qui couvraient son crâne et les côtés de son visage. Sur l'écran du moniteur, un trait de lumière se tortillait lentement, tel un ver de terre.

Il se dépouilla rapidement de sa combinaison rembourrée pour apparaître en tenue verte d'aide-soignant. Il passa des protège-chaussures, un bonnet, un masque et des gants, puis sortit de sa poche un sac en plastique blanc qu'il déplia.

Quand il ouvrit la porte, le docteur Silverman était en train de parler à quelqu'un par-dessus son épaule.

« Est-ce qu'il va être avec une infirmière ?... Non. »

Hannibal Lecter s'empara de la poubelle de la chambre et entreprit d'en transférer le contenu dans son sac.

— Oh, pardon, docteur, je ne vais pas vous déranger...

— Ça va, répondit Silverman en regardant le panneau des températures accroché au bout du lit. Faites ce que vous avez à faire.

— Merci, dit Lecter, et il envoya sa matraque en cuir sur la base du crâne du chirurgien, d'un simple mouvement du poignet, rien de plus, vraiment, avant de le retenir dans sa chute en passant un bras autour de son torse.

Il est toujours surprenant de voir le docteur Lecter soulever un corps : proportionnellement, il est aussi fort qu'une fourmi.

Il porta Silverman dans la salle de bains de la chambre, lui baissa son pantalon et l'installa sur le siège des toilettes où le chirurgien s'affaissa, recroquevillé. Le docteur Lecter ne lui releva la tête que pour observer ses pupilles et retirer les divers badges d'identification épinglés sur sa blouse, qu'il remplaça par son passe de visiteur. Reprenant l'identité de Silverman, il lui emprunta également son stéthoscope qu'il se passa au cou à la manière prisée par les grands médecins, drapé en boa. Les coûteuses lunettes chirurgicales de Silverman allèrent sur son front et le casse-tête en cuir retrouva sa place dans sa manche.

Il était prêt à pénétrer au cœur du Maryland-Misericordia.

En matière de narcotiques, l'hôpital est astreint à une très stricte réglementation fédérale : à tous les étages publics, la pharmacie du poste de garde réservée à ces substances est verrouillée et deux clés sont requises pour l'ouvrir, l'une confiée à l'infirmière ou l'infirmier en chef, l'autre à son assistant. Chaque ouverture est soigneusement répertoriée et datée.

Dans les salles d'opération, la zone la plus contrôlée du bâtiment, la procédure est encore plus rigoureuse. Les produits ne sont apportés en salle que quelques minutes avant l'arrivée du patient, ceux destinés à l'anesthésiste placés près de la table dans un boîtier à deux compartiments, l'un réfrigéré et l'autre à température ambiante. Ces substances sont conservées dans une réserve spéciale à côté du sas de stérilisation. Là, il s'agit de préparations qu'on ne trouve pas dans les autres services, des sédatifs puissants ou des hypnotisants-sédatifs élaborés qui permettent des interventions à cœur ou à cerveau ouvert sur un malade encore conscient.

Puisqu'un pharmacien est présent dans la réserve tout au long de la journée de travail, les placards ne sont verrouillés que la nuit : quand il s'agit de chirurgie d'urgence, il serait malvenu de courir après une clé...

Toujours masqué, le docteur Lecter poussa les portes battantes qui contrôlent l'accès aux salles d'opération.

Ici, les murs ont été peints d'une combinaison de couleurs criardes censées apporter une note d'optimisme besogneux, alors que même les yeux d'un mourant auraient du mal à les supporter. Plusieurs chirurgiens entrés avant Lecter étaient en train de signer la feuille de présence au bureau, puis se dirigeaient vers le vestiaire de stérilisation. Il prit la feuille et bougea le stylo dessus sans rien inscrire.

La première opération de la journée sur le programme affiché dans le couloir était une ablation de tumeur cervicale en salle B, qui devait commencer dans vingt minutes. Au vestiaire, le docteur Lecter retira ses gants, se lava soigneusement les mains en se frictionnant les bras jusqu'au coude, les

378

sécha, les talqua et se reganta. Il ressortit. La réserve à toxiques devait être la prochaine porte à droite. Non. Le battant couleur abricot portait la mention « Générateurs d'urgence », puis c'était l'entrée de la salle B. Une infirmière qui passait s'arrêta à sa hauteur.

— Bonjour, docteur.

Il toussa sous son masque, grommela un salut et rebroussa chemin dans le sas de stérilisation en maugréant entre ses dents comme s'il y avait oublié quelque chose. L'infirmière le suivit des yeux un instant, puis elle repartit vers la salle d'opération.

Le docteur Lecter enleva ses gants, les jeta dans la poubelle. Personne ne lui prêtait attention. Il en prit une paire neuve. Seul son corps se trouvait dans le vestiaire. En réalité, il était en train de traverser en hâte l'entrée de son palais de la mémoire, passait en trombe devant le buste de Pline et montait l'escalier conduisant à la galerie d'Architecture. Dans un espace bien éclairé où l'on remarquait la maquette de la cathédrale Saint-Paul réalisée par Christopher Wren, les plans de l'hôpital Maryland-Misericordia étaient étalés sur une table à dessin. L'étage de chirurgie, trait pour trait, sur le document du département des Travaux publics de la ville de Baltimore. Il était là, à cet instant, et donc la réserve était ici... Non. Les plans étaient faux. L'aménagement de l'étage avait dû être modifié par la suite. Les générateurs apparaissaient du côté opposé, dans le couloir menant à la salle A. Peut-être le descriptif avait-il été inversé... Il le fallait, oui : il ne pouvait pas se permettre de tâtonner de porte en porte.

Il quitta à nouveau la stérilisation, en direction de la salle A. Une porte à gauche, avec le sigle « IRM », puis une autre. « Pharmacie ». L'espace indiqué sur le plan avait donc été séparé en deux parties, l'une réservée à une salle d'imagerie à résonance magnétique, l'autre à la réserve à toxiques.

La lourde porte était entrebâillée, maintenue par un arrêt en caoutchouc. Hannibal Lecter s'y faufila et referma derrière lui. Un pharmacien courtaud était accroupi devant une étagère basse.

— Je peux vous aider, docteur ?

— S'il vous plaît.

Le jeune homme commença à se relever mais il n'en eut

379

pas le temps. Un coup assourdi du casse-tête et il s'effondra sur le sol, évanoui.

Lecter souleva les pans de sa blouse et les glissa sous le tablier de jardinier à poches multiples qu'il portait dessous.

A la vitesse de la lumière, son regard parcourut les étiquettes sur les rayons : Ambien, amobarbital, amytal, hydrate de chloral, Dalmane, flurazepam, Halcion... Les dosettes disparaissaient par dizaines dans ses poches. Puis il passa dans la chambre froide, lisant et ratissant à la fois, midazolam, Noctec, scopolamine, penthotal, quazépam, zolpidem. Moins d'une minute plus tard, il était dans le couloir et avait refermé la porte de la réserve.

De retour au vestiaire, il s'inspecta dans la glace pour voir si sa blouse ne présentait pas de bosses suspectes. Puis, sans hâte, il reprit le chemin inverse, quitta le service de chirurgie, son badge épinglé tête en bas, le visage masqué, les lunettes sur le nez avec les bifocales relevées, le pouls à soixante-douze, échangeant des saluts bougons avec d'autres médecins. Ensuite l'ascenseur, descendre, descendre encore, les yeux délibérément fixés sur la feuille de soins qu'il avait attrapée au passage.

Un visiteur perspicace aurait sans doute trouvé étrange qu'il porte encore son masque sur le perron, jusqu'à ce qu'il soit hors de portée des caméras de sécurité. Et un passant observateur aurait pu se demander pourquoi un chirurgien utilisait un vieux pick-up délabré...

Au même moment, une anesthésiste qui s'était lassée de frapper à la porte de la réserve découvrait le laborantin inconscient et un quart d'heure s'écoula encore avant que la disparition des préparations soit remarquée. Quant au docteur Silverman, il revint à lui, affalé sur le sol des toilettes, le pantalon baissé, sans aucun souvenir d'être arrivé là et sans la moindre idée d'où il se trouvait. Il se dit qu'il avait eu un étourdissement, peut-être une mini-embolie due à des efforts d'expulsion intestinale. Craignant de déplacer le caillot, il hésita à se mouvoir et rampa sur le sol jusqu'à ce qu'il puisse prendre appui sur le mur pour se relever. Une contusion bénigne fut constatée à l'examen médical.

Avant de rentrer chez lui, le docteur Lecter s'arrêta d'abord à un dépôt de poste restante dans la banlieue de Baltimore, où il retira un paquet qu'il avait commandé sur

Internet à un fournisseur d'articles funéraires : il s'agissait d'un smoking avec chemise et cravate incorporées, ouvert dans le dos pour être enfilé d'un seul tenant.

Il ne lui restait plus qu'une course, mais d'importance : du vin. Une bouteille digne des plus grandes occasions. Pour cela, il fallait se rendre à la capitale du Maryland, Annapolis. Faire la route en Jaguar aurait été plus plaisant, certes.

75

Habillé en prévision d'un jogging dans le froid, Paul Krendler dut entrouvrir la veste de son survêtement pour éviter la suffocation en reconnaissant la voix d'Eric Pickford, qui l'appelait chez lui, à Georgetown.

— Descendez à la cafétéria et appelez-moi d'une cabine !

— Hein, comment, Mr Krendler ?

— Faites ce que je vous dis.

Il retira son bandeau et ses gants, les jeta sur le piano de son salon. D'un doigt hésitant, il massacra le thème de *Dragnet* sur le clavier en attendant que le téléphone sonne à nouveau.

— Starling a passé un bon moment au service technologique, Eric. On ne peut pas savoir si elle n'a pas trafiqué les téléphones de son bureau. On ne badine pas avec la sûreté de l'État.

— Entendu, Mr Krendler. Voilà, elle m'a appelé tout à l'heure. Elle voulait récupérer sa plante et d'autres machins, dont cet abruti d'oiseau qui boit dans un verre... Mais elle m'a dit quelque chose d'intéressant, aussi. Elle m'a conseillé de classer les demandes d'abonnement suspectes en tenant compte du dernier chiffre du code postal, avec une différence de trois au plus. D'après elle, le docteur Lecter doit utiliser plusieurs postes restantes assez proches l'une de l'autre, c'est plus pratique pour lui.

— Et alors ?

— Alors, j'ai eu une touche, grâce à ça. La *Revue de neurophysiologie* est envoyée à une poste restante, *Physica Scripta* et

ICARUS à une autre, toutes les deux distantes de moins de vingt kilomètres. Les abonnements sont à des noms différents, payés par mandats tous les trois.

— C'est quoi, *ICARUS*?

— La revue internationale d'études du système solaire. Il avait pris un abonnement de soutien à sa création, il y a vingt ans. Les adresses de poste restante sont à Baltimore. En général, les revues arrivent le 10 du mois. Et puis j'ai eu encore autre chose, il y a une minute : une vente de pinard pas donné, une bouteille de château-machin... Haykoum, un truc comme ça?

— Ça se prononce « Iiii-kim ». Qu'est-ce que vous savez là-dessus?

— Un magasin classe d'Annapolis. J'ai entré l'achat sur l'ordinateur et il a flashé sur la liste des articles à surveiller que Starling a dressée. Le programme a aussi établi un lien avec l'année de naissance de Starling. La même que celle où ce vin a été mis en bouteille. Le gars a payé trois cent vingt-cinq dollars pour ça, en cash...

— C'était avant ou après que vous aviez parlé à Starling?

— Juste après, il y a une minute ou deux, je vous l'ai...

— Donc elle n'est pas au courant.

— Non. Je devrais peut-être l'ap...

— Vous me dites que ce commerçant vous a alerté pour l'achat d'une seule bouteille?

— Oui, Mr Krendler. Elle a laissé ses notes dans l'ordinateur, elle avait repéré qu'il n'y a que trois bouteilles comme ça sur toute la côte Est. Elle avait alerté les trois détaillants. C'est quand même fort, ça...

— Et qui l'a achetée? Je veux dire, de quoi il avait l'air?

— Un Blanc, taille moyenne, barbu. Tout emmitouflé, d'après eux.

— Est-ce qu'ils ont une vidéo de sécurité, là-bas?

— Oui, Mr Krendler. C'est le premier truc que j'ai demandé. J'ai dit qu'on allait envoyer quelqu'un prendre la cassette. Je ne l'ai pas encore fait. Le vendeur n'était pas au courant, mais il a parlé de la vente qu'il venait de faire au patron, tellement c'était inhabituel... Le directeur s'est précipité sur le trottoir, il a vu le suspect... enfin, celui qu'il pense être le suspect s'en aller dans un vieux pick-up. Gris, avec un étau à l'arrière. Si c'est Lecter, vous pensez qu'il va essayer

383

de l'apporter à Starling, cette bouteille ? On ferait mieux de la prévenir.

— Non. Pas question.

— Je peux au moins ajouter l'info au dossier VICAP en ligne ?

— Non ! — Krendler réfléchissait à toute allure. — Vous avez reçu une réponse de la Questura, à propos de l'ordinateur de Lecter ?

— Non, Mr Krendler.

— Donc, vous ne pouvez rien donner au VICAP tant que nous ne sommes pas certains que Lecter n'est pas lui-même en mesure de le lire. Il a peut-être les codes d'accès de Pazzi. Ou bien Starling pourrait tomber dessus et lui refiler l'info en s'y prenant plus ou moins comme elle l'a fait à Florence.

— Ah, d'accord, je vois... Notre antenne à Annapolis récupère la cassette, alors ?

— Laissez-moi m'occuper de ça.

Puis, quand Pickford lui eut donné les coordonnées du marchand de vins :

— Continuez à travailler sur les abonnements. Vous pourrez parler de votre piste à Crawford lorsqu'il reprendra le boulot. Il organisera la surveillance des postes restantes à partir du 10 du mois.

Après avoir téléphoné à Mason Verger, il quitta sa maison de ville à Georgetown et partit en trottant sans effort vers le parc de Rock Creek.

Dans le soir tombant, seuls étaient visibles son bandeau blanc, ses chaussures de sport, blanches également, ainsi que la bande sur les côtés de son survêtement noir, le tout festonné de sigles « Nike » qui flottaient dans l'obscurité, comme s'ils se mouvaient par leur seule volonté.

Il courut une demi-heure d'affilée, à bonne allure. Alors qu'il arrivait en vue de la piste d'atterrissage près du zoo, il entendit le bruissement des pales d'un hélicoptère en attente. Sans ralentir le rythme de sa course, il se courba pour passer sous l'hélice et atteindre la marche. Le souple décollage de l'appareil l'emplit d'excitation, et les lumières de la ville, et les monuments éclairés qui rapetissaient tandis que l'hélicoptère l'emportait vers les hauteurs qu'il avait bien méritées, vers Annapolis pour la cassette, puis vers Mason.

76

— Vous allez me régler ce foutu objectif, Cordell ?

Avec la voix artificielle qui gommait les fricatives, cela sonnait comme « houtu obecti ».

Krendler se tenait debout près du lit de Mason Verger, dans la partie à peine éclairée de la pièce où seul l'écran suspendu était visible. Comme il faisait toujours très chaud ici, il avait retiré sa veste de survêtement de yuppie et l'avait nouée à la taille, ce qui lui permettait aussi d'exhiber son tee-shirt de Princeton. Son bandeau et ses chaussures reflétaient la lueur verdâtre venue de l'aquarium.

Margot Verger trouvait que Krendler avait des épaules et un torse de poulet. Ils s'étaient à peine salués à son arrivée.

La caméra de sécurité du magasin de spiritueux n'avait pas de compteur de bande ni d'horloge intégrée et, comme les clients étaient nombreux à l'approche de Noël, Cordell fut obligé de passer un grand nombre d'achats en appuyant sur le bouton d'avance rapide. Mason, lui, tuait le temps avec des remarques malveillantes :

— Alors, qu'est-ce que vous avez dit quand vous êtes arrivé dans votre belle tenue de jogging et que vous leur avez montré votre insigne, Krendler ? Que vous couriez aux J.O. des handicapés ?

Il était nettement moins courtois avec le fonctionnaire depuis que celui-ci avait commencé à déposer ses chèques à la banque.

Krendler ne pouvait pas se laisser insulter quand ses intérêts étaient en jeu.

— J'ai dit que c'était pour passer inaperçu. Et avec Starling, où vous en êtes, maintenant ?

— Dis-lui, Margot.

Mason semblait vouloir économiser son maigre souffle pour les insultes.

— Nous avons fait venir douze gars de notre service de sécurité de Chicago. Ils sont déjà à Washington. Il y a trois équipes, chacune avec un type assermenté dans l'État de l'Illinois. Si la police les pince pendant qu'ils attrapent Lecter, ils pourront toujours dire qu'ils l'ont reconnu, que c'est une arrestation citoyenne, ce genre de bla-bla... L'équipe qui le chope le remet à Carlo, ensuite ils rentrent tous à Chicago et ils oublient.

La cassette vidéo continuait à tourner.

— Attendez une mi... Cordell, revenez en arrière de trente secondes, demanda Mason. Tenez, regardez ça.

Sous l'œil silencieux et trouble de la caméra qui balayait l'espace entre la porte d'entrée et la caisse, un homme était apparu, vêtu d'une veste de bûcheron, d'une casquette et de mitaines, avec un gros collier de barbe et des lunettes de soleil. Le dos tourné à l'objectif, il refermait avec soin la porte du magasin derrière lui. Il lui fallut un moment pour faire comprendre au vendeur ce qu'il cherchait. Ensuite, il le suivit derrière les casiers à bouteilles et ils disparurent tous les deux.

Trois longues minutes s'écoulèrent avant qu'ils ne reviennent enfin dans le champ, l'employé essuyant la poussière sur la bouteille, glissant un filet de protection dessus et la plaçant dans un coffret en bois. Le client ne retira que sa mitaine droite pour payer, en liquide. Sur les lèvres du vendeur, on lisait un « merci » adressé au dos de l'acheteur qui repartait déjà.

Quelques secondes de pause, puis l'employé appelait quelqu'un hors champ. Un homme corpulent surgissait, écoutait le vendeur et se précipitait à la porte.

— C'est le patron, le type qui a vu le pick-up.

— Est-ce que vous pouvez faire un agrandissement de la tête de ce client à partir de cette bande, Cordell ?

— Facile, Mr Verger. Mais l'image ne sera pas nette.

— Tant pis.

Mason réfléchit un moment.

— Il a gardé son gant à la main gauche. Je me suis peut-être fait baiser, en achetant cette radio...

— Pazzi avait dit qu'il s'était occupé de sa main, qu'on lui avait enlevé son sixième doigt, remarqua Krendler.

— Eh bien, il l'a eu où je pense, son doigt, le Pazzi... Mais moi, je ne sais plus qui croire. Toi, Margot, qu'est-ce que tu en dis ? Tu connais Lecter, tu crois que c'est lui ?

— Ça remonte à dix-huit ans, objecta-t-elle. Je n'ai eu que trois séances avec lui et à chaque fois il s'est seulement levé de son siège quand je suis entrée, sans venir vers moi. Il faisait vraiment très peu de mouvements. Ce dont je me souviens le plus, c'est de sa voix.

Cordell à l'interphone :

— Carlo est là, Mr Verger.

Le Sarde apportait avec lui une forte odeur de porcherie. Il entra dans la chambre en tenant son chapeau contre la poitrine et les effluves de saucisse rance qui montaient de son crâne obligèrent Krendler à souffler bruyamment du nez. Par respect pour son employeur, Carlo se garda de laisser apparaître la molaire de verrat qu'il était en train de mâchonner.

— Regardez ça, Carlo. Rembobinez et faites-le repasser à partir de son entrée, Cordell.

Le client n'avait pas terminé son quatrième pas sur l'écran que le Sarde s'écriait :

— C'est lui, le *stronzo*, le fils de pute ! La barbe, c'est nouveau, mais il marche comme ça, je le sais.

— Carlo, vous avez vu ses mains, à *Firenze* ?

— *Sì signore.*

— Six ou cinq doigts à la main gauche ?

— Hein ? Euh, cinq.

— Vous avez hésité.

— Parce que je cherchais le mot. Quand je ne parle pas en italien, ça m'arrive... Mais c'est cinq, j'en suis sûr.

Mason desserra les dents, la seule façon de sourire dont il était capable.

— Ah, j'adore ! Il garde sa mitaine pour qu'on continue à croire qu'il en a six, comme dans sa description officielle.

L'odeur de Carlo s'était peut-être glissée dans l'aquarium par la pompe d'aération car la murène était sortie de sa cachette et s'était mise à s'enrouler sur elle-même, formant son ruban de Möbius, son huit solitaire et infini, montrant ses crocs à chaque respiration.

— Je crois qu'on va conclure rapidement, Carlo, annonça Mason. Avec Piero et Tommaso, vous êtes mon unité d'élite. Même s'il vous a eus à Florence, j'ai confiance en vous. Je veux que vous commenciez à surveiller Clarice Starling à partir de la veille de son anniversaire, puis le jour même et le lendemain. Vous serez remplacés quand elle sera au lit, chez elle. Je vous donne un chauffeur et le van.

— *Padrone...*

— Oui.

— Je voudrais passer un peu de temps seul à seul avec le *dottore*, pour le repos de mon frère, Matteo... — En prononçant le nom du mort, il se signa. — Vous m'avez promis...

— Je comprends parfaitement ce que vous ressentez, Carlo. Vous avez ma sympathie la plus sincère. Écoutez-moi bien : je veux que Lecter soit dévoré en deux services. Le premier soir, les porcs lui rongeront les pieds pendant qu'il regardera à travers l'enclos. Pour ça, il faut qu'il soit en forme. Vous devez me l'amener en bon état : pas de coups à la tête, pas de fractures, pas d'œil abîmé. Ensuite, il patientera jusqu'au lendemain, sans ses pieds, pour que les cochons le liquident. C'est là, avant le plat de résistance, que je lui parlerai un peu et que vous pourrez l'avoir pendant une heure. Mais je vous demande de lui laisser au moins un œil, et qu'il soit encore conscient, pour qu'il puisse les voir arriver sur lui. Je veux qu'il voie leur face quand ils vont bouffer la sienne. Si, admettons, vous décidez de le priver de sa virilité, c'est à votre guise entièrement, mais je veux que Cordell soit là pour intervenir sur l'hémorragie. Et que tout ça soit filmé.

— Et s'il perd tout son sang la première fois ?

— Ça ne se produira pas. Et il ne mourra pas pendant la nuit non plus. Non, ce qu'il va faire, c'est attendre, attendre avec les pieds arrachés de ses chevilles. C'est Cordell qui va s'occuper de ça. Je pense qu'il le mettra sous perfusion toute la nuit. Peut-être deux perfs à la fois.

— Ou quatre si besoin est, prononça la voix désincarnée de Cordell dans le haut-parleur. Je peux lui mettre des garrots aux jambes, aussi.

— Et vous aurez même le droit de cracher et de pisser dans son sérum avant de le jeter dans l'enclos, déclara Mason

388

à Carlo du ton le plus attentionné. Ou juter dedans, si ça vous dit.

Le visage du Sarde s'éclaira à cette idée, mais il se rappela soudain la présence de la *signorina* tout en muscles et lui lança un coup d'œil gêné.

— *Grazie mille, padrone.* Est-ce que vous pourrez venir le voir mourir ?

— Je ne sais pas, Carlo. Toute cette poussière dans la grange, ce n'est pas bon pour moi. C'est possible que je regarde à la vidéo. Mais vous m'amènerez un cochon, d'accord ? J'ai envie d'en toucher un.

— Quoi, ici, *padrone* ?

— Non, ils peuvent me descendre un moment, avec le transfo.

— Il faudra que je l'endorme, alors, remarqua Carlo, réticent.

— Prenez une des truies. Apportez-la sur la pelouse, devant la sortie de l'ascenseur. Sur l'herbe, le fenwick roule sans problème.

— Vous avez l'intention de n'utiliser que la fourgonnette ou il vous faut aussi une voiture en stand-by ? demanda Krendler.

— Carlo ?

— Avec le van, ça suffit bien. Que ce soit un vigile en règle qui conduise.

— J'ai encore quelque chose pour vous, annonça Krendler. Un peu de lumière, c'est possible ?

Margot augmenta l'intensité de l'éclairage tandis qu'il posait son sac à dos sur la table basse, près de la coupe de fruits. Après avoir enfilé des gants en coton, il retira un petit moniteur équipé d'une antenne et d'un support de fixation, qui se branchait sur un disque dur externe et une batterie rechargeable.

— La surveillance de Starling ne va pas être évidente, parce qu'elle habite dans une impasse où il est difficile de passer inaperçu. Mais elle est forcée de sortir, non ? Comme c'est une dingue d'exercice, elle a dû s'inscrire à une salle de gym privée puisqu'elle ne peut plus utiliser celle du FBI. Jeudi dernier, on a repéré sa voiture sur le parking et on a installé une balise dessus, qui fonctionne au nickel-cadmium et se recharge quand le véhicule roule, de sorte que sa batterie ne va pas se décharger de façon anormale. Le programme que nous avons couvre les cinq États limitrophes. Qui va être en charge de ça ?

— Venez, Cordell, ordonna Mason.

Margot et Cordell s'agenouillèrent à côté de Krendler et de Carlo restés debout, l'odorant chapeau de ce dernier à la hauteur de leurs narines.

— Regardez, fit Krendler en allumant le moniteur. C'est comme un système de navigation automobile, à part qu'il indique la position d'une autre voiture. Celle de Starling.

Une vue aérienne de Washington-centre s'afficha sur l'écran.

— Vous zoomez ici, vous vous déplacez avec les flèches, pigé ? Bon, il n'y a pas de nouveau mouvement signalé. Dès que la balise de Starling est active, ce voyant-là s'allume et vous entendez un bip. Ensuite, vous retrouvez la source sur la vue générale et vous zoomez dessus. Plus vous vous rapprochez, plus le bip s'accélère. Là, vous avez le quartier où vit Starling, à l'échelle d'une carte routière. Il n'y a pas de signal sonore parce que nous sommes hors de portée, mais n'importe où à Washington ou à Arlington vous l'auriez. Dans l'hélicoptère en venant tout à l'heure, je l'ai entendu. Ça, c'est l'adaptateur pour le brancher dans votre van. Un point important, maintenant : vous devez me donner la garantie que cet appareil restera en de bonnes mains. C'est du tout nouveau, les services d'espionnage ne l'ont même pas encore, ça pourrait me créer de sérieux ennuis. Ou bien vous me le rendez en main propre, ou bien il est au fond du Potomac. Compris ?

— C'est d'accord, Margot ? demanda Mason. Cordell aussi ? Bon, prenez Mogli pour conduire et mettez-le au jus.

V

UNE LIVRE DE CHAIR

77

Ce qu'il y a de bien, avec le fusil à air comprimé, c'est qu'on peut tirer de l'intérieur d'une camionnette sans crever les tympans de ses occupants et sans avoir à passer le canon par la fenêtre, à la vue de tous.

Au-dessus de la vitre teintée à peine entrouverte, le petit projectile hypodermique s'envolerait avec sa charge massive d'acépromazine pour aller se planter dans les muscles du dos ou des fesses. Il n'y aurait qu'un craquement sec, à peine celui qu'une branche encore verte émet en cédant, pas de détonation ni d'écho balistique émis par l'aiguille subsonique.

Au cours de leurs répétitions, dès que le docteur Lecter commençait à s'effondrer, Piero et Tommaso, vêtus de blanc, « l'aidaient » à monter dans le van en affirmant à d'éventuels curieux qu'ils le conduisaient à l'hôpital le plus proche. L'anglais de Tommaso, héritage du séminaire, était meilleur que celui de son frère, mais il avait encore quelque difficulté avec le h aspiré de *hospital*.

Mason Verger avait eu raison de donner aux Italiens la priorité pour la capture du docteur Lecter. Malgré l'échec essuyé à Florence, ils étaient de loin les mieux entraînés aux enlèvements, et les plus à même de s'emparer du docteur sans mettre sa vie en péril.

Une seule arme autre que le fusil à air comprimé était autorisée dans la mission, celle de Johnny Mogli, un shérif adjoint de l'Illinois en disponibilité et une créature des Verger depuis très longtemps. Enfant, il parlait italien à la maison. C'était quelqu'un qui approuvait tout ce que disait sa victime avant de l'abattre.

Carlo et les frères Tommaso avaient apporté leur filet, leur matraque paralysante, leur pistolet à gaz et diverses sortes d'entraves. Ils ne manquaient de rien lorsqu'ils prirent position au lever du jour, à cinq pâtés de maisons de chez Starling, garés dans une rue commerçante sur un emplacement réservé aux handicapés.

Ce jour-là, les flancs de la fourgonnette portaient la mention « Transports Médicaux Senior » en lettres adhésives. Le véhicule était muni à l'avant d'une fausse plaque réservée au transport des handicapés, avec la licence correspondante suspendue au rétroviseur. Dans la boîte à gants, il y avait une facture de garage pour le remplacement du pare-chocs, ce qui leur permettrait d'invoquer une erreur des mécaniciens si la légitimité de la plaque était mise en cause, et de gagner du temps pour répondre à toute question relative à la licence. L'immatriculation et les papiers du van étaient par contre authentiques, de même que les billets de cent dollars pliés dedans au cas où il faudrait graisser la patte à quelqu'un.

Attaché au tableau de bord par du ruban adhésif et relié à la batterie sur l'allume-cigares, le moniteur affichait une carte du quartier de Starling. Le même GPS qui repérait la position de la fourgonnette indiquait aussi celle de la Mustang, un point lumineux à l'arrêt devant son immeuble.

A neuf heures, Carlo autorisa Piero à se restaurer. A dix heures et demie, ce fut au tour de Tommaso : il ne voulait pas qu'ils soient tous deux en pleine digestion s'il fallait se lancer dans une longue poursuite à pied. Ils déjeunèrent également de façon séparée.

C'est en milieu d'après-midi, alors que Tommaso piochait un sandwich dans la glacière, que le bip se déclencha. La tête malodorante de Carlo pivota vers l'écran.

— Elle s'en va, annonça Mogli en démarrant.

Tommaso reposa le couvercle en hâte.

— Ouais... Ouais... Voilà, elle remonte Tindal, en direction de l'échangeur.

Mogli s'engagea dans le flot des voitures. C'était une filature de luxe, grâce au détecteur qui lui permettait de rester

394

à plusieurs dizaines de mètres derrière Starling, sans qu'elle puisse le voir.

Mais lui-même n'était pas en mesure d'apercevoir le vieux pick-up gris qui suivait maintenant la Mustang de plus près, un sapin de Noël arrimé sur la plate-forme.

Conduire sa voiture était un des rares plaisirs sur lesquels Starling pouvait compter. Sans freins ABS ni équilibrage de traction, la puissante machine n'était guère facile à contrôler dans les rues que l'hiver rendait glissantes la majeure partie de la saison. Mais quand la chaussée était sèche elle aimait pousser un peu son V8 en seconde et savourer le grondement des pots d'échappement.

Ardelia Mapp, experte hors pair en promotions commerciales, lui avait confié sa liste de courses complétée d'une grosse liasse de coupons de réduction. Elle avait prévu de préparer avec Starling un jambon cuit, une daube de bœuf et deux gratins. Les autres apportaient une dinde.

Si elle avait été seule, Starling n'aurait pas été d'humeur à un dîner de fête pour son anniversaire. Elle avait dû accepter l'idée, cependant, car Ardelia et un nombre étonnant de collègues féminines, qu'elle connaissait à peine pour certaines et n'appréciait pas particulièrement, avaient décidé de lui manifester ainsi leur soutien dans l'adversité.

Le sort de Jack Crawford assombrissait ses pensées. A l'unité de soins intensifs où il se trouvait toujours, les visites et les appels téléphoniques étaient interdits. Elle avait donc laissé des messages pour lui au poste des infirmières, des cartes décorées d'amusants toutous avec quelques phrases, les plus drôles qu'elle soit arrivée à trouver.

Elle échappa un moment à ses tracas en taquinant la Mustang, double débrayage, frein moteur... Quand la voiture s'engagea en vrombissant sur le parking du supermarché Safeway, elle n'utilisa la pédale de frein que pour déclencher ses feux stop à l'intention des automobilistes derrière elle.

Il lui fallut quatre tours complets pour trouver enfin une place, restée vide parce qu'un chariot abandonné en barrait l'accès. Elle sortit pour le ranger de côté. Le temps qu'elle coupe le moteur, quelqu'un l'avait pris. Elle en trouva un autre près des portes d'entrée et pénétra dans le magasin en le poussant devant elle.

Tout en suivant d'un œil le point lumineux qui négociait un tournant et s'arrêtait sur l'écran, Johnny Mogli aperçut le grand supermarché au loin sur sa droite.

— Elle va au Safeway, annonça-t-il.

Engagé dans le parking, il n'eut besoin que d'une dizaine de secondes pour repérer la Mustang. A l'entrée, une jeune femme se hâtait vers l'intérieur en poussant son chariot. Carlo l'observa aux jumelles.

— C'est elle, c'est Starling. Elle ressemble aux photos qu'on a d'elle.

Il passa les jumelles à Piero.

— J'aimerais bien la photographier, dit ce dernier. J'ai mon zoom avec moi.

Il y avait un espace réservé aux handicapés dans l'allée qui suivait celle de la Mustang. Mogli prit la dernière place libre, juste avant une grosse Lincoln qui portait la plaque des invalides. Son chauffeur lui adressa un coup de klaxon furieux.

A l'arrière du van, ils avaient maintenant la voiture de Starling en face d'eux.

Peut-être parce qu'il était plus habitué aux véhicules de fabrication américaine, ce fut Mogli qui remarqua le premier le vieux pick-up, garé presque au bout de l'aire de stationnement. Il ne distinguait que le hayon arrière peint en gris. Pointant le doigt dans cette direction, il demanda à Carlo :

— Est-ce qu'il a un étau à l'arrière ? C'est ce que le type du magasin de vins a dit, non ? Regarde aux jumelles, moi je ne vois rien à cause de ce putain d'arbre. *C'è una morsa sul camione*, Carlo ?

— *Sì...* Oui, y en a un. Personne dans la cabine.

— Est-ce qu'on entre pour la couvrir ? demanda Tommaso, qui n'avait pourtant pas l'habitude de poser des questions à son chef.

— Non. S'il lui tombe dessus, c'est ici qu'il le fera.

D'abord les produits laitiers. Après avoir vérifié ses coupons, Starling choisit du fromage pour le gratin et quelques feuilletés à réchauffer. « Bon sang, se casser la tête pour cette bande... » Elle était parvenue au rayon boucherie lorsqu'elle se rendit compte qu'elle avait oublié le beurre. Abandonnant son chariot, elle repartit aux laitages. A son retour, il avait disparu. On avait posé ses quelques emplettes sur le comptoir, mais plus trace de la liste ni des coupons.

— Et merde ! s'écria-t-elle, assez fort pour être entendue des autres clients dans les parages.

Elle regarda autour d'elle. Personne ne semblait avoir une liasse de coupons aussi épaisse que celle mise de côté par Ardelia. Elle respira profondément. Il était encore possible de se mettre en observation près des caisses et de guetter sa liste, si le voleur ne l'avait pas détachée des coupons, évidemment... « Et puis au diable, pour quelques dollars ! Ne te laisse pas gâcher ta journée avec ça ! »

Comme il n'y avait aucun chariot libre dans le magasin, elle dut ressortir sur le parking pour en chercher un.

— *Ecco !*

Carlo l'avait vu surgir entre les voitures de son pas vif, alerte. Le docteur Hannibal Lecter, très élégant avec son manteau en poil de chameau et son chapeau mou, un paquet-cadeau sous le bras, décidé à accomplir un dangereux caprice...

— *Madonna !* Il va à la Mustang !

Là, il n'y eut plus que le chasseur en lui. Contrôlant sa respiration, il se prépara mentalement au tir. La dent de verrat qu'il mâchonnait émit un bref éclair entre ses lèvres.

La fenêtre arrière du van resta close.

— *Metti in mòto !* Fais le tour et mets-toi de côté par rapport à lui.

Le docteur Lecter s'arrêta à la portière passager de la Mustang, puis se ravisa et contourna la voiture jusqu'à la place du conducteur, peut-être dans l'espoir de humer le volant. Après un regard à la ronde, il sortit une lame de sa manche.

La fourgonnette était maintenant en position latérale. Fusil en joue, Carlo appuya sur la commande électrique de la vitre. Rien.

Avec un calme surnaturel, entièrement concentré, il lança :

— *Mogli, il finestrino...*

C'était sans doute à cause du verrouillage centralisé, la sécurité-enfants. Mogli chercha le bouton en pestant.

Le docteur Lecter avait glissé la pointe dans la portière, débloquait la serrure et s'apprêtait à s'installer au volant.

Étouffant un juron, Carlo entrouvrit enfin la vitre et leva son arme tandis que Piero s'écartait. Le van trembla sous le départ du fusil.

Le trait fila dans le soleil. Avec un petit bruit sourd, il traversa le col empesé du docteur Lecter et alla se ficher dans son cou. La dose massive de tranquillisant, administrée à un endroit aussi sensible, agit instantanément. Le docteur chercha à se redresser, mais ses genoux le trahissaient. Le paquet s'échappa de sa main, roula sous la Mustang. Il réussit à sortir un couteau à cran d'arrêt de sa poche et à l'armer pendant qu'il s'affaissait lentement au sol, ses membres liquéfiés par la drogue. Un mot chuchoté : « Mischa ». Sa vision s'obscurcissait.

Piero et Tommaso avaient déjà bondi sur lui tels deux grands félins. Ils l'immobilisèrent à terre jusqu'à être certains qu'il ne pouvait plus résister.

Encombrée de son deuxième chariot de la journée, Starling traversait le parking quand elle entendit le claquement sec du fusil à air comprimé. Reconnaissant instinctivement le bruit, elle se courba aussitôt par réflexe, alors qu'autour d'elle les clients continuaient leurs allées et venues sans rien remarquer. Impossible de dire d'où était parti le coup de feu. Au moment où son regard se posait sur sa voiture, elle vit des jambes disparaître à l'arrière d'une fourgonnette et pensa qu'il s'agissait d'un vol à main armée.

Sa main se plaqua à la hanche où son revolver n'était plus là pour l'accompagner. Elle se mit à courir vers le van en se protégeant derrière les véhicules à l'arrêt.

La Lincoln et son conducteur âgé étaient de retour, réclamant à coups de klaxon l'accès à la zone pour handicapés que la fourgonnette obstruait. La voix de Starling se perdait dans le vacarme :

— Stop ! Stop ! FBI ! Arrêtez ou je tire !

Elle aurait peut-être le temps de relever le numéro d'immatriculation, au moins...

Piero, qui l'avait vue, se hâta de trancher avec le couteau du docteur la valve du pneu avant de la Mustang, côté conducteur, puis il plongea dans la fourgonnette qui démarra en trombe, franchit brutalement un ralentisseur et fonça vers la sortie.

D'un doigt, Starling inscrivit le numéro du van sur le capot poussiéreux d'une voiture. Elle avait sorti ses clés, s'était jetée au volant et entamait déjà une marche arrière précipitée quand elle entendit le sifflement insistant du pneu crevé. Elle n'apercevait plus que le haut de la fourgonnette.

Elle courut à la Lincoln et tapa à la vitre du vieil homme qui klaxonnait toujours, contre elle maintenant.

— Vous avez un téléphone portable ? Je suis du FBI. Vous auriez un cellulaire, s'il vous plaît ?

— Avance, Noël ! ordonna la femme assise à côté du conducteur en lui pinçant la jambe. Ne l'écoute pas, ce doit être une ruse. Ne te laisse pas avoir !

La Lincoln s'éloigna. Starling se précipita à la première cabine en vue et appela le 911, les urgences.

Le shérif adjoint Johnny Mogli frisa l'excès de vitesse pendant trois kilomètres.

En retirant le dard de la nuque du docteur Lecter, Carlo fut soulagé de constater que le sang ne coulait pas. Il y avait un hématome de la taille d'une pièce de quinze *cents* sous l'épiderme. L'injection avait été prévue pour être absorbée par une masse musculaire plus importante. Ce fils de pute risquait bien de mourir avant que les porcs ne l'aient dépecé...

L'habitacle était silencieux, hormis la respiration précipitée des membres du commando et le caquètement continu des liaisons radio de la police interceptées par la CB installée sous le tableau de bord. Le docteur Lecter était étendu à l'arrière de la cabine dans son beau manteau. Son chapeau avait glissé de sa tête racée, une seule goutte de sang frais tachait son col impeccable. Il était aussi gracieux qu'un faisan couché sur l'étal d'un boucher.

Mogli s'engouffra dans un parking public et monta au troisième étage, où il ne s'arrêta que le temps de retirer les lettres adhésives sur les parois et de changer les plaques.

Il n'y avait même pas de quoi prendre ces précautions, pensa-t-il avec un petit rire intérieur lorsque la CB intercepta l'avis de recherche : l'opérateur du 911, qui avait apparemment mal compris la description que Starling lui avait donnée, parlait d'« un bus Greyhound », alors qu'elle avait dit « un minibus gris ou un van ». A son actif, on devait reconnaître qu'il ne s'était trompé que sur un chiffre de l'immatriculation qu'elle lui avait communiquée.

— Exactement comme chez nous, dans l'Illinois, s'esclaffa-t-il.

— Quand j'ai vu le couteau, j'ai eu la trouille qu'il se tue pour échapper à ce qui va lui arriver, disait Carlo aux deux frères. Il va regretter amèrement de ne pas s'être tranché la gorge, d'ici peu.

Devant le supermarché, Starling vérifiait l'état des autres pneus quand elle remarqua le paquet abandonné sous sa voiture.

Il contenait une coûteuse bouteille de château-d'Yquem et un mot sur lequel elle reconnut immédiatement l'écriture : « Joyeux anniversaire, Clarice. »

C'est seulement alors qu'elle comprit ce dont elle venait d'être témoin.

Starling connaissait par cœur tous les numéros dont elle avait besoin. Au lieu de rentrer chez elle téléphoner, elle retourna à la cabine, enleva d'autorité le combiné à une jeune femme et glissa des pièces de monnaie dans l'appareil pendant que l'autre, indignée, appelait à la rescousse un vigile du supermarché.

Elle appela l'unité d'intervention de l'antenne de Washington à Buzzard's Point. Tout le monde la connaissait, dans le service où elle avait travaillé si longtemps. Pendant qu'on transférait son appel au bureau de Clint Pearsall, elle tâtonna à la recherche de monnaie supplémentaire tout en tentant de raisonner le gardien du magasin qui s'obstinait à lui demander ses papiers d'identité.

Elle entendit enfin la voix familière de Pearsall.

— Écoutez, je viens de voir trois ou quatre hommes enlever Hannibal Lecter sur le parking du Safeway, il y a à peine cinq minutes. Ils m'ont crevé un pneu, je n'ai pas pu les poursuivre.

— C'est cette histoire de bus que la police recherche ?

— Quoi, quel bus ? C'est un van gris, avec une plaque handicapés.

— Comment savez-vous que c'était Lecter ?

— Il m'a... il a laissé un cadeau pour moi. Je l'ai retrouvé sous ma voiture.

— Je vois...

Starling profita du silence qu'il laissait planer :

— Vous savez que Mason Verger est derrière tout ça,

Mr Pearsall. C'est forcé. Personne d'autre ne s'y risquerait. C'est un sadique, il va torturer le docteur Lecter à mort, sans perdre une seconde du spectacle. Il faut émettre un ordre de recherche sur tous les véhicules de Verger et demander au procureur de Baltimore de préparer un mandat de perquisition pour chez lui.

— Starling... Attendez, Starling. Je ne vous le demanderai pas deux fois : vous êtes vraiment certaine de ce que vous avez vu ? Réfléchissez bien, pensez à tout le bon boulot que vous avez abattu ici, rappelez-vous le serment que vous avez prêté. Vous ne pouvez pas revenir là-dessus. Alors, qu'avez-vous vu, exactement ?

« Qu'est-ce que je suis censée répondre ? Que je ne suis pas hystérique ? C'est la première chose que disent les hystériques... » En un éclair, elle mesura à quel point elle était tombée dans la confiance de Pearsall, et combien celle-ci résistait mal aux influences.

— J'ai vu trois ou quatre hommes enlever quelqu'un sur le parking du supermarché Safeway. Sur les lieux, j'ai trouvé un présent du docteur Lecter, une bouteille de château-d'Yquem de la même année que ma naissance, avec un mot manuscrit de sa main. J'ai décrit le véhicule aux urgences. Et je soumets mon rapport à vous-même, Clint Pearsall, responsable des opérations à Buzzard's Point.

— Bon, il y a eu kidnapping, d'accord.

— J'arrive chez vous tout de suite. Vous pourriez m'affecter comme auxiliaire à l'unité d'intervention et...

— Ne venez pas. Je ne serais pas autorisé à vous laisser entrer.

Elle n'eut pas la chance d'avoir quitté le parking avant l'arrivée d'une patrouille de police d'Arlington. Il fallut un bon quart d'heure pour corriger l'avis de recherche erroné que le 911 avait diffusé. Le policier qui recueillit la déposition de Starling était une femme corpulente, à chaussures en skaï compensées, dont le carnet de contraventions, le talkie-walkie, le revolver, le pistolet à gaz et les menottes avaient du mal à trouver leur place sur les fesses rebondies qui distendaient le bas de sa tunique. Elle mit un long moment à décider s'il était plus juste d'indiquer « FBI » ou « Sans » à la mention « adresse professionnelle ». Et, lorsque Starling la braqua en devançant ses questions, son manque de coopération fut encore plus patent. Puis Starling leur montra les traces de pneus neige, là où la fourgonnette avait buté sur le ralentisseur, mais comme aucun des policiers n'avait d'appareil photo, elle dut leur prêter le sien et leur expliquer comment il fonctionnait.

Tout en répétant pour la énième fois ses réponses, elle n'arrêtait pas de s'adresser des reproches dans sa tête, en une formule lancinante : « J'aurais dû les prendre en chasse, j'aurais dû. Il fallait vider cet abruti de sa Lincoln et foncer à leur poursuite... »

Dès qu'il apprit l'enlèvement par ses informateurs, Krendler passa plusieurs coups de fil de vérification avant d'appeler Mason Verger sur la ligne protégée.

— Starling a été témoin de la capture. On n'avait pas prévu ça. Elle fait du tintouin au FBI de Washington, elle dit qu'il faut un mandat de perquisition contre vous.

— Krendler...

Il s'interrompit, en attente d'oxygène ou sous l'effet de l'exaspération, son interlocuteur n'aurait pu le dire avec certitude.

— Krendler, j'ai déjà porté plainte contre Starling auprès des autorités locales, du shérif et du procureur en raison du harcèlement auquel elle me soumet en appelant aux heures les plus indues pour m'abreuver de menaces sans queue ni tête.

— Elle... elle a fait ça ?

— Bien sûr que non, mais elle ne peut pas le prouver et ça ajoute à la confusion. Bon, jusqu'à plus ample informé, je peux bloquer tous les mandats qu'on voudra au niveau du comté et de l'État. Mais je vous demande de téléphoner au procureur d'ici pour lui rappeler que cette nana hystérique a la haine contre moi. Les flics locaux, je peux m'en charger tout seul, croyez-moi.

Enfin débarrassée de la police, Starling changea son pneu et repartit chez elle, vers son téléphone et son ordinateur personnels. Son cellulaire de service lui manquait cruellement, elle n'avait pas encore eu le temps de le remplacer.

Elle trouva un message d'Ardelia Mapp sur le répondeur : « Starling, s'il te plaît, assaisonne le bœuf et mets-le à cuire dans la cocotte. Surtout, pas les légumes tout de suite ! Rappelle-toi ce que ça a donné l'autre fois. Je suis coincée dans une procédure d'exclusion de merde, j'en ai au moins jusqu'à cinq heures. »

Sur son portable, elle tenta d'ouvrir le dossier VICAP de Lecter. Accès refusé, non seulement sur cette page, mais sur l'ensemble du réseau interne du FBI. Désormais, elle n'avait pas plus de ressources informatiques que le garde champêtre le plus isolé du continent nord-américain.

Le téléphone sonna. Clint Pearsall.

— Starling ? Est-il vrai que vous avez importuné Mason Verger en l'appelant plusieurs fois ?

— Jamais. Je le jure.

— Il prétend le contraire, lui. Il a invité le shérif à venir inspecter sa propriété. Il le lui a demandé expressément, même. Ils sont en train de le faire, là. Donc, pas de mandat, ni maintenant ni à court terme. Et nous n'avons pas pu trouver un seul autre témoin du kidnapping. Il n'y a que vous.

— Il y avait un vieux couple dans une Lincoln blanche sur les lieux, Mr Pearsall. Dites, et si vous épluchiez les achats par cartes de crédit dans le magasin juste avant les faits ? Ils ont un compteur horaire, aux caisses.

— On va s'en occuper, oui, mais...

— Mais ça prendra du temps, compléta-t-elle.

— Euh, Starling ?

— Oui ?

— Entre vous et moi, je vais vous rancarder sur les trucs importants. Mais vous ne vous en mêlez pas, compris ? Tant que vous êtes suspendue, vous n'êtes plus assermentée et vous n'êtes pas censée être informée. Vous êtes le quidam lambda.

— Je sais, Mr Pearsall, je sais.

Quand vous vous apprêtez à prendre une décision importante, que regardez-vous ? Nous qui n'appartenons pas à une culture contemplative, nous ne sommes pas habitués à lever les yeux vers le sommet des montagnes. La plupart du temps, nous tranchons des dilemmes essentiels tête baissée, l'œil braqué sur le linoléum passe-partout d'un couloir anonyme, ou en murmurant quelques mots à la hâte dans une salle d'attente où le téléviseur piaille des insanités.

Pressée par un besoin indéfinissable, Starling traversa la cuisine pour pénétrer dans l'ordre harmonieux de la partie du duplex qu'occupait sa camarade. Elle contempla un moment la photographie de la grand-mère Mapp, cette petite bonne femme indomptable qui connaissait tous les secrets des infusions. Elle fixa sa police d'assurance encadrée au mur. Ici, on savait qui habitait les lieux et les lieux étaient habités.

Elle retourna à ses quartiers. Impersonnels, désertés, pensa-t-elle. Qu'avait-elle accroché au mur, elle ? Son diplôme de l'École du FBI. Aucune photo de ses parents ne lui était parvenue. Elle avait vécu sans eux depuis si longtemps qu'ils ne subsistaient que dans ses pensées. Parfois, au hasard d'une bonne odeur de petit-déjeuner, ou d'une bribe de conversation surprise chez d'autres, d'une expression familière, elle sentait leurs mains sur elle. Mais c'était surtout dans sa perception du bien et du mal qu'elle décelait leur présence.

Et d'abord, qu'est-ce qu'elle était, elle ? Qui avait jamais pris la peine de la reconnaître ?

« Vous pouvez être aussi forte que vous le souhaitez, Clarice. Vous êtes une lutteuse. »

Elle pouvait comprendre le désir de mort qui animait Mason Verger. S'il tuait le docteur Lecter ou s'il en chargeait quelqu'un, elle aurait été capable de l'accepter : il avait ses griefs. Ce qui lui était insupportable, c'était l'idée que le docteur soit torturé jusqu'à en perdre la vie. Elle le refusait comme elle avait jadis fui l'abattage des agneaux et des chevaux.

« Vous êtes une guerrière, Clarice. »

Et ce qui était aussi repoussant que l'acte lui-même, ou presque, c'était que Mason puisse le perpétrer avec l'accord tacite d'hommes qui avaient prêté serment de garantir le triomphe de la loi. Ainsi le monde était-il fait...

A ce constat, elle prit une décision simple et nette : « Le monde ne sera pas ainsi à portée de mon bras. »

Une seconde plus tard, elle était devant son placard, sur un tabouret, les mains tendues vers la plus haute étagère.

Elle redescendit la boîte que l'avocat de John Brigham lui avait remise à l'automne. Des siècles paraissaient s'être écoulés depuis.

Le legs de ses armes personnelles à un compagnon qui a partagé les mêmes dangers est chargé de tradition et de mystique. La perpétuation de certaines valeurs est ici à l'œuvre, par-delà l'existence éphémère des individus.

Pour ceux qui vivent dans un monde que d'autres ont pacifié, cette symbolique sera peut-être difficile à saisir.

Le coffret dans lequel les armes de John Brigham étaient conservées constituait à lui seul un présent de marque. Il avait dû trouver en Extrême-Orient cette pièce en acajou, au rabat incrusté de nacre, au temps où il était Marine. L'attirail était typiquement Brigham : utilisé à bon escient, entretenu avec soin, d'une impeccable propreté. Il y avait un Colt 45 MI9IIA1, une version raccourcie du même revolver conçue par Safari Arms pour être portée au corps et une dague crantée qui se glissait dans la botte. Son ancien insigne du FBI avait été monté sur une plaque d'acajou, son insigne du DRD reposait dans le vide-poches.

Elle retira celui du FBI de son support et le cacha sur elle. Le Colt trouva aisément sa place dans le fourreau yaki qu'elle portait à la hanche, sous sa veste. Elle coinça le revolver plus court dans une de ses bottes, le couteau dans l'autre.

Elle retira son diplôme du cadre, le plia de telle sorte qu'il tienne dans sa poche. Dans la pénombre, on aurait pu le prendre pour un mandat d'arrêt ou de perquisition. En insistant sur les plis du papier rigide, elle se dit qu'elle n'était plus vraiment elle-même, ce qui la ravit.

Encore trois minutes à l'ordinateur, le temps d'accéder au site Mapquest et d'imprimer une carte à grande échelle de la propriété des Verger et de la forêt domaniale qui l'entourait. Elle s'attarda à contempler cet empire de la viande, parcourant d'un doigt ses confins.

Les pots d'échappement de la Mustang couchèrent au sol l'herbe morte quand Starling quitta son allée. Elle allait rendre une visite de courtoisie à Mason Verger.

81

Comme à l'approche de l'ancien Sabbat, un calme soudain était tombé sur Muskrat Farm. Mason était transporté, empli de fierté par ce qu'il avait pu réaliser. En lui-même, il comparait son œuvre à la découverte du radium.

De tous ses livres de classe, le manuel de sciences naturelles était celui dont il gardait le meilleur souvenir d'enfance : outre qu'il était illustré, il était le seul assez grand pour lui permettre de se cacher derrière et de se masturber pendant les cours. Ses yeux se fixaient souvent sur un portrait de Marie Curie quand il se livrait à cette occupation, et là, des années plus tard, il évoqua à nouveau la savante et les tonnes de pechblende qu'elle avait dû chauffer pour parvenir au radium. L'entreprise de Marie Curie était très similaire à la sienne, se disait-il.

Il s'imagina le docteur Lecter, produit de ses recherches opiniâtres et de ses dépenses colossales, luisant doucement dans l'obscurité tel le flacon de préparation dans le laboratoire de Marie Curie. Il vit aussi les porcs qui allaient le dévorer se retirer dans le sous-bois après leur banquet et s'allonger à terre pour dormir, leur panse éclairée de l'intérieur comme si une ampoule électrique y était allumée.

On était vendredi soir et la nuit arrivait. Toutes les équipes de maintenance étaient parties. Aucun de ses employés n'avait vu la fourgonnette arriver car elle avait évité l'entrée principale en empruntant le chemin forestier qui servait à Mason de route de service. Leur très symbolique inspection achevée, le shérif et ses hommes étaient repartis bien avant.

Désormais, l'accès de la ferme était gardé et seule l'élite de ses troupes avait été autorisée à rester autour de lui : Cordell à l'infirmerie jusqu'à ce qu'il soit relevé à minuit, Margot, et Johnnny Mogli, lequel avait ressorti son insigne officiel pour impressionner le shérif. Sans oublier bien entendu l'équipe des kidnappeurs professionnels, au travail dans la grange.

Dimanche soir, tout serait accompli, les dernières preuves détruites ou déjà sédimentées dans les boyaux des seize cochons. Mason se dit qu'il pourrait offrir à sa murène un morceau de choix du docteur Lecter. Son nez, peut-être. Ainsi, pour les années à venir, aurait-il le loisir de contempler le vorace ruban lové dans son éternel huit en sachant que le symbole de l'infini qu'il traçait dans l'eau signifiait : Lecter mort pour toujours, mort pour toujours, pour toujours...

D'un autre côté, il n'ignorait pas le danger de voir son plus grand souhait enfin réalisé. A quoi s'occuperait-il, une fois qu'il aurait tué Lecter ? A détruire quelques foyers déshérités, à tourmenter quelques enfants. A boire des martinis corsés de larmes. Mais quelle était la source du plaisir véritable, impartagé ?

Non, il serait décidément trop bête de gâter cette apothéose par de vagues inquiétudes à propos de l'avenir. Il attendit que le jet ténu vienne laver son œil unique, puis que son monocle reprenne sa transparence. Il souffla péniblement dans une commande tubulaire : quand il le désirait, il pouvait brancher sa vidéo et contempler sa proie, sa récompense.

82

Odeur de charbon brûlé dans la sellerie de la grange, mêlée aux effluves passagers des animaux et des hommes. Reflets du feu sur le long crâne d'Ombre mouvante, vide comme la Providence, observant tout derrière ses œillères.

Les braises rougeoient dans la forge et palpitent sous le chuintement du soufflet quand Carlo porte à incandescence une barre de fer déjà rouge cerise.

Tel un angoissant retable, le docteur Lecter est pendu au mur sous la tête du cheval, les bras écartés à l'horizontale et solidement attachés à une attelle, robuste pièce de chêne prise à la carriole des poneys qui pèse sur son dos comme un joug et que Carlo a fixée aux briques avec une cheville de sa fabrication. Les pieds du docteur ne touchent pas le sol. Ses jambes sont ficelées par-dessus le pantalon en de multiples tours régulièrement espacés, de même que deux rôtis prêts à être mis au four. Pas de chaîne, pas de menottes, aucun objet métallique qui pourrait blesser les mâchoires des porcs et les décourager.

Quand la barre atteint la température maximale, Carlo la porte à l'enclume avec ses pinces et lève son marteau. Il modèle le trait de chaleur jusqu'à lui donner la forme d'une manille, soulevant des étincelles dans la pénombre qui rebondissent contre sa poitrine et vont tomber sur la silhouette écartelée du docteur Hannibal Lecter.

D'une modernité choquante au milieu des outils ancestraux, la caméra de télévision de Mason Verger lorgne le docteur Lecter de son trépied arachnéen. Sur l'établi, un moniteur, pour l'instant éteint.

411

Carlo chauffe à nouveau sa pièce avant de se hâter dehors pour l'installer sur le chariot élévateur pendant qu'elle est encore rougeoyante, malléable. Son marteau réveille des échos dans les grands espaces de la grange, les coups puis leur réverbération : BANG-bang, BANG-bang...

Une voix précipitée, grésillante, sort du grenier. Sur les ondes courtes, Piero vient de capter la retransmission d'un match de football. Cagliari, son équipe, affronte un ennemi détesté, la Juventus de Rome.

Tommaso est installé dans un fauteuil en rotin, le fusil à air comprimé posé contre le mur à portée de sa main. Ses yeux sombres de séminariste ne quittent pas le visage de Lecter. Soudain, il détecte un changement dans l'immobilité de l'homme ligoté. C'est une mutation subtile, le passage de l'inconscience à une surnaturelle maîtrise de soi, à peine une légère altération du rythme de sa respiration, peut-être...

Il se lève, annonce à la cantonade :

— *Si stà svegliando.*

Carlo revient dans la sellerie, la molaire de verrat dansant entre ses lèvres. Il apporte un pantalon bourré de fruits, de légumes et de carcasses de poulets, qu'il entreprend de frotter contre le docteur Lecter, en insistant sous les bras.

Tout en prenant garde de ne pas approcher sa main de la bouche du docteur, il l'attrape par les cheveux pour lui relever la tête.

— *Buona sera, dottore...*

Le poste de télévision émet un léger sifflement, l'écran s'allume et Mason Verger apparaît.

— Allumez le projecteur au-dessus de la caméra, ordonne-t-il. Bonsoir, docteur Lecter.

Il ouvre les yeux pour la première fois depuis sa capture.

Carlo eut l'impression que des étincelles jaillissaient derrière ses pupilles. C'était peut-être les reflets de l'âtre, mais il se signa tout de même pour se protéger du mauvais œil.

— Mason, fit Hannibal Lecter à l'adresse de l'objectif.

Derrière son ravisseur, sur l'écran, il distingua la silhouette de Margot qui se découpait en noir sur l'aquarium. Avec courtoisie, maintenant :

— Bonsoir, Margot. Je suis content de vous revoir.

A la netteté de son élocution, on pouvait se demander s'il n'était pas réveillé depuis un certain temps.

— Docteur Lecter, le salua Margot de sa voix grave.

Tommaso avait trouvé le bouton de mise sous tension du projecteur. Le flot de lumière les aveugla tous une seconde. Mason Verger prit la parole, speaker d'une radio inconnue :

— Dans une vingtaine de minutes, docteur, nous allons servir aux cochons les entrées, en l'occurrence vos pieds. Après cela, nous aurons une petite conversation nocturne, vous et moi. En pyjama ou même en caleçon, dans l'état où vous serez alors. Cordell va faire en sorte de vous maintenir en vie longtemps et...

Mason continuait à parler quand Margot se pencha en avant pour regarder la scène sur l'écran. Après s'être assuré qu'elle pouvait voir ce qui allait se passer, Lecter murmura à l'oreille de Carlo, d'une voix métallique, autoritaire :

— Votre frère Matteo doit sentir encore plus mauvais que vous, à l'heure qu'il est. Il s'est chié dessus quand je l'ai tailladé.

Saisissant l'aiguillon électrique dans sa poche arrière, Carlo le fouetta en pleine face dans la lumière aveuglante. Puis il le saisit par les cheveux et appuya sur le bouton de voltage de la poignée, en la tenant sous le nez du docteur tandis que le courant à haute tension passait en arc tressautant entre les électrodes.

— Enculé de ta mère !

Et il enfonça la pique vrombissante dans son œil.

Le docteur Lecter n'émit aucun son. Ce fut du haut-parleur qu'un rugissement surgit, celui de Mason Verger, autant que son souffle le lui permettait. Tommaso s'efforçait de tirer Carlo en arrière. A deux, avec Piero descendu du grenier à sa rescousse, ils le forcèrent à s'asseoir dans le fauteuil en rotin et parvinrent à l'y maintenir.

— Tu l'aveugles et on perd le fric ! hurlèrent-ils à l'unisson, chacun dans une oreille.

Dans son palais de la mémoire, le docteur Lecter rajusta les tentures pour échapper à l'éclat brûlant. Aaaaaah... Il pressa son visage contre le flanc de Vénus, soulagé par le marbre froid.

Face à la caméra, parfaitement maître de sa voix :

— Je ne prendrai quand même pas votre chocolat, Mason.

— Il est complètement dingue, cet enfoiré ! s'exclama Johnny Mogli. Bon, ça, on le savait. Mais Carlo l'est autant.

— Allez là-bas et séparez-les, ordonna Mason.

— Vous... vous êtes sûr qu'ils ne sont pas armés ?

— On ne vous a pas embauché pour que vous ayez la frousse, si ? Non, ils n'ont pas d'armes. Rien que le fusil à somnifère.

— Laisse, je m'en charge, intervint Margot. Ça les dissuadera de commencer à jouer les machos entre eux. Ils se tiennent à carreau devant leur mamma, les Italiens. Et puis, Carlo sait que c'est moi qui tiens les cordons de la bourse.

— Installe la caméra dehors et montre-moi les cochons, demanda Mason. Dîner à huit heures !

— Je ne suis pas obligée d'assister à ça, moi, dit Margot.

— Oh, que si !

83

A l'entrée de la grange, Margot reprit longuement son souffle. Si elle devait être prête à le tuer, elle était bien obligée de supporter sa vue. Avant même d'ouvrir la porte de la sellerie, elle perçut l'odeur de Carlo. Piero et Tommaso encadraient Lecter, face à leur chef toujours assis dans le fauteuil en rotin.

— *Buona sera, signori,* lança-t-elle. Vos amis ont raison, Carlo : vous le bousillez maintenant, vous ne touchez plus un rond. Alors que vous avez fait tout ce chemin, après tout ce que vous avez accompli...

Les yeux du Sarde ne quittaient pas le visage de Lecter.

Sortant un téléphone portable de sa poche, elle composa un numéro sur les touches fluorescentes et le tendit à Carlo.

— Allez-y, prenez-le. — Elle le plaça dans la trajectoire de son regard. — Regardez.

L'écran à cristaux liquides indiquait le destinataire de l'appel : Banco Steuben.

— C'est votre banque à Cagliari, *signore* Deogracias. Demain matin, quand tout ceci sera terminé, quand vous l'aurez fait payer pour votre frère si courageux, c'est ce numéro que j'appellerai. Je donnerai mon code à votre banquier et je lui dirai : « Débloquez le reste de la somme que vous gardez pour Carlo Deogracias. » Il vous le confirmera par téléphone, sans tarder, et demain soir vous serez dans un avion, de retour chez vous et riche, Carlo, riche. La famille de Matteo aussi. Tenez, si vous voulez, vous pourrez leur ramener les couilles du docteur dans une pochette plastique, en guise de consolation. Mais si Lecter n'est plus en état d'assister à sa mort, s'il ne peut plus voir les porcs se ruer sur lui pour lui manger la figure, vous n'aurez rien, rien. Comportez-vous en homme, Carlo. Allez chercher vos bêtes. Moi, pendant ce temps, je surveille cet enfoiré. D'ici une demi-heure, vous allez l'entendre hurler, quand ils vont attaquer ses pieds...

Carlo jeta soudain la tête en arrière, soupira profondément.

— *Andiamo*, Piero ! *Tu*, Tommaso, *rimani*.

Sans broncher, le deuxième frère reprit le fauteuil en rotin et s'installa près de la porte.

— J'ai la situation en main, Mason, annonça Margot à la caméra.

— Je veux ramener son nez avec moi à la maison, tout à l'heure. Préviens Carlo.

Sur ces derniers mots de Verger, l'écran s'éteignit.

Pour l'invalide comme pour ceux qui l'entouraient, une sortie hors de sa chambre nécessitait un énorme effort. Les aspects purement techniques comportaient la connexion de tous les tubes aux réservoirs dont sa civière roulante était dotée, et le branchement du poumon artificiel sur une batterie portable.

Margot braqua son regard sur le visage du docteur Lecter. Son œil était fermé sous la paupière distendue, marquée aux deux extrémités par les deux brûlures laissées par les électrodes.

Il ouvrit celui resté intact. Il arrivait à conserver le contact apaisant de la hanche de marbre contre sa joue, le réconfort de Vénus.

— J'aime l'odeur de cette crème. C'est frais, citronné... Merci d'être venue, Margot.

— C'est exactement ce que vous m'avez dit quand votre assistante m'a fait entrer dans votre cabinet la première fois. Le jour où ils vous ont amené Mason pour sa thérapie.

— Vraiment ?

A peine revenu de son palais mnémonique où il avait relu les comptes rendus de ses séances avec Margot Verger, il savait qu'elle disait vrai.

— Oui. J'étais en larmes, j'étais terrorisée de vous raconter ce qui s'était passé entre Mason et moi. J'avais peur de m'asseoir, aussi, mais vous ne me l'avez pas demandé... Mes points de suture, vous étiez au courant, non ? On a marché un peu dans le jardin. Vous vous souvenez de ce que vous m'avez dit, à ce moment-là ?

— Que ce qui était arrivé n'était pas plus votre faute...

— Que « si un chien enragé m'avait mordu le derrière ». Vos propres termes. Vous m'avez facilité les choses, cette fois-là, et les suivantes aussi. Je vous en ai été reconnaissante, pendant une période.

— Que vous ai-je dit encore ?

— Que vous étiez encore plus bizarre que je ne pourrais jamais l'être. Et vous avez ajouté qu'il n'y avait rien de mal à ça, à être bizarre.

— Si vous essayez vraiment, vous êtes capable de vous rappeler tout ce que nous nous sommes dit, absolument. Allez, souvenez-vous et...

— Pas ça, non, s'il vous plaît, ne me demandez rien maintenant...

Les mots avaient jailli de sa bouche à son insu. Elle n'avait jamais eu l'intention de formuler sa pensée de cette manière.

Quand le docteur changea de position, les liens qui l'emprisonnaient gémirent sur le bois. Tommaso se leva pour venir vérifier les nœuds.

— *Attenzione alla bocca, signorina*. Méfiez-vous de sa bouche.

Margot se demanda un instant si l'Italien la mettait en garde contre les dents du docteur ou contre ses paroles.

— Cela fait plusieurs années que je vous ai eue en traitement, Margot, mais j'aimerais vous dire quelque chose à propos de votre cas, sur un plan médical. — Son œil valide se fixa brièvement sur Tommaso. — En tête à tête.

Margot réfléchit quelques secondes.

— Vous pouvez nous laisser un moment, Tommaso ?

— Non, *signorina*, désolé. Mais je peux aller dehors si la porte reste ouverte.

Le fusil en main, il s'éloigna dans la grange sans quitter le docteur Lecter du regard

— Je ne vous importunerai jamais en faisant pression sur vous, Margot, mais je serais intéressé de savoir *pourquoi* vous faites ça. Vous me le diriez ? Est-ce que vous vous êtes mise à « accepter le chocolat », pour reprendre l'image chère à Mason, après avoir résisté à votre frère si longtemps ? Inutile de prétendre que vous voulez me faire payer ce qui est arrivé à sa figure.

Elle répondit. En moins de trois minutes, elle lui raconta Judy, l'enfant qu'elles désiraient avoir. La facilité avec laquelle elle résumait son désarroi l'étonna elle-même.

Au loin, quelque part dans la grange, un cri étouffé et l'amorce d'un hurlement. A côté de l'enclos qu'il avait fait construire sous l'auvent, Carlo réglait son magnétophone. Il s'apprêtait à attirer les bêtes pâturant dans le sous-bois avec les plaintes enregistrées de victimes depuis longtemps mortes ou libérées contre rançon.

Le docteur avait peut-être entendu, mais il resta impassible.

— Et vous croyez que Mason va vous *donner* ce qu'il vous a promis, Margot ? Vous le suppliez, maintenant, mais est-ce que cela a servi à quelque chose au temps où il vous tordait le bras ? C'est la même logique que de prendre son chocolat et de le laisser faire. Mais enfin, là, ce sera Judy qui devra avaler son morceau. Et elle n'a pas l'habitude, je crois...

Si Margot ne répondit rien, ses traits se décomposèrent.

— Vous savez ce qui se passerait au cas où vous refuseriez de céder encore et où vous lui stimuleriez simplement la prostate avec l'aiguillon de Carlo ? Celui qui est posé sur l'établi, là-bas ?

Comme elle faisait mine de se lever, il ajouta en un murmure pressant :

— Écoutez, écoutez-moi ! Mason va vous abuser une nouvelle fois. Vous savez que vous n'avez pas d'autre choix que de le tuer, vous le savez depuis vingt ans. Depuis le jour où il vous a dit de mordre votre oreiller et de ne pas tant crier.

— Vous êtes en train d'insinuer que vous le feriez *pour moi* ? Je ne pourrai jamais vous croire.

— Non, bien sûr que non. Mais vous pouvez être assurée d'une chose au moins, c'est que je ne nierai jamais m'en être chargé moi-même. En fait, il serait préférable que vous le fassiez vous, ce serait meilleur pour votre thérapie. Vous vous rappelez sans doute que je vous l'avais conseillé quand vous étiez encore une enfant.

— « Attendez jusqu'à ce que vous puissiez vous en tirer sans encombre », vous aviez dit. Ça m'avait remonté le moral, d'une certaine manière.

— C'est le genre de catharsis que je me devais de recommander, professionnellement parlant. Et maintenant, vous êtes assez grande pour ça. D'ailleurs, une accusation de meurtre de plus ou de moins, qu'est-ce que cela change pour moi ? Vous savez que vous serez forcée de le tuer. Et après, la justice suivra l'argent, l'une comme l'autre iront à vous et au bébé. Je suis le seul suspect que vous ayez sous la main, Margot. *Si je meurs avant Mason, qui d'autre pourrait prendre ce rôle ?* Vous pouvez passer à l'action quand cela vous conviendra. Moi, je vous enverrai une lettre pour me vanter de tout le plaisir que j'ai pris à le tuer.

— Non, docteur Lecter. Je regrette, c'est trop tard. J'ai déjà pris mes dispositions. — Elle le dévisagea de ses yeux d'un bleu implacable. — Ça ne m'empêchera pas de dormir après, vous le savez très bien.

— Oui, je le sais. C'est un aspect de vous qui m'a toujours plu. Vous êtes beaucoup plus intéressante, vous avez bien plus de... ressources que votre frère.

Elle se leva, prête à partir.

— Je suis désolée, docteur Lecter, même si ce ne sont que des mots...

Avant qu'elle ait atteint la porte, il lança :

— La prochaine ovulation de Judy, Margot, c'est pour quand ?

— Comment ? Euh, dans deux jours, je crois.

— Vous avez tout ce qu'il vous faut ? Les diluants, le matériel pour la congélation instantanée ?

— J'ai tout l'équipement d'une clinique de pointe.

— Alors, rendez-moi un service.

— Lequel ?

— Injuriez-moi, tirez-moi les cheveux, arrachez-en une touffe. Pas trop devant, si vous voulez bien. Qu'il y ait un peu de cuir chevelu avec. Prenez ça avec vous quand vous retournerez là-bas. Et pensez à le glisser dans la main de Mason. Une fois qu'il sera mort. Dès votre retour à la maison, demandez-lui ce qu'il vous a promis. Écoutez bien ce qu'il répond. Vous m'avez livré à lui, vous avez rempli votre partie du contrat. Avec mes cheveux entre les doigts, exigez ce que vous attendez. Vous allez voir comment il réagit. Quand il va vous rire au nez, revenez ici. Tout ce que vous aurez à faire, c'est d'envoyer une dose de somnifère au type qui est derrière vous avec ce fusil. Ou de l'assommer d'un coup de marteau. Il a un couteau dans sa poche. Vous me coupez les cordes d'un seul bras, vous me donnez le couteau et vous vous en allez. Je me charge du reste.

— Non.

— Margot ?

Elle attrapa la poignée de la porte, réunit ses forces pour repousser une dernière demande.

— Vous êtes toujours capable de casser une noix dans votre poing, Margot ?

Elle en sortit deux de sa veste. Les muscles de son avant-bras se gonflèrent. Craquement des coquilles, suivi d'un gloussement amusé du docteur Lecter.

— Bravo, excellent ! Toute cette force pour deux malheureuses noix. Vous pourrez toujours les donner à Judy, histoire de lui faire passer le goût de Mason.

Margot était déjà revenue vers lui, les traits indéchiffrables. Elle lui cracha au visage et lui arracha une touffe de cheveux au-dessus de l'oreille. Il était difficile de discerner les raisons qui l'animaient.

En repartant, elle l'entendit chantonner tout bas.

Tandis qu'elle se dirigeait vers les lumières de la maison, le sang coagulé collait le bout de scalp à sa paume. Elle n'avait même pas besoin de serrer les doigts pour le retenir. Les cheveux pendaient de sa main vers le sol.

Elle croisa Cordell qui se rendait à la grange dans une voiture de golf chargée d'équipement médical. Il allait préparer le patient.

84

Depuis la rampe d'autoroute au niveau de la sortie 30 en direction du nord, Starling aperçut à un kilomètre à vol d'oiseau la maison de gardien éclairée, l'avant-poste du vaste domaine des Verger. Elle avait pris sa décision en chemin : elle entrerait par l'accès de service, même si elle n'y était aucunement autorisée. Sans son insigne, sans mandat de perquisition, choisir l'entrée principale l'exposerait inévitablement à se faire reconduire par une escorte policière hors du comté. Ou à la prison locale. Et le temps d'en sortir, il n'y aurait plus rien à tenter.

Elle continua donc jusqu'à la sortie suivante, contournant de loin Muskrat Farm pour revenir par la route forestière. Après les puissants lampadaires de l'autoroute, la piste en macadam paraissait encore plus obscure. Elle était bordée par la voie express à droite, à gauche par un fossé et un haut grillage qui enfermait la masse sombre de la forêt domaniale. D'après sa carte, elle croiserait dans à peine deux kilomètres un chemin de service empierré qui n'était pas visible du poste de garde et qui semblait traverser les bois jusqu'à la ferme. C'était là qu'elle s'était arrêtée par erreur à sa première visite. Un œil sur le compteur kilométrique, elle trouvait la Mustang plus bruyante que d'habitude, le grondement du moteur à bas régime répercuté par la voûte des arbres.

Dans ses phares apparut bientôt ce qu'elle attendait, le lourd portail en tubes métalliques surmontés de barbelés. Le panneau « Entrée de service » qu'elle avait remarqué la fois précédente avait disparu. Les mauvaises herbes avaient envahi l'esplanade et le drain dans le fossé. Devant la porte, elles avaient été récemment écrasées par le passage d'un véhicule. Elle nota aussi des traces de pneus dans le sable caillouteux, là où le macadam était usé. Des pneus neige. Les mêmes que ceux du van sur le ralentisseur du supermarché ? Possible. Très possible.

Un cadenas et une chaîne chromés retenaient les deux battants. Aucun souci. Elle jeta un coup d'œil des deux côtés de la piste. Personne. Un brin d'illégalité, maintenant. Le frisson du crime. Elle palpa les poteaux, à la recherche de fils qui auraient indiqué la présence d'un détecteur de mouvement. Rien. Avec deux aiguilles et sa petite torche coincée entre les dents, il lui fallut à peine quinze secondes pour venir à bout de la serrure. Elle reprit sa voiture, s'enfonça loin sous les arbres avant de revenir à pied fermer le portail et remettre la chaîne en place, le cadenas à l'extérieur. De loin, tout semblait normal mais elle avait pris soin de laisser les extrémités de la chaîne pendre à l'intérieur. Ainsi, il serait plus facile d'écarter les deux battants avec le pare-chocs de la Mustang si une sortie d'urgence se révélait nécessaire.

En mesurant de son pouce la distance sur la carte, elle calcula qu'il lui restait quelque quatre kilomètres à parcourir à travers la forêt. Elle partit dans le tunnel obscur que le chemin de service ouvrait sous les épaisses frondaisons, le ciel parfois visible au-dessus d'elle, parfois plus du tout quand les branches étaient trop denses. En seconde, sans accélérer, n'ayant gardé que ses feux de position allumés, elle essayait d'avancer aussi silencieusement que possible tandis que la caisse de la Mustang faisait chuinter les herbes mortes en passant. Lorsque le compteur indiqua trois kilomètres six, elle s'arrêta. A présent que le moteur s'était tu, elle entendit une corneille crier dans le noir. Elle paraissait... contrariée. De tout son cœur, elle espéra qu'il s'agissait bien d'un oiseau.

85

Avec la hâte précise d'un exécuteur des hautes œuvres, Cordell fit son entrée dans la sellerie, les bras chargés de flacons de perfusion déjà munis de leur tube.

— *Le* docteur Lecter, enfin ! Je rêve depuis tellement long-temps d'avoir votre masque dans l'équipement de notre club à Baltimore. Ma petite amie et moi, on anime des soirées « gothiques », si vous voyez ce que je veux dire, genre cuir et vaseline.

Après s'être débarrassé de son chargement sur le support de l'enclume, il mit un tisonnier à chauffer dans la forge.

— Voilà, il y a de bonnes nouvelles et de moins bonnes, poursuivit-il de son ton enjoué d'infirmier professionnel teinté d'un léger accent helvétique. Est-ce que Mason vous a donné le programme ? Donc, dans quelques minutes, lors-que je l'aurai conduit ici, nous allons donner vos pieds à manger aux cochons. Puis vous allez patienter toute la nuit, et demain Carlo et ses frères vous donneront à la curée en vous jetant tête la première dans l'enclos, pour que les bêtes commencent par vous dévorer la figure, exactement comme les chiens avec Mason... Je vous maintiendrai jusqu'au bout avec des perfs et des garrots. Vous êtes *vraiment* coincé, vous avez compris ? Ça, ce sont les moins bonnes nouvelles.

Cordell vérifia d'un coup d'œil que la caméra était éteinte.

— La bonne, c'est que ça pourrait ne pas être *forcément* pire qu'un rendez-vous chez le dentiste. Regardez ça, *docteur...*

Il brandit une seringue hypodermique munie d'une lon-gue aiguille devant Lecter.

— On parle entre gens du métier, n'est-ce pas ? Donc, il suffirait que je vous pique le derrière pour que vous ne sentiez plus rien, mais alors plus rien, dans vos membres inférieurs. Vous n'aurez qu'à fermer les yeux et à essayer de ne pas écouter... Oh, vous serez un peu chahuté, d'accord, mais à part quelques secousses, rien ! Et une fois que Mason se sera bien amusé, il rentre chez lui et je vous administre de quoi arrêter votre cœur, aussi simple que ça. Vous voulez voir de quoi je parle ?

Dans sa paume, il tenait une dose de Pavulon qu'il approcha de l'œil valide du docteur Lecter tout en prenant garde de ne pas se faire mordre.

Les flammes de la forge dansaient sur les traits avides de Cordell, sur ses pupilles alertes et pétillantes d'espoir.

— Vous avez un tas de fric, docteur Lecter. Tout le monde dit ça, en tout cas. Je sais parfaitement comment ça marche : j'ai placé mon argent un peu partout, *moi aussi*. Retraits, virements, on peut toujours faire joujou avec, non ? Moi, il me suffit d'un coup de fil pour ça, et je parie que vous c'est pareil.

Il sortit un téléphone cellulaire de sa poche.

— Vous appelez votre banquier, vous lui dites votre code, il me le confirme et je vous arrange tout.

Puis, levant la seringue en l'air :

— Attention, ça va jaillir... Il suffit d'un mot.

Tête baissée, le docteur bredouilla quelques mots dans lesquels Cordell ne reconnut que « mallette » et « coffre ».

— Allez, docteur, un petit effort. Et après, vous aurez tout le temps de vous reposer. Allez...

— ... en billets de cent neufs...

Comme la voix de Lecter s'éteignait à nouveau, Cordell se pencha légèrement. Déployant toute la longueur de son cou, le prisonnier attrapa son arcade sourcilière de ses petites dents acérées et en arracha une bonne portion avant que l'autre n'ait eu le temps de sauter en arrière. Il lui recracha en pleine figure le sourcil, comme on fait d'une peau de raisin.

Après avoir nettoyé sa plaie, Cordell plaça dessus une compresse en forme de papillon qui lui donnait un air perpétuellement interloqué. Il rangea sa seringue dans la boîte.

— Un pareil soulagement, gâché... Enfin, vous aurez changé d'avis d'ici demain matin. Parce que j'ai des stimulants qui produisent exactement l'effet inverse, vous savez ? Vous voulez attendre, je vais vous faire attendre, moi.

Il prit le tisonnier sur l'âtre.

— Bon, il faut que je vous raccorde vos trucs, maintenant. A la moindre résistance, je vous crame. Vous voulez voir ce que ça donne ?

Il porta le bout incandescent contre la poitrine du docteur Lecter. Le téton grésilla sous la chemise, que Cordell dut tapoter en hâte pour que le feu ne s'étende pas.

Lecter n'avait pas émis un son.

Carlo entra dans la sellerie au volant du chariot élévateur. Avec l'aide de Piero, tandis que Tommaso gardait le doigt sur la gâchette du fusil à air comprimé, il déplaça Lecter et fit passer l'attelle dans la manille ajustée à l'avant de la machine. Le docteur était maintenant assis sur la fourche, les bras toujours attachés à la pièce de bois, les jambes encordées à l'horizontale sur chacune des dents.

Cordell planta des aiguilles de perfusion sur le dos des mains de Lecter et les y maintint avec du sparadrap. Il dut grimper sur une balle de foin pour fixer sur les deux montants les flacons de plasma au-dessus du docteur, puis il descendit, recula et admira son œuvre. L'étrange spectacle que leur victime donnait, ainsi écartelée entre deux perfusions, lui fit penser à la parodie d'une image déjà vue, mais dont il n'arrivait pas à se souvenir exactement pour le moment. Au-dessus de chaque genou, il installa des garrots à nœud coulant qu'il serait possible de serrer par-dessus la barrière au moyen de câbles assez longs, et qui éviteraient ainsi une hémorragie fatale. Il était exclu de les assujettir tout de suite : Mason deviendrait fou de rage s'il apprenait que les pieds de Lecter n'étaient plus irrigués et donc presque insensibles...

Il était temps de transporter son patron dans le van. Le véhicule était garé devant la grange. L'habitacle était glacial et malodorant, car les Sardes y avaient laissé leurs provisions de route. Avec un juron, Cordell expédia la glacière par une vitre. Il allait devoir passer l'aspirateur dans cette foutue bagnole avant que Mason Verger y prenne place, et l'aérer à fond puisque ces salauds d'Italiens y avaient aussi fumé malgré son interdiction formelle. L'allume-cigares était rebranché, le fil d'alimentation du moniteur GPS négligemment abandonné sur le tableau de bord.

86

Avant d'ouvrir sa portière, Starling alluma le plafonnier de la Mustang et appuya sur le bouton de déverrouillage du coffre.

Si le docteur Lecter se trouvait bien ici, et si elle parvenait à l'attraper, elle pourrait peut-être l'enfermer dans la malle arrière pieds et poings liés et le conduire jusqu'à la prison du comté. Elle avait quatre paires de menottes et assez de corde pour le ligoter fermement. Elle préférait ne pas penser à sa force, quand il se débattrait...

Il y avait un peu de givre sur les graviers lorsqu'elle mit un pied dehors. En libérant les ressorts de son poids, elle arracha un grognement à la Mustang.

— Faut encore que tu te plaignes, vieille emmerdeuse ? lui dit-elle entre ses dents.

D'un coup, elle se rappela comment elle parlait à Hannah, la jument sur laquelle elle s'était enfuie dans la nuit pour ne pas les entendre massacrer les agneaux.

Elle ne referma pas complètement la portière, et glissa les clés dans une petite poche de son pantalon, où elles ne tinteraient pas.

A la clarté d'un quart de lune, elle arriva à avancer sans sa torche électrique tant qu'elle resta à découvert. Elle essaya le bord du chemin mais, comme le gravier y était inégal et instable, elle préféra se remettre au centre, là où les roues des voitures l'avaient tassé. Les yeux braqués en avant, la tête légèrement tournée de côté, elle avait l'impression d'avancer dans une masse sombre et molle qui lui arrivait à la taille, avec le bruit de ses bottes sur les cailloux mais sans voir le sol.

Il y eut un moment pénible, lorsque la Mustang fut hors de vue mais qu'elle sentit encore sa puissante présence dans son dos : elle ne voulait pas s'en éloigner. Et soudain elle se vit telle qu'elle était, une femme de trente-trois ans, seule, avec une carrière ruinée, et sans fusil, marchant dans une forêt obscure... Elle voyait tout d'elle, jusqu'aux rides qui commençaient à se creuser autour de ses yeux. Elle aurait tant aimé retourner à sa voiture... Le pas suivant fut moins assuré, puis elle s'arrêta. Elle s'entendait respirer.

La corneille croassa à nouveau. Une rafale secoua les branches nues au-dessus d'elle et là un cri déchira la nuit, un cri affreux, désespéré, qui s'enfla et se brisa dans une lamentation si terrible que la voix qui appelait ainsi la mort aurait pu appartenir à n'importe qui : « *Uccidimi !* » Un autre hurlement.

Le premier l'avait tétanisée. Le second la poussa en avant, à grandes foulées dans les ténèbres, le revolver encore dans son holster, la torche éteinte dans une main, l'autre étendue devant elle. « Non, Mason, arrêtez ! Non, pas ça. Vite, plus vite... » Elle se rendit compte qu'elle arrivait à rester au milieu du chemin en écoutant le bruit de ses pas et en corrigeant sa trajectoire dès qu'elle sentait le gravier inégal de la bordure sous ses pieds. Elle arriva à un coude, la piste suivait maintenant une clôture faite de solides barreaux de près de deux mètres de haut.

Des sanglots apeurés, des bredouillements suppliants, le cri s'enflant à nouveau. De l'autre côté de la clôture, devant elle, elle perçut un mouvement dans les buissons, qui se transformait en trot, plus léger que celui d'un cheval, plus rapide aussi. Elle reconnut aussitôt le grognement qui s'élevait des taillis.

Les plaintes étaient plus proches maintenant, humaines de toute évidence, mais aussi déformées, avec un seul glapissement qui couvrait tout le reste pendant une seconde, et Starling comprit alors qu'il s'agissait d'un enregistrement, ou d'une voix amplifiée et réverbérée dans un micro. Des lumières apparurent entre les arbres, la forme massive de la grange. Elle pressa son visage contre les barreaux glacés de la clôture pour mieux voir. Des silhouettes obscures se hâtaient vers le bâtiment, longues et basses. Après une clairière d'une quarantaine de mètres, les grands battants de la grange étaient ouverts, derrière lesquels elle vit une barrière qui courait sous l'auvent, avec un double portail au milieu, surplombé par un miroir doré qui renvoyait l'éclat d'un projecteur en une flaque lumineuse sur le sol. Dehors, dans la pâture, un homme râblé, la tête couverte d'un chapeau, une grosse chaîne portable près de lui. Il couvrit une de ses oreilles de la main quand une nouvelle série de cris et de gémissements jaillit des haut-parleurs.

Et là, ils surgissaient du sous-bois, les cochons sauvages à la face brutale, agiles comme des loups sur leurs longues pattes, leurs soies grises hérissées sur leur poitrine hirsute.

Ils étaient parvenus à trente mètres quand Carlo courut se réfugier de l'autre côté de la barrière en refermant le portillon à double battant derrière lui. Les bêtes s'arrêtèrent en demi-cercle, dans l'expectative, leurs défenses recourbées relevant leur lèvre en un éternel rictus sardonique. Comme une ligne d'avants qui guetterait l'engagement, elles piétinaient sur place, se bousculaient, grognaient en grinçant des dents.

Bien qu'élevée à la campagne, Starling n'avait jamais vu de pareilles créatures. Il y avait une terrible beauté en elles, une grâce redoutable. Les yeux fixés sur l'entrée de la grange, les cochons se lançaient en avant, s'arrêtaient, reculaient, sans jamais tourner le dos à la barrière devant eux.

Carlo lança quelques mots par-dessus son épaule et disparut à l'intérieur.

Un véhicule gris surgit sous l'auvent, que Starling identifia sans hésitation : le van sur le parking du supermarché. Il s'arrêta près de l'enclos, à un angle. Cordell en sortit et alla ouvrir la porte latérale coulissante. Avant même qu'il ait allumé le plafonnier, Starling aperçut Mason à l'arrière, emprisonné dans son poumon artificiel, la tête relevée par des coussins, sa queue de cheval lovée sur la coque d'acier. Il allait être aux premières loges. L'entrée de la grange s'illumina.

Carlo ramassa un objet posé par terre qu'elle ne reconnut pas immédiatement. De loin, on aurait dit une paire de jambes, ou la moitié inférieure d'un corps humain. Si tel était le cas, Carlo devait être très fort, pour le soulever ainsi sans

428

effort... Un instant, elle craignit qu'il ne s'agisse des restes du docteur Lecter. Mais non, les jambes étaient pliées d'une manière grotesque, impossible. Ce ne pouvait être celles de Lecter que s'ils lui avaient brisé les articulations, pensa-t-elle un bref, éprouvant moment. Carlo aboya un ordre vers le fond de la grange. Elle entendit un moteur démarrer, puis un chariot élévateur apparut, conduit par Piero. Le docteur Lecter était suspendu dans les airs sur la fourche, les bras en croix sur une pièce de bois, deux bouteilles de transfusion se balançant au-dessus de ses mains à chaque manœuvre du chariot. Il était assez haut pour voir les bêtes affamées dehors, pour faire face à ce qui l'attendait.

Avec l'atroce lenteur d'une procession, le chariot élévateur se dirigea vers la barrière, encadré d'un côté par Carlo et de l'autre par Johnny Mogli, armé d'un revolver. Starling remarqua l'insigne sur la chemise immaculée de ce dernier. Une étoile de shérif adjoint : ce n'était pas l'insigne des policiers locaux. Il avait les cheveux blancs, tout comme le conducteur du van lors de l'enlèvement du docteur.

La voix grave de Mason retentit dans la cabine. Il était en train de fredonner *Pomp and Circumstance*, la marche solennelle d'Elgar. Et de glousser.

Habitués au bruit, les cochons n'étaient pas intimidés par l'avancée de la machine. Au contraire, ils semblaient s'en réjouir.

Le chariot s'immobilisa devant l'enclos. Mason adressa quelques phrases au docteur Lecter, qu'elle ne put saisir de sa place. Le docteur ne bougea pas la tête, ne manifesta d'aucune manière qu'il avait entendu. Il surplombait même Piero juché aux commandes. Est-ce qu'il porta son regard dans la direction de Starling ? Elle n'aurait pu le dire, car elle s'élançait déjà le long de la clôture, contournait la grange et trouvait la porte par laquelle le van était entré.

A cet instant, Carlo jeta le pantalon « farci » dans l'enclos. D'un bloc, épaule contre épaule, les porcs se lancèrent en avant. Ils déchiraient, tiraient, arrachaient, grognaient. Les carcasses de poulets explosaient sous leurs dents, les entrailles volant en tout sens tandis qu'ils secouaient la tête en dévorant. On ne voyait plus qu'une mer d'échines mouvantes.

Carlo ne leur avait donné là qu'une petite mise en bouche : trois volailles et quelques légumes d'accompagnement.

Quand le pantalon ne fut plus qu'un haillon informe, les cochons levèrent leur groin baveux et leurs petits yeux avides vers la barrière.

Piero abaissa la fourche à quelques centimètres du sol. Le battant supérieur du portillon allait protéger les organes vitaux du docteur Lecter, pour l'instant. Pendant que Carlo lui retirait ses chaussures et ses chaussettes, la voix de Mason s'éleva de son poste d'observation :

— « Crouinc, crouinc, chantait le petit cochon en rentrant chez lui... »

Starling arrivait dans leur dos. Ils étaient tous tournés vers l'enclos, face aux porcs. Après avoir traversé la sellerie, elle se glissa au centre de l'auvent.

— Bon, vous ne le laissez pas trop saigner, surtout, rappela Cordell, qui était monté près de Mason pour lui essuyer son monocle avec une compresse. Dès que je vous fais signe, vous serrez les garrots.

— Vous avez quelque chose à dire, docteur Lecter ?

Comme en réponse, la détonation du 45 se répercuta contre le toit de la grange et Starling cria :

— Mains en l'air, plus un geste. Coupez ce moteur !

Piero paraissait ne pas avoir compris.

— *Fermate il motore,* traduisit Lecter obligeamment.

On n'entendit plus que les couinements impatients des bêtes.

Starling avait repéré au moins une arme, celle de l'homme aux cheveux blancs et à l'étoile de shérif. Un holster à dégainage rapide. « Avant tout, les faire se coucher mains sur la nuque... »

Cordell s'était jeté derrière le volant et la fourgonnette démarrait malgré les hurlements de protestation de Mason Verger. Starling pivota pour suivre le véhicule dans sa ligne de mire, mais elle perçut aussi le mouvement de l'homme aux cheveux blancs qui sortait déjà son revolver pour la tuer tout en criant : « Police ! » Elle l'abattit de deux balles à la poitrine, en rafale.

Son 357 cracha deux éclairs de feu au sol. Il tituba en avant, tomba sur les genoux, les yeux fixés sur son étoile transformée en tulipe écarlate par le gros projectile qui l'avait traversée avant d'entrer dans son cœur en biais.

Mogli s'écroula en arrière et resta immobile.

Tommaso, qui avait entendu les coups de feu dans la sellerie, attrapa le fusil à air comprimé et grimpa au grenier, où il rampa dans la paille jusqu'à l'extrémité qui ouvrait sur la grange.

— Au suivant, lança Starling d'une voix qu'elle ne se connaissait pas.

Elle devait agir vite, pendant qu'ils étaient encore sous le choc de la mort de Mogli.

— Par terre, vous deux, la tête tournée vers le mur ! J'ai dit à terre, la tête par là. Par là !

— *Girate dall'altra parte*, expliqua le docteur Lecter de sa place.

Carlo releva les yeux vers Starling, comprit qu'elle le tuerait sans hésitation et s'étendit au sol sans broncher. Elle les menotta rapidement d'une seule main, tête-bêche, le poignet de Carlo attaché à la cheville de Piero et vice versa, sans cesser d'enfoncer le canon de son arme derrière l'oreille de l'un ou de l'autre.

Puis elle sortit le couteau de sa botte et s'approcha du chariot.

— Bonsoir, Clarice, fit-il, quand elle fut devant lui.

— Vous pouvez marcher ? Vos jambes sont en état ?

— Oui.

— Vous arrivez à voir ?

— Oui.

— Bon, je vais vous détacher mais, docteur, avec tout le respect que je vous dois, si vous essayez de me baiser, je vous bousille sur place, à la seconde. Vous comprenez ça ?

— Parfaitement.

— Conduisez-vous bien et vous allez vous sortir de là.

— Voilà qui est parler en vraie protestante.

Elle avait déjà attaqué les liens. Son couteau était bien aiguisé. Elle constata que le côté cranté était plus efficace sur la corde neuve, glissante.

Son bras droit était libre.

— Je peux terminer, si vous me le prêtez...

Elle hésita, recula un peu avant de lui confier la courte dague.

— Ma voiture est à une centaine de mètres sur le chemin de service.

431

Elle devait les surveiller sans cesse, lui et les deux hommes couchés au sol.

Il avait libéré une de ses jambes et s'occupait de l'autre, obligé de couper boucle après boucle. Le coin où Carlo et Piero étaient couchés sur le ventre n'était pas dans son champ de vision.

— Quand vous serez détaché, n'essayez pas de vous enfuir, vous n'arriveriez même pas à la porte. Je vais vous donner deux paires de menottes. Il y a deux gars allongés derrière vous. Faites-les ramper jusqu'au chariot et attachez-les dessus, qu'ils ne puissent pas donner l'alerte. Ensuite, vous vous passez les autres.

— Deux ? Attention, ils sont trois !

Il n'avait pas terminé que le dard jaillit du fusil de Tommaso, un éclair d'argent dans la lumière des projecteurs qui alla se planter au milieu du dos de Starling. Elle se retourna, mais elle chancelait déjà, sa vue se troublait tandis qu'elle cherchait à localiser une cible. Elle distingua le reflet du canon au bord du grenier et tira, tira, tira, tira. Dans les volutes bleues de la poudre brûlée, Tommaso roulait précipitamment en arrière, frappé d'éclats de bois. Elle fit feu encore une fois, le regard brouillé, sa main tâtonnant sur sa hanche à la recherche d'un nouveau chargeur alors que ses genoux se dérobaient sous elle.

Le vacarme semblait avoir excité encore plus les porcs, et le spectacle des hommes à terre, dans une position si tentante. Ils couinaient, grognaient, se pressaient contre la barrière.

Starling tomba tête en avant, son revolver vide vola loin d'elle, gâchette armée. Après avoir prudemment levé la tête pour inspecter la scène, Carlo et Piero s'agitèrent sur le sol et se mirent à ramper ensemble, avec la maladresse d'une chauve-souris à terre, en direction du cadavre de Mogli, de son pistolet et de ses clés de menottes. Ils entendirent le bruit que fit Tommaso en rechargeant son fusil dans le grenier. Il lui restait une dose. Il se leva, revint au bord de la plate-forme et chercha de sa mire le docteur Lecter, de l'autre côté du chariot.

Il se déplaçait maintenant sur son perchoir. Quand il trouverait son angle, il serait impossible de se protéger.

Hannibal Lecter prit Starling dans ses bras et recula rapidement vers le portillon en s'efforçant de garder le chariot élévateur entre Tommaso et lui, Tommaso qui se déplaçait avec précaution au bord du vide, prenant garde de ne pas tomber. Le Sarde tira. Il avait visé le docteur à la poitrine, mais le projectile frappa Starling au tibia, contre l'os. Lecter poussa les loquets du portillon.

Piero s'acharnait sur le trousseau de clés de Mogli et Carlo tendait les doigts vers son revolver quand les cochons s'abattirent sur ce repas tout prêt qui s'agitait au sol. Carlo parvint à se servir du 357, une seule balle qui atteignit une des bêtes, mais les autres passèrent sur son corps pour attaquer les deux hommes et le cadavre de Mogli. D'autres encore continuèrent leur route et disparurent dans la nuit.

Le docteur Lecter, qui serrait toujours Starling contre lui, s'était rangé derrière les battants pour laisser passer la charge.

Du grenier, Tommaso aperçut le visage de son frère dans la mêlée. Une seconde après, ce n'était plus qu'une masse sanguinolente. Il laissa tomber son fusil dans la paille.

Droit comme un danseur, la jeune femme dans ses bras, le docteur Lecter quitta son abri et traversa la grange pieds nus, au milieu des porcs. Il fendait la mer d'échines empressées, d'où le sang jaillissait en embruns.

Deux des animaux les plus puissants, dont la truie pleine, s'immobilisèrent à son passage, tête baissée, prêts à charger. Mais il ne prenait pas la fuite, les cochons ne sentaient pas l'odeur de la peur, donc ils retournèrent à leurs proies faciles.

Sans voir de renforts arriver de la maison, le docteur Lecter s'enfonça sous les arbres du chemin de service. Là, il s'arrêta pour retirer les deux aiguilles et sucer les plaies de Starling. Le deuxième dard s'était tordu contre l'os du tibia.

Des porcs passèrent en trombe dans les taillis, tout près.

Il retira les bottes de la jeune femme, les enfila. Elles étaient un peu serrées pour lui. Il laissa le 45 attaché à sa **cheville : en portant** Starling dans ses bras, il pouvait s'en saisir à tout moment.

Dix minutes plus tard, le vigile de service au poste de garde fut interrompu dans la lecture de son journal par un bruit lointain mais assourdissant, comme un avion de chasse entamant une attaque en piqué. C'était le moteur cinq litres de la Mustang, lancé à 5800 tours-minute sur la rampe d'accès à l'autoroute.

87

Mason Verger pleurnicha pour qu'on le ramène dans sa chambre, avec des larmes de rage comme au temps où les garçons et les filles les plus jeunes du camp arrivaient à lui résister et à lui décocher quelques coups vicieux avant qu'il ne puisse les écraser sous son poids.

Margot et Cordell le hissèrent dans l'ascenseur puis le réinstallèrent sur son lit et le reconnectèrent à ses sources de vie artificielle.

Elle n'avait jamais vu son frère dans un tel état de colère. Les vaisseaux sanguins se tordaient sur sa figure osseuse.

— Je ferais mieux de lui donner quelque chose, dit Cordell quand ils se retrouvèrent tous les deux dans la salle de jeux.

— Non, pas tout de suite. Qu'il réfléchisse un peu à tout ça. Filez-moi les clés de votre Honda.

— Pour quoi faire ?

— Il faut bien que quelqu'un aille voir s'ils ne sont pas tous morts, là-bas. Vous voulez vous en charger ?

— Non, mais...

— Avec votre voiture, je peux entrer directement dans la sellerie. Le van ne passera pas par la porte, lui. Allez, les clés, merde !

En bas, dans l'allée, elle vit Tommaso qui arrivait à travers la pelouse. Il courait péniblement tout en regardant derrière lui. « Vite, Margot ! » Elle consulta sa montre : huit heures vingt. « A minuit, la relève de Cordell arrive. Il reste assez de temps pour faire venir l'équipe de Washington en hélico, qu'ils fassent un peu de nettoyage... » Elle partit à la rencontre de Tommaso, en voiture sur l'herbe.

— J'essayais de les relever et un cochon m'a attaqué. Lui... — il prit la posture du docteur Lecter portant Starling dans ses bras — ... et la femme. Ils partent dans la voiture qui fait beaucoup le bruit. Elle a *due*... — il leva deux doigts en l'air — *due freccette* — il montra son dos, puis sa jambe —, *freccette, dardi*... Plantés dans elle. Bang, bang. *Due freccette.*

Il fit mine de viser avec un fusil imaginaire.

— Des aiguilles ?

— Des aiguilles, oui. Peut-être trop de *narcotico*. Peut-être elle morte.

— Montez, répliqua Margot. On va aller voir ça.

Elle entra par la porte à double battant par laquelle Starling s'était faufilée plus tôt. Grognements, couinements, échines hirsutes qui moutonnaient... Elle avança en klaxonnant et parvint à faire suffisamment reculer les bêtes pour apercevoir les restes des trois hommes, méconnaissables.

Elle gagna la sellerie en voiture. Ils refermèrent les portes derrière eux.

Tommaso était le seul être encore en vie à l'avoir vue dans la grange, constata-t-elle. Sans compter Cordell, évidemment.

L'idée l'avait peut-être traversé, lui aussi, car il se tenait à prudente distance, sans la quitter de ses yeux aux aguets. Il y avait des traces de larmes séchées sur ses joues.

« Vite, Margot. Pas question de te laisser emmerder par le reste des Sardes. Ils savent que c'est toi qui tiens le fric, là-bas. Ils n'hésiteront pas une seconde à te faire chanter. »

Le regard de Tommaso suivit la main qu'elle plongea dans sa poche.

Elle en retira son téléphone portable. Un numéro en Sardaigne, le banquier de la Steuben, chez lui, à deux heures et demie du matin là-bas. Après lui avoir brièvement parlé, elle le passa à Tommaso qui écouta, hocha la tête à deux reprises, et lui rendit l'appareil. La récompense lui appartenait, désormais. Il grimpa en hâte au grenier, attrapa son sac de voyage ainsi que le chapeau et le manteau du docteur Lecter.

Pendant qu'il était en haut, Margot saisit l'aiguillon, vérifia qu'il était en état de marche et le glissa dans une de ses manches. Elle prit le marteau de maréchal-ferrant, également.

88

Au volant de la Honda de Cordell, Tommaso déposa Margot à la maison. Il devait laisser le véhicule au parking longue durée de l'aéroport international. Margot lui promit d'enterrer de son mieux ce qui restait de son frère et de Carlo.

Avant de partir, il se sentait obligé de lui dire quelque chose. Il rassembla ses idées, et toutes ses ressources dans une langue qu'il maîtrisait mal :

— *Signorina*, les cochons... Il faut que vous sachiez. Ils ont aidé le *dottore*, eux. Ils reculaient devant lui, ils le laissaient tranquille. Ils tuaient mon frère, ils tuaient Carlo, mais lui, ils le craignaient. Je crois qu'ils le... vénèrent. — Il se signa. — Vous ne devriez pas continuer à le poursuivre, Lecter.

Et c'est ce qu'il allait raconter jusqu'à la fin de sa longue existence, Tommaso. Septuagénaire, il décrirait encore le docteur Lecter, la femme dans les bras, sortant de la grange escorté de cochons sauvages.

Lorsque la voiture disparut sur le chemin de service, Margot resta immobile de longues minutes, les yeux levés sur les fenêtres éclairées de Mason. Elle distinguait l'ombre de Cordell qui bougeait sur les murs pendant qu'il s'affairait auprès du malade, rebranchait les moniteurs qui surveillaient sa respiration et son pouls.

Elle glissa le manche du marteau dans sa ceinture en prenant soin que la tête soit dissimulée par les plis de sa veste.

Cordell quittait la chambre les bras chargés de coussins quand elle sortit de l'ascenseur.

— Préparez-lui un martini, Cordell.

— Je ne sais pas si...

— *Moi*, je sais. Faites ce que je dis.

Il déposa les coussins sur la causeuse avant de s'accroupir devant le réfrigérateur.

— Il y a un jus de fruit quelconque, par là ? demanda-t-elle en s'approchant de lui.

Elle le frappa à la nuque, fort, et entendit un son bref, comme celui d'un bouchon qui saute. Sa tête alla cogner contre le bord du frigo, sur lequel elle rebondit. Il tomba en arrière, le corps cassé en deux, ses yeux ouverts levés au plafond. Une pupille se dilatait, l'autre pas. Elle lui tourna le visage de côté sur le sol, leva à nouveau son marteau et enfonça sa tempe d'au moins deux centimètres. Un sang épais jaillit de ses oreilles.

Elle n'éprouvait aucune émotion particulière.

Au bruit de la porte qui s'ouvrait, Mason tressaillit. Il s'était assoupi un moment dans la chambre faiblement éclairée. Sous son rocher, la murène était endormie.

La large silhouette de Margot se profila sur le seuil. Elle referma derrière elle.

— Salut, Mason.

— Qu'est-ce qui s'est passé, là-bas ? Pourquoi tu as mis tout ce temps, bordel ?

— Ils sont tous morts, « là-bas ».

Elle s'approcha du lit, détacha le cordon du poste de téléphone et le jeta par terre.

— Piero, Carlo, Johnny Mogli, finis. Le docteur Lecter s'en est tiré et il a emporté la Starling avec lui.

Les dents écumantes, Mason Verger jura. Elle poursuivit, imperturbable :

— J'ai renvoyé Tommaso dans son pays, avec l'argent.

— Tu as quoi ? Salope ! Écoute-moi bien, abrutie que tu es : on va remettre tout ça en ordre et recommencer. On a encore le week-end. Pas besoin de s'inquiéter pour ce que Starling a pu voir : si Lecter l'a avec lui, elle est foutue, de toute façon.

— Elle ne m'a pas vue, moi, fit Margot avec un haussement d'épaules.

— Appelle Washington et dis à quatre de ces connards de

rappliquer illico. Envoie-leur l'hélico. Montre-leur la pelleteuse et fais-leur... Cordell ! Ramenez-vous ici !

Mason sifflait déjà dans sa flûte de pan, mais Margot repoussa la télécommande et se pencha sur lui, son visage tout près du sien.

— Cordell ne viendra pas, Mason. Il est mort.

— Hein ? Comment ?

— Je viens de le tuer, là, dans la salle de jeux. Et maintenant, tu vas me donner ce que tu me dois, Mason.

Elle releva les barres antichute de chaque côté de son lit, écarta la lourde queue de cheval pour arracher le drap. Ses petites jambes n'étaient pas plus épaisses que des rouleaux à pâtisserie. Sa main, la seule extrémité qu'il arrivait à mouvoir, s'agita en direction du téléphone. Le poumon artificiel poursuivait, sur son rythme immuable.

Margot tira un préservatif non spermicide de sa poche et le lui montra en le tenant entre deux doigts. Puis elle retira l'aiguillon de sa manche.

— Tu te rappelles, Mason, comment tu crachais sur ta queue pour que ça glisse mieux ? Tu crois que tu pourrais en trouver un peu, de salive ? Non ? Moi, je peux essayer...

Quand il eut assez d'oxygène en lui, il éructa, une succession de braiements plaintifs. En moins d'une demi-minute, cependant, l'opération était terminée. Avec succès.

— T'es morte, Margot.

Cela sonnait plus comme « Nargot ».

— Oh, nous le sommes tous, mon cher. Tu ne le savais pas ? Mais ceux-là, en tout cas, ils sont bien vivants.

Elle glissa sous sa chemise l'étui encore chaud, noué au bout.

— Ils gigotent, même. Je vais te montrer comment. Je vais te montrer comment ils gigotent. Démonstration immédiate.

Elle attrapa la paire de gants de poissonnier posée près de l'aquarium.

— Je pourrais adopter Judy, râla Mason. Elle deviendrait mon héritière, on partagerait...

— On pourrait, oui.

Elle sortit une carpe du réservoir à poissons, puis alla chercher une chaise dans l'entrée et monta dessus pour retirer le couvercle de l'énorme aquarium.

— Mais on ne le fera pas.

Et elle plongea ses deux longs bras dans l'eau. Retenant la carpe par la queue devant l'entrée de la grotte, elle attendit que la murène surgisse pour la saisir à l'arrière de la tête d'une poigne implacable, la ramena à la surface, la souleva en l'air. Le monstre se débattait, ondulait de tout son corps, aussi long que celui de Margot, sa robe festive jetant des éclairs dans la pièce. Elle dut l'agripper des deux mains pour la retenir tant bien que mal entre ses gants épais, dont les pointes en caoutchouc se plantaient dans la peau irisée.

Elle redescendit lentement de la chaise, approcha de Mason avec la bête tressautante, à la tête en forme de coupe-boulons, dont les dents cliquetaient comme un télégraphe, ces crocs incurvés auxquels aucune créature marine n'avait pu échapper. Elle la jeta sur la coque du poumon, où elle atterrit avec un flop sonore et, tout en la retenant dans son poing, elle enroula autour d'elle la queue de cheval de son frère, en de multiples torsades.

— Gigote, Mason, gigote, maintenant.

De son autre main, elle saisit la mâchoire de Mason pour le forcer à l'ouvrir, pesant de son poids sur le menton, encore et encore, tandis qu'il résistait de toutes ses faibles forces. Avec un son qui était à moitié un glapissement, à moitié un craquement, sa bouche finit par céder.

— Tu aurais dû accepter le chocolat, Mason.

Et elle enfourna la gueule de la murène entre les dents de son frère, la murène qui saisit la langue entre ses crocs coupants et s'y accrocha comme s'il s'agissait d'un poisson, sans céder un pouce, sans relâcher sa prise, entraînant dans ses soubresauts la chevelure de Mason entortillée à son corps. Le sang fusa de ses narines, l'étouffant, le noyant.

Margot les laissa ensemble, Mason et la bête, alors que, restée seule dans l'aquarium, la carpe nageait en cercle.

Elle reprit son calme sur la chaise de Cordell, les yeux fixés sur les moniteurs jusqu'à ce que Mason ne soit plus qu'une ligne plate, continue.

La murène bougeait encore lorsqu'elle retourna dans la chambre. Le poumon artificiel pulsait l'air dans ses branchies pendant qu'elle pompait l'écume sanglante sortie des bronches de Mason.

Margot plongea l'aiguillon dans l'aquarium pour le rincer avant de le mettre dans sa poche. Ensuite, elle sortit d'un sac en plastique le bout de scalp et la mèche de cheveux qu'elle avait arrachés au docteur Lecter, passa l'épiderme encore gorgé de sang sous les ongles de Mason, ce qui n'avait rien d'évident avec les secousses que la murène continuait à donner, et enroula la mèche autour de ses doigts.

Sa dernière touche consista à glisser un cheveu dans l'un des gants de poissonnier.

Elle traversa la salle de jeux sans accorder un regard au cadavre de Cordell et partit rejoindre Judy à la maison, son trophée blotti là où il resterait bien au chaud.

VI

A LA LOUCHE

Or donc veille à te munir d'une grande louche
Quand tu bâfreras avec quelque ami.

Geoffrey Chaucer,
Les *Contes de Canterbury* (« *Le Récit du Marchand* »).

89

Dans un vaste lit, sous un drap de lin et un édredon, Clarice Starling est étendue, inconsciente. Ses bras passés dans les manches d'un pyjama en soie reposent sur les couvertures. Ils sont attachés par des foulards, en soie également, mais seulement pour l'empêcher de s'égratigner le visage et pour protéger la perfusion reliée à sa main gauche.

Trois sources de lumière dans la pièce : la lampe à grand abat-jour et les deux points rouges au centre des pupilles du docteur Lecter, fixées sur elle.

Il est assis dans un fauteuil, le menton posé sur ses doigts croisés. Au bout d'un moment, il se lève pour lui prendre le pouls, examiner le fond de ses yeux à l'aide d'une torche miniature. Il passe une main sous le drap, trouve son pied, le libère des couvertures et entreprend de stimuler la plante avec l'extrémité d'une clé en guettant ses réactions. Il reste là, apparemment perdu dans ses pensées, gardant le pied de Starling dans sa paume comme s'il y choyait un petit animal.

Il a obtenu du fabricant la composition exacte du narcotique et, puisque la seconde aiguille n'a atteint que l'os du tibia, il est certain qu'elle n'a pas reçu deux doses complètes. Avec une patience infinie, il lui administre des stimulants savamment dosés.

Quand il ne lui dispense pas ses soins, il reste dans le fauteuil, une grosse liasse de papier de boucherie à la main, plongé dans ses calculs. Les feuilles sont couvertes de symboles d'astrophysique et de physique des particules. Les formules liées à la théorie des cordes reviennent souvent, avec insistance. Les rares mathématiciens qui seraient capables de le suivre dans ses efforts diraient sans doute que ses équations débutent brillamment avant de s'égarer, victimes d'un présupposé entêté : le docteur Lecter veut que le temps inverse son cours, que l'entropie croissante cesse enfin de lui imposer son orientation, cède le pas à un ordre toujours accru. Il veut que les dents de lait de Mischa sortent de la fosse d'aisance. Oui, derrière ces calculs enfiévrés palpite le désir désespéré de trouver une place à Mischa dans ce monde, peut-être celle occupée jusqu'ici par Clarice Starling.

C'est le matin et un flot de soleil jaune entre dans la salle de jeux. Les gros animaux en peluche braquent leurs yeux de verre sur le cadavre de Cordell, maintenant recouvert.

Bien qu'on soit en plein hiver, une mouche à viande a trouvé le corps et arpente le drap imbibé de sang par endroits.

Si Margot Verger avait pu savoir à l'avance à quelle tension érosive est soumis l'auteur d'un crime sensationnel, elle n'aurait sans doute pas plongé la murène dans la gorge de son frère.

Son choix de ne pas tenter de nettoyer le gâchis à Muskrat Farm et de se contenter d'attendre que l'orage passe était avisé, pourtant : aucun être encore vivant ne l'avait vue à la ferme quand Mason et les autres avaient été tués. Selon sa version, l'appel téléphonique affolé de l'infirmier venu relever Cordell à minuit l'avait réveillée chez elle, dans la maison qu'elle partageait avec Judy. Elle s'était aussitôt rendue sur les lieux, où elle était arrivée peu après les hommes du shérif.

Clarence Franks, l'inspecteur chargé de l'enquête, avait un air juvénile et des yeux un peu trop rapprochés, mais il n'était pas aussi stupide que Margot l'aurait souhaité.

— Dites, pour se pointer ici, suffit pas de sauter dans cet ascenseur, là, faut quand même une ou deux clés, non ?

Assis côte à côte sur la causeuse, Franks et Margot constituaient un tableau incongru.

— Je suppose, oui. Si c'est comme ça qu'ils sont entrés.

— « Ils sont entrés » ? Vous pensez qu'ils étaient plus qu'un, alors ?

— Je n'en ai aucune idée, Mr Franks.

Elle avait vu le corps de son frère sur lequel la créature se collait encore, le tout masqué par un drap. Quelqu'un avait débranché le poumon artificiel. Deux experts étaient en train de prendre des échantillons de l'eau de l'aquarium et des flaques de sang au sol. Le bout de scalp de Lecter était toujours dans la main de son frère, avait-elle constaté : ils ne l'avaient pas encore remarqué. Les deux hommes lui avaient fait penser à Jean qui pleure et Jean qui rit.

L'inspecteur Franks était très occupé à gribouiller dans son calepin.

— Est-ce qu'on sait qui sont ces pauvres gens ? finit par demander Margot. Ils ont des proches, une famille ?

— On travaille là-dessus. Il y avait trois armes sur place, c'est une piste qui peut se remonter.

En réalité, l'équipe du shérif n'était pas en mesure de dire avec exactitude combien de personnes avaient trouvé la mort dans la grange, car les porcs s'étaient rabattus dans les bois en traînant les restes humains qu'ils se réservaient pour plus tard.

— Dans le cadre de l'enquête en cours, reprit Franks, nous pourrions avoir à vous demander, à vous et à votre... compagne, de vous prêter à un examen polyréactionnel... De passer au détecteur de mensonges, autrement dit. Vous accepteriez, miss Verger ?

— Je ferai tout pour qu'on attrape les coupables, Mr Franks. En ce qui concerne précisément votre question, convoquez-nous dès que vous le jugerez nécessaire, Judy et moi. Dois-je aviser notre avocat ?

— Non, si vous n'avez rien à cacher.

— A cacher ? Moi ?

Deux larmes forcées perlèrent dans ses yeux.

— S'il vous plaît, miss Verger... C'est mon devoir.

L'inspecteur faillit poser une main apaisante sur la massive épaule, mais il se ravisa au dernier moment.

91

Elle s'éveilla dans la pénombre fraîche, et aussitôt son odorat et son instinct lui dirent qu'elle était au bord de la mer. En changeant de position sur le lit, elle fut traversée d'une douleur sourde et perdit à nouveau connaissance.

A son second réveil, une voix lui parlait doucement, une main approchait une tasse chaude de ses lèvres. Le breuvage avait le goût de l'infusion de la grand-mère d'Ardelia Mapp.

Un jour passa, le soir revint. Un parfum de fleurs tout juste coupées dans la maison et, à un moment, la brûlure ténue d'une aiguille hypodermique. Tels les échos d'un lointain feu d'artifice, les dernières traînées de peur et de souffrance jaillissaient à l'horizon sans se rapprocher, sans jamais plus s'approcher. Elle était dans le jardin qu'est l'œil du cyclone.

— On se réveille. Tout est calme. On se réveille dans une chambre agréable, prononça quelqu'un.

De la musique, à peine audible.

Elle se sentait toute propre, une odeur de menthe montait de sa peau, un onguent qui procurait une chaleur rassurante, en profondeur.

Les yeux de Starling s'ouvrirent en grand.

Le docteur Lecter se tenait debout, immobile, comme elle l'avait découvert la première fois au milieu de sa cellule. Mais nous sommes habitués à le voir libéré de ses entraves, désormais. Dans un espace ouvert, aux côtés d'une autre créature mortelle. Cela n'a plus rien de choquant.

— Bonsoir, Clarice.

— Bonsoir, docteur Lecter.

447

Elle lui avait retourné son salut sans avoir vraiment conscience de l'heure.

— Si vous avez un peu mal, ce ne sont que des contusions superficielles. Pour le reste, tout ira bien. J'ai simplement besoin de m'assurer de quelque chose, encore. Pourriez-vous regarder cette lumière, s'il vous plaît ?

Il s'approcha d'elle avec une petite torche. Il sentait la soie fraîche.

Elle se força à ne pas cligner des paupières tandis qu'il examinait ses pupilles. Satisfait, il recula.

— Merci. Vous trouverez une salle de bain très plaisante par ici. Vous voulez essayer de marcher ? Il y a des pantoufles sous votre lit. J'ai été contraint de vous emprunter vos bottes, voyez-vous.

Veille et sommeil, elle connaissait les deux états en même temps. La salle de bain était en effet des plus confortables, rien n'y manquait. Les jours suivants, elle passa de longs moments dans la baignoire. Elle ne se regarda pas une seule fois dans la glace, tant elle était partie loin d'elle-même.

Des jours à parler, elle s'écoutait parfois et se demandait qui était en train d'exprimer une connaissance aussi intime de ses pensées. Jours de sommeil, et de bouillons reconstituants, et d'omelettes.

Et puis il arriva un matin où le docteur Lecter lui dit :

— Clarice, vous devez être lasse des pyjamas et des robes de chambre. Dans ce placard, il y a quelques vêtements qui pourraient vous plaire, si vous avez envie de les porter.

Il poursuivit d'un ton égal :

— J'ai rangé vos affaires personnelles dans le premier tiroir de la commode, si vous les voulez. Votre sac, votre revolver et votre porte-cartes.

— Merci, docteur Lecter.

Des tenues variées l'attendaient dans le placard, robes, tailleurs-pantalons et une longue robe du soir chatoyante, avec un gilet incrusté. Surtout tentée par les pantalons et les pulls en cachemire, elle choisit un ensemble tabac et des mocassins.

Dans le tiroir, elle trouva son fourreau yaqui, dépouillé du calibre 45 qu'elle avait perdu, mais le holster de cheville était là, à côté de son sac, avec le 45 automatique à canon court, son chargeur empli de cartouches, le magasin vide, exactement comme elle avait l'habitude de le porter à la jambe. Son couteau l'attendait dans son étui, et les clés de sa voiture.

Elle se sentait lucide et elle n'était plus elle-même, aussi. Lorsqu'elle pensait à des événements passés, elle avait l'impression de les appréhender de biais. Il y avait une grande distance entre son image et elle.

Quand le docteur Lecter la guida jusqu'au garage, elle fut heureuse de revoir sa Mustang. Ses yeux se posèrent sur les essuie-glaces et elle se dit qu'il était temps de les changer.

— D'après vous, Clarice, comment les hommes de Mason ont-il pu nous suivre au supermarché ?

Elle réfléchit un moment, le regard au plafond.

Il lui fallut moins de deux minutes pour trouver le fil d'antenne tendu en croix entre le dossier du siège et la plage arrière, et pour le suivre jusqu'à la balise dissimulée sous la caisse.

Elle l'éteignit et la rapporta dans la maison en la tenant par le fil, comme on saisit un rat mort par la queue.

— Très classe, constata-t-elle. Dernier cri, ce matériel. Et pas mal installé. Je suis sûre que les empreintes de Mr Krendler sont dessus. Je peux avoir un sac en plastique ?

— Ils ont pu la repérer depuis un avion ou un hélicoptère ?

— Elle est coupée. Non, pour qu'ils utilisent des moyens pareils, il faudrait que Krendler ait reconnu qu'il s'en est servi. Ce qui est exclu, vous le savez bien. Mais Mason, avec son hélico, est très capable de l'avoir fait.

— Mason est mort.

— Hummm, fit Starling. Vous voudriez me jouer un peu de musique ?

93

Les jours qui suivirent les meurtres, Paul Krendler fut partagé entre l'agacement et une peur grandissante. Il veilla à ce que les rapports de l'antenne du FBI dans le Maryland lui parviennent directement.

Il était presque certain qu'un audit de la comptabilité de Mason ne pourrait pas l'inquiéter, les virements sur son compte numéroté ayant transité par une société-écran virtuellement sans faille aux îles Caïmans. Mason disparu, cependant, il se retrouvait avec de grands projets, mais sans protecteur. Quant à Margot, elle était au courant de l'argent qu'il avait reçu et elle savait qu'il avait violé la confidentialité du dossier Lecter au FBI. Il fallait qu'elle tienne sa langue, absolument.

Le moniteur qui avait servi à localiser la balise était également un sujet d'inquiétude pour lui. Il l'avait pris au service technique de Quantico sans signer de reçu mais son nom figurait sur la feuille de visite du bâtiment, à cette date-là.

Le docteur Doemling et cet infirmier costaud, oui, Barney... Ils l'avaient vu chez Mason, d'accord, mais dans un rôle qui n'avait rien de répréhensible, en train de s'entretenir avec lui des moyens de capturer Hannibal Lecter.

Le soulagement fut général le quatrième après-midi après la tuerie, lorsque Margot Verger repassa à l'intention des inspecteurs du shérif le message que son répondeur venait d'enregistrer.

Pétrifiés dans sa chambre à coucher, les yeux fixés sur le lit qu'elle partageait avec Judy, les policiers écoutèrent la voix du monstre. Le docteur Lecter se félicitait de la mort de Mason, en précisant à sa sœur que son agonie avait été extrêmement longue et douloureuse. Margot étouffa quelques sanglots dans sa paume pendant que Judy la soutenait. Finalement, Franks la conduisit hors de la pièce en lui disant :

— Vous n'avez pas besoin de réentendre ça.

Sous la supervision empressée de Krendler, le répondeur fut apporté à Washington, où une analyse vocale complète confirma que l'auteur du message était bien le docteur Lecter.

Mais c'est le soir, à la faveur d'un appel téléphonique, que les dernières angoisses de Krendler furent dissipées.

C'était Parton Vellmore en personne, représentant de l'Illinois au Congrès, qui désirait lui parler. Krendler ne l'avait rencontré qu'à deux ou trois reprises, mais il reconnut aussitôt sa voix grâce aux multiples interviews télévisées qu'il l'avait entendu donner. Le simple fait qu'il lui téléphone chez lui était rassurant : membre de la sous-commission des affaires juridiques et fouille-merde notoire, il aurait immédiatement oublié son existence si Krendler avait été dans la ligne de mire.

— Je sais que vous avez bien connu Mason Verger, Mr Krendler.

— En effet.

— Eh bien, c'est une honte, une sacrée honte, même ! Cette crapule, ce sadique, après avoir gâché la vie de Mason, après l'avoir mutilé, qui revient pour le tuer... Ah, vous n'êtes peut-être pas au courant mais l'un de mes administrés a également perdu la vie dans cette tragédie. Johnny Mogli, un digne représentant de la loi qui a servi ses concitoyens de l'Illinois pendant des années.

— Non, Mr Vellmore, je l'ignorais. Navré.

— Enfin, ce que je voulais vous dire, Krendler, c'est qu'il faut continuer. La philanthropie légendaire des Verger, leur grand souci du bien-être public, ne va pas s'arrêter là. Cela dépasse la disparition d'un homme, ça. Je me suis déjà entretenu avec les responsables de la vingt-septième circonscription et avec les gens de chez Verger. La sœur, Margot, m'a parlé de votre souhait d'embrasser une carrière politique. Extraordinaire, cette femme. Remarquable sens pratique. Donc, on va se rencontrer très bientôt, d'accord, entre nous, hein, une petite réunion informelle pour voir ce que nous pourrons faire en novembre prochain. On vous veut avec nous, Krendler. Vous pensez que vous allez pouvoir vous libérer ?

— Oui, Mr Vellmore. Avec plaisir.

— Margot vous téléphonera pour vous donner les détails. Ce sera dans les tout prochains jours.

En raccrochant, Krendler se sentait pousser des ailes.

La découverte dans la grange du Colt 45 immatriculé au nom de feu John Brigham et légué officiellement à Clarice Starling fut accueillie avec un considérable embarras au FBI.

Si Starling avait été portée disparue, son cas n'était pas considéré comme un enlèvement puisque aucun témoin vivant ne pouvait certifier l'avoir vue emmenée de force. Il ne relevait pas non plus de la disparition en service : elle n'était qu'un agent en disponibilité forcée qui s'était évaporé quelque part dans le vaste monde. Un avis de recherche fut lancé pour sa voiture, avec les numéros de série et d'immatriculation, mais sans mention particulière de sa propriétaire.

Une disparition requiert bien moins d'efforts de la part des autorités qu'un kidnapping, évidemment...

Ardelia Mapp avait été tellement scandalisée par cette version des faits qu'elle rédigea une lettre de démission avant de se raviser. Elle resta au sein du Bureau pour mieux chercher sa camarade. Aller dans la partie du duplex que Starling avait occupée devint une habitude presque machinale.

Elle consultait sans cesse le dossier Lecter sur le site VICAP et sur celui du Centre national d'informations criminelles, sans constater le moindre enrichissement, sinon un petit détail frustrant : la police italienne avait fini par retrouver l'ordinateur portable de Lecter et, dans leur salle de détente, les Carabinieri jouaient désormais à « Super Mario » dessus ; à l'instant où les techniciens avaient appuyé sur une seule touche, la machine avait purgé d'elle-même toute sa mémoire.

Ardelia harcelait tous les hauts fonctionnaires du FBI auxquels elle pouvait avoir accès. Ses nombreux appels au domicile de Jack Crawford restant sans réponse, elle contacta la division Science du comportement, où on lui apprit que Crawford restait hospitalisé en raison de douleurs thoraciques.

Elle n'essaya pas de le contacter dans sa chambre du Jefferson Memorial. Au FBI, il était le dernier ange gardien de Starling.

94

Elle n'avait plus aucune notion du temps. Leurs conversations se poursuivaient jour et nuit. Elle s'entendait parler des heures. Elle écoutait.

Parfois, elle riait d'elle-même quand elle se surprenait par des confidences sans fard qui l'auraient fait rougir de honte, normalement. Ce qu'elle racontait au docteur Lecter l'étonnait souvent, aurait pu quelquefois paraître choquant à un jugement commun, mais c'était toujours la vérité qu'elle disait. Et le docteur parlait, lui aussi. A voix basse, égale, il exprimait son intérêt et ses encouragements, jamais de surprise ni de blâme.

Il lui raconta son enfance, il lui raconta Mischa.

Pour débuter leurs échanges, il leur arrivait de fixer ensemble un unique objet qui reflétait la seule source de lumière dans la pièce où ils se trouvaient. Ce n'était presque jamais le même.

Ce jour-là, ils avaient commencé avec le miroitement isolé sur le flanc d'une théière mais, à mesure que leur dialogue se développait, le docteur Lecter parut discerner qu'ils arrivaient à une galerie encore inexplorée dans les pensées de Starling. Peut-être avait-il entendu des trolls se battre derrière un mur ? En tout cas, il remplaça la théière par une boucle de ceinturon en argent.

— C'est à mon papa, ça ! lança-t-elle en tapant une fois dans ses mains comme l'aurait fait une enfant.

— Oui. Vous aimeriez parler à votre père, Clarice ? Il est ici. Vous voudriez lui parler ?

— Papa est ici ! Hé, oui, d'accord !

Le docteur Lecter prit la tête de Starling entre ses paumes, au-dessus des lobes temporaux, là où elle pourrait trouver de son père tout ce dont elle aurait jamais besoin. Il la regarda loin dans les yeux, très loin.

— Je sais que vous préférez rester seule avec lui. Je vous laisse, maintenant. Vous n'avez qu'à fixer la boucle et, d'ici quelques minutes, vous allez l'entendre frapper à la porte. Ça va ?

— Ouiii ! Super !

— Parfait. Ce ne sera pas long.

Piqûre fugace d'une aiguille plus fine qu'un cheveu. Starling ne baissa même pas les yeux pour voir. Puis le docteur quitta la pièce.

Elle contempla la boucle argentée jusqu'à ce qu'on frappe à la porte, deux coups fermes, et son père entra tel qu'elle se le rappelait, sa haute stature se découpant dans l'embrasure, chapeau à la main, la chevelure plaquée sur son crâne par la pluie, tout comme lorsqu'il s'approchait de la table du dîner.

— Salut, bébé ! A quelle heure tu soupes, ici ?

Pendant les vingt-cinq ans qui avaient suivi sa mort, il ne l'avait pas serrée une seule fois dans ses bras mais là, quand il l'attira contre lui, les boutons-pression de sa chemise de cow-boy étaient toujours là, et son odeur de tabac et de savon noir, et elle sentit contre elle la grande masse de son cœur.

— Hé, bébé... T'es tombée, bébé ?

C'était comme la fois où il l'avait relevée quand elle avait tenté de chevaucher une grosse chèvre dans le jardin, un défi qu'elle s'était lancé à elle-même.

— Tu te débrouillais pas mal du tout, jusqu'à ce qu'elle change de pied aussi vite... Viens dans la cuisine, on va voir ce qu'on peut se trouver.

Sur la table de la modeste pièce, dans la maison de son enfance, un paquet en cellophane de « Boules de neige » et un sac d'oranges.

Le père de Starling ouvrit son couteau Barlow, dont la lame était cassée en carré au bout, pour peler deux fruits, leur écorce se dévidant en un seul ruban sur la toile cirée. Ils prirent place sur les chaises de cuisine en bois et il libéra les quartiers au fur et à mesure, en mangeant un, puis en tendant un à Clarice. Elle cracha les pépins dans sa main et les garda au creux de sa robe. Il étendait ses longues jambes quand il était assis, comme John Brigham.

Il mâchait plus d'un côté que de l'autre, là où une de ses incisives latérales portait une couronne en métal blanc comme les dentistes militaires en utilisaient dans les années 40. La dent scintillait lorsqu'il riait.

Ils mangèrent deux oranges et une « boule de neige » chacun tout en échangeant quelques blagues. Starling avait oublié la délicieuse élasticité du sucre glace sous la noix de coco. La cuisine s'effaça peu à peu, ils conversaient maintenant comme deux adultes.

— Comment ça se passe pour toi, bébé ?

La question était sérieuse.

— Ils me cherchent des histoires, au boulot.

— Je suis au courant, oui. C'est cette bande de ronds-de-cuir, chérie. Pire racaille, y a pas. Tu n'as jamais flingué personne sans y être obligée, toi.

— Je ne crois pas. Mais il y a autre chose, aussi.

— Et t'as jamais menti, dans cette histoire.

— Non.

— Et tu as sauvé ce petit gars.

— Il s'en est tiré, oui.

— J'ai été très fier de toi pour ça, vraiment.

— Merci, monsieur.

— Bon, chérie, faut que je file. On se reparle.

— Tu... tu ne peux pas rester...

Il posa une main sur ses cheveux.

— On ne peut jamais rester, bébé. Jamais autant qu'on voudrait.

Il planta un baiser sur son front et s'en alla. Elle aperçut le trou que la balle avait laissé dans son chapeau quand il l'agita en guise d'au revoir, si grand dans l'embrasure de la porte.

95

Il était clair que Starling aimait son père autant que nous pouvons aimer quelqu'un, et qu'elle se serait aussitôt révoltée contre la moindre atteinte à sa mémoire. Et cependant, au cours de ses conversations avec le docteur Lecter, sous l'influence d'une drogue hypnotique très puissante, elle en arriva à prononcer ces mots :

— Je suis vraiment furieuse contre lui, en fait. Enfin, je veux dire, comment il s'est débrouillé pour se retrouver derrière ce fichu magasin, en pleine nuit, à donner la chasse aux deux minables qui l'ont descendu ? Tout ça parce que son vieux fusil à pompe s'est enrayé... Lui, se faire avoir par deux rien-du-tout. Il ne savait pas ce qu'il fabriquait. Il n'a jamais rien appris de la vie.

Elle aurait giflé n'importe qui d'autre pour de telles paroles.

Le monstre se laissa aller d'un millième de centimètre dans son fauteuil. « Aaaaah, on y arrive, enfin ! Tous ces souvenirs d'adolescente commençaient à devenir lassants... »

Starling essaya de balancer ses jambes sous la chaise comme une petite fille, mais elles étaient trop longues.

— Voilà, il avait ce job, il allait au charbon comme on lui demandait, toujours avec cette saleté d'horloge de veilleur de nuit et puis, paf, il est mort. Et maman qui nettoie le sang sur son chapeau pour l'enterrer avec... Et qui est venu nous voir, après ? Personne. Ensuite, les « boules de neige », je n'en ai plus eu souvent, je peux vous le dire, moi ! Maman et moi, allez, on faisait le ménage dans les motels. Pour des

gens qui laissaient des capotes pleines sur la table de nuit...
C'est parce qu'il était trop con qu'il s'est fait descendre, qu'il
nous a laissées... Il aurait dû dire à ces abrutis de la ville de
se démerder tout seuls.

Des mots qu'elle n'aurait jamais osé prononcer, des paroles bannies du plus intime de son cerveau.

Depuis le début de leurs relations, le docteur Lecter l'avait
piquée au vif à propos de son père, avait raillé son métier. Et
là, il se muait en champion de sa bonne réputation :

— Il n'a rien cherché d'autre que votre bonheur et votre
bien-être, Clarice.

— Fais un vœu dans une main et chie dans l'autre, tu verras laquelle est pleine la première, rétorqua Starling.

Venu d'une aussi jolie bouche, l'adage, qui lui restait du
temps de l'orphelinat, aurait dû sembler particulièrement
déplaisant. Mais le docteur Lecter parut satisfait, voire
encouragé.

— Je vais vous demander de me suivre dans une autre
pièce, Clarice, annonça-t-il. Votre père vous a rendu visite,
du mieux que vous ayez pu. Vous avez constaté que malgré
tout le désir que vous en aviez, il n'a pas été en mesure de
rester. Mais il s'est déplacé. Maintenant, c'est à vous d'aller
le voir.

Ils traversèrent un couloir et s'arrêtèrent devant la porte
d'une chambre d'amis, fermée.

— Attendez-moi un instant, Clarice.

Il disparut à l'intérieur. La main sur la poignée, Starling
l'entendit craquer une allumette. La porte s'ouvrit.

— Vous savez que votre père est mort, Clarice. Vous le
savez mieux que quiconque.

— Oui.

— Alors, entrez, venez le voir.

Les ossements étaient disposés sur un lit jumeau, longs
membres et cage thoracique se dessinant sous un drap. Une
forme blanche, ténue, comme un ange dessiné dans la neige
par un enfant.

Confié aux petits nécrophages marins que le docteur Lecter avait ramassés sur sa plage, le crâne nettoyé, séché et blanchi, reposait sur l'oreiller.

— Où est passée son étoile, Clarice ?

— La mairie l'avait reprise. Ils disaient qu'elle coûtait sept dollars.

— C'est ainsi qu'il est, désormais. C'est tout ce qu'il est. C'est à cela que le temps l'a réduit.

Elle regarda les os, tourna les talons et quitta la pièce rapidement. Ce n'était pas une fuite et le docteur Lecter ne chercha pas à la suivre. Il attendit dans la pénombre. Il n'avait pas peur, mais il l'entendit revenir avec les oreilles aux aguets d'une chèvre qui se sent épiée. Un objet métallique brillait dans sa main. Un insigne. Celui de John Brigham. Elle le déposa sur le drap.

— Qu'est-ce qu'un insigne peut avoir de si important pour vous, Clarice ? Je vous ai vue en percer un d'une balle, dans la grange.

— Pour lui, ça l'était. C'est dire le peu qu'il avait compris de la v...

La phrase s'éteignit sur ses lèvres qui s'étaient soudain affaissées. Elle prit le crâne de son père et s'assit sur l'autre lit. Les larmes jaillirent de ses yeux, coulèrent sur ses joues.

Comme une enfant, elle se frotta le visage avec son pull et continua à sangloter, ses larmes amères tombant en un goutte-à-goutte qui sonnait creux sur le crâne posé dans son giron. L'incisive couronnée luisait dans l'ombre.

— J'aime mon papa, je l'aime... Il a toujours été bon pour moi, il savait comment s'y prendre. Ça a été le meilleur moment de toute ma vie, le meilleur.

Et c'était vrai, tout aussi vrai que lorsqu'elle avait laissé sa colère éclater.

Quand le docteur Lecter lui tendit un mouchoir en papier, elle le garda en boule dans son poing. Il se chargea lui-même d'essuyer ses joues.

— Clarice ? Je vais vous laisser avec ces restes, maintenant. Des restes, Clarice... Vous pouvez hurler votre détresse dans ses orbites, aucune réponse n'en sortira. — Il lui prit la tête entre les mains. — Ce qu'il vous faut de votre père est là, Clarice, dans ce crâne que je tiens, et dépend de votre jugement, non du sien. Je m'en vais. Vous voulez que je laisse les bougies allumées ?

— S'il vous plaît.

— Quand vous allez ressortir d'ici, n'emportez que ce dont vous avez réellement besoin, Clarice.

Il attendit dans le salon, devant l'âtre. Il passa le temps en jouant du thérémin, créant la musique par le seul mouvement de ses mains dans le champ électronique. Il bougeait les mains qu'il venait de poser sur la chevelure de Starling comme s'il était le chef d'orchestre et qu'il dirigeait l'œuvre en train de naître. Il sentit la présence de la jeune femme derrière lui un moment avant qu'il n'ait terminé.

Lorsqu'il se retourna, elle avait un sourire doux et triste, et ses mains étaient vides.

Sans cesse, le docteur Lecter cherchait la constante.

Il savait que Starling, comme tout être conscient, formait à partir de ses expériences passées des matrices, des structures à travers lesquelles ses sensations à venir seraient décodées.

Il en avait découvert une d'importance chez elle, plusieurs années auparavant, alors qu'il s'entretenait avec elle derrière les barreaux de sa cellule : l'abattage des agneaux et des chevaux dans le ranch où elle avait été placée. Leur détresse l'avait marquée à jamais.

Sa poursuite acharnée de Jame Gumb avait été motivée par la détresse de sa captive. Et elle l'avait sauvé de la torture, lui, pour la même raison.

Une invariable, donc. Excellent.

Toujours attentif aux transferts émotionnels, le docteur Lecter était convaincu que Starling avait cru retrouver les qualités de son père en John Brigham. Investi des vertus paternelles, le malheureux devenait du même coup inapprochable, marqué par le tabou de l'inceste. Brigham et probablement Crawford avaient donc les bons côtés du père. Mais où étaient les mauvais ?

Le docteur Lecter se pencha de plus près sur cette matrice fragmentée. Grâce à des médications et des techniques d'hypnose très éloignées de la thérapie traditionnelle, il en arrivait à découvrir des kystes durs et rebelles dans la personnalité de Clarice Starling, tels les nœuds dans le bois, ainsi que de vieux ressentiments encore aussi inflammables que la résine.

Il parvint devant des scènes baignées d'une lumière implacable, anciennes mais toujours entretenues dans le moindre détail, qui envoyaient des éclairs de fureur limbique à travers le cerveau de Starling comme la foudre zèbre le cœur de l'orage.

La majorité de ces fulgurances avaient rapport à Paul Krendler. La rancune inspirée par les injustices très réelles que Krendler lui avait fait subir était encore renforcée par l'animosité contre son père, une colère qu'elle ne reconnaîtrait jamais en toute lucidité mais qui n'en était pas moins intense : elle ne pouvait lui pardonner d'être mort, d'avoir laissé sa famille derrière lui, d'avoir cessé de peler des oranges dans la cuisine. Il avait condamné sa mère à la balayette et au seau. Il avait arrêté de prendre Starling dans ses bras, de l'attirer contre son vaste cœur qui battait aussi fort que celui d'Hannah la nuit où elles s'étaient enfuies.

Krendler était le symbole de l'échec et de la déception. Il pouvait être blâmé, mais serait-elle capable de le défier ? Ou bien, à l'instar de toutes les autorités et de tous les tabous devant lesquels elle s'inclinait, était-il habilité à l'enfermer dans une existence que le docteur Lecter jugeait mesquine, étriquée ?

Il y avait cependant un élément qui lui donnait raison d'espérer, selon lui : elle restait impressionnée par les insignes, certes, mais elle était aussi prête à en transpercer un d'une balle et à tuer celui qui le portait. Pourquoi ? Parce qu'elle avait été forcée d'agir, qu'elle avait identifié le porteur de l'insigne comme un criminel et qu'avec ce jugement instantané elle avait rejeté l'autorité conventionnelle que son étoile symbolisait. Flexibilité potentielle, donc. Les règles du cortex cérébral. Cela signifiait-il qu'il y avait place pour Mischa « dans » Starling ? Ou bien n'était-ce qu'un autre aspect positif de la place que Starling devrait quitter ?

96

De retour chez lui à Baltimore, Barney avait repris son travail par roulement à l'hôpital Misericordia, il était de service de quinze à vingt-trois heures. Sur le chemin de son appartement, il s'arrêta au café prendre un bol de soupe. Il était presque minuit lorsqu'il entra et alluma le plafonnier.

Ardelia Mapp était assise à la table de sa cuisine. Elle braquait un semi-automatique noir entre les yeux de Barney. A la taille de la gueule du canon, il estima qu'il devait s'agir d'un calibre 40.

— Prenez un siège, m'sieur l'infirmier. — Sa voix était rauque, ses yeux orangés autour des pupilles sombres. — Emportez votre chaise là-bas et mettez-vous en équilibre contre le mur.

Plus encore que le gros revolver dans sa main, ce qui l'inquiétait, c'était l'autre arme qu'elle avait posée sur le set de table devant elle : un Colt Woodsman calibre 22 avec une petite bouteille en plastique scotchée au canon en guise de silencieux.

La chaise gémit sous le poids de Barney.

— Si les pieds cassent, me tirez pas dessus, ce sera pas ma faute.

— Vous savez quoi que ce soit à propos de Clarice Starling ?

— Non.

Mapp saisit le deuxième pistolet.

— Je suis pas là pour blaguer avec vous, m'sieur l'infir-

463

mier. A la seconde où j'ai l'impression que vous mentez, je vous flingue comme un pigeon. Vous me croyez ?

— Oui, répondit-il, convaincu en effet.

— Alors, je repose ma question : est-ce que vous savez quoi que ce soit qui puisse m'aider à trouver Clarice Starling ? A la poste, ils disent que vous avez fait suivre votre courrier chez Mason Verger pendant un mois. C'est quoi, ce bordel, Baaarney ?

— Je travaillais là-bas. Je m'occupais de Verger et il m'a tout demandé au sujet de Lecter. J'aimais pas être là, j'ai donné ma dém'. Un drôle de macaque, le Mason.

— Starling a disparu.

— Je sais.

— C'est peut-être Lecter qui l'a prise, ou peut-être les cochons. Si c'est lui, qu'est-ce qu'il peut lui faire ?

— Je vais être honnête avec vous : j'en sais rien. Si je pouvais, j'aiderais Starling. Pourquoi non ? Je l'aimais bien, dans son genre, et puis elle se démenait pour qu'ils passent l'éponge sur mon casier. Regardez dans ses dossiers, dans ses notes, vous...

— C'est déjà fait. Je veux que vous compreniez bien quelque chose, Barney : il n'y aura pas de deuxième chance. Si vous savez quoi que ce soit, autant me le dire maintenant. Parce que si jamais, même dans des années, si jamais j'apprends que vous m'avez caché un truc qui aurait pu servir, je reviens ici et ce flingue sera la dernière chose que vous aurez vue de votre vie. Je vous explose votre gros cul puant. Vous me croyez ?

— Oui.

— Alors ?

— Je sais rien.

Silence. Le plus long dont il puisse se souvenir.

— Restez comme vous êtes jusqu'à ce que je sois partie.

Il tarda une heure et demie avant de se mettre au lit. Étendu sur le dos, il contempla le plafond, son front aussi large que celui d'un dauphin tantôt trempé de sueur, tantôt sec et brûlant. Il pensait aux visites qu'il pourrait encore avoir.

Il allait éteindre la lumière mais il se ravisa, se rendit à la salle de bain et sortit de son nécessaire à raser un petit miroir en acier inoxydable, un élément de l'équipement des Marines.

Revenu à la cuisine, il ouvrit le boîtier du compteur électrique dans le mur et scotcha la glace sur le battant, à l'intérieur. C'était tout ce qu'il pouvait faire.

Dans son sommeil, il se contractait et sursautait comme un chien.

Le lendemain, à la fin de son service, il rapporta de l'hôpital un kit d'autoprélèvement destiné aux victimes de viols.

97

Malgré toutes ses ressources, le docteur Lecter devait bien se contenter de l'ameublement de la villa qu'il avait louée à l'Allemand. Fleurs et paravents vinrent à sa rescousse. Les notes de couleur étaient intéressantes, sur fond de meubles massifs et de dense pénombre : elles produisaient un contraste frappant, médiéval, comme un papillon posé sur un gantelet d'armure.

Son propriétaire absentéiste faisait visiblement une fixation sur la Léda au cygne, puisque pas moins de huit tableaux et quatre bronzes de qualité variable, le meilleur étant une reproduction de Donatello, reprenaient le thème du couple hétérospécié. Parmi les peintures, le docteur Lecter se délectait de celle due à Anne Shingleton, pour son exceptionnelle pertinence anatomique et la vraie passion dans la baise. Les autres, il les avait masquées d'un drap, de même que l'inepte collection de sculptures de chasse que l'Allemand lui avait laissée.

Tôt dans la matinée, il dressa la table pour trois avec le plus grand soin, étudiant la disposition sous différents angles avec un doigt posé sur la narine en guise de mire, changeant les chandeliers de place à deux reprises et renonçant finalement à ses sets damassés pour une nappe repliée de manière à réduire l'espace utilisé sur la grande surface ovale.

La sombre et formidable desserte ressemblait moins à un porte-avions lorsque le nécessaire à service et les chauffe-plats en cuivre étincelant furent installés dessus. Il alla jusqu'à ouvrir plusieurs tiroirs du meuble et à disposer des fleurs à l'intérieur, en une manière de jardins suspendus qui semblaient contempler la table.

Constatant que la pièce était maintenant trop fleurie, il décida d'en ajouter ailleurs pour revenir à un équilibre, car si trop est trop, beaucoup trop peut s'avérer parfait... Deux compositions florales vinrent donc parer la table : des pivoines équeutées et simplement posées sur une assiette en argent, aussi blanches que des « boules de neige », et un imposant bouquet de molucelia, d'iris de Hollande, d'orchidées et de tulipes multicolores qui cachait le reste de la table et créait un espace plus intime.

Figés comme des aiguilles de glace, les verres attendaient devant les assiettes. Les couverts en argent, eux, avaient été mis au chaud et ne seraient placés qu'au dernier moment.

Puisque l'entrée allait être préparée à table, il installa ses réchauds à alcool, avec son fait-tout, sa sauteuse et sa casserole en cuivre, les condiments et la scie d'autopsie à portée de la main.

Il pourrait apporter encore des fleurs, tout à l'heure. Quand il annonça à Clarice Starling où il allait, elle ne broncha pas. Il lui suggéra de dormir un peu.

98

L'après-midi du cinquième jour après les meurtres, Barney achevait de se raser et se frictionnait les joues à l'after-shave quand il entendit des bruits de pas sur son palier. Il était presque l'heure de partir au travail.

On frappa énergiquement à la porte. Margot Verger. Elle était chargée d'un grand sac à main et d'une sacoche.

— Salut, Barney.

Elle paraissait fatiguée.

— Hé, Margot ! Entre.

Il l'invita à s'asseoir à la table de la cuisine.

— Un coca ?

A ce moment-là, il se rappela que Cordell s'était retrouvé la tête dans le frigidaire et il se mordit la langue.

— Non merci.

Il s'assit en face d'elle. Margot observa ses bras avec l'œil d'une rivale en body-building, puis le dévisagea.

— Tout va bien, Margot ?

— Je crois, oui.

— On dirait que tu n'as pas de souci à te faire... Enfin, d'après ce que je lis dans les journaux.

— Des fois, je repense aux discussions qu'on avait tous les deux, Barney. Je... je m'étais dit que tu ferais peut-être signe.

Lui, il se demandait si le marteau était dans son sac, ou dans la sacoche.

— Signe ? Ouais, ça m'est arrivé d'avoir envie de savoir comment tu allais, si tout allait bien... Mais rien d'autre, hein. Pas pour demander quoi que ce soit. On est potes, Margot.

— C'est juste que, tu vois, on s'inquiète toujours pour un petit détail qui aurait échappé... Quoique je n'aie rien à cacher, moi.

Il comprit alors qu'elle avait obtenu le sperme. C'était lorsque la grossesse serait officielle, si elles y parvenaient, que Barney la préoccuperait vraiment.

— Enfin, je veux dire que ça a été un vrai don du ciel, sa mort... Je ne vois pas pourquoi raconter des bobards là-dessus.

A la vitesse de son débit, Barney sentit qu'elle était en train de rassembler ses forces.

— Finalement, je ne serais pas contre un coke, reprit-elle.

— Okay, mais avant, laisse-moi te montrer quelque chose qui va t'intéresser. Crois-moi, ça peut te libérer de tous tes tracas et ça te coûtera pas un rond. J'en ai pour une seconde, attends.

Il attrapa un tournevis dans un pot rempli d'outils qui se trouvait sur le plan de travail. C'était possible sans tourner tout à fait le dos à sa visiteuse.

Il y avait apparemment deux boîtiers électriques au mur de la cuisine mais, en réalité, dans ce vieil immeuble, l'ancien compteur n'avait pas été démonté et seul celui de droite fonctionnait.

Obligé de se retourner entièrement cette fois, Barney se hâta d'ouvrir le boîtier de gauche. Il pouvait maintenant la surveiller dans le miroir scotché à l'intérieur du battant. Elle venait de plonger la main dans son sac. Et elle ne l'en retirait pas.

Après avoir enlevé quatre vis, il ôta le panneau de fusibles déconnectés, atteignant la cavité dans le mur. Il en sortit avec précaution une pochette en plastique.

Il entendit la respiration de Margot s'altérer lorsqu'il sortit l'objet qu'il contenait. Une face patibulaire devenue célèbre : le masque-muselière que le docteur Lecter avait été contraint de porter à l'asile pour qu'il ne morde pas ceux qui l'approchaient. C'était la dernière et la plus recherchée des pièces de la réserve de raretés lectériennes que Barney s'était constituée.

— Waouhh...

Il déposa le masque retourné sur une feuille de papier paraffiné, juste sous le plafonnier. Le docteur Lecter n'avait jamais été autorisé à nettoyer sa muselière, Barney ne l'avait pas oublié. Une croûte de salive séchée recouvrait l'ouverture buccale ; trois cheveux étaient encore pris dans les attaches latérales, arrachés au cours d'une des manipulations.

Il jeta un coup d'œil à Margot. Elle se tenait tranquille, pour le moment.

Barney alla chercher dans le placard le kit d'autoprélèvement qu'il avait pris à l'hôpital. La petite boîte contenait des écouvillons, des curettes, une fiole d'eau déminéralisée et des flacons vides.

Avec le plus grand soin, il préleva quelques paillettes de salive séchée sur le masque, les glissa avec l'écouvillon dans un flacon, et retira les trois cheveux pour les placer dans un autre.

Puis il scotcha leurs bouchons après avoir délibérément appuyé ses deux pouces sur le ruban adhésif, y laissant des empreintes digitales bien nettes, et tendit le tout à Margot dans une autre pochette plastique.

— Admettons que j'aie des ennuis, que je panique et que j'essaie de te balancer... Admettons que je veuille raconter aux flics des choses à ton sujet pour essayer de me tirer d'un sale pas. Là, tu as la preuve que j'ai été au moins complice du meurtre de Mason Verger, ou même que c'est moi l'auteur. Et je te fournis ici tout l'ADN qu'il te faut, en tout cas.

— Ils te fileront l'immunité avant même que tu mouchardes.

— Pour préméditation peut-être, mais pas pour avoir participé physiquement à un crime qui a fait tant de raffut. Ou plutôt ils me la promettront pour me baiser dès qu'ils penseront avoir obtenu tout ce que je pouvais leur dire. Et me baiser méchamment, pour la vie. Voilà, la décision est entre tes mains.

Barney n'en était pas absolument convaincu, mais il se trouva tout de même assez persuasif.

Elle pouvait également laisser l'ADN de Lecter sur le corps inanimé de Barney, ce dont ils étaient tous deux très conscients.

Elle garda ses yeux d'un bleu implacable sur lui, pendant un moment qui lui parut très long. Enfin, elle déposa la sacoche sur la table.

— Plein de fric ici. De quoi aller voir tous les Vermeer de

la planète. Une seule fois, tout de même ! — Elle semblait étonnamment heureuse soudain, presque étourdie de bonheur. — Bon, faut que j'y aille, j'ai le chat de Franklin en bas dans l'auto. Ils vont venir à la ferme dès que le petit sortira de l'hôpital, lui, sa belle-mère, sa sœur Shirley et un dénommé Stringbean et Dieu sait qui encore... Il m'a coûté cinquante dollars, ce foutu matou ! En fait, il vivait chez un voisin de Franklin, sous une fausse identité...

Elle ne plaça pas la pochette dans son sac, préférant la prendre dans sa main libre. Sans doute, pensa Barney, pour ne pas lui montrer, à l'intérieur du sac, ce qu'elle avait préparé en prévision de l'autre cas de figure.

A la porte, il demanda :

— Je peux avoir un baiser, tu crois ?

Elle se dressa sur la pointe des pieds pour l'embrasser rapidement sur les lèvres.

— Voilà, ça ira comme ça, déclara-t-elle d'un ton guindé.

Les marches de l'escalier gémirent sous son poids lorsqu'elle s'en alla.

Après avoir refermé, Barney resta plusieurs minutes debout dans sa cuisine, le front contre la paroi fraîche du réfrigérateur.

99

Starling fut réveillée par des accords lointains de musique de chambre et par des arômes de cuisine épicée. Elle se sentait merveilleusement reposée, et affamée. Il y eut un coup discret frappé à la porte et le docteur Lecter entra, vêtu d'un pantalon sombre, d'une chemise blanche et d'un foulard de soie. Il portait une housse à habits sous un bras et un cappuccino dans l'autre main, pour elle.

— Vous avez bien dormi ?

— Magnifiquement, merci.

— Le chef m'annonce que le dîner sera servi dans une heure et demie. L'apéritif d'ici une heure, cela vous convient ? J'ai pensé que ceci pourrait vous plaire. A vous de voir.

Il suspendit la housse dans le placard et se retira sans un mot de plus.

Elle n'alla pas regarder avant de s'attarder dans son bain, mais ce qu'elle découvrit ensuite lui plut beaucoup : une longue robe du soir en soie crème, au décolleté étroit et cependant généreux, complétée d'une veste exquisément incrustée de perles.

Sur la commode, elle trouva une paire de boucles d'oreilles, avec des cabochons d'émeraude en pendants. Ils n'étaient pas facettés mais n'en brillaient pas moins de mille feux.

Ses cheveux n'avaient jamais été difficiles à coiffer. Elle se sentait très à l'aise dans sa tenue, et même si elle n'avait pas l'habitude d'être aussi habillée, elle ne se regarda que brièvement dans la glace, rien que pour voir si tout était en ordre.

Le propriétaire allemand avait conçu des cheminées démesurées. Dans le salon, un feu de bûches de bonne taille l'attendait. Elle s'approcha de l'âtre et de la chaleur dans un murmure de soie.

De la musique montait de l'épinette, un peu plus loin. Le docteur Lecter était au clavier, en tenue de soirée.

Quand il leva les yeux et l'aperçut, il en eut le souffle coupé. Ses mains s'immobilisèrent elles aussi, encore étendues sur les touches. Comme cet instrument n'a pas de résonance prolongée, le silence envahit soudain la pièce et tous deux l'entendirent reprendre sa respiration.

Deux verres étaient préparés devant l'âtre. Il reprit contenance en allant les prendre et en tendant un à Clarice Starling. Du Lillet avec un zeste d'orange.

— Même si je vous voyais tous les jours encore, à jamais, je me souviendrais de ce moment.

Ses yeux sombres ne la quittaient pas.

— Combien de fois vous m'avez vue, déjà ? Sans que je le sache.

— Trois, seulement.

— Mais ici, vous...

— Ici, nous sommes hors du temps, et ce que je peux voir en m'occupant de vous n'est pas une atteinte à votre intimité. Cela, je le conserve à la place qui lui revient, avec votre dossier médical. Je dois avouer cependant qu'il est agréable de vous regarder endormie. Vous ne manquez pas de beauté, Clarice.

— On ne choisit pas son apparence, docteur Lecter.

— Si le charme se méritait, vous n'en seriez pas moins belle.

— Merci.

— Ne dites pas « merci » !

Un seul mouvement de sa tête, un sursaut à peine, et son agacement avait fusé comme lorsqu'on jette son verre dans les flammes.

— Je dis ce que je pense, répliqua Starling. Vous auriez préféré que je réponde : « Je suis contente que vous me voyiez ainsi » ? D'accord, ce serait un peu plus chic. Et tout aussi vrai.

Elle leva son apéritif à hauteur de son regard égal de fille de la Prairie, ferme sur sa position.

A cet instant, le docteur Lecter comprit que, malgré tout son savoir et son intrusion dans la vie privée de Starling, il ne serait jamais entièrement capable de prévoir ses réactions, et encore moins de l'avoir sous sa coupe. Il pouvait nourrir la chenille, souffler sur la chrysalide, mais ce qui devait en éclore suivrait sa nature intrinsèque, dépassant son intervention. Il se demanda si, sous la robe longue, elle avait son 45 au mollet.

Et là, Clarice Starling lui sourit, les cabochons s'illuminèrent des reflets de l'âtre et le monstre s'abandonna au plaisir égoïste de constater la sûreté de son choix et son habileté.

— Clarice, le dîner est un tribut au goût et à l'odorat, les plus anciens des sens et aussi les plus proches du centre de la pensée. Le goût et l'odorat résident dans des régions de l'esprit qui ont préséance sur la pitié, et la pitié n'est pas reçue à ma table. Mais le cérémonial, le spectacle et les échanges du dîner jouent sur le dôme du cortex tels les miracles illuminés au plafond d'une église. Cela peut se révéler bien plus passionnant qu'une pièce de théâtre.

Il rapprocha son visage de celui de Starling, lisant attentivement dans ses yeux.

— Je veux que vous compreniez quel enrichissement vous allez y apporter, Clarice, et quelles sont vos « prérogatives ». Avez-vous étudié votre image récemment, Clarice ? Je ne pense pas. Je doute que vous l'ayez jamais fait. Venez, venez dans le hall, placez-vous devant le miroir.

Il saisit un chandelier sur le manteau de la cheminée.

La haute glace était une belle pièce du XVIIIe siècle, certes un peu ternie et fendillée, qui provenait du château de Vaux-le-Vicomte et avait donc dû en voir de belles...

— Regardez, Clarice. Cette délicieuse apparition, c'est vous. Ce soir, pendant un moment, vous allez vous observer avec une certaine distance. Vous allez constater ce qui est juste, dire ce qui est vrai. Vous avez toujours eu assez de courage pour affirmer vos opinions, mais trop de contraintes vous ont entravée. Je vous le répète, la pitié n'a pas de place à ma table.

» Si certaines remarques peuvent vous paraître déplaisantes sur le coup, vous verrez que le contexte est parfois susceptible de les rendre cocasses, voire à mourir de rire. Si des vérités qui font mal à entendre sont exprimées, n'oubliez pas que la vérité est fugace et changeante... — Il but une gorgée de son verre. — Si vous sentez la douleur s'épanouir en vous, elle porte déjà le fruit du réconfort. Vous me suivez ?

— Non, docteur Lecter, mais je me rappelle ce que vous avez dit. Maîtrise de soi, tout ce fatras psychologique, ras le bol ! Je veux seulement un dîner agréable.

— Il le sera, c'est promis.

Il eut un sourire, de quoi en terroriser plus d'un.

Ils ne regardaient plus le reflet de la jeune femme dans la glace fanée mais s'observaient l'un l'autre entre les bougies du chandelier, et le miroir les contemplait tous les deux.

— Voyez, Clarice.

Fascinée par les étincelles rougeoyantes qui tourbillonnaient au fond de ses pupilles, elle ressentait l'excitation d'une enfant sur le chemin de la fête foraine.

Le docteur Lecter retira une seringue de la poche de sa veste. Sans détourner une seconde les yeux des siens, ne se guidant qu'au toucher, il plongea l'aiguille aussi fine qu'un cheveu dans le bras de Starling. Lorsqu'il la retira, pas même une gouttelette de sang ne perla de la minuscule blessure.

— Qu'est-ce que vous jouiez, quand je suis entrée tout à l'heure ? demanda-t-elle.

— *Qu'Amour puisse céans régner.*

— C'est très ancien ?

— Henry VIII l'a composé en 1510, environ.

— Vous voulez le jouer pour moi ? Vous voulez bien le terminer maintenant ?

100

A leur entrée dans la salle à manger, le courant d'air fit frémir les flammes des bougies et des chauffe-plats. Starling, qui s'était jusqu'alors contentée de traverser cette pièce, fut émerveillée par les transformations apportées. Tout était lumineux, accueillant. Les grands verres en cristal bien rangés multipliaient l'éclat des chandelles sur la nappe crémeuse, un écran de fleurs délimitait un espace plus intime sur l'immense table.

Comme le docteur Lecter avait disposé l'argenterie au tout dernier moment, elle sentit une chaleur de fièvre sur le manche du couteau lorsqu'elle effleura ses couverts.

Après lui avoir versé à boire, le docteur lui servit un amuse-gueule minimaliste, une unique belon flanquée d'une minuscule saucisse. Il était pressé de s'asseoir devant son verre de vin empli à moitié et d'admirer sa convive dans le cadre de ce dîner.

Les bougies avaient la hauteur idéale : les flammes éclairaient les profondeurs de son décolleté et il n'avait pas à craindre que les amples manches de la jeune femme ne les frôlent de trop près.

— C'est quoi, le menu ?

Il posa son index sur les lèvres.

— Il ne faut pas demander, cela gâche la surprise.

Ils parlèrent des techniques de taille des pennes de corneille et de leurs effets sur la sonorité de l'épinette. Le souvenir de l'un de ces oiseaux venu chaparder sur le chariot de service de sa mère au balcon d'un motel, des lustres auparavant, traversa l'esprit de Starling. Avec un grand détachement, elle décida qu'il ne convenait pas à un si agréable moment et l'écarta sans hésitation.

— Vous avez faim ?

— Oui !

— Alors, passons aux entrées.

Il alla chercher un plateau sur la desserte, qu'il posa près de sa place, puis approcha une table roulante sur laquelle étaient alignés ses casseroles, ses réchauds et ses condiments dans de petits bols en cristal.

D'abord un bon morceau de beurre des Charentes dans le fait-tout, qu'il remua sur le feu et laissa brunir jusqu'à obtenir un authentique « beurre noisette ». Lorsque la préparation parvint à la couleur voulue, il mit le réchaud de côté, sur un dessous-de-plat. Il sourit à Starling. Ses dents étaient très blanches.

— Vous vous rappelez ce que nous avons dit à propos des remarques déplaisantes qui peuvent devenir très amusantes selon le contexte, Clarice ?

— Ce beurre sent merveilleusement bon ! Oui, je m'en souviens.

— Et vous n'avez pas oublié la femme que vous avez vue dans le miroir, à quel point elle était belle ?

— Ne m'en veuillez pas de dire ça, docteur Lecter, mais je commence à me sentir un peu comme à la maternelle, là ! Je me la rappelle parfaitement, oui.

— Parfait... Mr Krendler va se joindre à nous pour les entrées.

A ces mots, il s'empara du grand bouquet et alla le poser sur la desserte.

Le sous-inspecteur général Paul Krendler en personne était assis à la table, dans un solide fauteuil en chêne. Il ouvrit de grands yeux et regarda autour de lui. Il portait son bandeau de jogging et un très beau costume d'ordonnateur des pompes funèbres, avec la chemise et la cravate intégrées. Comme le vêtement était entièrement fendu dans le dos, le docteur Lecter avait réussi à le border dedans, pratiquement, et à dissimuler ainsi les mètres de ruban adhésif qui le maintenaient sur son siège.

Il est possible que Starling ait fermé les paupières une fraction de seconde et que ses lèvres se soient à peine froncées, comme cela arrivait parfois sur la piste de tir.

Le docteur Lecter avait déjà saisi une pince en argent sur la desserte, avec laquelle il retira d'un coup sec l'adhésif qui couvrait la bouche de Krendler.

— Encore bonsoir, Mr Krendler.

— Bonsoir.

Il n'avait pas tout à fait l'air dans son état normal. Son couvert était mis, une petite soupière individuelle posée sur son assiette.

— Vous aimeriez saluer miss Starling ?

— Salut, Starling. — Il parut s'animer un peu. — J'ai toujours eu envie de vous regarder manger.

Elle assumait sa présence avec une certaine distance, comme si elle était l'ancien et sagace miroir de l'entrée en train de le regarder.

— Bonjour, Mr Krendler.

Elle tourna la tête vers le docteur Lecter, qui s'affairait sur ses casseroles.

— Comment vous avez réussi à l'attraper ?

— Mr Krendler est en route pour une importante conférence qui concerne son avenir politique, expliqua le docteur. Margot m'a fait la faveur de l'y inviter. Un prêté pour un rendu, en quelque sorte. Donc, Mr Krendler trottait vers la piste de Rock Creek Park pour sauter dans l'hélicoptère des Verger quand il s'est retrouvé dans ma voiture, à la place. Mr Krendler, voulez-vous dire le bénédicité avant que nous commencions notre repas ? Mr Krendler ?

— Bénédicité ? Oui, oui... — Il ferma les yeux. — Notre Père qui es aux cieux, nous Te remercions des bienfaits que nous allons recevoir et nous les consacrons à Ton service. Starling est trop grande pour continuer à baiser son père, même pour une fille du Sud. Veuille lui pardonner cette faute et la dédier à mon service. Au nom de Jésus, amen.

Starling remarqua que le docteur Lecter gardait les paupières pieusement closes tout au long de la prière. Elle se sentait très lucide, très calme.

— Ah, *Paul*, laissez-moi vous dire que l'autre Paul, l'apôtre, n'aurait pas mieux fait. Lui aussi, il détestait les femmes. Il aurait dû s'appeler « Paultron ».

— Cette fois-ci, Starling, vous vous êtes bien fait baiser. Vous ne retrouverez jamais votre poste.

— Ah, cette partie de la bénédiction, il fallait la comprendre comme une proposition de job, alors ? Quel tact ! Je suis impressionnée.

— Je vais entrer au Congrès. — Krendler eut un vilain sourire. — Passez à mon QG électoral, un de ces quatre, je pourrais bien vous trouver quelque chose à faire. Secrétaire, tiens... Vous savez taper à la machine, tenir des dossiers ?

— Tout à fait.

— La sténo ?

— Je me sers d'un programme de reconnaissance vocale, plutôt.

Une pause, puis elle poursuivit d'un ton réfléchi :

— Vous n'êtes pas assez malin pour vous faufiler au Congrès, si je puis me permettre de parler affaires à table. Une intelligence médiocre ne se rachète pas, même avec des magouilles. Servir de larbin à un gros escroc, c'est davantage dans vos cordes.

— Ne nous attendez pas, Mr Krendler, intervint le docteur Lecter. Goûtez votre potage pendant qu'il est encore chaud.

Il souleva le couvercle de la petite soupière et glissa une paille entre les lèvres de Krendler.

Celui-ci fit la grimace.

— Pas très bonne, cette soupe.

— Une infusion de persil et de thym, en fait. Qui est prévue pour notre satisfaction plus que pour la vôtre. Prenez encore quelques gorgées et laissez bien circuler.

Ses paumes levées à l'horizontale comme les deux plateaux de la balance de la Justice, Starling était de toute évidence en train de soupeser une question.

— Vous savez, Mr Krendler ? Toutes les fois que vous m'avez lorgnée, j'ai eu la désagréable impression que j'avais fait quelque chose pour m'attirer vos regards libidineux. — Ses mains exécutèrent un lent mouvement de balancier, d'avant en arrière. — Mais non, je ne le méritais *pas* ! Et à chaque commentaire négatif que vous avez ajouté à mon dossier personnel, j'étais furieuse, bien sûr, mais aussi je doutais de moi, je me remettais en cause un moment, et il y avait toujours cette petite démangeaison, là où une voix vous dit :

« Papa sait mieux que toi... » Mais vous, Mr Krendler, vous ne savez *pas* mieux. Vous ne savez rien, en fait.

Elle s'arrêta pour prendre une gorgée du merveilleux bourgogne blanc qui emplissait son verre, se tourna vers le docteur Lecter.

— Superbe. Mais à mon avis on devrait le sortir du seau à glace.

Puis, en hôtesse prévenante, elle revint à son invité.

— Vous n'êtes qu'un... mufle, annonça-t-elle d'un ton amène. Et un mufle sans le moindre intérêt, en plus. Mais assez gâché ce splendide dîner avec vous. Puisque le docteur Lecter vous reçoit à sa table, je vous souhaite bon appétit.

— Mais qui vous êtes, d'abord ? éructa Krendler. Vous n'êtes pas Starling. Vous avez la même tache sur la joue mais vous n'êtes pas Starling.

Le docteur Lecter avait ajouté des échalotes à son beurre fondu. Au moment où leur parfum pénétrant s'éleva, il compléta la sauce de câpres émincées, retira la casserole du feu et la remplaça par la sauteuse. Il prit un grand bol en cristal rempli d'eau glacée et un plateau en argent sur la desserte, les posa près de Paul Krendler. Ce dernier continuait à invectiver Starling :

— A quoi une langue si bien pendue pourrait me servir, j'ai quelques idées là-dessus, mais que je vous donne du boulot, n'y comptez plus ! Qui penserait seulement à vous embaucher, d'ailleurs ?

— Je ne m'attendais pas à vous voir changer d'attitude aussi radicalement que l'autre Paul, Mr Krendler, observa le docteur Lecter. Vous n'êtes pas sur le chemin de Damas, vous. Ni même sur celui de l'hélicoptère des Verger.

Il lui retira son bandeau de jogging, comme on enlève la bande plastifiée autour d'une boîte de caviar.

— Tout ce que nous vous demandons, c'est de manifester une certaine « ouverture d'esprit »...

Avec précaution, des deux mains, il souleva la calotte crânienne de Krendler, l'installa sur le plateau et rapporta le tout à la desserte. L'incision, très nette, ne saignait pratiquement pas : les principaux vaisseaux avaient été ligaturés, les autres neutralisés par une anesthésie locale et le crâne scié à la cuisine, une demi-heure avant le début du dîner.

La méthode utilisée par le docteur Lecter pour ce faire

était aussi ancienne que la médecine égyptienne, sinon qu'il avait pu profiter des avantages modernes d'une scie d'autopsie, d'un craniotome et d'anesthésiques plus puissants. Le cerveau ne ressent pas la douleur quand elle s'applique à lui-même.

Au-dessus de la boîte crânienne tronquée, le dôme de la masse cervicale, d'un rose grisâtre, émergeait nettement.

Penché sur Krendler avec un instrument qui ressemblait à une curette d'amygdalectomie, le docteur Lecter préleva une tranche de lobe frontal, une autre encore, jusqu'à en avoir retiré quatre. Les yeux de Krendler étaient levés comme s'il surveillait l'opération. Le docteur déposa les tranches dans le bol d'eau glacée, acidulée d'un jus de citron, afin d'en raffermir la chair.

— « Voudrais-tu te balancer sur une étoile ? » se mit soudain à chanter Krendler. « Remplir ta cruche de rayons de lune ? »

La gastronomie classique veut que la cervelle soit rincée, essorée et mise au frais une nuit entière pour lui donner toute sa fermeté. Il s'agit d'éviter que la pièce, exposée à l'air depuis peu, ne se désintègre en un petit tas de gélatine informe.

Avec une admirable dextérité, le docteur Lecter coucha les tranches raffermies sur une assiette, les saupoudra de farine assaisonnée puis de miettes de brioche à peine sortie du four.

Il râpa une truffe fraîche au-dessus de sa sauce, qu'il releva d'un trait de jus de citron. Il saisit rapidement les tranches, les faisant dorer de chaque côté.

— Ça sent bon ! croassa Krendler.

Après avoir dressé les filets sur des canapés, il les nappa de sauce et de lamelles de truffe. Sur les assiettes chaudes, une garniture de persil et de câpres non équeutées, ainsi qu'une fleur de capucine couchée sur un lit de cresson pour rehausser l'ensemble, vinrent compléter sa présentation.

La voix de Krendler s'éleva derrière le bouquet qui avait été replacé en écran devant lui, avec une force incontrôlée, comme c'est souvent le cas chez les sujets ayant subi une lobotomie :

— Comment c'est ?

— Délicieux, vraiment, fit Starling. C'est la première fois que je mange des câpres.

Le docteur Lecter trouvait ses lèvres particulièrement troublantes sous le luisant subtil que leur donnait la sauce.

Derrière son rideau de verdure, Krendler chantonnait, pour l'essentiel des refrains de jardin d'enfants. Sa conduite l'exposait aux remontrances, mais le docteur et Starling l'ignorèrent.

Ils parlaient de Mischa.

A la faveur de leurs conversations sur le thème de la perte, la jeune femme avait appris le sort que la sœur du docteur Lecter avait connu, mais voici qu'il évoquait maintenant son possible retour en des termes pleins d'optimisme. Et en cette soirée si particulière, il ne parut aucunement déraisonnable à Starling que Mischa, en effet, puisse revenir.

Elle émit l'espoir de faire sa connaissance.

— Vous seriez même pas capable de prendre les appels à mon bureau ! hurla Krendler à travers les fleurs. Avec cette voix de connasse provinciale que vous avez !

— Attendez un peu que j'aie celle d'Oliver Twist quand je vais en demander *encore* ! répliqua Starling, ce qui provoqua chez Hannibal Lecter une jubilation qu'il eut du mal à contenir.

Lorsqu'ils se resservirent, le lobe frontal disparut dans son entier ou presque, pratiquement jusqu'au cortex cérébral moteur. Krendler en fut réduit à d'absurdes remarques limitées à son champ de vision immédiat et, derrière le bouquet, à la récitation ânonnante d'un long et obscène poème intitulé « Shine ».

Captivés comme ils l'étaient par leur échange, Starling et Lecter n'en étaient pas plus importunés que s'ils s'étaient trouvés près d'une table où l'on piaillait « Happy Birthday » dans un restaurant. Quand le vacarme produit par Krendler devint par trop éprouvant, le docteur Lecter finit par aller chercher son arbalète posée dans un coin.

— Je voudrais que vous écoutiez le son de cet instrument à cordes, Clarice.

Il attendit que Krendler se taise un instant pour tirer, droit par-dessus la table, à travers le grand bouquet.

— Cette fréquence très particulière de la corde d'arbalète, où que vous ayez à l'entendre encore, signifie seulement votre complète liberté, votre tranquillité et votre indépendance.

L'extrémité du trait et l'empennage dépassaient de l'arrangement floral, de leur côté. Ils s'agitaient à un rvthme qui suggérait une baguette de chef d'orchestre dirigeant les battements d'un cœur. La voix de Krendler s'éteignit instantanément et, après quelques mesures, la baguette s'arrêta, elle aussi.

— C'est un *ré* en dessous du *la* du diapason, non ? proposa Starling.

— Exactement.

Quelques secondes plus tard, Krendler émit un gargouillement derrière les fleurs. Ce n'était qu'un spasme de la glotte provoqué par l'acidité grandissante du sang en raison de sa mort toute fraîche.

— Poursuivons notre dîner, dit le docteur. Un petit sorbet pour nous rafraîchir le palais avant de passer aux cailles. Non, non, ne vous dérangez pas ! Mr Krendler va m'aider à débarrasser, si vous voulez bien l'excuser...

Le service fut des plus rapides. A l'abri du rideau floral, Lecter racla le fond des assiettes dans le crâne ouvert, les empila sur les genoux de Krendler, remit la calotte, saisit la corde du plateau à roulettes sur lequel son fauteuil était fixé et entraîna le tout à la cuisine.

Là, il retendit son arbalète, qui avait l'avantage de pouvoir se brancher sur la batterie de sa scie d'autopsie.

Les cailles, farcies au foie gras, avaient la peau craquante à souhait. Le docteur Lecter évoqua les talents de compositeur du roi Henry VIII, Starling lui parla de la mise au point informatisée de la sonorité d'un moteur, qui permettait de reproduire des fréquences agréables à l'oreille.

Le dessert serait servi au salon, annonça-t-il.

101

Un soufflé et des verres de château-d'Yquem devant la cheminée, le café déjà prêt sur une table basse, à portée de main de Starling.

Les flammes dansaient sur la robe dorée du vin, son arôme tranchant sur les notes profondes des bûches dans l'âtre.

Ils parlaient de tasses à thé, du temps et de la loi du désordre.

— Et donc, poursuivit le docteur Lecter, j'en suis arrivé à penser qu'il y avait une place dans ce monde pour Mischa, une place de choix libérée spécialement pour elle. Et je suis parvenu à la conclusion que la meilleure, Clarice, c'était la vôtre.

Si la lueur du foyer ne sondait pas les mystères de son décolleté avec la même hardiesse que les bougies plus tôt, elle jouait merveilleusement sur les reliefs de son visage.

Elle réfléchit un moment.

— Permettez-moi de vous poser une question, docteur Lecter. Si Mischa a besoin d'une place de choix dans ce monde, et je ne conteste pas cette idée, pourquoi pas la vôtre, alors ? Elle est bien occupée et je sais que vous ne lui en refuserez pas l'entrée. Elle et moi, nous pourrions être des sœurs. Et puisque, comme vous l'avez dit, il y a assez de place en moi pour mon père, pourquoi n'y en a-t-il pas en vous pour Mischa ?

Le docteur Lecter parut charmé : était-ce par la suggestion elle-même ou par l'esprit d'à-propos de Starling, il serait impossible de trancher. Peut-être se mêlait-il à son intérêt la vague appréhension de l'avoir encore mieux modelée qu'il ne l'avait cru ?

En reposant son verre sur la table, elle écarta la tasse de café qui tomba au sol et se brisa devant le foyer. Elle ne lui accorda pas un regard.

Le docteur Lecter contemplait les débris, lui. Ils restèrent immobiles.

— Je ne pense pas que vous soyez obligé de prendre votre décision, là, tout de suite, docteur.

Ses yeux et les cabochons d'émeraude scintillaient dans la lumière du feu. Une bûche soupira. Elle sentait la chaleur de l'âtre à travers sa robe longue et soudain un souvenir fugace : le docteur Lecter, il y avait si longtemps, avait demandé à la sénatrice Martin si elle avait nourri sa fille au sein.

Dans le calme surnaturel qui la baignait, un miroitement se produisait : pendant un instant, de nombreuses fenêtres s'étaient alignées en enfilade dans son esprit et elle put voir loin, très loin à travers son propre passé.

— Est-ce que votre mère vous a donné le sein, Hannibal Lecter ?

— Oui.

— Avez-vous jamais eu l'impression que vous deviez y renoncer en faveur de Mischa ? Qu'on exigeait de vous de l'abandonner à votre sœur ?

Une mesure de silence.

— Je n'en ai pas souvenir, Clarice. Si j'y ai renoncé, je l'ai fait de bon cœur.

Clarice Starling glissa sa main incurvée dans le décolleté, en libéra un sein dont la pointe s'érigea instantanément au contact de l'air.

— Celui-là, vous n'avez pas à l'abandonner.

Sans le quitter des yeux, elle enfonça l'index, le doigt qui presse la gâchette, dans sa bouche, où un peu de vin suave réchauffait et fit perler sur son téton une goutte de l'onctueux nectar, qui brillait comme un cabochon doré et frissonnait au rythme de sa respiration.

Il se leva souplement, vint poser un genou devant le fauteuil de Starling. A la lueur des flammes, il inclina sa tête racée sur cette offrande corail et crème.

102

Buenos Aires, trois ans plus tard.

En début de soirée, Barney et Lillian Hersh se promènent Avenida 9 de Julio, près de l'obélisque. Miss Hersh est une enseignante de l'université de Londres en congé sabbatique. Ils se sont rencontrés au Musée anthropologique de Mexico, ils se sont plu et voyagent depuis deux semaines ensemble. Ils vivent dans l'instant, et cela leur plaît de plus en plus, et aucun d'eux ne se lasse de l'autre.

Ils sont arrivés trop tard dans la capitale argentine pour se rendre le jour même au Museo Nacional, où un Vermer est temporairement exposé. Voir tous les tableaux du maître hollandais à travers la planète, le vœu de Barney, est une idée que Lillian Hersh a trouvée originale, et qui ne les a pas empêchés de prendre du bon temps. Pour l'instant, il a réalisé le quart de son projet. C'est dire qu'il reste du chemin...

Ils étaient à la recherche d'un restaurant agréable où ils pourraient dîner en terrasse.

Devant le Teatro Colón, le monumental Opéra de la ville, un ballet de limousines. Ils s'arrêtèrent un instant, observant l'arrivée des mélomanes. Il y avait une excellente distribution pour le *Tamerlan* de Haendel, et à Buenos Aires l'affluence d'une première constitue toujours un spectacle intéressant.

— Ça te dit, Barney ? Je crois que tu aimerais. C'est moi qui arrose.

Il prenait un air amusé à chaque fois qu'elle avait recours à une expression argotique.

486

— Si tu arrives à me faire passer dans cette cohue, c'est *moi* qui arrose. Tu crois qu'on pourrait avoir des places ?

A ce moment-là, une Mercedes bleu nuit et argent vint se garer dans un murmure de pneus le long du trottoir. Un portier se précipita vers elle. Un homme mince, qui portait le smoking avec une grande élégance, apparut d'abord. La femme à qui il tenait la portière provoqua des chuchotements admiratifs dans la foule près de l'entrée lorsqu'elle quitta le véhicule. Sa chevelure était un casque platine bien dessiné. Elle portait un soyeux fourreau couleur corail sous un superposé en tulle. Des émeraudes scintillaient sur sa gorge. Barney ne fit que l'entrevoir par-dessus la tête des badauds ; elle s'était déjà glissée à l'intérieur, escortée par son cavalier.

Il avait davantage eu le temps de détailler ce dernier. Une tête fine et racée comme celle d'une loutre, un nez impérieusement arqué, à l'instar de celui de Perón. Son maintien impeccable le faisait paraître plus grand qu'il ne l'était.

— Barney ? Hé, Barney ? chantonna Lillian. Quand tu reviendras sur terre, si jamais ça t'arrive, tu me diras si tu veux vraiment y aller, à ce concert. A condition qu'ils nous laissent entrer habillés en pékin... Ah, voilà, je l'ai casé ! Ce n'est peut-être pas tout à fait approprié, là, mais j'ai toujours eu envie de dire ça, « en pékin ».

Comme Barney ne lui demandait pas ce qu'elle entendait exactement par là, elle l'observa du coin de l'œil. Lui qui posait toujours des questions...

— Oui, finit-il par répondre. *C'est moi* qui arrose...

Barney avait un portefeuille bien rempli. Il dépensait avec prudence, mais il n'était pas mesquin. En tout état de cause, les seules places encore disponibles étaient au poulailler, avec les étudiants.

En prévision de l'altitude où ils allaient devoir se percher, il loua des jumelles de théâtre dans le foyer.

Dans l'énorme enceinte sous triple influence architecturale, grecque, Renaissance italienne et française, dans cette profusion de dorures, de laiton et de velours grenat, les bijoux des dames explosaient parmi la foule tels les flashs dans un stade de football.

Penchée sur son oreille, Lillian lui résuma l'intrigue de l'opéra avant le lever de rideau.

487

Les lumières allaient s'éteindre lorsque, balayant la salle de ses jumelles, Barney retrouva enfin la blonde platine et son chevalier servant. Ils venaient d'apparaître entre les rideaux dorés de leur loge toute proche de la scène et s'installaient. Les émeraudes à son cou captèrent les mille éclats des lustres lorsqu'elle s'assit.

Barney n'avait vu que son profil droit à l'entrée. Elle lui présentait maintenant l'autre.

Vétérans des sièges bon marché, les étudiants qui les entouraient s'étaient équipés de toute sorte d'instruments d'optique. L'un d'eux manipulait une lunette de vue si longue qu'elle dérangeait la coiffure de la spectatrice assise devant lui. Barney la lui échangea contre ses lunettes afin de mieux observer la loge. De si loin, il eut du mal à la retrouver dans l'étroit objectif mais, quand il y parvint, le couple lui parut étonnamment proche.

La femme avait un grain de beauté sur la joue, dans la position que les Français ont surnommée « courage ». Ses yeux parcoururent le parterre, montèrent jusqu'aux rangées du poulailler, continuèrent à vagabonder. Elle semblait pleine de vivacité, mais avec un contrôle exercé sur les mouvements de sa bouche coralline. Elle s'inclina sur son cavalier et lui adressa quelques mots. Barney les vit rire ensemble, puis elle posa sa main sur celle de l'homme et la prit par le pouce.

— Starling..., souffla Barney.

— Quoi ? chuchota Lillian.

Il eut le plus grand mal à suivre le premier acte. Dès que les lumières revinrent à l'entracte, il braqua à nouveau la lunette sur la loge. L'homme saisit une flûte à champagne sur le plateau du garçon qui était entré et l'offrit à sa belle avant de se servir à son tour. Barney zooma sur son profil, la forme de ses oreilles.

Son objectif parcourut les bras dénudés de la femme dans toute leur longueur. Ils étaient lisses, immaculés, et l'énergie musculaire qui émanait d'eux n'échappa pas à son œil expérimenté.

A cet instant, le gentleman tourna la tête comme s'il venait d'entendre un bruit lointain, dans la direction de Barney, et prit ses jumelles. Barney aurait juré qu'il les dirigeait droit sur lui. Feignant de se plonger dans la lecture de son programme, il se tassa sur son siège pour tenter de se fondre dans la masse des spectateurs malgré sa haute taille.

— Lillian ? J'aimerais que tu me fasses un grand, un énorme plaisir.

— Hmm ! Tel que je te connais, je veux d'abord savoir de quoi il s'agit.

— Quand les lumières vont s'éteindre, on s'en va et on prend l'avion pour Rio ensemble, ce soir. Sans poser de questions.

Le Vermeer de Buenos Aires reste le seul que Barney n'ait jamais vu.

103

Suivre ce beau couple à la sortie de l'Opéra ? Entendu, mais alors très, très discrètement...

A l'aube du nouveau millénaire, Buenos Aires est possédée par le tango et ses nuits en palpitent. Vitres baissées pour laisser entrer la musique venue des bars, la Mercedes glisse à travers le quartier de la Recoleta jusqu'à l'Avenida Alvear, où elle disparaît dans la cour d'un délicieux immeuble Beaux-Arts, près de l'ambassade de France.

Il fait doux. Un souper a été préparé sur la terrasse du dernier étage mais les domestiques se sont retirés. Non par manque de zèle, car ils sont au contraire très dévoués. Ils obéissent à la discipline de fer qui leur interdit l'accès à cette partie de la demeure avant midi, ou après le premier service du dîner.

A table, en tête à tête, le docteur Lecter et Clarice Starling ne se limitent pas à la langue natale de la jeune femme, l'anglais. Du lycée, elle a gardé des bases de français et d'espagnol, et elle a découvert qu'elle était douée d'une bonne oreille. Ils conversent volontiers en italien, dont les nuances inspirent à Clarice une surprenante sensation de liberté.

Parfois, notre couple danse pendant le dîner. Parfois, ils n'achèvent même pas leur repas.

Leur relation tient pour beaucoup à la pénétration de Clarice Starling, qu'elle accueille et encourage avidement, et à l'enveloppement d'Hannibal Lecter, qui avec elle dépasse de loin les limites de son expérience. Il est possible qu'elle l'effraie, parfois. Le sexe est une splendide construction qu'ils embellissent chaque jour.

Le palais de la mémoire de Clarice Starling connaît lui aussi une extension permanente. Certaines de ses pièces sont communes à celui du docteur Lecter — il y a découvert la jeune femme en plusieurs occasions —, mais son édification suit sa propre logique et accueille maintes nouveautés. Elle peut y retrouver son père, désormais. Hannah y a sa pâture. Jack Crawford est là, également, quand elle décide de le voir penché sur son bureau.

Un mois s'était écoulé depuis sa sortie de l'hôpital quand ses douleurs thoraciques l'avaient repris une nuit. Au lieu d'appeler une ambulance et de recommencer tout le processus, il s'était contenté de gagner le côté du lit que son épouse occupait jadis, son seul havre de paix.

Starling avait appris la mort de Crawford à la faveur de l'une des visites que le docteur Lecter rend régulièrement au site Internet du FBI destiné au public afin d'admirer son image au sein de la galerie de portraits des dix personnes les plus recherchées des USA. Son ancienne image, plutôt, car la photographie dont le Bureau dispose garde un confortable retard de deux visages sur son apparence actuelle.

Après avoir lu l'avis de décès de Jack Crawford sur l'ordinateur, Starling avait passé la majeure partie de la journée dehors, à marcher, seule. Au soir tombé, elle avait été heureuse de regagner la maison.

Il y a un an, elle a fait monter l'une de ses émeraudes en bague, avec la formule « AM-CS » gravée sur la face intérieure. Ardelia Mapp l'a reçue dans un colis postal dont l'origine était impossible à identifier, avec un mot : « Chère Ardelia, je vais bien, plus que bien, même. N'essaie pas de me chercher. Je t'aime. Je regrette que tu te sois inquiétée pour moi. Brûle cette lettre. Starling. »

Avec l'anneau, Ardelia Mapp est allée au bord de la Shenandoah River, là où Starling aimait venir courir. Elle a marché longtemps, le bijou dans son poing serré, bouillant de colère, les yeux rouges, prête à jeter la bague dans les flots à tout moment, la voyant déjà scintiller dans les airs, imaginant le bruit ténu qu'elle ferait en touchant la surface. Et puis, pour finir, elle l'a passée à son doigt et elle a enfoncé son poing dans sa poche. Mapp ne pleure pas facilement. Elle a marché encore, jusqu'à être capable de retrouver son calme. Il faisait nuit lorsqu'elle est revenue à sa voiture.

Il n'est pas facile de savoir ce que Starling retient de son ancienne existence, ce qu'elle a choisi de garder dans son souvenir. Les drogues qui l'ont soutenue dans les premiers jours ne font plus partie de leur vie depuis longtemps, pas plus que leurs interminables conversations dans l'obscurité seulement percée d'une source de lumière.

A l'occasion, le docteur Lecter laisse délibérément tomber une tasse à thé sur le sol. Elle se brise et il est heureux de ne pas la voir se reconstituer. Plusieurs mois ont passé sans qu'il revoie Mischa dans ses rêves.

Un jour, peut-être, une tasse brisée bondira pour reprendre sa place sur la table, intacte. Ou bien, quelque part, Starling entendra vibrer une corde d'arbalète et ce sera peut-être un réveil forcé, si tant est qu'elle ait jamais dormi...

Nous allons nous retirer, maintenant, pendant qu'ils dansent sur la terrasse. Barney le sage a déjà quitté la ville, nous devons suivre son exemple. Pour elle comme pour lui, nous surprendre ici aurait une issue fatale.

Il ne nous reste qu'à apprendre, nous aussi, et à vivre.

REMERCIEMENTS

Dans ma tentative de compréhension du « palais de la mémoire » du docteur Lecter, j'ai été très aidé par le remarquable ouvrage de Frances A. Yates, *The Art of Memory*, ainsi que par celui de Jonathan D. Spence, *The Memory Palace of Matteo Ricci*.

La traduction de *L'Enfer* de Dante due à Robert Pinsky s'est révélée une source inépuisable de réflexion et de plaisir, de même que les notes de Nicole Pinsky qui l'accompagnent. Je lui ai emprunté l'expression de « *festive skin* », « robe festive » *.

« Dans le jardin qu'est l'œil du cyclone » est une citation de John Ciardi, et le titre de l'un de ses poèmes.

Les vers qui reviennent à la mémoire de Clarice Starling dans le couloir de l'asile viennent du poème « Burnt Norton » de T.S. Eliot, dans *Four Quartets*.

Mes remerciements vont à Pace Barnes pour l'encouragement, le soutien et les conseils avisés qu'elle m'a prodigués.

Carole Baron, mon éditrice et amie, m'a aidé à améliorer ce livre.

Athena Varounis et Bill Trible aux États-Unis, Ruggero Perugini en Italie, m'ont montré ce qu'il y avait de meilleur dans le métier de représentant de l'ordre. Aucun d'eux n'a inspiré l'un des per-

---

* Nous avons pour notre part repris pour l'essentiel les traductions d'Alexandre Masseron pour *L'Enfer* (*La Divine Comédie*, édition bilingue, Club français du Livre, 3 t., 1954) et de Gérard Luciani pour *Vita Nuova* (*Vie nouvelle*, Folio bilingue, Gallimard, 1999). La « robe festive » dont il est question est celle de la « *lonza* », « *quella fera alla gaietta pelle* » (Chant I, 42), cette bête chimérique qui apparaît devant Dante à l'entrée de l'Enfer (*N.d.T.*).

sonnages de ce roman, pas plus qu'aucune autre personne vivante. La noirceur que l'on trouvera ici, je l'ai puisée dans ma seule réserve personnelle.

Niccolo Capponi a bien voulu me faire partager sa connaissance intime de Florence et de son art, tout en autorisant le docteur Lecter à séjourner dans le palazzo familial. Merci également à Robert Held pour son érudition et à Caroline Michahelles pour toutes ses pistes florentines.

Le personnel de la Bibliothèque Carnegie du comté de Coahoma, Mississipi, a facilité mes recherches depuis des années. Merci à tous.

Enfin, toute ma reconnaissance va à Marguerite Schmitt, qui, avec une seule truffe blanche, ses mains magiques et son cœur immense, fut celle qui nous initia aux merveilles de Florence. Il est trop tard pour remercier Marguerite de vive voix, mais en cette heure d'accomplissement je voulais prononcer encore son nom.